Ben Okri:
Die hungrige Straße

Roman

Deutsch von Uli Wittmann

dtv

Deutscher Taschenbuch Verlag

Ungekürzte Ausgabe
Oktober 1995
Deutscher Taschenbuch Verlag GmbH & Co. KG,
München

Titel der englischen Originalausgabe:
›The Famished Road‹

ISBN 3-462-02332-2
Umschlaggestaltung unter Verwendung eines Motivs
von Dirk van Dooren
Satz: Kalle Giese Grafik, Overath
Druck und Bindung: C. H. Beck'sche Buchdruckerei,
Nördlingen
Printed in Germany · ISBN 3-423-12074-6

Das Buch

»Unser König war ein wundervolles Wesen, das manchmal in Gestalt einer großen Katze auftrat. Er hatte einen roten Bart und grüne Saphiraugen. Er war unzählige Male geboren worden, war in allen Welten eine Legende und unter hundert verschiedenen Namen bekannt ...« Azaro ist ein Geisterkind, das sich entscheidet, sein sorgloses Leben aufzugeben und mit seinen irdischen Eltern über die hungrige Straße des Lebens zu ziehen. Der Vater ist ein Lastenträger, der manchmal glaubt, die ganze Welt auf seinem Kopf zu tragen, die Mutter eine Straßenhändlerin. Azaro taucht ein in ihr Leben turbulenter Streitereien, aber auch wilder Feste, haust mit ihnen im Slum am Rande der Stadt. Als sich die Politik auf der Straße auszutoben beginnt, überschlagen sich die Ereignisse. Die Partei der Reichen tritt gegen die der Armen an, Korruption macht sich breit, die schäbige Bar Madame Kotos, wo ehedem alle friedlich ihren Palmwein tranken, verkommt zum Edelbordell für Politiker. Und die Geister, die ihren Bruder Azaro zurückgewinnen wollen, mischen sich immer vehementer ein ... »Ben Okri ist ein begabter Dichter der afrikanischen Erfahrung. Die Darstellung seiner Charaktere ist aufregend, und seine Phantasie ist so reich wie der Kontinent, über den er schreibt.« (The Times Literary Supplement)

Der Autor

Ben Okri, 1959 in Nigeria geboren, verbrachte seine Kindheit in England und Nigeria. Er studierte vergleichende Literaturwissenschaften in England und veröffentlichte zwei Erzählungsbände. Booker Prize 1991.

Für Grace Okri, meine Mutter und Freundin;
und für Rosemary Clunie

Mein Dank gilt

Wole Soyinka und dem Arts Council of Great Britain
für das Jahr 1984;

Harriet Sergeant und einem unbekannten Wohltäter
für das Jahr 1986;

und David Godwin für sein Vertrauen.

ERSTER TEIL

Erstes Buch

I

Am Anfang war der Fluß. Der Fluß wurde zu einer Straße, und die Straße verzweigte sich über die ganze Welt. Und da die Straße einst ein Fluß war, war sie immer hungrig.

In jenem Land des Anfangs mischten sich die Geister unter die Ungeborenen. Wir konnten zahlreiche Formen annehmen. Viele von uns waren Vögel. Wir kannten keine Grenzen. Es wurde viel gefeiert, gespielt und geklagt. Wir feierten viel wegen der schönen Schrecken der Ewigkeit. Wir spielten viel, weil wir frei waren. Und wir klagten viel, weil unter uns immer jene waren, die gerade aus der Welt der Lebenden zurückgekehrt waren. Sie waren untröstlich über all die Liebe, die sie zurückgelassen, all das Leid, das sie nicht wiedergutgemacht, all das, was sie nicht verstanden, und über all das, was sie kaum zu lernen begonnen hatten, bevor sie in das Land des Ursprungs zurückgeholt worden waren.

Nicht einer von uns freute sich darauf, geboren zu werden. Wir mochten die Härte des Daseins nicht, die unerfüllten Sehnsüchte, die eingezäunten Ungerechtigkeiten der Welt, die Labyrinthe der Liebe, das Unverständnis der Eltern, die Unausweichlichkeit des Sterbens und die erstaunliche Gleichgültigkeit der Lebenden inmitten der einfachen Schönheiten des Universums. Wir fürchteten die Herzlosigkeit der Menschen, die alle blind geboren werden und von denen nur wenige jemals sehen lernen.

Unser König war ein wundervolles Wesen, das manchmal in Gestalt einer großen Katze auftrat. Er hatte einen roten Bart und grüne Saphiraugen. Er war unzählige Male geboren worden, war in allen Welten eine Legende und unter hundert verschiedenen

Namen bekannt. Es spielte keine Rolle, in welche Verhältnisse er hineingeboren wurde. Er führte immer ein ganz und gar außergewöhnliches Leben. Würde man sich in die großen unsichtbaren Bücher der Lebensschicksale vertiefen, so könnte man sein Genie in allen belegten und unbelegten Zeitaltern erkennen. Bald als Mann, bald als Frau, vollbrachte er in jedem Leben unvergleichliche Taten. Wenn irgend etwas all seinen Leben gemeinsam war, das Wesentliche seines Genies, dann war es wohl die Liebe zur Verwandlung und die Verwandlung von Liebe in höhere Wirklichkeiten.

Im Kreis unserer Geistergefährten, im Kreis jener, die uns besonders nahestanden, waren wir die meiste Zeit glücklich, weil wir auf der aquamarinblauen Luft der Liebe schwebten. Wir spielten mit Faunen, Feen und schönen Wesen. Zärtliche Seherinnen, gütige Elfen und die heiteren Geister unserer Ahnen waren immer bei uns und tauchten uns in den Glanz ihrer bunten Regenbögen. Es gibt viele Gründe dafür, daß Babys schreien, wenn sie geboren werden, und einer davon ist die plötzliche Trennung von der Welt der reinen Träume, in der alle Dinge voll Zauber sind und es kein Leid gibt.

Je glücklicher wir waren, desto näher war unsere Geburt. Wenn uns wieder einmal eine Inkarnation bevorstand, schlossen wir einen Pakt, bei der ersten Gelegenheit in die Geisterwelt zurückzukehren. Diese Gelöbnisse legten wir in Feldern mit farbenfrohen Blumen und im lieblichen Mondlicht jener Welt ab. Jene von uns, die solche Gelöbnisse ablegten, wurden von den Lebenden *abiku* genannt, Geisterkinder. Nicht alle Leute erkannten uns. Wir waren jene, die kamen und gingen und die nicht bereit waren, sich auf das Leben einzulassen. Wir hatten die Fähigkeit, unsern Tod zu erzwingen. Unser Pakt war verbindlich.

Jene, die den Pakt nicht einhielten, wurden Opfer von Halluzinationen und von ihren Gefährten verfolgt. Sie fanden erst Trost, wenn sie wieder in die Welt der Ungeborenen zurückkehrten, an die Wasserstellen, wo jene, die sie liebten, stumm auf sie warteten.

Jene von uns, die durch die Ankündigung wundervoller Ereignisse der Verlockung erlegen waren, noch auf der Welt zu bleiben, gingen mit schönen, dem Untergang geweihten Augen durchs Leben und trugen die Musik einer wunderbaren, tragischen Mythologie in sich. Unsere Münder stoßen dunkle Weissagungen aus. Unsere Sinne werden von Zukunftsbildern heimgesucht. Wir sind die seltsamen Geschöpfe, deren eine Hälfte immer in der Geisterwelt bleibt.

Wir wurden oft erkannt und unser Fleisch mit Rasierklingen gezeichnet. Wenn wir als Kinder derselben Eltern wiedergeboren wurden, waren unsere Seelen von den Zeichen, die auf unserm neuen Fleisch zurückgeblieben waren, im voraus geprägt. Dann spann die Welt ein Schicksalsnetz um unser Leben. Jene von uns, die schon als Kind starben, versuchten diese Zeichen zu entfernen, verwandelten sie in Schönheitsflecken oder interessante Verfärbungen. Wenn uns das nicht gelang und wir erkannt wurden, begrüßte uns das Angstgeschrei und Weinen der Mütter.
Da wir nicht bleiben wollten, fügten wir den Müttern großen Schmerz zu. Bei jeder Rückkehr wurde ihr Schmerz größer. Ihre Furcht wurde für uns eine zusätzliche seelische Last, die den Zyklus der Wiedergeburt beschleunigte. Jede neue Geburt war auch für uns ein Seelenschmerz, ein Zusammenstoß mit der rohen Welt. Unser zyklisches Aufbegehren wurde uns von den anderen Geistern und Ahnen verübelt. Unbeliebt in der Geisterwelt und gezeichnet unter den Lebenden, brachte unser Unwille zu bleiben manches aus dem Gleichgewicht.
Mit inbrünstigen Opferzeremonien versuchten unsere Eltern, uns dazu zu bewegen zu leben. Sie versuchten auch, uns das Geheimnis zu entlocken, wo wir die Geisterpfänder versteckt hatten, die uns an die andere Welt banden. Wir verschmähten ihre Opfergaben, hielten unsere Pfänder streng geheim. Und das lange, freudlose Gebären der Mütter ließ uns gleichgültig.
Wir sehnten uns nach einer baldigen Heimkehr, um am Fluß, auf dem Grasland und in den märchenhaften Höhlen zu spielen. Wir sehnten uns danach, über Sonnenlicht und Edelsteine

nachzudenken und im ewigen Tau des Geistes fröhlich zu sein. Geboren zu werden bedeutet, von seltsamen Geschenken der Seele, von Rätseln und vom unauslöschlichen Gefühl der Verbannung erdrückt, auf die Welt zu kommen. So erging es mir. Wie oft war ich schon gekommen und durch das gefürchtete Tor gegangen? Wie oft war ich geboren worden und jung gestorben? Und wie oft als Kind derselben Eltern? Ich hatte keine Ahnung. Soviel Staub vom Leben war in mir. Aber diesmal, noch irgendwo im Grenzland zwischen der Geisterwelt und den Lebenden, beschloß ich zu bleiben. Das hieß, ich würde meinen Pakt brechen und meine Gefährten überlisten. Nicht die Opferungen waren der Grund, die zeremoniell verbrannten Öle, Yamswurzeln und Palmkerne oder die Verlockungen, die kurzlebigen Versprechen besonderer Behandlung und nicht einmal der Kummer, den ich verursacht hatte. Auch nicht meine Angst, entdeckt zu werden. Außer einem Flecken auf meiner Handfläche war mir nichts anzusehen. Vielleicht lag es einfach daran, daß ich das Kommen und Gehen leid war. Es ist furchtbar, für immer in einem Zwischenreich zu bleiben. Vielleicht wollte ich auch von dieser Welt kosten, sie fühlen, erdulden, kennenlernen, lieben, etwas Nützliches beisteuern und dieses erhabene Gefühl der Ewigkeit in mir spüren, während ich das kommende Leben lebe. Doch manchmal glaube ich, daß ein Gesicht mich zum Bleiben bewegte. Ich wollte das gemarterte Gesicht der Frau, die meine Mutter werden sollte, glücklich machen.

Als es Zeit wurde, mit den Geburtszeremonien zu beginnen, strahlten die Felder an den Kreuzungen vor wunderschönen Gestalten und schillernden Wesen. Unser König führte uns zum ersten Gipfel der sieben Berge. Er sprach lange schweigend zu uns. Seine rätselhaften Worte entflammten uns. Er liebte Reden. Seine Saphiraugen glühten, als er mit strenger Stimme zu mir sagte: »Du bist ein kleiner Störenfried. Du wirst überall nur Verwirrung stiften. Du wirst viele Wege gehen müssen, ehe du den Fluß deiner Bestimmung findest. Dein Leben wird voller Rätsel sein. Du wirst beschützt werden und nie allein sein.«

Wir alle gingen in das große Tal hinab. Es war ein uralter Tag des Feierns. Rings um uns tanzten wundersame Geister zur Musik der Götter, stimmten goldene Gesänge und Lapislazuli-Beschwörungen an, um unsere Seelen in dem Grenzland zu schützen und uns auf unsern ersten Kontakt mit Blut und Erde vorzubereiten. Jeder von uns machte die Reise allein. Allein mußten wir die Fahrt überleben, die Flammen und das Meer, das Auftauchen in Illusionen. Das Exil hatte begonnen.

Das sind die Mythen des Beginns. Das sind Geschichten und Stimmungen, tief in jenen verwurzelt, die auf gutem Boden gesät wurden und noch an Geheimnisse glauben.
Ich wurde nicht deshalb geboren, weil ich mir vorgenommen hatte zu bleiben, sondern weil sich mir die großen Zyklen der Zeit, während ich kam und ging, schließlich fest um den Hals gelegt hatten. Ich betete um Lachen, um ein Leben ohne Hunger. Ich erhielt widersprüchliche Antworten. Es bleibt ein Rätsel, wie es kam, daß ich lächelnd geboren wurde.

2

Einer der Gründe, warum ich nicht geboren werden wollte, wurde mir klar, nachdem ich auf die Welt gekommen war. Ich war noch sehr jung, als ich benommen sah, wie Papa von einem großen Loch in der Straße verschluckt wurde. Ein anderes Mal sah ich Mama an den Zweigen eines blauen Baums hängen. Ich war sieben Jahre alt, als ich träumte, daß meine Hände mit dem gelben Blut eines Fremden bedeckt waren. Ich hatte keine Ahnung, ob diese Bilder zu diesem Leben gehörten oder zu einem früheren oder zu einem künftigen oder ob sie vielleicht nur zu der Unmenge von Bildern gehörten, die allen Kindern durch den Kopf gehen.

Als ich sehr jung war, erinnerte ich mich deutlich daran, daß mein Leben in andere Leben überging. Es gab keine Abgrenzungen. Manchmal schien ich mehrere Leben gleichzeitig zu leben. Eine Lebenszeit mündete in die anderen, und sie alle flossen in meiner Kindheit zusammen.

Als Kind spürte ich, daß ich für meine Mutter eine Last war. Und ich war von der Unergründlichkeit des Lebens belastet. Geboren zu werden war ein Schock, von dem ich mich nie erholte. Tag und Nacht sprachen immer wieder Stimmen zu mir. Ich merkte allmählich, daß es die Stimmen meiner Geistergefährten waren.

»Was machst du hier?« fragte eine von ihnen.

»Ich lebe«, antwortete ich dann.

»Und wozu lebst du?«

»Das weiß ich nicht.«

»Warum weißt du das nicht? Hast du nicht gesehen, was dir bevorsteht?«

»Nein.«
Dann zeigten sie mir Bilder, die ich nicht verstand. Sie zeigten mir ein Gefängnis, eine Frau, die mit goldenen Schwären übersät war, eine lange Straße, unbarmherziges Sonnenlicht, eine Flut, ein Erdbeben, den Tod.
»Komm zu uns zurück«, sagten sie. »Du fehlst uns am Fluß. Du hast uns im Stich gelassen. Wenn du nicht zurückkommst, machen wir dir das Leben unerträglich.«
Ich begann zu schreien und forderte sie auf, doch zu machen, was sie wollten. Bei einer dieser Gelegenheiten kam Mama in den Raum und beobachtete mich. Als ich sie bemerkte, wurde ich still. Ihre Augen glänzten. Sie ging auf mich zu, schlug mir auf den Kopf und sagte: »Mit wem redest du?«
»Mit niemand«, antwortete ich.
Sie starrte mich lange an. Ich weiß nicht mehr, wie alt ich damals war. Später hatten meine Geistergefährten große Freude daran, mich in Schwierigkeiten zu bringen. Ich stellte oft fest, wie ich zwischen beiden Welten hin- und herpendelte. Eines Tages spielte ich im Sand, als mich die Gefährten mit der Stimme meiner Mutter von der anderen Straßenseite riefen. Ich lief auf die Stimme zu und wurde beinah von einem Auto überfahren. Ein anderes Mal lockten sie mich mit süßen Gesängen an einen Abwassergraben. Ich fiel hinein, ohne daß es jemand bemerkte, und nur durch Zufall sah ein Radfahrer, wie ich in dem schmutzigen Wasser herumstrampelte, und rettete mich vor dem Ertrinken.
Danach war ich krank und verweilte die meiste Zeit in der anderen Welt; ich versuchte, meinen Geistergefährten gut zuzureden und sie dazu zu bringen, mich in Ruhe zu lassen. Nur wußte ich leider nicht, daß sie mich dem Tod immer näher brachten, je länger sie mich dort behielten. Erst viel später, als ich vergeblich versuchte, in meinen Körper zurückzuschlüpfen, merkte ich, daß sie es geschafft hatten, mich aus meinem Leben auszuschließen. Ich weinte lange in die silbrige Leere, bis unser großer König sich für mich einsetzte und die Tore meines Körpers wieder öffnete.

Als ich aufwachte, fand ich mich in einem Sarg wieder. Meine Eltern hatten alle Hoffnung aufgegeben, sie hielten mich für tot. Sie wollten mich gerade beerdigen, als sie mein lautes Weinen hörten. Auf Grund meiner wunderbaren Heilung gaben sie mir zum zweitenmal einen Namen und veranstalteten eine Party, die sie sich nicht leisten konnten. Sie nannten mich Lazaro. Aber da ich ständig verspottet wurde und so mancher mit der Verbindung zwischen Lazaro und Lazarus nicht zurechtkam, verkürzte Mama meinen Namen zu Azaro.
Später erfuhr ich, daß ich mich zwei Wochen lang zwischen Nicht-sterben und Nicht-leben dahingeschleppt hatte. Ich erfuhr, daß ich die Energie und die Finanzen meiner Eltern erschöpft hatte. Außerdem erfuhr ich, daß sie einen Kräuterheiler hatten kommen lassen. Der mußte zugeben, daß er nichts für mich tun konnte, aber nachdem er die Kaurimuscheln befragt und ihre Botschaft entziffert hatte, sagte er: »Dies ist ein Kind, das nicht geboren werden wollte, das aber mit dem Tod kämpfen wird.«
Er fügte noch hinzu, meine Eltern sollten, falls ich mich erholte, sofort eine Zeremonie durchführen, die meine Verbindungen zur Geisterwelt abschnitt. Als erster wandte er jenen Namen auf mich an, der unter den Müttern Schrecken auslöst. Er sagte ihnen, ich hätte die speziellen Pfänder meiner Geisterzugehörigkeit auf dieser Erde verborgen und würde, solange diese nicht gefunden waren, immer wieder krank werden, und es sei ziemlich sicher, daß ich nie das Alter von einundzwanzig erreichen würde.
Als ich wieder gesund war, hatten meine Eltern bereits zu viel Geld für mich ausgegeben. Sie hatten Schulden. Und mein Vater, der genug hatte von all der Mühe, die ich ihnen bereitet hatte, war den Erklärungen und Überzeugungen des Kräuterheilers gegenüber etwas skeptisch geworden. Wenn du auf all das hörst, was sie dir erzählen, sagte er zu Mama, dann mußt du jedesmal, wenn du den Fuß vor die Tür setzt, irgendwelche absurden Opfer vollbringen. Er mißtraute auch der Vorliebe von Quacksalbern für teure Zeremonien und ihrer Angewohnheit, immer

neue Komplikationen der Krankheit zu entdecken, damit man für ihre Heilmittel ein Vermögen ausgab.

Weder Mama noch Papa konnten sich eine weitere Zeremonie leisten. Außerdem wollten sie nicht so recht daran glauben, daß ich ein Geisterkind war. Und so verging die Zeit, und die Zeremonie wurde nie durchgeführt. Ich war glücklich. Ich wollte nicht, daß sie durchgeführt wurde. Ich wollte nicht völlig den Kontakt mit jener anderen Welt aus Licht, Regenbögen und Möglichkeiten verlieren. Ich hatte meine Geheimnisse früh vergraben. Ich vergrub sie im Mondlicht, während sich weiße Nachtfalter in der Luft tummelten. Ich vergrub meine magischen Steine, meinen Spiegel, meine besonderen Verheißungen, meine goldenen Fäden, die Erkennungsgegenstände, die mich mit der Geisterwelt verbanden. Ich vergrub sie alle an einer geheimen Stelle, die ich sofort vergaß.

In den ersten Jahren war Mama ziemlich stolz auf mich.

»Du bist ein Wunderkind«, sagte sie oft. »Viele Mächte stehen auf deiner Seite.«

Solange mein Band zu anderen Welten unversehrt blieb und meine Gegenstände nicht gefunden wurden, mochte das wahr sein.

Als Kind konnte ich die Gedanken anderer lesen. Ich konnte ihre Zukunft vorhersagen. Unfälle ereigneten sich an Orten, die ich gerade verlassen hatte. Eines Nachts stand ich mit Mama auf der Straße, als eine Stimme sagte: »Geh auf die andere Seite.« Ich zog Mama über die Straße, und wenige Sekunden später raste ein Sattelschlepper in das Haus, vor dem wir gestanden hatten, und tötete eine ganze Familie.

Ein andermal lag ich nachts in tiefem Schlaf, als der große König auf mich hinabstarrte. Ich wachte auf, lief aus dem Zimmer und rannte die Straße hinauf. Meine Eltern kamen hinter mir her. Sie zerrten mich zurück, und dann entdeckten wir plötzlich, daß der ganze *compound* brannte. In jener Nacht änderte sich unser Leben.

Die Straße wurde wach. Mit verschlafenen Gesichtern und

geschwärzten Lampen in der Hand versammelten sich draußen Männer und Frauen, alle waren in Wickeltüchern. In unserm Viertel gab es noch keinen Strom. Die über die Köpfe hochgehaltenen Lampen beleuchteten Nachtfalter mit seltsamen Augen und warfen solch ein gespenstisches Licht auf die körperlosen Gesichter, daß ich mich wieder von Geistern umgeben glaubte. Eine Welt enthält die Schimmer anderer Welten.
Es war eine Nacht des Feuers. Eine Eule flog knapp über den brennenden Compound. Die Luft war von Geschrei erfüllt. Die Anwohner rannten mit Eimern hin und her und holten Wasser aus dem nächsten Brunnen. Allmählich erloschen die Flammen. Ganze Familien blieben draußen in der Dunkelheit, kauerten zwischen den zerlumpten Zipfeln ihrer Kleider und Matratzen. Viele beweinten ihre verlorene Habe. Niemand war umgekommen.
Als es so dunkel war, daß man das ferne Ende des Himmels nicht mehr sehen konnte und die Umrisse des Waldes verschwammen, tauchte der Hauswirt auf und begann sofort zu toben. Er warf sich auf den Boden. Er wälzte sich hin und her und überhäufte uns mit einem Schwall heftiger Flüche. Er schrie, wir hätten seinen Compound absichtlich in Brand gesteckt, um so die kurz zuvor erhöhte Miete nicht zahlen zu müssen.
»Woher soll ich das Geld nehmen, um das Haus wiederaufzubauen?« jammerte er und steigerte sich in blinde Wut.
»Ihr alle müßt für den Schaden aufkommen!« schrie er.
Niemand schenkte ihm Beachtung. Unsere größte Sorge war, eine neue Unterkunft zu finden. Wir rafften unsere Habe zusammen, um aufzubrechen.
»Alle müssen hierbleiben!« schrie der Hauswirt ins Dunkel.
Er rannte fort und kam eine Stunde später mit drei Polizisten wieder. Sie fielen über uns her, schlugen mit Peitschen auf uns ein und zertrümmerten uns mit ihren Knüppeln fast die Schädel. Wir setzten uns zur Wehr. Wir schlugen mit Stöcken und Seilen auf sie ein. Wir zerrissen ihre Kolonialuniformen und jagten sie fort. Sie kamen mit Verstärkung wieder. Papa lockte zwei von ihnen in eine Seitenstraße und gab ihnen eine ordentliche

Tracht Prügel. Dann gingen noch mehr auf ihn los. Er wurde zu einem wütenden Derwisch, so daß sechs Polizisten nötig waren, um ihn zu überwältigen und auf die Polizeiwache zu schaffen. Unterdessen prügelte die Verstärkung auf alles ein, was in Sicht war, und veranstaltete in trunkenem Taumel ein wahres Gemetzel. Als sie aufhörten, lagen fünfzehn Männer, drei Kinder, vier Frauen, zwei Ziegen und ein Hund verletzt auf dem Schlachtfeld unseres Viertels. Das war der Beginn des Aufruhrs.

Spät in der Nacht begann es zu regnen, und es goß ununterbrochen, während die Gettobewohner wüteten. Der Regen dauerte nicht lange, aber er verwandelte die Wege in Schlamm. Er tränkte unsere Wut. Mit Speeren und Buschmessern bewaffnete Banden, die alte Kriegslieder sangen, tauchten im Dunkel auf. Sie stampften durch den Schlamm. Auf der Hauptstraße fielen sie über Autos und Busse her. Sie griffen Polizeifahrzeuge an. Sie plünderten Geschäfte. Und dann begannen die Leute zu plündern, Brände zu legen und alles mögliche umzustürzen. Mama, die mich trug, wurde von der entfesselten Menge mitgerissen. An der Hauptstraße setzte sie mich ab und zog ihr Wickeltuch straffer, um sich auf das Schlimmste vorzubereiten, als eine schreiende Menschenmenge auf uns zustürmte. Sie rannte zwischen uns hindurch und trennte mich von meiner Mutter.

Ich irrte durch das Getümmel, lauschte dem Gelächter schadenfroher Geister. Am Himmel stand eine Mondsichel, die Häuser lagen im Dunkel, die Straße war mit zertrümmerten Flaschen und zersplittertem Holz übersät. Ich irrte barfuß umher. Abfallhaufen standen in Flammen, Männer wurden aus Autos gezerrt, aus Häusern stieg dicker Rauch auf. Während ich so dahinstolperte und nach Mama suchte, gelangte ich in eine dunkle Straße. Neben einem verlassenen Haus brannte eine einsame Kerze auf einem Ständer. Ich hörte inbrünstigen Gesang, der die Straße erzittern ließ. Schatten, die einen Gestank nach Schweiß und Wut verbreiteten, stürzten vorbei. Trommeln vibrierten in der Luft. Eine Katze heulte, als wäre sie ins Feuer geworfen worden. Dann erhob sich eine riesige vermummte Gestalt, aus deren

Kopf Rauchfahnen aufstiegen, von der Straße. Ich schrie vor Angst und versteckte mich hinter einer Bude. Die vermummte Gestalt war furchterregend und hitzig, ihr düsteres Gebrüll erfüllte die Straße mit uralter Stille. Ich beobachtete sie mit Grausen. Ich starrte auf ihren Schatten, der einem großen brennenden Baum glich, während die vermummte Gestalt auf der leeren Straße tanzte.

Dann füllte sich die Dunkelheit mit deren Gefolge. Es waren kräftige Männer mit glänzenden Gesichtern. Sie hielten leuchtende Seile, die an der gigantischen Gestalt befestigt waren. In wildem Tanz zerrte das Wesen sie in Richtung des Aufruhrs. Als es die Luft teilend vorbeischritt, kroch ich aus meinem Versteck hervor. Mir schwirrte der Kopf vor Halluzinationen, während ich zur Hauptstraße ging. Plötzlich tauchten mehrere Frauen, die nach bitteren Kräutern rochen, aus dem Dunkel auf. Sie stürzten sich auf mich und schleppten mich in die bedrohliche Nacht.

3

Die Frauen hüpften die Straßen hinunter. Die eine hatte einen schwarzen Sack, eine andere trug eine Brille, und die dritte trug Stiefel. Niemand berührte die Frauen oder schien sie auch nur wahrzunehmen. Sie rannten in das Durcheinander, als wären sie Schatten oder Besucher aus einem andern Reich. Ich gab keinen Ton von mir.

Erst als sie an einer Kreuzung stehenblieben und leuchtend weiße Eier auf die Erde legten, bemerkte ich, daß sie alle weiße Kittel trugen. Ihre Gesichter waren verschleiert. Die Schleier hatten Löcher, durch die ich kaum ihre Augen sehen konnte. Nachdem sie an der Kreuzung ihr Opfer dargebracht hatten, hüpften sie, vorbei an Szenen des Aufruhrs, weiter durch die Straßen in den Wald. Sie rannten durch die stockdunkle Nacht, durch Stille und Nebel, in eine andere Wirklichkeit, in der die riesige vermummte Gestalt auf einem weißen Pferd ritt. Das Pferd hatte ausgezackte Zähne, und seine Augen funkelten wie Diamanten. Ein gellender Schrei zerriß die Luft. Als die vermummte Gestalt und das weiße Pferd verschwunden waren, bemerkte ich, daß es im Wald von unheimlichen Wesen wimmelte. Wie auf einem überfüllten Marktplatz. Viele von ihnen hatten rote Lichter in den Augen, aus ihren Ohren kamen safrangelbe Rauchfahnen, und auf ihren Köpfen brannten kleine grüne Feuer. Einige waren groß, andere klein; einige waren dick, andere dünn. Sie bewegten sich langsam. Sie waren so zahlreich, daß sie sich gegenseitig durchdrangen. Die Frauen rannten ohne jede Furcht mitten durch diese Wesen hindurch.

Wir kamen an Banden von Männern vorbei, die ihre Diebesbeute nach Hause trugen. Wir kamen an einer Frau vorbei, die mit blutendem Kopf am Fuß eines Baums saß. Die Frauen nahmen sie mit. Ich lauschte, wie sie verzweifelt stöhnte, bis wir am Ufer eines Flusses haltmachten, wo ein Boot auf uns wartete. Bevor ich etwas tun konnte, hatten die Frauen mich in das Boot gezerrt, kletterten hinein und ruderten auf eine Insel zu, die nicht sehr weit entfernt war. Sie ruderten völlig gelassen, während ich mich zu wehren versuchte. Als ich anfing, mit dem Boot hin- und herzuschaukeln, drückten sie mich mit ihren rauhen Füßen nieder und begruben mich unter ihren weiten Kitteln.

Schließlich kamen wir auf der Insel an, und die Frau mit der Brille hob mich aus dem Boot und führte mich in eine Hütte. Es war ein richtiges Badezimmer. Sie befahl mir, mich zu waschen. Nachdem sie mich mit einem groben Handtuch abgetrocknet hatte, rieb sie mich von oben bis unten mit Öl ein. Dann führte sie mich in eine Kulthütte und legte mich auf eine Matte. Ich versuchte, in jener Nacht nicht zu schlafen und mich auch nicht zu bewegen, denn selbst in der Dunkelheit schienen all die Statuen lebendig zu sein. Die Figuren schienen zu atmen, alle meine Bewegungen zu verfolgen und meinen Gedanken zu lauschen.

Am Morgen fand ich mich in einem leeren Raum wieder. Ich stand auf, und bevor ich zur Tür gehen konnte, kamen die Frauen herein. Sie hatten eindringliche Augen. Sie gaben keinen Ton von sich und starrten mich nur flehentlich an, als stände es in meiner Macht, ihnen das Leben zu retten.

Mit einer Freundlichkeit, die mich erstaunte, führten sie mich zu einem hübschen Haus und setzten mir ein erlesenes Essen vor. Sie umringten mich und sahen zu, wie ich aß. Als ich fertig war, hüllten sie mich in ein makelloses Gewand aus einem Material, so weich und weiß, daß ich das Gefühl hatte, in eine Wolke gehüllt zu sein. Sie berührten mich zärtlich und verließen den Raum. Ich ging aus dem Haus und wanderte völlig verzückt um die Insel.

Der Wind blies Zauberworte über das Meer. Der weiche weiße Sand wimmelte von Rätseln. Ich ging an der Kulthütte vorbei und blickte über die Wellen. Auf dem Rückweg stieß ich auf die

Göttin der Insel. Sie war eine Statue mit hübschem Gesicht und Marmoraugen, die in der Sonne glitzerten. Rings um ihre Füße waren Metallgongs, Kolanüsse, Kaolin, Adler- und Pfauenfedern, Knochen von Tieren und Knochen, die zu groß waren, um von Tieren zu stammen. In einem Kreis rings um die Göttin lagen auf schwarzen Tellern weiße Eier. Ihr mächtiger, wundersam schwangerer Leib war dem Meer zugewandt.

Nachts leuchteten die Augen der Göttin wie Mondstein. Der Seewind, der durch ihr Raffiahaar strömte, brachte eine einschmeichelnde Melodie hervor. Nachts hörte ich ihre schrillen, ekstatischen Schreie. Ich schlich nach draußen. Ihr wundervoller schwangerer Leib, der sich vor dem weiten Meer abzeichnete, war so erstaunlich, daß sie einen Gott oder eine neue Welt hätte gebären können.

Ich schlief in der Kulthütte zwischen den Figuren, die jede Regung wahrnahmen, als der Lärm eines Gongs mich weckte. Ich blickte aus der Tür und sah, wie all die Frauen in Weiß einen zauberhaften Reigen um ihre Göttin tanzten. Ich beobachtete sie im Dunkeln, als sich plötzlich hinter mir etwas bewegte. Lautlos kam eine Katze zwischen den Figuren hervor und auf mich zu. Sie setzte sich vor meine Füße und starrte mich mit Juwelenaugen an. Ich streichelte ihr Fell. Eine Stimme sagte: »Bist du verrückt?«

Ich drehte mich blitzschnell um. Außer den wachsamen Figuren sah ich niemanden. Ich streichelte wieder die Katze. Die Stimme sagte: »Warum hat die Göttin noch nicht geboren?«

»Das weiß ich nicht«, entgegnete ich, ohne mich zu rühren.

»Weil sie noch kein Kind gefunden hat, das sie gebären kann. Wenn du nicht aufpaßt, wirst du heute nacht zum zweitenmal geboren.«

Als mir einfiel, daß ich manchmal die Sprache der Tiere verstehen kann, wachte ich aus meiner Verzückung auf und wurde mir auf einmal der Gefahr bewußt, in der ich mich befand. Dann hörte ich leises Stöhnen. In einer anderen Ecke des Raums, im Dunkel verborgen, entdeckte ich die Frau, die während des Aufruhrs verletzt worden war und deren Fuß jetzt in Fluchtträumen

zuckte. Ich rüttelte sie wach. Sie riß die Augen auf und sah mich benommen an.
»Mein Sohn«, sagte sie.
»Sie wollen mir etwas antun«, sagte ich.
Sie sah mich gleichmütig an.
»Meiner Mutter wird das nicht gefallen«, fügte ich hinzu.
Sie begann zu weinen. Sie hörte nicht wieder auf. Auch sie hatte bei dem Aufruhr einen Sohn verloren.
»Laß uns fliehen«, schlug ich vor.
Sie hörte auf zu weinen. Dann stand sie langsam auf. Wir krochen aus der Kulthütte zu dem Boot. Als wir über das Wasser ruderten, ertönte plötzlich aus der Kulthütte ein erstickter Schrei, der sich über die ganze Insel ausbreitete. Der Wind peitschte die Schreie rings um das Raffiahaar der Göttin. Wellen schlugen gegen das Boot. Verzweifelt ruderten wir durch das aufgewühlte Wasser. Wir hatten etwa die Hälfte des Wegs zurückgelegt, als die Frauen ihr Ritual abbrachen und hinter uns herkamen. Mit verschwollenem Gesicht und im Mondlicht matten Augen ruderte die Frau mit heldenhafter Ausdauer. Aber die Anstrengung war zu groß für sie, und als unser Boot auf den Strand lief, brach sie zusammen. Ich versuchte sie mit Salzwasser wieder zu beleben, doch sie stöhnte nur tief ergeben.
»Mein Sohn, mein Sohn«, war alles, was sie sagte.
Ich konnte nichts mehr für sie tun. Die Boote näherten sich in wildem Tempo der Küste. Ich flüsterte ein Gebet für sie und rannte, ohne haltzumachen, davon, bis ich diesem Kult der schweigenden Frauen für immer entkommen war.

4

In jener Nacht schlief ich unter einem Lastwagen. Morgens lief ich kreuz und quer durch die Stadt. Die Häuser waren groß, überall donnerten Fahrzeuge umher, und die Leute starrten mich an. Ich merkte erst, wie hungrig ich war, als ich an einen Marktplatz kam und Bohnenfladen, reifes Obst und getrockneten Fisch sah und gebratene Kochbananen roch. Ich ging von Stand zu Stand und starrte die Händler an. Viele von ihnen jagten mich fort. Aber an einem Lebensmittelstand war ein Mann mit ernstem Gesicht, der mich ansah und fragte: »Bist du hungrig?«

Ich nickte. Er gab mir einen Laib Brot. Der Mann hatte nur vier Finger, der Daumen fehlte. Ich dankte ihm und streifte über den Markt, bis ich ein Faß fand, auf das ich mich setzte und aß.

Ich sah zu, wie die Menschen in Scharen auf den Marktplatz strömten. Ich beobachtete das Durcheinander, die Wortgefechte und die Lastenträger, die unter Säcken wankten. Die ganze Welt schien hier versammelt zu sein. Ich sah Menschen mit vielerlei Gestalten und in allen Größen, gewaltige Frauen mit Iroko-Gesichtern, winzige Kerle mit versteinerten Gesichtern, gertenschlanke Frauen mit Zwillingen, die sie sich auf den Rücken geschnürt hatten, stämmige Männer mit hervortretenden Nackenmuskeln. Nach einer Weile wurde mir fast schwindlig, wenn ich nur irgend etwas ansah, das sich bewegte. Es tat mir weh, streunende Hunde, Hühner, die in ihren Käfigen mit den Flügeln schlugen, Ziegen mit teilnahmslosen Augen anzusehen. Ich schloß die Augen, und als ich sie wieder öffnete, sah ich Leute, die rückwärts gingen, einen Zwerg, der sich auf zwei Fingern fortbewegte, Männer, die auf dem Kopf liefen und auf den

Füßen Körbe mit Fisch trugen, Frauen, die auf dem Rücken Brüste hatten und Babys vor die Brust geschnürt trugen, und hübsche Kinder mit drei Armen. Unter ihnen war ein Mädchen, das die Augen an den Schläfen hatte, blaue Kupferreifen um den Hals trug und schöner war als eine Waldblume. Ich hatte solche Angst, daß ich von dem Faß glitt und gerade fortgehen wollte, als das Mädchen auf mich zeigte und rief: »Dieser Junge kann uns sehen!«

Sie drehten sich nach mir um. Ich wandte sofort den Blick ab und rannte von dem überfüllten Marktplatz weg zur Straße. Sie folgten mir. Einer der Männer hatte rote Flügel an den Füßen, und ein Mädchen hatte Fischkiemen am Hals. Ich konnte ihr nasales Geflüster hören. Sie blieben in meiner Nähe, um herauszufinden, ob ich sie wirklich sehen konnte. Und als ich mich weigerte, sie zu sehen, und mich statt dessen auf die aufgehäuften roten Pfefferschoten konzentrierte, die in der Sonne verschrumpelten, drängten sie sich um mich und versperrten mir den Weg. Ich ging mitten durch sie hindurch, als wären sie nicht da. Ich starrte unverwandt auf die Krebse, die sich mit ihren Scheren an den Rand von Schüsseln mit Blumenmustern zu klammern versuchten. Nach einer Weile ließen die Wesen mich in Ruhe. Zum erstenmal hatte ich bemerkt, daß nicht nur Menschen auf die Marktplätze der Welt kommen. Geister und andere Wesen kommen ebenfalls dorthin. Sie kaufen und verkaufen, stöbern und schnüffeln. Sie schweifen zwischen den Früchten der Erde und des Meeres umher.

Ich bahnte mir einen Weg zu einem andern Teil des Markts. Ich starrte nicht auf die Leute, die über dem Boden schwebten oder jene mit der Bürde eines zwiebelförmigen Kopfs und blondem Haar, aber ich wurde neugierig, woher sie gekommen sein mochten. Ich folgte jenen, die den Markt verließen und nach Hause gingen, weil sie ihre Käufe oder Verkäufe erledigt hatten oder es leid waren, die interessanten, von Menschenhand gefertigten Dinge der Welt zu betrachten. Ich folgte ihnen über Straßen, schmale Wege und einsame Pfade. Doch ich tat die ganze Zeit so, als sähe ich sie nicht.

Als sie an eine große Lichtung im Wald kamen, sagten sie sich ein seltsames Lebewohl und gingen in verschiedene Richtungen auseinander. Viele von ihnen sahen furchterregend aus. Viele waren ganz hübsch. Eine ganze Reihe von ihnen war ziemlich häßlich, aber nach einer Weile wurde sogar ihre Häßlichkeit normal. Ich beschloß, einem Geisterbaby mit dem Gesicht eines Eichhörnchens zu folgen, das einen großen Sack hinter sich herzog. Seine Gefährten unterhielten sich und lachten beim Gehen mit kehllosen Untertönen. Einer hatte gelbe Schwimmfüße, ein anderer einen kleinen Krokodilschwanz und der interessanteste hatte die Augen eines Delphins.

Die Lichtung war der Anfang einer Schnellstraße. Baufirmen hatten die Bäume gerodet. An manchen Stellen war die Erde rot. Wir gingen an einem Baum vorbei, der gefällt worden war. Eine rote Flüssigkeit tropfte aus dem Stumpf, als wäre der Baum ein ermordeter Riese, dessen Blut nicht aufhörte zu fließen. Die Geisterbabys gingen an den Rand der Lichtung auf eine Erdspalte zu. Als ich in die Spalte starrte, hörte ich ein scharfes Geräusch, als ob etwas zerriß, und schloß vor Entsetzen die Augen. Als ich sie wieder aufmachte, war ich irgendwo anders. Die Geister waren verschwunden. Ich begann zu schreien. Meine Stimme hallte in der trüben Luft wider. Nach einer Weile bemerkte ich eine Riesenschildkröte neben mir. Sie hob träge den Kopf, starrte mich an, als hätte ich sie im Schlaf gestört, und fragte:

»Warum schreist du?«

»Ich habe mich verlaufen.«

»Was soll das heißen?«

»Ich weiß nicht, wo ich bin.«

»Du bist in der Unterstraße.«

»Wo ist das?«

»Im Bauch der Straße.«

»Hat die Straße einen Bauch?«

»Hat das Meer einen Mund?«

»Ich weiß nicht.«

»Das ist deine Sache.«

»Ich will nach Hause.«

»Ich weiß nicht, wo dein Zuhause ist«, sagte die Schildkröte, »daher kann ich dir nicht helfen.«
Dann kroch sie schwerfällig davon. Ich legte mich auf die weiße Erde jenes Landes und weinte mich in den Schlaf. Als ich aufwachte, fand ich mich in einer Grube wieder, aus der Sand für den Straßenbau ausgeschachtet wurde. Ich kletterte heraus und floh durch den Wald.
Ich drückte den Rest meines Brots an mich und ging die Straßen entlang. An einer Kreuzung bat ich eine Essensverkäuferin um Wasser. Sie gab mir ein wenig in einem blauen Becher. Ich aß von dem Brot und trank langsam das Wasser. Ein Mann stand in meiner Nähe. Ich bemerkte ihn an seinem Geruch. Er trug ein schmutziges, zerfetztes Hemd. Er hatte rötliches Haar. Fliegen schwirrten um seine Ohren. Durch seine Unterhose war sein Geschlechtsteil zu sehen. Seine Beine waren mit Wunden bedeckt. Durch die Fliegen in seinem Gesicht sah es so aus, als hätte er vier Augen. Ich starrte ihn neugierig an. Er machte eine heftige Bewegung, um die Fliegen zu vertreiben, und da bemerkte ich, daß er die Augen verdrehte, als machten diese den verzweifelten Versuch, sich gegenseitig zu sehen. Ich merkte, daß auch er mich anstarrte, trank schnell das Wasser aus, wickelte das Brot ein und lief davon. Ich sah mich nicht um, aber ich war sicher, daß er mir folgte. Ich konnte das seltsame Gespräch der Fliegen hören, die um seine Ohren schwirrten. Ich konnte seinen Wahnsinn riechen.
Wenn ich schneller ging, beschleunigte er laut geifernd den Schritt. Ich ging durch einen Compound, kam auf der Vorderseite der Häuser wieder heraus, und dort wartete er schon auf mich. Er verfolgte mich und phantasierte dabei in grotesken Sprachen. Ich flitzte über die Straße, quer über den Markt, und versteckte mich hinter einem Lastwagen. Er klebte an meinem Schatten. Ich empfand ihn als eine schreckliche Gegenwart, der ich nicht entfliehen konnte. Verzweifelt schoß ich über eine andere Straße. Das Hupen eines Ungetüms von Lastwagen erschreckte mich, so daß ich das Brot fallen ließ und mit wild klopfendem Herzen auf die andere Seite stürzte. Als ich glücklich dort ange-

langt war, blickte ich zurück und sah den Mann mitten auf der Straße. Er hatte mein Brot aufgelesen und aß es samt Plastikhülle und allem. Autos fuhren quietschend um ihn herum. Vor lauter Angst, er könne sich plötzlich daran erinnern, daß er mich verfolgt hatte, rannte ich weiter.

Nach einer Weile kam ich an eine vertraute Straße. Ich hatte den Bann des Mannes gebrochen, der wie besessen meinen Schatten verfolgt hatte. Völlig aufgelöst vor Verwunderung versuchte ich zu verstehen, was mir an der Gegend so vertraut vorkam. Liebliche Kinderstimmen waren zu hören. Der Müll roch nach Rosenblüten. Aus der Gosse drang der Duft von Weihrauch. Die Häuser waren mit Staub überzogen. Und dennoch flogen in den dunklen Zwischenräumen weiße Vögel über die Bäume. Ich wartete immer noch darauf, irgend etwas wiederzuerkennen. Und als die Zwischenräume auf der Straße größer wurden, als gäben die Dinge das Sonnenlicht frei, und die Gegend sich in eine weite Fläche heiliger Felder verwandelte, stellte ich erschrocken fest, daß es das Fremdartige war, das mir so vertraut vorkam. Und während mein Atem schneller ging und das Mondlicht über die Straße hereinbrach, erkannte ich die Kinderstimmen, die in einem melancholischen Chor rings um mich herum sangen. Es waren die verschwommenen Stimmen meiner Geistergefährten, die mich in die Welt der Träume lockten, fort von dieser Welt, in der sich niemand um mich kümmerte, in eine Welt, in der ich mich nie verloren fühlen würde.

Das Mondlicht ihrer Stimmen wurde so mannigfaltig und schön, daß ich es nicht länger ertragen konnte. Ich spürte, wie ich in ein anderes Reich ausbrach. Wohin ich auch sah, überfielen mich die Geister mit ihren Offenbarungen. Der Duft der Blumen überwältigte mich. Die Lieder verwundeten mich mit ihrer unbarmherzigen Schönheit. Tödlich getroffen von der Qual ihrer Melodien stolperte ich über die Straße und sah sie plötzlich alle: Geister in voller Blüte, die auf einem Feld aus Regenbögen in der Ekstase immerwährender Liebe badeten. Etwas Scharfes zerschnitt mir das Hirn. Ich brach auf dem blühenden Asphalt zusammen, während Lastwagen an mir vorbeidonnerten.

5

Ich wurde zur Polizeiwache gebracht. Anschließend trug man mich in ein Krankenhaus, wo meine Wunden behandelt wurden. Als ich entlassen wurde, bot sich ein Polizeioffizier an, für mich zu sorgen, bis man meine Eltern ausfindig gemacht hatte. Er war ein ungeschlachter Kerl mit ausladender Stirn und behaarten Nasenlöchern. Er fuhr mich in einem weißen Auto nach Hause. Seine Frau war groß und mager. Sie erinnerte mich an die Frauen auf der Insel, und sie hatte eine Hautfarbe wie der Abend. Sie ließ mich ein Bad nehmen und gab mir Kleider ihres Sohns. Wir aßen ein herrliches Gericht, das mit Garnelen und Fleisch zubereitet war. Der Reis hatte ein zartes Zimtaroma. Die gebratenen Bananen rochen nach wilden Kräutern. Das gebratene Hähnchen schmeckte nach köstlichem Zauber.

Das Wohnzimmer, in dem wir aßen, war sehr geräumig und gemütlich. Die Teppiche waren dick, und an den blauen Wänden hingen gerahmte Diplome. Über einem Bild von Jesus mit großem sichtbarem Herzen und ausgestreckten Armen stand:

Christus ist der unsichtbare Gast in jedem Haus

Es gab auch Bilder von dem Polizeioffizier, von seiner Frau und von einem hübschen Jungen mit traurigen Augen. Der Junge sah mich an, während ich aß. Nach einer Weile begann ich mit den Augen des Jungen zu sehen, und das Haus gab mir sein Geheimnis preis, ich wußte, daß der Junge tot war, verlor den Appetit und aß nichts mehr.

Nach dem Abendessen brachte mich die Frau in mein Zimmer. Ich war erschrocken, ein ganzes Zimmer für mich allein zu haben. Als sie die Tür hinter mir schloß, merkte ich, daß es das Zimmer ihres Sohns war. Sein Spielzeug, seine Schulbücher und sogar seine Schuhe waren fein säuberlich aufgehoben worden. An den Wänden hingen Fotos, die ihn beim Spielen zeigten. In jener Nacht konnte ich nicht schlafen. Im ganzen Haus waren Schritte zu hören, die nicht von Menschen stammten. Im Hinterhof jammerte eine Katze. Und später, im Dunkeln, kam jemand mit nächtlichem Aussehen in den Raum, berührte ständig die Fotos und rasselte mit dem Spielzeug. Ich konnte nicht sehen, wer es war, aber als sich die Schritte entfernten, hörte ich das leise Geklingel von Glöckchen. Erst als der Morgen dämmerte, fand ich etwas Schlaf.

Ich blieb mehrere Tage im Haus des Polizeioffiziers. Die Augen seiner Frau waren ständig geweitet von ungeweinten Tränen. Ich schloß aus ihrem Geflüster in der Nacht, daß ihr Sohn bei einem Verkehrsunfall umgekommen war. Meistens behandelte sie mich gut. Sie machte mir schöne Bohnenfladen und Gemüsegerichte. Wenn ich ein Bad genommen hatte, kämmte sie mir das Haar und rieb mir das Gesicht mit Öl ein. Sie sang mir etwas vor, wenn sie das Wohnzimmer fegte oder Kleider wusch. Manchmal half ich ihr beim Saubermachen. Wir staubten den großen Tisch und den Gläserschrank mit den Kristallelefanten, Schildkröten und Keramiktellern ab. Wir polierten auch die großen Masken an der Wand. Sie zog mir immer die besten Kleider ihres Sohnes an. Erst als sie mich mit seinem Namen anredete, begann ich mich vor ihr zu fürchten.

In der Nacht darauf wurden die Geräusche im Haus noch schlimmer. Ich hörte jemanden herumwandern, als sei er im Gefängnis. Der Gläserschrank bewegte sich von der Stelle. Die Glöckchen klingelten leise. Vögel sangen plötzlich neben meinem Fenster. Morgens gab mir der Polizeioffizier etwas Taschengeld. Seine Frau sagte freundliche Worte zu mir, setzte mir etwas zu essen vor und sah mir beim Essen zu. Nachmittags war das Haus still. Die Frau war nicht da. Alle Türen waren verschlossen. Ich schlief auf dem Sofa im Wohnzimmer und wachte mit dem Gefühl auf, nicht allein im Haus zu sein. Ich hatte Hunger. Ich fühlte mich benommen. Als ich durch das Haus ging und eine offene Tür suchte, drang etwas Seltsames in mich ein. Ich konnte es nicht abschütteln. Es rumorte in mir und sagte Dinge zu mir, die ich nicht verstand. Nach kurzer Zeit spürte ich, daß ich ganz und gar von einem unglücklichen Geist bewohnt war.

Ich tat, was ich konnte, um den Geist aus mir zu vertreiben. Ich schlug mit Händen und Füßen um mich, brüllte aus Leibeskräften. Ich rannte gegen die Wände. Nach einer Weile sah ich mich selbst auf dem Boden liegen und aus dem Mund bluten. Aus mir stieg etwas auf und sprach zu dem Raum. Die Frau stand über mich gebeugt. Der Geist, der aus mir herausgekommen war, sprach zu ihr, doch sie konnte ihn nicht hören.

Die Frau trug mich in mein Zimmer. Als ich abends aufwachte, fühlte ich mich sehr krank. Ich hatte keine Ahnung, wer ich war, und selbst meine Gedanken schienen jemand anderem zu gehören. Der untröstliche Geist hatte leere Stellen in mir hinterlassen. Ich schlief den ganzen Abend und die ganze Nacht hindurch und stand erst am folgenden Nachmittag auf. Ich hatte zwei Tage lang nichts gegessen. Ich hatte keinen Appetit. Völlig lustlos schwebte ich auf den weißen Wellen der Erschöpfung.

In jener Nacht ging die Tür auf, während ich im Bett lag. Der Polizeioffizier, seine Frau und ein Kräuterheiler kamen in den Raum. Ich stellte mich schlafend. Der Kräuterheiler hatte ein leuchtendes Buschmesser. Sie sprachen flüsternd über mich. Nach einer Weile gingen sie hinaus. Neben meinem Bett stand eine Schale mit Reis und Hähnchen, ich verschlang das Essen. Danach fühlte ich mich etwas besser und begann, meine Flucht zu planen.

Ich lauschte auf alle Geräusche im Hause. Überall waren Stimmen. Ich hörte, wie die Luft wisperte, die Wände redeten, der Stuhl klagte, der Boden auf und ab ging und die Insekten tratschten. Dunkelheit erfüllte den Raum. Gestalten bewegten sich in der Dunkelheit. Ich sah, wie sich gelbe Wesen regten, weiße Formen vorüberschwebten und blaue Schatten an der Decke herumflogen. Aber wenn ich Leute reden hörte, wurde alles um mich herum still und stumm. Ich wartete. Dann schlich ich zum Wohnzimmer, um zu lauschen.

6

Es herrschte Stille. Eine Sturmlaterne brannte mit kleiner Flamme auf dem Eßtisch, ihr bläuliches Licht warf überall Schatten. Weiter unten saßen sieben Gestalten um den Tisch in der Mitte. Eine Motte umschwirrte sie. Die achte Gestalt stand regungslos vor ihnen. Ich entdeckte bald, daß es der Polizeioffizier war. Er leitete die Zeremonie.

Je länger ich hinschaute, desto besser konnte ich etwas in der düsteren Atmosphäre erkennen. Auf dem Tisch in der Mitte standen acht Gläser, in denen sich das bläuliche Licht spiegelte. Ich entdeckte eine halbe Kalebasse, die sich mit ihrem flüssigen Inhalt auf die Seite neigte. Neben der Kalebasse stand ein weißer Teller mit zerteilten Kolanüssen und Kaolinstäbchen. Und neben dem Teller war die kleine Figur einer gefiederten Göttin.

Mit tiefem Gesang, der die Luft im Zimmer veränderte, ließ der Polizeioffizier die Gestalten aufstehen. Im schwachen Licht war zu erkennen, daß es Polizisten in Uniform waren. Sie fielen leise in den Gesang ein. Dann streckten sie die Arme quer über den Tisch aus und faßten sich gegenseitig an den Händen. Als die Männer sich wieder setzten, blieb der Polizeioffizier stehen.

Die Fliegen summten. Der Offizier schwenkte den Fetisch durch die Luft. Der Fetisch hatte smaragdgrüne Schlangenaugen, die im gedämpften Licht glitzerten. Der Offizier sagte etwas, und die erste der sieben Gestalten stand auf. Ein Mann mit kleinen Augen und einem dünnen Schnurrbart. Nervöser Schweiß lief ihm an der Nase herunter. Leicht zitternd hielt er die Figur hoch. Plötzlich wurde seine Stimme fest, und er schwor einen Treueeid. Die Motte kreiste um seinen Kopf. Er

schwor unter dem furchterregenden Blick der Göttin und unter Androhung des Todes, daß er ehrlich mit dem von ihm eingenommenen Geld umgegangen sei, das er jetzt überreichte.
Die sitzenden Gestalten brachen in einen furchterregenden Gesang aus. Als sie aufhörten, brach der erste Mann heftig schwitzend ein Stück Kaolin ab, kaute es und malte sich mit dem Rest ein Zeichen auf die Stirn. Mit zitternder Stimme sagte er, er solle von einem Lastwagen überfahren werden, wenn er seinen Eid in irgendeiner Weise bräche. Er gab einen heiseren Laut von sich. Zur Bekräftigung seiner Erklärung trank er einen Schluck aus der Kalebasse. Er holte das Geld hervor, das er eingenommen hatte, und legte es auf den Tisch. Dann setzte er sich ins Halbdunkel und wurde wieder zu einer vagen Gestalt.
Der Polizeioffizier zählte das Geld mit unendlicher Geduld. Er grunzte, starrte den ersten Mann an, gab ihm seinen Anteil, legte etwas Geld unter den Teller und behielt den Rest. Das Ritual wurde von allen Männern wiederholt. Die Motte umkreiste sie die ganze Zeit. Der zweite Mann schwor seinen Eid, überreichte schnell sein Geld und setzte sich wieder. Der dritte Mann war ein Hüne – breitschultrig, mit dickem Bauch, durchdringender Stimme und stumpfsinnigen Augen, die durch den Raum schweiften. Der vierte war dick, gut gelaunt und machte ein paar Scherze, die mit finsterem Schweigen aufgenommen wurden. Er schwang ein rotes Messer, als er seinen Eid beendete. Mit sichtbarem Widerwillen überreichte er sein Geld. Der fünfte Mann war schmächtig und hatte eine heisere Stimme. Sein Eid war ein endloses Geschwafel über seine Ehrlichkeit. Er schwor auf unzählige Götter, stieß die Namen von geheimen Kultstätten aus und schrie, wenn er nicht die Wahrheit sage, sollten die Götter seinen einzigen Sohn töten. Der Polizeioffizier zuckte zusammen. Der fünfte Mann setzte sich.
Der sechste Mann war dünn, groß und würdevoll. Er schwitzte nicht. Die Motte umkreiste ihn nicht, als er sein Ritual vollzog, und die Lampe wurde deutlich heller, als er seinen Gesang beendete. Als sich die nächste Gestalt erhob, gab es hinter mir ein Geräusch, und ich versteckte mich. Nichts geschah. Ich kam zu-

rück, um die Szene zu beobachten, und stellte gebannt fest, daß sich die Motte auf der Stirn des siebten Mannes niedergelassen hatte. Er schwitzte fürchterlich, und während des gesamten Eids unternahm er nichts, um sie zu verjagen. Er schwor seine Treue in eindringlichen Worten. Während er einen Schluck von dem Trank nahm und ewige Ehrlichkeit schwor, fiel ein Foto vom Sohn des Polizeioffiziers krachend auf den Boden. Das Glas im Rahmen zerbrach nicht. Die Sturmlaterne flackerte auf, und ich sah, wie die Motte gegen das heiße Lampenglas flatterte. Die anderen Gestalten starrten schweigend den siebten Mann an. Mit unerschütterlicher Stimme setzte er seinen Eid fort und legte das Geld auf den Tisch. Doch plötzlich setzte er seine Mütze auf und verließ das Haus, ohne den Eid zu vollenden.

Die Zeremonie ging weiter, als sei nichts geschehen. Die Männer tranken kräftig, flüsterten, stimmten aus dem Stegreif Lieder an und tanzten lebhaft. Als das Treffen zu Ende ging, setzten sie ihre Mützen auf, verabschiedeten sich mit brüderlichem Gruß und stolperten in trunkener Fröhlichkeit aus dem Haus.

Ich ging in mein Zimmer zurück. Ich wartete, daß der letzte ging. Und dann wartete ich, daß es still wurde. Als es schließlich still war, schlich ich ins Wohnzimmer. Der Polizeioffizier lag mit durchgeschwitztem Hemd in einem Sessel. In seinem Mundwinkel war ein Schaumfleck. Eine Fliege setzte sich auf seine Unterlippe, rieb sich die dünnen Beine und labte sich an seinem Schlaf.

Das Zimmer roch nach Schweiß und Khaki, Blut und Federn, Asche und Angst. Die Motte hatte sich selbst zum Brandopfer gemacht. Auf dem Tisch waren Blutflecken. Aus der Hemdtasche der Uniform des Polizeioffiziers quollen Bündel von Banknoten hervor. Die gefiederte Göttin hing jetzt an einem Nagel über der Tür, genau gegenüber vom Christus-Bild mit der Überschrift.

Der Polizeioffizier schnarchte. Ich schlich auf Zehenspitzen an ihm vorbei, öffnete leise die Haustür und trat hinaus in die Dunkelheit. Nach ein paar Schritten streifte ich mit den Beinen etwas Behaartes. Ich konnte gerade noch einen Schrei unterdrücken und starrte in die leuchtenden Augen eines weißen Hunds. Der Hund sah mich lange an, als überlegte er, ob er Alarm schlagen sollte. Ich machte ein freundliches Zeichen, ging zurück ins Haus, kroch hinter der schlafenden Gestalt des Polizeioffiziers her und schlüpfte in mein Zimmer.

Ich blieb im Bett und schlief nicht. Ich versuchte alle Geräusche des Hauses zu deuten. Ich hörte Stimmen in der Wand, die sagten, daß ein Opfer auf seinen Tod warte. Am Morgen befahl der Polizeioffizier seiner Frau, alle Türen verschlossen zu halten. Nachmittags ging sie aus dem Haus. Sie blieb lange fort. Als sie wiederkam, hörte ich, wie sie in die Küche ging. Nach einer Weile brachte sie einen Teller Bohnen mit gebratenen Bananen und stellte ihn vor meine Tür. Ich holte ihn herein, aß aber nichts. Mein Hunger wurde so groß, daß mir schwindlig wurde. Den ganzen Nachmittag und Abend über ertrug ich den quälenden Spott meiner Geistergefährten. Als ich es vor Hunger nicht mehr aushielt, holte ich den Teller und wollte gerade anfangen zu essen, als ein übler Geruch von dem Essen aufstieg. Ich fand eine Zeitung, kippte das Essen auf die Seiten, versteckte das Päckchen und stellte den leeren Teller draußen vor die Tür.
In jener Nacht schloß ich in der Dunkelheit die Augen ganz fest und rief mir mit der ganzen Verzweiflung meines leeren Magens das Bild meiner Mutter vor Augen. Als ich sie deutlich sah, sprach ich mit ihr und bat sie, zu kommen und mich zu retten. Nachdem ich mit ihr gesprochen hatte, schlief ich ein, denn ich war sicher, daß sie mich gehört hatte.

7

Ich hörte, wie etwas am Dach rüttelte. Es hatte angefangen zu regnen. Der Wind schlug gegen ein Fenster. Halb verrückt vor Hunger stieg ich aus dem Bett. Ich saß im Dunkeln zusammengekauert auf dem Boden, und als es klopfte, rührte ich mich nicht. Die Tür ging auf, und eine riesige Gestalt sagte: »Komm und iß mit uns.«

Vom Hunger gebannt folgte ich dem Mann an den Eßtisch. Niedergeschlagen setzte ich mich und starrte auf die Fliegen, die über dem Essen schwirrten. Die Frau des Polizeioffiziers füllte meinen Teller mit einer reichlichen Portion Yamsbrei, köstlichem Ziegenfleisch und einer Soße mit viel Gemüse. Das Essen roch wunderbar, und der Dampf aus der Schüssel erfüllte den Raum mit dem Duft von Tomaten und Majoran. Vor Hunger kam mir die Welt bläulich vor. Zum erstenmal verstand ich die Atmosphäre des Hauses und verstand, warum das Gespenst in mich gedrungen war. Als ich mit den Augen blinzelte, sah ich Geister neben dem Polizeioffizier und seiner Frau. Sie waren überall im Raum. Die Geister waren groß und still, und manche hatten dünne Bärte. Ein Inkubus mit weißen Flügeln schwebte neben dem Fenster. Ich blinzelte erneut und sah einen Geist mit acht Fingern und einem einzigen zwinkernden Auge. Ein anderer, in der Uniform eines Polizisten, hatte einen Fuß amputiert. Er aß mit blutbefleckten Händen von dem Essen, kurz bevor der Offizier zugriff. Ein Geist, der nur aus zwei milchweißen Beinen bestand, balancierte auf dem Kopf der Frau. Ein Homunkulus, der wie eine gelbe Pflanze aussah, tanzte auf dem Essen. Ich muß die Geister wohl verwundert angestarrt haben, denn der Offizier sagte plötzlich: »Was starrst du so?«

Ich schüttelte den Kopf. Dann bemerkte ich, daß in einer Ecke auf der anderen Seite des Tisches, an dem sie mit solch unschuldigem Appetit aßen, einsam und verlassen der Geist ihres Sohnes saß. Er hatte beide Arme verloren, eine Seite seines Gesichts war zerquetscht, und beide Augen waren geplatzt. Er hatte bläuliche Flügel. Er war der traurigste Geist im Haus.
»Nur so«, sagte ich.
Sie blickten sich gegenseitig und dann mich an. Ich brachte keinen Bissen herunter, nachdem ich gesehen hatte, wie die Geister mit ihren blutbefleckten Händen mit dem Essen gespielt hatten. Ich saß da und starrte auf die Fliegen.
Als die beiden mit dem Essen fertig waren, standen sie auf. Der Mann setzte sich in den Sessel, und seine Frau brachte ihm eine große Flasche Guinness, die er trank, während er beide Füße auf einem Schemel liegen hatte. Seine Frau setzte sich zu ihm. Ich lauschte auf das Ticken der Standuhr in dem stillen Haus. Die Geister umringten den Mann und die Frau und starrten sie in stiller Verwunderung an. Der Geist mit dem zwinkernden Auge trank den Schaum vom Guinness, kurz bevor der Offizier das Glas ansetzte. Der Offizier trank zufrieden. Als seine Frau aufstand, um sich auch etwas zu trinken zu holen, ging der Geist mit den milchweißen Beinen hinter ihr her. Als der Offizier zur Toilette ging, begleitete ihn der Geist in Uniform. Und als sie wieder friedlich dasaßen, standen die Geister so dicht vor ihnen, daß sich ihre Gesichter beinah berührten. Die Geister waren still und taten nichts.
Die Standuhr schlug. Mir wurde klar, daß die Gespenster und Geister im Haus waren, weil der Offizier in irgendeiner Weise für ihren Tod verantwortlich war. Ich eilte in mein Zimmer, schloß die Tür, legte mich im Dunkeln hin und starrte auf die Decke. Als die Uhr aufhörte zu schlagen, schoß mir plötzlich ein orangefarbenes Licht durch das Hirn, die Dunkelheit erhellte sich etwas, und ich sah den untröstlichen Geist des Jungen in einer Ecke des Raums. Nach einer Weile erhob er sich, flog auf mich zu, starrte mit seinen geplatzten Augen auf mich herab und blieb flügelschlagend direkt über mir in der Luft schweben.

Ich fühlte mich bedrängt. Ich konnte nicht atmen und mich auch nicht rühren. An Schlaf war nicht zu denken, und wenn es mir gelang, die Augen zu schließen, hatte ich das schreckliche Gefühl, daß eine schwere Gestalt mich hinunterdrückte und sich in meinen Körper zwängte. Ich konnte nicht schreien und wehrte mich vergeblich. Die Wände im Haus begannen etwas über den siebten Mann zu flüstern, der von einem Lastwagen überfahren worden war, während er den Verkehr regelte.
Als sich die Gestalt in mich hineinzwängte, begann es draußen zu regnen, und ich wurde ruhig. Es regnete ununterbrochen. Der Wind rüttelte weiter am Wellblechdach und trieb Wasser durch die Ritzen der Fensterrahmen. Es wurde kalt. Ich drehte mich um und blickte auf die Wand. Als ich merkte, daß ich mich bewegen konnte, richtete ich mich auf und setzte mich auf das Bett. Der Geist des Jungen war oben unter der Decke, wie ein ständiger bläulicher Nebel. Donner grollte über dem Haus, und Blitze zuckten. Es regnete in Strömen, und der Wind prallte mit leisem Heulen gegen das Fenster. Ein weiterer Blitz schlug ein. Er schien es auf das Haus abgesehen zu haben. Auf einmal waren das Fenster und der ganze Raum in gleißendes Licht getaucht. Nach einer Weile roch ich, wie Rauch unter der Tür hervorquoll. Der Rauch erfüllte den Raum, und ich begann zu husten, und als ich hinauslief, konnte ich kaum mehr etwas sehen. Der Rauch war sehr dicht, und als ich hustend und mit brennenden Augen in die Küche kam, stellte ich fest, daß sie in Flammen stand. Ich hämmerte gegen die Türen, bis der Offizier mit hängendem Bauch und roten Augen auftauchte.
»Es brennt in der Küche«, rief ich.
Während wir das Feuer mit Eimern Wasser bekämpften, standen die Geister um uns herum und sahen uns zu. Die Frau hörte nicht auf zu weinen. Der Mann fluchte. Der Regen wurde stärker. Die ganze Küche stand unter Wasser. Regen drang unter der Wohnzimmertür herein und durchnäßte den Teppich. Der Wind zertrümmerte ein Fenster, und Larven und behaarte Raupen wurden hereingeweht. Kleine Schnecken tauchten auf den Wänden auf. Draußen grollte der Donner. Drinnen wanderte

der Geist des Jungen durch das Haus, wanderte mitten durch seine Eltern, ohne sie zu erkennen und ohne von ihrem Kummer berührt zu sein.

Nachdem wir das Feuer erfolgreich bekämpft und den triefend nassen Boden aufgewischt hatten, legten sich alle wieder ins Bett. Ich hörte sie die ganze Nacht husten und flüstern. Ich schlief nicht. In den frühen Morgenstunden, noch vor Anbruch der Dämmerung, als die Nacht ihre Stimmung zu wechseln begann, klopfte es heftig an die Tür. Die Tür erzitterte, und das Hämmern wurde so wild und unregelmäßig, daß es schien, Wind und Donner wollten hereingelassen werden. Ich eilte aus meinem Zimmer zur Tür, doch der Mann war vor mir da. Ich kam näher. Draußen vor der Tür stand eine Frau mit schmutzigem, nassem Haar, wirrem Blick, angespanntem Hals und nackten Füßen. Der Regen strömte gnadenlos auf sie nieder. Neben ihren Füßen lagen tote Schaben. Ich sah ein Seil um ihren Hals, das sie mit dem Himmel verband. Das Seil verwandelte sich in einen Blitzstrahl. Einen Augenblick lang glaubte ich, ich hätte sie in einem anderen Leben oder in der Geisterwelt gekannt. Ich drängte mich an dem Offizier vorbei. Ich stand auf der Türschwelle. Dann blitzte es in meinem Kopf auf, und ich rief mit sehnsüchtiger Stimme: »Mutter!«

Zunächst rührte sie sich nicht. Sie schien mich nicht zu erkennen. Sie starrte mich mit leerem Blick an. Nach einem kurzen Moment des Schweigens ließ sie plötzlich alles fallen, was sie mitgebracht hatte, und umarmte mich, ohne einen Ton von sich zu geben. Dann hob sie mich hoch und drückte mich fest an ihren warmen, feuchten Körper.

8

Ich wurde von Stimmen in der Dunkelheit geweckt. Ich war auf Mamas Schulter und sah im Regen Gesichter von Frauen, Gesichter, die vom Licht der Blitze erhellt wurden. Die Frauen drängten sich mit ausgestreckten Armen und freundlichen Blicken um uns. Wir waren von allen Seiten umringt. Die Frauen faßten mich an und begutachteten mich, als sei ich ein Wunderding, das vom Himmel gefallen war. Sie strichen mir über das Haar, rieben mir die Haut und tasteten meine Knochen ab, als ob ich dadurch, daß ich verlorengegangen und wiedergefunden worden war, ihnen allen gehörte. Ich hatte neue Hoffnung mitgebracht. Auch die Frauen waren ein Grund, auf der Erde zu bleiben, um manchmal die Freuden der Heimkehr zu genießen.

Mama setzte mich ab. Meine Beine waren schwach. Alles kam mir fremd vor. Unser neuer Compound sah sehr merkwürdig aus. Mit zitternden Füßen stolperte ich dahin, bis Mama mich an die Hand nahm und mir Halt gab. Dann führte sie mich zu einem Raum, öffnete die Tür und sagte mit ausgestrecktem Finger: »Dein Vater wartet auf dich.«

Auf einem Stuhl saß ein Mann und schlief. Ich erkannte ihn nicht. Er hatte einen Verband um den Kopf und sein linker Arm hing in einer schmutzigen Schlinge. Er war unrasiert, und seine nackte Brust hob und senkte sich, während er schnarchte. Das Zimmer war sehr klein. Ein Hauch von Schlaf, Hunger, Verzweiflung, schlaflosen Nächten und trübem Kerzenrauch hing in dem Raum. Auf dem Tisch in der Mitte stand vor dem Mann eine halbvolle Flasche *ogogoro*, ein Aschenbecher, und daneben lag eine Schachtel Zigaretten. Außerdem befand sich auf dem Tisch eine Mückenspirale, deren beißender Rauch die Luft erfüllte. Der Mann, der da

auf dem Stuhl schlief, war wie ein Riese aus einem Märchen. Seine großen Füße lagen auf dem Tisch. Er schlief sehr tief und flößte mir mit seinen kräftigen Brustbewegungen Angst ein.
Als draußen ein Blitz aufzuckte und der Regen stärker wurde, wachte der Mann mit finsterem Blick auf. Dann änderte sich der Ausdruck seiner Augen. Sie wurden groß und blutunterlaufen. Verwirrt blickte er sich im Zimmer um, als wäre er in einer fremden Welt aufgewacht. Dann sah er mich in der Tür. Eine ganze Weile blieb er mit ausgestreckten Armen wie gebannt sitzen. Plötzlich sprang er mit solchem Schwung auf, daß der Stuhl zur Seite flog, und rannte auf mich zu. Ich lief um den Tisch. Er verfolgte mich, doch ich lief in die andere Richtung und ließ den Tisch zwischen uns. Ich hatte keine Ahnung, warum ich vor ihm weglief oder warum er hinter mir herlief. Als sich eine Möglichkeit ergab, floh ich schreiend zur Tür hinaus, doch er erwischte mich draußen im strömenden Regen. Brüllend warf er mich immer wieder in die Luft und versetzte mich in Angst. Und als er mich fest an sich drückte, so daß ich von seiner maßlosen Energie und seinem bebendem Herzen überwältigt war, brach ich in Tränen aus, ohne zu wissen, warum.

Als es aufhörte zu regnen, zog Mama mir die Kleider des toten Jungen aus und verbrannte sie später mit Kerosin und Pflanzensäften. Die Kleider brannten länger als erwartet. Mit abergläubisch glänzenden Augen nährte sie die gelbschwarzen Flammen immer wieder mit Kerosin. Als die Kleider zu Asche verbrannt waren, fegte sie die Flocken in eine Zeitung und ging durch die Dunkelheit in den Wald.
Als sie wiederkam, nahm sie mich an die Hand und schob mich in den Waschraum, in dem Tausendfüßler über die Wände krabbelten, und wusch mich mit einem Eimer besonders behandelten Wassers. Ich mußte eine braune Seife benutzen, die kaum schäumte. Während ich mich bemühte, mich zu waschen, blieb Mama draußen vor dem erbärmlichen Waschraum und erzählte mir, was alles seit der Nacht des Aufruhrs geschehen war. Die Art, wie sie es erzählte, erfüllte mich mit Staunen über sie.

Als die Menge uns in jener Nacht trennte, hatte das entfesselte vermummte Wesen Frauen in den Straßen verfolgt, weil sie seinen furchterregenden Anblick nicht sehen durften. Mama hatte in jedem Winkel, unter jedem Auto nach mir gesucht und vor den brennenden Häusern meinen Namen gerufen. Und als sie in der Hoffnung nach Hause ging, mich dort zu finden, erfuhr sie, daß auch Papa verschwunden war.
»In einer Nacht«, sagte sie, »verlor ich mein einziges Kind und meinen Mann.«
Die ganze Nacht wartete sie vor dem niedergebrannten Compound, während unsere ganze Habe auf der Straße verstreut lag. Morgens zogen die Bewohner in neue Compounds, in andere Gettos. Mama gelang es, unsere Habseligkeiten unter Verwandten aufzuteilen. Dann ging sie in alle Krankenhäuser und Polizeiwachen, die sie finden konnte. Untröstlich über den Verlust, suchte sie die ganze Stadt ab. Und als sie schon verzweifelt aufgeben wollte, ging sie mit letzter Kraft noch in eine Polizeiwache in der Stadtmitte und erfuhr, daß Papa dort eingesperrt war, weil er an dem Aufruhr teilgenommen hatte. Es gelang ihr, ihn zu sehen. Er war von den Polizisten zusammengeschlagen worden, hatte eine üble Schnittwunde auf der Stirn, Prellungen im Gesicht, und sein Arm hing herab wie ein krankes Anhängsel. Nachdem sie lange gebettelt und etwas Bestechungsgeld lockergemacht hatte, wurde Papa am nächsten Tag freigelassen. Er ging an jenem Tag zur Arbeit und erfuhr, daß er entlassen war. Währenddessen war es Mama gelungen, ein Zimmer für uns zu mieten. Und sie hatte eine Möglichkeit gefunden, eine Monatsmiete im voraus zu bezahlen. Papa kam schlecht gelaunt und wütend in die neue Bleibe zurück. In jener Nacht wurde er krank und murmelte etwas über verrückte Soldaten, die weiße Männer in Kriegen jenseits des Meers getötet hatten.
Mama war völlig verzweifelt über mein Verschwinden. Ihre Freundinnen rieten ihr, eine Kräuterheilerin um Rat zu fragen. Anfangs war Mama unschlüssig; aber nachdem sie alles versucht hatte, auf Polizeiwachen und in Krankenhäuser gegangen war, ohne mich zu finden, ließ sie sich schließlich überreden. Sie

suchte eine Kräuterheilerin auf. Vor deren Hütte lag ein Haufen Glasscherben. Mama war kaum in der Hütte, als die Kräuterheilerin, eine grimmig aussehende Frau mit einem Auge, das stärker glänzte als das andere, ihr aus dem Halbdunkel entgegenrief, sie wisse den Grund für ihren Besuch.

»Geh weg«, schrie sie mit sich überschlagender Stimme, »bring mir einen jungen weißen Hahn, eine Flasche Gin, Taubenfedern und drei Stück Kreide mit. Dann helfe ich dir.«

Als Mama mit den gewünschten Dingen zurückkam, befragte die in einen einfachen schwarzen Kittel gekleidete Frau ihre Kaurimuscheln. Sie brachte ihrer Göttin, die in einer Ecke des Raums saß und mit einer blitzenden Sonnenbrille im Dunkeln vor sich hin brütete, Opfergaben. Dann forderte die Kräuterheilerin Mama auf, sie allein zu lassen. Sie wollte ihre Weissagung überschlafen. Als Mama am nächsten Morgen wiederkam, sagte ihr die Kräuterheilerin ohne Umschweife, daß die Sache sehr teuer werden würde, da der Fall äußerst schwierig war.

»Dein Sohn wird in einem Geisterhaus festgehalten«, sagte sie.

Mama war so entsetzt, daß sie augenblicklich fortging, alles Geld zusammenkratzte, das sie von ihrem Handel gespart hatte, etwas Geld von Papa nahm und sich den Rest lieh. Die Kräuterheilerin erzählte ihr dann, daß ich von einem Mann und einer Frau festgehalten wurde, die mich entweder als ihr eigenes Kind behalten oder für Geld opfern wollten, und ich von solch mächtigem Zauberwerk umgeben sei, daß ich für immer verloren sei, wenn Mama nicht sofort etwas unternähme. Mama zahlte den Preis, setzte sich in das Halbdunkel und lauschte, während die Kräuterheilerin mit den seltsamen Augen die ausgefallensten Beschwörungen hervorstieß, die Mama je gehört hatte. Die Kräuterheilerin rang mit den Mächten des Hauses und versuchte, den Zauber zu brechen, der mich umgab. Nach fünf Stunden, in denen Mama sich vor Angst nicht gerührt hatte, tauchte die Frau aus ihrem geheimen Gemach auf und sagte: »Ich habe den Zauber bis auf einen gebrochen, der zu mächtig für mich ist. Nur der Blitz kann diesen brechen.«

Mama saß verwirrt da. Die Kräuterheilerin gab ihr Anweisungen. Mama ging schweren Herzens nach Hause.
In jener Nacht bejammerte sie ihre Lage, gab sich selbst die Schuld daran, daß sie ihr einziges Kind verloren hatte, ein Kind, das beschlossen hatte zu leben. Da besuchte sie eine entfernte Verwandte, die von Mamas Sorgen gehört hatte und gekommen war, um sie zu trösten. Sie brachte ein paar Geschenke mit und gratulierte Mama dazu, daß sie mich gefunden hatte. Papa betrachtete das als gutes Omen. Mama war verdutzt. Dann stellte sich heraus, daß die Verwandte am Tag nach meinem Unfall ein Bild von mir in der Zeitung gesehen hatte. So verfolgte Mama meine Spur zur Polizeiwache und schließlich zum Haus des Polizeioffiziers.
Mama ging zu der Kräuterheilerin zurück, die ihr die letzten Anweisungen gab. Mama sollte zu dem Haus gehen, sich bescheiden bei dem Offizier und seiner Frau dafür bedanken, daß sie mich aufgenommen hatten, ihnen Geschenke mitbringen und den jungen weißen Hahn in den Raum werfen, so daß sie ihn an meiner Stelle opfern konnten. Und dann sollte sie, so schnell sie konnte, von dem Haus weglaufen. Doch bevor sie irgend etwas unternehmen konnte, mußte der Blitz erst in das Haus einschlagen. Mama hatte drei Stunden vor dem Haus draußen im Regen gewartet. Geduldig stand sie dort unter dem grollenden Donner und sah zu, wie hier und dort über Häusern und Bäumen die Blitze zuckten. Sie blieb dort, ohne sich vom Fleck zu rühren, bis ein Blitz direkt in das Geisterhaus einschlug, wo man mich gefangenhielt.

9

Nachdem ich gebadet und gegessen hatte, setzten sie mich auf Papas Stuhl und baten mich, ihnen meine Geschichte zu erzählen. Ich begann zu erzählen, bis sich das Licht im Zimmer veränderte, kräftige Hände mich hochhoben und mich aufs Bett legten. Ich sah, wie Papa unter seinem blutbefleckten Verband lächelte. Mama schob Stuhl und Tisch an die Seite, breitete eine Matte aus und schlief auf dem Boden. Papa saß auf seinem hölzernen Stuhl, rauchte friedlich und steckte eine Mückenspirale an. Ich lauschte, wie er zu dem stillen Raum sprach und Rätsel aufwarf, die nur die Toten beantworten können.

Ich schlief die ganze Nacht und den ganzen Tag. Als ich aufwachte, war es Abend. Der Raum war leer. Auf dem Tisch brannte mit ruhiger Flamme eine Kerosinlampe. Als ich zum erstenmal die Augen in dieser neuen Umgebung aufschlug, war alles anders. Große Schatten ließen das Zimmer kleiner erscheinen. Der Fußboden war rauh. Lange Ameisenkolonnen liefen an den Wänden entlang. Neben dem Schrank waren Ameisenhügel. Ein Regenwurm kroch hinter Papas Schuhen her. Geckos und Eidechsen huschten an den Wänden auf und ab. Im hinteren Winkel des Zimmers war eine Wäscheleine gespannt, die unter der Last zu vieler Kleidungsstücke durchhing. Mamas Waren waren über das ganze Zimmer verstreut. Ihre Säcke stapelten sich neben dem Schrank. Überall standen verrußte Töpfe, Tongeschirr und Schüsseln herum. Es sah aus, als hätten Mama und Papa beim Einzug ihre Habseligkeiten wahllos irgendwo abgestellt und nie die Zeit zum Aufräumen gefunden. Je länger ich die Risse in den Wänden, die Löcher im Wellblechdach, die Spinnweben, den Geruch von Erde und *garri*, den Rauch von Zi-

garetten und Mückenspiralen wahrnahm, um so stärker wurde der Eindruck, wir seien gar nicht umgezogen. Alles kam mir genauso vor wie früher. Der einzige Unterschied lag darin, daß ich an dieses Genausosein nicht mehr gewöhnt war.
Das Licht im Zimmer war abends trüb. Mücken und Leuchtkäfer kamen herein. Eine sterbende Fliege summte ihr letztes Lied oben an der Decke in den Spinnweben. Das Lampenlicht flakkerte ständig, der schwarze Rauch stieg zur Decke auf. Der Geruch von verbranntem Docht und Kerosinrauch beruhigte mich. Ich war zu Hause. Und zu Hause zu sein war etwas ganz anderes, als in dem bequemen Haus des Polizeioffiziers zu sein. Mich belästigten keine Geister mehr. In den dunklen Ecken versteckten sich keine Gespenster. Auch die Armen gehören zu einem Land. Unser Viertel war arm. Wir hatten kein richtiges Badezimmer, und die Toilette war primitiv. Aber in diesem Zimmer, unserm neuen Zuhause, war ich glücklich, weil ich die warme Gegenwart und das liebevolle Wirken meiner Eltern überall riechen konnte.
An verbogenen Nägeln hingen vergilbte gerahmte Fotos meiner Eltern an der Wand. Auf einem der Bilder saß Mama seitlich auf einem Stuhl. Sie hatte sehr viel Puder im Gesicht, und auf ihren Lippen lag das scheue Lächeln eines Dorfmädchens. Papa stand neben ihr. Er trug eine ausgebeulte Hose, ein weißes Hemd und einen schief gebundenen Schlips. Das Jackett war ihm viel zu klein. Auf seinem Gesicht lag ein energischer, tigerhafter Ausdruck. Seine starken Augen und sein kräftiges Kinn trotzten der Kamera. Er sah aus wie manche Boxer, bevor sie berühmt werden. Auf einem anderen Foto saß ich zwischen ihnen, ganz klein zwischen zwei Hütern. Auf unsern Gesichtern lag ein sanftes, scheues Lächeln. Während ich auf die Fotos in dem kleinen Raum starrte, in dem die Lampe mehr schwarzen Rauch als Helligkeit hervorbrachte, fragte ich mich, wo die Sanftheit geblieben war.
Ich ging nach draußen, um nach Mama und Papa zu suchen. Sie waren nicht im Hinterhof. In der Küche saßen Frauen mit glänzenden, feisten Armen und halb entblößten Brüsten vor einem

glühenden Holzfeuer, der Schweiß tropfte ihnen vom Gesicht. Ich sah ihnen zu, wie sie Bohnenfladen, Hähnchen und Fisch brieten und köstlich duftende Ragouts zubereiteten. Als sie mich sahen, begrüßten sie mich mit lauten, lebhaften Stimmen, und ich floh. Papa saß vor dem Haus und erzählte einer Schar wild aussehender Männer von seinen Erfahrungen im Gefängnis. Mama stand auf der anderen Straßenseite und zankte sich mit einer alten Frau. Papa war in seiner Erzählung an einem Punkt angelangt, wo er es für nötig hielt, eine bestimmte Episode vorzuführen. Übermütig sprang er vom Stuhl auf, ging auf und ab, stampfte mit den Stiefeln auf die Erde, schwang seinen unversehrten Arm durch die Luft, schwenkte den Kopf hin und her und gab Schlachtrufe in sieben Sprachen von sich. Das sollte eine Darstellung des verrückten Soldaten sein, der in den englischen Kriegen in Burma gekämpft hatte. Sein Geist war durch die vielen Explosionen von Minen, die Nächte, die er bei Leichen verbracht hatte, und das abergläubische Staunen, so viele weiße Männer getötet zu haben, aus den Fugen geraten. Er war zu einem Mann geworden, der nur noch zwei Dinge kannte: den Marsch und den Angriff. Er marschierte den ganzen Tag im Gefängnis auf und ab und griff nachts im Schlaf ununterbrochen an. Die Männer lachten über Papas Darstellung, und Papa lachte so schallend, daß der Blutfleck auf seinem Stirnverband größer wurde. Niemand bemerkte es. Ich machte ein Geräusch; Papa drehte sich um und sah mich. Und als er mich sah, hörte er augenblicklich auf zu lachen. Nach einer ganzen Weile ging er auf mich zu, und ich rannte auf die Straße, Mama entgegen. Auf halbem Weg sah ich einen Radfahrer, der in rasendem Tempo auf mich zukam. Mama schrie auf, ich fiel hin; der Radfahrer schwankte, verfehlte meinen Kopf und fluchte, als er hastig davonfuhr. Mama lief herbei, hob mich auf, brachte mich vor das Haus und vertraute mich Papa an.

»Warum läufst du immer vor mir weg, hm?« fragte Papa traurig.

Ich sagte nichts. Starrte nur auf die Gesichter der Männer aus dem Compound, große Gesichter, die von Entbehrung und Humor gezeichnet waren. Die Dunkelheit brach langsam über uns herein, und überall wurden Kerosinlampen an der Straße angezündet.

An jenem Abend wurde Papa ein Riese, der mich beschützte und mit mir eine Entdeckungsreise in unsere neue Welt unternahm. Wir waren von einem großen Wald umgeben. Zwischen den Häusern standen dichte Büsche und kleine Bäume. Aus den Büschen drang das Zirpen von Vögeln und Grillen. Papa führte mich einen schmalen Pfad hinab. Wir begegneten Frauen, die mit Bündeln von Feuerholz auf dem Kopf gebeugt dahertrotteten und sich in seltsamen Sprachen unterhielten. Wir begegneten jungen Mädchen, die von fernen Strömen zurückkamen und Wassereimer auf den Köpfen balancierten.
»Siehst du das alles?« fragte Papa und deutete mit seinem unversehrten Arm auf den Wald und die Büsche.
»Ja«, entgegnete ich.
»Jetzt ist das Busch, nicht wahr?«
»Ja.«
»Aber noch eher, als du denkst, wird hier kein Baum mehr stehen. Vom Wald wird nichts übrigbleiben. Und überall stehen dann armselige Häuser. Hier werden die Armen leben.«
Ich blickte mich noch einmal verwundert um; denn ich konnte mir nicht vorstellen, wie sich der dichte Wald so verändern sollte. Papa lachte vergnügt in sich hinein. Dann wurde er still. Er legte mir die Hand auf den Kopf und sagte mit der Stimme eines traurigen Riesen: »Auch du wirst hier leben. Uns wird hier vieles widerfahren. Falls ich jemals fortmuß, falls ich jemals verschwinden sollte, jetzt oder in Zukunft, dann denk daran, daß mein Geist immer hierbleiben wird, um dich zu beschützen.«
Papas Stimme zitterte. Als er wieder schwieg, begann ich zu weinen. Er hob mich mit seinem kraftvollen Arm hoch und trug mich auf dem Felsen seiner Schulter. Er machte keinen Versuch, mich zu trösten. Als ich aufgehört hatte zu weinen, lachte er geheimnisvoll. Wir machten an der ersten Palmwein-Bar halt, an der wir vorbeikamen.

Er bestellte eine Kürbisflasche Palmwein und neckte die Frau, die ihn bediente und auch mein kleines Glas immer wieder füllte. Wenn Papa aus seiner Kalebasse trank, trank ich aus meinem Glas. Darüber freute sich Papa. Er sagte: »Du mußt lernen zu trinken, mein Sohn. Ein Mann muß etwas vertragen können, denn in unserm schweren Leben muß man sich manchmal einfach betrinken.«
Ich saß neben ihm auf der Holzbank und trank, wenn er trank, nahm den Dunst der Bar in mich auf, den Geruch nach abgestandenem Wein, Pfefferschotensuppe und Trockenfisch. Überall machten sich die Fliegen breit. Die Gäste wedelten sie sich beim Sprechen ständig aus dem Gesicht. In der hinteren Ecke der Bar saß ein Mann mit dem Rücken an der Wand im Dämmerlicht der Lampen auf einer Bank, der Kopf war ihm in schläfriger Trunkenheit auf die Brust gesunken. Papa bestellte mit vor Freude glänzendem Gesicht eine weitere Kürbisflasche Wein. Er tauschte mit den anderen Gästen, die ihm alle völlig fremd waren, Scherze und Anekdoten aus. Dann begann er ein Damespiel.
Anfangs spielte er nicht sehr ernsthaft und machte ständig Scherze. In dieser Stimmung spielte er ein Spiel und gewann. Er spielte noch eins und verlor. Je öfter er verlor, desto weniger Scherze machte er. Seine Stimme wurde aggressiver, und er stieß mir mit seinen scharfen Ellbogen gegen den Kopf, ohne es zu merken. Die beiden Männer waren so von ihrem Spiel besessen, daß sie sich gegenseitig beschuldigten zu mogeln. Sie fuchtelten drohend mit den Fäusten über dem Damebrett hin und her. Ihre Stimmen wurden hitziger. Die Zuschauer, die Wetten auf die Spieler abgeschlossen hatten, waren noch leidenschaftlicher als die beiden Spieler. Papa, der ständig verlor, beschimpfte seinen Gegenspieler aufs übelste; dieser reagierte mit unglaublicher Heftigkeit. Ich wurde unruhig. Papa schloß eine absurde Wette auf sich selbst ab, die sein Gegner verdoppelte. Auf einmal wurde die Atmosphäre in der Bar äußerst angespannt, und Papa schwitzte und trank immer mehr. Er bestellte zwei weitere Kürbisflaschen Wein. Die Stimmung war so gespannt, daß die Zu-

schauer übereinander herfielen, wenn einer von ihnen etwas sagte. Es vergingen lange, angstvolle Minuten, ehe die heftigen Auseinandersetzungen geschlichtet waren. Papa erhöhte die Wette, und sein Kopf begann erneut zu bluten. Sein Gegner, ein gewaltiger Kerl mit kleinem Kopf, starrte Papa unentwegt mit solcher Verachtung an, daß ich ihm am liebsten in die Finger gebissen hätte. Er wandte sich mir mit seinen kleinen betrunkenen Augen zu und sagte: »Dein Vater kann nicht spielen.«

»Halt den Mund«, schnauzte ich zurück.

Alles schwieg verblüfft.

»Was hast du da gesagt?« fragte er ungläubig.

»Nichts.«

Papa sagte: »Laß meinen Sohn in Ruhe. Spiel lieber. Streng dein Gehirn an und nicht den Mund.«

Entrüstet erwiderte sein Gegner: »Willst du damit sagen, daß du diesem kleinen Jungen, der noch feucht hinter den Ohren ist, erlaubst, mich zu beschimpfen?«

»Spiel, mein Freund«, entgegnete Papa kühl.

»Da wo ich herkomme, werden die Kinder aber anders erzogen«, sagte der Mann und blickte mich finster an.

»Mein Freund, spiel lieber.«

Der Mann wurde so wütend über Papas Gleichgültigkeit, daß er völlig die Konzentration verlor. Er knurrte mich weiter an und fluchte in vielen Sprachen. Papa schlug ihn ständig und trank immer weniger, je näher der Sieg schien. Und dann gewann er mit einem vernichtenden Schlag die Partie und strich das hart erkämpfte Geld seines Gegners ein. Voller Wut leerte sein Gegner die ganze Flasche Palmwein in einem Zug, überhäufte uns mit Beschimpfungen, beklagte sich bitter über die schlechte Erziehung der Kinder heute und wankte hinaus in die anbrechende Dunkelheit.

Es stellte sich heraus, daß er gegangen war, ohne seine Getränke und seine Pfefferschotensuppe zu bezahlen. Die Barbesitzerin lief hinter ihm her, und wir hörten, wie sie sich stritten. Papa trank seelenruhig seine Flasche aus. Er war mit sich selbst sehr zufrieden, und sein Gesicht strahlte vor tiefer Genugtuung.

Nachdem ich mein kleines Glas Wein ausgetrunken hatte, bezahlte er bei der Aushilfe, und wir gingen.
Draußen hatte sich eine Menge versammelt. Der ungehaltene Verlierer weigerte sich zu zahlen, nur weil ich zu ihm gesagt hatte, er solle den Mund halten.
»Ich zahle erst, wenn Sie dem Jungen sagen, er soll sich bei mir entschuldigen«, schrie er.
»Das ist nicht meine Angelegenheit«, brüllte die Barbesitzerin zurück. »Ich will nur mein Geld, das ist alles!«
»Der Junge hat mich in Ihrer Bar beleidigt«, erwiderte er.
Die Frau hörte nicht mehr zu. Als wir an der Menge vorbeigingen, sahen wir, daß sie ihn schüttelte und an der Hose zog. Er versuchte, ihrem gebieterischen Griff zu entkommen, einem Griff, mit dem sie durch die Hose hindurch seine Geschlechtsteile umklammerte. Er versuchte, ihre Finger auseinanderzubiegen, und als das mißlang, schlug er ihr auf die Hände und beschimpfte die Leute. Doch zu unserm Erstaunen hob die Frau ihn plötzlich an der Hose hoch und warf ihn zu Boden. Die Menge johlte. Der Mann wedelte mit den Armen, richtete sich auf, schnaubte und schrie. Dann stürzte er sich auf sie und schlug auf ihr Gesicht ein. Papa rannte auf ihn zu, kam jedoch mit seinem Rettungsversuch zu spät. Die Frau hatte bereits den schlechten Verlierer im Schritt gepackt, und er schrie so laut auf, daß die Menge verstummte. Da stemmte sie ihn sich mit einem geübten Grunzen auf die Schulter, drehte ihn einmal um, zeigte ihn in seiner ganzen Größe dem Himmel und schleuderte ihn dann brutal auf den harten Boden. Er blieb einen Augenblick mit offenem Mund bewußtlos liegen. Dann drehte sie ihn um und holte alles Geld aus seinen Taschen. Sie nahm, was er ihr schuldete, zog ihm die Hose aus, ging in die Bar, kam mit einer schmutzigen Kürbisflasche wieder und übergoß ihn mit abgestandenem Palmwein.
Er kam sofort zu sich. Als er das Ausmaß seiner öffentlichen Erniedrigung sah, schrie er ungläubig auf und floh in den Wald, die Schande des abgestandenen Weins tropfte ihm aus der Unterhose. Wir sahen ihn nie wieder. Die Menge war darüber, wie die

Frau das geschafft hatte, so verdutzt, daß jeder sie mit offenem Mund anstarrte. Sie ging in ihre Bar zurück und räumte die Tische ab, als sei nichts geschehen. Und dann brach sie, während wir noch zuschauten, das Damebrett entzwei und warf es nach draußen. Als sie den Blick hob und sah, daß die Menge sie in gebanntem Schweigen anstarrte, kam sie auf uns zu. Die Hände in die Hüften gestemmt, sagte sie mit lauter Stimme: »Wollt ihr etwas trinken, oder wollt ihr zuschauen?«
Die Menge erwachte aus ihrer Erstarrung, und überall wurden Stimmen laut. Einige Männer gingen in die Bar, um auf den Mythos der Frau anzustoßen. Andere machten sich auf den Heimweg und schmückten das sensationellste Ereignis, das sie seit langem erlebt hatten, in immer neuen Geschichten aus. Die Frau bediente ihre neuen Gäste mit großartiger Gelassenheit. Jener Abend begründete ihren Ruhm. Alle sprachen mit leiser Stimme über sie. Ihre Legende, die eine Unzahl von Märchen entstehen ließ, war in unserer Mitte geboren worden – aus Geschichten und Gerüchten, die mit der Zeit zu einer der ausgefallensten Tatsachen unseres Lebens werden sollten.

10

Als wir die Menge verliessen, die eifrig am Mythos dieser Frau arbeitete, führte Papa mich über Buschpfade in den Wald. Ich ging im Nebel der Trunkenheit neben ihm her. Wir kamen an einem Baum vorbei, dessen untere Äste mit gelben Kleidern bedeckt waren. Eine schwarze Katze folgte uns in einiger Entfernung. Im Wald war es dunkel, bis wir an eine Lichtung kamen. Mitten auf der Lichtung war ein einsamer Holzpfahl in die Erde gesteckt worden. Der Pfahl hatte Blüten getrieben. Kleine Knospen waren aus dem nackten Holz hervorgebrochen, und aus einigen Knospen hatten sich Zweigansätze gebildet. Papa sagte: »So mußt du sein. Du mußt wachsen, wo auch immer das Leben dich hin verschlägt.«
Ich starrte den blühenden Pfahl an. Dann strich Papa mir liebevoll über den Kopf und sagte mir, ich solle dort bleiben und auf ihn warten. Er ging fort, und ich lauschte, wie sich seine Schritte im Wald entfernten.
Ein gelber Wind regte sich in den Blättern. Äste knackten. Ein Tier schrie auf. Die schwarze Katze lief mit glühenden Augen an mir vorbei, in die Richtung, die Papa eingeschlagen hatte. Sie blickte sich einmal nach mir um. Ich wartete. Immer mehr Geräusche waren aus dem Wald zu hören. Eine Eule flog über meinen Kopf und sah mich von einem Ast an. Ich hörte, wie sich Schritte näherten, und hätte schwören können, daß sie von einem gewichtigen Mann stammten, doch als ich hinschaute, sah ich eine Antilope. Sie kam auf mich zu, blieb neben dem Pfahl stehen und starrte mich an. Dann kam sie näher und leckte mir die Füße. Als ein Ast in den Bäumen knackte, schreckte die Antilope auf und rannte fort. Ich wartete regungslos. Es begann

zu nieseln. Über unsichtbare Pfade im Wald rann Wasser und sammelte sich vor meinen Füßen. Ich hörte schon wieder Schritte, die von allen Seiten auf mich zukamen. Dann sah ich, wie sich etwas bewegte. Die Luft schwoll an. Eine Frau kam aus einem Baum und hinkte auf mich zu. Ihr Kopf hing lose auf dem Hals. Sie starrte mich aus ihrem formlosen Gesicht an, und ihr Körper beugte sich beim Gehen in eine Richtung. Sie war auf eine Art mißgestaltet, die ich nicht bestimmen konnte. Sie trug ein weißes Kleid. Ihre Augen waren klein und dunkel. Als sie nicht mehr weit von mir entfernt war, blieb sie stehen und begann zu lachen. Ich rührte mich nicht. Der Wind rüttelte an den Ästen. Das Wasser zu meinen Füßen ließ mich frösteln. Die Frau ging mit ziemlich irrem Lachem um mich herum. Ihr Gesicht war verzerrt, und ihre Augen leuchteten im Dämmerlicht. Als sie wieder vor mir stand, streckte sie langsam die Hände nach meinem Hals aus. Im gleichen Augenblick flog die Eule mit einem nächtlichen Schrei von ihrem Ast auf und umrundete uns zweimal. Sie schrie noch einmal und schwang sich empor. Ein Krachen wie von einem berstenden Baum war zu hören, und ich sah, wie die Eule niederfiel, als sei sie mitten in einem Traum erschossen worden. Zappelnd landete sie auf der Erde und flatterte schwach mit den Flügeln. Dann verwandelte sie sich in eine kleine Pfütze aus gelbem Wasser und verdunstete in der Luft.
Die Frau hörte auf zu lachen. Statt mit ihren rauhen Händen nach meinem Hals zu greifen, packte sie den blühenden Pfahl und begann ihn, mit einem teuflischen Ausdruck im Gesicht, aus der Erde zu ziehen. Sie drehte den Pfahl und mußte lange an ihm zerren, da er kräftige Wurzeln gebildet hatte. Als sie den Pfahl mit seinen langen Wurzeln endlich herausgerissen hatte, wandte sie sich um und zog ihn hinter sich her.
Ich beobachtete, wie sie weghinkte, und bemerkte in den Wurzeln eine glitzernde schwarze Schlange, die mit Erde bedeckt war. Die Schlange wand sich um den Pfahl herum, auf die Hände der Frau zu, während diese ihn hinter sich her in den Wald schleppte. Nach einer Weile sah ich die Frau nicht mehr. Dann hörte ich einen gellenden Schrei. Und dann Stille. Ich rührte

mich nicht. Es war allmählich sehr dunkel geworden. Ein Tausendfüßler kroch an meinem Bein hoch, doch ich störte ihn nicht. Ich sah wieder die schwarze Katze. Sie lief auf mich zu, schlich an mir vorbei und rannte in die Richtung, aus der wir ursprünglich gekommen waren. Nicht lange danach sah ich Papa mit einem großen Sack auf der Schulter aus dem Wald kommen. Er sah erschöpft aus, als hätte er mit Dämonen gerungen. Als er bei mir war, fragte er: »Hast du dich vom Fleck gerührt?«
»Nein.«
»Gut.«
Ich beugte mich hinab und streifte den Tausendfüßler von meinem Bein.
»Ist irgend etwas passiert?«
»Eine Frau ist aus einem Baum hervorgekommen. Eine Eule ist auf die Erde gefallen und hat sich in Luft aufgelöst. Vor meinen Füßen hat sich Wasser gesammelt.«
»Ausgezeichnet«, sagte er. »Laß uns nach Hause gehen.«
Wir gingen los. Ich sah die Katze nirgendwo. Ich fragte Papa: »Warum hat die Frau den Pfahl aus der Erde gezogen?«
»Welchen Pfahl?«
»Den Pfahl, der da war.«
»Wo?«
»Da.«
»Da war kein Pfahl«, erwiderte er.
Ich schwieg eine Weile. Dann sagte ich: »Eine Schlange ist aus den Wurzeln hervorgekommen und hat sie gebissen.«
»Das ist gut. Das Leben ist voller Rätsel, die nur die Toten beantworten können«, war Papas Antwort.

Wir gingen schweigend nach Hause. Wir gingen über zahlreiche Pfade. Ein Hund hinkte vor uns her, dann blieb er stehen und starrte uns an. Aus dem Sack auf Papas Schulter tropfte Blut. Der Blutfleck auf seinem Stirnverband war größer geworden und trocknete langsam.
»Was hast du gefangen?«
»Ein Wildschwein.«

»Warum blutest du?«
»Das Wildschwein ist in die Falle gegangen und war noch nicht tot. Es kämpfte noch, als ich hinkam. Ich mußte es mit den Händen töten. Es hat mir einen Tritt gegen den Kopf versetzt.«
Ich ging schweigend hinter ihm her, horchte auf die Geräusche im Wald und Papas Atem. Der Rückweg kam mir länger vor als der Hinweg. Als wir zur Palmwein-Bar kamen, nagelte die Besitzerin gerade ein Schild an. Im Dunkeln konnte ich die Schrift nicht lesen. Sie blickte uns an, als wir vorbeigingen. Papa grüßte sie. Sie erwiderte den Gruß nicht.
Als wir zu unserer neuen Unterkunft kamen, rannten die Kinder nach draußen, um uns zu begrüßen. Die Männer wollten Papa helfen, den Sack zu tragen, aber Papa wollte keine Hilfe. Die Frauen unterhielten sich aufgeregt. Unsere Tür war auf. Überall in dem kleinen Zimmer waren Klappstühle aufgestellt. Der Tisch in der Mitte war mit Getränken überladen. Auf dem Boden stand eine Schale mit Kolanüssen und Kaolin. Ein starker Duft nach frischem Ragout hing in der Luft. Das Zimmer war leer. Papa ging auf den Hinterhof, und wir trafen Mama in der Küche an. Sie fachte mit tränenden Augen das Holzfeuer unter einem großen Topf an. Als sie uns sah, kam sie nach draußen, nahm Papa in die Arme und hob mich hoch. Papa legte den Sack auf den Küchenboden. Er sah mich einen Augenblick an und sagte: »Ich habe mein Versprechen gehalten.«
Dann verließ er die Küche und ging ins Zimmer, kam mit Handtuch und Seife wieder, holte Wasser aus dem Brunnen und wusch sich ausgiebig. Ich blieb mit Mama in der Küche und hustete, wenn sie hustete. Das Wasser im Topf kochte. Frauen aus dem Compound kamen und halfen ihr dabei, das Wildschwein aus dem Sack zu ziehen. Sie goßen kochendes Wasser über das Fell, um die Borsten abzulösen. Sie rasierten es. Fünf Männer halfen ihnen, das grimmig aussehende Tier zu zerlegen. Sie schnitten ihm den Kopf ab, teilten es in Stücke und holten die riesigen Eingeweide heraus. Dann begannen die Frauen das wilde Tier zu kochen, das Papa im Wald gefangen hatte.
Als das Fleisch kochte, stand auf einem anderen Feuer eine

große Pfanne mit brutzelndem Öl. Der ganze Compound duftete nach leckerem Ragout, Pfefferschoten, Zwiebeln, würzigen Kräutern und gebratenem Buschfleisch. Als allen schon das Wasser im Mund zusammenlief, schickte mich Mama hinaus, damit ich mich wusch. Ich zog neue Kleider an. Besucher und Bewohner des Compounds kamen nach und nach in unser Zimmer. Sie ließen sich nieder. Mama kämmte mir das Haar und zog mir einen Scheitel. Auch Papa hatte einen Scheitel. Mama nahm ein Bad. Sie zog im Waschraum ihre besten Sachen an. Im Gang richtete sie ihr Haar her und schminkte sich.

Bald hatte sich unser kleines Zimmer mit allen möglichen Leuten gefüllt. Viele von ihnen waren aus unserm Compound, ein oder zwei Personen waren aus unserem früheren Viertel, einige waren uns völlig fremd, und dann waren noch viele Kinder da. Es war sehr heiß in dem Raum, und alle schwitzten. Jeder Stuhl war besetzt, und auch auf dem Fußboden war kein Platz mehr. Eine Frau stimmte ein Lied an. Ein Mann stimmte ein noch lebhafteres Lied an. Die Kinder schauten zu. Mama kam mit einem Teller Alligatorpfefferkernen, einer Schale Zigaretten und Brotfrucht. Und dann hörten wir draußen lautes Trara.

Es war Papa. Er stand im Gang und hielt in der einen Hand eine leere Flasche und in der anderen einen Löffel. Er ließ auf dem Glas ein Lied erklingen. Er trug einen schwarzen französischen Anzug und hatte den Verband gewechselt. Am Hinterkopf hatte er eine Adlerfeder stecken. Er sah glücklich und ein bißchen betrunken aus. Während er hereinkam, spielte er mit dem Löffel eine Melodie auf der Glasflasche, tanzte und sang zu seiner selbsterfundenen Musik. Die Leute lachten und jubelten anerkennend. Jeder begann zu reden. Die Stimmen wurden lauter. Scherze machten unter den schwitzenden Gesichtern die Runde. Ich fühlte mich auf dem Fest zu Ehren meiner Heimkehr wie ein Fremder.

Dann tauchte zu unserm Entzücken in der Tür eine Frau auf, die ein Triumphlied anstimmte. Mama kam herein, gefolgt von drei Frauen, die einen großen dampfenden Topf mit Ragout hereinbrachten. Hinter ihr waren noch drei Frauen, die Schüsseln mit

Jollof-Reis, Yamswurzeln, Bohnen, *eba* und gebratenen Bananen schleppten. Kinder brachten Pappteller und Plastikbestekke. Ein köstlicher Duft verbreitete sich im ganzen Raum. Alle richteten sich auf. Die Gesichter glänzten erwartungsvoll vor Appetit. Und nicht eine Kehle hätte die größten Hoffnungen auf ein Fest mit reichlichem Essen verheimlicht, das dann auch alle Erwartungen erfüllte.

II

Das Essen wurde hereingebracht und in einer Ecke abgestellt. Alle redeten, um sich nicht anmerken zu lassen, wie ihnen das Wasser im Mund zusammenlief. Der älteste Mann des Compounds stand auf und bat um Ruhe. Scherze, Geplapper, erfundene Spitznamen und scharfe Debatten heizten die Stimmung an und ließen die Hitze im Zimmer noch größer werden. Wieder wurde um Ruhe gebeten, was auch Anlaß zu Scherzen gab. Papa mußte die Stimme erheben und die Leute mit seinem unversehrten Arm bedrohen, ehe der Lärm nachließ.

Der alte Mann vollzog an beiden Türpfosten ein Trankopfer, betete für uns, dankte den Ahnen, daß ich gefunden worden war, und bat sie darum, daß ich nie wieder verlorengehen möge. Als er sein Gebet beendet hatte, begann er eine lange, weitschweifige Rede, in der er uns als neue Bewohner des Compounds willkommen hieß, ein paar wohlformulierte Spitzen auf wirkliche und eingebildete Feinde losließ und in einen Schwall von Sprichwörtern, Sprüchen und Anekdoten ausbrach, die wie Steine in die Tiefen unseres Hungers fielen. Je länger sich seine Rede hinzog, um so bedrückter wurden die Gesichter. Seine Sprichwörter machten uns immer hungriger, bissiger und gereizter. Als der alte Mann seinen Hunger auf das Redenhalten gestillt hatte, antwortete Papa auf seine guten Wünsche. Er drückte seinen Dank für unsere allgemeine Sicherheit und gute Gesundheit aus und betete für alle Anwesenden. Der alte Mann zerteilte die Kolanuß. Er gab Papa eine Hälfte, der ein Stück davon abbiß und sie mit Gebeten beladen an Mama und dann an mich weitergab.

Die Getränke wurden an die Leute verteilt. Es gab große Mengen *ogogoro* und Palmwein für die Männer, Bier für die Frauen und Limonade für die Kinder. Während die Getränke eingegossen und ausgeteilt wurden und die erwartungsvollen Gesichter vor Durst schwitzten, stimmte ein Mann ein Lied an, und eine Frau sagte: »Die Männer fangen nur dann an zu singen, wenn das Essen fertig ist.«

Die Frauen brachen in Gelächter aus, und das Lied des Mannes ging im Spott unter. Die Frauen sangen mit Stimmen wie ein Dorfchor ein hübsches Lied; doch ausgelassen wie immer ergriff Papa eine leere Flasche, klopfte mit einem Löffel dagegen und brachte die Frauen aus dem Rhythmus. Dann sang jeder sein eigenes Lied, und einen Augenblick lang gab es keinen Mißklang unter den vielen Stimmen.

Es ging immer wüster auf dem Fest zu. Der Raum war zu klein für so viele Leute, die jeden verfügbaren Zentimeter eingenommen hatten, und selbst die Wände knarrten aus Protest. Kleider fielen von Nägeln und Wäscheleinen. Papas Stiefel gingen unter vielen Scherzen von Hand zu Hand und wurden schließlich aus dem Fenster geworfen. Es war so heiß im Zimmer, daß allen der Schweiß in Strömen herunterlief. Die Hitze ließ alle älter aussehen. Die Kinder weinten und steigerten dadurch die gereizte Stimmung und den Hunger. Doch die Getränke lösten die Zungen, und ein Schwall von Argumenten und Gesprächen erfüllte die Luft. Die Frauen fragten Mama, wie sie mich gefunden hatte. Mama erzählte ihnen Dinge, die sie mir nicht erzählt hatte, aber die Kräuterheilerin erwähnte sie mit keinem Wort. Die Leute redeten um die Wette und gaben verschiedene Versionen ähnlicher Geschichten zum besten, von denen sie gehört hatten. Eine Frau erzählte von einem Zauberer, der ein Kind in einer grünen Flasche versteckt hatte. Eine andere Frau, die sich offensichtlich für Papa interessierte, erzählte, daß man ihre Schwester gefunden hatte, wie sie mit einer Krone aus Opferperlen auf dem Kopf in einem Fluß trieb.

»Das ist gelogen!« sagte Mama plötzlich zur Überraschung aller.

»Du hast uns nie erzählt, daß du eine Schwester hast ...«

Papa unterbrach die beiden, nahm Flasche und Löffel und erzeugte ein bescheidenes Geklimper. Er stand auf und sang und tanzte. Die Männer sangen mit ihm den Highlife-Schlager, in dem die ständigen Rivalitäten unter Frauen verspottet wurden. Papa wurde von seinem eigenen Lied ganz berauscht und versuchte, alle zum Tanzen anzuregen. Es war kein Platz da, um sich zu bewegen, und Papa, der inzwischen schon ziemlich betrunken war, beschimpfte jeden, der seiner Aufforderung nicht folgte. Anfangs war es mehr eine allgemeine Beschimpfung, aber als er sich direkt an einen der Männer wandte, gab es Streit. Der Mann stürmte nach draußen, und eine Abordnung mußte hinter ihm hergeschickt werden, um ihn zu bitten, wiederzukommen. Er kehrte zurück, aber bevor er seinen Platz einnahm, genoß er seine Rache.

»Bist du etwa auf dieses elende Zimmer so stolz?« sagte er laut zu Papa. »Großer Kerl, kleines Hirn!«

Papa grinste dumm. Dann fiel Mama über ihn her und sagte ihm, er solle höflicher zu seinen Gästen sein, und in ihrer unerklärlichen Wut geriet sie so außer sich, daß auch sie hinausstürmte und die Leute etwas verunsichert zurückblieben. Niemand wurde hinter ihr hergeschickt. Peinlich berührt von der Stille forderte Papa alle auf, sich etwas zu trinken einzugießen und auf das Wohl seiner Frau anzustoßen. Aber die Getränke waren ausgegangen, und Papa hatte kein Geld mehr, und so saßen wir alle da und starrten unsere leeren Flaschen an. Als alle schwiegen, kam Mama wieder und brachte ein paar Verwandte mit, die wir seit langem nicht gesehen hatten, und alle klatschten über Mamas Rückkehr; angespornt durch den Beifall, lief Papa aus dem Raum (ohne auf Mamas Einwand zu hören, wir sollten im Rahmen unserer Verhältnisse feiern), ging in den Laden gegenüber und kam mit ein paar Kartons Bier zurück.

Das Fest wurde noch wüster. Die Männer forderten noch mehr Getränke. Der alte Mann, der ziemlich betrunken war, gab einen Strom widersprüchlicher Sprichwörter von sich. Ein Mann mit dichtem Bart beklagte sich darüber, daß der Essensgeruch ihn schwach machte. Inmitten all der Stimmen, der Vorfreude, die sich selbst übertroffen hatte, und des langen, geduldigen Wartens, das schließlich den eigenen Hunger stillt, wurde das Essen serviert. Teller mit Reis und Buschfleisch wurden an gierigen Gesichtern vorbeigereicht, aber da die Gesellschaft so groß war und die Anzahl Mamas Berechnungen weit überstieg, bekam jeder nur viel weniger zu essen, als die Größe des Wildschweins hatte vermuten lassen. Die Leute hatten sich in einen solchen Hunger hineingesteigert, daß das Essen kaum reichte, um einmal die Runde zu machen. Wie eine Umkehrung des Wunders von der Speisung der Fünftausend wurde das Essen weniger, ehe es zu den Gästen kam. Der Reis war schnell verzehrt, das Wildschwein verschwand in den geräumigen Mägen der heißhungrigen Anwesenden, das Ragout trocknete in den Töpfen ein, und die Leute starrten in betrunkener Verwunderung auf ihre Teller. Der Bärtige brummte, das Stück Fleisch, das er gegessen habe, sei so klein gewesen, daß er davon noch hungriger geworden sei. Unzufriedenheit breitete sich aus; der köstliche, kehlereizende Essensduft hing noch in der Luft und erinnerte uns an das nicht eingehaltene Versprechen eines üppigen Festes. In der allgemeinen Unzufriedenheit tat Papa alles, um die Gäste aufzuheitern. Er machte Scherze, erzählte Rätsel, imitierte Leute. Er tanzte und machte auf seiner Flasche Musik. Derweilen aßen die Leute, spuckten die Knochen auf den Boden, verschütteten ihre Getränke und wischten sich die Hände an unseren Vorhängen ab. Papa versorgte die Gesellschaft großzügig mit Getränken, lieh sich dafür große Summen und schwitzte vor ausgelassener Erregung. Der Bärtige, der den Hunger durch Trunkenheit ersetzte, trank so viel, daß er bei dem Versuch, seine erste Begegnung mit einer weißen Frau vorzuführen, stolperte und über seinen Stuhl fiel, der dabei zu Bruch ging. Ein anderer Mann rannte nach draußen, übergab sich auf dem Gang, und als er zurückkam, war er grau wie eine Eidechse. Papa, der mehr als nur angenehm betrunken war, ließ sich darüber aus, was für einen Aufstand er veranstaltet hätte, wenn er zum Haus des Polizeioffiziers gegangen wäre, um mich zu holen. Das war der geeignete Moment für Mamas Rache.

»Warum bist du dann nicht hingegangen, hm?« fragte sie scharf.

»Weil du zu betrunken warst!«

Erneut wurde es peinlich still. Papa, der vor Trunkenheit leicht schielte, sah jeden in der Runde an. Dann deutete er auf seinen Arm in der Schlinge. Und ohne ersichtlichen Grund, fast als schnappte er Rätsel aus der Luft auf, sagte er dann: »Wenn ich sterbe, wird niemand meinen Körper sehen.«
Es wurde totenstill. Mama brach in Tränen aus und rannte aus dem Raum. Zwei Frauen gingen hinter ihr her. Papas Stimmung verdüsterte sich, er trank heftig und begann dann plötzlich wunderschön zu singen. Zum erstenmal hörte ich tiefe Töne der Trauer in seiner kräftigen Stimme. Immer noch singend, beugte er sich nieder, hob mich hoch und drückte mich an sich. Seine Augen waren leicht blutunterlaufen. Er gab mir aus seinem Glas zu trinken, und nach dem zweiten Schluck war auch ich ziemlich betrunken. Papa setzte mich auf dem Stuhl ab, ging hinaus und kam mit Mama im Arm wieder. Mamas Augen waren feucht. Papa hielt sie umschlungen, sie tanzten zusammen, und gerührt über die Versöhnung sang die ganze Gesellschaft für sie.
Während das wilde Getrommel auf den Tisch, die synkopierten Rhythmen der Stimmen, die Flaschenmusik und die allgemeine Ausgelassenheit den Raum erzittern ließen, tauchte der Fotograf von gegenüber mit einem weißen Hut auf dem Kopf auf. Er hieß Jeremiah. Er hatte einen drahtigen Bart, und jeder schien ihn zu kennen. Er wurde augenblicklich zur Zielscheibe von Scherzen. Manche spotteten über den schlecht gewählten Zeitpunkt seiner Ankunft, da er das schmackhafteste Wildschwein verpaßt hatte, das je in den Wäldern Amok gelaufen war. Andere drängten ihn, seinen weißen Hut abzunehmen und sich so schnell wie möglich zu betrinken. Und die Frauen wollten wissen, warum er seinen Fotoapparat nicht mitgebracht hatte. Er ging hinaus und kam bald darauf mit seinem Fotoapparat wieder, und alle hörten auf zu tanzen und stellten sich für ein Gruppenfoto auf. Die Männer kämpften um die Plätze, auf denen man am besten zu sehen war. Der alte Mann, der auf sein Altersrecht pochte, stellte sich ganz vorn hin. Die Frauen gingen hinaus, um sich zurechtzumachen, und brachten, als sie wiederka-

men, die ganze Anordnung des Fotografen durcheinander. Mama hob mich hoch und stellte sich mit Papa neben den alten Mann. Der Fotograf gab eine Fülle von Anweisungen, während er seinen Fotoapparat aufstellte. Er ging vor und zurück und ließ uns den Kopf verrenken. Er bat Papa, die Beine zu verdrehen, Mama den Hals in einem aberwitzigen Winkel zu halten, und mich, ein ziemlich verrücktes Lächeln aufzusetzen. Nach langem Hin und Her begann der Fotograf mit einer eigenen Serie dramatischer Posen. Er duckte sich, stellte sich auf die Zehenspitzen, kniete nieder, kletterte auf einen Stuhl und schien sogar einen fliegenden Adler nachzumachen. Zwischendurch nahm er immer wieder einen tiefen Schluck aus der Bierflasche. Schwankend lehnte er sich zurück und forderte uns mit glänzenden Augen auf, »Schiese« zu sagen.
Während wir mit dem Wort herumspielten und uns über dessen sonderbaren Klang amüsierten, machte er die erste Aufnahme. Als der Fotoapparat aufblitzte und eine seltsame Explosion erfolgte, tauchten Geister aus dem Licht auf und schmolzen betäubt zu seinen Füßen. Ich schrie auf. Die Gesellschaft lachte. Der Fotograf machte insgesamt fünf Aufnahmen, und jedesmal fielen ihm die Geister betäubt von dem Blitz vor die Füße. Er ging in sein Atelier, um seinen Fotoapparat zurückzubringen, und die Geister folgten ihm. Als er wiederkam, waren sie nicht mehr bei ihm. Er schloß sich dem ausgelassenen Treiben an und war bald herrlich betrunken.
Nicht lange danach tauchte der Hauswirt auf. Die Gesellschaft hieß ihn fröhlich willkommen. Mama mußte etwas zu essen auftreiben. Papa mußte mehr Getränke auf Kredit kaufen. Sie machten viel Theater um mich und warfen mich in die Luft, bis mir die Rippen weh taten, und es wurde wieder für mich gebetet. Der Fotograf mußte zurückgehen und seine Kamera holen. Nach langem Hin und Her und viel Geheimnistuerei, als wäre er ein Zauberer, hob der Fotograf seine Kamera hoch. Er war von kleinen Geistern und Kobolden umgeben. Sie waren sich gegenseitig auf die Schultern geklettert, um den Apparat aus der Nähe zu sehen. Sie waren so fasziniert von der Kamera, daß sie an ihm

hochkletterten, sich an seine Arme hängten und auf seinem Kopf standen. Er war völlig betrunken und machte in fröhlicher Stimmung drei Aufnahmen vom Hauswirt mit seinem Fliegenwedel. Als er fertig war, machte er sich nicht die Mühe, den ganzen Weg bis zu seinem Atelier zurückzugehen, sondern hängte die Kamera an einen Nagel. Die Geister und die Kinder drängten sich um den Apparat, zeigten darauf und flüsterten voller Staunen.

Die betrunkenen Männer begannen eine hitzige Diskussion. Ein paar Frauen brachten ihre Kinder ins Bett. Die Männer waren völlig von ihrem lauten Gerede in Anspruch genommen, als sich der Vorhang teilte, es still wurde und die Frau aus der Bar hereinkam. Als der Hauswirt sie sah, gab er einen erschrockenen Laut von sich. Alle starrten sie in betrunkenem Schweigen an. Die Geister verließen die Kamera und umringten die Frau. Sie hielten sich in einiger Entfernung von ihr. Die Frau lächelte und grüßte uns alle wohlwollend winkend. Papa stand auf, hieß sie herzlich willkommen, besorgte ihr einen Stuhl und erzählte dann allen von den phantastischen Anfängen ihres mythischen Ruhms. Alle kannten die Geschichte bereits und starrten sie wie einen hohen, wenn auch etwas unberechenbaren Gast an. Mama trieb etwas zu essen für sie auf. Papa schickte jemanden los, um weitere Getränke auf Kredit zu besorgen, doch das war nicht nötig, da sie fünf Kürbisflaschen Palmwein mitgebracht hatte, um meine Heimkehr zu feiern. Als der *ogogoro* eintraf, den Papa hatte holen lassen, nahm sie die Flasche und richtete sich abrupt auf; allein durch die Macht ihrer Legende und ihrer Körperfülle gingen ringsum Wellen des Schweigens von ihr aus. Sie ergriff meine Hand und sagte: »Ist das der Junge, der hier gefeiert wird?«

»Ja«, antwortete die Menge.

»Ist das der Junge, der verlorengegangen und wiedergefunden worden ist?«

»Ja!«

Dann drehte sie sich um. Sie sah mich mit ihren großen Augen fest an und sagte: »Die Straße wird dich nie verschlingen. Der

Fluß deines Schicksals wird alles Unheil überwinden. Mögest du dein Los verstehen. Leiden wird dich nie zerstören, sondern stärker machen. Erfolg wird dich nie durcheinanderbringen oder deinen Geist verwirren, sondern dich höher in das schöne Sonnenlicht fliegen lassen. Dein Leben wird stets eine Überraschung für dich sein.«

Ihr Gebet war so wundervoll, daß alle sie danach stumm und verblüfft anstarrten. Dann erholte sich Papa vom Schock der Worte und sagte: »Amen!«

Die Versammlung wiederholte es. Die Frau vollzog noch im Stehen ein Trankopfer, sprach ein kurzes Gebet, und dann trank sie die Flasche *ogogoro* in einem einzigen, langen Zug halb leer, während ihre großen Brüste in dem heißen Raum bebten. Als sie fertig war, setzte sie sich, Schweiß strömte über ihr feistes Gesicht. Die Geister umringten sie und sprachen in erstauntem Ton über sie.

Sie blieb nicht sehr lange. Und als sie zum allgemeinen Bedauern (denn jeder wollte ihr Geheimnis ergründen) aufstand und sagte, sie müsse in ihre Bar zurück, versuchten wir alle, sie zum Bleiben zu überreden. Doch alles Überreden half nichts. Papa dankte ihr für ihr Kommen. Mama dankte ihr für die Gebete und den Wein. Als sie wie ein großes Schiff schaukelnd auf die Tür zuging, blieb sie einen Augenblick stehen, sah auf mich hinab und sagte: »Sie haben einen merkwürdigen Sohn. Ich mag ihn.«

Dann fügte sie zu mir gewandt hinzu: »Komm und besuch mich doch mal bald!«

»Das mache ich«, sagte ich.

Als sie den Raum verließ, gingen die Geister mit ihr. In jener Nacht fanden wir ihren Namen heraus. Man nannte sie Madame Koto.

12

Nach all dem Rummel endete das Fest damit, daß Männer auf den Stühlen schliefen, Kinder auf dem Boden herumkrochen, überall Flaschen herumstanden und das Fensterbrett voller Knochen war. Der Fotograf schnarchte mit der Nase neben Papas geretteten Stiefeln, und der Hauswirt sabberte, während die Fliegen um seine Ohren schwirrten. Von diesem Durcheinander menschlicher Körper umgeben, saß ich an der Wand und pendelte zwischen Schlaf und Wachsein, als ich jene süßen Stimmen wieder singen hörte. Meine Geistergefährten sangen mit unwiderstehlich verführerischen Stimmen, forderten mich auf, mein Versprechen einzuhalten, mich nicht von den törichten Feiern der Menschen täuschen zu lassen und in das Land zurückzukehren, wo die Feste nie zu Ende gingen. Sie bedrängten mich mit ihren Engelsstimmen, und ich merkte, wie ich plötzlich über den Körpern von betrunkenen Männern in die Nacht hinausglitt. Ich ging auf den Flügeln schöner Lieder die Straße hinab, ohne die leiseste Ahnung zu haben, wohin die Stimmen mich führten. Ich glitt die Buschpfade hinab und kam an einen Brunnen, der mit einem breiten Brett abgedeckt war. Auf dem Brett lag ein dicker Stein. Ich versuchte den Stein zu bewegen, schaffte es aber nicht. Ich glitt immer wieder um unser Viertel herum. Mir taten die Füße weh. Ich blieb stehen und sah, daß meine Zehen bluteten. Ich hatte keine Angst. Ich fühlte keinen Schmerz. Nach einer Weile war ich am Rand des großen Walds, dessen Dunkelheit ein Gott ist. Ich wollte gerade in die Dunkelheit eintauchen, als ich die schwarze Katze sah, deren Augen wie leuchtende Steine glühten. Dann kamen Schritte auf mich zu. Ich drehte mich um und traf auf die massige Gestalt von Madame Koto.

Sie packte mich, hob mich zu ihren schweren Brüsten hoch und brachte mich wortlos nach Hause. Mama hatte überall nach mir gesucht. Als sie uns sah, rannte sie herbei, trug mich an den Männern, die auf ihren Stühlen schliefen, den Kindern, die an der Wand dösten, vorbei und legte mich ins Bett. Madame Koto zündete ein Räucherstäbchen an, schloß das Fenster und ging mit Mama nach draußen.

Ich hörte, daß Madame Koto ihr erzählte, wie sie mich gefunden hatte. Ich lauschte dem Schnarchen der Männer. Ich hörte, wie Mama Madame Koto dankte. Meine Geistergefährten weinten. Ich schlief und wachte auf, als ich ein Geräusch an der Tür hörte. Jemand kam mit einer Lampe herein. Ich sah die Lampe und ihren Lichtschein, doch ich sah nicht, wer sie durch den Raum trug. Hinter der Lampe war es dunkel. Das Dunkel stellte die Lampe auf den Tisch. Die Vorhänge bewegten sich. Ich lag still und wartete. Eine Weile geschah nichts. Als ich aufwachte, war die Lampe verschwunden. An ihrer Stelle stand eine Kerze auf einer Untertasse. Ich sah, wie Papa von einer schlafenden Gestalt zur anderen ging, die Männer weckte und sie bat, nach Hause zu gehen. Sie waren so betrunken, daß sie sich nicht rühren wollten. Die Kinder mußten im Schlaf hinausgetragen werden. Als Papa zum Fotografen kam und ihm auf die Schulter tippte, sprang der arme Kerl auf und sagte: »Wo ist der Aufruhr? Wo ist meine Kamera?«

Papa lachte. Der Fotograf schüttelte den Kopf, tastete suchend zwischen Papas Schuhen nach seiner Kamera, fand sie nicht und schrie auf. Schließlich fand er die Kamera im leeren Kochtopf zwischen Wildschweinknochen. Er riß sie an sich, putzte sie mit seinem Hemd ab und wankte zu seinem Atelier.

Als der Hauswirt geweckt wurde, hob er den Kopf mit einem Ruck, sah sich mißtrauisch um und sagte: »Wo ist meine Miete?«

Dann kletterte er ins Bett und legte den Arm um mich, als wäre ich eine Frau. Papa zerrte ihn nach draußen auf den Gang und überließ ihn sich selbst. Der Bärtige wachte im Zimmer auf, wollte wissen, ob das Fest schon begonnen hätte, und fragte, warum man ihm nichts von dem Wildschweinfleisch gegeben hätte. Eins der Kinder fing an zu weinen. Als Papa wieder ins

Zimmer kam, wollte der Bärtige Bier haben. Papa warf ihn hinaus. Erst nachdem alle gegangen waren, sahen wir das Trümmerfeld, das sie zurückgelassen hatten. Unsere Kleider lagen überall verstreut. Zwei Stühle waren zerbrochen, Gläser auf dem Boden zertrümmert, und es war ein Wunder, daß sich niemand verletzt hatte. Irgendjemand hatte sich am Fenster übergeben, halb nach drin, halb nach draußen. Der Raum stank nach Kindern, die im Schlaf genäßt hatten.
Mücken surrten durch die Luft. Papa zündete eine Spirale an. Mama fegte das Zimmer aus, hängte die Kleider auf und räumte Teller, Bestecke und Knochen weg. Dann desinfizierte sie den Raum. Papa saß in aller Seelenruhe auf seinem Stuhl und trank und rauchte. Mama breitete die Matte aus. Dann blies sie die Kerze aus und legte sich schlafen.
Papa saß allein im Dunkeln. Hin und wieder sagte er: »Wir haben unser Versprechen gehalten.«
Die einzigen Lichtpunkte waren die Mückenspirale, der Rauch, der sich zur Decke schlängelte, und Papas Zigarette. Irgendwie kam ich dazu, ihn mir als eine Zigarette vorzustellen, die allein im Dunkeln geraucht wurde.
Ich betrachtete ihn in jener Nacht, als sei er ein Fabelwesen. Manchmal stand er auf und ging im Zimmer auf und ab, wobei er Mamas schlafender Gestalt sicher aus dem Weg ging. Seine Zigarette verschwand und tauchte wieder auf. Ich beobachtete, wie er hin- und herging. Und während ich ihn beobachtete, nahm die Dunkelheit zu. Ich sah Papas Zigarette an einem Ende des Raums und hörte seine Schritte am anderen Ende. Es schien, als wäre er von seinen Handlungen losgelöst. Dann sah ich ihn gleichzeitig in verschiedenen Ecken des Raums rauchen. Ich schloß die Augen. Als ich sie wieder aufschlug, war es Morgen, und Papa saß auf dem Stuhl und schlief. Ich drehte mich auf die andere Seite. Ich hörte, wie er die Gelenke knacken ließ. Als ich mich wieder umdrehte, war Mama schon auf, die Matte verschwunden, der Raum sauber, die Mückenspirale nur noch ein Aluminiumständer mit geringelter Asche auf dem Tisch, und Papa schlief nicht mehr auf seinem Stuhl.

13

Ich erfuhr, daß Papa früh aus dem Haus gegangen war, um Arbeit zu suchen. Mama war erschöpft von der Suche, dem Fest, all dem Herumlaufen, den Sorgen und dem Kochen. An jenem Morgen stellte sie ihren kleinen Tisch mit Lebensmitteln vor das Haus. Sie nahm auf einem Hocker Platz, setzte mich neben sich und pries lustlos ihre Waren an. Staub wehte uns in die Augen. Die Sonne brannte gnadenlos auf unserer Haut. Wir verkauften nicht einen einzigen Artikel.

Nachmittags kamen die Leute, bei denen sich Papa Geld geliehen hatte, um die Getränke zu bezahlen, und verlangten ihr Geld zurück. Sie drohten damit, Mamas Waren mitzunehmen. Bis zum Abend lungerten sie herum. Mama bat sie zu warten, bis Papa zurückkam, aber sie wollten nichts davon hören. Mama ärgerte sich am meisten darüber, daß die Gläubiger alles Leute aus unserm Compound waren, die auf dem Fest gewesen waren, sich mit unserm Wein betrunken und sich auf unser Fensterbrett übergeben hatten. Am lautesten schrie derjenige, der die Rückenlehne des Stuhls und zwei Gläser zerbrochen hatte. Wie wir später erfuhren, befand sich auch Madame Koto unter den Gläubigern. Sie war die einzige, die nicht kam, um ihr Geld einzutreiben. Aber die anderen lungerten an Mamas Stand herum und verdarben ihr das Geschäft.

Abends begann Mama zu husten. Ihre Augen waren entzündet von all dem Staub, und wenn sie aufstand, taumelte sie. Als sie auf den Hinterhof ging, wankte sie leicht, als hätte ihr vergeblicher Versuch, Kunden anzulocken und die Gläubiger abzuschütteln, sie betrunken gemacht. Als sie wiederkam, bemerkte ich, daß ihre Augen einen seltsamen Ausdruck bekommen hatten.

Ab und zu, nachdem sie den gleichgültigen möglichen Kunden dieser Welt ihre Waren verzweifelt angepriesen hatte, rollten ihre Augen in den Höhlen hin und her. Als sich am späten Nachmittag der Wind drehte und bei Sonnenuntergang ein kühler Hauch aufkam, begann Mama mit klappernden Zähnen auf ihrem Hocker zu zittern. Dickköpfig versuchte sie weiterhin, ihre Waren zu verkaufen, während sie mit angespanntem Gesicht, schwitzender Nase und abwesendem Blick in dem üblen Wind zitterte. Die anderen Frauen aus dem Compound, die die Veränderung bemerkt hatten, drängten sie, sie solle sich ausruhen, aber sie rührte sich nicht. Und so saßen wir von Staub eingehüllt im Dunkeln hinter unserm Tisch voller Waren.

Als Mama schließlich den Tisch abräumte, war es Nacht geworden, und der Wind pfiff in den hohen Bäumen. Zitternd, entschlossen und stumm wusch sie all unsere Kleider im Hinterhof. Sie fegte das Zimmer aus, kochte einen neuen Topf Ragout und Yamsbrei für Papa zum Abendessen. Dann legte sie sich völlig erschöpft schlafen. Doch die Gläubiger ließen ihr keine Ruhe. Sie tauchten draußen vor unserm Raum zu einem erneuten Ansturm auf, flüsterten über das Geld, das wir ihnen schuldeten, übertrieben die Beträge gegenüber jedem neuen Schwätzer und klopften an die Tür. Als Mamas Geduld schließlich am Ende war, schrie sie die Leute an. Sie schworen laut, nie wieder etwas auf Kredit zu verkaufen. Bis tief in die Nacht forderten sie ihr Geld zurück.

Wir machten uns allmählich Sorgen um Papa. Es wurde immer dunkler, die Nachtvögel begannen zu singen, und er war immer noch nicht wieder da. Als wir vor Sorgen völlig erschöpft waren, Mama auf dem Bett schlief und ich auf dem Boden döste, stürmte Papa ins Zimmer und brachte finstere Schatten mit sich. Sein Alkoholatem stank nach schlechter Laune. Er zündete eine Kerze an, sah Mama auf dem Bett schlafen und bekam einen Wutanfall.

»Ich laufe um die halbe Welt und suche nach Arbeit, um uns zu ernähren, und du liegst hier und schläfst! Du gemeines Luder!«

Papa schäumte und schrie eine halbe Stunde lang, ohne zuzuhö-

ren oder die Augen aufzumachen. Mama stieg heftig zitternd aus dem Bett und ging in die Küche.
»Mama geht es nicht gut«, sagte ich.
»Ihr fehlt nichts, sie ist ein Luder, das ist alles.«
»Ihr geht es nicht gut«, sagte ich noch einmal.
Er hörte mich nicht. Mama brachte sein Essen auf einem Tablett herein. Die Teller klapperten, weil sie so zitterte, obwohl sie sich zu beherrschen versuchte. In seiner Wut sah Papa sie nicht an. Er aß geräuschvoll und mit großem Appetit. Er gab mir nicht einmal ein Stück von dem Fisch ab und forderte mich auch nicht auf, ihm Gesellschaft zu leisten, wie er es oft tat. Nachdem er die Teller bis auf den letzten Brocken geleert hatte, beruhigte er sich und erzählte uns, wie er in der glühenden Hitze durch die ganze Stadt gelaufen war, nach einer Arbeit gesucht und keine gefunden hatte. In der darauffolgenden Stille erzählte ihm Mama von den Gläubigern, und Papa hatte wieder Grund, wütend zu werden. Er drohte damit, die Leute zusammenzuschlagen, weil sie Mama belästigt hatten. Er sagte, er werde deren Zähne überall im Wald verstreuen. Er sagte, er werde sie so gründlich zusammenschlagen, daß sie über Nacht zu Greisen würden.
»Ich werde den Wind mit ihrem Gehirn füttern!« schrie er.
Mama verausgabte sich völlig bei dem Versuch, ihn von solchen Gewalttätigkeiten abzuhalten. Doch ein Dämon der Wut war in ihn gefahren, und Papa schäumte und fluchte die ganze Nacht. Er rauchte eine Zigarette nach der anderen, ließ seine Gelenke knacken, ging auf und ab und erfüllte den ganzen Raum mit seiner Unruhe. Er brummte etwas, wie oft er den Leuten geholfen hatte und sie ihn immer im Stich ließen, verwünschte all die Gläubiger, die zu unserm Fest gekommen waren, sich den Bauch mit Wildschwein und Bier gefüllt und dann das Lager gewechselt und Mama bei der ersten Gelegenheit belästigt hatten. Er beklagte sich bitter darüber, daß die Leute ihn erst ausnutzten und ihm dann in den Rücken fielen. Ich hatte diese Klagen mein ganzes Leben lang gehört. Seine Zigarette brannte grimmig, während er eine neue Variante vom Stapel ließ. Mama wachte ab und zu plötzlich auf. Papas wütende Tirade richtete sich gegen

alles. Ich schlief ein, während Papa die Niedertracht der Welt bis tief in meine Träume hinein verfluchte.

Als ich aufwachte, schwitzte und zitterte Mama im Bett. Papa hatte ein Mittel gegen Malaria gekauft und bittere Wurzeln, die in gelbem Alkohol eingeweicht waren. Mama klapperte mit den Zähnen, ihre Augen standen seltsam schief, und Papa saß neben ihr und hatte den verletzten Arm angewinkelt, das Blut auf seinem Kopfverband war getrocknet. Er legte ihr warme Kompressen auf Gesicht und Stirn. Ich stand auf und begrüßte Mama, doch sie konnte kaum sprechen. Sie drückte mich an ihren heißen Körper, und ich begann selbst zu zittern. Sie drückte mich so fest an sich, daß auch ich mit den Zähnen klapperte und kurz darauf spürte, wie ihr Fieber mich überfiel. Meine Augen begannen zu brennen. Papa bemerkte, was mit mir geschah, riß mich aus Mamas ängstlicher Umarmung und gab mir vorsorglich von dem bitteren *dongoyaro* zu trinken. Dann befahl er mir, ein Bad zu nehmen. Ich putzte mir die Zähne und nahm ein Bad, und als ich wiederkam, hatte Papa etwas zu essen gemacht. Wir setzten uns und aßen aus demselben Napf, während Mama krank auf dem Bett keuchte.

Wir waren mit dem Essen fertig, und Papa wollte gerade das Haus verlassen, da tauchten die Gläubiger einer nach dem andern auf, als hätten sie sich abgesprochen. Sie klopften an die Tür, kamen herein, sagten ein paar nette Worte über mich, erkundigten sich mit überschwenglicher Anteilnahme nach Mamas Befinden und wünschten ihr baldige Genesung. Sie fragten, ob Papas Wunden verheilten, warteten die Antwort nicht ab und gingen wieder. Ein paar Minuten später kamen sie einer nach dem anderen wieder und machten ein Gesicht wie jemand, der etwas Unwesentliches vergessen hat, und erinnerten Papa daran, wieviel er ihnen schuldete, daß sie normalerweise kein Geld liehen oder Kredit gäben, daß dieses ein besonderer Fall gewesen sei, welche Schwierigkeiten sie mit ihrem Laden hätten und so weiter. Dann erkundigten sie sich noch einmal nach Mamas Befinden und gingen.

Ihre hinterhältige, heuchlerische Art machte Papa rasend. Kochend vor Wut ging er im Zimmer auf und ab. Dann konnte er sich nicht länger beherrschen und stürmte plötzlich aus dem Raum. Ich folgte ihm. Er ging auf den Hinterhof, und dort sahen wir, wie all die Gläubiger zusammenhockten und in leisem, geschäftlichem Ton miteinander sprachen, als wären sie dabei, eine Gesellschaft mit beschränkter Haftung zu gründen. Papa ging zu ihnen und sprengte die Sitzung. Sie versuchten, zu ihren jeweiligen Zimmern zu laufen, aber Papa rief sie zurück, jeden einzeln bei seinem Namen, und beschimpfte sie fünfzehn heiße Minuten lang. Sie ertrugen schweigend seine Beschimpfung. Als er mit ihnen fertig war und sich mit seiner unnachahmlichen verächtlichen Bewegung auf den Fersen drehte und in unser Zimmer zurückstürmte, war jedem klar, daß wir uns soeben drei neue Feinde im Compound gemacht hatten. Da Papa ging, scharten sich die Gläubiger wieder zusammen und unterhielten sich noch angespannter als zuvor. Sie sahen aus wie verrückte Verschwörer.

Als ich ins Zimmer zurückkam, hatte Papa seinen schwarzen Anzug angezogen. Er brachte seinen Ahnen Trankopfer dar und betete für Mamas Genesung. Dann zog er sein einziges Paar Stiefel an, und im ganzen Raum verbreitete sich ein durchdringender Geruch nach Leder, alten Socken und Fußschweiß. Er ging aus der Tür, und Mama wachte schreiend auf. Sie wollte nicht aufhören, Papa legte den Arm um sie und gab ihr mehr *dongoyaro*, sie wand sich auf dem Bett und wurde dann ebenso plötzlich wieder still, während ihr die Tränen übers Gesicht und in die Ohren liefen. Papa blieb eine Weile bei ihr und sah zu, wie sie sich im Schlaf hin- und herwarf. Als ihr Schlaf etwas ruhiger geworden war, sagte Papa zu mir, ich solle nicht von ihrer Seite weichen und mich um sie kümmern, er müsse etwas Geld auftreiben und sei bald wieder da. Er ging mit gesenktem Kopf hinaus, als gestände er zum erstenmal die Schläge ein, die von oben kamen.

Ich saß auf Papas Stuhl und wachte bei Mama. Ich betrachtete ihr schlafendes Gesicht, bis meine Augen zuckten. Plötzlich

richtete sich Mama mit steifem Oberkörper und starrem Blick auf und begann in einer unbekannten Sprache zu sprechen. Sie stand auf, ging durchs Zimmer, räumte Dinge an die Seite, brachte den Tisch in Ordnung, faltete die Wäsche, putzte Papas Schuhe, machte sich an den Töpfen und Schüsseln zu schaffen und redete die ganze Zeit in dieser unnatürlichen Sprache.
»Mutter!« schrie ich.
Sie sah und hörte mich nicht. Sie nahm rußgeschwärzte Töpfe und Pfannen mit verbeulten Böden und ging aus dem Raum. Ich folgte ihr und zerrte an ihr, bis sich ihr Wickeltuch löste und ich einen Teil in der Hand hatte. Mama ging in die Küche. Während sie immer noch etwas in einer erfundenen Sprache murmelte, entfachte sie mit leerem Blick ein Feuer unter dem Rost und begann ein nur in ihrer Vorstellung vorhandenes Ragout zu kochen. Ihre Bewegungen waren mechanisch, ihr Körper handelte ohne Zutun ihres Geistes, als wäre sie im Traum. Als das Feuerholz aufloderte, stellte sie einen leeren Topf auf den Rost, setzte sich auf einen Hocker und starrte auf den Topf, bis dieser beißend nach verbranntem Metall roch.
»Mama!« schrie ich erneut.
Sie wandte sich zu mir um, blickte durch mich hindurch, stand auf, ging aus der Küche und brach neben dem Brunnen zusammen. Ich schrie auf, Frauen rannten herbei und trugen sie in unser Zimmer. Schwer atmend lag sie auf dem Bett, während die Frauen den Kopf gesenkt und die Hände vor die Brust geschlagen hatten und schweigend wie vor einer Leiche um sie herum standen. Sie warfen lange Schatten.
Ich saß auf Papas Stuhl und wachte bei ihr. Frauen gingen hinaus und kamen mit verwirrenden Heilmitteln in grünen Krügen und dunklen Flaschen zurück, praktizierten widersprüchliche Behandlungen und flößten ihr seltsame Tränke, Medikamente, Öle und Extrakte ein. Mama schlief heiser atmend, und die Frauen gingen hinaus. Ich wachte bei ihr, bis mir der Magen weh tat und die Augen zufielen. Dann schreckte ich aus dem Schlaf hervor. Mamas Atem war nicht mehr derselbe. Ich lauschte. Ich beobachtete sie. Dann bemerkte ich, daß ihr Atem fast unhörbar

geworden war. Der Raum änderte sich, Stimmen sangen in meinem Kopf, eine Eidechse kletterte auf das Bett und huschte über Mamas Arm, und dann schien alles stehenzubleiben. Einen Augenblick lang schien auch mein Atem stehengeblieben zu sein. Ich holte Atem, und eine Spinne fiel von der Decke. Ich holte noch einmal Atem und fiel vom Stuhl. Ich stand auf und setzte mich wieder, und dann wurde mir klar, daß Mama aufgehört hatte zu atmen. Fliegen krochen um ihren Mund. Sie rührte sich nicht. Und dann, während ich noch hinsah und lauschte, fuhr mir ein stechender Schmerz durch die Ohren, vor meinen Augen tauchten Farben und Masken auf, und als ich den Atem anhielt, sah ich einen blauen Nebel aus Mamas Körper aufsteigen. Ich hörte ein Kind weinen. Die Eidechse rannte an meinen Füßen vorbei. Ich versuchte Mama wachzurütteln, doch sie rührte sich nicht. Ich rief ihren Namen, doch sie reagierte nicht. Der blaue Nebel über ihr wurde dichter, wie Dampf über einem großen Kessel mit kochendem Wasser, er sammelte sich und nahm Form an, und ich bekam einen richtigen Schrecken, als der Nebel nun schnell die Farbe wechselte, erst grün, dann gelb, dann rot wurde, plötzlich golden leuchtete und schließlich wieder blau wurde. Als ich die Gewißheit hatte, daß der Nebel nicht nur in meiner Einbildung existierte, er sich rötlich-silbern färbte und im Dunkel des Raums erstrahlte, hielt ich es nicht mehr aus. Sie rührte sich nicht mehr, atmete nicht mehr, da rannte ich zur Bar von Madame Koto, um ihr zu sagen, daß meine Mutter im Sterben lag.

Die Bar war geschlossen. Im Hinterhof mühte sich Madame Koto in einem blauen Wickeltuch, einer roten Bluse und einem schmutzigen Kopftuch mit einem großen Huhn ab.

»Madame Koto!« rief ich.

Sie starrte mich an, daß es mir die Sprache verschlug, und das Huhn flatterte aus ihren Händen. Sie rannte hinter ihm her in die Büsche, ergriff es, warf mir einen bösen Blick zu und sagte: »Dein Vater schuldet mir Geld.«

Dann vergaß sie mich ganz. Das Huhn zappelte in ihren Händen, und sie packte den dicht gefiederten Hals. Mit verzerrtem

Mund drückte sie das Huhn mit dem Fuß auf den Boden und schlitzte ihm mit einem langen Messer die Kehle auf. Das Blut des Huhns spritzte aus der Wunde, befleckte die Luft, sprenkelte mein Gesicht und färbte das Rot ihrer Bluse dunkler. Das Blut rann in ein Loch in der Erde, das sie gegraben hatte. Das Huhn kämpfte mit dem Tod, dabei hob und senkte sich der Kamm, und der Schnabel ging auf und zu, bis es nach den letzten Zukkungen mit offenen Augen starb. Sie starrten mich an. Dann putzte Madame Koto das Messer ab, der Schweiß lief ihr über Gesicht und Brüste. Sie sah mich mit großen Augen an, als wollte sie mich verschlingen. Ich weinte.

»Wegen einem Huhn?« fragte sie und saugte an ihren Zähnen. Sie streckte die Hand nach einem Kessel mit kochendem Wasser aus. Mit feuchtem Mund hielt ich sie an der Bluse fest, zerrte an ihr, ohne ein Wort herauszubringen. Sie stieß mich weg, so daß ich rückwärts auf den Boden fiel und dort mit den Beinen zappelnd liegenblieb, bis ich schließlich sagte: »Meine Mutter liegt im Sterben.«

»Woher weißt du das?« fragte sie und warf mir einen scharfen Blick zu.

»Aus ihr steigt Rauch auf.«

»Rauch?«

»Roter Rauch«, sagte ich.

Sie richtete sich sofort auf, wusch sich die Hände und machte sich eilig auf den Weg zu unserm Compound. Doch als sie an der Tür zur Bar vorbeikam, blieb sie stehen und sagte: »Geh und setz Wasser auf. Ich komme gleich.«

Ich war verwirrt. Sie ging in ihr Zimmer und kam mit einer Handvoll Kräuter wieder, stampfte durch die Büsche, riß hier und dort Blätter ab. Dann holte sie einen groben Schwamm, dunkelgrüne Seife, einen schwarzen Metallbehälter, blickte sich um, sah mich und sagte: »Geh! Setz Wasser auf! Ich komme.«

Ich rannte nach Hause, zündete ein Feuer in der Küche an und setzte in dem Topf, den Mama hatte anbrennen lassen, Wasser auf. Madame Koto traf wenig später ein. Sie wusch und kochte die Blätter. Wir gingen ins Zimmer. Mama lag noch auf dem

Bett. Der Nebel über ihr war fast verschwunden. Madame Koto versuchte, ihr Blätter in den Mund zu schieben, doch sie blieben auf den Lippen kleben. Dann goß sie einen Extrakt in eine Tasse, schüttete schwarze Öle und etwas *ogogoro* hinzu, richtete Mamas Kopf auf und versuchte ihr den Trank einzuflößen. Mama erstickte fast, und Madame Koto rief ihren Namen mit solcher Schärfe, daß es wie ein Peitschenhieb klang. Sie peitschte Mama weiter mit ihrem Namen und rief mit seltsamer, vogelartiger Stimme ihren Geist zurück.

Nach langer Zeit schlug Mama die Augen auf und starrte Madame Koto an. Dann mich. Sie starrte uns völlig verständnislos an. Ihre Augen blieben offen, waren unbewegt, leer. Der Kummer warf mich zu Boden, und jammernd schlug ich um mich, weil ich glaubte, Mama sei tot. Dann hörte ich Mama aus weiter Ferne sprechen und wurde still. Mit ganz schwacher Stimme sagte sie: »Ich sah meinen Sohn im Land des Todes. Azaro?«

»Ja?«

»Was hast du dort gemacht?«

»Ich bin hier, Mama«, sagte ich.

Sie starrte durch mich hindurch. Madame Koto gab ihr mehr von der Kräutermischung zu trinken. Dann flößte sie ihr etwas Pfefferschotensuppe ein und setzte sie im Bett auf. Und zu mir sagte sie, ich solle mit Mama sprechen, immer weiter mit ihr sprechen; und während ich das erstbeste, das mir durch den Kopf ging, zu Mama sagte, verfärbte sich der Nebel über ihr und verschwand allmählich.

»Der Rauch geht weg!« schrie ich.

Madame Koto öffnete Tür und Fenster. Licht und Luft füllten den Raum, und Mama schlief im Sitzen ein, der Kopf fiel ihr auf die Brust. Wir legten sie lang hin. Ich lauschte ihrem unruhigen Atem. Nach einer Weile sagte Madame Koto, wir sollten sie schlafen lassen. Sie ging in ihre Bar zurück und zu dem Huhn, das sie gerade hatte vorbereiten wollen. Ich blieb draußen vor unserm Zimmer und lauschte. Ich sah den Kindern beim Spielen zu, während ich lauschte.

Als Mama dreimal meinen Namen rief, lief ich hinein und setzte mich aufs Bett. Ihr Gesicht war schweißbedeckt. Das Zimmer roch nach Krankheit. Sie hatte etwas Schaum auf den Lippen und Schweiß auf der Stirn. Ihre Lippen zitterten. Sie konnte kaum sprechen.

»Mein Sohn«, sagte sie, »ich habe dich auf dem Kopf laufen sehen. Du bist mir weggelaufen. Ich bin hinter dir hergerannt, aber du bist sehr schnell gelaufen. Und du hast mich ausgelacht, mein Sohn.«

»Ich lache dich nicht aus, Mama.«

»Als ich dich eingeholt hatte«, fuhr sie fort, »sah ich, daß du keine Augen und keinen Mund hattest, und auf dem Kopf hattest du kleine Beine. Du warst von einem weißen Seil umschlungen, das zum Himmel hinaufführte. Ich zog an dem Seil, und es zog mich hoch. Ich konnte es nicht durchschneiden. Und dann sprang mir das Seil von deinen Füßen an die Kehle. Das Seil zog mich zum Himmel hoch, ich kam am Mond vorbei, und eine rote Wolke schloß mir die Augen.«

»Mama, deine Augen sind nicht geschlossen.«

»Deinetwegen ist mir das weiße Seil an die Kehle gesprungen. Warum bist du auf dem Kopf gelaufen?«

»Ich weiß es nicht.«

»Wie hast du kleine Beine auf dem Kopf bekommen?«

»Ich weiß es nicht, Mama.«

»Geh und hol mir etwas Wasser, mein Sohn. Ich bin durstig.«

Ich lief hinaus und holte Wasser in einer sauberen Tasse, und als ich zurückkam, schlief sie fest. Ihr Atem war viel ruhiger.

Früh am Abend kamen die Frauen des Compounds, um zu sehen, wie es Mama ging. Sie setzte sich auf und empfing sie. Die Frauen beteten für Mamas Genesung. Sie gingen wieder weg, und Madame Koto kam mit einem Teller Essen und einer Schale Pfefferschotensuppe. Mama wollte nichts essen, sie war zu schwach, doch wir drängten sie dazu. Ich spülte die Schüsseln und brachte sie in Madame Kotos Bar zurück. Danach kamen die Gläubiger unter dem Vorwand, Mama baldige Genesung zu wünschen, und fragten nach Papa. Als Mama sie sah, wurde sie sehr wütend und schrie vorwurfsvoll, sie wollten sie vergiften.

Ich kam herein und sah, wie Mama durchs Zimmer stolperte und mit Sachen nach ihnen warf. Sie war sehr mager, taumelte und warf mit Schuhen nach den Gläubigern. Auch ich ging zum Angriff über. Sie zogen sich zurück. Draußen verfluchten sie uns und ermutigten ihre Kinder, Sachen nach uns zu werfen, und eines von ihnen warf einen Stein, der Mama am Kopf traf, so daß sie vor meinen Füßen zusammenbrach, und die Frauen aus dem Compound stießen gemeinsam einen klagenden Schrei aus. Die Gläubiger flohen. Die Frauen trugen Mama ins Zimmer. An der Türschwelle kam sie wieder zu sich. Ihr Blick war hart, und als sie auf dem Bett lag, erschien ein seltsames Lächeln auf ihren Lippen, als verstände sie jetzt etwas, was ihr bisher immer entgangen war.

Das Lächeln blieb den ganzen Abend auf ihren Lippen. Ich lauschte den Fliegen. Die abendlichen Klänge nahmen zu. Die Fliegen spielten auf Mamas lächelnden Lippen, und sie versuchte nicht einmal, sie zu verscheuchen. Ich verscheuchte sie, während Mama mich ausdruckslos ansah. Ich saß auf dem Bett und sah zu, wie die Nacht durch das offene Fenster ins Zimmer kroch.

Es war ziemlich spät, als uns ein Geräusch an der Tür weckte. Ich lag zusammengerollt in einer Ecke des Bettes, und Mama hatte die Augen weit geöffnet. Ich blickte zur Tür und sah Papa, der dort mit glänzenden Augen und ohne seine Armschlinge wie ein großer Geist stand. Er war wie ein Riese, der sich verirrt hat. Er rührte sich eine ganze Weile nicht. Dann zündete er eine Kerze an, schloß das Fenster und die Tür, und als er sich hinsetzte, stieg eine dicke weiße Staubwolke aus seinem Hosenboden auf. Sein Haar war weiß. Seine Lider waren weiß. Sein Haar war zerzaust. Ein verwirrter Ausdruck lag auf seinem Gesicht, der mir angst machte. Er stank nach Zement, getrocknetem Fisch, *garri* und weißem Staub. Er saß eine ganze Weile stumm und regungslos da. Als er sich bewegte, knackten seine Gelenke. Sein verletzter Arm hing leblos herab. Der Verband war abgegangen und die Wunde mit weißem Staub bedeckt. Dann sagte er plötzlich in der Stille der langsam herabbrennenden Kerze: »Wie geht es deiner Mutter?«

»Sie wäre heute fast gestorben. Madame Koto hat uns geholfen.«
Er atmete tief und schloß die Augen. Er blieb eine Weile stumm und regungslos sitzen, und ich dachte, er sei eingeschlafen. Mamas Augen waren offen und ausdruckslos.
»Ist etwas zu essen da?«
»Nein.«
Papa verstummte wieder. Dann nahm er Handtuch und Seife und ging in Badesandalen hinaus, um sich zu waschen. Er kam sauber und gut aussehend wieder, der weiße Staub und der Zementgeruch waren verschwunden. Aber in seinen Augen lag immer noch ein müder, verwirrter Ausdruck, der mir immer noch angst machte. Er rieb sich mit Öl ein, kämmte sich das Haar und zündete eine Mückenspirale an. Wir rückten den Tisch an die Seite und breiteten die Matte aus. Der Raum stank nach seinen Stiefeln und Kleidern. Er setzte sich auf den Stuhl, und ich legte mich auf die Matte mit einem Kissen unter dem Kopf. Er rauchte in der Dunkelheit.
»Was war denn heute los?« fragte er nach einer Weile.
Ich wollte ihm von den Gläubigern und von Mama erzählen, aber ich spürte eine gewisse Müdigkeit bei ihm, die auf der Dunkelheit lastete, und so sagte ich nur: »Mama wäre fast gestorben.«
Er gab einen langen Seufzer von sich. Dann stand er auf, blickte auf Mama hinunter, legte ihr die Hand auf die Stirn und drückte ihr die Augen zu. Er ging zu seinem Stuhl zurück und rauchte weiter, und an der Art, wie er an der Zigarette zog und seufzte, wenn er den Rauch ausstieß, konnte ich erkennen, wie bedrückt er war.
Ich starrte im Dunkeln auf die glühende Spitze der Zigarette, bis mich das einlullte und in Madame Kotos Bar versetzte. Papa war da. Die Bar war auf einmal mitten im Wald, und alle Gäste waren Tiere und Vögel. Ich saß auf einer Bank, die tatsächlich der Rükken einer Ziege war, und trank vom Rücken eines Bullen. Ein kräftiges Huhn ohne Federn kam in die Bar, setzte sich neben mich und bestellte Palmwein und Pfefferschotensuppe. Ma-

dame Koto wollte das Huhn nicht bedienen, aber Papa sagte: »Bedienen Sie es!«
Madame Koto ging hinaus, holte einen großen Besen, jagte das Huhn durch die Bar und schlug nach seinem Kopf. Papa lachte. Das Huhn lachte. Madame Koto stolperte, fiel hin und stand wieder auf. Sie schlug nach dem Kopf des Huhns, aber verfehlte es. Das Huhn rannte aus der Bar, zertrümmerte dabei den Türrahmen und lachte tief in den Wald hinein. Ich blickte mich um und sah, daß Papa auf seinem Stuhl eingeschlafen war und mit herabhängendem Kopf schnarchte. Ich weckte ihn, er schnellte hoch und fiel vom Stuhl. Als er sich wieder erhob, sagte er, ein Leopard mit Glaszähnen habe ihn im Traum verfolgt. Er legte sich neben mich auf die Matte. Sein Geruch, der mir in die Nase stieg, machte mich nervös und unglücklich. Papa war sehr unruhig neben mir, und seine Gelenke knackten ständig. Er seufzte ständig und murmelte etwas zu seinen Ahnen, und ich fand mich in Madame Kotos Bar mitten im Wald wieder. Papa war nicht da. Diesmal waren die Gäste alle unsichtbar, und ich sah, wie die Luft Palmwein trank. Madame Koto saß auf einem Stuhl aus Hühnerfedern. Papa begann zu schnarchen. Er schnarchte so laut, daß der große Reisigbesen in der Ecke die Bar auszufegen begann und überall weißen Staub aufwirbelte. Madame Koto befahl dem Besen, sich ruhig zu verhalten, aber Papa schnarchte weiter, und der Besen setzte seinen Willen durch, griff die Spinnweben an und fegte die Tische, doch als er versuchte, Madame Koto aus ihrem eigenen Etablissement herauszufegen, verlor sie die Geduld. Dann sah ich, wie sie mit dem großen Besen kämpfte. Der Besen schlug ihr auf den Kopf. Ich lachte. Papa hörte auf zu schnarchen. Sie packte den Besen, warf ihn sich über die Schulter und schmetterte ihn zu Boden, so daß er sich den Hals brach. Der Besenstiel begann zu bluten. Mit blutbeflecktem Gesicht drehte sich Madame Koto zu mir, der sie träumte, um und sagte: »Du hast über mich gelacht? Du kommst als nächster dran!«
Mit einem teuflischen Gesichtsausdruck kam sie auf mich zu,

und ich schrie auf. Papa legte den Arm um mich und sagte: »Schlaf weiter, mein Sohn. Dir passiert nichts.«

Und als beantworte er eine wichtige Frage, die die Nacht, seine Eltern und seine Hoffnungen ihm gestellt hatten, sagte er nach langem Schweigen: »Heute habe ich die Welt auf meinem Kopf getragen.«

Bald danach schlief er ein. Er schlief wie ein Riese.

14

PAPA BETETE ÜBER MAMA GEBEUGT. Ein Kräuterheiler war da. Er sah sehr grimmig und weise aus und stank nach alten Blättern. Er kaute auf einer Wurzel, und seine Zähne waren braun. Er besprenkelte den Raum mit einer Flüssigkeit aus einer Kalebasse. Auf beiden Seiten von Mama brannten Kerzen. Sie lag auf der Matte und atmete ruhig. Ihre Augenlider waren mit Antimon eingerieben. Neben ihrem Gesicht lag eine tote Fledermaus. Mamas Schultern waren mit einem Rasiermesser geritzt worden, und ich sah, wie das Blut schwarz wurde, als der Kräuterheiler die Wunden mit Asche bestrich. Der Kräuterheiler half Mama, sich hinzusetzen und gab ihr aus einer Schale eine bittere Flüssigkeit zu trinken. Mama verzog das Gesicht. Der Kräuterheiler schwenkte seinen mit einem Zauber versehenen Fliegenwedel durch die Luft, um unerwünschte Geister zu vertreiben. Die Luft erzitterte von ihren Schreien. Nachdem er den ganzen Raum mit rätselhaften Zauberworten versiegelt hatte, half er Mama, sich wieder hinzusetzen. Unter unseren angespannten Blicken biß er Mama in die Schulter und zog eine lange Nadel und drei Kaurimuscheln aus ihrem Fleisch. Dann ging er nach draußen und vergrub sie.

Als er mit der Behandlung fertig war, schlief Mama ein und sah friedlicher aus als vorher. Der Kräuterheiler stritt sich mit Papa über die Bezahlung. Papas Stimme war angespannt, und er bat den Mann inständig, den Preis etwas zu senken. Doch der Kräuterheiler blieb hart. Papa sagte, das sei alles, was er habe. Der Kräuterheiler gab nicht nach. Papa seufzte, zahlte, dann setzen sie sich hin und unterhielten sich. Ich haßte den Kräuterheiler, weil er Papa soviel Geld abnahm, und ich verfluchte ihn. Die beiden unterhielten sich, als seien sie gute Freunde, und dafür, daß er sich als unser Freund aufspielte, haßte ich ihn noch mehr. Als er aufstand, um sich zu verabschieden, schien er mich zum erstenmal wahrzunehmen. Er starrte mich fest an und gab mir eine Pfundnote, die ich an Papa weitergab. Ich nahm meinen Fluch zurück, und er ging hinaus. Ich setze mich auf Papas Schoß, und wir beobachteten Mama, die tief schlafend auf dem Bett lag.

Am späten Nachmittag sagte Papa, er sei durstig. Wir gingen zur Bar. In Madame Kotos Kneipe war niemand außer den Fliegen. Ich hörte Madame Koto im Hinterhof singen. Papa rief sie, doch sie hörte es nicht. Wir riefen sie beide und hämmerten auf den Tisch, doch sie hörte uns noch immer nicht. Wir hämmerten weiter auf den Tisch und riefen ihren Namen, als plötzlich die Tür aufflog und ein schwarzer Wind hereinkam, uns umkreiste und in einem Wasserkrug aus Ton verschwand.
»Hast du das gesehen, Papa?« fragte ich.
»Was?«
»Den schwarzen Wind.«
»Nein.«
Madame Koto kam mit wirrem Haar und blutverschmierten Händen herein.
»Ach, ihr beiden seid es. Ich komme sofort.«
Sie ging wieder hinaus und kam ein paar Minuten später mit sauberen Händen und gekämmtem Haar zurück.
»Was wollt ihr trinken?«
Papa bestellte wie immer Palmwein und Pfefferschotensuppe mit Buschfleisch. Als Madame Koto uns den Wein hinstellte, umschwirrten uns immer mehr Fliegen. Ein Gecko sah uns beim Trinken von der Wand aus zu.
»Sieh dir den Gecko an der Wand an, Papa.«
»Kümmer dich nicht um ihn«, sagte er, ohne hinzublicken. »Er ist unser Feund und wacht über uns.«
Die Pfefferschotensuppe war schärfer als sonst, und ich pustete, um das Brennen zu kühlen.

»Trink etwas Wasser«, sagte Madame Koto.
»Nein, ich will kein Wasser.«
»Warum nicht?«
»Der schwarze Wind ist da hineingefahren.«
»Was für ein Wind?«
»Kümmern Sie sich nicht um ihn«, sagte Papa.
Sie blickte mich mißtrauisch an.
»Sie haben einen merkwürdigen Sohn«, sagte sie und setzte sich uns gegenüber an den Tisch.
»Und eine gute Frau«, fügte Papa hinzu. »Ich habe gehört, was Sie für sie getan haben. Vielen Dank.«
Sie ging nicht auf Papas Dank ein. Ihre großen Augen starrten mich an, als sie sagte: »Was das Geld angeht, das ihr mir schuldet ...«
»Ich?« fragte ich.
»Du nicht. Dein Vater.«
»Ja?«
»Ich bin nicht so wie die anderen Leute.«
»Welche anderen Leute?«
»Die Leute, denen Sie Geld schulden und die ...«
Sie hielt inne, sah erst Papa, dann mich an und sagte: »Wenn Sie Ihrem Sohn erlauben, ab und zu herzukommen und in meiner Bar zu sitzen, bin ich bereit, die Sache mit dem Geld zu vergessen.«
Papa sah mich an.
»Warum?« fragte er.
»Weil er Glück bringt.«
»Wieso Glück? Uns hat er nur Ärger eingebracht.«
»Das liegt daran, daß er Ihr Sohn ist.«
»Ich bin nicht einverstanden. Er soll zur Schule gehen.«
»Ich will nicht in die Schule gehen«, sagte ich.
»Halt den Mund.«
Madame Koto starrte Papa mit aufleuchtenden Augen an und sagte: »Ich werde das Schulgeld für ihn bezahlen.«
»Ich kann selbst für meinen Sohn aufkommen«, entgegnete Papa stolz.

»In Ordnung. Sprechen wir nicht mehr über das Geld. Erlauben Sie ihm nur, ungefähr alle drei Tage herzukommen und zehn Minuten hier zu sitzen. Das ist alles.«
»Wollen Sie einen Trinker aus ihm machen?«
»Sein Vater ist kein Trinker.«
Papa blickte mich an. Er blickte mich mit neu erwachtem Interesse an. Der Gecko an der Wand hatte sich nicht gerührt. Er sah uns die ganze Zeit an.
»Ich werde das mit seiner Mutter besprechen.«
»Gut.«
»Und was ist mit den Leuten, denen ich Geld schulde?«
»Was soll mit ihnen sein?«
»Sie wollten mir etwas über sie erzählen.«
»Hat Ihr Sohn Ihnen das nicht erzählt?«
»Was?«
»Daß sie mit Steinen nach Ihrer Frau geworfen haben?«
»Wer? Wer hat Steine geworfen?«
Madame Koto stand auf, holte noch mehr Palmwein.
»Das kann ich Ihnen nicht sagen.«
Papa drehte sich zu mir um und sah so grimmig aus, daß ich ihm erzählte, wer die Leute waren und was geschehen war, noch bevor er mich irgend etwas fragte. Er kippte in einem Zug ein halbes Glas Palmwein herunter, rieb sich die Spritzer vom schweißbedeckten Gesicht und stürmte aus der Bar, ohne zu bezahlen.

Als wir zu unserm Compound kamen, kochte Papa so richtig vor Wut. Wir begegnetem einem der Gläubiger, der gerade aus der Toilette kam. Papa ging schnurstracks auf ihn zu, täuschte mit einer rechten Geraden einen Kopfschlag vor und versetzte ihm wortlos mit der Faust einen Schlag in den Magen. Der Gläubiger krümmte sich stöhnend, da packte Papa ihn um die Taille und warf ihn rücklings zu Boden. Als sich Papa wieder zu seiner vollen Größe aufrichtete und den Staub von den Händen schüttelte, sah er einen anderen Gläubiger, dessen Sohn Mama Steine an den Kopf geworfen hatte. Der zweite Gläubiger hatte miterlebt, wie wirkungsvoll Papa in seiner Wut war, und versuchte wegzulaufen. Doch Papa rannte hinter ihm her, holte ihn ein, stellte ihm ein Bein, hob ihn auf, packte sich den armen Kerl auf die Schulter, hielt ihn hoch in die Luft und warf ihn in den Schlamm. Der erste Gläubiger, der sich schnell von seinem Sturz erholt hatte, rannte ein brennendes Holzscheit über dem Kopf schwingend auf uns zu. Papa war begeistert. Er duckte sich, um dem kreisenden Holzscheit zu entgehen, schlug dem Mann in den Magen und brachte ihn mit ein paar linken Geraden aus dem Gleichgewicht. Dann streckte er den Gläubiger mit einem rechten Haken zu Boden und stieß dabei einen Schrei aus, der alle verblüffte.

Der zweite Gläubiger rannte schlammbedeckt und in drei Sprachen fluchend auf Papa zu. Papa bearbeitete mit wiederholten rechten Geraden dessen Nase, bis sie blutete, und erledigte ihn dann mit einem linken Haken. Ein paar Leute hatten sich eingefunden. Der zweite Gläubiger lag wie ein regungsloses Bündel auf dem Boden, und die Frauen und Angehörigen des gestürzten Mannes umringten Papa. Er schlug weiter auf die Männer ein, teilte mit beiden Fäusten Schleuderschwinger aus, als hätte er die Absicht, ihnen die Köpfe abzuschlagen. Die Männer schreckten zurück und liefen vor Angst in Papas hämmernde Schläge. Allein mit seinem verletzten Arm machte er drei von ihnen fertig. Die Menge war fasziniert von seinem Mut.

»Boxer! Boxer!« riefen sie immer wieder.

Die Frauen der Gläubiger fielen über Papa her, zerkratzten ihm das Gesicht, griffen ihm in den Schritt, und ich hörte, wie er aufschrie. Er schaffte es, sie zurückzustoßen. Dann rannte er fort. Die Frauen und Kinder rannten hinter Papa her, der sowohl vor ihrer Raserei floh, als auch vor seiner eigenen Angst, sie zu verletzen. Als sie merkten, daß sie Papa nicht einholen konnten, richtete sich ihre Wut gegen mich, und ich floh brüllend in Madame Kotos Bar und versteckte mich hinter den Tonkrügen. Die Frauen und Verwandten blieben schreiend draußen. Sie fürchteten sich zu sehr vor Madame Kotos Ruf, um hereinzugehen und ihre Bar auseinanderzunehmen. Madame Koto hörte den Lärm auf dem Hinterhof, und ich sah, wie sie sich voller Kampfbereit-

schaft das Wickeltuch straffer um die Hüften zog, auf die Menge zuging und schrie: »Was wollt ihr? Wein oder Krieg?«
Madame Kotos furchterregendes Auftreten schlug die Leute schnell in die Flucht. Als alle verschwunden waren, kam ich hinter dem Tonkrug hervor. Madame Koto lächelte mir zu. Dann schenkte sie mir einen Becher Palmwein ein. Ich trank mit den Fliegen, und später kam Papa, der sich im Schatten der Büsche verkrochen hatte, und setzte sich zu mir auf die Bank. Wir tranken bis abends. Als ich meinen dritten Becher Wein leerte, stellte ich fest, daß der Gecko an der Wand uns immer noch anstarrte. Er hatte einen roten Streifen auf dem Kopf. Er nickte nie, und seine Augen glichen winzigen Saphirperlen. Wenn irgend jemand anders den Gecko ansah, lief er weiter.
»Was starrst du denn so an?« fragte Papa.
»Nichts«, sagte ich.
Als es dunkel wurde, schickte Papa mich zum Compound, um zu sehen, ob Mama immer noch schlief. Ich sträubte mich erst. Er gab mir ein schönes Stück Buschfleisch und füllte meinen kleinen Becher mit Wein. Ich trank ihn leer, dann sagte er: »Mach deinem Vater keine Schande.«
Ich lächelte betrunken und ging aus der Bar. Die Buschpfade waren still. Dann hörte ich, wie ein Hahn krähte und lebhafte Insekten und Nachtvögel sich räusperten, bevor sie ihre nächtlichen Weisen anstimmten. Ich schwankte, und die Welt drehte sich, und alles wurde wieder still. Ich kam an einem Baum vorbei, an dem ein blaues Tuch hing, und ich wollte mir gerade das Tuch nehmen, als ein Hund mich anbellte. Ich hatte keine Angst. Ich spürte aus irgendeinem Grund, daß ich den Hund von irgendwoher kannte. Als der Hund merkte, daß ich mich nicht vor ihm fürchtete, lief er weg und trottete in den Wald, und ich folgte seinem erhobenen Schwanz. Dann fiel mir Mama ein, und ich machte mich wieder auf den Heimweg. Der Pfad von Madame Kotos Bar zu unserm Haus war schnurgerade, doch der Hund hatte mich verwirrt, und alle Pfade waren unübersichtlich. Ich folgte einem Weg, aber der führte in den Wald. Ich ging denselben Weg zurück und kam an einen Ort, den ich in meinem gan-

zen Leben noch nicht gesehen hatte. Alle Häuser waren riesengroß, die Bäume klein, der Himmel zum Greifen nah und die Luft golden.
Ich versuchte, dort wegzukommen, doch ich wußte nicht, wie. Ich ging den Weg zurück in den Wald, doch er führte tiefer in dieses Land. Ich blieb stehen, alles war ruhig, ich hörte keine Fliegen summen, keine Insekten zirpen und keine Vögel zwitschern. Die Hitze war anders. Dann merkte ich, daß nichts an diesem seltsamen Ort einen Schatten warf. Das Licht der roten Sonne ging mitten durch alles hindurch. Kein Wind wehte. Die Luft war ruhig und kühl. Als ich weiterging, hörte ich meine eigenen Schritte nicht mehr. Nach einer Weile verlor sich meine Angst. In gewisser Weise war mir alles vertraut, und ich ging weiter über die unwegsamen Pfade. Ich wanderte eine ganze Weile. Dann sah ich einen Mann, der auf mich zukam. Er hatte weiße Streifen im Gesicht. Seine Augen waren grün. Aber als ich ihn genauer ansah, änderte sich etwas an ihm, und ich sah, daß seine Beine unnatürlich stark behaart waren und sein Gesicht falsch herum auf dem Hals saß. Seine Gesichtszüge waren völlig durcheinandergeraten. Die Augen waren auf den Wangen, der Mund war auf der Stirn, das Kinn voller Haare und der Schädel kahl bis auf einen Bart, und Ohren konnte ich nicht entdecken. Ich mußte den Kopf neigen und meine Gedanken verdrehen, um seinen Zügen Sinn zu geben. Ich verstand nicht, wie ich ihn für einen normalen Menschen hatte halten können, als ich ihn zum erstenmal gesehen hatte. Er ging an mir vorbei, ohne ein Wort zu sagen. Die Augen auf seinem Hinterkopf musterten mich aufmerksam.
Ich schlug einen anderen Weg ein, um ihm auszuweichen, doch wenig später kam er mir wieder entgegen. Ich versuchte immer wieder, ihm zu entkommen. Wir schienen in einem unsichtbaren Labyrinth gefangen zu sein. Jedesmal, wenn ich ihm begegnete, schien er noch dringender etwas von mir zu wollen. Als ich zu dem Wäldchen aus blauen Bäumen kam, versteckte ich mich hinter einem Baum. Aus dem Inneren des Baumes drangen laute, erregte Stimmen an mein Ohr, wie von einer wichtigen Ver-

sammlung. Ich schlug einen Pfad ein, und zu meinem Entsetzen sah ich mich selbst näher kommen. Ich blieb stehen, und der andere, der ich selbst war, sagte: »Was machst du hier?«

»Ich?«

»Ja.«

»Und du?«

»Ich?«

»Was machst du hier?«

»Warum fragst du?«

»Weil ich das wissen will.«

»Ich soll etwas bestellen.«

»Etwas bestellen?«

»Ja, dir.«

»Mir?«

»Ja.«

»Und was sollst du mir bestellen?«

»Ich soll dir bestellen, du sollst nach Hause gehen.«

»Das versuche ich ja gerade.«

»Bist du sicher?«

»Ja, natürlich. Und wer schickt dich übrigens?«

»Was glaubst du, wer?«

»Ich weiß es nicht.«

»Unser König.«

»Welcher König?«

»Der große König.«

»Wo ist er?«

»Was ist denn das für eine Frage?«

Es entstand eine Pause. Ich starrte das Rätsel an, das vor mir stand. Und das Rätsel starrte mich ebenfalls an.

»Du siehst aus wie ich«, sagte ich.

»*Du* siehst aus wie *ich*«, entgegnete er.

Und dann, als mir allmählich dämmerte, wer er war, sagte er: »Geh den Weg dort, dann findest du dich zurecht.«

Ich blickte in die Richtung, in die er zeigte, und sah den Hund, dem ich vorher gefolgt war. Als ich mich wieder zu dem anderen umdrehte, der ich war, war er verschwunden. Ich folgte dem

Hund. Wir gingen eine Weile den Pfad entlang. An den Bäumen hingen blaue Stoffstreifen. Der Pfad verengte sich, wurde ganz schmal, und ich spürte, daß ich auf einer Mauer lief. Ich hatte die ganze Zeit den Blick auf den Pfad gerichtet, um sicher zu sein, nicht von ihm abzukommen, und so hatte ich nicht gemerkt, wann wir den Wald verlassen hatten. Als ich aufblickte, sah ich Madame Koto in einem gelben Festtagsgewand.

»Wo warst du?«

»Ich weiß es nicht«, sagte ich.

Sie schüttelte leicht verärgert den Kopf und ging ihres Weges. Als sie fort war, konnte ich den Hund nirgendwo mehr entdekken und ging nach Hause.

Es war sehr dunkel geworden. Ich kam zu unserm Compound, rannte in unser Zimmer und traf dort niemanden an. Mama war nicht mehr im Bett. Der Raum war geputzt. Die Ecken rochen nach einem Desinfektionsmittel. Ich verließ den Raum und ging über den Flur. Niemand schien dazusein. Dann hörte ich aus dem letzten Zimmer den Lärm des ganzen Compounds, alle hatten sich in einem Raum versammelt. Mehrere Leute schrien durcheinander, doch Papas Stimme übertönte sie. Als ich durch eine Ritze in der Tür in den Raum blickte, sah ich, daß dort alle Bewohner des Compounds zu einer lärmenden Versammlung zusammengekommen waren. Auf dem Tisch standen keine Getränke. Die Gläubiger und ihre Angehörigen waren auf der einen Seite des Raums. Die beiden, die Papa zusammengeschlagen hatte, standen ganz hinten und schrien. Einer von ihnen hatte ein Buschmesser, der andere eine Keule. Zwischen ihnen und dem Tisch in der Mitte befanden sich die Männer und Frauen des Compounds. Auf der anderen Seite des Raums waren Papa und Mama, eine Schar von Kindern und der Fotograf, der eifrig Aufnahmen machte. Schiedsrichter war der Hauswirt. Jedesmal, wenn das Blitzlicht aufleuchtete, erstarrte der Hauswirt zu einer Pose. Papa war still, und Mama sah gut aus. Einer der Gläubiger sagte: »Wenn Sie so stark sind, warum werden Sie dann nicht Boxer?«

»Das werde ich auch«, antwortete Papa.

Der andere Gläubiger sagte: »Warum gehen Sie nicht zur Armee? Da können Sie Ihre Muskeln einsetzen und sich töten lassen. Stark sind Sie doch nur hier.«
Der Hauswirt hielt die Hand hoch, um Schweigen zu gebieten. Das Blitzlicht leuchtete auf. Er erstarrte. Die Gläubiger schrien etwas über ihr Geld und ihre Verletzungen. Sie klangen wie Kinder. Papa lächelte. Inmitten der aufleuchtenden Blitzlichter sprach der Hauswirt sein Urteil. Er belegte Papa mit einer Geldstrafe von zehn Pfund, einer hohen Strafe in der Tat. Die Gläubiger frohlockten. Der Hauswirt sagte, Papa solle seine Schulden und die Strafe innerhalb einer Woche bezahlen oder den Compound verlassen. Unter allgemeinem Jubel verurteilte er Papa noch zusätzlich zu einer Flasche *ogogoro*, um die allgemeine Aussöhnung zu begießen. Papa sagte, er habe kein Geld und müsse die Flasche auf Kredit kaufen. Die Frauen des Compounds lachten. Die Kamera blitzte auf. In einer Anwandlung ungewohnter Großherzigkeit bot der Hauswirt an, den Versöhnungs-*ogogoro* selbst zu bezahlen. Die Leute aus dem Compound begrüßten seine weise Entscheidung mit Hochrufen. Ich schlich mich von der Tür weg, ging vors Haus und spielte mit den anderen Kindern im Sand.
Wenig später hörte ich die Stimmen der Leute im Flur. Ich ging hinters Haus, wusch mir Gesicht und Füße und ging in unser Zimmer. Mama war eifrig beschäftigt, als sei sie überhaupt nicht krank gewesen. Ihr Gesicht war leicht gerötet, und ihre Augen strahlten. Die Genesung hatte sie angeregt und ihr Gesicht neu belebt. Papa saß auf einem Stuhl und rauchte. Er sah glücklich aus. Essen stand auf den Tisch. Die Wunde an Papas Kopf war verheilt, und sein verletzter Arm hing nicht mehr leblos herab.
»Wo warst du?« fragte er.
Mama eilte auf mich zu, drückte mich an sich, und ich atmete ihren Geruch ein. Es kam mir so vor, als sei ich tagelang fort gewesen, in einer Phase des Vergessens.
»Mein Sohn!« rief Mama mit ungewöhnlich strahlenden Augen.
Papa drückte seine Zigarette aus und sagte: »Du hast die Versammlung im Haus verpaßt. Sie haben mich zu einer Geldstrafe

verurteilt. Ich war es leid, auf dich zu warten, und da bin ich nach Hause gegangen. Deiner Mutter geht es jetzt wieder gut. Die Götter haben unsere Gebete erhört.«
Ich hielt Mama umschlungen. Papa fuhr fort: »Setz dich hin und iß. Ab morgen und bis zu dem Tag, an dem du in die Schule kommst, gehst du in Madame Kotos Bar. Dort bleibst du jeden Tag ein paar Minuten, verstanden?«
Ich nickte und wusch mir die Hände. Wir aßen gemeinsam, und Papa schob mir immer wieder die besten Stücke Krebs- und Hühnchenfleisch zu, während Mama vorsichtig die spitzen Gräten aus dem frischen Fisch heraussuchte und mir schöne Stücke vorsetzte. Ihr Strahlen erfüllte den Raum. Ich fühlte mich seltsam. Ich hatte den wichtigen Augenblick verpaßt, der das Licht in unserer Welt verwandelt hatte.

Nach dem Essen brachte ich das Geschirr auf den Hinterhof und spülte. Auf dem Rückweg begegnete ich einem der Gläubiger, den Papa zusammengeschlagen hatte. Sein Gesicht war übel zugerichtet, er sah mich grimmig und hinterhältig an. Als er an mir vorbeiging, gab er mir verstohlen einen Fausthieb auf den Kopf. Meine Augen waren voller Tränen, als ich in unser Zimmer kam. Mama und Papa saßen nebeneinander auf dem Bett. Mama sah mich an und sagte: »Sieh mal, unser Sohn weint vor Glück.«
Ich lächelte, und der Schmerz ließ nach. Ich räumte den Tisch ab, breitete die Matte aus und legte mich hin. Papa ging zu seinem Stuhl. Die Kerze war heruntergebrannt, und Mama zündete eine neue an. Ich betrachtete die geheimnisvolle Flamme. Mama richtete ihre Waren in einer Schüssel her.
»Ich werde wieder mit dem Handel anfangen«, sagte sie.
Papa lächelte.
»Meine Frau ist eine richtige Geschäftsfrau«, sagte er.
Dann sah er mich an.
»Die Leute meinen, ich würde einen guten Boxer abgeben. Ein Mann von gegenüber hat zugesehen, wie ich die Gläubiger zusammengeschlagen habe. Er will mich ein paar Trainern und

Managern vorstellen, hat er gesagt. Einem guten Trainer. Der es umsonst macht.«

Er lachte. Dann schlug er in die Luft und schaukelte auf dem Stuhl hin und her.

»Ich werde ein großer Boxer werden. Mit Boxen kann man viel Geld verdienen, wie ich gehört habe.«

Er boxte wieder in die Luft, schlug dann auf die Flamme der Kerze ein, löschte sie mit jedem Schlag zielsicher aus und zündete sie wieder an.

»Ich bekämpfe das Feuer und werde zu Feuer. Jeder, der mich bekämpft, bekämpft die Sonne.«

Er lachte wieder. Ich beobachtete weiterhin die geheimnisvolle Flamme. Mama gab einen gequälten Laut von sich. Ich blickte sie an und sah, daß sie nicht glücklich darüber war, daß Papa Boxer werden wollte. Sie zählte ihr Wechselgeld und sagte dann: »Dein Vater hat in seinem Dorf an Box- und Ringkämpfen teilgenommen. Man nannte ihn Black Tyger. Er besiegte alle jungen Männer. Eines Tages hat er vor einem Kampf ein großes Loch in die Wand vom Feind seines Vaters geschlagen.«

Papa lachte laut. Mama erzählte weiter: »Der Feind belegte ihn mit einem Fluch. Dann gingen die Leute herum und sagten, wenn dein Vater noch einmal kämpfte, würde er verlieren. Sie sagten, dann würde er eine Woche lang verrückt werden. Dein Vater hörte auf zu kämpfen. Die Dorfbewohner gaben seinen Titel jemand anders. Aber seine Anhänger drängten ihn immer wieder, zu kämpfen und seinen Meistertitel im Dorf zurückzuerobern. Sie alle setzten hohe Summen auf ihn. Anfangs weigerte sich dein Vater, doch schließlich willigte er aus Stolz ein. Der Mann, ein kleiner Mann, warf deinen Vater in der letzten Runde zu Boden, und dein Vater verlor.«

»Aber ich bin nicht eine Woche lang verrückt geworden. Das war nur Geschwätz.«

»Aber du bist in die Stadt gegangen.«

»Ja, ich bin in die Stadt gegangen.«

Sie verstummten beide. Es hörte sich fast so an, als seien sie in die

Hölle gekommen. Mama zählte weiter ihr Wechselgeld und setzte sich dann aufs Bett. Papa seufzte.

»Seit fünf Jahren habe ich meinen Vater nicht mehr gesehen«, sagte er.

Plötzlich begann unter dem Schrank eine Ratte an etwas zu nagen. Eine große Fliege flog auf, als sei sie gerade aus einem langen Schlaf erwacht, und summte durch den Raum. Ein Nachtfalter stieg von Papas Stiefeln auf und kreiste in einer absteigenden Spirale um die Kerzenflamme. Papa zündete sich eine Zigarette an und rauchte nachdenklich. Das Geräusch der Ratte wurde lauter, und andere Ratten fingen auch an zu nagen. Mama verzog das Gesicht. Papa sagte: »Dein Großvater ist jetzt völlig blind. Er ist der Oberpriester unserer Kultstätte, der Priester des Gottes der Straßen. Jeder, der für seine Reisen, Unternehmungen, Geburten, Beerdigungen oder was auch immer ein besonderes Opfer darbringen will, geht zu ihm. Alle Menschen reisen auf derselben Straße.«

Er hielt einen Augenblick inne, dann fuhr er fort: »Ich sollte der Nachfolger meines Vaters als Priester werden, aber die Dorfältesten sagten: ›Dein Sohn ist ein Kämpfer. Wie soll ein Kämpfer Priester der Straßen werden? Der Gott hat sich einen Nachfolger außerhalb deiner Familie gesucht. Doch wer kennt schon die Zukunft?‹ Dein Großvater war sehr enttäuscht darüber. Jetzt ist er blind, trägt eine dunkle Brille und wandert ohne Stock oder sonstige Hilfe durch das Dorf und die Welt. Unsere alten Leute haben einen starken Geist. Das verleiht ihnen große Macht.«

Seine Stimme war sehr traurig.

»Wir vergessen diese Macht. Die einzige Macht, die die Leute heute haben, ist Selbstsucht, Geld und Politik.«

Die Ratten fraßen weiter. Der Nachtfalter kam der Kerzenflamme zu nahe, versengte sich die Flügel und fiel in das Wachs. Der Rauch der verbrannten Flügel war dicht und stieg nicht hoch auf, der Nachtfalter wand sich im Wachs und fing Feuer. Ich blies die beiden Flammen aus, fischte den Nachtfalter aus dem Wachs und zündete die Kerze wieder an. Papa sagte: »Die einzige Macht der armen Leute ist ihr Hunger.«

Mama sagte: »Diese Ratten!«
Sie reckte sich auf dem Bett. Papa rauchte seine Zigarette zu Ende. Ich holte mein Kissen und die Bettdecke. Papa blies die Kerze aus, und ich hörte zu, wie die Ratten fraßen und die Fliege summend durch die Dunkelheit flog. Papa ging ins Bett. Die Sprungfedern quietschten. Die Ratten nagten weiter, und Papa sagte im Dunkeln: »Azaro, Ratten können unsere Freunde sein. Manchmal können sie erzählen, was in der Welt geschieht. Sie sind unsere Spione. Hör ihnen zu, Azaro, und erzähl mir morgen, was die Ratten sagen.«
Ich hörte den Ratten zu. Eine von ihnen hatte Zähne aus gelben Diamanten. Sie schienen nichts zu sagen, und bald hörte ich die Sprungfedern wie schon in anderen Nächten in jenem besonderen Rhythmus quietschen. Die Bewegung des Betts übertönte das Geräusch der Ratten. Ich schlief ein, wachte auf und hörte, daß Mama anders atmete. Das Bett schwankte, bucklige Schatten wanderten durch die Dunkelheit, und ich schlief wieder ein.
Plötzlich wachte ich auf, und das Bett bewegte sich immer noch, doch bald nahm ich das melodische Quietschen der Sprungfedern nicht mehr wahr, da ich durch diese Geräusche hindurch die schrillen Laute der Ratten hörte. Kurz bevor ich wieder einschlief, hörte ich das Bett überhaupt nicht mehr, weil ich plötzlich merkte, daß ich, wenn ich mir nur Mühe gab, die Sprache der Ratten verstehen konnte. Sie sagten, während sie sich durch Mamas *garri*-Sack fraßen, daß die Welt härter sei als Feuer oder Stahl. Ich verstand nicht, was sie meinten, und schlummerte bei dem Versuch ein, es mir von ihnen erklären zu lassen. Doch sie konnten mich nicht verstehen, weil sie im Gegensatz zu uns nur eine Sprache sprechen.

Zweites Buch

I

Die Welt ist voller Rätsel, die nur die Toten beantworten können. Als ich begann, Madame Kotos Bar zu besuchen, begriff ich, warum die Geister so interessiert an ihr waren. Nachmittags nach der Schule ging ich dort hin. Madame Koto war oft auf dem Hinterhof. Sie grub die Erde um, pflanzte ein Geheimnis oder grub eins aus. Eines Tages versteckte ich mich und sah, wie sie runde weiße Steine in die Erde steckte. Ich kannte deren Bedeutung nicht, wußte nicht einmal, ob sie eine hatten.
Manchmal, wenn ich nach der Schule zu ihr kam, war sie in den Büschen auf dem Hinterhof, und sobald sie mich hörte, rief sie: »Setz dich! Setz dich und lock Gäste an! Lock sie herbei!«
Ich saß dann da und zerquetschte Fliegen. Der Palmwein, der überall herumstand, zog die Fliegen in solchen Mengen an, daß ich manchmal, wenn ich Luft holte, sicher war, ein paar von ihnen mit einzuatmen. Ich saß gewöhnlich in der leeren Bar neben dem großen Tonkrug und beobachtete durch den Streifenvorhang die Vorübergehenden. Als ich anfangs dort allein saß, kam niemand herein, um etwas zu trinken, und es sah so aus, als brächte ich ihr mehr Unglück als Glück.
Nachmittags war die Bar leer. Manchmal kamen zwei, drei Männer herein, die keine Arbeit hatten, und feilschten um den Preis von einem Glas Palmwein. Sobald ein Gast die Bar betrat, behandelte Madame Koto ihn zuvorkommend. Leute dagegen, die unschlüssig vor der Tür stehenblieben, haßte sie. Dann war ihr schon lieber, sie gingen weg, anstatt hereinzukommen. In dieser Beziehung war sie sehr strikt.
Nachmittags kamen manchmal Frauen vorbei. Es waren meistens Straßenhändlerinnen, die von der Sonne verblichene

Waren verkauften. Sie sprachen über ihre Kinder, ihre Männer oder die kommenden Wahlen, über Verbrechen und Gewalttaten, über Leute verschiedener Parteien, die im Landesinnern bei irgendwelchen Streitigkeiten getötet worden waren. Die Frauen trugen immer ein Bündel auf dem Kopf. Sie sahen oft zugleich traurig und energisch aus oder lebhaft und hager. Meistens waren es Straßenhändlerinnen, die auf dem Weg zum Markt waren und etwas Schatten suchten oder sich kurz von den staubigen Wegen des Gettos ausruhen wollten. Sie hatten schrille Stimmen und bildeten einen Kreis um Madame Koto, die im Hinterhof auf einem Schemel saß und die Pfefferschotensuppe für den Abend zubereitete.
Wenn die Frauen an mir vorbeikamen, neckten sie mich immer und sagten: »Da ist der Junge, der meine Tochter heiraten könnte. Seht ihn euch an, er macht sich mit der Welt der Frauen vertraut.«
Sie alle trugen ein Kind auf den Rücken gebunden. Die Welt der Frauen. Von den Frauen erfuhr ich eine ganze Menge über das, was im Land vor sich ging. Ich erfuhr, daß über die Unabhängigkeit gesprochen wurde, und davon, wie die Weißen uns behandelten, hörte von politischen Parteien und Streitigkeiten unter den verschiedenen Stämmen. Gewöhnlich saß ich auf einer Bank in der Bar, wobei meine Füße den Boden nicht berührten, und lauschte ihren finsteren Geschichten über irgendwelche Sexualskandale, während die Mittagshitze meine Augen mit Schlaf füllte. Immer war es heiß, und immer gab es überall Fliegen und Geckos, Mücken und Stechfliegen.
Die Frauen unterhielten sich meistens eine ganze Weile. Madame Koto kaufte ihnen das eine oder andere ab, dann lächelten mir die Frauen zu oder strichen mir über den Kopf und machten sich wieder in der glühenden Hitze auf den Weg.
Manchmal verschwand Madame Koto und ließ mich in der Bar allein. Gäste kamen herein, starrten mich an, und ich starrte sie auch an.
»Ist der Palmwein schon da?«
»Ja.«

»Dann schenk uns was ein.«
Ich rührte keinen Finger.
»Willst du uns nichts einschenken?«
Ich sagte keinen Ton.
»Wo ist Madame Koto?«
»Weiß ich nicht.«
Sie gingen auf den Hinterhof, kamen zurück und setzten sich eine Weile hin.
»Wie heißt du?«
Ich sagte es nicht. Entrüstet gingen sie fort, und ich sah sie eine ganze Zeit lang nicht wieder. Als Madame Koto zurückkehrte und ich ihr von den Gästen erzählte, schimpfte sie mit mir.
»Warum hast du mir nicht Bescheid gesagt?«
»Wo denn?«
»In meinem Zimmer.«
»Und wo ist das?«
»Komm mit!«
Sie zeigte es mir. Erst da wurde mir klar, daß sie ein Zimmer im Compound hatte. Ihr Zimmer war neben der Toilette. Sie ließ mich nie herein, und die Tür war immer verschlossen. Ich merkte auch, daß sie nachmittags oft zum Markt ging, um Einkäufe für das Abendessen zu machen und die richtigen Kräuter für ihre würzige Pfefferschotensuppe zu finden. Manchmal kaufte sie Kautabak und schob ihn den ganzen Nachmittag im Mund herum.
Eines Nachmittags saß ich an meinem üblichen Platz, als der Tonkrug zu rasseln anfing. Ich legte die Hand auf den Krug, und das Rasseln hörte auf. Ich zog die Hand zurück, und er rasselte wieder. Ich ging auf den Hinterhof und suchte nach einer Erklärung. Als ich zurückkam, sah ich drei merkwürdige Männer vor der Tür stehen. Sie waren ungewöhnlich groß und pechschwarz. Sie hatten mandelförmige Augen, eine kleine Nase, ziemlich kurze Arme und lächelten unentwegt. Sie redeten mit nasaler Stimme, die sich anhörte, als hätten sie keinen Brustkorb. Ich verstand nicht, was sie sagten. Sie weigerten sich, vom Eingang wegzugehen. Sie sahen sich in der Bar um, begutachteten

alles, inspizierten dies und das, wobei jeder in eine andere Richtung sah, als wären die drei Köpfe durch ein gemeinsames Gehirn miteinander verbunden.
Ihre Augen waren tief, stumpf und verwirrend. Ich wußte nie, ob sie mich oder die Decke ansahen. Ich zeigte auf die Bänke. Alle drei schüttelten gleichzeitig den Kopf. Sie standen einfach da und sperrten das Licht aus, das durch die Tür fiel. Ich blickte auf ihre herabhängenden kurzen Arme, und mir fiel vor Schreck fast der Kopf ab, als ich merkte, daß sie ohne Ausnahme alle sechs Finger an jeder Hand hatten. Dann sah ich, daß sie barfuß waren und gekrümmte Zehen hatten wie manche Tiere. Eine unwiderstehliche, furchteinflößende Würde ging von ihnen aus. Ich glitt von der Bank, rannte zu Madame Kotos Zimmer und schrie, daß drei seltsame Gäste da seien. Madame Koto zog das Wickeltuch straffer, spuckte den Kautabak aus und lief zur Bar. Als ich dort hinkam, stand sie draußen. Ich sah mich um. Die Fliegen und Geckos waren verschwunden. Eine schwarze Katze blickte mich von der Tür zum Hinterhof an. Ich ging auf die Katze los, aber sie sprang mit einem Satz über die Mauer des Compounds. Ich lief zur Vorderseite der Bar, fand Madame Koto aber nicht. Als ich hineinging, wischte sie die Tische mit einem feuchten Tuch ab und sagte: »Ich habe niemanden gesehen. Ruf mich nur, wenn Gäste da sind, verstanden?«
Ich nickte nicht, noch sagte ich etwas.

Nachdem sich Mama von ihrer Krankheit erholt hatte, war sie trauriger als früher, schmaler und ernster. Jeden Morgen, wenn sie aufwachte, ging sie im Zimmer herum, als sei sie von irgend etwas in der letzten Nacht fertig gemacht worden, doch was es war, wußte sie nicht. Papa ging nun immer spät ins Bett und stand früh auf. Wenn ich morgens aufwachte, war er schon fort, um Arbeit zu suchen. Mama hantierte dann im Zimmer herum und führte murmelnd Selbstgespräche über Ratten und Armut.
An manchen Morgen wachte ich davon auf, daß Mama mit dem Besen auf den Schrank einschlug. Sie trommelte auf dem

Schrank herum, fegte wild darunter her und prügelte auf ihre Vorratsschüsseln und *garri*-Säcke ein, als hätten diese sie persönlich verletzt. Manchmal stoben große Käfer unter ihren Schlägen auf und krabbelten mir ins Gesicht, so daß ich aufsprang. In ihrer blinden Rachsucht schlug Mama weiter auf sie ein. Dann kehrte sie die toten Tiere auf ein Blech, ließ den Besen fallen und brachte die Käfer nach draußen; wir konnten uns nun hinsetzen und essen. Sie gab mir immer etwas Brot für die Schule mit, brachte mich bis an die Kreuzung und ging dann mit der Schüssel, die sie auf dem Kopf balancierte, durch die Straßen und pries ihre Waren an.

Eine Zeitlang verschwand Papa aus meinem Leben. Wenn ich aufwachte, war er schon fort. Wenn ich mich schlafen legte, war er noch nicht wieder da. Er arbeitete sehr schwer, und wenn ich ihn sonntags sah, schien er Todesqualen auszustehen. Immer tat ihm der Rücken weh, und abends mußten Mama und ich auf ihm herumlaufen, um seine Schmerzen zu lindern. Sein Rücken war sehr kräftig und so gewölbt, daß ich immer die Balance verlor. Wenn Mama sich auf ihn stellte, knackte sein Rückgrat, und wir rieben ihn mit einer übelriechenden Salbe ein, die wir bei einem umherziehenden Kräuterheiler kauften. Papa arbeitete sehr schwer als Lastenträger am Umschlagplatz und auf Märkten und verdiente nur sehr wenig Geld. Von dem, was er verdiente, bezahlte er die Gläubiger, die jeden Abend zu uns kamen, um uns daran zu erinnern, daß es sie noch gab. Nachdem ich Papa ein paar Tage lang nicht gesehen hatte, fragte ich Mama, was mit ihm los sei.

»Er arbeitet, um uns zu ernähren«, sagte sie.

Es war Nacht. Im Hof spielten Kinder. Wir hatten drin kein Licht, weil wir uns keine Kerze leisten konnten. Mama bewegte sich stumm im Dunkeln. Sie stieß gegen irgend etwas und setzte sich fluchend hin, ich zündete ein Streichholz an und sah, daß aus dem großen Zeh ihres rechten Fußes Blut floß.

»Der rechte Fuß soll ja Glück bringen«, sagte sie.

Das Blut tropfte auf den Boden, und ich fragte: »Soll ich Wasser heißmachen?«

Sie sagte nichts. Das Streichholz brannte bis auf meine Finger herunter. Ihr Blut nahm die Farbe der Dunkelheit an. Ich konnte sie weder atmen hören noch sie sehen. Und bevor ich ein neues Streichholz anzünden konnte, war sie aufgestanden, um in den Hinterhof zu humpeln. Als sie zurückkam, hatte sie die Wunde ausgewaschen, und ich fragte sie, was sie darauf getan habe.
»Armut«, antwortete sie.
Ich zündete ein weiteres Streichholz an und untersuchte den Zeh.
»Verschwende nicht die Streichhölzer«, sagte sie streng.
Die Wunde blutete noch durch die schwarze Masse hindurch, mit der sie sie eingerieben hatte.
»Asche«, sagte sie.
Das Licht ging aus. Wir rührten uns nicht. Die Ratten begannen wieder zu nagen und die Käfer raschelten im Schrank.
»Es ist Zeit für dich, schlafen zu gehen«, sagte sie.
Ich rührte mich nicht. Ich wollte wach bleiben, bis Papa zurückkam. Es wurde spät und immer dunkler. Nach einer Weile hörte ich, wie Mama sagte: »Ich mache das Essen warm.«
Wir hatten seit dem Morgen nichts gegessen. Tagelang waren wir mit leerem Bauch schlafen gegangen.
»Ich komme mit.«
»Geh schlafen, sonst holt dich ein Geist.«
»Das soll er mal versuchen.«
Sie bewegte sich im Dunkeln, ich hörte sie an der Tür. Licht kam herein, und Mama ging hinaus. Ich saß im Dunkeln und lauschte. Ich versuchte aufzustehen, aber irgend etwas hielt mich zurück. Ich versuchte mich zu bewegen, aber die Dunkelheit leistete mir Widerstand. Ich ließ mich auf den Boden sinken und kroch auf Händen und Füßen herum. Etwas kroch an meinem Arm hoch. Erschrocken wollte ich mich aufrichten und stieß mit dem Kopf gegen die scharfe Tischkante und blieb so lange hokken, bis die Dunkelheit nicht mehr vor meinen Augen tanzte. Dann suchte ich nach Papas Stuhl und setzte mich. Ich konnte die Umrisse der Dinge erkennen. Ich blieb dort sitzen, bis Mama wieder hereinkam.

»Bist du immer noch auf?«
»Ja.«
»Geh schlafen.«
»Ich habe Hunger.«
Sie schwieg. Nach einer Weile sagte sie dann: »Warte, bis dein Vater kommt. Wir werden uns alle sein Essen teilen.«
Ich dankte ihr. Sie fand mich in der Dunkelheit, drückte meinen Kopf an sich, und ich hörte sie leise weinen, dann sagte sie mit etwas heiterer Stimme: »Ich will dir die Geschichte vom Magen erzählen.«
»Ja, erzähl mir eine Geschichte«, sagte ich gespannt.
Sie ging zurück zum Bett. Ich konnte sie nicht sehen. Die Ratten fraßen, und die Käfer rumorten.
»Mächtige Leute essen sehr wenig«, begann sie.
»Warum?«
»Weil sie mächtig sind. Es gab in meinem Dorf einmal einen großen Zauberdoktor, der nachts zum Mond flog und dann über den weiten Ozean wanderte, um Geister im Land der Weißen zu besuchen ...«
»Warum?«
»Weil er an einer wichtigen Sitzung über die Zukunft der ganzen Welt teilnehmen wollte. Und um an dieser Sitzung teilnehmen zu können, mußte er etwas Großes vollbringen. So flog er zum Mond und zu vielen Planeten. Nachdem er das getan hatte, ging er in das Land der Weißen, doch bevor sie ihn hereinließen, stellten sie ihm eine Frage.«
»Welche?«
»Sie fragten: ›Zauberdoktor aus dem Dorf Otu, was haben Sie gegessen, bevor Sie zum Mond geflogen sind?‹«
»Und was antwortete er?«
»Eine Grille.«
»Nur eine Grille?«
»Ja, eine kleine geröstete Grille.«
Wir waren eine Weile still. Ich dachte über die Geschichte nach, während meine Füße über dem Boden baumelten.
»Ist das die Geschichte vom Magen?«

»Nein«, sagte Mama in der Dunkelheit.
Wir waren wieder still. Dann begann Mama mit den Worten: »Es war einmal ein Mann ...«
Ich lehnte mich auf Papas Stuhl zurück und zog die Beine an.
»... der hatte keinen Magen. Jedes Jahr ging er zu einem großen Heiligtum, um zu den Göttern zu beten. Eines Tages traf er einen Magen ohne Körper. Der Magen sagte: ›Ich habe dich gesucht. Was machst du ohne mich?‹ Dann sprang der Magen auf den Mann und wurde ein Teil von ihm. Der Mann setzte seine Reise zum Heiligtum fort. Doch bevor er dorthin kam, wurde er sehr hungrig. Der Magen sagte: ›Fütter mich.‹ ›Das tue ich nicht‹, sagte der Mann. ›Als ich dich noch nicht hatte, machte ich weite Reisen, war nie hungrig und immer glücklich und zufrieden, und ich war stark. Entweder du verläßt mich jetzt, oder du bist ruhig.‹ ...«
Ungefähr an dieser Stelle der Geschichte fiel ich durch die Rükkenlehne des Stuhls und flog auf dem Rücken einer Grille, ich war der Mann ohne Magen, unterwegs zu einem Fest auf dem Mond.
Dann waren meine Augen plötzlich offen, und auf dem Tisch brannte eine Kerze. Papa stand taumelnd vor mir. Er sah niedergeschlagen und wie betäubt aus.
»Mein Gehirn ist eingedrückt worden, mein Sohn«, sagte er.
Ich kletterte schnell von seinem Stuhl. Er ging im Raum auf und ab, hielt sich den Kopf. Und dann setzte er sich schwerfällig hin und war still.
»Ich habe eine Kerze auf dem Markt gefunden«, sagte er und schlief ein.
Mama stellte das Essen auf den Tisch und weckte ihn. Er blinzelte.
»Ich habe im Traum die fürchterlichsten Lasten getragen«, stöhnte er.
»Du solltest etwas essen«, sagte Mama.
Wir hatten uns an den Tisch gesetzt. Papa rührte sich nicht. Sein Gesicht wurde von der Kerze erhellt. Alle Sehnen an seinem Hals waren dick und gespannt. Sein Gesicht glänzte, und an den

Schläfen pochten die Venen. Er überraschte uns, als er plötzlich redete.

»Sie sind dabei, alles mit Politik zu verderben«, sagte er mit erschöpfter, gespenstischer Stimme. »Jetzt wollen sie wissen, wen du wählst, bevor sie dich ihre Lasten tragen lassen.«

Er hielt inne. Seine Augen waren blutunterlaufen.

»Wenn du die Partei wählen willst, die die Armen unterstützt, geben sie dir die schwersten Lasten. Ich bin nicht viel mehr als ein Maulesel.«

»Iß, du bist müde«, sagte Mama.

Papa schloß die Augen und murmelte ein paar Worte, die ich für ein Gebet hielt. Er öffnete eine ganze Weile nicht die Augen. Erst als er zu schnarchen begann, wußten wir, daß er wieder eingeschlafen war. Mama wollte ihn nicht noch einmal stören, und so aßen wir die Hälfte der Mahlzeit und bewahrten den Rest für ihn auf, für den nächsten Morgen. Wir aßen leiser als die Ratten.

Bevor ich morgens aufwachte, war Papa schon fort, und mir blieb von ihm nur der Geruch seiner Stiefel, der Geruch nach Schlamm, Zigaretten, Schweiß und nach der Mückenspirale. Der ganze Raum war von Papas Erschöpfung verpestet.

Wir schränkten uns im Essen ein. An jenem Morgen aßen wir Brei und Brot. Mama ging zum Markt und bot mit fast leerem Magen ihre Streichholzschachteln, Süßigkeiten, Zigaretten und allerlei Kleinigkeiten auf der Straße zum Verkauf an. Sie sah abgemagert aus, die Bluse war ihr zu weit geworden, und die Träger hingen ihr lose über die Schultern, als wäre sie in ihren Kleidern geschrumpft.

Als ich hinter ihr her zur Kreuzung ging, an der wir uns trennten, war ich sehr unglücklich über ihre dünne Stimme im Lärm des Gettos. Wenn sie sich auf den Weg machte, um ihrem mühsamen Geschäft nachzugehen, sah sie so schwach aus, daß der leiseste Windstoß sie in den verschwimmenden Himmel zu wehen drohte. Bevor sie ging, gab sie mir ein Stück Brot und sagte mir, ich solle in der Schule brav sein. Ich folgte ihr ein kurzes Stück. Sie war barfuß. Wenn ich sah, wie sie über Abfall und

Steine auf der Straße stolperte, tat mir das weh. Es fiel mir schwer, sie nicht begleiten zu können, um ihre Füße zu beschützen und ihr zu helfen, all ihre Waren zu verkaufen. Ich folgte ihr, bis sie sich umdrehte, mich sah und mich winkend auf den Weg zur Schule schickte. Ich ging langsamer, drehte mich um und sah hinter ihr her, wie sie in dem immer größer werdenden Getto verschwand.

2

Als ich nach der Schule zu Madame Koto ging, war die Bar leer. Ich hatte Hunger. Ich setzte mich neben den Tonkrug und versuchte mir immer wieder zu sagen, daß ich keinen Magen hätte. Ich schlief ein und wachte wieder auf. Fliegen waren in die Bar gekommen. Ich ging zu Madame Kotos Zimmer, um sie um etwas zu essen zu bitten, und wollte gerade anklopfen, als ich hörte, wie sie in monotonem Tonfall sang. Ich hörte ein Glöckchen läuten. Ich wollte schon zur Bar zurückgehen, als zwei Frauen aus dem Compound mich sahen und sagten: »Was machst du denn da?«

Ich sagte nichts. Sie hielten mich fest, und ich schrie. Madame Koto kam heraus. Ihr Gesicht war auf einer Seite mit Antimon bestrichen, auf der anderen mit Kaolin, und ihr Mund war voller Kautabaksaft. Die Frauen blickten erst sie, dann sich gegenseitig an und liefen fort.

»Warum hast du nicht angeklopft?« fragte sie, wobei ihr der Tabaksaft aus dem Mund tropfte.

»Du warst beschäftigt.«

»Geh in die Bar.«

»Ich habe Hunger.«

»Wie kannst du mit deinem kleinen Magen Hunger haben?«

Dann ging sie in ihr Zimmer zurück. Die Glöckchen läuteten wieder. Ich ging in die Bar, die Fliegen tanzten um meine Nase. Die Feuchtigkeit drang in mich ein, so daß ich kaum noch atmen konnte, und der Hunger wurde unerträglich. Ich verließ die Bar und wanderte über Buschpfade. Es war furchtbar heiß. Die Bäume schimmerten in der Sonne. Die Schatten waren dicht. Insekten surrten in den Büschen. Eine Eidechse überquerte den Weg bis zur Mitte, blieb dann stehen, drehte sich mir zu und nickte. Eine Glocke läutete. Das schrille Geräusch erschreckte mich, und ich sprang mit einem Satz in die Büsche, ein riesiger Kerl mit breitem Mund fuhr auf einem kleinen Fahrrad an mir vorbei. Er gab ein irres Lachen von sich, als er vorbeisauste. Ich blieb in den Büschen und rannte erst wieder heraus, als ich spürte, wie meine Beine von Bissen brannten. Ich war auf ein Ameisenheer getreten. Ich streifte die Tiere ab und wollte gerade zur Bar zurückkehren, als ich entdeckte, daß die arme Eidechse tot auf dem Weg lag. Sie war vom Fahrrad überfahren worden und mit einem übertriebenen Kopfnicken gestorben. Die Ameisen marschierten schon auf sie zu, doch ich hob die Eidechse am Schwanz hoch und nahm sie mit zur Bar, um sie anständig zu beerdigen.

Draußen vor der Bar stand ein Mann barfuß in der Hitze. Er hatte nur eine schäbige Unterhose an. Sein Haar war zerzaust und von einer roten Flüssigkeit und Abfällen bedeckt. Er hatte eine große Wunde auf dem Rücken und eine kleine am Ohr. Fliegen umschwärmten ihn, und er zuckte ständig. Ab und zu kicherte er. Ich versuchte, einen Bogen um ihn zu machen, doch er schnitt mir jedesmal den Weg ab.

»Madame Koto!« rief ich.

Der Mann kam auf mich zu. Das eine Auge war höher als das andere. Sein Mund glich einer eiternden Wunde. Er zuckte, stampfte, lachte und lief plötzlich in die Bar. Ich rannte ihm nach und hielt die tote Eidechse wie einen schützenden Fetisch hoch. Er hatte sich hinter dem Tonkrug zusammengekauert und fauchte mich an.

»Madame Koto!« rief ich wieder.

Der Verrückte kicherte, zeigte seine roten Zähne, und dann ging er auf mich los. Ich warf ihm die tote Eidechse ins Gesicht. Er lachte, schrie und fiel vor irrer Freude kichernd auf die Bänke. Er stand auf, lief hierhin und dorthin, ohne auf irgendwelche Hindernisse zu achten, und stieß die langen Holztische und die Bänke um. Er verfolgte mich. Ich lief im Kreis. Er raste durch den Raum wie ein wild gewordener Krebs. Ausgelassen wie ein

Kind entdeckte er die tote Eidechse und begann mit ihr zu spielen. Er saß auf einem umgestürzten Tisch und rollte die Augen in entgegengesetzte Richtungen. Dann machte er sich daran, die Eidechse zu essen.

»MADAME KOTO!« schrie ich mit der ganzen Lautstärke meines Entsetzens.

Mit einem neuen Besen in der Hand kam sie angerannt. Sie sah das Durcheinander in der Bar, sah den Verrückten, der zuckend und kichernd die Eidechse aufaß, stürzte sich auf ihn und schlug ihm mit dem Besenstiel auf den Kopf, als sei er eine Kuh oder eine Ziege. Der Verrückte rührte sich nicht. Er aß mit beklemmender Gemütsruhe. Madame Koto schlug ihm die Eidechse aus der Hand. Dann zog sie das Wickeltuch straffer um die Hüften und packte ihn mit ihren großen Händen an der Kehle. Die Augen traten ihm aus den Höhlen, als er mir den Kopf zuwandte. Weißer Schaum tropfte ihm aus den Mundwinkeln. Mit einer plötzlichen Kraftanstrengung und einem durchdringendem Schrei schleuderte er Madame Koto zurück, richtete sich wie ein aus dem Schlaf gerissenes Tier zu seiner vollen Größe auf und ging auf alles los. Er fuchtelte irre schreiend mit den Armen durch die Luft. Dann änderte er seine Taktik. Er holte seine riesengroße Rute heraus und pißte in alle Richtungen. Madame Koto schlug ihm mit dem Besen auf die Rute. Er pißte sie an. Sie rannte nach draußen und kam mit einem brennenden Holzscheit zurück. Sie verbrannte ihm die Füße, bis er im Galopp tanzte, herumsprang, aus der Bar lief und kichernd in den Wald rannte.

Madame Koto blickte sich in ihrer verwüsteten Bar um. Sie blickte auf das brennende Holzscheit in ihrer Hand, starrte dann mich an.

»Was bist du nur für ein Kind?« fragte sie.

Ich begann, die Bänke wieder aufzurichten.

»Vielleicht bringst du nur Unglück«, sagte sie. »Seit du kommst, haben mich meine alten Gäste verlassen, und es kommen keine neuen.«

»Ich habe Hunger«, sagte ich.

»Sorg dafür, daß Gäste kommen, lock sie an, dann bekommst du etwas zu essen«, sagte sie und ging auf den Hinterhof.
Später brachte sie die Bänke und Tische nach draußen und scheuerte sie mit einer Spezialseife ab. Sie fegte die Bar aus und wischte den Raum mit einem konzentrierten Desinfektionsmittel. Sie holte die Tische und Bänke wieder herein, nachdem diese in der Sonne getrocknet waren, und dann ging sie los, um ihr tägliches Bad zu nehmen, bevor abends die Gäste erschienen. Nach dem Baden kam sie mit einer Schüssel Yamswurzeln und Pfefferschotensuppe in die Bar. Sie knallte die Schüssel auf den Tisch und sagte: »Da du ja so hungrig bist, iß das am besten auf.«
Ich bedankte mich bei ihr, und sie ging wieder hinaus. Ich spülte einen Löffel ab und setzte mich hin, um zu essen. Die Suppe war sehr scharf, und ich trank sehr viel Wasser. Die Yamswurzel war weich und süß. In der Suppe schwammen Fleischstücke und Innereien, und ich hatte schon fast alles aufgegessen, als ich merkte, daß eines der Stücke tatsächlich ein Hühnchenkopf war. Der Pfeffer brannte mir im Hirn, und ich war überzeugt, daß mich der Hühnchenkopf ansah. Madame Koto kam mit einem Fetisch herein, der vor Palmöl glänzte. Sie schob eine Bank vor die Eingangstür, kletterte darauf und hängte den Fetisch an einen Nagel über die Tür. Ich bemerkte zum erstenmal, daß sie einen kleinen Bart hatte.
»Ich mag Hühnchenkopf nicht«, sagte ich.
»Iß ihn. Das ist gut für dein Gehirn. Du wirst klug davon, und wenn du die Augen ißt, kannst du im Dunkeln sehen.«
Ich aß ihn nicht. Madame Koto stieg von der Bank, schob diese wieder zurück und stellte sich vor mich.
»Iß das!« sagte sie.
»Ich habe keinen Hunger mehr.«
Madame Koto sah mich an. Sie hatte sich mit scharf riechenden Ölen eingerieben. Sie sah strahlend und stark aus. Die Öle rochen ekelhaft, und ich glaube, das war einer der Gründe, warum die Geister sich für sie interessierten.
»Du willst den Hühnchenkopf also nicht essen!«

Ich wußte, daß sie wütend werden und mir in Zukunft nie wieder etwas zu essen geben würde, wenn ich ihn nicht aß; also tat ich es widerstrebend und voller Abscheu. Ich zerbiß den Hühnchenkopf. Ich zermalmte den Schnabel. Ich schluckte den roten Kamm hinunter. Ich kratzte die dünne Fleischschicht vom Schädel.
»Und die Augen?«
Ich saugte die Augen heraus, kaute darauf herum und spuckte sie auf den Boden.
»Heb sie auf!«
Ich hob die Augen auf, räumte den Tisch ab und ging nach draußen, um die Teller zu spülen. Als ich zurückkam, hatte sie mir ein Glas von ihrem besten Palmwein hingestellt. Ich setzte mich neben den Tonkrug in eine Ecke und trank in Ruhe mein Glas Palmwein.
»So wirst du ein Mann«, sagte sie.
Der Palmwein wirkte ziemlich schnell, und ich nickte im Sitzen ein. Ich wachte auf, als ein paar rüpelhafte Gäste hereinkamen. Sie rochen nach rohem Fleisch und Tierblut.
»Palmwein!« brüllte einer von ihnen.
Fliegen umschwirrten die neuen Gäste. Madame Koto brachte ihnen eine große Kürbisflasche Wein. Sie tranken die Flasche sehr schnell leer, und die Hitze des Abends verstärkte ihren Geruch. Sie wurden immer rüpeliger. Sie stritten sich laut über Politik. Madame Koto versuchte sie zu besänftigen, doch die Männer beachteten sie überhaupt nicht. Sie stritten sich leidenschaftlich und heftig in einer unverständlichen Sprache, und je wütender sie wurden, desto mehr stanken sie. Einer von ihnen zückte plötzlich ein Messer. Die beiden anderen fielen über ihn her. In dem ganzen Durcheinander warfen sie Tische und Bänke um, zertrümmerten die Kürbisflasche und die Gläser, bis es ihnen gelang, den Mann zu entwaffnen. Nachdem das Messer weggesteckt war, rief einer von ihnen: »Mehr Palmwein!«
Madame Koto ging nach draußen und holte den Besen. Die Männer sahen ihr an, wie wild entschlossen sie war.
»Jetzt ist Schluß mit dem Palmwein!« sagte sie. »Und ihr bezahlt mir, was ihr zerbrochen habt.«

Sie zahlten ohne zu murren und gingen noch immer heftig streitend hinaus.
Ich kehrte in meine Ecke zurück und trank mein Glas Palmwein aus. Madame Koto schenkte mir nach. Der Duft ihrer aromatischen Pfefferschotensuppe drang vom Hinterhof herein. Die Zeit verging, und Gäste tauchten auf. Seltsame Gäste. Ein Mann kam in die Bar, der schon reichlich betrunken war. Er fluchte und schimpfte die ganze Zeit.
»Sieh da, eine Schildkröte«, sagte er über mich. »Sieh da, eine dicke Frau mit einem Bart«, sagte er über Madame Koto.
Dann lief er raus, kam zurück und bestellte eine Kürbisflasche Palmwein. Anschließend trank er in Ruhe seinen Wein und reckte sich nur manchmal hoch, um auf alles mögliche zu schimpfen. Er beschimpfte die Eidechsen, die Fliegen, die Bank und die Decke. Dann wurde er wieder still und trank friedlich weiter.
Ein anderer Gast kam herein, der so stark schielte, daß ich das Gefühl hatte, selbst zu schielen, wenn ich ihn ansah.
»Was starrst du denn so an?«
»Deine Augen«, sagte ich.
»Warum? Hast du selbst keine?«
»Doch, aber ich kann sie nicht sehen.«
Er kam zu mir und schlug mir mit der Faust auf den Kopf. Ich trat ihm gegens Schienbein. Er schlug mich noch einmal, noch fester, und ich rannte nach draußen und schnappte mir Madame Kotos Besen und kam wieder und schlug ihm damit auf den Kopf. Er schrie auf. Wich zurück. Ich schlug noch einmal zu. Der betrunkene Mann begann zu schimpfen. Er schimpfte auf schielende Leute, schimpfte auf Besen, verfluchte die Kinder und wurde wieder ruhig. Madame Koto kam herein und nahm mir den Besen weg. Ich setzte mich hin.
»Bringen Sie mir Palmwein«, sagte der schielende Mann. »Und warnen Sie diesen Jungen. Er hat meine Augen beleidigt.«
»Was ist denn mit Ihren Augen?« fragte Madame Koto und sah ihn eindringlich an.
Er antwortete nicht, setzte sich und versank in trübsinniges

Schweigen. Nachdem er seinen Palmwein bekommen hatte, trank er in einem Zug große Mengen. Er sah mich an, merkte, daß ich ihn anstarrte, drehte er sich zur Seite und versuchte, seine Augen vor mir zu verbergen.

»Bringen Sie mir Pfefferschotensuppe!« schrie er.

Madame Koto bediente ihn, und er verschlang das Fleisch und löffelte die Suppe schnell hinunter.

»Sagen Sie dem Jungen, er soll mich nicht anstarren«, sagte er.

»Warum?«

Er trank noch mehr Palmwein und warf mir einen Blick über die Schulter zu. Seine Augen interessierten mich. Eins von ihnen war grün. Dieses grüne Auge übte eine seltsame Wirkung auf mich aus.

»Ich gebe dir Geld, wenn du woanders hinsiehst«, sagte er.

»Wieviel?«

Er versuchte sein Gesicht zu verbergen, als er kam und sein ganzes Kleingeld auf den Tisch warf. Ich steckte es in die Tasche und sah zu, wie er zu seinem Platz zurückging. Er beobachtete mich ständig. Ich hatte die Augen von ihm abgewandt, aber es war schwer, woanders hinzublicken, nachdem ich ihn einmal gesehen hatte. Seine Augen, die so seltsam waren, wirkten wie ein Magnet. Ich hielt den Blick von ihm abgewandt, sah mich in der Bar um und entdeckte grüne Stellen auf dem Boden. Ich verstand nicht, wo sie herkamen. Ich trank noch ein bißchen Palmwein. Die beunruhigende Erkenntnis, daß die grünen Stellen Pisseflecken des Verrückten waren, ging mir allmählich auf, als sich das Licht in der Bar änderte und der Betrunkene fluchte und vom Boden eine Schar grüner Geister aufstieg. Sie stiegen in die Höhe und wurden immer größer, bis ihre Köpfe die Decke berührten, dann schrumpften sie wieder auf die Größe eines durchschnittlichen Huhns zusammen. Sie schielten alle. Sie liefen um die Stelle herum, wo der Verrückte hingepißt hatte, stampften mit den Füßen und machten ein Geräusch wie ein Bienenschwarm. Wo immer ich hinblickte, sah ich schielende Geister. Ich schrie auf, und der Betrunkene verfluchte den Mond, und Madame Koto kam und brachte mich nach draußen und gab mir etwas Wasser und Alligatorpfeffer zum Kauen.

»Geh jetzt besser nach Hause«, sagte sie.

Ich war still.

»Bleib ein bißchen in der frischen Luft und dann geh.«

Ich blieb eine Weile draußen. Der Mond stand am Himmel. Er war groß, klar und weiß. Er war weiß, dann wurde er silbern, und ich sah Dinge, die sich auf seinem Gesicht bewegten, und ich konnte die Augen nicht abwenden, weil er so schön war und so tief am dunkelblauen Himmel stand. Ich sah ihn lange an, süße Stimmen erhoben sich in meinen Ohren, Madame Koto kam nach draußen und sagte: »Was machst du da?«

Sie blickte auf, sah den Mond und sagte: »Warum starrst du den Mond an? Hast du noch nie einen Mond gesehen?«

»So einen noch nicht.«

»Komm herein, nimm deine Sachen und geh nach Hause. Es wird langsam spät.«

Ich riß mich vom Mond los und ging mit ihr in die Bar zurück. Die Bar war voller höchst merkwürdiger Leute. In einer Ecke sagte ein Mann laut, daß er gerade aus Hitlers Krieg zurückgekommen sei. Niemand glaubte ihm.

»Hitler ist schon seit Jahren tot«, sagte jemand.

»Ich habe ihn umgebracht«, sagte der laut redende Mann.

»Und wie?«

»Mit einem besonderen Fetisch. Ich habe ihm Pfeffer in die Augen geblasen, sein Schnurrbart hat sich aufgerichtet, und ich habe ihn mit diesem Messer umgebracht.«

Er zog ein Messer hervor, schwang es durch die Luft, doch niemand schien sich dafür zu interessieren. In einer anderen Ecke schüttelte ein Mann dauernd den Kopf. Ein Mann schnarchte. Neben dem Betrunkenen saß ein jüngerer Mann. Er hatte eine leuchtende Narbe im Gesicht. Der Betrunkene fluchte, war eine Weile ruhig und fluchte wieder. Die schielenden grünen Geister mischten sich unter die Gäste, und einer der Geister kletterte an der Wand hoch wie eine neue Eidechsenart und besah sich Madame Kotos Fetisch.

Es war eine höchst merkwürdige Nacht. Die Bar erlebte eine reichlich ungewöhnliche Versammlung von Überirdischen, Betrunkenen, Verrückten, Verwundeten und wundersamen Wesen. Madame Koto bahnte sich äußerst gelassen einen Weg durch diese Gesellschaft. Sie schien einen Schutzpanzer zu haben und hatte nicht die geringste Angst. Ich glaube, sie hat in jener Nacht eine ganze Menge Geld verdient, denn als ich wegging, tat sie etwas, was nur selten vorkam. Sie lächelte mich an. Sie war in all dem Trubel fröhlich und würdevoll. Sie gab mir ein Stück rohe Yamswurzel, und ich ging über die immer breiter werdenden Wege nach Hause zu Mama.

3

Unser Zimmer war voller Leute. Mama war früh zurückgekommen. Sie sah von der Sonne verbrannt und müde aus. Die Füße auf der Tischkante, saß der Hauswirt verächtlich auf Papas Stuhl. Auf dem Bett und im ganzen Raum hatten sich die Gläubiger und ihre Verwandten niedergelassen. Sie sahen wütend und hilflos aus. Niemand sagte einen Ton, als ich hereinkam. Ich ging zu Mama. Sie nahm mich in die Arme und sagte: »Sie müssen etwas Geduld haben.«

»Wie können wir Geduld haben?« fragte einer der Gläubiger. Die anderen nickten energisch.

»Die Geduld wird uns noch umbringen. Wir müssen essen und Handel treiben.«

»Richtig.«

»Aber wir haben das meiste schon zurückgezahlt«, sagte Mama.

»Aber nicht alles.«

»Und nicht innerhalb einer Woche«, fügte der Hauswirt hinzu. »Geduld bringt keinen um.«

»Unsinn«, sagte ein Gläubiger. »Die Geduld bringt meinen Sohn um. Glauben Sie, ich kann den Kräuterheiler mit Geduld bezahlen?«

Der Hauswirt lachte und zog eine Kolanuß aus seinem weiten Gewand. Er aß sie allein. Ich beobachtete, wie sich seine Lippen rötlich färbten. Mama schwieg, und während der Hauswirt auf seiner Kolanuß kaute, fingen die Ratten wieder an zu nagen. Ich sah die Gläubiger einen nach dem anderen an, als ob sie mich durch ihre Anwesenheit ums Essen gebracht hätten. Ich sagte nichts.

»Seht euch nur seinen dicken Bauch an«, sagte der Hauswirt über mich und kicherte.
»Lassen Sie meinen Sohn in Ruhe.«
»Wir wollen ja nur unser Geld, das ist alles«, sagte einer der Gläubiger und starrte mich an.
»Ich habe euer Geld nicht«, sagte ich.
»Dieser Junge ist schlimmer als sein Vater.«
Plötzlich stand Mama auf.
»Wenn Sie uns beleidigen wollen, dann verlassen Sie diesen Raum!« sagte sie.
Sie schloß die Tür und das Fenster. Es wurde dunkel im Raum, und Mama weigerte sich, eine Kerze anzuzünden. Ab und zu zündete der Hauswirt ein Streichholz an und sah jeden an. Die Ratten fraßen lauter, und Mama brach in ein Klagelied aus. Die Gläubiger rührten sich nicht. Der Hauswirt kaute weiter.
Als Mama zu singen aufhörte, wurde die Stille tiefer. Wir blieben schweigend im Dunkeln sitzen, bis es an die Tür klopfte.
»Wer ist da?«
»Der Fotograf.«
»Was wollen Sie?«
»Die Fotos sind fertig.«
»Na und?«
»Wollen Sie sie nicht sehen?«
Der Hauswirt stand auf und öffnete die Tür. Er blieb im Eingang stehen und sah sich mit der Taschenlampe des Fotografen die Bilder an. Dann kam er ins Zimmer. Der Fotograf folgte ihm mit der Kamera über der Schulter.
»Sie sind gut«, sagte der Hauswirt und reichte die Taschenlampe und die Bilder herum.
Die Gläubiger wurden munter und sprachen über die Bilder von dem Fest, daß Soundso betrunken aussah, und der da die Augen zumachte wie ein Gauner. Als die Fotos wieder beim Hauswirt ankamen, fragte er: »Warum sieht das Gesicht von Madame Koto so aus?«
Madame Kotos Gesicht war fleckig. Sie sah wie ein erledigtes

Ungeheuer aus, eine Kreuzung zwischen einer tierischen Mißgeburt und einer geschnitzten Holzfigur.
»Sie ist eine Hexe«, sagte einer der Gläubiger.
»Sie ist keine«, sagte ich.
»Halt den Mund«, sagte Mama.
Als ich mir die Bilder näher ansah, merkte ich, daß wir alle seltsam wirkten. Die Bilder waren körnig, unsere Gesichter dadurch voller Punkte und Flecken. Papa sah aus, als hätte er eine Klappe auf einem Auge, Mamas Augen waren beide verschwommen, die Kinder sahen aus wie Eichhörnchen und ich glich einem Kaninchen. Wir sahen wie feiernde Flüchtlinge aus. Wir waren verkrampft und hungrig, und unser Lächeln war starr. Der Raum schien aus Abfall zu bestehen, und alle zusammen glichen wir einem Volk, das nicht weiß, was Glück ist. Diejenigen unter uns, die lächelten, hatten das Gesicht zu einer Grimasse verzogen wie Leute, die besiegt worden sind, aber dennoch lächeln, wenn eine Kamera auf sie gerichtet wird.
Der Fotograf war sehr zufrieden mit dem Ergebnis und nannte den Preis der Abzüge. Einer der Gläubiger sagte, er würde einen Abzug nehmen, sobald Papa bezahlt habe. Der Hauswirt sagte: »Ich sehe aus wie ein Dieb.«
»Dieb«, sagte ich.
Mama schlug mir auf den Kopf.
»Ihr Sohn sieht aus wie eine Ziege«, sagte der Hauswirt.
Die Gläubiger lachten. Mama sagte: »Wir wollen jetzt schlafen. Sie müssen jetzt gehen!«
»Reden Sie so mit Ihrem Hauswirt?«
»Gut, alle können bleiben«, sagte Mama. »Azaro, mach dein Bett fertig.«
Ich stand im Dunkeln auf, rückte den Tisch zur Seite und breitete meine Matte aus. Ich legte mich hin. Rings um meinen Kopf waren die Füße der Gläubiger. Der Hauswirt kaute weiter. Nach kurzem Schweigen sagte einer der Gläubiger: »Na gut, wenn ich mein Geld jetzt nicht bekommen kann, dann muß ich mich eben selbst bedienen.«
Er stand vom Bett auf, nahm den Tisch und ging zur Tür.

»Gute Nacht, Hauswirt«, sagte er und verließ den Raum. Mama rührte sich nicht. Ein anderer Gläubiger bat den Hauswirt, ein Streichholz für ihn anzuzünden, und nahm Papas Stiefel. Ein dritter sagte: »Ich nehme nichts, aber ich komme immer wieder.«
Der Fotograf sagte: »Ich komme morgen.«
Der Hauswirt sagte: »Sagen Sie Ihrem Mann, daß ich ihn sprechen will.«
Dann gingen sie alle. Mama stand vom Bett auf und machte etwas Essen für Papa warm. Anschließend zählte sie das Geld, das sie am Tag verdient hatte. Sie legte etwas zurück, um Lebensmittel zu kaufen, und etwas für die Miete. Die Kerze war fast heruntergebrannt, und als sie langsam erlosch, sah ich in dem kümmerlichen Licht Mamas knochiges Gesicht, ihre immer härter werdenden Augen und die Adern an ihrem Hals.
»Heute habe ich einen verrückten Jungen gesehen. Er war auf einen Stuhl gebunden, und seine Mutter hat geweint.«
»Was war mit ihm passiert?«
»Wie soll ich das wissen?«
Wir schwiegen.
»Wie geht es Madame Koto?«
»Gut.«
»Fragt sie nach mir?«
»Nein.«
»Was macht sie die ganze Zeit?«
»Sie bleibt in ihrem Zimmer. Heute hatte sie eine Menge seltsamer Gäste. Sie hat einen Fetisch an die Wand geheftet. Ein Verrückter ist in die Bar gekommen und hat eine Eidechse gegessen und überall hingepißt.«
»Wenn das so ist, dann darfst du nicht mehr hingehen.«
»Ich will aber.«
»Warum?«
»Darum!«
»Wie war es in der Schule?«
»Ich mag die Schule nicht.«
»Du mußt die Schule mögen. Wenn dein Vater zur Schule gegan-

gen wäre, hätten wir es heute nicht so schwer. Lern soviel du kannst. Wir leben in einer neuen Zeit. Bald kommt die Unabhängigkeit. Nur wer zur Schule geht, kriegt etwas Ordentliches zu essen. Sonst mußt du dein ganzes Leben lang Lasten tragen wie dein Vater.«

Wieder schwiegen wir.

»Du mußt dich vor Madame Koto in acht nehmen.«

»Warum?«

»Die Leute reden über sie. Man weiß nicht, wo sie herkommt. Und dieser Fetisch, wer hat ihn ihr gemacht?«

»Ich weiß es nicht.«

»Faß ihn nicht an.«

»Ich fasse ihn bestimmt nicht an. Aber was erzählen sich die Leute über sie?«

»Du bist ein kleiner Junge. Du verstehst das nicht.«

»Sag es mir.«

»Geh schlafen.«

»Hat sie jemanden umgebracht?«

»Geh schlafen.«

Wir schwiegen, und Mama räumte ihre Vorratsschüssel an die Seite und steckte das Geld weg. Sie hatte nicht viel eingenommen, und an ihrem verbittertem Gesicht konnte ich sehen, daß sie sich fragte, ob es sich wirklich lohnte, für das bißchen Geld, das letztlich dabei heraussprang, Tag für Tag in glühender Hitze über die Straßen der Welt zu laufen und Waren anzupreisen, bis sie heiser war. Sie seufzte, und ich wußte, daß sie trotz allem weitermachen würde. Ihr Seufzer war voller Verzweiflung, aber ganz unten in der Lunge, in den Tiefen ihres Atems, lag auch Hoffnung, die auf sie wartete wie der Schlaf am Ende eines brennend heißen Tages.

Als ich durch die Vorräume des Schlafs trieb, hörte ich vom Eingang des Compounds her eine laute Stimme singen. Die Stimme war rau und betrunken. Eine andere Stimme schrie: »Black Tyger!«

Papa öffnete die Tür mit einem Fußtritt und torkelte in den

Raum wie eine schreckliche Nachricht. Mama sprang auf und zündete schnell eine Ersatzkerze an. Auf ihrem von der Kerze angestrahlten Gesicht spiegelte sich Unsicherheit. Papa stand im Eingang wie ein betrunkener Riese. Seine Schultern waren gekrümmt. In einer Hand hielt er eine Flasche *ogogoro*. Beide Hosenbeine waren bis zu den Knien mit Schlamm bedeckt. Er hatte nur noch einen Schuh an. Der Raum stank nach Trunkenheit und Schlamm. Seine Nackenwirbel knackten. Blinzelnd, als ob ihn die Wirklichkeit blende, verzog er den Mund und sagte sehr laut: »Ich gehe zur Armee!«

Dann brach er zusammen und lag wie ein Häufchen Elend auf dem Boden. Wir liefen herbei, um ihm aufzuhelfen. Er kam schnell wieder zu sich, sah, wie wir uns um ihn bemühten und stieß uns weg. Ich landete in der Ecke, wo er normalerweise seine Schuhe hinstellte. Mama stolperte aufs Bett. Er erhob sich taumelnd, wankte hin und her, riß die *ogogoro*-Flasche an sich, nahm einen tiefen Schluck und sagte: »Wie geht es meiner Familie?«

»Uns geht es gut«, antwortete Mama.

»Gut. Jetzt habe ich ein bißchen Geld. Wir können diese verdammten Gläubiger bezahlen. Wir können sie alle bezahlen. Und dann erschieße ich sie.«

Er machte auf übertriebene Weise ein Maschinengewehr nach.

»Hast du keinen Hunger?« fragte Mama.

»Ich bin in den Schlamm gefallen«, sagte Papa. »Ich bin trinkend und singend die Straße runtergegangen, und plötzlich sagte die Straße zu mir: ›Paß auf!‹ Da habe ich die Straße verflucht. Dann verwandelte sie sich in einen Fluß, und ich begann zu schwimmen. Der Fluß verwandelte sich in Feuer, und ich begann zu schwitzen. Das Feuer verwandelte sich in einen Tiger, und ich tötete ihn mit einem Schlag. Dann schrumpfte der Tiger zu einer großen Ratte zusammen, und ich schrie sie an, und sie rannte weg wie die Gläubiger. Und dann löste sich die Ratte in Schlamm auf, und ich verlor meinen Schuh. Wenn ich Geld hätte, wäre ich ein großer Mann.«

Wir starrten ihn ängstlich und verwirrt an. Er schwankte leicht, reckte den Hals und torkelte auf seinen Stuhl zu. Er setzte sich nicht, sondern blieb vor dem Stuhl stehen und sah ihn an, als habe er einen Feind vor sich.

»Du siehst mich an, Stuhl«, sagte er. »Du willst nicht, daß ich mich auf dich setze, hm, weil ich in den Schlamm gefallen bin, stimmt's?«

Der Stuhl sagte nichts.

»Ich rede mit dir, Stuhl. Bist du besser als mein Bett? Ich rede mit dir, und du bewegst dich. Für wen hältst du dich eigentlich, hm?«

Der Stuhl grübelte zu lange über die Antwort nach, und so versetzte Papa ihm mit dem nackten Fuß einen Tritt. Papa schrie auf und blickte den Stuhl wieder an.

»Setz dich aufs Bett«, sagte Mama.

Papa warf ihr einen giftigen Blick zu. Dann wandte er sich wieder dem Stuhl zu.

»Rühr dich ja nicht!« sagte Papa mit Nachdruck.

Der Stuhl rührte sich nicht.

»So ist es besser. Jetzt setze ich mich auf dich, egal ob ich mit Schlamm bedeckt bin oder mit Gold, hörst du? Und wenn du dich bewegst, schlage ich dich zusammen.«

Er wartete eine Weile.

»Man nennt mich nicht umsonst Black Tyger.«

Dann ließ er sich schwer auf den Stuhl fallen, der so laut knarrte, daß ich einen Augenblick lang dachte, er würde unter Papas Trunkenheit zusammenbrechen. Der Stuhl wackelte, und aus irgendeinem Grund wackelte Papa mit, dann stand Papa auf, schnappte sich den Stuhl und schleuderte ihn gegen das Fenster. Der Stuhl polterte auf die Erde, und das Fenster flog auf. Mücken und Stechfliegen kamen in Schwärmen herein, und Eidechsen huschten an den Wänden hoch, und Ratten stoben unter dem Schrank hervor und liefen verwirrt durch den Raum. Papa wurde wild, packte den Stuhl und schlug damit nach den Ratten. Er verfolgte sie überallhin und knallte mit dem Kopf gegen den Schrank. Eine Ratte floh zur Tür, er ließ den Stuhl fallen und rannte stampfend hinter ihr her und machte Geräusche wie ein Maschinengewehr.

Er blieb eine Weile draußen. Mama hob den Stuhl auf und stellte ihn wieder an seinen gewohnten Platz. Nach langer Zeit kam Papa zurück, das Wickeltuch von jemand anderem um die Hüften geschlungen. Er hatte ein Bad genommen, das Wasser tropfte ihm aus dem Haar, und er sah aus wie ein geistesgestörter Boxer. Seine Hose hatte er sich über die Schulter geworfen. Papa kam mit glänzenden Augen ruhig herein und blickte uns verstohlen an, als wollte er sich vergewissern, daß wir ihm nicht böse waren. Er trank etwas Wasser und versuchte, das Fenster zu schließen, doch es ließ sich nicht mehr schließen. Er versuchte es noch einmal. Er drohte dem Fenster mit der Faust und ließ sich langsam auf den Stuhl sinken. Plötzlich sprang er auf, zog den Kopf ein und führte eine Schlagkombination aus. Dann zwängte er sich in eine Khakihose. Seine Brust war nackt, und sein Körper glänzte schon vor Schweiß.

Papa sah sehr stark und kraftvoll aus. Seine Schultern waren breit und wie aus einem Felsen gehauen. Sein Nacken war kräftig. Ich hatte nie bemerkt, daß sein Kinn so kantig und seine Stirn so breit war. Seine Nase war größer, als ich sie in Erinnerung hatte, und er hatte einen stacheligen Stoppelbart. Er ließ die Muskeln eindrucksvoll spielen. Seine Verwandlung überraschte mich.

Er war sehr unruhig, bewegte sich ständig, schlug linke und rechte Haken in die Luft. Er vergaß uns völlig. Wir sahen ihm aufmerksam zu. Er machte einen groben, wilden Eindruck. Schließlich setzte er sich wieder und schloß die Augen. Dann hob er ruckartig den Kopf und blickte sich um. Das Kerzenlicht ließ sein Gesicht grimmig aussehen. Zur Decke aufblickend sagte er: »Ich habe heute Lasten getragen, bis ich das Gefühl hatte, mein Nacken, mein Rücken und meine Seele würde zerbrechen. Dann warf ich die Last ab und sagte: ›Nie wieder!‹ Aber ich hatte nichts verdient, und ich muß eine Familie ernähren, da trug ich die Last weiter und sagte: ›Es muß doch eine andere Art geben, Geld zu verdienen‹, und ich dachte, ›ich geh' zur Armee‹, und später habe ich dann unsern Verwandten Aku getroffen und mir etwas Geld von ihm geliehen.«

Er schwieg wieder und schloß die Augen.
»Wie geht es Aku?«
»Gut.«
»Und seiner Frau?«
»Auch gut.«
»Hast du die Kinder gesehen?«
»Nein.«
Dann hob Papa die Füße hoch, um sie wie gewöhnlich auf den Tisch zu legen. Seine Füße blieben in der Luft hängen.
»Was ist mit dem Tisch passiert?« fragte er, die Füße noch in der Luft, und öffnete die Augen. »Als ich reinkam, war er doch noch da.«
Er ließ die Füße sinken und sah sich nach dem Tisch um. Er suchte das ganze Zimmer ab, blickte unters Bett, hinter den Schrank. Er ging nach draußen und kam wieder herein. Wir sagten kein Wort.
»Wo ist der Tisch?«
Wir sagten nichts. Er starrte erst mich an und dann Mama, als hätten wir ihm einen Streich gespielt.
»Wo ist er? Ist er weggelaufen? Habt ihr ihn versteckt? Habt ihr ihn verhökert, um etwas zu essen zu kaufen? Ist er gestohlen worden? Was ist mit ihm passiert, hm?«
Er wurde unruhig. Seine Brustmuskeln spielten ununterbrochen, seine Kiefer mahlten wild. Unser Schweigen machte ihn noch wütender, und Mama war gezwungen, ihm zu sagen, was passiert war. Da wurde Papa richtig wild. Er brüllte wie ein wütender Löwe, richtete sich zu seiner vollen gigantischen Größe auf, stürmte aus dem Zimmer und tobte so laut auf dem Gang, daß es schien, als sei der Donner in uns gefahren.
Mit seiner Raserei weckte er den ganzen Compound. Er trommelte gegen die Türen der Gläubiger und lief im Gang auf und ab und forderte sein Eigentum zurück, das die Gläubiger ihm gestohlen hatten. Die Kinder wachten auf und begannen zu weinen. In den Zimmern gingen Lichter an, und die Leute tauchten nach und nach mit erstaunter Miene vor ihrer Tür auf. Manche Männer hatten Buschmesser in der Hand, einer hatte

eine alte Flinte. Die Frauen liefen herum und fragten: »Was ist passiert?«

Ihre Männer riefen sie streng zurück. Papa tobte weiter und beschuldigte die Gläubiger, ihm sein gesamtes Eigentum geraubt zu haben. Einer von ihnen kam heraus und sagte: »Ich habe nichts genommen. Ich habe gesagt, daß ich warte, bis Sie zurück sind.«

»Und wer hat dann meine Möbel gestohlen?«

Der Gläubiger stotterte und sagte: »Ich habe nichts genommen.«

Papa zählte etwas Geld ab, gab es ihm und wetterte weiter lautstark gegen die beiden anderen.

»Jetzt verstecken sie sich hinter den Wickeltüchern ihrer Frauen, haben aber am hellichten Tage meine FRAU und meinen SOHN BEDROHT und ALLE MEINE SACHEN GESTOHLEN! Sie sind RATTEN, FEIGLINGE, DIEBE UND SCHURKEN. Sie sollen nur rauskommen und die Sache ABSTREITEN!«

Als die Leute aus dem Compound begriffen hatten, worum es ging, kehrten sie in ihre Zimmer zurück. Die Lichter verloschten eines nach dem anderen. Nur die beiden ältesten Mieter kamen heraus und versuchten zu vermitteln. Papa hörte nicht auf sie und brüllte weiter. Zwei, drei Männer, die sich im Dunkel ihres Zimmers versteckt hatten, sagten: »Das ist Black Tyger. Er ist betrunken.«

»Ja, ich bin betrunken«, sagte Papa laut. »Aber das hält mich nicht davon ab, die Räuberbande zu verfluchen.«

Er forderte die Gläubiger immer wieder auf, ihm die Möbel sofort zurückzubringen, sonst würde er ihre Türen aufbrechen und das Haus in Brand stecken.

»Er ist wild geworden«, sagte jemand.

»Ja, ich bin wild geworden! Ich bin ein wild gewordener Tiger, und ich werde alles in Brand stecken, wenn diese Räuberbande mir nicht SOFORT meine Sachen zurückbringt!«

Die beiden Alten bemühten sich erneut um Versöhnung. Dann versuchten sie Papa festzuhalten. Er schüttelte sie ab und wütete weiter wie ein gefährliches Tier.

Irgendwo im Compound stritten sich ein Mann und eine Frau. Nach einer Weile öffnete sich eine Tür und einer der Gläubiger kam schüchtern heraus und brachte den Tisch. Mit hängendem Kopf schlich er zu unserm Zimmer, während Papas Stimme sich voll tiefer Verachtung über ihn erregte. Der Gläubiger setzte den Tisch vor unserer Tür ab und wollte gerade zu seinem Zimmer zurückschleichen, als Papa ihm den Weg versperrte und sagte:
»Hast du den Tisch etwa hier gefunden, du Dieb?«
»Ich bin kein Dieb. Du schuldest mir Geld.«
»Hast du ihn hier gefunden?«
Der Gläubiger kam zurück und hob den Tisch hoch. Ich wollte ihm gerade die Tür aufmachen, doch Papa schrie: »Mach diesem FEIGLING nicht die Tür auf!«
Also stellte der Gläubiger den Tisch ab, öffnete die Tür, ging mit dem Tisch hinein und kam wieder heraus.
»Und das Geld?« fragte er leise, als er an Papa vorbeikam.
Es entstand eine kurze Stille. Dann warf Papa ihm das Geld vor die Füße.
»Da ist dein Geld, du Feigling.«
Der Gläubiger blickte erst auf das Geld vor seinen Füßen, dann auf Papa, der ihn weit überragte. Schließlich bückte sich der Mann und hob das Geld auf.
»Das Geld wird dich noch umbringen«, sagte Papa. »Du hast mein Bier getrunken, du hast bei mir gegessen, und wegen einer kleinen Geldsumme benimmst du dich wie eine Ratte!«
Der Gläubiger huschte in sein Zimmer und schloß die Tür ab. Man hörte ihn noch eine Weile mit seiner Frau streiten. Dann ging bei ihnen das Licht aus.
Papa stand etwas hilflos und verloren mitten im Gang, ihm fehlte ein Gegner. Er wollte gerade zu unserm Zimmer zurückgehen, als der andere Gläubiger angeschlichen kam und ihm die Stiefel brachte.
»Also du auch!« schrie Papa und seine Kampfeslust kehrte wieder. »Du hast also meine Stiefel gestohlen!«
Der dritte Gläubiger lief in unser Zimmer, ließ die Stiefel fallen und kam zurück. Papa baute sich vor ihm auf. Es wurde still. Die

Hähne krähten. Dann warf Papa das Geld auf den Boden, und der dritte Gläubiger hob es ohne zu murren auf, rannte in sein Zimmer zurück und schloß die Tür ab.
Papa stand breitbeinig auf dem Gang und wartete auf die nächste Herausforderung. Er wollte gerade gehen, als eine Frau im Zimmer des dritten Gläubigers sagte: »Wenn du so stark bist, warum gehst du dann nicht zur Armee?«
»Wenn ich zur Armee gehe«, sagte Papa und wirbelte herum, »dann erschieße ich deinen Mann als ersten.«
Ich zitterte.
Niemand anders wagte den Mund aufzumachen. Papa wartete darauf, daß jemand etwas sagte. Der Wind fegte stärker durch den Gang. Die Mücken fielen über Papa her. Die Stille wurde tiefer, und die verschiedenen Zimmer verschmolzen mit der Dunkelheit. Ein Kind begann zu weinen. Jemand gab ihm einen Klaps, und es schrie noch lauter. Andere Babys wachten auf und schrien, und dann hörte das Geschrei allmählich auf, und der Compound sank in Schlaf. Papa kam zurück.
Er setzte sich auf seinen Stuhl. Seine Stiefel standen an ihrem üblichen Platz, allerdings hatte der dritte Gläubiger Papas Socken absichtlich so hingelegt, daß man die Löcher sah. Der Tisch befand sich nicht ganz an der richtigen Stelle, und ich rückte ihn zurecht. Papa legte die Füße auf den Tisch. Dann zündete er sich eine Zigarette an.
Mama saß mit versteinertem Gesicht und eingefallenen Augen auf dem Bett und hielt den Kopf in den Händen, als erlebte sie den Beginn einer Tragödie mit.
Papas Füße stanken, und ich bemerkte, daß einer seiner Schuhe kaputt ging.
»Gibt es nichts zu essen?« fragte er mit sanfter Stimme.
Mama stellte ihm sein Essen hin. Papa wusch sich die Hände, forderte uns auf, die Mahlzeit mit ihm zu teilen, und aß. Ich hatte keinen Hunger mehr und Mama auch nicht. Papa aß allein. Er hatte einen ausgezeichneten Appetit, und als er fertig war, lagen nur noch zerbrochene Knochen auf den Tellern. Da wurde ich wieder hungrig und bereute, daß ich nicht mit ihm gegessen hatte.

Mama räumte die Teller ab. Ich räumte den Tisch ab und breitete meine Matte aus. Papa zündete sich eine weitere Zigarette und eine Mückenspirale an und blieb still sitzen. Er rauchte weiter, und erst kurz bevor ich einschlief, entdeckte ich, daß ein Stuhlbein abgebrochen war. Papa schlief auf dem dreibeinigen Stuhl, und ich sah, wie sein Kinn herabsank und sein Gesicht sich entspannte. Er wachte davon auf, daß er plötzlich vom Stuhl fiel. Ich ließ mir nicht anmerken, daß ich etwas bemerkt hatte. Er stand knurrend auf. Er blies die Kerze aus und legte sich neben Mama ins Bett.

Am nächsten Morgen redete niemand mit uns im Compound. Papa ging früh zur Arbeit und hatte weder unter dem Geflüster zu leiden, das uns überallhin verfolgte, noch unter dem Schweigen, das uns empfing, wenn wir auf den Hinterhof kamen. Mama ertrug es mit Fassung. Sie grüßte die Leute, wenn sie an ihnen vorbeiging, und ihr Gesicht blieb ausdruckslos, wenn diese den Gruß nicht erwiderten. Sie ertrug es, als wäre sie schon ihr ganzes Leben lang eine solche Behandlung gewöhnt. Für mich dagegen war es schwerer. Die Kinder starrten mich unfreundlich an und gaben mir deutlich zu verstehen, daß sie nicht mit mir zusammen sein wollten. Die Leute des Compounds waren sich einig in ihrer Abneigung gegen uns.
Wir aßen etwas Brei und Brot im Zimmer, als Mama sagte: »Ab heute gehe ich auf den Markt. Eine Frau hat mir ihren Stand vermietet. Dann brauche ich wenigstens nicht mehr herumzulaufen, um meine Waren zu verkaufen.«
Ich freute mich über diese Nachricht. Mama streichelte mir das Haar.
»Und jetzt gehst du zur Schule, und nachher bleibst du in Madame Kotos Bar, bis ich dich dort abhole, klar?«
»Ja, Mutter.«
»Ich schließe die Tür ab und nehme den Schlüssel mit, damit niemand in unserer Abwesenheit auf krumme Gedanken kommt.«
Ich nickte. Aber als wir gerade den Raum verlassen wollten,

klopfte es draußen an die Tür. Mama öffnete, und der Hauswirt stand vor ihr.
»Bestellen Sie Ihrem Mann«, sagte der Hauswirt ohne eine Spur von Höflichkeit, »wenn er noch einmal so einen Spektakel veranstaltet wie in der letzten Nacht, werfe ich ihn raus. Und selbst wenn er Black Cricket heißen sollte. Ich selbst bin ein Löwe. Notfalls schicke ich meine Jungens, daß sie ihn zusammenschlagen. Wenn er hier noch einmal Ärger macht, sich von irgend jemandem in diesem Compound Geld leiht oder damit droht, mein Haus in Brand zu stecken, dann muß er sich schleunigst einen anderen Vermieter suchen, verstanden?«
Mama sagte kein Wort. Sie verzog keine Miene. Der Hauswirt ging den Gang entlang, und wir sahen, wie er in das Zimmer des zweiten Gläubigers ging. Kurz darauf tauchte er mit zwei von den Gläubigern wieder auf. Umringt von den Frauen und Kindern des Compounds hielt der Hauswirt eine lange Rede über die Schwierigkeiten, Häuser zu bauen, über Mieter, die noch viel gefährlicher waren als Papa, die er aber trotzdem erledigt hatte, und darüber, wie mächtig er war.
»Wenn mir jemand Ärger macht«, sagte er und schwenkte einen Fetisch durch die Luft, »dann zeige ich ihm, daß Ärger meine Spezialität ist. Tyger oder kein Tyger, dies hier ist mein Compound. Ich habe das Geld, um ihn zu bauen, nicht gestohlen!«
Und dann stürmte er aus dem Compound, und die Frauen und Kinder liefen hinter ihm her.

Mama wartete eine Weile im Zimmer, bevor sie mit der Schüssel voller Waren auf dem Kopf hinauseilte. Ich ging mit ihr. Sie schloß die Tür ab, und ohne mich bis zur Kreuzung zu begleiten, schlug sie die entgegengesetzte Richtung wie der Hauswirt ein. Sie pries ihre Waren nicht an, und ich sah ihr nach, bis sie aus meinem Blickfeld verschwunden war.
Ohne Taschengeld und ohne eine Scheibe Brot schlenderte ich umher. Ich hatte keine Lust, zur Schule zu gehen. Es war schon zu spät, ich wußte, daß ich öffentlich bestraft und vor den Augen aller ausgepeitscht werden würde und ich mich in der Sonne

hinknien müßte. Statt dessen ging ich vors Haus. Die Frauen aus unserem Compound kamen mit Stühlen heraus, flochten sich gegenseitig das Haar und schwatzten. Von ihnen hörte ich zum erstenmal die Gerüchte über Madame Koto. Die Frauen redeten ziemlich unverblümt über unser Abkommen mit ihr. Und während sie sich unterhielten, warfen sie mir hämische Blicke zu. Sie sagten, Madame Koto habe drei Ehemänner und sieben Kinder unter die Erde gebracht und sei eine Hexe, die ihre Kinder aufesse, solange sie noch in ihrem Leib seien. Sie sagten, Madame Koto sei daran schuld, daß die Kinder aus der Umgebung nicht groß würden und immer krank wären, die Männer nie befördert würden und die Frauen in unserem Viertel so oft Fehlgeburten hätten. Sie sagten, sie verhexe die Ehemänner, verführe die jungen Burschen und vergifte die Kinder. Sie sagten, sie habe einen verzauberten Bart und zupfe sich jeden Tag ein Haar aus, das sie in ihren Palmwein und ihre Pfefferschotensuppe fallen lasse, damit die Männer ihr ganzes Geld in ihrer Bar ausgäben und sich nicht um ihre notleidenden Familien kümmerten. Sie sagten, daß sie die Männer nachts zum Wahnsinn treibe und einem Geheimbund angehöre, der durch die Lüfte fliegt, wenn der Mond scheint. Ich hatte langsam genug von ihrem Gerede und beschloß, daß es dann doch noch entschieden besser sei, in der Schule bestraft zu werden.

4

Als ich am frühen Abend zu Madame Kotos Bar kam, war diese geschlossen. Ich klopfte an, doch niemand öffnete. Ich wartete eine Weile. Ein Mann mit einem Bein und Krücken, die aus blühenden Zweigen gemacht waren, kam auf mich zu.

»Ist die Bar zu? Ist geschlossen?« fragte er.

»Ich weiß es nicht.«

»So eine Schande«, entgegnete er.

Er hatte Sand im Haar. Sein Gesicht war vergrämt, als habe er großes Elend erlebt. Der Stumpf seines amputierten Beines war mit einem schmutzigen Tuch verhüllt. Er blickte zu dem Schild hoch, spuckte und humpelte davon. Ich ging auf den Hinterhof. Dort brannte ein Feuer. Madame Kotos großer Kessel mit Pfefferschotensuppe brodelte vor sich hin. Der aufsteigende Dampf glich gequälten Geistern. Weiter hinten, halb von den Büschen versteckt, sah ich Madame Kotos massige Gestalt. Erst glaubte ich, sie sei mit einer ziemlich intimen Angelegenheit beschäftigt, und blickte deshalb weg. Doch als ich wieder hinsah, hatte sie sich aufgerichtet und untersuchte die weißen Perlen, die sie nachts vergrub und am Tage wieder ausbuddelte. Mit einem Hackmesser in der einen Hand und den weißen Perlen in der anderen kam sie aus den Büschen hervor.

»Was starrst du so?« fragte sie schroff und versteckte die Perlen.

»Nur so.«

Sie lief in ihr Zimmer.

Als ich sie kurz darauf wiedersah, trug sie die Perlen um den Hals. Sie kam ans Feuer und streute ein paar Zutaten in den großen Kessel. Die Suppe zischte seltsam, wie aus Protest. Sie

brodelte wallend in dem Kessel. Dann kochte sie schäumend über und löschte fast das Feuer. Madame Koto sagte zu der Suppe: »Sei still!«
Das Feuer glühte auf. Und zu meiner Überraschung wurde die Suppe ruhig, als hätte sie nie gekocht.
»Die Bar ist geschlossen«, sagte ich.
»Ja.«
»Was ist los?«
Sie sagte nichts. Die Suppe wallte wieder auf. Grüner Schaum mit ekligen, klebrigen Blasen quoll hervor, und als die Blasen zerplatzten, verbreitete sich ein starker Duft.
»Was hast du in die Suppe getan?«
»Dämonen«, sagte sie und warf mir einen Blick zu.
»Um Gäste anzulocken?«
Sie sah mich wieder mit neugierig glänzenden Augen an.
»Wer hat dich denn auf diese Idee gebracht?«
»Niemand.«
»Warum fragst du dann?«
»Nur so.«
»Frag nicht so viel, hörst du?«
Ich nickte.
»Hast du Hunger?«
Ich hatte zwar Hunger, doch ich sagte: »Nein.«
Sie lächelte auf eine Art, die nicht weniger furchteinflößend war, und sagte: »Sieh nach der Suppe. Ich komme gleich.«
Doch sie ging. Sie schlurfte in ihr Zimmer, und sobald sie fort war, zischte der Kessel, und die Suppe kochte über.
»Sei still«, sagte ich.
Die Suppe schwoll zu einer riesigen Schaumwelle an und lief über den Rand. Bevor ich irgend etwas tun konnte, hatte sie schon das Feuer gelöscht, rann über das Holz und in kleinen grünen Bächen über den Sand.
»Madame Koto! Das Feuer ist ausgegangen!« rief ich.
Sie kam herüber, warf einen Blick aufs Feuer, sah, daß die Suppe den Sand wie beim Batikfärben mit feinen Adern durchzog, und sagte: »Was hast du angestellt?«

»Nichts.«
Sie bückte sich und brachte das Feuer wieder in Gang, indem sie in die glühende Asche blies. Ich starrte auf die weichen, fleischigen Falten in ihrem Nacken. Sie richtete sich auf.
»Laß es in Ruhe«, sagte sie und wollte gerade in ihr Zimmer zurückgehen, als wir vor der Bar Lärm hörten.
Zwei Männer, ein fetter Kerl mit einem Verband um den Hals und ein untersetzter, der sich auf einen blauen Spazierstock stützte, hämmerten an die Bartür.
»Madame, haben Sie noch nicht geöffnet? Wir wollen Palmwein und Ihre berühmte Pfefferschotensuppe.«
»Noch nicht geöffnet«, sagte sie. »Kommt später wieder.«
Sie sahen enttäuscht aus und murmelten etwas über Leute, die ihre Arbeit nicht ernst nehmen. Aber sie gingen fort.
»Störenfriede«, sagte Madame Koto und ging los, um ihr tägliches Bad zu nehmen, bevor die Abendgäste eintrafen.

Ich behielt die Suppe im Auge. Mir wurde sehr heiß von der Hitze des Feuers und der höllischen Sonne. Die Suppe langweilte mich mit der Zeit. Sie kochte ziemlich unauffällig vor sich hin. Sie brodelte nicht mehr und schien ihre Dämonen aufgegeben zu haben. Gelegentlich tauchten ungeduldige Gäste auf und klopften an die Tür, und ich mußte hingehen und ihnen sagen, daß die Bar noch nicht geöffnet sei. Sie alle machten einen halb verdursteten Eindruck, und die Zunge klebte ihnen am Gaumen, als sie mich ansahen. Nach einer Weile war ich sicher, daß ich die Suppe sich selbst überlassen konnte, und wanderte ein wenig über die Wege in der näheren Umgebung, um meine Unruhe zu zügeln.
In den letzten Tagen und Monaten waren die Wege ständig breiter geworden. Man hatte die Büsche abgebrannt, das hohe Gras entfernt und die Baumstümpfe herausgeholt. Die Gegend änderte sich nach und nach. Stellen, wo dichtes Gebüsch und kleine Bäume gestanden hatten, waren jetzt freie Plätze mit weichem Flußsand. Aus der Ferne hörte ich das Geräusch von Baggern und Traktoren, von Männern, die Straßen bauten und Wälder

abholzten, und von Arbeitern, die singend ihre Muskeln anstrengten. Die Umgebung schien sich jeden Tag zu verändern. Häuser entstanden dort, wo bisher Wald gewesen war. Stellen, an denen sonst Kinder gespielt und sich versteckt hatten, waren auf einmal voller Sandhaufen und Gräben für die Fundamente von Häusern. An den Bäumen hingen Schilder. Die Welt änderte sich, und ich streifte weiter umher, als würde alles beim alten bleiben.

Es dauerte länger, bis man in den tiefen Wald gelangte. Es war, als ob die Bäume gespürt hätten, daß sie die Auseinandersetzung mit den Menschen verlieren würden und daher einfach tiefer in den Wald gewandert waren. Je weiter ich wanderte, desto deutlicher wurde der Unterschied. Der Boden war mit weißem Sand bedeckt. Überall waren Bausteine und Zementsäcke gestapelt. Weiter weg, neben den Wegen, lagen Häufchen getrockneter Exkremente. Der Geruch vermischte sich mit der trockenen Luft. Ich stand unter einem verdorrten Bambusbaum, als vor mir eine Katze auftauchte. Sie blickte hoch und lief in den Wald. Ich folgte ihr, bis wir an eine Lichtung kamen, die mit Blättern und Kautschuksamen übersät war. Es war sehr kühl und roch wie der Körper einer großen Mutter. Insekten surrten, und überall piepsten die Vögel. Eine Antilope mit ihren Jungen rannte vorbei. Ich legte mich hin und schlief. Ich hatte noch nicht lange geschlafen, als ich hörte, wie mein Name durch die Bäume erschallte. Madame Koto fiel mir wieder ein, und ich rannte zur Bar zurück. Als ich auf den Hinterhof kam, glimmte das Feuer nur noch, der Kessel stand neben dem Rost auf der Erde. Madame Koto kam aus ihrem Zimmer, und ich sagte: »Ich dachte, du würdest baden.«

»Baden? Wie sollte ich? Wo warst du?«

»Ich habe gespielt.«

»Und wo?«

»Dahinten auf dem Weg. Ich dachte, du würdest ...«

»... baden. Komm!«

Ich folgte ihr. Sie öffnete die Hintertür der Bar. Das Licht flutete herein. Eidechsen huschten von den Tischen. Ein glänzender

Gecko kroch langsam an der Wand hoch. In der Bar herrschte ein grauenhaftes Durcheinander. Sie war kaum wiederzuerkennen. Auf dem Boden war Erbrochenes; die Bänke waren umgestürzt; die Tische standen nicht an ihrem üblichen Platz; der Boden war mit Fischgräten und Hühnchenknochen übersät; es stank nach verschüttetem Palmwein, der von Fliegenschwärmen bedeckt war; und an den Wänden hatten sich Ameisenstraßen gebildet. Der Raum bot ein Bild der Verwüstung. Er sah aus wie ein geplünderter, verlassener Marktplatz.
»Was war denn hier los?«
»Streitsüchtige Gäste«, erwiderte sie nur.
Wir machten uns daran, die Bar aufzuräumen. Ich kehrte den Boden und fegte all die Ameisen nach draußen. Wir rückten die Tische zurecht. Madame Koto streute Sand auf das Erbrochene und kehrte es vor die Tür. Wir stellten die Bänke wieder an ihren Platz. Ich besprengte den Boden mit Wasser und fegte erneut. Die Stellen, wo der Verrückte hingepißt hatte, waren immer noch grünlich. Doch die schielenden Geister waren verschwunden. Als wir die Tische zurechtrückten, furzte Madame Koto. Ich schreckte von dem plötzlichen, lauten Geräusch zusammen. Madame Kotos Gesicht war nicht anzusehen, daß ich etwas gemerkt hatte. Sie besprenkelte die Kotzflecken mit einem Desinfektionsmittel, und dann öffnete sie die Vordertür, um frische Luft hereinzulassen. Dann ging sie und nahm ihr Bad.
Der Wind kam nicht richtig in die Bar. Es war stickig und roch nach Madame Kotos Furz. Ich ging eine Weile nach draußen, und als ich wieder hereinkam, hatte sich der Gestank verzogen. Ich setzte mich in meine Ecke, während sich Madame Koto draußen mit Kürbisflaschen und Kalebassen abmühte. Ein paar Straßenhändlerinnen, mit denen sie befreundet war, besuchten sie auf dem Nachhauseweg.
»Mann meiner Tochter!« sagten sie zu mir, als sie mit Schüsseln auf dem Kopf durch die Bar gingen.
Sie redeten im Hinterhof über Politik, über die bezahlten Schläger der Politiker und wie Geschäftsleute und Stammesfürsten

auf Festen und Feiern ihr Geld verschwendeten. Madame Koto gab den Frauen zu essen, und diese beteten für ihr Wohlergehen und gingen wieder. Man hörte sie noch eine Weile mit leiser Stimme schwatzen, als sie sich immer weiter auf der Straße entfernten.

Obwohl es immer später wurde, blieb die Bar leer. Niemand kam; ich schlief ein; als eine Eidechse von der Wand fiel, wachte ich auf. Ich stand auf und sah, daß an einem Tisch ein Mann saß. Er hatte ein geschwollenes Auge, und seine Unterlippe war unnatürlich dick. Er sprach schwerfällig und langsam, als fände er die Worte zu sperrig, um sie über seine dicke Lippe rollen zu lassen.
»Ist das vielleicht eine Art, Gäste zu behandeln?« fragte er.
Ich rief Madame Koto. Sie kam herein, und der Mann sagte: »Waren meine Freunde schon da?«
»Was für Freunde?«
»Meine Freunde.«
»Niemand war da. Wollen Sie etwas Palmwein?«
»Ich trinke erst, wenn meine Freunde kommen. Sie haben das ganze Geld.«
»Ich gebe Ihnen schon etwas zu trinken«, sagte Madame Koto, »Sie können ja bezahlen, wenn sie kommen.«
»Ich warte lieber«, beharrte der Mann.
Madame Koto ging nach draußen. Der Mann saß völlig still da. Dann schloß er das gesunde Auge. Das geschwollene Auge blieb offen. Kurz darauf schlief er ein und begann zu schnarchen. Ich hatte ihn schon eine ganze Weile unverwandt angesehen, als ich merkte, daß sich die Bar füllte. Ich blickte mich um und sah niemanden außer dem Mann. Doch die Bar war von betrunkenen und streitenden Stimmen erfüllt, von Gelächter, bösen Schimpfworten und der hemmungslosen Fröhlichkeit schwer zechender Männer. Ich lief zu Madame Koto und erzählte ihr davon.
»Unsinn!« sagte sie und folgte mir.
Als wir in die Bar kamen, hatten die Stimmen Gestalt angenommen, und der Raum war ziemlich voll.

»Eine Menge Leute«, sagte sie und warf mir einen Blick zu.
Ich war überrascht; aber als ich mich hinsetzte, wurde meine Überraschung zu Bestürzung. Die Leute in der Bar waren seltsamer als alle, die ich je zuvor gesehen hatte. Die Männer, die im Kreis um den Mann mit dem geschwollenen Auge saßen, sahen alle gleich aus. Auch ihre Augen waren blutunterlaufen, und ihre Lippen waren dick und verletzt. Erst glaubte ich, sie seien alle Boxer. Dann stellte ich fest, daß zwei von ihnen nur eine Hand hatten und der erste Mann nur drei Finger besaß. An allen Fingern trug er Ringe. Sie redeten laut, aber ihre Mundbewegungen waren im Verhältnis zu ihren kräftigen Stimmen äußerst verhalten.
Ihnen gegenüber saßen zwei Männer, die beide die gleiche *agbada* mit aufgedrucktem Fischmuster anhatten. Beide trugen ein Käppchen und eine dunkle Brille. Ich war überzeugt, daß beide blind waren; doch sie redeten und gestikulierten, als sähen sie alles. In einer Ecke saß ein Mann allein am Tisch. Er hatte keine Daumen, und sein Kopf, erstaunlich verwachsen wie manche Yamswurzeln, war völlig kahl. Er trug eine laut tickende Armbanduhr, und als er gähnte, sah ich, daß er keinen einzigen Zahn mehr hatte, obwohl er noch recht jung wirkte.
Am Nebentisch saß eine Frau, deren Haut eher indigoblau als dunkelbraun war. Sie zuckte wortlos und ohne zu lächeln ständig mit den Schultern.
Madame Koto ging herum und bediente sie alle.
»Das sind meine Freunde«, sagte der erste Mann mit dem geschwollenen Auge.
»Wo kommt ihr alle her?« fragte Madame Koto.
»Von hier. Aus diesem Land, aus dieser Stadt. Hier leben wir, und hier sterben wir.«
Er hatte gerade aufgehört, als zwei Albinos hereinkamen. Sie hatten grüne Augen, waren fleckig und recht hübsch. Ihre Augen gingen ständig auf und zu und rutschten von einer Seite zur anderen, als könnten sie das Licht nicht vertragen. Die übrige Gesellschaft begrüßte sie lautstark. Sie lächelten und ließen sich gegenüber von dem zahnlosen jungen Mann nieder.

»Was wollt ihr trinken?«
»Palmwein natürlich und Ihre berühmte Pfefferschotensuppe«, sagte der erste Mann.
Madame Koto ging nach draußen, um die Suppe zu holen. In der Zeit kamen ein sehr großer Mann und eine ebenso große Frau herein. Sie hatten sehr lange Beine. Der übrige Körper war ziemlich kurz. Sie hatten kleine Köpfe, und ihre Augen waren so winzig, daß ich die leuchtenden Punkte erst dann wahrnahm, als die beiden in meiner Nähe waren. Der Mann und die Frau kamen auf mich zu, blieben einen Augenblick kerzengerade stehen und beugten sich dann über mich. Beine und Oberkörper hielten sie gerade wie seltsame Schauspieler, und mit Stimmen, die nur Kindern gehören konnten, sagten sie: »Wir möchten bitte etwas Pfefferschotensuppe.«
Ich rannte nach draußen, um es Madame Koto zu erzählen.
»Laß mich in Ruhe, ich komme gleich!« sagte sie.
Ich ging wieder in die Bar zurück. Das hoch aufgeschossene Paar hatte sich an meinen Tisch gesetzt. Sie saßen aufrecht da und hatten die Knie unbeholfen unter den Tisch gezwängt, und mir fiel auf, daß sie die längsten Hälse hatten, die ich je bei einem Menschen gesehen hatte.
»Seid ihr Politiker?« fragte ich.
»Was?« fragte der Mann mit seiner Kinderstimme.
»Politiker.«
»Was ist das?«
»Ihr seid keine Politiker«, sagte ich und beendete das Gespräch.
Sie warfen mir immer wieder einen Blick zu, und ich fand ihre Gesichter sehr verwirrend. Ich versuchte einfach, da zu sitzen, ohne sie zu beachten, als die Frau eine Feder aus ihrem Wickeltuch zog und sie mir hinhielt.
»Nein, danke«, sagte ich.
Sie lächelte und steckte die Feder wieder ein. Madame Koto kam mit den Kürbisflaschen Palmwein herein, und ein wilder Jubel erhob sich. Ich holte Gläser und Becher und verteilte sie. Als ich den Männern mit den dunklen Brillen die Becher gab, hielten sie meine Hand fest und fragten: »Wie heißt du?«

»Warum?«
»Wir mögen dich. Wir wollen dich mitnehmen.«
»Wohin?«
»Überall.«
»Nein.«
»Doch.«
Ich versuchte meine Hand zu befreien, doch sie hielten mich fest, und ihre knochigen Finger schnitten mir ins Fleisch.
»Nein.«
»Doch.«
Ich zog erneut, doch meine Finger wurden gequetscht und begannen zu bluten. Ich schrie auf, aber die Stimmen im Raum waren so laut, daß mein Schreien übertönt wurde. Ich trat nach den Männern, verfehlte sie und stieß mich mit den Zehen am Tischbein. Dann kratzte ich einem der beiden übers Gesicht und riß ihm die Brille ab. Seine Augen waren beide völlig weiß. Sie hätten aus Milch sein können. Sie waren weiß, leer und regungslos, als wären sie mißgebildet in diese leeren Augenhöhlen gesteckt worden.
Ich riß den Mund auf und wollte schreien, doch der Mann lachte so laut, und sein Mund war so schwarz, daß ich erstarrte. Ich konnte mich nicht mehr rühren. Ich war wie gelähmt, als überkäme mich bei lebendigem Leib eine Leichenstarre. Dann kroch mir ein brennender Schmerz das Rückgrat hinauf und endete im Gehirn. Ich wachte auf und fand mich in meiner üblichen Ecke neben dem hoch aufgeschossenen Paar mit den kleinen Augen wieder, das mich anstarrte. Alle anderen tranken. Dampfende Schalen mit Pfefferschotensuppe standen vor allen Gästen. Sie tranken unentwegt und unterhielten sich mit seltsamen Stimmen.
Die beiden Albinos drehten und wanden sich, als fühlten sie sich in ihren Körpern nicht wohl. Sie schwiegen. Der zahnlose Mann schwieg ebenfalls. Sie starrten mich alle an. Noch mehr Gäste kamen in die Bar: ein Mann mit einem Kopf wie ein Kamel, eine Frau mit einer völlig mißgebildeten Hüfte, ein anderer Mann mit weißem Haar und ein Zwerg. Die Frau trug auf dem Rücken

einen großen Sack, den sie den Albinos gab. Die Albinos öffneten den Sack und schüttelten ihn aus, Staubwolken wirbelten auf. Die beiden warfen mir einen kurzen Blick zu und versteckten den Sack unter dem Tisch.

Die vier Gäste, die gerade hereingekommen waren, sahen sich nach freien Plätzen um und ließen sich dann an meinem Tisch nieder. Ich mußte aufstehen, um ihnen Platz zu machen. Ich holte einen kleinen Hocker, setzte mich neben den Tonkrug und beobachtete, wie die Bar brechend voll wurde.

Madame Koto mit ihrer weißen Perlenkette lächelte strahlend inmitten dieser Menge. Je später es wurde, umso ernster und würdevoller wirkte sie, während die Gäste immer rüpelhafter wurden. All das berührte sie nicht, selbst nicht, wenn die Männer sie neckten. Der erste Mann mit dem großen Auge, das beim Trinken immer weiter anschwoll, als wäre das Auge selbst ein Magen, sagte: »Kommen Sie, Madame, setzen Sie sich auf meinen Schoß.«

»Warten wir erstmal ab, ob Sie den Wein vertragen, ehe Sie mich tragen«, erwiderte sie würdevoll.

»Diese Frau ist zu stolz«, sagte ein anderer Mann aus derselben Gruppe.

»Stolz und stark«, sagte sie.

»Kommen Sie, setzen Sie sich zu mir und lassen Sie uns übers Heiraten sprechen«, sagte der Mann, dessen Kopf einer Yamswurzel glich.

»Heiraten Sie sich selbst.«

»Meinen Sie vielleicht, ich sei nicht Manns genug?« fragte der erste Mann und winkte mit seinen drei Fingern, um mehr Wein zu bestellen.

»Nein«, sagte sie.

Die Bar erzitterte von höchst merkwürdigem Hohngelächter. Die Männer mit den dunklen Brillen lachten sehr laut und hämmerten auf den Tisch.

»Vielleicht ist dieser Junge ihr Mann«, sagte einer der beiden und nahm die Brille ab, um sie zu putzen.

Seine weißen Augen bewegten sich nicht. Sie waren so vogelartig und gespenstisch, daß ich nicht sagen konnte, wen oder was sie ansahen.

»Das ist mein Sohn«, sagte sie.

»Ihr Sohn?«

»Ja.«

»Verkaufen Sie ihn uns?«

Plötzlich wurde es in der Bar mäuschenstill. Madame Koto starrte die beiden Männer mit den dunklen Brillen an. Alle anderen Gäste sahen Madame Koto aufmerksam an. Dann drehte sie sich mit seltsam leuchtenden Augen zu mir um.

»Warum?«

»Damit wir ihn mitnehmen können.«

»Wohin?«

»An viele Orte.«

»Für wieviel?«

»Soviel Sie wollen.«

»Haben Sie viel Geld?«

»Zuviel.«

In der Bar war es unglaublich still. Dann lachte der Zwerg. Er lachte wie eine Ziege. Der lange Kerl mit den kleinen Augen lachte ebenfalls. Er klang wie eine Hyäne.

»Nennen Sie Ihren Preis, Madame.«

Madame Koto blickte die Gäste an, als sähe sie diese zum erstenmal.

»Noch jemand Palmwein?«

»Palmwein!« riefen sie im Chor.

»Und Pfefferschotensuppe!«

Und alle brachen in Gelächter aus und nahmen ihre lautstarken Gespräche wieder auf, als sei nichts geschehen.

Madame Koto bediente sie, und sie aßen und tranken und bestellten mehr. Sie tranken große Mengen und wurden nicht betrunken. Sie alle saßen da und redeten und tranken, als sei der Wein Wasser. Nur die beiden Männer mit den dunklen Brillen wurden betrunken. Sie putzten die ganze Zeit ihre Brillen. Einer von ihnen nahm sogar ein Auge heraus, putzte es und hauchte es an, tauchte es in seinen Palmwein und schob es wieder in die

rote Augenhöhle zurück. Dann setzte er wieder die Brille auf. Sie zerkauten ihre Hühnchenknochen und schluckten sie herunter. Sie aßen und tranken soviel, daß Madame Koto allmählich verzweifelte. Essen und Trinken waren ausgegangen, dabei war die Nacht noch gar nicht richtig angebrochen. Während sie hin und her hetzte, ein neues Feuer anzündete und versuchte, mehr Palmwein aufzutreiben, kam der Zwerg zu mir. Überschwenglich lächelnd sagte er: »Nimm das hier. Du könntest es brauchen.«
Es war ein kleines Taschenmesser. Ich steckte es in die Tasche und vergaß die Sache. Dann ging er auf den Hinterhof. Ich hörte, wie er in die Büsche pinkelte. Er kam lächelnd zurück und verließ wortlos und ohne zu zahlen die Bar. Ich erzählte Madame Koto davon, und sie sagte: »Was für ein Zwerg?«
Ich ging zurück in die Bar. Ich setzte mich. Der lange Mann sagte: »Komm mit.«
»Wohin?«
»Ich nehme dich um die ganze Welt mit. Zu Fuß. Ich mache alle meine Reisen zu Fuß. Wie ein Kamel.«
»Nein.«
»Wenn du nicht mitkommst, nehme ich dich mit Gewalt mit.«
»Das kannst du nicht.«
Er lächelte. Die Frau lächelte ebenfalls. Ich fand, daß sie betrunkener waren, als ich gedacht hatte, und beachtete sie nicht mehr.
Die Bar war so voll, daß kein Sitzplatz mehr frei war. Ein paar Leute saßen auf dem Boden. Ich wurde von meinem Hocker geschubst. Die Gerüche in der Bar wurden durchdringend und seltsam, es roch nach Körpern und Regen und Majoran, nach Mangos und fauligem Fleisch, nach Weihrauch und Ziegenfell. Und plötzlich stellte ich fest, daß ich nicht mehr verstand, was die Leute sagten. Sie redeten, als seien sie schon lange miteinander bekannt. Sie redeten in fremden Sprache und zeigten gelegentlich auf Madame Kotos Fetisch. Der schien sie zu belustigen. Dann warfen sie mir einen Blick zu, rechneten mit den Fingern, lachten, tranken, wurden wieder ernst und sahen mich an.

Madame Koto kam herein und kündigte an, daß sie nichts mehr zu essen und zu trinken habe. Sie forderte die Leute auf, zu zahlen und ihre Bar zu verlassen. Die Gäste verkündeten im Chor, wie enttäuscht sie waren.

»Zahlt und geht«, sagte Madame Koto. »Bezahlt und geht. Ich schließe für heute.«

Niemand beachtete sie so recht. Wütend rannte sie aus der Bar. Die Stimmen wurden ruppiger und wilder. Anfangs hatte ich die Stimmen gehört, bevor sie Gestalt annahmen. Jetzt hörte ich die Stimmen, doch als ich mich umsah, lösten sich die Gäste in Luft auf. Ungläubig schloß ich die Augen. Als ich sie wieder öffnete, war die Bar voller Lärm und völlig leer, bis auf die beiden Albinos und eine hübsche Frau, die ich vorher nicht bemerkt hatte. Auf dem hinteren Tisch lagen die beiden dunklen Brillen. Der erste Mann mit dem geschwollenen Auge, die Gruppe von Leuten, die aussahen wie er, das hoch aufgeschossene Paar und die beiden Männer mit den weißen Augen, alle waren sie fort. In der Bar war es still geworden, alles war still geworden, nur der Wind pfiff leise über das Dach, als sei ein Orkan vorübergezogen, ohne daß wir es bemerkt hatten.

»Wo sind die Leute alle geblieben?« fragte ich die Albinos.

Die hübsche Frau lächelte mich an. Die Albinos rutschten hin und her, zuckten die Achseln, standen auf und breiteten den Sack aus. Die Frau lenkte mich mit ihrem Lächeln ab. Dann sprangen die Albinos auf mich zu und zogen mir den Sack über den Kopf. Ich sträubte mich und kämpfte, doch sie stopften mich geschickt in den Sack und banden ihn zu, als sei ich ein Tier. Und während ich mich mit Händen und Füßen wehrte, hörte ich die Geräusche der Welt, die Stimmen all der verschiedenen Leute, die in der Bar gewesen waren. Sie redeten ruhig und gelassen in ihren nichtmenschlichen Sprachen, als brächen sie nur zu einer Pilgerreise in ein fernes Land auf. Von Furcht übermannt, unfähig, mich zu bewegen, und von Dunkelheit und den Todesgerüchen des Sacks umgeben, schrie ich: »Politiker! Politiker schaffen mich fort!«

Meine Stimme war sehr schwach, als schrie ich in einem Traum.

Selbst wenn ich mit donnernder Stimme gebrüllt hätte, gehört hätte mich niemand.
Sie schleppten mich über viele Straßen, behandelten mich dabei in dem Sack nicht gerade sanft. Sie schwangen mich herum, packten mich von einer Schulter auf die andere, und der Sack zog sich immer enger um mich zusammen. Ich hörte das Geräusch von Lastwagen und Autos, den Lärm eines Marktplatzes. Die ganze Zeit über kämpfte ich und wehrte mich wie ein Tier in der Falle. Je heftiger ich mich zu befreien suchte, desto enger zogen sie den Sack, bis mir kein Platz mehr zum Kämpfen blieb. Meine Beine hatten sich um den Kopf gewickelt, und mein Hals war so verdreht, daß er zu brechen drohte. Ich konnte nicht mehr atmen und kämpfte gegen die Panik an, die mich in Wellen überschwemmte. Die Leere des Todes überkam mich. Ich schloß die Augen. Als ich sie wieder öffnete, hatte sich nichts geändert. Einmal verfiel ich in einen seltsamen Schlaf, in dem mir die Gestalt eines goldglänzenden Königs erschien und wieder verschwand. Meine Geistergefährten begannen in meinen Ohren zu singen, freuten sich darüber, daß ich in Gefangenschaft war und bald wieder bei ihnen sein würde. Ich konnte mich vor ihrem Gesang nicht verschließen, und ich weiß nicht, was schlimmer war: von unbekannten Leuten an ein unbekanntes Ziel verschleppt zu werden oder zu hören, wie meine Geistergefährten meinen qualvollen Weg mit ihren unerträglich süßen Stimmen musikalisch untermalten.
Nachdem ich lange gekämpft und mich verausgabt hatte und nichts mehr tun konnte, rief ich unsern großen König und sagte: »Ich will nicht sterben.«
Kaum hatte ich diese Worte ausgesprochen, tauchte die Gestalt des Königs wieder vor mir auf und verwandelte sich in das Gesicht des Zwergs. Bis auf das Rauschen der Wellen, das Zischen von Wasser und die klagenden Rufe von Vögeln hörte ich draußen keine Geräusche mehr. Plötzlich erinnerte ich mich an das Taschenmesser, das der Zwerg mir gegeben hatte, und kämpfte noch einmal, um es zu finden. Ich suchte in meinen Taschen. Ich suchte im Sack und fand es nicht. Meine Angst wurde unerträg-

lich. Dann überkam mich eine große Ruhe. Ich gab auf. Ich nahm mein Schicksal hin.

Wasser strömte in den Sack. Ich kam zu der Überzeugung, daß man mich in ein Königreich unter Wasser brachte, wo, wie es heißt, bestimmte Geister wohnen sollen. Während ich mich bemühte, kein Wasser in den Mund zu bekommen, spürte ich, daß etwas aus Metall wie ein gefrorener Fisch gegen meinen Kopf schlug. Es war das Taschenmesser. Ohne eine Sekunde zu verlieren, schnitt ich mir den Weg frei. Das Sackleinen war sehr fest, aber das Wasser hatte es ein wenig aufgeweicht, und es dauerte eine Weile, bis ich mich befreit hatte, und als mir das endlich gelungen war, war die Außenwelt schwarz wie der Grund eines Brunnens. Platschend fiel ich ins Wasser.

»Der Junge ist entwischt!« schrie eine Stimme.

Es war sehr dunkel, der Fluß hätte die Nacht sein können, und das Wasser war eiskalt. Ich blieb unter Wasser, ohne mich zu rühren. Dann schwamm ich langsam ans Ufer zurück und fühlte mich ganz in meinem Element.

Ich arbeitete mich durch die Binsen und Tigerlilien im Morast voran, über verschlungene Mangrovenwurzeln und zuckende Aale, und als ich den seidenweichen Sand erreicht hatte, rannte ich, bis ich zu einer Hauptstraße kam. Es war sehr dunkel; ich war hungrig, durchnäßt und wußte nicht, wo ich war; und um mich herum hörte ich überall Stimmen, die tadelnden, heimtükkischen Stimmen meiner Geistergefährten, die vor Enttäuschung jammerten. Ich rannte, bis die Straße zu einem Strom von Stimmen wurde, jeder Baum, jedes Auto, jedes Gesicht redete auf mich ein, Katzen kreuzten meinen Weg, Leute mit seltsamen Nachtgesichtern warfen mir durchdringende, wissende Blicke zu. An Kreuzungen starrten Leute mich an und schienen drohend auf mich zuzuschweben. Ich floh immer weiter durch die Nacht.

Die Straße war endlos. Eine Straße führte zu tausend anderen, die in Wege mündeten, die wiederum in Schlammpfade mündeten, und diese wurden zu Straßen, die in Alleen und Sackgassen endeten. Ringsumher wurde überall inmitten der alten eine neue Welt errichtet. Wolkenkratzer standen hoch und unergründlich neben Hütten und Wellblechbehausungen. Brücken wurden gebaut; halbfertige Überführungen sahen aus wie Wege in die Luft oder wie Visionen einer zukünftigen Zeit, in der Autos fliegen können. Schwere Baumaschinen standen in großer Zahl auf halbfertigen Straßen. Unter den Sternen schliefen hier und dort Nachtwächter mit schwachen Lampen als einzige irdische Beleuchtung. Der Mond war rund und groß und schien mit dem Gesicht eines furchteinflößenden Königs zu leuchten. Seine Gegenwart tröstete mich. Ich wanderte weiter, von dem wahnsinnigen Verlangen nach einem Ziel erfüllt, nach Mamas Gesicht und Papas Gerüchen. Ich ging an den Kerosinlampen der schlaftrunkenen Straßenhändler vorbei.

»Na mein Kleiner, wohin gehst du denn um diese Zeit?« fragten sie mich oft.

Doch ich antwortete keinem. Ich wanderte weiter, bis ich Blasen an den Füßen bekam. Und dann, als ich in der Nacht meiner Verirrung herumlief, sah ich ein körperloses Licht vor mir, einen kleinen Mond in Form eines Männerkopfes. Ich folgte dem Licht. Es geleitete mich über weite Strecken. Und als ich in eine Gegend kam, die ich vage wiedererkannte, gaben die Beine unter mir nach, und ich brach am Straßenrand zusammen. Ich kroch zum nächsten Baum, kauerte mich zwischen den großen Luftwurzeln zusammen und schlief im Schutz des abnehmenden Monds ein. Die Mücken quälten mich. Ich wurde von Ameisen gebissen, so daß meine Haut unentwegt brannte. Trotz allem schlief ich weiter und träumte von einem Panther.

Als ich aufwachte, stand der Mond noch am Himmel wie ein Geist, der nur unwillig angesichts der Macht des Tageslichts verschwindet. Es war früher Morgen. Ein paar Leute beugten sich mit verwunderter Miene über mich.

»Er ist nicht tot!« rief einer von ihnen.

Ich stand schnell auf; sie kamen mit ausgestreckten Armen auf mich zu; ich rannte vor ihnen weg. Ich lief durch die Morgendämmerung, während die Sonne über den Horizont ritt. Die Luft erhitzte sich, der Sand unter den Füßen wurde wärmer;

und weiß gekleidete Frauen der neuen afrikanischen Kirchen läuteten Glocken und riefen der schlafenden Welt zu, sie solle aufwachen und Buße tun. Ich begegnete Propheten, die mit Tau und Blättern im Haar, Spinnweben im Bart und Augen voller Wahnsinnsvisionen aus dem Wald kamen. Ich begegnete Zauberern, die mit flammensprühenden Buschmessern im Dämmerlicht des Morgengrauens rote Hähne opferten und deren rätselhafte Gesänge sich über die noch unbetretenen Straßen ergossen. Und ich begegnete Arbeitern, die früh aufgestanden waren und mit verschlafenen Gesichtern durch den von Sonnenstrahlen durchlöcherten Nebel zu den Umschlagplätzen und Bushaltestellen gingen.
Mit kalten Füßen lief ich über die Wege. Tau benetzte meine Knöchel. Hunger trocknete meine Lippen aus.
Zeitungsverkäufer störten die Dämmerung mit ihren Hupen auf und verkündeten der erwachenden Welt die Skandale der letzten politischen Gewalttat. Die fleißigen Frauen aus der Stadt, die Schüsseln mit scharf gewürztem Essen auf dem Kopf trugen, weckten mit ihren melodiösen Stimmen den Appetit der Welt. Die Würmer der Straße fraßen sich in meine Fußsohlen.
Ich kam an einen anderen vertrauten Platz; der leidenschaftliche Gesang des Muezzin rief die Moslemwelt zum Gebet auf. Ich war um eine Ecke gebogen und einen Weg entlanggegangen, der zu einem schmalen Pfad wurde, als drei Männer in blauen Kitteln auf mich zurannten. Ich flüchtete in die Büsche, rannte zwischen den Bäumen her und schrie in den widerhallenden Wald. Vögel flatterten von den Zweigen auf, und Samenhülsen fielen aus den Baumspitzen. Ich schüttelte die Männer ab, doch ich rannte weiter, denn die Welt schien voller Leute zu sein, die aus dem einen oder anderen dunklen Grund versessen auf mich waren.
Während ich die Waldwege entlanglief, trat ich auf einen Emailleteller mit Opfergaben für die Straße. Der Teller war reich gefüllt mit gebratenen Yamswurzeln, Fisch, gekochten Schnecken, Palmöl, Reis und Kolanüssen. In meinen Fußsohlen steckten Muschelreste und kleine Nadeln. Meine Füße begannen zu

bluten. Ich war so hungrig, daß ich von den Opfergaben für die Straße soviel aß, wie ich konnte, und danach schwoll mein Magen an, und Visionen von hungrigen, verärgerten Straßengeistern schlängelten sich durch mein Hirn. Meine Füße bluteten immer noch, und eine schwarze Katze mit goldenen Augen folgte der Blutspur. Mein Kopf brodelte von Halluzinationen. Ich ging über zerbrochenes Glas, über den heißen Sand der Buschpfade, über die heiße neue Teerstraße.

Die Straßen schienen mir eine grausame, unendliche Phantasie zu haben. Alle Straßen vermehrten sich, pflanzten sich fort, teilten sich und wickelten sich um sich selbst wie Schlangen, die sich in den Schwanz beißen und in Labyrinthe winden. Die Straße war die schlimmste Halluzination von allen, sie führte nach Hause und dann wieder von zu Hause fort, endlos, mit zu vielen Hinweisen und ohne Richtung. Die Straße wurde mir zur Qual, zur ziellosen Pilgerreise, und ich irrte nur noch weiter, um herauszufinden, wohin all diese Straßen führten und wo sie endeten.

Und dann kam ich an eine Stelle, wo die Straßen anscheinend aufhörten und ein gefällter Irokostamm quer über der Fahrbahn lag. Der Baum war riesig und hatte einen knorrigen, rauhen Stamm wie die Gesichter alter Krieger. Er sah aus wie eine große tote Seele am Ende des Weges. Jenseits mündete die Straße in ein tiefes Loch. Dahinter, auf der anderen Seite, standen mit Sand beladene Lastwagen. Seltsame Laute lispelten in dem Baumstamm, Stimmen hallten in den Höhlungen wider. Ich setzte mich auf einen Ast des Baumes, um meine Füße auszuruhen. Und während die Straßengeister in mir wüteten, sah ich plötzlich einen zweibeinigen Hund aus dem Wald kommen. Er blieb stehen, blickte mich an und winselte. Ich war so verblüfft, den Hund auf nur zwei Beinen stehen zu sehen, daß ich meinen Hunger und meinen Schmerz vergaß. Er hatte ein linkes Vorderbein und ein rechtes Hinterbein und stand wackelnd da, wie auf unsichtbaren Krücken. Der Hund starrte mich an. Und in tiefer, untröstlicher Trauer drehte er sich um und humpelte fort. Erstaunt darüber, daß er laufen

konnte, folgte ich ihm, während er seltsam humpelnd weiterlief.
Der zweibeinige Hund führte mich durch den Wald. Es war ein magerer Hund mit lebhaften Augen, empfindsamem Schwanz und Ohren voller Flöhe. Ich wollte die Flöhe verjagen, doch ich hielt mich zurück und folgte ihm in einiger Entfernung, bis ich an eine Lichtung kam. Ich erkannte die Lichtung sofort wieder. Der Hund humpelte tiefer in den Wald hinein. Ich sah ihm nach, und er blieb nur einmal stehen, um sich nach mir umzudrehen. Ich winkte, doch der Hund verstand meine Geste nicht. Er humpelte weiter, ein einsamer, mutiger Hund, der mit nur zwei Beinen und einem traurigem Gesicht überlebte.
Ich machte mich auf den Heimweg. Am Waldrand sah ich Madame Koto mit einem Teller Hähnchen und Yamswurzeln in der Hand. Sie trug die weißen Perlen nicht mehr um den Hals. Sie blieb am Straßenrand stehen, sah sich nach allen Seiten um, um sicherzugehen, daß niemand in der Nähe war, und begann inbrünstig zu beten. Ich beobachtete sie in ihrem geheimen Eifer. Als sie ihre Gebete und Gesänge beendet hatte, zündete sie eine Kerze an und stellte sie auf den Teller. Sie legte ein Kaolinstäbchen und ein paar Kaurimuscheln neben die Kerze. Dann richtete sie sich auf, nahm ihr Kopftuch ab, blickte sich nach allen Seiten um und eilte fort. Ich ging an ihrem Straßenopfer vorbei. Ich schlich an ihrer Bar entlang und rannte nach Hause.

5

Papa sass auf seinem dreibeinigen Stuhl und rauchte eine Zigarette. Auf dem Tisch standen volle Teller, die nicht angerührt worden waren. Mama lag im Bett. Das Fenster war auf, und das hereinfallende Licht verstärkte die traurige Stimmung im Raum. Mama rannte auf mich zu und schlang die Arme um mich, als wolle sie mich vor Strafe schützen. Sie setzte mich aufs Bett und begann zu weinen. Papa rührte sich nicht.
»Wo warst du?« fragte er mit gefährlicher Stimme.
Es war klar, daß beide die ganze Nacht nicht geschlafen hatten. Papa hatte von der Schlaflosigkeit Ringe um die Augen. Mama sah aus, als hätte sie über Nacht abgenommen.
»Wo warst du?«
»Ich habe mich verirrt.«
»Wieso hast du dich verirrt?«
»Ich habe gespielt und mich verirrt.«
»Und wie?«
»Weiß ich nicht.«
»Und Madame Koto?«
»Weiß ich nicht.«
»Sie ist gestern abend hergekommen und hat dich gesucht.«
Ich sagte nichts.
»Du hast ihr nicht gesagt, wo du hinwolltest.«
»Ich erinnere mich nicht mehr.«
»Hast du was gegessen?«
»Frag ihn nicht so etwas«, sagte Papa laut. »Erst soll er mir sagen, wo er gewesen ist.«
»Laß ihn schlafen.«
»So verhätschelt ihr Frauen eure Kinder.«

»Er muß sich erst ausruhen, dann kann er erzählen.«
»Wenn er nicht erzählt, darf er sich auch nicht ausruhen. Seinetwegen bin ich nicht zur Arbeit gegangen. Ich will wissen, was er gemacht hat.«
»Azaro, sag deinem Vater, wo du gewesen bist.«
»Ich habe mich verirrt.«
»Wo?« Papas Stimme wurde lauter.
Er setzte sich aufrecht hin. Sein Stuhl wackelte.
»Das weiß ich nicht.«
»Du bist ein ungezogenes Kind«, sagte er und streckte die Hand nach dem Rohrstock aus, der neben ihm stand und den ich nicht bemerkt hatte.
Er wollte auf mich losgehen; Mama stand zwischen uns; Papa schob sie beiseite, packte mich mit seiner starken Hand im Nakken, zwang mich nieder und verprügelte mich. Ich schrie nicht auf. Er schlug auf mich ein, doch ich gab ihm einen Fußtritt und befreite mich aus seinem Griff, aber er lief hinter mir her und schlug mir auf Beine, Rücken und Nacken. Ich rannte im Kreis im Zimmer herum und stieß dabei alles mögliche um, während Papa weiter auf mich einschlug. Mama versuchte ihn festzuhalten, seine Wut zu bremsen, doch Papa prügelte weiter und schlug auch Mama, und Mama schrie. Ich hatte keinen Ton von mir gegeben, und Papa war so wütend, daß er immer wilder auf mich einschlug, bis ich nach draußen auf den Hof rannte. Er stürzte hinter mir her, doch ich floh vors Haus, rannte die Straße entlang und blieb erst stehen, als ich in sicherer Entfernung war. Papa gab die Verfolgungsjagd auf, aber er drohte mir weiter mit dem Rohrstock. Ich blieb, wo ich war. Er rief mich. Doch ich rührte mich nicht.
»Komm her, du unartiges Kind!«
Ich rührte mich immer noch nicht. Papa wurde sehr böse, weil er mich nicht mit seinen großen Händen zu packen bekam.
»Komm jetzt her, sonst kriegst du nichts zu essen!«
Ich scherte mich nicht um Essen, Schlaf oder sonst etwas. Plötzlich sprintete er auf mich zu, und ich rannte zu Madame Kotos Bar, doch er holte mich ein, kurz bevor ich sie erreichte. Er

packte mich am Hosenboden, hob mich hoch, schlug mich und zerrte mich nach Hause. Er war in seiner Wut so furchterregend, daß ich schrie, als wäre er ein Geist, der mich zu einem unbekannten Ziel entführte. Nachdem er mich ins Zimmer gezerrt hatte, warf er mich aufs Bett und verprügelte mich, bis ihm der Schweiß in Strömen über die Brust lief. Er war überzeugt, daß er mir nun die Wanderlust ausgetrieben hatte, warf den zersplitterten Rohrstock weg und ging nach draußen, um ein Bad zu nehmen.

Ich war am ganzen Körper mit Striemen bedeckt, lag wimmernd auf dem Bett und schwor Rache, die schreckliche Rache der Geisterkinder. Mama saß neben mir. Als Papa aus dem Waschraum wiederkam, war er immer noch wütend.

»Mit dir habe ich nur Ärger«, sagte er. »Du bist ein schwieriges Kind. Wenn ich denke, was ich alles hätte tun können, wenn es dich nicht gäbe.«

Er wollte wieder auf mich losgehen, doch Mama griff energisch ein und sagte: »Hast du ihn nicht genug geschlagen?«

»Nein. Ich will ihn so gründlich durchprügeln, daß er beim nächstenmal an uns denkt, bevor er sich wieder verirrt.«

»Er hat genug abbekommen. Seine Füße bluten.«

»Na und? Wenn ich ein strenger Vater wäre, würde ich ihm Pfeffer in die Wunden streuen, um ihm eine Lehre zu erteilen, die er nicht so schnell vergißt.«

Papa klang wütender denn je; doch Mama blieb hart, fest entschlossen, daß ich keine weitere Prügel abbekommen sollte. Mit seinem Schicksal hadernd zog Papa schimpfend seine derbe, khakifarbene Arbeitskleidung an und knurrte, daß ich ihn von allem abhalte, er sich als Kind seinen Eltern gegenüber zehnmal besser verhalten habe. Mama versuchte mich dazu zu bringen, etwas zu essen. Ich wollte aber nichts essen, solange Papa da war. Ich hatte die ganze Zeit im selben Ton vor mich hingeweint.

»Wenn du jetzt nicht ruhig bist«, wetterte er und streckte die Hand nach einem Stiefel aus, »schlage ich dich hier mit!«

»Ja, und bringst ihn um«, sagte Mama.

Ich weinte im selben Ton weiter. Ich fühlte mich so elend, daß

eine neue Strafe es auch nicht noch schlimmer machen konnte. Schlecht gelaunt zog Papa sich an. Dann nahm er den Rohrstock, stellte sich vor mich hin und sagte: »Wenn du heute oder morgen diesen Raum verläßt, bleibst du besser gleich ganz weg, denn wenn ich mit dir fertig bin ...«
Er sagte den Satz absichtlich nicht zu Ende, um die Wirkung zu erhöhen. Dann tippte er mir mit dem Rohrstock an den Kopf und stürmte raus. Ich war erleichtert, als er ging.
Mama schwieg. Sie wartete eine Weile, ehe sie sagte: »Hast du gesehen, was für einen Ärger du gemacht hast, hm?«
Ich dachte, sie wollte mich jetzt auch noch ausschimpfen. Ich machte mich auf ihren Angriff gefaßt. Doch sie stand auf und ging nach draußen, und ich schlief ein. Sie weckte mich. Sie hatte eine Schüssel mit einem warmen Kräuteraufguß mitgebracht. Sie badete meine Füße darin. Dann entfernte sie geschickt mit einer Nadel, die sie zuvor über einer Kerze erhitzt hatte, die Straßenwürmer, die sich in meine Fußsohlen gefressen hatten. Doch vorher ließ Mama sie noch in heißem Palmöl zappeln. Dann desinfizierte sie die Schnittwunden. Sie strich Pflanzensäfte auf meine Striemen. Sie legte mir zerstampfte Blätter auf die Fußsohlen und verband sie mir mit Stoffstreifen, die sie von einem ihrer Wickeltücher abriß. Die Blätter brannten lange auf der Haut. Dann stand Mama auf und brachte die Nadel und die Schüssel mit Wasser weg. Ich kletterte ins Bett. Mama ließ mich wieder aufstehen und gab mir zu essen. Ich aß heißhungrig, und sie sah mir mit Tränen in den Augen zu. Als ich gegessen hatte, kletterte ich zurück ins Bett. Mama packte ihre Waren zusammen, und während mir die Augen schon zufielen, sagte sie: »Bleib hier und schließ die Tür ab. Geh nirgendwo hin. Mach die Tür nicht auf, außer für mich oder deinen Vater, hörst du?«
Ich nickte leicht. Mit der Schüssel auf dem Kopf ging sie auf den Hof, hinaus in die Welt; ich schloß die Tür ab und schlief in der trostlosen Atmosphäre des Zimmers ein.

Papa brauchte sich keine Sorgen zu machen, daß ich weggehen würde. Ich schlief den ganzen Tag lang. In mehreren miteinander verknüpften Träumen kämpfte ich mit dem dreibeinigen Stuhl, der mich zu entführen versuchte. Ich wachte erst auf, als Mama heimkam. Ich fühlte mich so, als ob sich im Schlaf ein fremder Geist in meinen Körper eingeschlichen hätte. Ich versuchte, die ungewöhnliche Übelkeit und Körperschwere abzuschütteln, doch mein Kopf schien größer geworden zu sein, geräumiger, und meine Füße schwollen an. Erst nachts, als ich sah, daß sich Mama in zwei identische Personen aufspaltete, Papas teuflisches Lächeln sich in ein Arsenal der Strenge aufteilte, meine Augäpfel heiß wurden, mein Körper anfing zu zittern und stürmische Hitzewellen durch meine Nerven jagten, wurde mir klar, daß ich Fieber hatte.

»Der Junge hat Malaria«, sagte Mama.

»Wenn es nur Malaria ist, haben wir Glück«, brummte Papa.

»Laß ihn in Ruhe.«

»Warum denn? Hab ich ihn etwa losgeschickt, damit er den ganzen Tag und die ganze Nacht durch die Gegend streift? Hast du ihn losgeschickt? Wir haben ihm nur gesagt, er solle in Madame Kotos Bar bleiben, mehr nicht. Wir haben ihm nicht gesagt, er solle überall rumlaufen und sich das Straßenfieber holen.«

»Laß ihn in Ruhe. Siehst du denn nicht, daß er zittert?«

»Na und? Habe ich ihn etwa zum Zittern gebracht? Wahrscheinlich ist er in all die schlimmen Dinge getreten, die auf die Straße gegossen werden. All diese Hexen und Zauberer, Kräuterheiler und Fetischmeister, die von ihren Patienten schlimme Dinge abwaschen und auf die Straße gießen, die Krankheiten und böse Schicksale auf die Straßen schütten. Wahrscheinlich ist er da hineingetreten, und die sind dann in ihn gefahren. Sieh dir nur seine Augen an.«

»Sie sind groß geworden!«

»Er sieht aus wie ein Geist, wie eine Maske.«

»Laß ihn.«

»Wenn er nicht krank wäre, würde ich ihn noch einmal verprügeln.«

Und dann sagte er zu mir: »Denkst du auch mal an uns, hm? Wie wir schwitzen, um dich durchzufüttern, die Miete zu bezahlen und Kleider zu kaufen, hm? Den ganzen Tag lang trage ich wie ein Maulesel Lasten. Der Kopf zerspringt mir fast, mein Hirn schrumpft ein und alles nur, um dich durchzufüttern, hm?«

Papa hörte die ganze Nacht nicht auf. Ich zitterte, und durch meinen Kopf schossen Hitze und Halluzinationen. Papa bekam einen sehr großen Kopf, hervorquellende Augen und einen breiten Mund. Mama sah mager, knochig und groß aus. Durch das Fieber wurden sie zu riesigen Schatten. Sie ragten auf dem Bett über mir auf, und wenn sie über mich sprachen, kam es mir vor, als redeten sie über einen Geist oder jemanden, der nicht hier war. Denn ich befand mich nicht in dem Raum. Ich war weit weg im Land des Straßenfiebers.

Alle Geräusche des Compounds wurden durch die Nacht verstärkt. Ich konnte nichts essen, übergab mich immer wieder und konnte nur Wasser bei mir behalten. Mama wachte mit einer Kerze an meinem Lager, Papa mit einer Zigarette. Schatten wanderten durch den Raum. Ich spürte, daß ich mich aus der Welt der Dinge und Leute zurückzog. Am späten Abend kochte Mama eine Pfefferschotensuppe. Die Suppe war scharf und mit bitteren Kräutern gewürzt. Danach fühlte ich mich etwas besser. Dann goß sie mir ein halbes Glas *ogogoro* ein, der von den darin eingelegten Wurzeln gelb geworden war.

»*Dongoyaro*«, sagte Mama und bestand darauf, daß ich das Glas in einem Zug leerte.

»Sonst bekommst zu eine Tracht Prügel«, drohte Papa.

Ich trank das Glas in einem Zug aus, und der teuflisch bittere Geschmack erfüllte mich bis in den letzten Winkel des Magens. Galle schoß mir in den Mund; der Geschmack war so bitter, daß ich mich vor Ekel schüttelte. Mama gab mir einen Würfel Zukker, der meinen Mund nicht ein bißchen süßte. Und selbst im Schlaf, bis zum nächsten Morgen schmeckte alles noch bitter.

»Das Bittere vertreibt die Malaria«, sagte Mama und deckte mich zu.

»Genau das braucht der Junge: etwas richtig Bitteres«, sagte Papa mit düsterer Stimme.

Er war immer noch wütend auf mich, weil ich sie die ganze

Nacht nicht hatte schlafen lassen und ihnen soviel Sorge bereitet hatte; und jetzt konnte er mir nicht vergeben, daß ich krank war und er seinen Ärger nicht an mir auslassen konnte. Durch das Fieber vor seiner Wut geschützt, schlief ich, und böse Träume und Straßengeister quälten mich die ganze Nacht.

Drei Tage später, am Samstagmorgen, war ich immer noch krank. Ich hatte einen trockenen Mund und trockene Augen und immer noch Vogelgezwitscher in den Ohren. Mama klapperte mit den Schüsseln herum und machte das Zimmer sauber. Papa war nicht da; Mama sagte, er sei zur Arbeit gegangen, zum Umschlagplatz. Gegen Mittag kam Jeremiah mit den Fotos vom Fest vorbei. Mama sagte ihm, er solle später wiederkommen. Er knurrte, daß es ganz schön teuer sei, von armen Leuten Bilder zu machen, doch dann ging er, ohne eine Szene zu machen.
Es wurde sehr heiß im Zimmer. Die Luft, die durchs Fenster hereinkam, brachte Fliegen und Mücken herein, aber keine Kühlung. Ich schwitzte immer stärker und lag im Bett bald in einer großen Lache. Der ganze Körper tat mir weh, die Fußsohlen juckten und mir brummte der Schädel. Ich sah zu, wie Mama das Zimmer in einer trockenen Staubwolke saubermachte. Sie war ein Bild der Geduld. Sie sagte: »Du mußt auf deinen Vater hören und aufpassen, wohin zu läufst, wenn du auf der Straße bist.«
»Ja, Mama.«
»Die Straße verschluckt Leute, und nachts kannst du manchmal hören, wie sie um Hilfe rufen und darum betteln, aus dem Bauch der Straße befreit zu werden.«
»Ja, Mama.«
Sie wischte den Schrank aus und machte mir etwas zu essen. Ich aß wenig. Sie sagte mir, ich solle aufstehen und baden. Als ich auf den Hinterhof ging, tat mir das Tageslicht in den Augen weh, ging mir der Lärm des Compounds auf die Nerven, und durch das Starren der anderen Hausbewohner verstärkte sich noch mein Hang, alles mehrfach zu sehen. Mama hatte warmes Wasser mit Kräutern bereitgestellt.
»Wasch dich gründlich«, sagte sie, »sonst mache ich es.«

Es war kalt, als ich mich auszog. Doch das Wasser war heiß, und die Seife roch gut. Als Mama mich ins Zimmer zurückbrachte, fühlte ich mich wie neugeboren. Sie rieb mich mit Kräuteröl ein.

»Zeit für dein *dongoyaro*«, sagte sie.

Allein beim Gedanken an den bitteren Geschmack wurde ich fast ohnmächtig.

»Wenn du das nicht austrinkst, darfst du heute nicht raus.«

Ich trank es aus. Später staunte ich, daß mein Urin die dunkelgelbe Farbe der Bitterkeit hatte.

Am Nachmittag war das geschäftige Treiben der Leute aus dem Compound zu hören, die die Vorderfront ihrer Zimmer schrubbten. Ich hörte zu, wie sie über den Samstagsausflug oder den Besuch von Freunden oder Verwandten schwatzten. Mama sorgte dafür, daß ich meine besten Kleider anzog, die ich nur Weihnachten trug. Sie scheitelte mir das Haar und betupfte mir das Gesicht mit Puder, der sogleich dem Schweiß zum Opfer fiel. Und dann kam Madame Koto zu Besuch.

Mit ihren magischen weißen Perlen, ihren kunstvollen Wickeltüchern und ihrer prallen Bluse sah sie sehr würdevoll aus. Sie war gekleidet, als wollte sie reiche Verwandte besuchen.

»Azaro, was war mit dir los?«

»Ich habe mich verirrt.«

»Du warst plötzlich verschwunden.«

»Man sollte ihm die Füße anbinden«, sagte Mama. »Er läuft zuviel herum.«

Madame Koto lachte und holte eine Schüssel dampfender Pfefferschotensuppe mit Ziegenfleisch hervor.

»Sind da böse Geister drin?« fragte ich.

Sie warf mir einen strengen Blick zu, lächelte Mama an und sagte: »Da ist viel Fleisch und Fisch drin.«

Die Suppe schmeckte besser als die, die Madame Koto ihren Gästen vorsetzte. Ich löffelte die ganze Suppe aus und aß alles Fleisch und allen Fisch, bis mein Magen rund und dick war.

»Du hast noch nicht die Suppe aufgegessen, die ich dir gekocht habe«, sagte Mama.

»Doch, das habe ich.«
Madame Koto verstaute die Schüssel wieder in ihrer Tasche. »Sieh zu, daß du schnell wieder zu Kräften kommst und dann setzt du dich wieder in die Bar, ja?« sagte sie und ging zur Tür. Mama brachte sie nach draußen. Ich hörte, wie sie sich unterhielten. Dann entfernten sie sich vom Haus, und ich konnte sie sie nicht mehr hören.
Mama blieb lange weg. Meine Fußsohlen begannen wieder zu jucken. Und während ich dort halb wach, halb träumend im Halbschlaf lag, plärrten laute neue Stimmen von der Straße herein. Die Stimmen waren so unnatürlich laut, daß ich mich fragte, was für Menschen wohl derart redeten. Ich hörte nicht, was sie sagten. Ich sagte mir, daß es sie wohl nur in meiner Einbildung gäbe und es bestimmt wieder irgendwelche Geister seien. Die Kinder aus dem Compound rannten aufgeregt schnatternd vor dem Haus auf und ab. Ich hörte, wie sich Männer und Frauen lebhaft unterhielten, als spielte sich auf unserer Straße irgend etwas Neues, Ungewöhnliches ab, als gäbe es einen Basar, eine öffentliche Maskerade, eine Truppe von Zauberkünstlern mit Schlangenmenschen und Feuerschluckern. Die plärrenden Stimmen kamen näher und ertönten von den Dächern aller Häuser. Der Compound schien leer zu sein, alle waren auf die Straße gelaufen, um zu sehen, was los war, und ich hörte ein Baby, das in seiner vorübergehenden Einsamkeit schrie.
Voller Neugier stieg ich aus dem Bett. Ein eisernes Lineal schoß krachend durch meinen Kopf und landete zwischen den Augen. Das Zimmer drehte sich. Die plärrende Stimme draußen ertönte von einem erhöhten festen Punkt. Mir wurde schwarz vor Augen, dann löste sich das Dunkel auf. Ich stürzte aus der Tür. Der Gang war leer. Alle Leute aus dem Compound hatten sich vor dem Haus versammelt. Vor allen Häusern standen Leute auf der Straße. Und alle starrten wie gebannt auf einen offenen Lastwagen mit einem Megaphon. Ein Mann in einer prächtigen weißen *agbada* hielt mächtig gestikulierend eine Rede. Es war das erstemal, daß ich eine Stimme über Verstärker hörte.
Die Anwohner der Straße drängten sich mit hungrigen Gesich-

tern um den Lastwagen. Ihre Kinder waren zerlumpt, hatten geschwollene Bäuche und waren barfuß.
»Was ist da los?« fragte jemand.
»Politiker.«
»Sie wollen Stimmen.«
»Sie wollen unser Geld.«
»Sie kommen, um Steuern zu erheben.«
»Ich habe sie gesehen, als ich meine Waren auf der Straße verkauft habe. Sie zählen Gründe auf, warum wir sie wählen sollen.«
»Nur wenn sie unsere Stimmen wollen, denken sie an uns.«
Der Mann auf dem Lastwagen sprach zu sich selbst.
»WÄHLT UNS. WIR SIND DIE PARTEI DER REICHEN, DIE FREUNDE DER ARMEN ...«
»Die Armen haben keine Freunde«, sagte jemand in der Menge.
»Nur Ratten.«
»WENN IHR UNS WÄHLT ...«
»... sind wir am Ende«, fügte jemand hinzu.
»... BEKOMMEN EURE KINDER ZU ESSEN ...«
»... Lügen.«
»... UND WIR BAUEN EUCH GUTE STRASSEN ...«
»... die der Regen in Gossen verwandelt!«
»... UND WIR VERSORGEN EUCH MIT STROM ...«
»... damit ihr besser sehen könnt, wie man uns beraubt!«
»... UND WIR BAUEN SCHULEN ...«
»... um Analphabetentum zu lehren!«
»... UND KRANKENHÄUSER. WIR MACHEN EUCH REICH WIE WIR. ES IST GENUG FÜR ALLE DA. GENUG ZU ESSEN. GENUG MACHT. WÄHLT EINHEIT UND MACHT!«
Inzwischen waren die Spötter verstummt.
»UND UM EUCH ZU ZEIGEN, DASS ES KEINE LEEREN WORTE SIND, BRINGT EURE KINDER ZU UNS. WIR VERTEILEN KOSTENLOS MILCH! KOSTENLOSE MILCH VON UNS, EIN GESCHENK UNSERER GROSSEN PARTEI!«
Und so plärrten sie ein Versprechen nach dem anderen in die Luft und stellten phantastischen Wohlstand in Aussicht, bis die

Mauern unserer Skepsis einstürzten. Die Bewohner des Compounds ließen ihre Zweifel fallen und strömten zu dem Lastwagen. Die Straße schwankte vor meinen Augen und in meinen Ohren dröhnte die Lautsprecherstimme, als auch ich zu dem Fahrzeug lief. Überrascht stellte ich fest, daß unser Hauswirt auf der Ladefläche saß. Das strahlende Lächeln der Mächtigen lag auf seinem Gesicht, und er trug eine spitzenbesetzte *agbada.* Auf der Ladefläche lagen Stapel von Trockenmilch, und muskulöse Männer mit nacktem Oberkörper rissen die Säcke auf und teilten mit gelben Näpfen das Milchpulver an die Frauen aus, die mit Gefäßen herbeigeeilt waren. Wie ein Magier in einem Augenblick des Triumphs reichte der Hauswirt Schalen mit Milchpulver in die große wogende Menschenmenge. Die Leute, die mich umringten, wurden immer rabiater; mit ausgestreckten Armen drängten sie sich zu dem Lastwagen vor, und der Ansturm auf das kostenlose Milchpulver wurde zum wilden Getümmel. Die Menge schaukelte das Fahrzeug hin und her, Stimmen überschlugen sich, Kinder schrien im Gedränge auf, Hände klammerten sich an die Säcke, und die Raserei wurde so beängstigend, daß der Mann mit dem Magaphon rief: »NICHT DRÄNGELN! WIR HABEN GENUG KOSTENLOSE MILCH FÜR DAS GANZE LAND . . .«

Seine Worte machten die Sache nur noch schlimmer; Leute drängten sich mit Schüsseln vor, ließen sie füllen, rannten nach Hause und kamen mit neuer Kraft zurück. Bald schaukelte die ganze Straße in einem beängstigenden Strom von Eimern und Schüsseln, von klappernden Töpfen und geifernden Stimmen das Fahrzeug hin und her. Der Hauswirt sah krank vor Angst aus. Schweiß lief ihm übers Gesicht, und er versuchte seine *agbada* auszuziehen, doch die ausgestreckten Hände all der hungrigen Menschen, die ihn umdrängten, verkrallten sich darin. Je mehr er sich anstrengte, die *agbada* auszuziehen, desto stärker zerrten die Hände daran. Es war, als ob auch seine Kleider zu einem weiteren Versprechen seiner Partei geworden wären, ein Geschenk für alle. Ich sah, wie Madame Koto auf der anderen Seite des Lastwagens mit dem Mann am Megaphon verhandelte und da-

bei energisch in Richtung ihrer Bar zeigte. Ringsumher schob und drängte die Menge. Die Frauen verloren ihre Kopftücher, Hemden wurden zerrissen, überall wurde Milchpulver verstreut und puderte die Gesichter von Frauen und Kindern. Mit ihren schwitzenden, weiß gepuderten Gesichtern sahen sie aus wie verhungernde Geister. Die Menge wogte, Stimmen wurden lauter, und der Fahrer ließ den Motor des Lastwagens an. Die Leute rächten ihren Hunger an dem Fahrzeug; die Milchpulver-Verteiler fingen an zu schreien; der Fahrer regte sich auf; die *agbada* des Hauswirts wurde heruntergerissen. Er kämpfte verzweifelt, um sie zurückzubekommen und klammerte sich flehend an einen Zipfel. Doch die Menge, die wild nach den Säcken mit Milchpulver griff und sie den grimmig aussehenden Männern unter den Füßen wegriß, zerrte die *agbada* mit sich. Der Hauswirt klammerte sie störrisch fest, und die Leute zogen ihn an seinem Gewand aus dem Lastwagen, bis man nur noch die Füße sah, die hilflos in der Luft zappelten. Einer der Männer hörte auf, Milchpulver zu verteilen, und hielt die Füße des Hauswirts fest, um ihn zurückzuziehen, doch er verlor die Schlacht gegen die entfesselte Menschenmenge, und der Hauswirt verschwand im wogenden Gewühl von Körpern. Seine *agbada* ging über den Köpfen der Menge von Hand zu Hand; und bald zogen so viele Hände an dem Spitzengewand, daß es in der Luft in mehrere Stücke zerrissen wurde und blaue Stoffetzen wie die Federn eines gerupften Papageis nach allen Seiten flatterten.
Als der Hauswirt wieder auftauchte, war sein Haar schlammbedeckt, jemand streute Milchpulver über ihn, und er sah wie die Karikatur eines Egungun aus, und als er versuchte, auf den Lastwagen zurückzuklettern, ließen ihn seine Parteifreunde nicht hinauf, weil sie ihn nicht erkannten. Er schrie entrüstet, und die Milchpulver-Verteiler, die ihre Arbeit unterbrachen, stürzten sich auf ihn, schafften ihn fort und warfen ihn ein ganzes Stück vom Lastwagen entfernt auf die Erde. Der unerschrockene Fotograf tauchte mit seiner Kamera auf und machte Aufnahmen von dem jämmerlichen Hauswirt und der drängelnden Menge. Wutentbrannt stand der Hauswirt auf, drohte mit den Fäusten,

fluchte auf die Partei und stürmte mit Schlamm und Milchpulver bedeckt in zerrissenen Kleidern und zerknitterter Hose die Straße hinab, ein Bild einsamen, ohnmächtigen Trotzes. Der Fotograf machte noch mehr Aufnahmen. Die Männer auf dem Lastwagen stellten sich in Pose, lächelten starr in die Kamera und teilten dann weiter Milchpulver aus, während die Menge sich um sie drängte. Ich sah, wie drei kräftig aussehende Männer Milchpulversäcke von dem Lastwagen herunterholten; ich sah, wie sie die Straße herunterrannten, verfolgt von den Parteischlägern. Kinder wurden in dem Gedränge niedergetrampelt. Ein Mann fiel in Ohnmacht. Frauen schrien auf. Ein Mädchen wurde ins Auge gestochen. Jemand anders erhielt einen Stoß mit dem Ellbogen in den Mund und spuckte in hohem Bogen Blut. Der Fotograf richtete die Kamera auf eine Frau mit einem geschwollenen Auge, die eine Schüssel Milchpulver auf dem Kopf trug. Ich sah einen Mann, der mit blutenden tiefen Kratzspuren im Gesicht aus der vordersten Reihe der Menge lief. In dem Tumult wurden die Fenster des Lastwagens zertrümmert. Auf der Erde vermischte sich Blut mit Milchpulver. Ich hörte Mama aufschreien. Ich kämpfte mich in Richtung ihres Schreis durch. Ich sah, wie Madame Koto das Durcheinander mit äußerster Würde verließ, ihre Perlen glänzten in der Sonne. Ich suchte inmitten von heißem Schweiß und hungriger Zügellosigkeit der immer wilder werdenden Menge nach Mama. Ellbogen krachten mir gegen den Kopf, und jemand schlug mir mit der Faust die Nase blutig. Ich kämpfte mir einen Weg ins Freie und stolperte über knochige Füße und raue Beine. Plötzlich setzte sich der Lastwagen in Bewegung. Er riß einen Mann um und zog Hunderte von wogenden Körpern hinter sich her. Die Menge strömte wie in einem heiligen Kreuzzug hinter dem Fahrzeug her. Die Männer auf der Ladefläche gingen zu einem Ablenkungsmanöver über, rissen einen versteckten Sack auf und warfen Pennies und Silbermünzen in die Luft. Die Münzen landeten auf unseren Köpfen, wir fingen sie mit dem Gesicht auf, wurden, wenn wir hochsprangen, manchmal durch ihren Aufprall geblendet, vergaßen die Milch und balgten uns nur noch um das Geld, während der Lastwagen unter plärrenden Ankündigungen und Parteiversprechen davonfuhr und den Schauplatz der nächsten großen öffentlichen Veranstaltung bekanntgab. Die Kinder rannten hinter dem Fahrzeug her, während sich der Rest der Menge, in der Spirale der eigenen Erregung gefangen, um die Münzen balgte.

Der Fotograf verfolgte den Lastwagen und machte ununterbrochen Aufnahmen von den Schlägern, wie sie ihre Muskeln spielen ließen, während Parteibroschüren mit Worten, die wir nie lesen würden, über unsern Köpfen durch die Luft segelten. Und als der Lastwagen aus unserer Straße verschwunden war, die Lautsprecherstimme sich allmählich im Viertel verlor, erholten wir uns langsam von unserem Fieber. Die Straße war mit verschüttetem Milchpulver und Parteibroschüren übersät. Kinder suchten im Staub nach unbemerkten Münzen. Mama tauchte mit übel zugerichtetem Gesicht, das Haar voller Milchpulver und die Bluse zerrissen, aus einer Gruppe von Frauen auf.

»Die wähle ich nicht«, sagte die Frau mit dem geschwollenen Auge.

Mama sah mich, kam auf mich zu, ließ ihren Ärger an mir aus und schrie: »Geh sofort wieder ins Bett!«

Ich rannte über die Straße. Alles drehte sich. Eine Parteibroschüre blieb an meinem Fuß kleben. Milchpulver kitzelte mich in der Nase. Die Hitze in meinen Ohren wurde stärker. Zwischen den Augen hatte ich hämmernde Kopfschmerzen. Ich trödelte eine Weile vor dem Haus und hörte Stimmen zu, die ihre Erfahrungen verglichen und über Politik diskutierten. Und als ich sah, daß Mama über die Straße kam, rannte ich ins Zimmer. Mit einem Ausdruck erschöpften Triumphs brachte Mama ihre Schüssel mit Gratis-Milchpulver herein. Sie stellte die Schüssel auf den Schrank, als sei das Milchpulver, weil sie es mit solcher Mühe ergattert hatte, irgendwie zu etwas Besonderem geworden. Dann ging sie und nahm ein Bad. Die Leute aus dem Compound kamen auf den Gang und gerieten in hitzige Diskussionen darüber, welche der beiden großen Parteien die beste sei, welche mehr Geld habe, welche mehr für die Armen tue,

welche die besseren Versprechungen mache, und so ging es unermüdlich weiter, bis sich die Nacht allmählich über den ereignisreichen Tag senkte.
Es war schon ziemlich dunkel, als Papa heimkam. Er sah nüchtern und erschöpft aus. Er machte einen niedergeschlagenen, lustlosen Eindruck und ließ den Kopf hängen, als würde er jeden Augenblick in Tränen ausbrechen. Er klagte über Schmerzen im Kopf, im Rücken, in den Beinen. Er nörgelte über die Schläger der Politiker, die ihm Ärger auf dem Umschlagplatz gemacht hatten.
»Fast hätte ich heute einen von ihnen umgebracht«, sagte er mit wütendem Blick.
Dann bekam er eine andere Stimme.
»Zu viele Lasten. Das bricht mir noch das Kreuz. Ich muß mir eine andere Arbeit suchen. Und wenn ich zur Armee gehe. Oder Latrinen leere. Aber diese Schlepperei wird mir zu viel.«
Es wurde eine Weile still. Dann erzählte ihm Mama von dem großen Ereignis des Tages und zeigte ihm das Milchpulver. Sie schien recht stolz darauf zu sein, ordentlich gekämpft und trotz der starken Konkurrenz eine Schüssel voll erobert zu haben.
»Jetzt können wir Milch in unsern Brei tun«, sagte sie.
»Ich nicht«, sagte ich.
»Du glaubst wohl, ihre Trockenmilch ist zu gut für dich, was?«
Papa probierte das Milchpulver und verzog das Gesicht.
»Verdorben«, sagte er. »Schlechtes Milchpulver.«
Von Erschöpfung übermannt schlief er dann auf dem Stuhl ein. Er hatte sich weder gewaschen noch etwas gegessen und stank nach getrocknetem Schlamm, Zement, Krebsen und *garri*-Säkken. Mama blieb noch eine Weile auf, um zu sehen, ob er wieder aufwachte; aber Papa schlief weiter, knirschte mit den Zähnen und schnarchte. Da streckte sich Mama auf der Matte aus, blies die Kerze aus und begann bald selbst zu schnarchen.
Ich blieb noch eine Weile wach. Ich hatte immer noch Fieber, und in der Dunkelheit wimmelte es von blind dahertappenden Gestalten. Kurz bevor ich einschlief, hörte ich ein Geräusch auf dem Schrank, und als ich hinschaute, sah ich etwas aus dem

Milchpulver herauskommen. Es war weiß, wurde immer größer und entwickelte sich schließlich zu einer gespenstischen *agbada*. In der *agbada* war niemand, sie stieg über dem Milchpulver auf und flog durch den Raum. Dann faltete sich das blütenweiße Gewand zusammen, schrumpfte ein und nahm die Form einer hellblauen Libelle an. Sie schwirrte durch den Raum und verschwand in der undurchdringlichen Dunkelheit einer Ecke. Meine Kopfschmerzen verschlimmerten sich. Das Milchpulver und sein merkwürdiges Nachtgewächs waren für mich einzigartige Erinnerungen an jenen Samstag, an dem die Politik ihren ersten öffentlichen Auftritt in unserm Leben hatte.

6

Der Sonntag zeigte uns die verborgene Seite der Politik. Papas Verwandten kamen zu Besuch. Sie kamen mit ihren Kindern, die alle steif und scheu in guten Kleidern steckten, die sie nur selten trugen. Wir hatten nicht genug Stühle für sie, und Mama mußte ihren Stolz herunterschlucken und Stühle bei den Nachbarn leihen. Die Politik hatte den ganzen Compound in Aufruhr versetzt. Unsere Verwandten waren gekommen, um uns zu besuchen, aber auch, um zu kritisieren. Sie warfen Papa vor, daß er sie nicht besuchte, nicht an den Versammlungen unserer Dorfgemeinschaft teilnahm und sich nicht an Hochzeitsgeschenken, Beerdigungskosten und zahllosen finanziellen Verpflichtungen beteiligte. Papa reagierte verärgert auf ihre Kritik. Er beschuldigte sie, ihm nicht geholfen und sich während seiner schweren Zeiten nicht gezeigt zu haben; die Vorwürfe gingen hin und her, arteten zu einem heftigen Streit aus, bei dem jeder lauthals schrie, bis alle eher unversöhnlichen Feinden als Angehörigen einer großen Familie glichen.

Sie schienen so sehr über einander aufgebracht zu sein, daß ich mich schämte, im selben Raum mit ihnen zu sein und das alles mitanzuhören. Die Frauen und Kinder unserer Verwandten vermieden, mich anzusehen, und ich hatte bald den Verdacht, daß sie uns ebenso sehr haßten, wie wir ihre Gesellschaft mieden. Nach einer langen Schreierei versuchte einer unserer Verwandten, das Thema zu wechseln und brachte das Gespräch auf Politik und die bevorstehenden Wahlen. Ein sehr unglücklicher Themenwechsel. Ein neuer großer Streit entbrannte in dem kleinen Raum. Papa, der die Partei für die Armen unterstützte, zitterte während des Wortwechsels, da er seine Wut nicht unterdrücken konnte; unser Verwandter, der für die Partei der Reichen eintrat, war sehr ruhig, fast verächtlich. Er hatte mehr Geld als Papa und lebte in einem Stadtviertel, das bereits Strom hatte.

Der Raum erzitterte unter ihren Meinungsverschiedenheiten, und machmal sah es so aus, als würden die beiden übereinander herfallen und sich um die Vorherrschaft schlagen. Doch Mama trug ein Tablett mit Essen und Getränken herein. Papa ließ *ogogoro* und Kolanüsse holen, opferte den Göttern ein paar Tropfen und betete für die Eintracht der verschiedenen Familienzweige. Unsere Verwandten aßen schweigend, und nach dem Essen tranken sie schweigend. Die Unterhaltung hatte sich erschöpft. Als das Schweigen zu bedrückend wurde, gingen die Frauen unserer Verwandten mit Mama nach draußen auf den Gang, und ich hörte sie lachen, während die Männer voller Verlegenheit über ihre Meinungsverschiedenheiten im Zimmer saßen.

Die Hitze wurde am Nachmittag noch größer. Stimmen wurden im Compound lauter; Kinder spielten auf dem Gang; Nachbarn stritten sich; unsere Verwandten sagten, sie würden jetzt gehen; Papa verbarg nicht seine Erleichterung. Eine der Frauen gab mir einen Penny und sagte, ich sei ein unartiger Junge, weil ich sie nie besuchte. Papa begleitete seine Verwandten nach draußen. Er blieb lange fort. Als er zurückkam, war er in übelster Laune. Er schimpfte auf alle Bekannten und alle Verwandten, die mehr Geld hatten als er. Er verfluchte ihren Eigennutz und schwor, sie kämen nur zu Besuch, um sich daran zu erfreuen, daß wir in ärmlicheren Verhältnissen lebten als sie. Er steigerte sich in eine Hetztirade gegen die Partei der Reichen hinein, und auf dem Höhepunkt der Schmähungen fiel sein Blick auf die Schüssel mit Milchpulver. Er riß sie vom Schrank und rannte nach draußen. Ich hörte, wie Mama ihn anflehte, das Pulver nicht wegzuschütten, und dann hörte ich Mama seufzen. Papa kam mit der leeren Schüssel und einem bösen Glitzern in den Augen zurück.

Mama war beleidigt, aber Papa drückte sie an sich und tanzte mit ihr; sie versuchte ihn zurückzustoßen, doch Papa hielt sie fest, und kurz darauf klopfte sie ihm liebevoll auf den Rücken. Ich drehte mich im Bett um. Das Fieber hatte nachgelassen, und ich fühlte mich mit jeder Stunde besser. Ich hörte, wie sie tanzten, hörte, wie Mamas Protest schwächer wurde und hörte, wie Papa ihr vorschlug, auszugehen. Mama gefiel die Idee. Papa ging auf den Hof, um ein Bad zu nehmen, und als er zurückkam, ging Mama hinaus. Mama brauchte lange, um sich fertigzumachen, und während sie sich das Gesicht puderte, die kunstvoll verzierten Falten ihres Kopftuchs richtete, ihre Halsketten und Armreifen, ihre Wickeltücher und weißen Schuhe zusammensuchte, und sich vor dem Spiegel schnell das Haar flocht, war Papa bereits auf seinem dreibeinigen Stuhl eingeschlafen. Der Raum war sehr heiß, und auf Papas Anzug, seinem einzigen ordentlichen Kleidungsstück, erschienen Schweißflecken. Als Mama fertig war, war sie wie verwandelt. Alle Müdigkeit, Überarbeitung, die Anspannung in ihrem Gesicht und der kummervolle Ausdruck auf ihrer Stirn waren verschwunden. Ihr Gesicht strahlte vor Frische, Lippenstift und Lidschatten. Ihre Gesichtsfarbe war durch Make-up und Rouge abgemildert. Ich sah bei Mama etwas von der unschuldigen Schönheit, die damals wohl die Luft im Dorf aufleuchten ließ, als Papa Mama zum erstenmal sah. Sie sah blendend aus, und bei jeder Bewegung erfüllte sie den Raum mit dem Duft ihres billigen Parfüms. Der Schweiß rann ihr über das gepuderte Gesicht, ihre Augen glänzten vor Aufregung. Sie stupste Papa an, und er schreckte mit hervorstehenden, blutunterlaufenen Augen und durchgeschwitzten Achselhöhlen hoch.

»Ihr Frauen braucht immer so lange«, sagte Papa.

»Wir sind zwar arm, aber nicht häßlich«, sagte Mama.

Papa wachte gut gelaunt auf. Er rieb sich die Augen, kippte einen Schluck *ogogoro* hinunter, verbot mir, nach draußen zu gehen, hakte sich bei Mama ein und ging mit ihr, ein wandelndes Bild des Eheglücks, in die Welt hinaus.

Ich wartete, bis sie fort waren. Dann stand ich auf, goß mir etwas *ogogoro* ein, kippte ihn hinunter und ging auf den Hof, um das rege Leben am Sonntagnachmittag im Compound zu beobachten.

Als der Nachmittag allmählich in den Abend überging, begannen die im Compound weinenden Kinder zu husten. Männer und Frauen standen vor der Toilette Schlange, und alle klagten über Bauchschmerzen. Die Frauen krümmten sich und saßen wie Häufchen Elend auf Hockern vor ihren Zimmern. Ein Mann keuchte und übergab sich neben dem Brunnen. Frauen schrien, daß sie vergiftet worden seien und zwickende Krebse in den Eingeweiden hätten. Kinder versengten den Abend mit der bleiernen Glut ihrer Tränen. Dann begann der Reigen des Erbrechens.

Die Leute aus dem Compound sahen ohne Ausnahme alle krank aus, und wenn sie an mir vorbeigingen, starrten sie mich an, als sei ich in irgendeiner Weise für die Massenerkrankung verantwortlich. Die sonntägliche Fröhlichkeit und Freude wich Stöhnen, verständnislosen Schreien und dem Ruf nach einem Zauberdoktor. Das ging den ganzen Abend so. Der Compound wurde zu einem Ort des Erbrechens; die Leute erbrachen vor den Häusern, in den Durchgängen, in der Toilette, vor dem Waschraum, und schon das Geräusch schien ansteckend zu sein. Die Kinder, unfähig, etwas bei sich zu behalten, wurden zur Toilette gehetzt. Sie mußten Rizinusöl schlucken, um alles Gift, das sie zu sich genommen haben mochten, unwirksam zu machen. Doch nichts half. Ich saß draußen und sah dem allem verblüfft zu. Die Frau von einem der Gläubiger kam an mir vorbei, blieb stehen, drehte sich zu mir um, riß die Augen auf und spuckte mit einem Stöhnen, das sich wie ein Fluch anhörte, einen Schwall von unverdauten Bohnen und Reis und Galle direkt auf meine Sonntagskleider. Dann verschwand sie auf dem Hinterhof. Ich wusch das Erbrochene ab, ging vors Haus und füllte mir die Taschen mit Steinen. Ich hörte auf, als ich Mama und Papa sah, die von ihrem Ausflug zurückkehrten, und rannte ins Zimmer. Papa war gut gelaunt und betrunken. Mama hatte ein von Schweiß und Liebe glänzendes Gesicht, leuchtende Augen und eine strahlende Miene.

»Was hast du draußen gemacht?«

Ich erzählte ihm, was passiert war.

»Und was wolltest du tun?«
»Mit Steinen nach ihr werfen.«
»Tu das!« sagte er.
Ich ging nach draußen und warf Steine gegen ihre Tür, traf nicht und zertrümmerte eine Fensterscheibe.
Der Gläubiger kam todkrank aussehend aus dem Zimmer.
»Bist du verrückt?« fragte er und schwang ein Buschmesser.
»Deine Frau hat sich über mich erbrochen«, sagte ich.
Der Gläubiger fing an zu lachen, dann erstarrte er und rannte auf den Hinterhof.
»Die müssen alle etwas Schlechtes gegessen haben«, sagte Papa.
Und dann erzählte Mama, wie verwirrt sie gewesen sei, als sie feststellte, daß überall die Leute krank waren und sich auf den Wegen und vor den Häusern erbrachen. Den Freunden, denen sie einen Besuch machten, war es die ganze Zeit über übel gewesen. Eine Plage schien über uns gekommen zu sein, die sich in unsere Eingeweide eingeschlichen hatte.
»Die halbe Welt ist krank, nur meiner Familie geht es gut«, sagte Papa stolz. »So zeichnet Gott die Gerechten aus. An ihren Früchten sollt ihr sie erkennen. Wir sind eine starke Familie.«
Er blieb so gut gelaunt, sang munter, bis die Libelle im Zimmer aufwachte, ungestüm an die Decke schwirrte und in trunkenem Flug gegen die Wände knallte.
»Dieses Insekt gleicht meinem Verwandten«, sagte Papa lachend.
»Es ist aus dem Milchpulver gekommen.«
»Was?«
»Das Insekt.«
»Wann?«
»Letzte Nacht. Alle schliefen. Da flog das Insekt aus der Trockenmilch auf.«
»Die Milch!« schrie Papa in plötzlicher Erleuchtung.
Er rannte auf den Hof und schrie: »DIE MILCH! ES IST DIE MILCH!«
Mama hob einen Schuh auf, jagte die Libelle, scheuchte sie an

die Wand und zerquetschte sie so gründlich, daß sie zu einem obszönen grünlichen Fleck wurde. Mit völlig gleichgültigem Blick kratzte sie die klumpigen Reste der Libelle von der Wand und fegte sie vor die Tür. Nachdem sie den schmierigen Fleck mit einem Lappen abgewischt hatte, ging sie zum Zimmer des Gläubigers. Mama sagte ihnen, sie sollten das Erbrochene draußen vor unserem Zimmer beseitigen und meine besudelten Kleider waschen. Währenddessen hämmerte Papa gegen die Türen, scheuchte alle auf und rief in betrunkener Freude über seine Entdeckung: »Sie haben uns mit dem Milchpulver vergiftet!«

Papas Entdeckung löste einen Schrei der Zustimmung aus, der von Mund zu Mund ging, fast wie ein Kriegsruf, bis die Worte das häßliche Geräusch des Erbrechens übertönten. Die Frauen holten ihre Behälter und Schüsseln mit dem Milchpulver der Politiker und schütteten es auf die Straße. Die Berge von verdorbenem Milchpulver wurden immer höher. Auch andere Compounds hatten ihre Berge, und als ich die Straße hinabblickte, sah ich wie Spiegelbilder die Milchpulverhaufen vor den Verkaufsständen. Die Bewohner des Viertels kamen zusammen und hielten eine lange öffentliche Versammlung über die verdorbene Trockenmilch der Politiker ab.

Der Fotograf wankte mit blasser, elender Miene von Haus zu Haus und hielt sich den Bauch. Tapfer machte er Aufnahmen von den Milchpulverbergen und dem Erbrochenen vor den Häusern und brachte die Frauen und Kinder dazu, daneben zu posieren. Er schoß Bilder von kranken Kindern, von Männern, die sich vor Schmerz wanden, von Frauen in empörter Haltung.

Die Versammlung dauerte Stunden. Die Straße war aufgebracht, und jemand schlug vor, das örtliche Büro der Partei der Reichen in Brand zu stecken. Die Leute waren aufgebracht, aber sie waren zugleich hilflos und konnten sich nicht darauf einigen, was sie unternehmen sollten. Sie redeten, fanden keine Lösung, und als es Nacht wurde, wankten sie von Krämpfen geschüttelt und erschöpft vom ständigen Erbrechen in ihre Zimmer zurück.

Die Leute aus dem Compound wurden an jenem Abend wieder etwas freundlicher zu uns. Jeder dankte Papa dafür, daß er den Kriegsruf angestimmt und den Grund für das Unwohlsein gefunden hatte. Die Frau des Gläubigers beseitigte ihre unverdaute Übelkeit vor unserer Zimmertür, und der Gläubiger forderte uns nicht auf, die zerbrochene Fensterscheibe zu bezahlen. Die ganze Nacht über weinten noch die Kinder. Doch der Reigen des Erbrechens ließ nach, als habe die Tatsache, daß die Ursache erkannt war, etwas an den Bedingungen geändert. Die Toilette war nicht mehr zu benutzen.

Papa brachte seinen Ahnen bis spät in die Nacht Trankopfer dar. Er betete um viele Dinge, ja so viele, daß ich mich in den Einzelheiten verlor, und mir ging durch den Kopf, daß es seine Ahnen ebenfalls verwirrt haben mochte. Wir gingen in bester Laune ins Bett, vom Gebet gestärkt und froh, daß wir jenes Ereignis überlebt hatten, das als »Tag der Politiker-Milch« bekannt wurde. Ich schlief in jener Nacht auf der Matte. Als die Dunkelheit in Träume überging, hörte ich wieder, wie sich Papa und Mama sanft zur Musik der Sprungfedern im Bett bewegten. Dann hörten die Bewegungen auf, und im Dunkeln sagte eine Stimme: »Ich frage mich, ob die Ratten wach sind.«

7

Als ich das nächstemal zu Madame Kotos Bar ging, war der Raum voller dicker blauer Fliegen. Der Geruch von Tierhäuten, Schweiß und frisch aufgeworfener Erde schlug mir entgegen. Es war heiß und stickig und wimmelte von Fremden. Sie sahen alle ebenso sonderbar aus wie die Leute, die beim letztenmal dort gewesen waren.

Der Unterschied lag nur darin, daß sich die Gäste auf groteske Weise verwandelt hatten. Da war wieder ein Albino, doch er war groß und hatte einen Kopf wie eine Yamswurzel. Bei dem Mann mit dem hervorquellenden Auge war das zweite Auge weiß und blaß wie ein polierter Mondstein. Die beiden finsteren Männer mit dunklen Brillen hatten jetzt weißes Haar und seltsam verformte Hüften. Der zahnlose junge Mann war jetzt eine Frau. Ich erkannte sie alle trotz ihrer veränderten Erscheinung wieder. Es waren auch andere da, die ich zuvor noch nicht gesehen hatte. Einer von ihnen sah aus wie eine Eidechse mit kleinen, starren grünen Augen. Und unter diesen seltsamen Leuten gab es auch einige, die durchaus normal zu sein schienen und auf dem Nachhauseweg von der Arbeit hereinschauten, um ein Glas zu trinken. Der Raum war so voll, daß ich mich zwischen den dichtgedrängten Männern hindurchzwängen mußte, die alle heiser sangen und Flüche und schlechte Witze vom Stapel ließen. Ich hörte Stimmen, die unirdisch waren, Sprachen, die nasal und fremd klangen, Gelächter, das nur nachts aus abgestorbenen Baumstämmen oder hohlen Gräbern kommen konnte. Allein davon, daß ich mich zwischen ihren Körpern hindurchzwängte, die blutlos rochen und blaß aussahen, begann ich mich wieder krank zu fühlen.

Durch die verwandelten Gäste wirkte die Bar völlig anders. Sie tauchten alles in ein stumpfes gelbes Licht. Die Bar machte den Eindruck, als wäre sie aus der gewohnten Umgebung in unserm Viertel irgendwohin unter eine Straße, unter das Meer, in eine unerwünschte Landschaft versetzt worden, an die man sich nur undeutlich erinnert. Das Gelächter der Gäste ließ die Lichter gespenstisch erscheinen. Ich erschauerte von dem Stimmengewirr. Und als die zahnlose Frau plötzlich vor Vergnügen schrill quietschte, überkam mich unerwartet Angst.

Ich schaffte es, mich zu meinem Platz neben dem Tonkrug durchzuschlängeln. Alle Sitzplätze waren besetzt, und zwei gelassen trinkende Zwerge teilten sich einen Hocker. Ich erkannte keinen von ihnen, doch beide lächelten mir zu. Die zahnlose Frau drehte sich zu mir um und starrte mich an, und ganz langsam zog sie dann etwas unter dem Tisch hervor. Fasziniert von der Magie ihrer Bewegungen schaute ich ihr zu. Als sie das Ding ganz hervorgezogen hatte, sah ich, daß es ein Sack war. Ich schrie auf und versuchte, mich zur Tür vorzuarbeiten, doch es gab kein Durchkommen. Die Leute stießen mich zurück und versperrten mir den Weg, als versuchten sie mich absichtlich an der Flucht hindern, ohne es jedoch zu zeigen. Ich schrie, aber ein tiefes, kehliges Gelächter übertönte meine Stimme. Je mehr ich schob und drängelte, umso enger wurde ich umzingelt.

Dann sah ich, daß noch mehr Leute hereinkamen, die die Nachtluft hervorgezaubert zu haben schien. Die Gäste vervielfachten sich und füllten jede Lücke aus. Über mir standen riesige Kerle, deren Haar mir in Büscheln ins Gesicht fiel. Ihre Vervielfachung jagte mir Angst ein. Die zahnlose Frau verdoppelte sich. Die Zwerge wurden vier. Die beiden Männer mit dunklen Brillen und weißem Haar wurden drei. Der Mann mit dem hervorquellenden Auge bekam einen Doppelgänger, und der Doppelgänger hatte ein hervorquellendes Auge auf der anderen Seite des Gesichts. Ich wurde ruhiger. Ich hatte keine Waffe gegen diese Vervielfachung. Der Lärm ließ nach. Alles bebte. Langsam, wie unter Wasser, bewegte ich mich auf das Ende einer Bank zu. Ich setzte mich. Die Leute, die mich umgaben, warfen mir noch hin und wieder einen Blick zu, als wollten sie sich insgeheim versichern, daß ich noch in der Bar war. Ich spürte, daß alle mich beobachteten, selbst wenn sie mich nicht ansahen. Ich war sicher, daß sie alle verborgene, unsichtbare Augen an den Schläfen und am Hinterkopf hatten. Und erst, als ich zu einem der Männer aufblickte, der so groß war, daß er mit dem Kopf fast die von Spinnweben überzogenen Dachsparren berührte, wußte ich, was nackte Angst war.

Der Mann hatte einen breiten Mund, große Nasenflügel, die sich unnatürlich weiteten, wenn er atmete, und zwei unverhältnismäßig große Ohren. Und zu meinem Entsetzen hatte er keine Augen. Ich schrie auf und trat dem Mann gegen das Schienbein, und er beugte sich zu mir herab und riß den Mund auf, als wollte er mich verschlingen. Dann hielt er inne, wie in Betrachtung versunken. Und ich saß da und starrte in seinen gräßlichen Mund, der sehr dunkel und häßlich war. Hinten im Mund saß eine einzelne glänzende Scheibe, wie ein abgeflachter Mondstein, und mir graute, als ich sah, daß die Scheibe blinzelte. Dann wurde mir klar, daß ich in ein Auge starrte. Vor Schreck zuckte ich zurück, und das Auge wuchs auf mich zu und bewegte sich dann im Kreis wie eine helle Murmel, die in der Kehle des Mannes steckte. Ich spuckte das Auge an und versuchte mit wütenden Fußtritten zu entkommen. Der Mann gab einen krächzenden Laut von sich, beugte sich erneut mit offenem Mund herab, um mich zu suchen, doch ich hatte bereits das andere Ende des Raums erreicht.

Einen Augenblick lang war ich erleichtert; doch als ich die Leute um mich herum sah, versuchte ich wieder zu fliehen. Unter ihnen waren große Frauen ohne Augen. Und neben mir saßen die drei Männer mit dunklen Brillen. Sie drehten alle drei den Kopf in meine Richtung. Einer von ihnen nahm die Brille ab, doch statt leerer weißer Augen, wie ich erwartet hatte, besaß er normale.

»Was ist mit dir los?« fragte er.

»Nichts.«

»Warum hast du diesem Mann in den Mund gespuckt?«

»Der Junge ist verrückt«, sagte ein anderer.
»Etwas aus dem Gleichgewicht«, sagte der erste.
»Betrunken«, sagte der zweite.
»Haltet ihn fest«, sagte der dritte.
»Ja, schnapp ihn dir, bevor er uns anspuckt.«
Ich schlich mich fort, ohne sie aus den Augen zu lassen. Unter meinen Blicken begannen sie sich zu verwandeln und brachen aus ihrer Form hervor. Ihr Rücken schien auf einmal bucklig zu sein. Ihre Augen glühten durch die Brillengläser, und ihre Zähne glichen Fängen. Vorsichtig schlich ich mich fort, suchte mir eine andere Ecke und starrte alle aufmerksam an. Die Verwandlung der Gäste ging weiter, sie wurden zu etwas anderem. Durch ihre Haut, die vorübergehend durchsichtig wurde, brach das hervor, was sie darunter waren. Nach einer Weile glaubte ich, meine Augen spielten mir einen bösen Streich oder das Fieber habe mich wieder auf seltsame Weise überkommen, und ich schloß die Augen. Als ich sie wieder öffnete, war die große Frau ohne Augen verschwunden. Ich rannte aus der Bar und lief über einen Umweg zum Hinterhof.
Madame Koto saß auf einem Hocker und hielt sich den Kopf. Ab und zu stöhnte sie, und es klang, als übergäbe sie sich. Sie trug ihre weißen Perlen nicht. Sie sah auf dem Hocker wie ein zusammengedrücktes Nashorn aus. Ich tippte sie an, und sie schreckte hoch.
»Ach, du bist es!« sagte sie.
Ihr Gesicht war eingefallen. Sie sah ziemlich krank aus.
»Was ist mit dir los?«
Sie warf mir einen bitteren Blick zu, machte eine verzweifelte Geste des Erbrechens, hielt sich den Bauch und sagte: »Das kommt von der Milch.«
»Hast du welche getrunken?«
»Natürlich«, bellte sie.
»Wir nicht.«
Sie sagte nichts. Ein erneuter vergeblicher Brechreizanfall schüttelte sie. Sie sah furchtbar aus.
»Was ist mit den Leuten in der Bar?«

»Was soll mit ihnen sein?«
»Das sind die Leute, dich mich fortgeschleppt haben.«
»Wann?«
»Als ich zuletzt hier war.«
»Das ist doch Quatsch!«
»Nein, das stimmt.«
»Und wo haben sie dich hingeschleppt?«
»An den Fluß.«
»An welchen Fluß?«
»Das weiß ich nicht. Aber es sind Hexen und Zauberer.«
»Woher weißt du das denn? Bist du auch einer?«
»Sieh dir die Leute doch an.«
»Das sind nur Unruhestifter. Sie haben meine ganze Pfefferschotensuppe aufgegessen. Und mir geht es nicht gut genug, um mit ihnen fertig zu werden.«
»Was soll ich tun?«
»Ich weiß es nicht. Tu was du willst, aber laß mich in Ruhe, sonst kotze ich dich noch an.«
Sie hörte sich durch ihre schlechte Laune so gehässig an, daß ich ihr glaubte. Ich ging zur Bar zurück und blieb an der Tür. Ich lauschte den verworrenen lauten Stimmen, beobachtete die Leute, wie sie lachten und auf die Tische schlugen, und dann machte ich plötzlich eine Entdeckung. Zum erstenmal wurde mir klar, daß viele der Gäste keine menschlichen Wesen waren. Ihre Verunstaltungen waren zu auffallend, und ihre Blindheit, ihre fehlenden Augen, ihre Buckel oder ihre zahnlosen Münder schienen ihnen nichts auszumachen. Ihr Ausdruck und ihre Bewegungen standen nicht in Einklang mit ihrem Körper. Sie schienen eine wirre Zusammenstellung aus verschiedenen menschlichen Körperteilen zu sein. Ich hatte das Gefühl, daß sie Geister waren, die sich ein paar Kleinigkeiten von menschlichen Wesen geliehen hatten, um an der menschlichen Wirklichkeit teilzuhaben. Man sagt, Geister täten das manchmal. Sie tun es, weil sie es leid sind, bloß Geister zu sein. Sie wollen menschliche Dinge erfahren, Schmerz, Trunkenheit, Gelächter und Sex. Manchmal tun sie es, um Unheil zu stiften, und manchmal, um

Erwachsene zu verführen oder Kinder in ihr Reich zu locken. Von dem Augenblick an, in dem ich erkannte, daß sie Geister waren, die Palmwein tranken, ohne betrunken zu werden, und den natürlichen Bau des menschlichen Körpers durcheinanderbrachten, bekam alles Sinn. Und plötzlich war ich sicher, daß Madame Kotos Fetisch sie irgendwie angelockt hatte. Diese Ansicht wurde dadurch noch bestätigt, daß sie sich unter dem Fetisch besonders dicht zu drängen schienen. Ich wußte, was ich zu tun hatte. Ich ging nach draußen und sagte zu Madame Koto:
»Deine Bar ist voller Geister.«
»LASS MICH IN RUHE!« schrie sie.
Ich ließ sie allein und ging wieder nach vorn und suchte nach einem Zweig mit einem gegabelten Ende. Ich ging Wege entlang, die immer breiter wurden, und fand Stöcke, doch sie waren entweder zu kurz oder zu dünn. Ich gelangte an den Waldrand und hörte, wie Bäume ächzend auf ihre Nachbarn stürzten. Ich lauschte Bäumen, die tief im Wald gefällt wurden, und hörte den regelmäßigen Rhythmus von Äxten, die auf hartes, lebendiges Holz einschlugen. Die Stille verstärkte den Rhythmus. Ich fand einen Zweig, der genau richtig zu sein schien. Ich brach die langen Enden der Gabel ab und verletzte mich an den Splittern, daß ich blutete. Mit dem Stock kehrte ich zur Bar zurück. Madame Koto saß immer noch im Hinterhof auf dem Hocker und sah aus wie ein Nashorn, dem man das Horn abgeschnitten hat. Sie hielt sich den Kopf und wimmerte leise. Ich ging durch die Vordertür in die Bar. Die verkleideten Geister waren jetzt völlig ausgelassen. Sie feierten eine richtige Orgie, sprangen auf und ab, tanzten zu nicht erklingenden Melodien, kämpften und sangen in schrillen Sprachen unbekannte Lieder. Der Mann mit dem hervorquellenden Auge spielte mit dem anderen Auge, das herausnehmbar war. Ein Mann, der seinen Arm aus dem Gelenk genommen hatte, schlug der zahnlosen Frau damit auf den Kopf. Die Geister waren trunken von ihrem geborgten Menschsein und vergnügten sich in groteskem Übermut.
Ich kletterte auf eine Bank und spießte mit dem Stock den Fetisch auf. Ich hatte ihn vom Nagel gehoben und holte ihn gerade

herunter, da sah mich einer der Geister vom anderen Ende der Bar und stieß einen schrillen Schrei aus. Ich sprang hastig von der Bank. Der Fetisch fiel vom Stock. In der Bar wurde es entsetzlich still. Und dann zeigte der verkleidete Geist, der geschrien hatte, mit dem Finger auf mich und rief mit gebieterischer Stimme: »Schnappt den Jungen!«

Ich hob den Fetisch rasch vom Boden auf, spürte, wie seine Kraft mir die Handfläche verbrannte, kämpfte mich wie verrückt an den geborgten Beinen der Geister vorbei und gelangte ins Freie. Dann stolperte ich und fiel vor der Bar hin. Einen Augenblick lang konnte ich den Fetisch nicht wiederfinden. Ich suchte fieberhaft den Boden ab, während die aufgeregte Menge nach draußen strömte. Schließlich fand ich den Fetisch unter den Büschen, wo er wie ein Krebs hingekrabbelt zu sein schien. Ich packte ihn gerade, als Madame Koto auf den Tumult reagierte. Sie sah mich und rief: »Azaro, bist du verrückt geworden? Bring sofort das Ding zurück!«

Milchpulvergeschädigt stürzte sie schwerfällig hinter mir her. Sie war nicht die einzige. Die Geister waren ebenfalls hinter mir her, und einer von ihnen schwenkte seinen abgenommenen Arm durch die Luft wie eine krumme Keule. Ich floh über die Pfade. Die schweren Schritte meiner Verfolger dröhnten hinter mir, und sie riefen meinen Namen: »Azaro! Azaro!«

Mein Name hallte durchs ganze Viertel. Die Geister riefen ihn in einem so schrecklichen Ton, daß sich das Licht veränderte und gelbe Wolken neben mir auftauchten. Ich schien in ein anderes Reich eingedrungen zu sein. Sie schrien meinen Namen wie Tiere, die sprechen gelernt haben, jeder mit einer anderen Stimme. Ich rannte hinter Hütten her, versteckte mich hinter Sandhaufen, doch sie rochen, wo ich war. Die Hunde bellten meinen Namen, seltsam aussehende Ziegen versperrten mir den Weg, und Hühner flogen in den Büschen vor mir auf. Von den Bäumen hallten die Vokale meines Namens wider, und ich spürte, daß sich alles mit den Geistern verschworen hatte, um meine Verstecke zu verraten. Nichts schien sicher; weder die Ausschachtungen von Häusern, wo merkwürdige Insekten sich auf mich setzten, noch der runde Brunnen, in dem ich mich verstecken wollte, bis ich das Echo meines Namens aus der Tiefe hörte, noch der Ameisenhügel, hinter dem rote Ameisensoldaten böse zum Kampf gegen mich aufmarschierten. Und so lief ich auf den Wald zu; ich kam an Madame Kotos Opfergabe für die Straße vorbei; der Teller war heil, doch das Essen und die rituellen Gegenstände waren nicht mehr da. Ich legte mich hinter den großen gefällten Baum, wo ich den zweibeinigen Hund gesehen hatte. Doch ich hatte Angst, in das tiefe Loch zu fallen, nicht wieder herauszukommen und der neuen Straße einverleibt zu werden. Also lief ich in den Wald hinein.

Die Geister waren überall. Sie gaben jedem Baum eine Stimme. Ich sah ein verrostetes Buschmesser auf dem Boden und hob es auf. Der Mann mit dem geschwollenen Auge ging auf mich los, und ich zerschmetterte ihm den Arm mit dem Buschmesser, doch er gab keinen Laut von sich, blutete auch nicht. Ich stieß ihm den Fetisch in das kranke Auge, und erblindet von Madame Kotos Kräften ließ er von mir ab. Ich rannte weiter, bis ich mich verlaufen hatte. Ich war mir nicht mehr sicher, warum ich rannte. Ich blieb stehen. Ich ging zwischen den stillen, lauschenden Bäumen hindurch. Ich hörte die Schritte der Geister nicht mehr. Doch aus der Ferne riefen sie noch meinen Namen. Ihre Stimmen waren nur schwach im Wind zu hören.

Es wurde schnell dunkel. Ein heftiger Wind blies zwischen den Bäumen hindurch. Bäume ächzten, Äste knackten, und der Wind in den Blättern klang wie ein ferner Wasserfall. Samenkapseln schossen aus großer Höhe herab, und eine fiel mir mit solcher Wucht auf den Kopf, daß ich zu Boden ging. In der Stille und Dunkelheit, die mich umfing, befand ich mich plötzlich auf dem unsichtbaren Pferd der Nacht. Ich ritt zwischen den Bäumen her. Rings um mich herum waren lautlose Gestalten mit großen Masken. Rings um mich herum waren Ahnenstatuen. Wohin ich auch ritt, sah ich uralte Monolithen mit ernsten Gesichtern und Augen aus Lapislazuliperlen. Die Monolithen waren aus Gold und leuchteten in der Dunkelheit. Eine der Statuen bewegte sich und verwandelte sich in Madame Koto. Mit flat-

ternden goldenen Wickeltüchern kletterte sie auf ein prächtig aufgeputztes Pferd der Nacht und befahl den anderen Statuen und Monolithen, ihr zu folgen. Die Gestalten mit den großen Masken rührten sich. Die Statuen gerieten in Bewegung. Sie kletterten auf ihre Pferde und ritten hinter mir her.
Ich ritt wie besessen und gelangte an eine Stelle, wo sich alle Winde der Welt trafen. Die Winde bliesen das ganze Heer vom Pferd, eine Statue nach der anderen, und alle zerbrachen in goldene Stücke. Nur Madame Koto blieb wie ein unerbittlicher Krieger auf ihrem Pferd sitzen und preschte hinter mir her. Kurz bevor sie mich einholte, begann es zu regnen. Das herabstürzende Wasser löschte sie allmählich aus, zunächst ihren erhobenen Arm mit dem grausamen Schwert. Ihr Arm löste sich zu einer blauen Flüssigkeit auf, die ihr übers Gesicht lief; dann löste sich auch ihr Gesicht langsam auf, als wäre der Regen eine scharfe Säure, die Fleisch und Stahl fraß. Dann fielen ihre Haare ab, und ihr Kopf begann zu schrumpfen; und dann rollte ihr Kopf in einer Kugel aus rotem Wasser herunter, und ihre Schultern schmolzen, schließlich verschwand auch ihr massiger Leib, und zurück blieben nur ihre beiden großen feurigen Augen, die bebend auf der Erde lagen und mich anstarrten. Und dann wieherte das Pferd, hob die Vorderhufe in die Luft, drehte sich um und galoppierte davon, die beiden Augen zertrat es dabei mit den Hinterbeinen. Unter höllischen Geräuschen verschwand dann auch das Pferd in den entfesselten Winden.
Ich wanderte durch den strömenden Regen. Den Fetisch hielt ich noch in der Hand. Ich wanderte durch den umbarmherzigen Regen, bis ich eine Lichtung fand. Ich war erschöpft. Der Fetisch schien schwerer geworden zu sein, und sein bleiernes Gewicht flößte mir Angst ein. Ich warf den Fetisch mitten auf die Lichtung, weit weg von den Bäumen. Dann beschloß ich ihn zu begraben, für den Fall, daß die Geister oder Madame Koto ihn zufällig finden sollten. Mit einem Stock grub ich ein Loch. Das Loch füllte sich mit Wasser. Ich störte mich nicht daran. Ich steckte den Fetisch in das Loch und bedeckte ihn mit feuchter Erde und steckte anschließend Äste und Stöcke rings um das

Loch, um nicht zu vergessen, wo ich den Fetisch begraben hatte. Ich ging zum Waldrand zurück und wartete unter dem vorspringenden Dach einer Hütte, bis der Regen nachließ.
Ich fror. Mir klapperten die Zähne. Die Hand, in der ich den Fetisch gehalten hatte, war blau verfärbt. Die Haut meiner Handfläche löste sich in feuchten Fetzen, als hätte sich der Fetisch in mein Fleisch gefressen. Der Regen ließ nach, es tröpfelte nur noch, und ich ging vorsichtig nach Hause. Hunde heulten in der Dunkelheit. Der Wind blies heftig, hob das Dach eines Hauses hoch und kippte es auf den benachbarten Compound. Die Bewohner jammerten mit den schauerlichen Stimmen der Gerichteten und Verdammten, als hätte Gott ihnen Schutz und Schirm des Lebens genommen und sie der gnadenlosen Unendlichkeit ausgesetzt. Sie schrien zutiefst verzweifelt, wie Adam und Eva, als die für immer aus dem Garten Eden vertrieben wurden. Es war eine traurige Nacht, in der die Kinder weinten und der Regen auf ihre Habe niederprasselte. Ich konnte ihnen in keiner Weise helfen, und so ging ich weiter und horchte, wie der Donner in seiner fernen Heimstätte grollte und der Blitz knisternd seine vielen glühenden Finger nach den hohen Bäumen ausstreckte.
Alles kam mir bedrohlich vor. Das Bellen der Hunde glich dem Zähneknirschen rachsüchtiger Geister. Knackende Äste hörten sich an, als wollten sie mich anspringen. Und selbst Kleider und Wäschestücke, die auf einer Wäscheleine flatterten, erinnerten mich an Madame Koto, die sich von der Welt des Fleisches gelöst und mir als Strafe für den Verlust ihres Fetisches ewige Vernichtung angedroht hatte. Ich machte einen langen, komplizierten Umweg, um nicht vorn an ihrer Bar vorbeigehen zu müssen. Und als ich nach Hause kam, saß Papa auf seinem dreibeinigen Stuhl und rauchte eine Zigarette; die Mückenspirale stand auf dem Tisch; das zerbrochene Fenster war repariert worden; und der leckere Duft von frisch gekochtem Essen erfüllte den Raum. Mama kam mit einem Tablett Essen herein und sagte: »Du kommst gerade rechtzeitig.«
Papa sah mich an und sagte lachend: »Du bist ja ganz durchnäßt.«

Ich nickte zitternd.
»Trockne dich ab«, sagte Mama.
Ich ging auf den Hof, wusch mich schnell und trocknete mich mit Papas Handtuch ab. Ich ging ins Zimmer zurück und setzte mich auf die halbausgebreitete Matte. Ich aß mit Mama und Papa aus denselben Schalen. Das Kerzenlicht beleuchtete unsere Gesichter. Nach dem Essen rollte ich mich auf der Matte zusammen, begrub meine Geheimnisse in meinem Schweigen und schlief, als wäre nichts Ungewöhnliches passiert.

8

Eine Zeitlang ging ich nicht mehr zu Madame Koto. Ich hatte Angst vor ihrem Zorn. Ich hatte Angst vor ihren Gästen. Und deshalb vermied ich es, nach der Schule an ihrer Bar vorbeizugehen. Wenn ich nach Hause kam, war die Tür meistens verschlossen. Dann setzte ich mich draußen vor unser Zimmer und wartete auf Mama, die oft erst spät von ihren Geschäften und vom Markt zurückkam.

Nachmittags war es ziemlich ruhig im Compound. Das Sonnenlicht lag schwer auf allem, dämpfte die Geräusche und machte die Luft einschläfernd. Vor dem Compound dösten Frauen, die ihre Hausarbeit erledigt hatten, auf dem Zementabsatz. Die Milchpulverhaufen, auf die der Regen niederprasselte, verteilten ihr giftiges Weiß in den Abflußrinnen an den immer breiter werdenden Wegen. Hunde, deren Schwänze von Fliegen gepiesackt wurden, schliefen mit einem offenen Auge. Kleine Kinder spielten lustlos im Sand. Größere Kinder zogen, wenn sie aus der Schule zurückkamen, ihre Uniform aus und gingen nach draußen; ihre Gesichter waren bis auf die Schweißspuren dunkel von der Sonne und staubig. Ihre Mütter schickten sie los, um Einkäufe zu machen. Vom Sonnenlicht gelähmt lauschte ich der Musik ferner Radios und dem Aufruf des Muezzin zum Gebet. Auf der anderen Straßenseite hantierte der Fotograf mit seiner Kamera herum und suchte nach interessanten Motiven, ohne sich vom einschläfernden Sonnenlicht stören zu lassen. Manchmal hängte er die Fotos, die er gerade gewässert hatte, in dem Glaskasten neben seinem Atelier auf. Wir gingen oft hinüber, um uns die Hochzeitsfotos von Leuten anzusehen, die wir gar nicht kannten. Er stellte ein paar Fotos von der Feier meiner

Rückkehr aus. Daneben hingen die gespenstischen Fotos von dem Aufruhr, den die Politiker ausgelöst hatten, als sie mit ihrem verdorbenen Milchpulver hergekommen waren. Der Rest des Schaukastens war mit Bildern von drohenden Frauen, Milchpulverbergen und Anwohnern unserer Straße vollgehängt, die vor einem körnigen Hintergrund der Armut das Milchpulver wegschütteten. Der Fotograf war sehr stolz auf seine Aufnahmen, und wenn wir uns zu dicht um den Glaskasten drängten, kam er angerannt, jagte uns weg und sagte: »Faßt den Kasten nicht an, sonst verderbt ihr mir die Fotos!«

Je öfter er uns wegjagte, desto häufiger kamen wir wieder. Der Schaukasten neben dem Atelier war unsere erste öffentliche Kunstgalerie geworden. Jeden Nachmittag, wenn die Schule aus war, gingen wir hin, um zu sehen, was für neue Bilder er ausgestellt hatte, was für neue Beerdigungen, Umzüge, Raufereien zwischen den Schlägern und den Händlerinnen auf dem Markt, was für Neugeborene, die die Welt anquäkten, er im Bild festgehalten hatte. Er war auch unsere erste Lokalzeitung.

Zunächst interessierten sich die Kinder für seine Fotos. Dann blieben die Erwachsenen morgens auf dem Weg zur Arbeit stehen, um zu sehen, was für neue Bilder der eifrige Fotograf ausgestellt hatte. Schließlich blieben sie auch abends auf dem Heimweg stehen. Der Fotograf überraschte uns jedesmal und begann unsere Erwartungen zu übertreffen. Er war bei den Kindern sehr beliebt. Jedesmal wenn wir ihn mit seiner Kamera die Straße entlangkommen sahen, begrüßten wir ihn mit Hurra. Dann lächelte er, tat so, als machte er Aufnahmen von uns und verschwand schließlich in den Geheimkammern seines Ateliers. Nach einer Weile vergaßen wir seinen Namen, und er hieß bei uns nur noch »der Fotograf«.

Nachmittags, nachdem er uns von dem Glaskasten verscheucht hatte, spielte ich oft mit den anderen Kindern. Wir hatten eine ganze Welt für uns. Wir spielten im Labyrinth der Straßen und neuen Wege, im Schatten von Hütten und Häusern, auf Baustellen und in den Wäldern. Wenn ich müde und hungrig wurde, bat ich den Fotografen um etwas zu essen. Manchmal beschwerte er sich über die Störung, doch meistens gab er mir ein Stück Brot und sagte: »Dein Vater hat die Bilder noch nicht bezahlt.«

Ein anderes Mal sagte er mit einem Augenzwinkern und verschwörerischem Ton: »Mach deinem Vater mal etwas Dampf. Ich gebe dir einen Schilling, wenn er die Bilder bezahlt.«

Er setzte mir oft zu und fragte, ob auch ich meinem Vater zugesetzt hätte. Dann drohte er, er würde mir nie wieder etwas zu essen geben oder mit mir sprechen, bis die Bilder bezahlt seien. Als ich ihn eines Tages traf, sah er hungrig und elend aus, und auf meine Frage, was los sei, schnauzte er mich an, packte das Stativ seiner Kamera, rannte hinter mir her und brüllte, daß ihn nie jemand für seine Bilder bezahle. Er war ganz schön wütend an jenem Tag. Vor Hunger und Bitterkeit sah er richtig häßlich aus, und ich ging ihm eine Zeitlang aus dem Weg.

Sein Hunger wurde immer schlimmer. Morgens machte er sich nicht mehr die Mühe, die Fotos im Schaukasten auszuwechseln. Er machte sich nicht mehr die Mühe, uns zu überraschen. Die alten Bilder wurden braun und traurig und rollten sich unter der bleichenden Kraft der Sonne an den Ecken. Nachts hörten wir, wie er tobte und schimpfte, weil keiner ihn bezahlte. Er schrie, daß es Leuten wie uns zu verdanken sei, wenn ehrliche Männer zu Betrügern und Verbrechern würden. Seine Kleider wurden schäbig, und sein Bart war drahtig und braun. Doch selbst der Hunger konnte seinen Eifer nicht bremsen, und nachmittags lief er immer noch auf der Straße auf und ab und machte mit irrem Blick und ewig schlechter Laune Aufnahmen.

Die Kinder drängten sich nicht mehr um den Schaukasten. Wir erfanden neue Spiele und spielten Fußball. Eines Nachmittags schossen wir ungewollt ein Tor und zertrümmerten dabei den Schaukasten des Fotografen. Er kam ein Buschmesser schwingend mit trägen Bewegungen aus dem Atelier, sein Blick war rasend, seine Zunge weiß belegt. Schwach und krank stand er zitternd im Sonnenlicht. Er ging zu dem Schaukasten, sah sich die Zerstörung an, die wir verursacht hatten, und sagte: »Rührt den Kasten nicht an! Ich bringe jeden um, der ihn anrührt!«

Und so blieb der Fußball in dem Schaukasten mit der zertrümmerten Scheibe und den vergilbten Fotos liegen. Die Erwachsenen, die vorbeikamen, schüttelten verwundert den Kopf über diese seltsame neue Form der Fotomontage. Als es regnete, lag der Fußball immer noch in dem Kasten. Wasser lief über die Bilder. Insekten nisteten im Schaukasten, und seltsam geformte Schimmelpilze und Schwämme wuchsen auf den unschuldigen Motiven fotografischer Arbeit, und alle waren traurig, daß der Fotograf das Interesse an seinem Beruf verloren hatte. Er siechte in seinem kleinen Zimmer dahin und zitterte in den Fängen eines ungewöhnlichen Fiebers, und wenn wir ihn sahen, war er immer in ein schmutziges schwarzes Tuch gehüllt.
Ich war so traurig über die Geschichte mit den Bildern, daß ich nun begann, Papa Vorwürfe zu machen, der jedesmal, wenn ich damit ankam, wütend wurde. Dann setzte ich Mama zu, doch je öfter ich ihr etwas sagte, desto sturer wurde sie; und so ließ ich es schließlich sein und vergaß die traurige Geschichte ganz. Und weil ich nachmittags weder zu Madame Kotos Bar gehen noch mir die Bilder in dem zerbrochenen Schaukasten ansehen konnte, juckten mir allmählich die Füße, und ich nahm meine Streifzüge über die Straßen der Welt wieder auf.

Manchmal spielte ich im Wald. Mein Lieblingsplatz war die Lichtung. Nachmittags flößte mir der Wald keine Angst ein, obwohl ich oft seltsame Trommeln und Gesang hörte und Bäume, die ächzten, bevor sie umstürzten. Ich hörte die Äxte und Bohrmaschinen in der Ferne. Und mit jedem Tag wurde der Wald ein wenig lichter. Die Bäume, die ich so gut gekannt hatte, wurden gefällt, und nur die Stümpfe blieben, aus denen Saft oder Harz quoll.
Ich wanderte durch den Wald und sammelte verrostete Vorhängeschlösser, grüne Vogeleier, verlorene Halsbänder und rituelle Puppen. Manchmal sah ich den Männern zu, die Bäume fällten, oder den Firmen, die Straßen bauten. Ich verdiente mir etwas Geld, indem ich für die Arbeiter Botengänge machte, Botengänge zu jungen Mädchen, die auf die Annäherungsversuche der Arbeiter abweisend reagierten, und zu verheirateten Frauen,

deren Antworten sehr geheimnisvoll und rätselhaft waren, Botengänge, um Essen und Getränke zu holen. Mit den paar Münzen, die sie mir gaben, kaufte ich mir Brot, geröstete Kokosnuß-Chips und Eiswasser. Außerdem sparte ich etwas Geld und bot es dem Fotografen für unsere Bilder an. Doch als er sah, wieviel ich ihm anbot, geriet er in Wut und jagte mich raus, weil er glaubte, ich mache mich über ihn lustig.

Die Tage waren immer sehr lang, es sei denn, ich spielte oder streifte umher. Die Straßen waren lang und gewunden. Es dauerte Stunden, bis ich nicht mehr wußte, wo ich war, und noch länger, bis ich den Weg zurück fand. Ich bekam mehr und mehr Spaß daran, mich zu verirren. Auf meinen Streifzügen ließ ich unser Viertel, das aus einem Wirrwarr von Baracken, Hütten und einstöckigen Häusern bestand, weit hinter mir und folgte den Bussen, die die Arbeiter in die Innenstadt brachten. Am Straßenrand rösteten Frauen Mais. In Palmweinbars und Imbißstuben schlangen Männer faustgroße Klumpen *eba* hinunter und stritten wild gestikulierend über Politik. In einem Friseurladen sah ich, wie sich ein Mann kahl scheren ließ. Neben dem Friseur war eine Wettannahmestelle. Ein Mann kam heraus, der einen blauen Anzug trug und eine hübsche Frau im Arm hielt; ich ging auf ihn zu. Er erkannte mich nicht. Als die beiden ins Auto stiegen, in den heißen Tag hineinlächelten und fortfuhren, hatte ich das Gefühl, eine künftige Inkarnation vom besseren Ich meines Vaters gesehen zu haben, seinen erfolgreichen Doppelgänger.

Ich wanderte weiter, bis ich an den Umschlagplatz kam. Überall herrschte hektisches Treiben. Dort war die Endstation für Lastwagen, Transporter und Busse, Busschaffner gaben in rhythmischem Singsang die Zielorte an, Pendler stiegen ein, Fahrer beschimpften sich gegenseitig, Radfahrer klingelten. Händler riefen ihre Waren aus, Käufer feilschten lautstark, und es gab niemanden, der still gewesen wäre.

Nirgendwo war Stille, und ich ging weiter und sah eine Gruppe von Lastenträgern, die riesige Säcke trugen, als wären sie verdammt oder müßten ewige Sklavenarbeit leisten. Sie wankten unter dem unglaublichen Gewicht von Säcken mit Salz, Zement oder *garri*. Die Lasten zermalmten ihnen fast den Kopf, preßten ihnen den Hals zusammen, und die Adern an ihren Schläfen waren bis zum Zerspringen geschwollen. Ihre Gesichter waren so verzerrt, daß sie kaum noch menschlich aussahen. Ich sah, wie sie sich unter der Last krümmten, sah, wie sie beim Laufen in den Knien einknickten, während ihnen schaumiger Schweiß über den Körper lief. Ihre Hosen waren völlig durchnäßt, und einer der Männer furzte unbeherrscht, als er mit seiner fürchterlichen Last an mir vorbeiwankte.

Danach kam ich zu den Lastwagen, die Säcke mit *garri* aus den fernen Gegenden des Landes gebracht hatten. Die Lastenträger standen mit auf dem Kopf zusammengerollten Tüchern hinter der offenen Ladeklappe der Lastwagen Schlange und warteten darauf, daß sie an die Reihe kamen. Ich sah, wie den Männern die Säcke aufgeladen wurden, sah, wie sie durch das Durcheinander stolperten. Jeder trug seine Last anders. Zwei Männer standen hinten auf der Ladefläche und packten den Trägern die Säcke auf den Kopf. Manche Träger schreckten vor dem Schatten der Säcke zusammen, andere wichen schon zurück, bevor die Säcke nur hochgehoben wurden, und ein paar schienen sich immer den Lasten entgegenzurecken, um deren Gewicht abzuschätzen und den Schmerz schon vor dem schrecklichen Augenblick abzufangen. Doch einer von ihnen war anders. Er war massig, hatte hervorstehende Muskeln, ein abgrundtief häßliches Gesicht und schielte – vermutlich, weil er zu schwer getragen hatte. Er war der Koloß des Umschlagplatzes. Die Männer luden ihm einen Sack auf den Kopf. Er gab einen unergründlichen Laut von sich und fuchtelte mit der Hand.

»Mehr! Mehr!« sagte er.

Sie luden ihm einen zweiten Sack auf den Kopf, so daß sein Hals praktisch verschwand und seine großen Füße in den schlammigen Boden sanken.

»Er ist verrückt!« sagte einer der Träger hinter ihm.

»Er ist betrunken!« sagte ein anderer.

Der Koloß drehte sich mit verzerrtem Mund und entstelltem

Gesicht zu ihnen um und rief mit erstickter Stimme: »Dein Vater ist verrückt! Deine Mutter ist betrunken!«

Dann wandte er sich wieder den beiden Männern auf der Ladefläche zu und gestikulierte erneut. Er fuchtelte so heftig mit der Hand, daß es aussah, als wollte er die beiden Männer angreifen. Sie wichen entsetzt zurück.

»MEHR! MEHR!« schrie er.

»Das ist genug«, sagte einer der beiden.

»Wir sind doch keine Politiker!« sagte der andere.

Die Handbewegungen des Mannes wurden noch erregter.

»Er ist nicht verrückt«, sagte der Träger hinter ihm. »Er ist arm, das ist alles.«

»MEHR! MEHR!« zeterte der Koloß.

»Hör zu! Das ist sogar für dich genug.«

»MEHR! MEHR!« sagte er mit schwindender Stimme.

Die beiden Männer luden ihm noch einen Sack auf den Kopf, und aus seinem Hintern kam ein unglaubliches Geräusch; sein Kopf verschwand völlig; das Geräusch hielt an, war nicht zu bremsen; der Mann torkelte bald hierhin, bald dorthin. Die Träger, die hinter ihm darauf warteten, an die Reihe zu kommen, flohen vor ihm. Taumelnd lief er in alle Richtungen, prallte gegen Stände, stürzte Tische mit frischem Fisch und säuberlich aufgehäuften Apfelsinen um, stolperte über Waren und trampelte in Schüsseln mit Schnecken. Frauen keiften ihn an, zogen an seiner Hose. Er taumelte weiter, kämpfte grunzend und fluchend mit dem Gleichgewicht, rutschte aus, blieb jedoch wie durch ein Wunder auf den Beinen und stieß atemlos die Worte »MEHR! MEHR!« hervor. Als er an mir vorbeikam, bemerkte ich, daß er unter dem Druck der Lasten kaum noch schielte. Seine Muskeln zitterten unbeherrscht, und er stöhnte so schwer und roch gräßlich nach Schweiß und Bedrängnis, daß ich plötzlich in Tränen ausbrach.

Von allen Seiten waren Leute herbeigeströmt. Sie ließen alles stehen und liegen, nur um zu sehen, ob dieser Mann, der eigentlich gar kein Koloß war, mit dem Gewicht fertig wurde. Sie beobachteten das Schauspiel dieses untersetzten, stämmigen Man-

nes, und es war das einzige Mal, daß die Leute still waren. Und als der Mann taumelnd und schwankend dort ankam, wo ihm eigentlich die Lasten abgenommen werden sollten, waren die Ablader nicht da. Er drehte sich um und rief nach ihnen; sie stürzten aus einem *bukka* heraus und kamen zu spät, denn er warf plötzlich die drei riesigen Säcke alle gleichzeitig auf die Erde; ein Sack platzte auf; einen Augenblick lang stand der Mann bewegungslos da, blinzelte, während ihm die Leute ringsum zujubelten und seine Spitznamen sangen; und dann fiel er ganz langsam auf die Säcke und rührte sich nicht mehr, bis man ihn an den Straßenrand schaffte und mit einem Eimer Wasser und einem Becher Palmwein wieder belebte.
Nach einer Weile erhob er sich mit zitternden Knien, ging zu dem Lastwagen zurück und schleppte diesmal nur zwei Säcke. Die Leute beobachteten weiterhin, ob er wohl wieder etwas Außergewöhnliches mit den Säcken anstellte. Doch nachdem er noch einige Male Lasten geschleppt hatte, ging er in ein *bukka* und machte sich über eine große Schale Yamsbrei her, den er in solch großen Happen verschlang, daß ein Bulle daran erstickt wäre. Die Zuschauer, die fortgegangen waren, um sich wieder ihrem geschäftigen Leben zu widmen, sahen nicht, wie er mit der Madame des *bukka* aus dem Stand einen Fandango tanzte und dann ohne zu zahlen wegrannte, dicht gefolgt von der Madame, die eine Bratpfanne schwang.

Der Umschlagplatz war der aufregendste Ort, den ich je gesehen hatte: überall schreiende Leute, Lastwagen mit dröhnenden Motoren, zeternde Männer mit Handkarren, Musik, die aus neuen Plattenläden und Trinkhallen drang, quietschende Autos, Frauen, die hinter Taschendieben herkeiften, und Männer, die sich darum prügelten, die Koffer von Reisenden zu tragen. Auf der anderen Straßenseite schlug eine Frau mit einem Besenstiel auf einen Verrückten ein. Hinter mir hatten Händler einen Dieb gefaßt und machten ihn fertig. Überall sah man Jungen, die mit hungrigen, verschlagenen Augen herumliefen. Vor einer wackeligen Bude saß der alte Fahrradschlosser auf einem

Stuhl, rauchte eine Zigarette und betrachtete das Durcheinander. Ein Bus hatte ein Panne und wurde von mehreren Leuten geschoben. Eine dicke, reich aussehende Frau in teurer Spitze kommandierte eine Schar von Männern herum. Sie sah sehr einflußreich aus, und auf ihrem Gesicht lag ein Ausdruck geballter Verachtung, als sie den Männern befahl, ihr Gepäck aus dem Kofferraum eines Taxis zu holen. Es gab so viel zu sehen, so viel zu hören, ratternde Geräusche und Stimmen, die die Aufmerksamkeit hierhin und dorthin lenkten, und alles geschah in rasender Gleichzeitigkeit, daß es unmöglich war, einfach geradeaus zu gehen. Ich rempelte immer wieder Leute an, trat in Schlaglöcher voller Schlamm, stolperte über matschigen Abfall. Wenn ich gerade etwas beobachtete, vielleicht ein Mädchen, das am Straßenrand einem Baby den Po abwusch, ertönte hinter mir lautes Hupen, das mich zu Tode erschreckte. Oder wenn ich auf die Autos hinter mir aufpaßte, die so nah an mir vorbeikamen, als wollten sie mich mit voller Absicht überfahren, schrie jemand: »Geh aus dem Weg, du Ratte!«

Dann sprang ich zur Seite, und ein Mann, der auf einem Handkarren die ganzen Besitztümer eines bescheidenen Haushalts hinter sich herzog, oder ein Lastenträger, der sich unter dem ungeheuren Gewicht von Yamswurzeln abmühte, stürmte an mir vorbei. Ich war benommen, hungrig und verwirrt. Keiner kümmerte sich viel um den anderen. Auf der einen Straßenseite haute plötzlich ein Mann mit der Blechbüchse ab, in der das Geld eines Händlers war. Auf der anderen feilschte ein Frau mit einem Kunden über den Preis von Brotfrucht, während ihr Kind unter einen parkenden Lastwagen kroch. Ich ging zu dem Lastwagen, um das Kind zu holen, als ich hinter mir einen lauten Schrei hörte. Die Frau hatte gerade entdeckt, daß ihr Kind verschwunden war. Der Schrei war so durchdringend, daß andere Frauen sofort angerannt kamen und sich die Brüste hielten oder mit den Händen in der Luft herumfuchtelten. Der Lastwagenfahrer ließ den Motor an, das Kind schrie auf, die Frau rannte auf mich zu, stieß mich beiseite, und mehrere Frauen krochen unter den Lastwagen, während andere über den Fahrer herfielen und ihn beschimpften, daß er sein häßliches Fahrzeug vor ihren Ständen geparkt hatte. Der Fahrer ließ sich das nicht gefallen und beschimpfte seinerseits die Frauen, und es entwickelten sich so fürchterliche Schimpftiraden, die die Frauen derart in Anspruch nahmen, daß sie darüber das Kind vergaßen, über das sie sich anfangs Sorgen gemacht hatten. Ich war inzwischen unter all dem Schlamm und Schmutz kaum noch zu erkennen und ging weiter, um nach einer Wasserpumpe zu suchen.

Ich konnte keine finden und kam irgendwann an eine Stelle, wo ein Anhänger mit Zementsäcken entladen wurde. Auch dort war eine Schar von Lastenträgern, die Gesichter voller Zementstaub, Zement in den schwitzenden Augenbrauen und im Haar. Ich fragte mich, wie sie es fertigbrachten, sich morgens zu kämmen. Einige der Lastenträger waren Jungen, die kaum größer waren als ich. Ich sah, wie sich die Jungen unter den Zementsäkken krümmten, loswankten, die Säcke abwarfen und zurückkamen, bis der Aufseher eine Pause anordnete; sie gingen dann alle zu einem *bukka*, setzten sich an einen Tisch im Freien, wuschen sich die Hände und aßen mit Heißhunger, während ihnen der Schweiß ins Essen tropfte.

Als sie wieder anfingen zu arbeiten, sah ich unter ihnen einen alten Mann, dessen Sohn und dessen Enkel, die wohl kaum älter als ich waren. Einer der Enkel arbeitete an jenem Tag zum erstenmal als Lastenträger. Er klagte darüber, daß ihm Nacken und Rücken wehtaten, und hörte die ganze Zeit nicht auf zu jammern, doch sein Vater ließ sich nicht erweichen und spornte ihn an und sagte, er müsse lernen, ein Mann zu werden und daß es andere Jungen gäbe, die jünger seien als er, der Stolz der Familie, und dabei zeigte er auf mich. Aus Angst, der Aufseher könnte mich ebenfalls bemerken und sich in den Kopf setzen, mich an die Arbeit zu kriegen und mir das Genick zu brechen, lief ich schnell weg und suchte nach einer Wasserpumpe, bis ich zu einem anderen Lastwagen kam, von dem Männer Salzsäcke abluden. Ich starrte noch auf das seltsame Nummernschild des Lastwagens, als ich auf einmal eine protestierende Stimme hörte, die mir vertraut war.

Ich hörte die Stimme nur kurz und suchte das Gesicht. Und dann sah ich Papa unter den Lastenträgern. Er sah völlig anders aus. Er hatte weißes Haar, und sein von Zement verfärbtes Gesicht wirkte maskenhaft. Er war fast nackt, bis auf eine abscheuliche, zerlumpte kurze Hose, die ich noch nie gesehen hatte. Als ihm zwei Salzsäcke auf den Kopf geladen wurden, rief er »GOTT BEWAHRE MICH!« und schwankte, und der obere Sack fiel wieder auf den Lastwagen zurück. Die beiden Männer, die ihm die Säkke aufluden, beleidigten seine Ahnen und beleidigten damit auch mich. Papa stand blinzelnd da, während ihm der Schweiß und das Salz in die Augen rannen. Die beiden Männer schrien, er habe ihnen schon genug Ärger gemacht, er benehme sich wie eine Frau, und wenn er nicht mal Salzäcke tragen könne, solle er besser wieder zu seiner Frau ins Bett kriechen. Papa wankte immer noch wie ein Boxer im Hagel zu vieler Schläge, als die Auflader ihm zum zweitenmal einen zweiten Sack auf den Kopf wuchteten. Einen Augenblick lang stand Papa vollkommen still. Dann wankte er. Seine Muskeln zuckten ruckartig. Die Säcke waren groß und massig wie Felsblöcke, und aus einem der beiden rieselte Papa Salz auf die Schulter.

»GEH! NUN GEH SCHON!« sagte einer der beiden Auflader.

»ODER WILLST DU ETWA NOCH EINEN SACK?« sagte der andere.

Einen Augenblick lang dachte ich, Papa würde auf die Herausforderung eingehen und vom bloßen Gewicht der Säcke, die wie Steinsäulen auf ihm lasteten, in die Erde gerammt. Ich konnte diesen Gedanken nicht ertragen und schrie mit einer in all diesem Durcheinander dünnen Stimme: »Papa! Nein!«

Mehrere Augenpaare wandten sich mir zu. Papa torkelte nach links und rechts, um herauszufinden, woher der Schrei gekommen war, und als er in meine Richtung blickte, blieb er stehen. Sein Gesicht zuckte und seine Nackenmuskeln zitterten, als habe er einen Krampf. Einer der Auflader sagte: »MANN, NUN GEH SCHON!«

Und während ihm das Salz auf die Schulter rieselte, liefen ihm Tränen über die Wangen, und er sah beschämt aus, als er so dicht an mir vorbeikam, daß er mich fast mit seinen großen, übel zugerichteten Füßen zermalmte. Er schien mich nicht gesehen zu haben und quälte sich voran, bemüht, das Gleichgewicht nicht zu verlieren und die Last mit Würde zu tragen. Er schwankte so bedenklich, daß Frauen und Kinder vor ihm flohen, als sei er ein wild gewordenes Tier. Schweiß lief ihm über den Rücken. Bekümmert über die Schnitte und Wunden auf seinen Armen folgte ich ihm von fern. Als er um eine Ecke bog, stolperte er, fand das Gleichgewicht wieder, wankte, glitt dann auf dem Schlamm und Abfall der Straße aus und fiel hin. Die Salzsäcke rutschten ihm langsam vom Kopf, und ich schloß schreiend die Augen und dachte, die Säcke würden ihn zerquetschen. Doch als ich die Augen wieder aufmachte, sah ich die Säcke im Schlamm. Einer von ihnen war in die Gosse gerutscht. Papa blieb bewegungslos auf dem schlammigen Boden liegen, als sei er tot, während ihm das Blut vom Rücken tropfte und sich mit dem Abfall auf der Erde vermischte. Und dann kam der Aufseher schreiend auf ihn zugerannt; und ein Mann, der einen Karren schob, ging knurrend an ihm vorbei; und plötzlich stand Papa auf, rutschte und glitt durch den Schlamm, verlor den Halt, richtete sich wieder auf und rannte erst in die eine und dann in die andere Richtung, bevor er über die Straße raste. Ein Lastwagen überfuhr ihn fast, doch Papa rannte weiter, und ich sah, wie er ins Labyrinth der Verkaufsstände floh und dabei mit dem Kopf den vorspringenden Budendächern auswich, bis er, gefolgt von Leuten, die ihn für einen Dieb hielten, im Wirrwarr des Marktes verschwand. Ich blieb nicht länger und suchte auch keine Wasserpumpe mehr. Abwechselnd rennend und gehend, kehrte ich nach Hause zurück. Und ich war unglücklich. Meine Streifzüge hatten mich schließlich verraten, denn zum erstenmal in meinem Leben hatte ich eine der geheimen Ursachen für das Elend meines Vaters gesehen.

9

Als ich nach Hause kam, setzte ich mich draußen hin und spielte mit keinem der Kinder. Ich fühlte mich elend und merkte nicht, daß der Tag dem Abend gewichen war. Mücken und Leuchtkäfer tauchten auf. In den Räumen wurden Lampen angezündet. Die Männer des Compounds redeten über Politik, über die Partei der Armen. Auch die Leute von dieser Partei waren mit Megaphonen und Broschüren gekommen, hatten eine Menge Versprechungen gemacht und eine beachtliche Zahl von Anhängern gewonnen, weil sie sagten, sie würden niemals das Volk vergiften.

Es war dunkel, als Mama heimkam. Sie sah abgehärmt und von der Sonne schwarz gebrannt aus. Sie schlurfte ins Zimmer, stellte ihre Schüssel mit Waren ab, ließ sich aufs Bett fallen, blieb regungslos liegen und schlief sofort ein. Ich machte das Essen warm und fegte den Raum aus. Als sie aufwachte, sah sie besser aus. Sie setzte sich hin und aß. Anschließend legte sie sich aufs Bett, und ich setzte mich auf Papas Stuhl und behielt die Tür im Auge. Mama schwieg. Ich erzählte ihr, daß ich Papa gesehen hatte; sie regte sich wieder darüber auf, daß ich von neuem herumstreifte, doch sie gab aus Müdigkeit bald auf. Sie lag da und jammerte das uralte, monotone Lied, wie schwer das Leben sei, und ich hörte aufmerksam zu, denn allmählich verstand ich ein wenig von dem, was sie meinte. Wir blieben, ohne auch nur ein Wort zu sagen, lange auf und warteten darauf, daß Papa nach Hause kam.

»Was hat dein Vater gesagt, als du ihn sahst?« fragte sie schließlich.

»Nichts.«

»Das ist doch nicht möglich.«
»Er hat aber nichts gesagt.«
»Dann hast du ihn nicht gesehen.«
»Doch.«
»Und wo?«
»Auf dem Umschlagplatz.«
Wir warteten weiter. Auch wenn wir machmal einnickten, blieben wir dennoch auf, bis die Morgendämmerung den Himmel aufhellte. Mama wurde sehr aufgeregt.
»Ihm ist doch nichts passiert?« fragte sie mich.
»Ich weiß es nicht«, sagte ich.
Sie begann zu weinen.
»Bist du sicher, daß du ihn gesehen hast?«
»Ja.«
»Ging es ihm gut? Hat er mit dir gesprochen? Was hat er gesagt? Ich bete, daß ihm nichts passiert ist. Was soll ich nur machen, wenn ihm etwas zugestoßen ist? Wovon soll ich leben? Wer kümmert sich dann um dich?«
So ging es immer weiter, sie redete, stellte Fragen, murmelte, brach in Schluchzen aus, bis ich auf dem Stuhl einschlief. Als die Hähne das Ei der Morgendämmerung mit ihrem Geschrei zerbrachen, stand Mama auf, wusch sich das Gesicht und machte sich fertig, um auf den Polizeirevieren und in den Krankenhäusern der Welt nach Papa zu suchen. Sie hatte mir gerade etwas zu essen hingestellt, als Papa in der Tür erschien. Er sah schrecklich aus, sah aus wie ein verängstigtes Gespenst, ein verzweifelter Geist. Er hatte rote Augen, ein weißes, verzerrtes Gesicht, die Brauen voller Zement und Yamswurzelpulver und einen zerzausten Bart. Er sah ungewaschen aus, und ich wußte sofort, daß er die ganze Nacht durch die Straßen geirrt war. Er wich meinem Blick aus, und Mama rannte auf ihn zu und schlang ihm die Arme um den Hals. Er schreckte zurück, und Mama sagte: »Wo warst du nur? Wir haben uns solche Sorgen gemacht...«
»Stell mir keine Fragen«, knurrte Papa und stieß Mama zurück.
Er setzte sich aufs Bett und beschmutzte es mit getrocknetem

Schlamm. Seine Augenlider zuckten nervös. Mama umsorgte ihn übertrieben und versuchte seinen Wünschen zuvorzukommen. Sie lief hinaus, um etwas zu essen zu machen. Er rührte das Essen nicht an. Sie setzte Wasser für sein Bad auf. Er bewegte sich nicht. Sie streichelte ihn zärtlich, aber Papa brüllte los: »Stör mich nicht, Frau! Belästige mich nicht!«

»Ich will dich doch nicht ...«

»Laß mich in Ruhe! Kann ein Mann nicht mal tun, was er will, ohne von einer Frau belästigt zu werden? Ich habe das Recht zu tun, was ich will! Was macht es schon, wenn ich die letzte Nacht nicht da war! Glaubst du vielleicht, ich hätte nichts getan? Ich habe nachgedacht, hörst du, nachgedacht! Also belästige mich nicht, als wenn ich mit einer anderen Frau zusammen gewesen wäre ...«

»Ich habe doch nicht gesagt, daß du mit einer ...«

Genau in diesem Augenblick sprang Papa bebend vor Zorn auf, zerschlug die Teller, stieß den Tisch zur Seite, packte die Bettücher und schleuderte sie durch den Raum. Sie landeten auf mir, bedeckten mein Gesicht. Ich blieb mit den Bettüchern über dem Kopf sitzen, während Papa tobte. Mama schrie auf und unterdrückte den Schrei dann. Ich hörte, wie Papa sie schlug. Als ich hinsah, ohrfeigte Papa sie, trat gegen den Tisch, schüttelte Mama und schubste sie roh hin und her. Erst fuchelte sie mit den Armen, aber dann ließ sie seine Wut über sich ergehen, und ich sprang auf und stürzte mich auf ihn, doch Papa schob mich zur Seite, und ich fiel auf seine Stiefel und tat mir am Hintern weh, ich blieb regungslos liegen. Aber ganz plötzlich hörte Papa auf, Mama zu schlagen. Er hielt mitten in einer ausholenden Bewegung inne, und der Schlag verwandelte sich in eine Liebkosung. Papa drückte Mama an sich, während sie zitternd schluchzte. Er zitterte ebenfalls, brachte sie zum Bett und hielt sie in den Armen, und eine ganze Weile lang verharrten sie in einer unbeholfenen Umarmung und rührten sich nicht. Draußen hörte ich die Hähne krähen. Die Leute aus dem Compound machten sich fertig, um zur Arbeit zu gehen. Kinder weinten. Die Prophetin der neuen Kirchen sang ein Lied, um die Welt zur Buße zu bewegen. Der Muezzin durchbrach mit Aufrufen zum Gebet die Morgendämmerung. Papa sagte immer wieder: »Vergib mir, Frau, vergib mir.«

Und Mama sagte schluchzend und zitternd ebenfalls immer wieder, als wäre es eine Litanei: »Mein Mann, ich habe mir doch nur Sorgen gemacht, vergib mir ...«

Ich stand auf, schlich aus dem Zimmer und ging vors Haus. Ich schlief auf dem Zementabsatz, bis Mama kam und mich weckte. Als ich wieder ins Zimmer kam, lag Papa mit offenem Mund im Bett und schlief, seine Nasenflügel hoben und senkten sich, und auf seiner faltigen Stirn lag ein Ausdruck der Qual.

Ich legte mich auf die Matte und ging an jenem Tag nicht zur Schule. Mama blieb bis zum Nachmittag mit Papa im Bett, und dann ging sie zum Markt. Als ich aufwachte, schlief Papa immer noch. Er schlief immer noch mit vom Leiden gezeichnetem Gesicht.

An jenem Abend kam der Lastwagen der schlechten Politik wieder. Die Frauen, die Kinder und die arbeitslosen Männer des Viertels gingen auf und ab, als warteten sie darauf, daß etwas Schreckliches passierte. Die Straße wimmelte vor Menschen. Ich ging auf die andere Seite zum Atelier des Fotografen und sah den Lastwagen der Politiker, die uns vergiftet hatten. Sie plärrten leidenschaftliche Reden durch ihr Megaphon. Schweigend hörten wir den Politikern der schlechten Milch zu. Wir hörten, wie sie die andere Partei für die Milch verantwortlich machten. Wir hörten, wie sie mit grimmiger Überzeugung behaupteten, die Gegner von der Partei der Armen hätten das Ganze inszeniert und sich für die Partei der Reichen ausgegeben.

»DIE SIND FÜR DAS MILCHPULVER VERANTWORTLICH, NICHT WIR. SIE WOLLEN UNS IN VERRUF BRINGEN«, brüllte es aus dem Lautsprecher.

Wir fanden ihre Behauptung ausgesprochen seltsam, denn hinten auf dem Lastwagen waren genau dieselben Leute wie beim erstenmal. Wir erkannten sie alle. Diesmal hatten sie Säcke mit *garri* mitgebracht und doppelt so viele Schläger. Zwischen den

garri-Säcken lagen Peitschen und Knüppel, als hätte man sich sowohl für milde Gaben wie für den Krieg gerüstet.
»Wir sind eure Freunde. Wir bringen euch Strom und schlechte Strassen, doch keine gute Milch, ich meine gute Strassen und keine schlechte Milch«, behaupteten die Politiker mit Nachdruck.
Leute drängten sich um das Fahrzeug. Der Fotograf sauste mit seiner Kamera herum. Er machte keine Bilder, aber er schien wieder ganz aus seinem Hunger und seinem Fieber erwacht zu sein. Die Schläger boten Becher mit *garri* an, aber niemand kam, um sie entgegenzunehmen. Die Leute standen schweigend um den Lastwagen herum, als hätten sie sich verabredet. Etwas Unheilvolles lag in ihrem Schweigen.
»Vertraut uns! Vertraut unserm Kandidaten! Vertraut unserm Garri! Bei unserer Partei sollen alle am nationalen Garri teilhaben und ...«
»Lügen!« rief jemand aus der Menge.
»Diebe!« sagte ein anderer.
»Giftmischer!«
»Mörder!«
Die vier Stimmen sprengten den Bann des Lautsprechers. Der Politiker, der zu einer Litanei von Versprechungen angesetzt hatte, verlor die Beherrschung und stotterte. Der Lautsprecher gab ein schrilles Kratzen von sich. Immer mehr Leute umringten das Fahrzeug. Frauen mit hungrigen, gereizten Gesichtern, Männer mit drohenden Brauen. Sie schwiegen wieder und folgten wortlos dem Lastwagen, der langsam weiterfuhr. Die Schläger sprangen von der Ladefläche des Fahrzeugs. Einer von ihnen fragte: »Wer hat uns Diebe genannt?«
Niemand antwortete. Der Blick des Schlägers fiel auf den Fotografen, den sein Fotoapparat verdächtig machte. Als der Schläger auf den Fotografen zuging, schrie der Politiker über den Lautsprecher: »Wir sind eure Freunde!«
Dann wiederholte er diese Worte und andere Aufrufe in seiner eigenen Sprache, um so an den Lokalpatriotismus zu appellieren. Im gleichen Augenblick versetzte der Schläger dem Foto-

grafen einen Fausthieb, daß dessen Nase zu bluten begann. Niemand rührte sich. Der Schläger erhob erneut seine große Faust, und der Fotograf tauchte schreiend in der Menge unter. Die Männer boten weiterhin Becher mit *garri* an, und der Politiker schrie weiter seine Behauptungen, und plötzlich zertrümmerte ein Stein die Scheibe des Lastwagens und öffnete die Schleusen der angestauten Wut der Leute. Mehrere Hände klammerten sich an den Lastwagen; jemand schlug dem Politiker auf den Kopf, so daß der Mann gellend durch den Lautsprecher schrie. Der Fahrer setzte das Fahrzeug in Gang; es schoß nach vorn und fuhr eine Frau an. Der Fotograf hielt die Szene fest. Die Frau heulte auf, und die Männer schleuderten Steine, die die Seitenfenster und die Windschutzscheibe zertrümmerten. Die Menge drängte sich vor den Lastwagen und hinderte ihn daran weiterzufahren. Die Schläger sprangen vom Wagen und peitschten auf die Leute ein, der Fotograf knipste wie besessen, und die Leute warfen weiter Steine gegen die Seitenfenster, bis diese völlig zertrümmert waren, und dann warfen sie mit Steinen nach den Männern, die *garri* anboten. Die Männer schrien auf, Blut rann ihnen über das Gesicht; der Politiker rief zur Ruhe auf; jemand in der Menge schrie: »Steinigt sie!«

Ein anderer sagte: »STECKT DAS FAHRZEUG AN!«

Die Schläger peitschten weiter auf die Leute ein, bis eine Gruppe von grimmigen Männern über sie herfiel. Als die Schläger wieder auftauchten, waren sie fast nackt. Die Frauen schlugen jetzt wie besessen mit Holzscheiten und Brettern auf ihre Köpfe ein. Und eine kleine Frau, deren drei Kinder immer noch heftig an der Vergiftung litten, kam aus ihrem Haus gerannt und rief: »Ich begieße sie jetzt mit kochendem Wasser! MACHT PLATZ DA!«

Die Leute machten ihr Platz, und sie leerte die Schüssel kochendheißes Wasser über den Köpfen der Schläger aus, die sich auf der Ladefläche des Lastwagens verkrochen hatten; sie schrien auf, fuhren in alle Richtungen hoch, stolperten über die *garri*-Säcke, fielen über wütende Leute, und als sie auf den Boden sprangen, schlug die Menge mit Peitschen und Stöcken auf sie ein und rannte hinter ihnen her und warf mit Steinen nach ihnen, als sie flohen. Flehend rannten die Schläger weg, doch niemand hörte auf sie; Steine hagelten auf sie ein, bis die Männer am ganzen Körper bluteten. Sie flohen in die Schlammzonen und Sümpfe und wurden von einer Gruppe von Leuten verfolgt. Die Schläger wateten hüfttief durch Sumpf und Brackwasser und verschwanden im Urwald; mit dieser Nachricht kamen die Verfolger zurück, deren Zorn sich nicht gelegt hatte.

Nur der Fahrer war im Lastwagen geblieben. Die Gewalt hatte die Leute so aufgeputscht, daß wir uns nun daran machten, das Fahrzeug zu bestrafen, mit Fußtritten die Karosserie zu verbeulen und mit Holzscheiten und Eisenstangen auf das Blech und die Aluminiumteile einzuschlagen. Aber das Fahrzeug schrie nicht, und singend und fluchend scharten wir uns zusammen, hoben es mit vereinten Kräften hoch und kippten es um. Mit der vorsichtigen Behendigkeit einer Küchenschabe kletterte der Fahrer aus dem Wagen und schaffte es als einziger, ohne Prügel davonzukommen, denn sobald er draußen war, floh er die Straße hinab zu Madame Kotos Bar, wo er sicheres Asyl bekam.

Der Lastwagen blieb umgestürzt liegen. Die ganze Nacht lang ließen immer wieder Leute ihre ohnmächtige Rache an dem Fahrzeug aus. Sie hörten auch dann nicht auf, als wir erfuhren, daß eine ganze Lastwagenladung Polizisten, mit Gewehren und Knüppeln bewaffnet, auf dem Weg zu uns war. Beim Eintreffen der Polizisten hatte die ohnmächtige Wut der Leute fast den Siedepunkt erreicht; brennende Fackeln waren in den Benzintank gesteckt worden, und die Nacht explodierte gerade in gelbem, gleißendhellem Feuer, als die Polizisten mit lauten Pfiffen und bellenden Befehlen von ihren Lastwagen sprangen. Sie standen da und sahen hilflos zu, wie der Lastwagen donnernd in Flammen aufging. Sie befragten ein paar Leute, doch jeder war gerade erst angekommen, gerade aus dem Schlaf gerissen worden, niemand hatte etwas gesehen oder gehört, und die Polizei nahm fünf Verdächtige fest. Sie konnte nichts gegen den brennenden Lastwagen unternehmen, der schließlich mit einer ohrenbetäubenden Explosion in die Luft flog. Die ganze Nacht lang schwelte das Fahrzeug weiter, und die Feuerwehr kam nicht, um die Flammen zu löschen. Erst beim Abzug der Polizei sahen wir die Gesichter jener, die festgenommen worden waren. Der Fotograf war darunter. Er hatte es geschafft, seinen Fotoapparat, der als Beweisstück hätte dienen können, loszuwerden. Er sah furchtlos und tapfer aus. Er winkte uns zu, als sie ihn fortzerrten.

Der ausgebrannte Lastwagen blieb lange auf der Straße liegen. Nachts kamen Schatten und schlachteten den Motor aus. Als wir eines Morgens aufwachten, entdeckten wir, daß das Fahrzeug aufgerichtet und ein Stück von der Stelle bewegt worden war, als habe die Nacht versucht, es wegzufahren. Die Kinder des Viertels hatten vorübergehend ein neues Spielzeug. Wir lernten, wie man fuhr, drehten das Steuer hin und her und machten weite Reisen durch endlose Wüsten unserer Einbildung.

Es regnete auf den ausgebrannten Lastwagen, der Lack verblich durch Sonne und Staub, und nach einer Weile waren all die großen abblätternden Buchstaben des Parteinamens unleserlich geworden; nichts von dem, was das Fahrzeug auffällig gemacht oder vor dem Vergessen bewahrt hätte, blieb zurück. Es dauerte nicht lange, da war es von der Straße verschwunden, nicht etwa, weil es sich allmählich in der täglichen Sonnenglut aufgelöst hätte, sondern weil wir es einfach nicht mehr zur Kenntnis nahmen.

Der Fotograf wurde drei Tage nach seiner Festnahme wieder freigelassen. Er sagte, er sei im Gefängnis gefoltert worden. Er redete lauter und war furchtloser als vorher. Das Gefängnis schien ihn verwandelt zu haben, und er lief jetzt mit seltsamer, geheimnisvoller Miene herum, als hätte er sich in der kurzen Zeit seiner Abwesenheit heldenhafte Rollen für sich selbst ausgedacht. Als er ankam, versammelte sich die ganze Straße vor seinem Zimmer, um ihn wie einen Helden zu feiern. Er erzählte uns Geschichten aus seiner Haftzeit und wie er teuflische Foltermethoden überlebt hatte, durch die man Namen von Mittätern, Aufrührern, Umstürzlern der Kolonialregierung und Feinden der Partei aus ihm hatte herausbekommen wollen. Er machte uns schwindlig mit seinen Geschichten. Leute brachten ihm Essen, Palmwein, *ogogoro*, Kolanüsse, Kaolin, und er hätte sich einige Ehefrauen unter den bewundernden weiblichen Gesichtern jenes Abends aussuchen können, wenn er sich nicht bereits ständig in neuen mythischen Rollen gesehen hätte, die solche überstürzten Entscheidungen ausschlossen. Ich lungerte draußen vor dem Atelier des Fotografen herum und hörte zu, wie sich die Erwachsenen in ernstem Ton unterhielten und sich bis tief in die Nacht seiner glorreichen Rückkehr betranken. Selbst Papa ging hin, um ihn respektvoll zu begrüßen.

Am nächsten Morgen erwartete uns eine aufregende Nachricht. Überall unterhielten sich die Leute lebhaft. Überall sah man Leute, die sich bisher damit begnügt hatten, die Neuigkeiten aus dem Land nur als Gerüchte zu hören, und die nun dieselbe Seite der Zeitung studierten, als habe das Zeitungspapier über Nacht eine ganz neue Bedeutung gewonnen. Erst als ich aus der Schule zurückkam, verstand ich die Aufregung. Zum erstenmal in unserm Leben wurden wir direkt in einer Zeitung erwähnt. Wir waren die Helden unseres eigenen Dramas, Helden unseres eigenen Protests. Es gab Aufnahmen von uns, wie Männer, Frauen und Kinder hilflos vor den Milchpulverbergen der Politiker standen. Es gab Aufnahmen von uns, wie wir in Wut gerieten, den Lastwagen angriffen, uns gegen die billigen Methoden der Politiker zur Wehr setzten, die Schläger der Politik demütigten und ihre Lügen verbrannten. Die Aufnahmen des Fotografen waren in der Zeitung groß aufgemacht, und man konnte auf dem groben Zeitungspapier sogar unsere geschundenen, von Armut gezeichneten Gesichter erkennen. Es gab Artikel über das verdorbene Milchpulver und einen Leitartikel über unsere Wut. Wir waren erstaunt, daß etwas, das wir überhaupt nicht geplant hatten, etwas, was sich in solch einem winzigen Winkel des großen Erdballs abgespielt hatte, solche Bedeutung erlangen konnte. Viele von uns verbrachten den ganzen Abend damit, sich in dem wilden Durcheinander von grimmigen Gesichtern zu entdecken.

Mama war deutlich unter den Gesichtern zu erkennen. Zehn Millionen Leute würden ihr Gesicht sehen und sie dennoch nie im Leben treffen. Mama trug eine Schüssel mit verdorbenem Milchpulver; und das gräßliche Zeitungspapier verzerrte ihre Schönheit, sie sah elend und gespenstisch aus. Doch als sie abends vom Markt heimkehrte, strömten die Leute in unser Zimmer und redeten darüber, wie berühmt sie war und wie sie das ausnutzen könne, um ihre Waren zu verkaufen, sie redeten über die Schläger, die fürchterliche Rache geschworen hatten, und über den Hauswirt, der wütend darüber war, daß seine eigenen Mieter bei dem Angriff auf seine geliebte Partei mitgemacht hatten.

Die meisten von uns waren entzückt darüber, sich auf der ersten Seite einer überregionalen Zeitung zu sehen; doch am meisten erstaunte uns, den Fotografen auf einem Extrafoto abgebildet zu sehen und darunter gedruckt seinen Namen. Wir zeigten immer wieder mit dem Finger auf den Namen und gingen rüber in sein Zimmer, um ihm zu gratulieren. Er war an jenem Abend in bester Laune und ging von Haus zu Haus, gefolgt von einer wachsenden Flut erstaunter Sterblicher, die mit vertrauten Worten über nationale Ereignisse sprachen. Er kam in unseren Compound und wurde in jedem Zimmer mit Hurra begrüßt, und er lachte laut und trank fröhlich. Doch trotz seines neuen Ruhms und des Alkohols vergaß er nie, uns daran zu erinnern, daß wir ihm noch Geld für die Fotos schuldeten.

Als Papa von der Arbeit kam und von Mamas Bild in der Zeitung hörte, war er zugleich ein wenig stolz und ein wenig eifersüchtig auf sie. Er sagte, sie sehe aus wie ein ausgehungerter Zauberdoktor. Doch das hielt ihn nicht davon ab, die Seite aus der Zeitung auszuschneiden und sie an die Wand zu heften. Während er eine Zigarette rauchte, blickte er ab und zu auf das Foto und sagte: »Deine Mutter wird berühmt.«

Schließlich kam der Fotograf auch in unser Zimmer, und Papa schickte mich los, um etwas zu trinken zu kaufen. Als ich zurückkam, torkelte der Fotograf ziemlich betrunken durch den

Raum, duckte sich hinter den Stuhl, schoß Bilder mit einem imaginären Fotoapparat und spielte zugleich die Rolle der Schläger und der Politiker, während Mama und Papa sich vor Lachen bogen. Er war sehr betrunken, wackelte auf Papas Stuhl hin und her und sagte: »Ich bin ein internationaler Fotograf.«

Dann erzählte er uns, wie viele Aufträge er bekommen hatte, seit er berühmt geworden war. Leute, die ihm gratuliert hatten, wollten jetzt, daß er sie in ihren Hütten, ihren Baracken, ihren überfüllten Zimmern, ihren schmutzigen Hinterhöfen im Kreis ihrer großen Familien fotografierte, in der Hoffnung, er würde ihre Bilder in der Zeitung veröffentlichen. Der Fotograf war bald völlig betrunken und fiel von Papas Stuhl. Wir setzten ihn wieder aufrecht hin. Dann redete er und nickte wenig später mit offenem Mund ein. Doch plötzlich wachte er wieder auf und fuhr mit erstaunlicher Präzision genau an der Stelle seiner Rede fort, wo er aufgehört hatte.

Er saß unter dem Fenster und lehnte sich mit dem Rücken an die Wand. Mit seinem mageren Gesicht, seinem nervösem Blick, seiner knochigen Stirn, seinen vorstehenden Backenknochen und seinen energischen Bewegungen sah er aus, als gehörte er in dieses Zimmer, als wäre er ein Angehöriger unserer hungrigen, trotzigen Familie.

Einen Augenblick sprach er, im nächsten hörte ich ihn nicht mehr. Sein Mund bewegte sich, doch seine Worte waren lautlos. Die Kerze flackerte auf dem Tisch. Ich war über dieses Phänomen verwirrt.

»Mach dem internationalen Fotografen etwas zu essen«, sagte Papa mit großer Herzlichkeit.

Ich ging mit Mama auf den Hinterhof. Wir kochten *eba* und ein Ragout für alle. Als wir ins Zimmer zurückkamen, lag der Fotograf in tiefem Schlaf auf dem Boden. Wir weckten ihn, und er setzte eine Unterhaltung fort, deren Beginn uns entgangen war. Er aß mit uns, lehnte weitere Getränke ab, dankte und betete für uns, wankte zur Tür und machte eine Bemerkung, die uns rührte.

»Ihr seid meine Lieblingsfamilie in diesem Compound«, sagte er.

Dann stolperte er in die Nacht hinaus. Papa und ich brachten ihn bis vor seine Tür. Papa schüttelte ihm die Hand, dann gingen wir zurück. Papa sagte nichts, aber er sah stolz und groß aus und beugte sich nicht unter der Erinnerung all der Lasten. Als wir an dem ausgebrannten Lastwagen vorbeikamen, blieb Papa stehen und musterte dessen Form in der Dunkelheit. Dann strich er mir über den Kopf, schob mich weiter und sagte: »Der Ärger fängt immer erst nach dem Fest an. In unserm Viertel gibt es bald Ärger.«

10

Als ich am nächsten Tag aus der Schule kam, sah ich seltsame Leute vor dem Lastwagen stehen. Unser Hauswirt war unter ihnen. Er fuchtelte wild mit den Armen und zeigte auf alle Häuser der Straße. Die anderen Männer sahen sehr verdächtig aus und trugen dunkle Brillen. Wir beobachteten sie eine Weile. Sie gingen um den Lastwagen herum und sprachen angeregt über das Fahrzeug; sie betasteten es, untersuchten es, sahen sich in der Straße um, dann nickten sie, gingen zu Madame Kotos Bar und warfen ab und zu noch einen prüfenden Blick zurück auf den Lastwagen. Als sie fort waren, kamen ein paar Leute aus unserer Straße, drängten sich um den Lastwagen, untersuchten ihn und stocherten darin herum, als könnten sie dadurch herausfinden, warum die Männer sich so für ihn interessiert hatten.

Am selben Nachmittag tauchten drei Männer in Anzügen vor dem Atelier des Fotografen auf. Er war nicht zu Hause, und so stellten sie sich vor den Glasschaukasten und starrten auf die neuen Bilder, die er ausgestellt hatte. Die Männer starrten sehr interessiert auf die Bilder und erweckten dadurch unsere Neugier. Wir warteten ungeduldig darauf, daß sie weggingen. Doch die drei Männer blieben dort.

Sie waren gleich gekleidet, trugen dunkle Sonnenbrillen und sahen sich immer wieder nervös nach den benachbarten Häusern um. Sie warteten lange und sehr geduldig auf den Fotografen. Sie standen regungslos vor dem Schaukasten, während ihre Schatten mit der Sonne wanderten. Die Mitbewohner des Hauses wurden neugierig und schickten ihre Kinder los, um die Männer zu fragen, ob sie etwas zu trinken oder zu essen kaufen wollten. Das wollten sie nicht; dann gingen zwei Frauen mit

Kindern auf dem Rücken zu ihnen, stellten ihnen eine Reihe von Fragen, wurden ganz aufgeregt und gestikulierten so heftig, daß immer mehr Leute hinzukamen und die drei Männer schließlich verlegen wurden und einen Spaziergang machten. Sie gingen die Straße hinauf, und ich folgte ihnen. Sie gingen zu Madame Kotos Bar und bestellten sich jeder ein Glas Palmwein.

Ich ging zum Haus des Fotografen zurück und setzte mich neben den Schaukasten. Nach einer Weile sah ich den Fotografen kommen, gebeugt unter der Last seines neuen Mythos, seines Fotoapparats und seines Stativs. Ich rannte auf ihn zu und sagte ihm, daß drei Männer auf ihn gewartet hätten.

»Auf mich? Warum?« fragte er und wandte sich in die Richtung um, aus der er gerade gekommen war.

»Ich weiß es nicht, aber deine Mitbewohner haben sie geärgert.«

»Wie sahen sie aus? Waren es Polizisten?«

»Ich weiß nicht. Sie waren groß und trugen Brillen.«

»Dunkle Brillen?«

»Sehr dunkle. Ich konnte ihre Augen nicht erkennen.«

Er beschleunigte den Schritt. Er ging auf die Hauptstraße zu. Ich versuchte, mit ihm Schritt zu halten, und klammerte mich an seine Hand.

»Laß mich in Ruhe.«

»Was hast du vor?« fragte ich.

»Wegrennen.«

»Wohin?«

»Weg von hier.«

»Und was ist mit den Männern?«

»Welchen Männern?«

»Den Männern mit den dunklen Brillen.«

»Laß sie warten. Wenn sie weg sind, komme ich wieder.«

Dann rannte er los und sah sich verstohlen nach allen Seiten um, als hätte er plötzlich gemerkt, daß er von sichtbaren und unsichtbaren Feinden umgeben war. Er rannte im Zickzack die Straße entlang. Er duckte sich und lief unter hervorspringenden Dächern her. Er schlängelte sich zwischen den Häusern mehrerer

Compounds hindurch, bückte sich tief. Sein Stativ hüpfte hinter ihm auf und ab, bis er verschwand.
Ich ging zu unserm Compound zurück, setzte mich draußen hin und beobachtete das Haus des Fotografen. Die drei Männer tauchten nicht wieder auf. Nach einer Weile ging ich hinüber und sah mir die neuen Bilder im Schaukasten an. Darauf waren Schläger zu sehen, die Markfrauen prügelten. Auf anderen Bildern war der Kandidat der Partei des schlechten Milchpulvers aus merkwürdigen Winkeln aufgenommen, so daß sein Gesicht aufgedunsen, seine Augen hervorquellend und sein Mund gierig aussah. Es gab Bilder von Politikern, die bei einer Kundgebung mit Steinen beworfen wurden. Der Fotograf hatte ihre Panik, ihre Feigheit und ihre Demütigung eingefangen. Es gab auch Fotos von hübschen Mädchen, von einem Knabenchor und von einem Zauberpriester, der vor einer erbärmlich aussehenden Kultstätte stand.
Ich sah mir die Bilder lange an. Ich wurde müde, die Sonne brannte mir erbarmungslos durch Haar und Schädel aufs Hirn und verwandelte meine Gedanken in gelbe Hitze. Ich ging zurück und setzte mich vor unsere Tür und wußte nicht, was ich noch tun sollte; schließlich ging ich los, um auf dem Marktplatz nach Mama zu suchen.
In der unerbittlichen gelben Sonne, die alles nackt erscheinen ließ, ging ich unsere Straße herunter, vorbei an unbekleideten Kindern, an alten Männern mit erschöpften Venen, die auf verdorrten Stirnen klopften, und dachte mit Schrecken daran, daß man den harten Dingen dieser Welt nicht entkommen konnte. Überall gab es grausame Wunden, kahle Behausungen, verrostete Blechhütten, Abfall auf den Straßen, zerlumpte Kinder, kleine Mädchen, die nackt im Sand mit verbeulten Blechdosen spielten, kleine Jungen, die unbeschnitten herumsprangen und Maschinengewehrgeräusche nachahmten, und die Luft flirrte von der zerstörerischen Hitze und dem verdunstenden Wasser aus der schmutzigen Gosse. Die Sonne deckte die Wahrheit unseres Lebens auf, und alles war so hart, daß es wie ein Wunder schien, daß wir uns verstanden und für einander oder für überhaupt irgend etwas sorgten.

Ich kam an einem Haus vorbei, in dem eine Frau laut schrie. Leute standen draußen vor ihrem Zimmer. Ich dachte, sie würde von Schlägern verprügelt, aber als ich hinging, erfuhr ich, daß sie niederkam und seit drei Tagen und drei Nächten in den Wehen lag. Ich stellte so viele Fragen, daß die dort versammelten Erwachsenen schließlich merkten, daß ich noch ein Kind war und mich wegjagten. Ich streifte weiter durch die Straßen, ohne darauf zu achten, wohin ich ging, und wußte nur, daß ich Mama sehen wollte. Bei jeder Straßenhändlerin, die ich sah, dachte ich, sie sei es. Es gab so viele, und alle verkauften dieselben Dinge, daß ich mich fragte, wie Mama es fertigbrachte, in dieser Welt unbarmherzigem Staubs und Sonnenlichts überhaupt etwas zu verkaufen.

Ich lief mit brennenden Sohlen, trockener Kehle und schwindligem Kopf, bis ich nach langer Zeit den Markt erreichte. Überall waren Stände mit Waren. Und die Luft war erfüllt von Marktgerüchen: Es roch nach faulem Gemüse, frischem Obst, rohem Fleisch, gebratenem Fleisch, stinkendem Fisch, nach den Federn wilder Vögel und ausgestopfter Papageien, nach vorbeiziehenden Schwaden von geröstetem Mais und frisch gefärbtem Tuch, nach Kuhmist, Saheldüften und geplatzten Pfefferschoten, die in den Augen brannten und in der Nase kitzelten. Aber es gab nicht nur viele Gerüche, sondern ebenso viele Stimmen, laute, durcheinandergehende Stimmen, die in der unglaublichen Vielzahl der Waren nicht zu unterscheiden waren. Frauen mit Tabletts voller dicker, saftiger Tomaten, Schüsseln mit *garri*, Mais oder Melonensamen, Frauen, die billigen Schmuck, Plastikeimer und gefärbtes Tuch verkauften, Männer, die Korallenamulette, Holzkämme, Turteltauben, Streifenwesten, Baumwollhosen und Lederpantoffeln anboten, Frauen, die Mückenspiralen, magische Liebesspiegel, Sturmlampen und Tabakblätter verkauften, Stände mit gemusterten Tüchern befanden sich direkt neben den Tischen der Frischfischverkäufer, überall drängten sich Menschen, schoben sich am Straßenrand entlang und liefen in wildem Durcheinander nach allen Seiten. Ständig lag Streit in der Luft, Zinseinnehmer bedrängten die

Frauen, Männer mit Karren bahnten sich schreiend einen Weg, Malams mit Ziegen an der Leine beteten auf weißen Matten, neigten sich unter der Sonne auf die Erde und ließen die Perlenschnur durch die Finger gleiten. Der Boden war glitschig von Schlamm und faulender Nahrung, und die Kinder rannten meist nackt herum. Die Frauen trugen verblichene Wickeltücher und schmutzige Blusen; ihre Gesichter sahen ebenso leidend aus wie Mama, und ihre Stimmen klangen abwechselnd freundlich und barsch – freundlich, wenn sie Kunden anlockten, barsch, wenn sie feilschten. Ich ging über den Markt und war völlig verwirrt darüber, daß so manche Stimme, so manches Gesicht, Mama gehört haben könnte, und ich sah, daß Müdigkeit und Aufopferung nicht nur für sie typisch waren; alle Frauen waren dem ausgesetzt, alle Frauen des Marktplatzes.

An einer Wegkreuzung tobte ein Kampf. Männer schrien, Stände wurden umgestoßen, Hunde bellten, Stöcke sausten durch die Luft, es stank nach Fisch, die Fliegen brummten. Es gab so viele Fliegen dort, daß ich mich wunderte, nicht welche mit einzuatmen. Ich machte einen Bogen um den Kampf; ich ging von Stand zu Stand, und mein Kopf erreichte kaum die Höhe der angebotenen Waren. Oft starrte ich in die toten Augen eines Fisches, in Schüsseln, in denen große Krebse und riesige Hummer sich mit den Scheren ineinander verhakt hatten, oder in Eimer, in denen Hammerkopffische und Aale mit dem Schwanz gegen die Aluminiumwand schlugen. Ich suchte nach Mama, bis mir vom vielen Hinsehen die Augen wehtaten und sich von der großen Anstrengung alles bei mir drehte. Und während die Sonne im Abend verglühte, überkam mich inmitten dieser vielen Leute voller Hektik, voller Bewegung, plötzlich panische Angst. Ich fand in diesem Gedränge nicht ein einziges bekanntes Gesicht. Und dann sah ich in hellen und dunklen Blitzen ebenso plötzlich überall Mama. Ich sah, wie sie sich im Aalbecken wand. Ich sah sie zwischen den Schildkröten in den Plastikeimern. Ich sah sie zwischen den Amuletten der Talismanverkäufer. Ich sah sie überall auf dem Markt, unter seltsamen Schutzdächern, im Wind, der den Holzrauch und die Reisspreu verbreitete; ich

fühlte sie überall, doch ich konnte das Rätsel des Marktlabyrinths nicht entwirren, in dem jeder Weg zu Tausenden von Gesichtern führte, die alle anders waren, auf andere Weise hungrig.
Ich sah Frauen, die ihr Geld zählten und es in die losen Enden ihres Wickeltuchs knoteten. Kinder, die für eine Weile sich selbst überlassen worden waren, weinten auf dem Boden unter den Verkaufsständen. Ich ging ständig im Kreis über den Markt, nicht fähig, tiefer hineinzukommen, nicht fähig, den Weg hinaus zu finden, nicht fähig weiterzugehen, weil mir die Füße wehtaten, und nicht fähig stehenzubleiben, weil die sich ständig bewegende Menge mich weiterschob, zur Seite drängte, fast zertrampelte oder anschrie. All das war so verwirrend für mich, daß ich mich unter einen Stand mit Schnecken setzte und ohne Tränen weinte.
Dann änderte sich die Zeit. Die Dunkelheit verschlang langsam den Tag. Ich kroch unter dem Stand hervor und kämpfte mich durch die Menge, bis ich an einen anderen Stand kam, wo ein alter Mann alle möglichen Wurzeln und Kräuter verkaufte. Er war ein alter Mann mit den jugendlichen Augen einer Taube und weißem Haar, einem weißen Schnurrbart und einem aschfarbenen glatten kleinen Bart. Sein Stand war die ruhigste Stelle auf dem ganzen Markt. Er saß allein auf einer Bank. Er pries niemandem seine Waren an, und es kam auch niemand. Hinter ihm hingen an bunten Seilen und Fäden gelbe Wurzeln, blaue Wurzeln, lila Knollen, ein Affenschädel, Papageienfedern, die getrockneten Köpfe von Haubengeiern und Ibissen, die bedrohlichen Pranken eines Löwen, die Flügel eines Adlers und ein Spiegel, dessen Farbe sich im Licht veränderte. Sein Stand war ziemlich sauber; hinter den Seilen und Fäden und seltsamen Dingen befand sich ein schlammbeflecktes Segeltuchzelt. Falls er ein Kräuterheiler war, dann mußte er ein sehr gelehrter und äußerst gesuchter Mann sein, denn bevor ich ihn erreichte, ging ein Mann in einem makellos weißen Anzug auf ihn zu, nickte, und dann verschwanden sie beide in dem Zelt. Sie blieben eine ganze Weile.

Ich starrte verwundert die Dinge auf seinem Tisch an, die brandigen Stämme von Gummibäumen, rote, in der Sonne getrocknete Blätter, die nach weiten Reisen rochen, geschnitzte Wurzeln, die die groben Umrisse menschlicher Wesen hatten, seltsam verwinkelte Knochen, beryllfarbene Samen seltener Heilkräuter, durchsichtige Meeresmuscheln, getrocknete Flammenlilien, Beeren und Anissamen und grüne Pfauenaugen, kleine Kugeln, die wie Katzenaugen glänzten und in der Sonne nicht austrockneten, zerquetschtes Schilfrohr und zerbrochene Ringe aus den Tiefen des Meeres und hundert andere merkwürdige Dinge, die alle auf einem schmutzigen blauen Tuch ausgebreitet waren. Ich setzte mich auf den Stuhl des alten Mannes und wartete. Und während ich wartete, horchte ich auf das Geheul hinter mir im Zelt. Das Geräusch verwandelte sich in einen gespenstischen Laut, wie ihn nur Geister von sich geben. Dann verwandelte es sich in das Pfeifen eines dicken Seils, das schnell durch die Luft gewirbelt wird. Dann wurde es zum Klang von Seejungfern, die an goldenen Flußufern die weißen Winde durch ihr langes Haar gleiten lassen. Und dann hörte ich einen Schrei, der kein Entsetzensschrei war; er blieb durchdringend; dann verwandelte er sich in Gelächter. Der Mann in dem makellos weißen Anzug kam schwitzend aus dem Zelt und hatte einen kleinen blauen Sack über der Schulter hängen. Der alte Mann kam ebenfalls heraus. Er schwitzte nicht. Er blickte mich an.
»Ich suche meine Mutter«, sagte ich.
»Wer ist deine Mutter?«
»Eine Händlerin auf diesem Markt.«
»Kenne ich sie?«
»Ich weiß es nicht.«
»Warum suchst du sie?«
»Weil sie meine Mutter ist.«
Der alte Mann setzte sich. Ich stand wieder.
»Wo hast du sie verloren?«
»Zu Hause.«
»Bist du eine Botschaft?«
»Ich weiß es nicht.«

»Hat sie dich mit einer Botschaft losgeschickt?«
»Nein.«
»Haben dich Geister zu mir geschickt?«
»Ich weiß es nicht.«
»Weiß sie, daß du hier bist?«
»Nein.«
»Weiß sie, wo du bist?«
»Ich glaube nicht.«
Der alte Mann starrte mich mit seinen seltsamen Augen an. Er nahm eine Wurzel und drehte sie in den Händen um. Dann biß er ein Stück davon ab, kaute darauf herum und dachte nach. Er bot mir die Wurzel an. Ich nahm sie , biß aber nicht hinein. Er musterte mich.
»Weiß irgend jemand, daß du hier bist?«
»Nein.«
Er lächelte und seine jugendlichen Augen wurden düster und wechselten die Farbe. Einen Augenblick lang erinnerte er mich an einen Vogel mit einer Haube.
»Und warum bist du zu mir gekommen?«
»Ich weiß es nicht.«
Er nahm eine andere Wurzel. Sie hatte die Form eines Kindes mit einem großen Kopf. Er biß den Kopf des Kindes ab, spuckte ihn aus, biß in den Arm und kaute.
»Wie heißt du?«
»Lazarus.«
»Wie?«
»Azaro.«
Er blickte mich wieder an, als sei ich irgendwie ein Zeichen.
»Bist du gut in der Schule?«
»Ich suche meine Mutter.«
»Bringt deine Mutter dir etwas bei?«
»Ja.«
»Was denn zum Beispiel?«
»Wie man auf dem Rücken einer Heuschrecke zum Mond fliegt.«
Der alte Mann verzog keine Miene.

»Hast du Geschwister?«
»Nur im Himmel.«
Er musterte mich und faßte sich an den Bart. Er warf einen Blick auf den belebten Marktplatz. Er stand auf, ging in das Zelt und kam mit einem rissigen Emailleteller mit Yamswurzeln und Bohnen wieder. Ich hatte Hunger. Ich vergaß Mamas Warnung vor Fremden und schlang das Essen hinunter. Es schmeckte herrlich. Der alte Mann blickte mich mit einem Glitzern in den Augen an. Er murmelte die ganze Zeit leise Beschwörungen vor sich hin. Ich dankte ihm für das Essen, und er sagte: »Wie fühlst du dich?«
»Satt.«
»Gut.«
Er brachte den Teller ins Zelt und kam mit einem Plastikbecher mit Wasser wieder. Das Wasser schmeckte, als käme es aus einem tiefen Brunnen. Es war süß und roch leicht nach Rost und den seltsamen Wurzeln auf seinem Tisch. Ich trank das Wasser und war durstiger als vorher.
»Wie fühlst du dich jetzt?«
Ich wollte gerade etwas sagen, da merkte ich, daß die Welt dunkler geworden war. Ein schwacher Schatten des Abends hatte sich auf meine Augen gelegt. Ich fühlte mich seltsam leicht, und in mir gab es große leere Räume. Ich versuchte mich zu bewegen. Doch mein Geist war leichter als mein Körper. Mein Geist bewegte sich, doch mein Körper rührte sich nicht. Und als ich glaubte, ich hätte mich ziemlich weit fortbewegt, stellte ich fest, daß ich erst ganz am Anfang der Bewegung war. Dann spürte ich, wie sich alles im Kreis drehte, erst langsam wie ein kreisender Wind, der der Anbruch des Abends war, und dann immer schneller und dunkler, und das Gesicht des alten Mannes wurde unnatürlich breit, und dann wurde es so schmal, daß ich kaum noch seine Augen erkennen konnte. Schließlich hörte ich ihn aus großer Entfernung sagen: »Leg dich hin, mein Sohn.«
Mit einem Geräusch schlagender Federn verschwand er dann eilig und löste sich in einen hellen Wind auf.
Die Geräusche des Marktplatzes veränderten sich. Millionen

von Schritten hallten auf der Erde. Stimmen aller Art stiegen in mächtigen Wogen auf und gerannen zu Geflüster. Aus der Ferne hörte ich den Muezzin rufen. Ich fühlte, daß er mich rief, doch ich konnte mich nicht bewegen. Glocken und Engelschöre erklangen nah an meinen Ohren und schwanden wieder dahin. Ich beobachtete, wie gegenüber von mir ein Kampf begann. Zwei Frauen fielen übereinander her, und als man sie trennte, segelten ihre Wickeltücher wie riesige Federn durch die Luft. Voller Wut stürmten sie erneut aufeinander los, und ihre Locken und die losen Enden ihrer Kopftücher und Blusen schwebten in der Luft um sie herum. Ihre Raserei faszinierte mich. Ich wollte gerade näher herangehen, als eine Stimme, die aus dem Nichts zu kommen schien, aber nicht die Stimme eines Geistes war, sagte: »Wo ist der alte Mann?«

»Fort.«

»Wohin?«

»Er ist fortgerannt.«

»Wovor?«

»Vor mir.«

»Warum?«

»Weil ich meine Mutter suche.«

Stille.

»Wo ist er hingerannt?«

»In den Wind.«

»In welche Richtung?«

»Ich weiß es nicht.«

»Wer ist deine Mutter?«

»Meine Mutter ist auf dem Markt.«

»Woher weißt du, daß deine Mutter der Markt ist?«

»Ich habe nicht gesagt, daß sie der Markt ist.«

»Was hast du gesagt?«

»Sie ist eine Händlerin auf dem Markt.«

»Warum suchst du sie?«

»Ich weiß es nicht.«

»Wie heißt du?«

Ich beantwortete die Frage, doch offensichtlich wurde meine

Antwort nicht gehört, denn die Frage wurde dreimal wiederholt, jedesmal leiser als zuvor. Der Wind blies meine Antworten weg, und mein Kopf stieß gegen die harte Stille, und die Welt wurde dunkel. Vom Mond, der plötzlich ganz nah über mir war und das leuchtende Gesicht unseres großen Königs der Geisterwelt hatte, hörte ich andere Stimmen voller Dunkelheit, die sagten: »Seht ihn euch an.«
»Er sucht seine Mutter.«
»Sie hat große Augen überall auf dem Markt.«
»Die Leute geben ihr Geld, damit sie die Augen schließt.«
»Ihre Augen schließen sich nie.«
»Sie sehen alles.«
»Sie sehen unser ganzes Geld.«
»Sie verschlingen unser ganzes Geld.«
»Unsere Macht.«
»Unsere Träume.«
»Unsern Schlaf.«
»Unsere Kinder.«
»Man sagt, ihr Sohn fliegt zum Mond.«
»Deshalb hat er große Augen.«
»Seht ihn euch doch an.«
Die Stimmen, die immer weiterredeten, kreisten wie bei einem Zauberritual um sich selbst. Der Mond kam immer näher. Mein Gesicht wurde zum Mond, und ich starrte einäugig auf die Dunkelheit des Marktplatzes. Und während das Mondlicht die weiten offenen Räume in mir ausfüllte, spürte ich, wie ich von der Dunkelheit hochgehoben und von unsichtbaren Händen weitergeschoben wurde. Und die Stimmen folgten mir, Stimmen ohne Körper.
»Vielleicht ist er krank.«
»Vielleicht ist er verrückt.«
»Seltsame Dinge widerfahren uns.«
»Unsern Kindern.«
»Man sagt, er sucht den Geist der Unabhängigkeit.«
»Man sagt, er sucht sich selbst.«
»Seinen eigenen Geist.«

»Den er verloren hat, als die Weißen kamen.«
»Man sagt, er sucht seine Mutter.«
»Aber seine Mutter sucht ihn nicht.«
»Man sagt, sie ist auf dem Mond.«
»Auf welchem Mond? Es gibt viele Monde.«
»Dem Mond der Unabhängigkeit.«
»Er sucht also ihren Mond?«
»Ja.«
»Es geschehen seltsame Dinge.«
»Die Welt wird völlig umgekrempelt.«
»Und Wahnsinn naht.«
»Und Hunger naht wie ein Hund mit zwölf Köpfen.«
»Und Verwirrung naht.«
»Und Krieg.«
»Und Blut wird in den Augen der Menschen wachsen.«
»Und eine ganze Generation wird die Reichtümer dieser Erde verschwenden.«
»Laßt uns gehen.«
»Seht ihn euch an.«
»Vielleicht macht ihn, was da kommt, verrückt.«
»Vielleicht ist er krank.«

Und dann trieben die Stimmen in der Luft fort. Ein heller Wind wehte über mir. Die Leichtigkeit in mir bekam Gewicht. Die unsichtbaren Hände wurden zu meinen eigenen. Dunkelheit legte sich über den Markt, als sei sie aus der Erde aufgestiegen. Überall wurden Lampen angezündet. Die Geister der Toten schwebten durch die starken Gerüche und die undurchdringliche Dunkelheit.

Und plötzlich wurden die verworrenen Pfade klar. Meine Füße standen fest auf dem Boden. Ich folgte dem hellen Wind, durch den die Pfade klarer wurden. In einer Spirale führte er mich durch das Rätsel des Marktes bis zur Mitte, wo ein Brunnen war. Ich blickte in den Brunnen und sah, daß kein Wasser darin war, nur der Mond. Er war weiß und völlig rund und still. Neben dem Brunnen standen keine Eimer, und die Erde ringsherum war trocken, und ich schloß daraus, daß niemand Wasser vom Mond auf dem Grund des Brunnens holen konnte. Ich kletterte nun in den Brunnen hinab, weil es der geeignetste Ort schien, um sich hinzulegen und in der tiefen unbeweglichen Weiße auszuruhen. Doch dann packte mich eine Frau am Hosenboden, hob mich hoch, warf mich auf die Erde und schrie: »Scher dich weg von hier!«

Ich folgte dem dunkler werdenden Pfad und kam zu einer Stelle, an der weiße Hühner laut gackernd in großen Bambuskäfigen herumflatterten. Die ganze Umgebung stank durchdringend nach den Hühnern, und ich schaute zu, wie sie aufgeregt mit den Flügeln schlagend aufeinander losgingen, sie konnten nicht fliegen, nicht dem Käfig entkommen. Bald verschwand alles hinter diesem Flattern, diesem Eingeschlossensein, und der Trubel des Markts schien sich in einem großen schwarzen Käfig abzuspielen. Ein Stück weiter, tief im Dunkeln, sah ich, wie drei Männer mit dunklen Brillen den wackligen Verkaufstisch einer Frau umstießen. Sie warfen die Waren auf den Boden, und die Frau hob sie geduldig wieder auf. Sie putzte die verschmutzten Waren an ihrem Wickeltuch ab und legte sie wieder auf den Tisch. Die Männer stießen den Tisch erneut um. Die Frau schrie um Hilfe, schrie, daß sie nichts Unrechtes getan habe, doch das bunte Treiben auf dem Markt ging weiter, der Trubel, die Wortgefechte, das Geschrei und die Streitigkeiten, denn eine einzige Stimme, es sei denn, sie wäre lauter als alle Stimmen zusammen, konnte unmöglich auf dem Markt Gehör finden. Die Frau gab es auf zu flehen. Sie stellte den Tisch wieder hin und hob ihre Waren auf. Die Männer warteten ruhig, bis sie damit fertig war, und stießen dann den Tisch wieder um. Ich trat näher. Einer der Männer sagte: »Wenn du nicht zu unserer Partei gehörst, dann gehörst du auch nicht auf diesen Teil des Markts.«

»Und wo soll ich einen anderen Platz finden?«

»Gute Frage«, sagte einer der Männer.

»Geh weg. Wir wollen hier keine Leute wie dich.«

»Du gehörst nicht zu uns.«

»Alle anderen in diesem Teil des Markts gehören zu uns.«

»Aber wenn ihr die Leute so behandelt, warum sollte ich dann zu euch gehören wollen?« fragte die Frau.

»Gute Frage.«

»Richtig.«

»Dann geh.«

»Mach dich davon.«

»Wir wollen dich hier nicht.«

»Was habe ich denn getan? Ich zahle meine Abgaben. Ich zahle die Miete für diesen Platz, niemand hat sich je über mich beklagt ...«

Zwei der Männer hoben den Tisch hoch, trugen ihn fort und versperrten den Weg. Die Frau brüllte wie ein verwundetes Tier, stürzte sich auf die Männer, zerrte sie an den Haaren, zerkratzte ihnen das Gesicht und riß ihnen die Brille von der Nase. Einer der Männer schrie, er könne nichts mehr sehen. Die beiden anderen Männer hielten die Frau fest und warfen sie zu Boden. Einer von ihnen gab ihr einen Fußtritt, doch sie schrie nicht auf. Eine dichte Menschenmenge hatte sich versammelt, weil der Weg versperrt war. Wütende Stimmen erfüllten die Luft. Die Frau stand auf, rannte hinter die Stände und kam nach einer Weile mit einem Buschmesser zurück, das sie ungeschickt und ängstlich entschlossen in beiden Händen hielt. Mit mörderischen Schreien schlug sie auf die Männer ein, die in verschiedene Richtungen flohen. Der Mann, dem sie die Brille heruntergerissen hatte, brüllte, er sei erblindet, und fuchtelte wild mit den Armen durch die Luft, und die Frau rannte auf ihn zu, hob das Buschmesser hoch über seinen Hals und gab ein ersticktes Grunzen von sich, und die Menge stieß einen anhaltenden Schrei aus, und alle drängten sich um die Frau, und einen Augenblick lang sah ich nur noch das erhobene Buschmesser hoch über den dunklen Köpfen. Frauen räumten ihre Stände ab. Eine von ihnen sagte: »Diese Unabhängigkeit hat uns nur Ärger gebracht.«

Der Mond verließ mich, alles wurde dunkel, und ich fand mich vorübergehend in einer Welt wieder, die von ununterbrochen schwatzenden Geistern bevölkert war. Rings um mich legte sich

der Aufruhr, und der alte Mann mit dem aschfarbenen Bart sagte zu der Frau: »Pack deine Sachen zusammen und geh. Fast hättest du jemanden umgebracht. Du hast Glück, daß wir dich davon abgehalten haben. Geh nach Hause zu deinem Mann und deinen Kindern. Diese Männer kommen wieder. Laß dich eine Zeitlang nicht auf dem Markt sehen. Du bist eine tapfere, törichte Frau.«
Die Frau sagte nichts. Mit starrem Gesicht voll rauher Herzlichkeit packte sie die Waren in ihre Schüssel. Ab und zu hielt sie inne, um sich Nase und Augen mit ihrem Wickeltuch abzuwischen. Die Frauen ringsum gaben ihr gute Ratschläge. Sie war halb mit Schlamm bedeckt. Es war schwer zu sagen, was in ihrem Haar Schlamm war und was nicht. Als sie alles eingepackt hatte, wuchtete sie sich die Schüssel auf den Kopf und ging aufrecht durch die Menge. Der alte Mann verschwand unter den Leuten. Der Mond verließ mich ganz, und ich sah das Gesicht der Frau im Lampenlicht. Und als die Nacht sich nicht mehr drehte, sah ich, daß die Frau meine Mama war, die ich nicht erkannt hatte. Ich lief hinter ihr her und hielt sie am Bein fest, doch sie stieß mich zurück und ging trotzig weiter. Da klammerte ich mich an ihr Wickeltuch und rief: »Mutter!«
Sie blickte zu mir hinunter, stellte schnell die Schüssel auf den Boden und nahm mich lange in die Arme. Dann schob sie mich ein Stück von sich und fragte mit starren, tränenerfüllten Augen: »Was machst du hier?«
»Ich habe dich gesucht.«
»Geh nach Hause!« befahl sie.
Ich zwängte mich durch die Menge und hörte Mama hinter mir schluchzen. Sie blieb hinter mir, bis wir den Marktplatz verließen. Kurz vor dem Ausgang sah ich an einem anderen Stand den alten Mann. Den Mond in den Augen, lächelte er mir verschmitzt zu. Als wir die Hauptstraße erreichten, stellte Mama ihre Schüssel ab, hob mich hoch, band mich mit dem Wickeltuch auf ihrem Rücken fest und wuchtete sich die Schüssel auf den Kopf.
»Du bist gewachsen«, sagte sie, während sie mit mir nach Hause ging.

»Nicht alles wächst hier. Aber du, mein Sohn, wächst wenigstens«, sagte sie und ging durch die Straßen.
Am Straßenrand brannten Lampen. Überall waren Stimmen zu hören. Überall waren Stimmen und Bewegung. Ich vergrub meine Geheimnisse in meinem Schweigen.

II

Als wir nach Hause kamen, war es schon sehr dunkel, und Papa war wieder da. Er saß auf seinem Stuhl, rauchte eine Zigarette und brütete vor sich hin. Er blickte nicht auf, als wir hereinkamen. Ich war sehr müde und Mama noch müder, und als sie ihre Schüssel auf den Schrank gestellte hatte, ging sie zu Papa und fragte ihn, wie der Tag gewesen sei. Papa sagte nichts. Er rauchte schweigend weiter. Nachdem sie ihm, immer zärtlicher werdend, dreimal dieselbe Frage gestellt hatte, richtete sie sich auf und wollte gerade zur Tür gehen, das Gesicht zur Hälfte wie ein geheimes Merkmal mit Schlamm bedeckt, da platzte Papa und schlug mit der Faust auf den Tisch.

»Wo warst du?« knurrte er.

Mama erstarrte.

»Und warum kommst du so spät?«

»Ich war auf dem Markt.«

»Und was hast du dort gemacht?«

»Geschäfte.«

»Auf welchem Markt? Und was für Geschäfte? So benehmt ihr Frauen euch, wenn ihr in die Zeitung kommt. Halb verhungert habe ich hier gesessen, und es ist nichts zu essen im Haus. Man bricht sich als Mann fast das Rückgrat für euch alle, und du machst mir nicht mal was zu essen, wenn ich nach Hause komme! Darum haben mir die Leute geraten, ich soll dich nicht mehr auf den Markt lassen. Ihr Frauen fangt einen kleinen Handel an, und dann geratet ihr in schlechte Kreise anderer Frauen, setzt euch die merkwürdigsten Ideen in den Kopf, vernachlässigt eure Familie, und du läßt mich dann hier mit nichts als ein paar Zigaretten im Magen verhungern. Glaubst du vielleicht, ich kann mich von Zigaretten ernähren?« schrie Papa wutentbrannt mit den Händen herumfuchtelnd.

»Es tut mir leid, mein Mann, laß mich jetzt gehen und ...«

»Es tut dir leid? Soll ich mich vom Mitleid ernähren? Weißt du eigentlich, was für einen schrecklichen Tag ich hinter mir habe? Nicht mal eine Ziege oder einen Maulesel behandelt man so! Du solltest mal einen Tag lang Zementsäcke tragen, damit du merkst, was für ein Hundeleben das ist.«

Papa schrie immer weiter. Er jagte uns Angst ein. Seine Wut ließ das Zimmer unerträglich klein werden. Er wollte nichts hören, nichts wahrnehmen und redete immer nur über seinen fürchterlichen Tag. Er sagte, daß er von Idioten herumkommandiert worden sei und Schläger sich überall aufgespielt hätten, und daß er ein Held sei und Lust habe, dieses ganze Leben aufzugeben.

»Und was soll ich sagen?« fragte Mama.

»Was soll das heißen?«

»Kannst du dir nicht vorstellen, daß ich genauso große Lust habe aufzugeben?«

»Gib auf!« schrie Papa. »Los, los, gib auf und laß deinen Sohn verhungern und herumlaufen wie einen Bettler oder wie ein Waisenkind!«

»Laß mich jetzt gehen und etwas zu essen machen«, sagte Mama versöhnlich.

»Ich habe keinen Hunger mehr. Mach dir selbst etwas zu essen.«

Mama wollte gerade in die Küche gehen, als Papa über sie herfiel, sie am Nacken packte und mit dem Gesicht auf die Matratze drückte. Mama wehrte oder verteidigte sich nicht, und Papa drehte ihr das Gesicht auf die Seite, er beugte sich über sie, so daß ich ihr Gesicht nicht sehen konnte, und ging dann zu seinem Stuhl zurück.

»Laß Mama in Ruhe«, sagte ich.

»Halt den Mund! Und wo warst du eigentlich?« fragte Papa und starrte mich an.

Ich antwortete nicht und huschte aus dem Zimmer. Kurz darauf kam Mama heraus, und wir gingen auf den Hinterhof. Wir bereiteten etwas *eba* zu und wärmten das Ragout auf.

»Männer sind Narren«, war alles, was Mama sagte, als wir in der Küche saßen und ins Feuer starrten.
Als das Essen fertig war, trugen wir es auf. Wir aßen alle schweigend. Papa war richtig heißhungrig. Er aß sein *eba* auf und verlangte mehr. Mama ließ ihr Essen stehen, stand auf und machte ihm noch etwas. Er schlang es ungerührt in großen Klumpen hinunter. Das dampfende *eba* schien weder seinen Händen noch seiner Kehle etwas anzuhaben. Als er die zweite Portion weggeputzt hatte, lehnte er sich zurück und rieb sich zufrieden den Bauch.
»Ich arbeite wie ein Mann und esse wie ein Mann«, sagte er lächelnd.
Wir lächelten nicht.
Er schickte mich los, um *ogogoro* und Zigaretten zu kaufen. Während er trank und rauchte, verflog seine schlechte Laune zusehends. Er versuchte uns mit ein paar Scherzen zu erheitern, doch wir gingen nicht darauf ein.
»Was hat dich denn so lange aufgehalten?« fragte er Mutter.
»Nichts.«
»Nichts?«
»Nichts«, sagte sie, ohne ihn anzusehen.
Er sah besorgt aus und fragte mich, was uns aufgehalten habe.
»Nichts«, sagte ich.
»Nichts?«
»Ja.«
»Und was bedeutet der Schlamm im Gesicht deiner Mutter?«
»Nichts«, sagte ich.
Er blickte uns nacheinander an, als hätten wir uns gegen ihn verschworen. Er fragte uns immer wieder, und wir weigerten uns beharrlich, ihm etwas zu erzählen. Er hatte große Lust, sich aufzuregen, doch er war so satt und zufrieden, daß es ihm nicht gelang. Mama saß schweigend da, hatte sich tief in ihre Einsamkeit zurückgezogen, und zeigte keinerlei Regung. Ihr Gesicht drückte weder Schmerz noch Trauer aus, aber auch keine Freude oder Zufriedenheit. Papa flehte uns an, ihm zu erzählen, was uns aufgehalten habe.

»Hat dich irgend jemand bedroht?«
»Nein.«
»Hat man dir etwas gestohlen?«
»Nein.«
»Hast du etwa eine schlechte Nachricht gehört?«
»Nein.«
»Haben die Schläger dich belästigt?«
Mama stockte einen Augenblick und sagte dann: »Nein.«
Papa reckte sich mit knackendem Rückgrat. Ihm war sehr unbehaglich, fast elend zumute. Mama stand auf, räumte den Tisch ab und ging nach draußen, um ein Bad zu nehmen. Als sie zurückkam, ging sie sofort ins Bett. Papa saß rülpsend auf seinem Stuhl, rauchte und litt an der Schlaflosigkeit von jemandem, der seiner Frau das Geheimnis ihres unerbittlichen Schweigens nicht entreißen kann. Ich breitete meine Matte aus, legte mich hin und beobachtete ihn eine Weile. Seine Zigarette wurde zu einem Stern.
»Heute nacht ist draußen Vollmond«, sagte er.
Während ich Papas Silhouette beobachtete, fiel der Mond vom Himmel in die leeren Räume der Dunkelheit. Ich machte mich auf die Suche nach dem Mond. Ich ging über große, breite Wege, bis ich an eine Hütte neben einem Brunnen kam. Der Fotograf versteckte sich hinter dem Brunnen und machte Aufnahmen von Sternen und Sternbildern. Seine Kamera blitzte auf, und Schläger mit dunklen Brillen tauchten aus dem Blitz auf und stürzten sich auf den Fotografen, um ihn zu verprügeln. Die Kamera fiel ihm aus der Hand. Ich hörte, wie in der Kamera Leute aufschrien. Die Schläger sprangen auf die Kamera, stampften darauf herum und versuchten sie zu zertrümmern, zu zerstören. Und die Leute, die in der Kamera waren und darauf warteten, das wirkliche Leben kennenzulernen und herauszukommen, jammerten ohne Unterlaß.
Der Fotograf ergriff die zertrümmerte Kamera. Wir rannten in die Hütte und stellten fest, daß diese plötzlich über dem Brunnen stand. Wir fielen in den Brunnen und fanden uns in einer Halle wieder. Die drei Männer mit den dunklen Brillen waren

überall, vermehrten sich ständig. Papa rauchte eine Mückenspirale, blickte mich an und sagte: »Woher kommt der Schlamm auf dem Gesicht deiner Mutter?«

Einer der Schläger mit dunkler Brille hörte ihn, sah uns und sagte: »Sie gehört nicht zu uns.«

Die Schläger rannten hinter uns her. Der Fotograf und ich flohen in einen Raum und stießen dort auf die ruhige Gestalt von Madame Koto, die in Spitze mit Goldborten gekleidet war und einen breiten Fächer aus Krokodilhaut in der Hand hielt. Sie bat uns herein, hieß uns willkommen, und als wir uns setzten, kamen drei Männer und fesselten uns. Sie schlossen uns in einen Glaskasten ein, der unzerbrechlich war. Draußen vor dem Kasten flatterten Hühner umher und verwandelten sich in Politiker. Die Politiker trugen weiße Gewänder, flogen hin und her und unterhielten sich in seltsamen Sprachen. Hinter Glas gesperrt blieb ich dort als Foto, auf das Papa starrte, bis der Morgen anbrach.

12

Ein paar Tage später traf ich Madame Koto und die drei Männer. Sie standen neben einem Baum. Sie waren in eine hitzige Unterhaltung vertieft. Madame Koto sah dick und verstört aus. Ihre weiße Perlenkette trug sie nicht. Als sie mich sah, hörte sie auf zu reden. Sie ging ein paar Schritte auf mich zu, und eine unerklärliche Angst ließ mich davonrennen.

»Schnappt ihn!« rief sie.

Die drei Männer kamen hinter mir hergelaufen, doch ohne große Überzeugung. Sie gaben die Jagd bald auf. Ich blieb erst stehen, als ich in der Nähe unseres Compounds war.

Ich setzte mich auf den Zementabsatz. Hühner rannten über die Straße. Zwei Hunde liefen umeinander im Kreis herum, und als die Nachmittagshitze am größten zu sein schien, gelang es einem der beiden Hunde den anderen zu bespringen. Erst als Kinder sich um die Hunde scharten, fiel mir auf, daß die beiden Hunde feststeckten. Sie konnten sich nicht voneinander lösen, und die Kinder lachten. Sie warfen mit Steinen nach den Hunden, und der Schmerz zwang die beiden Tiere, sich mit Gewalt voneinander loszureißen, dann rannten sie heulend in entgegengesetzte Richtungen.

Ich saß da und beobachtete die trägen Bewegungen der Welt. Die Büsche knisterten in der Hitze. Vögel ließen sich auf unserm Dach nieder. Staub stieg von zahllosen Schritten auf und verschmolz mit der blendenden Hitze. Mein Schweiß war trocken. Fliegen kamen. Leichter Wind regte sich und erzeugte kleine Windhosen; Staub, Papierfetzen und Abfall wirbelten in einer Spirale in die Höhe. Kinder rannten um die Windhosen herum, und nur ihr schrilles Geschrei und der

Vogelgesang waren in der einschläfernden Luft der Welt zu hören.
Alles glühte in der hellen zerfließenden Hitze. Geräusche wurden an den Enden abgerundet. Bettler schleppten sich dahin. Umherziehende Schuster und Schneider gingen von Compound zu Compound. Männer, die in der Wüste hergestellte Amulette und Lederpantoffeln, Bambusgegenstände und leuchtend rote Matten verkauften, kamen ebenfalls vorbei. Dann trieb ein Ziegenhirt seine Ziegen die Straße entlang. Die Ziegen schissen und verpesteten mit ihren Gerüchen, die der Wind nicht davontrug, die Luft. Ich war es leid, die alltäglichen Ereignisse der Welt zu beobachten. Blitze aus dem Schaukasten des Fotografen lockten mich an. Ich ging hinüber und sah mir die Bilder an. Sie waren nicht ausgewechselt worden. Ich ging zum Zimmer des Fotografen. Ich klopfte an, niemand antwortete. Ich klopfte erneut, und die Tür wurde vorsichtig geöffnet. Das Gesicht des Fotografen tauchte auf meiner Höhe auf. Er hatte sich hingekauert und sagte mit angsterfülltem Ton: »Geh weg!«
»Warum?«
»Weil die Leute nicht wissen sollen, daß ich zu Hause bin.«
»Warum nicht?«
»Nun geh!«
»Und wenn ich es nicht tue?«
»Dann bekommst du eine solche Ohrfeige, daß du eine Woche nicht schlafen kannst.«
Ich dachte darüber nach.
»Geh!« schrie er.
»Und die Männer?«
»Welche Männer?«
»Die drei Männer.«
»Hast du sie gesehen?« fragte er in anderem Ton.
»Ja.«
»Wo?«
»Sie haben mit Madame Koto gesprochen.«
»Diese Hexe! Worüber haben sie gesprochen?«

»Das weiß ich nicht.«
»Wann hast du sie gesehen?«
»Vor kurzem.«
Er machte hastig die Tür zu, schloß sie ab und öffnete sie dann wieder.
»Geh!« sagte er. »Und wenn du die Männer wieder siehst, dann komm her und sag mir sofort Bescheid.«
»Was hast du vor?«
»Entweder ich bringe sie um, oder ich laufe weg.«
Dann schloß er endgültig die Tür. Ich blieb noch eine Weile dort stehen. Sein erschrockenes Gesicht stand mir noch vor Augen. Dann verließ ich seinen Compound, setzte mich wieder auf unseren Zementabsatz und überwachte jeden Schritt in unserer Straße. Luft und Erde schimmerten in der Sonne, und während ich Wache hielt, nahm ich im Bruchteil einer Sekunde seit jeher ungelöste Dinge wahr: Geschichten, Träume, die versunkene Welt großer alter Geister, Urwälder, diamantenäugige Tiger, die durch das dichte Laub streiften. Ich sah Wesen mit blutendem Hals, die rasselnde Ketten hinter sich herzogen. Ich sah flügellose Männer und Frauen, die in Reihen saßen und durch die leere Luft schwebten. Und ich sah in immer größer werdenden Punkten mitten aus der Sonne Vögel und Pferde auf mich zufliegen, deren Flügel den halben Himmel bedeckten und deren Federn wie Rubine brannten. Ich schloß die Augen; mein ganzes Wesen wurde herumgewirbelt; mein Kopf fiel in einen Brunnen; und ich öffnete die Augen erst wieder, um das Gefühl des Fallens loszuwerden, als ich Glas zersplittern hörte. Das Geräusch riß den Nachmittag aus dem Schlaf.
Auf der anderen Straßenseite zerschmetterten drei Männer mit Knüppeln den Schaukasten des Fotografen. Dann sammelten sie schnell die ausgestellten Bilder ein. Ein paar Anwohner der Straße, die der Lärm aufgeschreckt hatte, kamen aus ihren Häusern. Die drei Männer hatten im Nu die Bilder zusammengerafft und waren im Compound des Fotografen verschwunden. Die Leute, die vor die Tür getreten waren, blickten die Straße hinauf und hinab und sahen nichts Ungewöhnliches. Jetzt

spielte sich alles im Zimmer des Fotografen ab. Ich rannte über die Straße.

Als ich zu seinem Zimmer kam, stand die Tür weit offen, und die drei Männer waren nicht da. Auch der Fotograf war nicht da. Sein Fenster stand weit offen, doch ich war nicht groß genug, um hinauszusehen; ich lief auf den Hinterhof. Ich sah niemanden. Aber ich bemerkte, daß der Hinterhof auf andere Hinterhöfe führte. Ich ging hinter der Latrine lang, wo es von Fliegen und Maden wimmelte. Der Gestank war so schlimm, daß ich fast ohnmächtig wurde. Ein anderer Pfad führte in den Morast, in die Sümpfe und den Wald aus mächtigen Iroko-, Obeche- und Mahagonibäumen. Im weichen Boden hinter den Häusern waren tiefe Fußstapfen. Ich folgte den Fußstapfen, bis der weiche Boden in Sumpf überging, und sank dabei knöcheltief in den Schlamm ein. Überall lag Abfall herum. Seltsame Blumen, wildes Gras und abstoßende pilzartige Pflanzen überwucherten den Sumpf. Üppig wuchernde Büsche standen unerwartet an einigen Stellen. Ein hölzerner Steg zur anderen Seite war im Bau. Die Fußstapfen verschmolzen mit vielen anderen im weichen Boden. Manche von ihnen führten in den Sumpf. Ich blickte mich nach allen Seiten um, konnte aber niemanden finden und gab die Suche auf. Ich ging zurück nach Hause, wusch mir den Schlamm von den Füßen und überwachte weiter die Straße. Nichts Ungewöhnliches geschah.

Am Abend kam Mama heim und war überrascht, mich zu sehen. »Du bist also zu Hause geblieben? Ein braver Junge. Ich dachte, du wärst inzwischen schon nach Ägypten gewandert«, sagte sie.

Sie war früher nach Hause gekommen als sonst, weil sie an dem Tag nicht zum Markt gegangen war. Sie hatte ihre Waren auf der Straße verkauft. Ihr Gesicht war von der Sonne geschwärzt.

In jener Nacht lauschte ich in meiner kindlichen Stunde der Dunkelheit. Ich lauschte Mamas Stimme und Papas Liedern, lauschte uralten Geschichten, die von Generationen trotziger Münder weitergegeben worden waren. In jener Stunde, die von Mondlicht aus alten Zeiten durchzogen war, lauschte ich Erzählungen über rätselhafte Helden, die sich in unerbittliche Götter der Urzeit und des Donners verwandelten – als das Grauen uns heimsuchte. Die Nacht brachte das Grauen mit. Es kündigte sich durch schrille Stimmen von der Straße an, die darüber klagten, daß sich ein alter Zyklus von aufstrebenden Mächten wiederholte.

Wir eilten hinaus in die dunkle Erinnerung einer Straße, die von Schatten bevölkert war. Wilde Männer tobten sich an Fenstern, Holztüren und menschliche Körpern mit Zerstörung aus. Wir eilten hinaus in den Dunst, in den Geruch nach verbranntem Haar, in den beißenden gelben Rauch des Friseurladens, in den Lärm verfälschter ritueller Gesänge, Gezeters und funkensprühender Buschmesser, die nach läuterndem Krieg schrien.

Nach Rache schreiende Stimmen jagten durch die Straße. Grüne, von Antimon starrende Körper schwitzten aus der nackten Brust Tierblut. Sie waren ein Strom wilder Jaguare. Ihre tiefen Erdgesänge überwältigten den Wind und kamen von überall her, aus den Sternen und aus den zertretenen Blumen. Sie besangen die Zerstörung. Ihr Gebrüll erfüllte die Nacht. Ihre schwitzenden Körper blitzten im Lampenlicht auf. Ihre mörderischen Laute überschwemmten unsere Vergeßlichkeit.

Es war unmöglich zu sagen, wer sie waren. Ihre Gesänge brachen aus Menschenmengen hervor, die sich vor Compounds versammelt hatten, kamen von Leuten, von denen wir geglaubt hatten, sie seien uns vertraut, deren Schatten sich neben uns in furchtbare Hitze verwandelte und deren Kreischen in unheimliches Vogelgeschrei überging. Selbst unter uns folgten Menschen dem Ruf von alten Blutsbanden und dem Auf und Ab geheimen Sturmläutens.

In großer Zahl strömten Schläger und einfache, uns vertraute Leute gemeinsam über die Straße unserer Verletzbarkeit und verwundeten die Nacht mit Äxten, rissen uns aus dem Schlaf, rüttelten die Erde auf, griffen Compounds an, schlugen Türen ein und zerstörten Dächer. Verletzt schreiend wußten wir nicht, wer unsere Feinde waren. Aus dem Dunkel griffen uns Gestalten mit feurigen Gesichtern an, gingen mit Stöcken, Steinen,

Peitschen und Drahtseilen auf uns los. Es dauerte eine Weile, ehe wir begriffen, daß wir Opfer eines Racheakts, einer nächtlichen Vergeltung waren und die Dunkelheit zum Gegner hatten. Die Lampen wurden eine nach der anderen gelöscht.
Die Dunkelheit eroberte unsere Stimmen. Ein lauter Schrei, wie von einem furchterregenden Feldherrn, der seine Truppen herbeiruft, stieg in die Luft. Die Stille tiefer Flüsse folgte. Alles war ruhig. Es war, als hätte sich die Nacht mit ihrer Gewalt in sich zurückgezogen. Der Wind blies über die Häuser und pfiff leise durch die Bäume. Das Geflüster von Geistern schwebte ihm Wind. Die Stimmen von Wasser und langsamen Schritten trieben auf uns zu. Es war, als bereite sich der Wind selbst auf den entscheidenden Angriff vor.
Dann wurde die Stille vom Entsetzen der Unschuldigen unterbrochen. Ein weiterer Schrei wurde laut, er kam nicht von unseren Gegnern, sondern von einer Frau, die etwas Wundersames und Ungeheuerliches gesehen hatte. Mit diesem Schrei fing alles an. Die Unschuldigen machten kehrt, und jeder versuchte, in sein Zimmer zu fliehen. Entsetzen kreuzte unseren Weg und ließ unsere Körper in der undurchdringlichen Dunkelheit zusammenstoßen. Überall riefen Frauen jammernd nach ihren Kindern. Ich bewegte mich zwischen den Schatten und rannte in den Schoß der Dunkelheit auf die andere Seite der Straße. Ich glaubte, dort sicher zu sein. Ich konnte nicht sehen, wohin ich ging. Plötzlich schrien rings um mich Stimmen: »Bringt den Fotografen um!«
»Schlagt ihm die Fotos aus dem Leib!«
»Macht ihn fertig!«
»Blendet ihn!«
»Blendet unsere Feinde!«
»Zerstört sie!«
»Erteilt ihnen eine Lektion!«
»Zeigt es ihnen!«
»Brecht ihnen die Finger!«
»Schlagt ihnen die Köpfe ein!«
»Haut den Fotografen in Stücke!«

»Werft seinen Körper auf die Straße!«
»Werft ihn den Vögeln vor!«
»Weil er unsere Partei verspottet!«
»Unsere Macht!«
»Unsern Kandidaten!«
Ihr Gesang verstärkte sich. Ihre Schritte verwandelten sich in Stimmen, vereinten sich und breiteten sich dann wie Feuer aus. Die Toten erhoben sich unter dem Gewicht solcher Schritte, solcher Stimmen, solcher Absicht. Ich stieß mit dem Kopf gegen etwas Hartes, streifte mit dem Ellbogen die Kinnladen der Toten, zwängte mich durch schartigen Rost und entdeckte, daß ich mich in den ausgebrannten Lastwagen gerettet hatte. Ich versteckte mich auf dem Fahrersitz und beobachtete in jener Nacht dunkler Erinnerungen das Drama der Lebenden, das nur die Toten verstehen.
Ich konnte nichts sehen. Doch von der anderen Straßenseite hörte ich erst flüsternd, dann laut und kummervoll: »Azaro! Azaro! Wo bist du?«
Es war Mama.
»Azaro! Azaro!«
Dann war es still. In meiner kindlichen Stunde der Dunkelheit lauschte ich, wie Mama auf meine Antwort wartete. Doch die Nacht und der Wind besiegten uns. Mit Entsetzen hörte ich, wie der Wind meinen Namen von Mund zu Mund, von einer Straßenseite zur anderen blies.
»AZARO! AZARO!«
Der Wind gab den Namen weiter. Der Name strömte zu unserem Teil der Straße und dann in Richtung von Madame Kotos Bar. Der Name umgab mich und schwebte in tausend zitternden Stimmen über dem ausgebrannten Lastwagen, als riefe mich Gott durch die Münder gewalttätiger Leute.
Selbst die Toten spielten in jener Nacht mit meinem Namen. Ich lauschte in meiner kindlichen Stunde, während der Name allmählich zum Compound des Fotografen strömte und ein schwaches Echo in den Gängen hervorrief, ehe er in der Stille verschwand. Danach hörte ich Mamas Stimme nicht mehr.

Während ich voller Angst in dem Fahrzeug saß, sah ich, wie die Toten auferstanden. Ich sah, daß sie genau in jenem Augenblick auferstanden, als die zweite Welle des Aufruhrs mit dem Gesang der Gegner begann. Die Toten schlossen sich den Unschuldigen an, mischten sich unter die Schläger, verschmolzen mit der Nacht und plünderten die Gegner unter dem Geschrei der Verwundeten aus. Die Toten stießen ein Geheul sterblicher Freude aus, und sie sahen die aschgraue Nacht als fiebrig glänzendes Heiligtum. Sie ergötzten sich an jener Nacht der Spiegel, in der die Körper vor Blut und Silber glänzten. Die Toten schüttelten den Rost des Lebens ab und rissen den Stahl an sich. Ihre Lippen bebten mit dem Trotz der Unschuldigen, mit den Machenschaften der Politiker und deren austauschbaren Träumen und mit dem Irrsinn der Schläger, die nicht einmal wußten, für welche Partei sie ihre Greueltaten begingen.

Es war eine Nacht ohne Erinnerung. Es war eine Nacht, die ihre zerstörerische ewige Wiederkehr auf der Straße unseres Lebens vollzog, auf der Straße, die nach großen Umwälzungen hungerte.

Die Toten, die langsam die Straße aus dem Schlaf rissen, waren Akrobaten der Gewalt. Sie schlugen mit neuen politischen Träumen Saltos unter Männern, Frauen und Kindern. Ich hörte mehrere Stimmen, die furchtlos oder jenseits von Furcht einen neuen Sammelruf ausstießen. Dann hörte ich Kampfgetümmel. Ich hörte die hellen Schreie des Widerstands, Schritte, die ins Dunkel liefen, Stahl, der gegen feste Körper klirrte, mit Antimon bemalte Oberkörper, die niedergeschlagen wurden, und Frauen, die mit Mörsern zum Stampfen von Yamswurzeln Schatten stampften. Ich hörte, wie starke Männer über den rebellischen Wind erschraken, hörte tiefe Stimmen, die die Namen unerbittlicher Götter schrien. Ich merkte, daß die Gegner zurückgeschlagen wurden. Die Leute aus dem Compound des Fotografen waren in der vordersten Reihe. Die Toten waren erstaunlicherweise auf der Seite der Unschuldigen. Stimmen, die ich kannte, schrien tapfer: »Schlagt sie zurück!«

»Kämpft für unsere Freiheit!«

»Steinigt sie!«
»Sie haben uns mit Milchpulver vergiftet.«
»Und mit Worten.«
»Und mit Versprechen.«
»Und sie wollen unser Land regieren!«
»Unser Leben!«
»Und jetzt greifen sie uns an!«
»Auf unserer eigenen Straße!«
»Bekämpft sie furchtlos!«
Buschmesser loderten auf. Silben von Gesängen wurden vertauscht, so mancher Bann auf den ausgezackten Zähnen der Nacht gebrochen. Die Gegner versuchten, sich zum letzenmal verzweifelt zu sammeln.
»Gießt Benzin auf das Haus!«
»Brennt es nieder!«
»Räuchert den Fotografen aus!«
»Räuchert Azaro aus!«
Ich zitterte im Lastwagen. Jemand schleuderte ein brennendes Holzscheit in den Compound des Fotografen. Die Toten fingen es auf und verzehrten die Flammen. Jemand warf noch ein brennendes Holzscheit in die Luft. Es landete auf dem Lastwagen und verglühte auf dem Dach. Etwas krabbelte mir an den Beinen hoch. Rauch wehte durch ein Seitenfenster herein. Im Lastwagen wimmelte es von Spinnen und Würmern. Ich begann aus dem Wagen zu klettern. Ich hatte gerade den Kopf aus dem anderen Fenster gesteckt, als ich einen ohrenzerreißenden Knall aus dem Compound des Fotografen hörte. Nach dem Knall trat tiefe Stille ein. Das Pfeifen des Windes übertönte den Lärm.
Und dann verwandelten sich die Schatten, die Schritte, die grünen Körper, die wütenden Jaguare, die Verderbenbringer, die Feuerspeier, die Totenerwecker und die Schlafstörer in fliehende Schritte, die vom Wind und dem großen Knall zerstreut wurden. Die dunkle Wand ihrer Körper löste sich auf. Ihre Stimmen waren nicht mehr so bedrohlich, sondern voller Angst.
Ein weiterer Gewehrschuß, der nicht in eine bestimmte Richtung gezielt war, aber die Luft zerriß, als sei ein Stern über

unserer Straße explodiert, ließ die wilde Flucht unserer Gegner noch verzweifelter erscheinen. Ich hörte, wie sie übereinander herstolperten, in das von ihnen selbst geschaffene Grauen hineinrannten, mit ihren eigenen Schatten und den leuchtenden Körpern im Dunkeln zusammenstießen. Ich hörte, wie sie die Namen ihrer Mütter schrien, nach ihren Frauen riefen und sich fragten, wer für ihre Kinder sorgen würde, während die Unschuldigen ihnen mit Flaschen die Köpfe einschlugen, die Männer aus unserer Straße sie mit einem hartnäckigen Knüppelhagel in die Flucht schlugen, und sie in einem wütenden Ansturm zerfleischender Krallen und stumpfer Hackmesser niedergemacht wurden.

Neue Kräfte hatten sich der Nacht angeschlossen, die Nacht bekehrt, sie zum Verbündeten der Unschuldigen gemacht. Als die mächtige Flut sich zurückgezogen hatte, der Aufruhr niedergeworfen war und die Gegner ihre Lastwagen an Madame Kotos Ende der Straße bestiegen hatten und davongefahren waren, stiegen die Heere der Toten in den offenen blutenden Mund der Erde. Ich sah sie vom Lastwagen aus. Ich sah zu, wie sich die Welt in einen Taumel von Geschichten auflöste. Die Toten stiegen mit ihren indigofarbenen Augen und ihren silbernen Blicken in die Vergeßlichkeit unserer dunklen Erinnerungen hinab.

Die Anwohner der Straße hatten die Nacht wieder für sich. Stimmen wurden laut. Hier und dort gingen Lampen an. Leute versammelten sich zaghaft vor den Compounds. Nur der Fotograf fehlte, um die Ereignisse der Nacht festzuhalten und sie mit seinem magischen Apparat wirklich werden zu lassen. Ich kroch aus dem Lastwagen und rannte über die Straße in Mutters verzweifelte Arme.

Morgens erfuhren wir, daß es Verwundete gegeben hatte, eine Frau, deren Gesicht mit einem Messer übel zugerichtet worden war, einen Mann, dessen Kopf von der stumpfen Rache eines Buschmessers eine einzige blutige Wunde war, Leute, denen mit zerbrochenen Flaschen die Nase aufgeschlitzt worden war,

andere, die mit Drahtseilen ausgepeitscht worden waren, einen Mann, der sein halbes Ohr verloren hatte, und die Frau mit dem verbrannten Rücken. Die Unschuldigen hatten also viele Verwundete, die Gegner, wie wir hörten, einen Toten. Wir hörten auch, daß eine Partei behauptete, die Greueltaten seien von der anderen Partei begangen worden.
Die Anstrengung, die es gekostet hatte, zurückzuschlagen, hatte die Straße erschöpft. Wir feierten unsern Widerstand nicht. Wir wußten, daß die Unruhen noch weitergingen und der Vergeltungsschlag auf eine andere Nacht verschoben war, wenn wir alles vergessen haben würden. Die verängstigten und wütenden Anwohner der Straße stellten Wachen auf. Sie waren mit Messern, Knüppeln und alten Flinten bewaffnet. Wir warteten darauf, daß Leid in neuer Gestalt über uns kam. Wir warteten lange. Nichts geschah so, wie wir es erwartet hatten. Nach zwei Wochen wurden die Wachen aufgelöst. Wir fielen wieder in unser normales Leben zurück.
Der Fotograf war verschwunden. Sein Zimmer war verwüstet worden. Seine Tür eingeschlagen, seine Kleider zerfetzt, seine Matratze aufgeschlitzt, die vorhandenen Bilder und Negative zerstört und mehrere von seinen Fotoapparaten zerschlagen. Sein Hauswirt, der kein Mitleid mit Helden hatte, ging herum und suchte nach ihm und verlangte, daß die Tür repariert wurde.
Wir befürchteten, daß der Fotograf ermordet worden war. Sein Schaukasten blieb die ganze Zeit zertrümmert. Er sah scheußlich aus. Er wurde im Kleinen zu einem Abbild dessen, was einflußreiche Mächte innerhalb einer Gesellschaft anrichten können, wenn jemand ihre Machenschaften anprangert. Und da der Fotograf nicht dagewesen war, um festzuhalten, was in jener Nacht geschah, wurden die Ereignisse mit keinem Wort in der Zeitung erwähnt. Es war, als hätte es sie nie gegeben. Sie verkamen zu Gerüchten.
Anfangs litt die Straße Angst. Die Besitzer der kleinen Stände verkauften abends keine Waren mehr. Die Straße schien nachts dunkler zu sein als sonst. Die Leute wurden so vorsichtig, daß

niemand mehr die Tür öffnete, nur weil jemand angeklopft hatte. Jene, die es gewohnt waren, abends auszugehen, um zu trinken und erst spät heimzukommen, betranken sich nun in ihren Zimmern und sangen bis tief in die Nacht.
Als nach geraumer Zeit immer noch nichts geschah und uns kein Vergeltungsschlag traf, sah es so aus, als sei nichts Besonderes geschehen. Manche von uns mißtrauten allmählich ihrem Gedächtnis. Wir glaubten schon, wir hätten das Fieber jener Nacht gemeinsam geträumt. Es wäre nicht das erste und auch nicht das letzte Mal gewesen. Währenddessen strömte der Fluß wilder Jaguare unter der Oberfläche unserer hungrigen Straßen dahin.

In vielen jener Nächte erzählte mir Mama in meiner kindlichen Stunde Geschichten über aquamarinblaue Wesen. Unter den weißen Augen des Monds, unter der indigofarbenen Sonne, in den goldenen Lichtern des Überlebens in unserm kleinen Zimmer lauschte ich der Weisheit alter Lieder, die Papa mit seiner rauhen Kämpferstimme sang. Gebannt von den kobaltfarbenen Schatten, der unglaublich ultramarinblauen Luft und den silbernen Blicken der Toten, lauschte ich den harten Bildern der Freude. Ich lauschte auch den Arbeits- und Ernteliedern und den Geheimnissen von Helden.
Draußen blies der Wind der Wiederkehr sanft über die Erde.

Drittes Buch

I

Die Heimsuchung durch das Grauen änderte unser Leben in keiner Weise. Mama wurde weiter auf dem Markt behelligt. Wenn sie mit ihrem Stand auf einen anderen Teil des Marktes umzog, tauchten die Schläger auf und gaben sich als normale Kunden aus. Sie belästigten sie, stießen ihren Tisch um und nahmen ihre Waren, ohne zu bezahlen. Dann beschimpften sie sie und warfen ihr die unerhörtesten Dinge vor, so daß jene, die das eine oder andere bei ihr kaufen wollten, woanders hingingen. Mama kam nach Hause und hatte kaum etwas verkauft. Sie nahm nur sehr wenig Geld ein.

Papa kam jeden Abend früher nach Hause. Auch er wurde immer öfter behelligt. Er war abgespannter denn je, und der Rükken tat ihm so weh, daß er an manchen Morgen Schwierigkeiten hatte, sich aufrecht zu halten. Papa wurde schwerfälliger. Der Nacken tat ihm ständig weh. Seine Füße waren oft wund. Die Haut auf den Schultern, hinter den Ohren, auf dem Nacken und am Rückgrat begann sich zu schälen. Salz und Zement rieselten beim Tragen der Lasten heraus und färbten seine Haut grau.

Für eine Weile gab ich meine Streifzüge auf. Wenn ich aus der Schule kam, blieb ich draußen vor unserem Compound und spielte auf der Straße. Abends machte ich Besorgungen für Mama und Papa, die zu müde waren, irgend etwas zu tun. Ich kaufte Kerzen, Mückenspiralen und *ogogoro*. Ich wärmte das Essen auf, wusch die Teller ab und machte das Zimmer sauber. Ich sammelte Kräuter, die Papa für seine geheimen Arzneien benutzte. Ich ging zu Kräuterheilern, um Arzneien für Papas Rücken zu holen. Wir gingen alle früh ins Bett, und Papa blieb nicht mehr stundenlang auf seinem Stuhl sitzen.

Wenn die Kerze heruntergebrannt war und die Ratten zu nagen begannen, löschte ich das Licht und lag im Dunkeln wach. Dann lauschte ich, wie Mama und Papa im Bett schnarchten. Wenn ich einschlief, erhob sich manchmal ein leichterer Teil meines Körpers in die Luft und schwebte im Dunkeln. Ein helles Licht, das ich nicht sehen, sondern nur fühlen konnte, umgab mich. Ich wurde aus meinem Körper herausgehoben, mühte mich ab, durchs Dach nach draußen zu gelangen, und wurde plötzlich vom Geräusch der nagenden Ratten wieder hinabgezogen. Anschließend schlief ich fest.

Eines Nachts schaffte ich es, durch das Dach nach draußen aufzusteigen. Ich schoß in atemberaubendem Tempo in die Höhe, und Sterne fielen von mir herab. Unfähig, meine Bewegungen zu steuern, flog ich auf und ab und in alle Richtungen, trudelte durch unglaubliche Höhen und Wirbelwinde. In schwindelnden Drehungen kreiselte und tanzte ich durch die Luft, und die Dunkelheit kam mir grenzenlos vor, ohne Zeichen, ohne Markierungen. Ich stieg auf, ohne in den Himmel zu gelangen. Ich segelte glücklich durch große Höhen und begriff etwas von der unmenschlichen Wonne des Fliegens.

Ich hatte in jener Nacht gerade gelernt, meine Bewegung ein wenig zu steuern, als etwas passierte und ein großer Blitz, der einem plötzlichen Geräusch ähnelte, mitten durch mich hindurchschoß. Ich schien in alle Richtungen zerstreut zu werden. Ich verwandelte mich in Blätter, die vom Wind der Wiederkehr davongepeitscht wurden. Ich spürte, wie ich durch einen dunklen Raum von unerträglicher Weite fiel, und eine diamantenscharfe Todesqual zerrte tief an meiner Leichtigkeit, und ich versuchte, wieder in meinen Körper zu gelangen, doch irgend etwas schien mich in eine Flut tiefer Nacht abzulenken, und ich kämpfte und versuchte, ruhig zu sein, und dann spürte ich mit Entsetzen, wie ich immer schneller in einen dunklen Brunnen fiel, und unmittelbar bevor ich auf den Grund aufschlug, merkte ich, daß ich in das Gesicht eines leuchtenden Monds fiel. Die Helligkeit verschlang mich und verwandelte sich in Dunkelheit. Ich schrie laut auf. Und als ich wieder zu mir kam,

hörte ich einen Augenblick lang, wie die Ratten nagten, meine Eltern schnarchten und jemand unablässig gegen die Tür hämmerte.
Ich blieb eine Weile auf der Matte liegen, ohne mich zu rühren. Ich hatte heftige Kopfschmerzen. Lichter drehten sich vor meinen Augen. Ich fühlte mich völlig leer und seltsam. Das Klopfen hörte nicht auf und unterbrach das Schnarchen meiner Eltern. Sogar die Ratten wurden still. Ich stand auf, ging zur Tür und fragte: »Wer ist da?«
Papa drehte sich im Bett um. Mama hörte auf zu schnarchen. Ich bekam keine Antwort. Ein anderer Hausbewohner rief aus dem Fenster: »Wer klopft da so? Wenn du keinen Ärger haben willst, dann verschwinde, hörst du?«
Es klopfte erneut, diesmal leiser, wie ein Kode, von dem man annahm, daß ich ihn verstehen würde. Ich öffnete die Tür. Vor der niedrigen Mauer neben unserer Tür hockte, die Kamera über der Schulter hängend, der Fotograf. Seine verängstigten Augen leuchteten im Dunkeln.
»Ich bin's«, sagte er.
Ich starrte ihn lange an. Er rührte sich nicht. Der Nachbar schrie: »Da ist wohl einer lebensmüde!«
Ich machte die Tür für den Fotografen weiter auf, und immer noch gebückt, kam er schnell in den Raum. Ich zündete eine Kerze an. Ich sah, daß er am Kopf blutete. Er setzte sich auf meine Matte, und das Blut rann ihm von der Stirn, an den Augen vorbei, und durchweichte sein gelbes Hemd. Er atmete schwer und versuchte das Blut zu stillen. Sein Haar war zerzaust, sein Gesicht übel zugerichtet, ein Auge war hervorgequollen, die Unterlippe geschwollen und verfärbt.
»Was ist passiert?« fragte ich.
»Eine Kleinigkeit«, sagte er. »Nichts, was über die Kräfte eines Mannes geht.«
Er setzte sich, dann kniete er sich hin und legte den Kopf in die Hände. Als er den Kopf wieder hob, waren seine Augen groß und glänzend, voller Angst und Weisheit.
»Ich habe gehört, was hier alles auf der Straße passiert ist. Es

passiert überall. So oder so, wir müssen weiter für die Wahrheit kämpfen. Und für Gerechtigkeit. Und wir werden gewinnen.«
Seine Hände waren voller Blut. Er wischte es an seinem Hemd ab, das Rot auf dem Gelb sah ekelerregend aus.
»Glaub mir«, fügte er hinzu.
Es dauerte eine Weile, ehe er weitersprach. Seine Augen erinnerten sich, und auf seinen Lippen lag ein leichtes Lächeln.
»Als die drei Männer neulich nachts kamen, bin ich aus dem Fenster gesprungen, in die Sümpfe gelaufen und habe mich dort unter der Holzbrücke versteckt, bis sich die Würmer mir in die Füße fraßen. Dann bin ich unter der Brücke hervorgekommen. Ich hatte Angst. Ein Hund winselte, als er mich sah, und lief ständig hinter mir her. Ein zweibeiniger Hund. Das elende Tier hat mich die ganze Zeit belästigt und gewinselt, und alle Leute starrten mich an, und ich wußte nicht, wer ein Feind war und wer nicht, und so habe ich dem Hund einen Tritt gegeben. Er ist umgefallen und nicht wieder aufgestanden.«
Er machte eine Pause.
»Dann bin ich zum Haus eines Freundes gegangen. Er hatte gerade eine Freundin da. Ich habe mir die Füße gewaschen und bin draußen geblieben. Dann habe ich mich auf den Weg zu meinen Verwandten gemacht.«
Er hielt inne.
Die Ratten nagten weiter an unserm Leben.
»Was ist das?« fragte er überrascht.
»Ratten.«
»Ach so«, sagte er.
Er schwieg eine Weile, und ich dachte, er hätte vergessen, worüber er sprach. Er blinzelte, rollte mit den Augen und stöhnte. Ein Tropfen Blut, der ihm von der Stirn lief, blieb auf seiner Wange hängen. Ich beobachtete den Blutstropfen, während der Fotograf weitererzählte.
»Ich blieb bei dem einen oder anderen Verwandten. Mir fiel auf, daß seltsame Leute jetzt ihre Häuser beobachteten. Ich hörte, was in unserer Straße passiert war. Ich schuldete noch meine

Miete. Und ich brauchte noch Sachen für meine Kamera. Ich dachte, es wäre genug Zeit vergangen. Und dann habe ich beschlossen, heute nacht nach Hause zu gehen. Unterwegs habe ich mich in dunklen Winkeln versteckt und versucht, vorsichtig zu sein, doch als ich in die Nähe meines Compounds kam, sind zwei Leute auf mich losgegangen, haben mir mit einem Buschmesser und einem Knüppel auf den Schädel geschlagen, und ich habe zurückgeschlagen und bin dann in den Wald gelaufen. Dort bin ich eine Weile geblieben. Die Mücken haben mich gestochen. Der zweibeinige Hund begann in der Dunkelheit zu winseln. Ich konnte ihn nicht sehen. Ich wurde hungrig und hörte Stimmen in den Bäumen, und dann habe ich beschlossen, daß es Zeit war, nach Hause zu gehen und die Sache durchzustehen.«

Er hielt wieder inne. Das Blut auf seiner Wange lief nicht weiter. Dann fuhr er fort.

»Ich habe einen anderen Weg eingeschlagen. Diesmal habe ich mich nicht versteckt und nicht die dunklen Winkel vermieden, weil ich wollte, daß die Leute aus unserer Straße mich erkannten. Als ich fast zu Hause war, sprangen zwei Leute, die sich in dem ausgebrannten Lastwagen versteckt hatten, auf die Straße und gingen auf mich los. Ich schrie, und sie haben mich nach Strich und Faden verprügelt, ehe sie wegliefen. Und dann bin ich hier hergekommen, weil ich mich in meinem Zimmer oder sonstwo nicht sicher genug fühlte.«

Er schwieg wieder. Er horchte auf die Ratten und wischte sich die Wange mit dem Handrücken ab.

»Das müssen aber große Ratten sein«, bemerkte er.

»Woher weißt du das?«

»Das hört man.«

Ich lauschte.

»Sie haben große Zähne, scharfe Zähne«, sagte er. »Wußtest du, daß in Ägypten die Ratten ein ganzes Kamel aufgefressen haben?«

»Was ist ein Kamel?«

»Das einzige Tier, das in der Wüste überleben kann.«

Ich staunte bei der Vorstellung von solch einem Tier.
»Und die Ratten haben es aufgefressen?« fragte ich.
»Ja.«
»Und wie?«
»Mit den Zähnen.«
Ich horchte auf die Ratten.
»Werden sie uns auffressen?«
»Dann hätten sie es schon getan. Aber so genau weiß man das nie.«
»Was weiß man nicht?«
»Wie groß ihr Hunger ist.«
Ich horchte wieder.
»Aber ich kenne ein gutes Gift, um sie zu töten. Das beste. Ich bringe dir etwas mit.«
Die Ratten hörten auf zu nagen.
»Sie können uns verstehen«, sagte ich.
»Gut.«
Er stand auf.
»Mir tut der Kopf weh. Bring mich in den Hinterhof. Ich will das ganze Blut abwaschen.«
Ich ging mit ihm nach draußen. Der Wind fegte heftig durch den Gang. Erst war es sehr dunkel, und ich glaubte, die Kleider auf der Wäscheleine wären Männer mit dunklen Brillen, doch dann flatterten sie im Wind, und ich gewöhnte mich an die Dunkelheit. Der Fotograf wusch sich die Wunden an einem Eimer neben dem Brunnen. Er stöhnte vor Schmerz. Als wir zurück ins Zimmer kamen, war Papa wach.
»Wer ist da?« fragte er, als ich hereinkam.
Ich zündete die Kerze an. Der Fotograf stand an der Tür, und von seinem Kopf tropften Wasser und Blut. Papa blickte uns beide an, ohne eine Miene zu verziehen. Während der Fotograf sich an seinem Hemd das Haar abtrocknete, erzählte ich Papa, was geschehen war. Ich versuchte, leise zu sein, aber bald wachte Mama auf. Nachdem Mama gehört hatte, was los war, ging sie, um etwas Essen für den Fotografen aufzuwärmen, und rieb seine Wunden mit Salbe ein. Sie unterhielten sich bis spät in die

Nacht. Sie besprachen, was sie für ihn tun könnten, und bestanden darauf, daß er bis zum Morgen bleiben solle. Sie beschlossen noch eine ganze Menge anderer Dinge, doch ich weiß nicht mehr, was, weil ich müde wurde und einschlief.

Als wir am nächsten Morgen aufwachten, war der Fotograf verschwunden. Auf dem Tisch lagen die Bilder vom Fest meiner Heimkehr.

2

In der teuflischen Hitze jenes Nachmittags veranstalteten sechs uneheliche Söhne unbedeutender Kriegsherren, die ich erst für Minotauren hielt, eine Schlacht um die Vorherrschaft. Sie kämpften neben dem ausgebrannten Lastwagen. Niemand kam, um sie zu trennen. Sie schlugen sich mit langen Stöcken, Keulen und Peitschen. Sie sahen alle gleich aus. Sie waren das austauschbare Antlitz von Gewalt und Politik. Sie alle waren muskulös. Sie sahen aus wie gescheiterte Boxer, wie die Schläger und die Schinder und die Lastenträger, die ich auf dem Umschlagplatz gesehen hatte. Sie waren ungezügelt und wild. Ihre Oberkörper waren nackt. Ihre Gesichter waren furchteinflößend. Und sie kämpften stundenlang, als wären sie an einem dunklen Ort, in einem Alptraum gefangen.

Peitschen knallten. Ich sah den schnellen Hieb eines Buschmessers; einer der Männer fiel zu Boden; drei Männer warfen sich auf ihn. Zwei andere rangen mit den dreien, und von hinten schlug ein Mann mit einer Pferdepeitsche blindlings auf ihre Rücken ein. Bald waren alle von schäumendem Schweiß und Blut bedeckt. Zwei von den Männern, erbitterte Gegner, deren bronzefarbene Haut unter dem brennenden Sonnenball glänzte, lösten sich aus dem Durcheinander von Körpern und gingen aufeinander los. Der eine peitschte auf den Rücken des anderen ein, peitschte auf den straffen Rücken, bis die Haut zu Streifen weißlichen Fleischs zerriß und bald rot wurde. Der andere nahm es hin, hob nach einer Weile die eigene Peitsche und bearbeitete nun seinerseits den Rücken des anderen, er peitschte und schlug in tiefem Schweigen, leidenschaftslos. Sie waren unbeteiligte Feinde. Sie schlugen weiter aufeinander ein und ertrugen die Schläge. Dann brach einer von ihnen den Bann und packte die Peitsche des anderen, sie rangen miteinander und rollten auf den Boden, ihre Rücken waren bald von Blut und Sand bedeckt.

Der eine warf den anderen durch die Luft, gab ihm einen Tritt gegen den Kopf und stieß einen kleinen Freudenschrei aus. Der Mann, der auf dem Boden lag, hob einen Stein auf. Der andere stürzte sich auf ihn. Der Mann mit dem Stein drückte diesen in das Auge des anderen, bis eine Art grünes Blut hervorquoll. Der andere schrie nicht auf. Sie begannen aufeinander einzuschlagen und prügelten sich wie in einem Ablauf von Traumbildern. Das blutende Auge wurde grüner und größer. Die Anwohner der Straße beobachteten verblüfft den Kampf.

Die anderen vier Männer lieferten sich ungerührt ein Gefecht. Sie kämpften auf dem Dach des ausgebrannten Lastwagens. Sie kämpften überall auf dem Boden. Sie kämpften auf den Glasscherben vom Schaukasten des Fotografen, bluteten, in ihrem Rücken stecken Glasstücke, doch die Männer kämpften weiter, als kenne ihr Fleisch keinen Schmerz. Erst sah es so aus, als könnten wir erkennen, wer auf welcher Seite stand; dann verwirrte uns ihr undurchschaubarer Kampf, denn jeder kämpfte gegen jeden, auf jede nur erdenkliche Art, ohne Leidenschaft, ja ohne Politik, und die Augen traten ihnen aus den Höhlen. Man konnte unmöglich sagen, welche Partei sie unterstützten, für welche Ideen sie kämpften oder welches Ziel sie mit ihrer Schlacht verfolgten. Sie kämpften äußerst seltsam, warfen sich gegenseitig Sand in die Augen, spuckten, hielten das Gesicht hin, um Schläge einzustecken, ertrugen sie stoisch, wurden manchmal davon zu Boden geschleudert und rappelten sich wieder auf, um den Kampf mit völlig unbeteiligter Wildheit wieder aufzunehmen. Einer von ihnen erhielt einen Tritt in die Hoden, er sprang hoch, fiel zu Boden und wälzte sich hin und her. Als er sich wieder aufgerappelt hatte, stampfte er ständig auf den Boden. Und während er versuchte, über seine Schmerzen hinwegzukommen, kam ein anderer Mann, von dem ich glaubte, er sei auf seiner Seite, und schlug ihm mit einem Ziegelstein auf den Kopf, so daß er zu Boden stürzte und alle viere von sich streckte wie ein totes Tier.

»Das sind die Verrückten unserer Geschichte«, sagte ein Anwohner unserer Straße. »Sie warten nur darauf, daß es einen verdammten Krieg gibt.«

Dann begann der Mann, der wie ein totes Tier alle viere von sich gestreckt hatte, plötzlich auf der Erde zu zucken. Er zuckte mit den Beinen und gab heisere Laute von sich. Wie eine Gestalt aus einem Alptraum erwachte er mit steifem Oberkörper und stumpfen, ausdruckslosen Augen wieder zum Leben. Ein heiseres Gelächter drang dabei aus seiner Kehle. Er zog etwas aus seiner hinteren Tasche hervor, schwenkte es siebenmal durch die Luft und zerdrückte es mit beiden Händen, bis er einen Strahl von rotem Saft herausgepreßt hatte, und schlug dann mit der offenen Handfläche einem nahenden Gegner auf die Brust.

Der Mann, den dieser Schlag getroffen hatte, schrie auf, als hätte man ihm ein Brandeisen aufgedrückt, stürzte schwerfällig zu Boden und zuckte wie im Todeskampf. Der Mann mit der seltsamen Waffe wiederholte sein Glanzstück mit einem anderen Gegner und schlug diesem so heftig ins Gesicht, daß es sich wie ein leichter Donnerschlag anhörte. Wir sahen, wie das Gesicht des Mannes rot wurde, und dann begann die Röte zu tropfen wie geschmolzenes Wachs. Der Mann drehte sich schreiend und stampfend im Kreis, fiel auf die Knie und hielt sich das Gesicht. Und als er schwankend wieder aufstand, sahen wir das rohe Fleisch, das die Form eines Handabdrucks hatte. Die Haut hatte sich aufgelöst. Er wimmerte wie ein Verrückter, der gefoltert wird.

Die drei Männer schlossen sich nun zusammen und verabreichten dem einzigen Mann, der sich auf der anderen Seite noch auf den Beinen hielt, eine kräftige Tracht Prügel. Sie schleuderten ihn fünfmal nacheinander zu Boden. Sie sprangen ihm auf die Brust, traten ihm gegen den Kopf, warfen ihn hoch und stießen ihn herum, bis er zusammenbrach. Dann wurden die Bündnisse deutlich. Die drei Männer hoben ihre weiten Hemden auf, schwenkten sie wie lächerliche Flaggen, gingen mit erhobenen

Armen die Straße hinauf und sangen die Lieder ihrer Vorherrschaft, die Lieder der Partei der Armen, oder war es die der Reichen? Niemand konnte das mit Sicherheit sagen. Da erkannte ich die neueste Inkarnation ihrer ewig wiederkehrenden Konflikte, die ewige Wiederkehr alter Feindschaften, geheimer Geschichten, schwärender Träume. Die drei Männer gingen ihres Wegs, tanzten die Straße hinauf, und niemand jubelte ihnen zu, niemand feierte ihren Sieg, und niemand betrachtete sie als Helden.

Die drei Schläger der Partei der Reichen – oder war es die der Armen? – lagen auf dem Boden und krümmten sich. Der Mann, der den Schlag auf die Brust erhalten hatte, stand stöhnend auf. Der Abdruck einer Hand war auf seiner massigen Brust eingeprägt wie auf poliertem Messing. Er ging zu den anderen und half ihnen auf. Wie eine traurige Diebesbande, wie festgenommene Gauner, wie ein geschlagenes Heer von Schurken stützten sie sich gegenseitig, jammerten und krümmten sich jeweils zu der Seite, auf der sie am schwersten verletzt waren. Sie wankten die Straße hinab, humpelten vor ihren Besiegern fort.

3

Als die Kämpfer gegangen waren, war die Luft der Straße von Angst erfüllt. Es war Spätnachmittag. Schon das Geräusch eines Tellers, der zerbrach, oder von zwei Leuten, die sich stritten, machte uns mißtrauisch. Die glühende Hitze schränkte jede Bewegung ein, und ich entfernte mich an jenem Tag nicht weit von zu Hause, weil ich Angst hatte, daß auf der ganzen Welt Schläger mit Feuer im Hirn in einem verrückten Alptraum der Geschichte aufeinander einschlugen.

Dadurch daß ich an jenem Tag zu Hause blieb, lernte ich, wie lang ein heißer Nachmittag sein und wie die Hitze die Zeit verlangsamen kann. Ich saß auf dem Zementabsatz und lauschte den Fliegen. Überall waren fliegende Ameisen. Eidechsen liefen die Wände hinauf und hinab und sonnten sich nickend. Ich ging zu einer Straßenhändlerin, die gekochtes Essen verkaufte, um ein paar Bohnen zu erstehen. Die Fliegen leisteten ihr ständig Gesellschaft. Und sie hatte ganz erstaunliche Zeichen auf beiden Seiten des Mundes eintätowiert. Wenn sie lächelte, sahen die Zeichen seltsam aus, aber wenn sie ernst war, wirkte sie dadurch hübsch. Sie verkaufte mir für ein paar Pennies Bohnen und bot mir an, Kokoro verbilligt zu verkaufen.

»Was ist Kokoro?« fragte ich.

»Das sind die Ameisen, die sich von den Bohnen ernähren.«

»Ameisen?«

»Ja. Das ist gut für dich. Davon wirst du schlau und wächst schneller.«

Ich kaufte auch ein paar gebratene Ameisen und setzte mich in den Schatten. Ich aß die Bohnen und die Ameisen und trank etwas Wasser. Dann wurde ich müde und legte mich vor unserer

Tür schlafen. Die Sonne brannte auf mich nieder, und als Mama zurückkam und mich weckte, sah ich eine Minute lang fast nichts. Ich war richtig blind, und alles bestand aus blauen, roten und gelben Wirbeln. Mama führte mich ins Zimmer und brachte mich ins Bett. Als ich aufwachte, war es Abend. Meine Blindheit war der Farbenvielfalt der Welt gewichen. Mama war nicht da. Ihre Abwesenheit beunruhigte mich. Ich schloß die Tür hinter mir ab, versteckte den Schlüssel unter der abgenutzen Fußmatte und machte mich auf, um sie zu suchen. Ich ging die Straße hinab und traf unsern Hauswirt. Mit kaltem Blick und verächtlicher Stimme fragte er, ob meine Eltern zu Hause seien.
»Nein«, sagte ich.
»Wann kommen sie zurück?«
»Das weiß ich nicht.«
»Sag ihnen, daß ich heute abend vorbeikomme, um mit ihnen über die Miete und ein paar andere Dinge zu sprechen, klar?«
Ich nickte. Er eilte auf unseren Compound zu. Ich ging weiter. Mit tat der Bauch weh, und ich war sicher, daß die gebratenen Ameisen darin herumkrabbelten. Plötzlich breitete sich ein übler Gestank in der Luft aus. Wohin ich mich auch wandte, war der unerträgliche, nicht zu vermeidende Gestank. Und dann sah ich, daß der Latrinenleerer auf mich zukam. Ich wollte ihn nicht verletzen, deshalb rührte ich mich nicht und rannte nicht weg. Doch ich hielt den Atem an. Er taumelte und wankte unter der schweren Last. Er war völlig vermummt, in ein schmutziges blaues Tuch gehüllt, und ich sah nur seine vorstehenden Augen und seinen stieren Blick. Er grunzte, als er gekrümmt an mir vorbeiging. Der Druck der angehaltenen Luft wurde so stark, daß ich rannte; und als ich wieder atmete, wurde mir schlecht. So ging es allen. Ehe ich es recht merkte, war ich in der Nähe der Bar. Draußen vor der Bar standen Madame Koto und Mama und unterhielten sich, und zwischendurch hielten sie sich immer wieder die Nase zu. Ich kehrte nach Hause zurück. Der Geruch blieb in der Luft, und selbst als ich die Tür schloß, war er noch da.
Nach einer Weile kam Mama herein. Sie sah sehr müde aus. Sie

erzählte, Madame Koto habe nach mir gefragt. Ich richtete ihr aus, was der Hauswirt zu mir gesagt hatte; sie wurde ganz aufgeregt.

»Die Miete? Wir haben nicht genug Geld. Wann will er kommen, hat er gesagt?«

»Heute abend.«

Sie saß eine Weile da und rührte sich nicht. Dann ging sie zu ihrer Schüssel mit den Lebensmitteln, holte eine Blechdose daraus hervor und begann ihr Geld zu zählen. Sie zählte lange, und der Schweiß brach ihr dabei auf der Stirn aus. Dann saß sie wieder eine Weile da und rührte sich nicht. Sie knüpfte ein Ende ihres Wickeltuchs auf und zählte, wieviel Geld sie dort hatte. Es wurde ziemlich spät. Ich zündete eine weitere Kerze an. Mama schien nichts mehr wahrzunehmen. Sie zählte immer noch ihr Geld, rechnete aus, wieviel sie brauchte, um ihre Bestände wieder aufzustocken, und wieviel sie verdient hatte, als es gebieterisch an die Tür klopfte. Mama sprang auf, und dabei rollte ihr ganzes Geld über den Boden. Sie sammelte es hastig auf und steckte es weg, ehe sie mit schweißnassen Augenlidern sagte: »Azaro, sieh nach, wer geklopft hat.«

Ich ging zur Tür und öffnete sie, und der Hauswirt kam herein, schob mich in den Raum und machte die Tür weit auf, als wollte er, daß die ganze Welt hörte, was er zu sagen hatte. Er hatte drei Männer bei sich, Fremde. Sie waren sehr kräftig, hatten gut entwickelte Muskeln und den irren Blick politischer Schläger. Sie trugen zueinander passende Uniformen, kamen in den Raum und stellten sich breitbeinig, mit dem Rücken an die Wand, nebeneinander. Sie winkelten die Arme an und sahen uns verächtlich an, als seien wir Insekten.

Der Hauswirt blickte sich um, sah das halbzerbrochene Fenster und bekam einen Tobsuchtsanfall. Er sagte völlig unzusammenhängende Dinge und war erst wieder zu verstehen, als er sich etwas beruhigt hatte. Er verlangte, daß das Fenster bei seinem nächsten Besuch repariert sein müsse. Er ging in dramatischer Pose im Zimmer auf und ab und sparte sich wie immer die lauteste Stimme und die dramatischsten Gesten für den Augenblick auf, wenn er ganz nah an der Tür war. Die Leute aus dem Compound hatten sich draußen versammelt, und manche von ihnen blickten herein. Er fuchtelte mit den Armen, raffte mal links, mal rechts die bauschigen Falten seiner *agbada*, drehte sich um und sagte: »Ist Ihr Mann nicht da?«

»Nein.«

»Was ist mit meiner Miete?«

»Wenn er zurückkommt, gibt er sie Ihnen.«

»Hat er sie nicht dagelassen?«

»Nein.«

Der Hauswirt stolzierte einher, als wäre er auf einer Bühne, fuchtelte wütend mit den Armen und sagte: »Warum muß ich herkommen und Sie wegen meiner Miete drängen, hm? Als Sie das Zimmer haben wollten, sind Sie gekommen und haben mich angefleht. Und jetzt muß ich kommen und Sie um die Miete anflehen!«

»Die Zeiten sind schwer«, sagte Mama.

»Die Zeiten sind für alle schwer. Alle anderen Mieter haben bezahlt. Warum Sie nicht, hm?«

»Wenn mein Mann zurückkommt...«

»Macht er Ärger.«

»Das stimmt nicht.«

»Ihr Mann ist ein Störenfried.«

»Keineswegs.«

»Er hält sich für stark.«

Zum erstenmal schenkte Mama den drei muskulösen Männern Beachtung, die mit dem Rücken an der Wand lehnten. Sie blickte sie an, und die drei Männer starrten zurück, ohne sich zu rühren.

»Mein Mann ist stark, aber er ist kein Störenfried«, sagte sie schließlich.

Einer der drei Männer lachte.

»Halt den Mund!« bellte der Hauswirt.

Das Gelächter des Mannes verkam zu einem hohlen Gackern. Der Hauswirt setzte sich auf Papas Stuhl, der bedenklich wackelte. Er saß da und musterte uns, als überlegte er, was er als nächstes tun solle. Dann zog er eine halbe Kolanuß aus der Tasche und begann zu kauen. Keiner von uns sagte ein Wort. Die Kerzen flackerten; die Schatten wurden länger und verkleinerten den Raum. Die drei Männer sahen finster und teuflisch aus, und das Licht, das von unten auf ihre Gesichter fiel, ließ ihre Wangen und Augen hohl erscheinen.

»Wann kommt denn Ihr Mann nach Hause?«

»Ich weiß es nicht.«

Der Hauswirt kaute schmatzend auf seiner Kolanuß.

»Na gut«, sagte er nach einer wohlüberlegten Pause, »ich bin noch wegen einer anderen Sache hergekommen, die ganz einfach ist. Mir gefällt nicht, wie meine eigenen Mieter sich meiner Partei gegenüber benommen haben. Sie haben mich neulich verprügelt. Was habe ich ihnen denn getan, hm?«

In diesem Augenblick stand er auf und schritt wieder pathetisch im Raum auf und ab. Er fuchtelte mit den Händen, und seine Stimme wurde vor der Tür lauter, als richtete er sich an eine unsichtbare Zuhörerschaft.

»Ich habe das allen meinen Mietern gesagt. Jeder, der weiter in meinem Haus leben will, unter diesem Dach, das ich mit meinen eigenen Händen erbaut habe, muß meine Partei wählen. Haben Sie verstanden?«

Mama nickte nicht. Sie starrte finster in die flackernde Kerze.

»Es ist mir egal, ob Sie antworten oder nicht. Ich habe gesagt, was ich zu sagen hatte. Wenn Sie Ohren haben, dann hören Sie zu. Wenn Sie hier wohnen bleiben wollen, dann wählen Sie bei den Wahlen meinen Kandidaten.«

Er machte eine Pause.

»Das ist einfach. Sie brauchen nur neben seinem Namen einen Tintenklecks zu machen. Das ist kinderleicht. Meine Partei sorgt für gute Straßen, Strom und fließendes Wasser. Und denken Sie daran: Wir haben Leute im Wahllokal, die Sie im Auge behalten. Wir erfahren, wen Sie wählen. Und ob Sie unsern Mann wählen oder nicht, gewinnen werden wir sowieso. Aber wenn Sie ihn nicht wählen, dann gibt es Ärger. Dann können Sie sich genausogut schon jetzt eine neue Wohnung suchen und zusehen, ob Sie einen anderen Hauswirt finden, der ebenso gutmütig ist wie ich. Sagen Sie das Ihrem Mann. Ich habe keine Zeit, noch einmal vorbeizukommen. Und bringen Sie mir meine Miete spätestens morgen früh. Das ist alles.«

Er stand jetzt hinter Papas Stuhl. Er war mit seiner Rede fertig. Er hatte uns den Rücken zugewandt und schien auf eine Antwort zu warten. Doch es gab nur Schweigen. Und die knisternde Kerze. Die drei Männer sahen aus wie Standbilder. Sie sahen aus wie Tote. Ich konnte kaum das Weiße ihrer Augen erkennen.

»Ich will weiß Gott nur das Beste für meine Mieter«, fuhr der Hauswirt fort. »Aber ein Mieter, der nichts Gutes will, hat hier nichts zu suchen. Es gibt Macht – und Macht: Jeder, der mir Ärger macht, kriegt für den Rest seines Lebens genug Ärger. Ich bin ein friedfertiger Mensch, aber wenn einer meine Ruhe stört, dann wird er merken, daß ich ein LÖWE bin. Ich bin ein ELEFANT. Mein DONNER wird ihn treffen. Und außerdem schicke ich dann meine Leute, um ihn zu verprügeln.«

Er stand jetzt am Fenster. Er steckte die Kolanuß wieder in die Tasche. Er zog ein weißes Taschentuch hervor und wischte sich das Gesicht ab. Dann drehte er sich zu Mama um. Wir blickten ihn alle an. Nur Mama nicht. Sie starrte weiter in die Kerzenflamme, als könnte sie darin ihr Schicksal lesen.

Der Hauswirt öffnete den Mund, um etwas zu sagen, als ein sanfter Wind ins Zimmer kam und zu einer dunklen Gestalt wurde, die groß, aber gebeugt war. Und mit der Gestalt wehte noch eine Schwade des Latrinenfahrzeugs herein. Die Gestalt war Papa, und der Hauswirt machte langsam den Mund wieder zu.

Die drei Männer zogen sich vor Papa zurück, rückten von der Wand ab und stellten sich in halb kämpferischer Pose neben den Schrank. Plötzlich schien der Raum zu eng für alle geworden zu sein, und Papa verschlimmerte es noch dadurch, daß er die Tür schloß. Das von unten heraufscheinende Kerzenlicht fiel jetzt auch auf Papas Gesicht, und er bekam dadurch das Aussehen eines Mannes, der furchtbare Qualen aussteht. Seine Backenknochen traten im Licht hervor, seine Augen lagen tief in den Höhlen, und sein Kopf sah nackt aus. Er machte einen überraschten Eindruck. Er stand vor der Tür und starrte jeden von uns an, wandte sich jedem einzeln zu. Er schien einen steifen Hals zu haben. Er erweckte irgendwie den Anschein, als könne er das, was er sah, nicht mit dem, was er begriff, in Beziehung setzen. Er machte den Eindruck, als habe er einen Schlag auf den Kopf bekommen und sei nicht mehr ganz zurechnungsfähig. Er sah verwirrt aus, als hätte er den falschen Raum betreten und fände nicht mehr den Weg hinaus.

»Papa!« rief ich.

Er sah mich verständnislos an. Erst nach einer Weile fiel uns der Gestank im Raum auf.

Plötzlich machte einer der drei Männer ein Geräusch, als unterdrücke er ein Aufstoßen. Dann rannte er ans Fenster und spuckte hinaus. Der Hauswirt spuckte auf den Boden, trat in den Schleim und drehte den Fuß hin und her, als trete er eine Zigarette aus. Einer der anderen Männer ging an Papa vorbei und öffnete die Tür. Motten, Schnaken und fliegende Ameisen kamen herein, und Mücken schwirrten durch die Stille. Die Motte kreiste um die Kerze, und ich spürte, daß die Zeit zurückgegangen war und dort in der Falle saß.

Papa kam auf Mama zu und ließ sich schwerfällig auf das Bett sinken. Sein Gesicht war voller Scham. Scham, Erniedrigung und Trotz. Der Hauswirt, der kein Wort über das herausbrachte, was er eigentlich hatte sagen wollen, ging auf die Tür zu. Sein Sinn für das Theatralische hatte ihn verlassen. Er schien eine neue Art von Bedrohung bei Papa gespürt zu haben. Ich spürte sie ebenfalls. Er sagte: »Lassen Sie sich von Ihrer Frau erzählen, was ich zu sagen hatte.«

Er eilte aus dem Raum, ohne erneut seine Miete einzufordern. Seine Getreuen rannten hinter ihm raus und warfen Papa noch einen letzten Blick zu.

Wir saßen in dem Raum und waren von dem üblen Gestank umgeben, als sei ein Entlüftungsrohr unter unserm Fußboden geplatzt. Wir saßen stumm und regungslos da, bis eine der Motten sich die Flügel verbrannt hatte und die Kerze löschte. Ich tastete im Dunkeln nach den Streichhölzern. Dann hörte ich, wie Ma-

ma mit trauriger Stimme zärtlich sagte: »Mein Mann, was ist passiert?«
Als ich ich Kerze anzündete, hatte Mama die Arme um Papas Hals geschlungen. Sie drückte ihn an sich und hatte das Gesicht in seinem Haar verborgen. Als sie das Licht bemerkte, löste sie sich von ihm und schnürte ihm die Schuhe auf. Sie zog ihm die Schuhe aus, gab sie mir und sagte: »Dein Vater ist irgendwo reingetreten. Geh und wasch seine Schuhe im Waschraum ab. Aber mach es nicht am Brunnen.«
Ich nahm die Schuhe und ging hinaus. Der Wind blies durch den Gang und wehte mir Staub in die Augen. Der Wind war kühl; er roch nach Bäumen und Nacht, nach Büschen und aromatischen Kräutern. Und er roch nach Kerosin und Kerzenrauch, aber er hatte nicht den seltsamen Geruch, der in unserm Raum war. Ich lieh mir auf dem Hinterhof von einem Nachbarn eine Lampe, holte etwas Wasser, nahm eine alte Zeitung und ein paar Hölzchen und sah mir Papas Schuhe an. Doch ich entdeckte nichts Ungewöhnliches. Sie rochen nicht schlecht, sondern nur nach Schweiß und schwer beanspruchten Füßen. Ich wusch die Schuhe trotzdem ab, wusch mir die Hände und ging ins Zimmer zurück.
Papa saß jetzt auf seinem Stuhl. Mama fragte ihn, ob alles in Ordnung sei. Ich war mir sicher, daß er in der ganzen Zeit, die ich draußen gewesen war, kein Wort gesagt hatte. Mama sah bekümmert aus, als nagte seine geheime Qual auch an ihr. Als ich die Schuhe in die Ecke stellte, zog Papa einen Umschlag aus der Tasche und gab ihn Mama. Sie machte den Umschlag auf, holte ein paar Pfundnoten heraus und sah Papa erstaunt an. Er sagte: »Das ist für die Miete.«
Mama war so gerührt, daß sie vor ihm niederkniete, die Hände auf seine Schenkel legte und immer wieder sagte: »Danke, danke, mein tapferer Mann.«
Sie sagte es mit solch stolzer Traurigkeit, daß ich das Gefühl hatte, die Leidenden seien Fremde in dieser Welt. Papa zeigte weder Dankbarkeit noch sonst eine Regung, aber sein Gesichtsausdruck war so seltsam, daß er ganz bestimmt mehr empfand, als er auszudrücken vermochte.

Nach einer Weile machte Mama etwas zu essen für Papa. Er ging nach draußen und nahm ein ausgiebiges Bad. Als er zurückkam, hatte er nur ein Handtuch um die Hüften geschlungen. Er schickte mich los, um ihm eine kleine Flasche Haussa-Parfüm zu kaufen.

Ich ging die Straße ein ganzes Stück in Richtung der Hauptstraße hinauf, bis ich auf eine Gruppe von Haussa-Händlern stieß, die sogar nachts indische Räucherstäbchen, Perlen, Parfüm und Talismane verkauften. Ich kaufte ein billiges Fläschchen Parfüm und rannte zurück. Papa hatte sich angezogen. Er übergoß sich mit großen Mengen Parfüm und verpestete das Zimmer mit dessen starken Ingredienzien. Wir wuschen uns die Hände und aßen schweigend.

Nach dem Essen ging Mama nach draußen, weichte Papas Kleider in einem Desinfektionsmittel ein und versteckte den Eimer ganz hinten im Hof. Papa blieb auf und setzte sich auf seinen Stuhl. Er trank nicht und rauchte nicht. Er war völlig nüchtern. Er sah aus, als würde er sich nie vom Schock einer bestimmten Selbsterkenntnis erholen. Mama blieb mit ihm auf. Sie sagten lange nichts. Als ich gerade einschlief, hörte ich, wie Mama fragte, als wäre sie darauf vorbereitet, auch diese Möglichkeit zu akzeptieren: »Du hast doch niemanden umgebracht, nicht wahr?«

Ich öffnete die Augen. Papa schüttelte den Kopf. Dann schwiegen sie beide. Mama zündete eine Mückenspirale an. Ich schloß die Augen wieder.

Ein wenig später in jener Nacht klopfte es an die Tür. Es war der Fotograf. Er schlüpfte hastig ins Zimmer. Papa schlug die Augen auf und sagte: »Ach so, Fotograf, du bist's.«

»Ja, ich bin's.«

»Schlaf gut.«

»Du auch.«

Der Fotograf legte sich neben mich auf die Matte. Er zeigte mir eine kleine, runde, durchsichtige Flasche, in der ein gelbes Pulver war.

»Dies«, sagte er, »ist das stärkste Rattengift der Welt. Wenn ich morgen rechtzeitig zurückkomme, machen wir mit den Ratten Schluß, ein für allemal.«
Er stellte die Flasche zu seinen Sachen. Ich blies die Kerze aus. Wir schwammen in der Dunkelheit und dem entsetzlichen Geruch des heißen Zimmers.

4

Papa war tagelang in düsterer Stimmung. Wir gewöhnten uns an das Parfüm. Er erklärte nichts. Erst, als er erfuhr, was der Hauswirt gesagt hatte, wurde er lebhafter. Er sagte, selbst wenn man ihn umbringen würde, sei er nicht bereit, die Partei des Hauswirts zu wählen. Das erzählte er überall im Compound. Ein paar Nachbarn nickten, wenn er das verkündete. Mama warnte ihn, daß der Hauswirt Spitzel im Compound habe.

»Sollen sie doch herumspionieren«, sagte Papa, »ich wähle diese nutzlose Partei trotzdem nicht.«

»Ich weiß, aber das brauchst du ihnen doch nicht zu sagen.«

»Warum nicht? Bin ich etwa ein Feigling?«

»Nein.«

»Dann muß ich auch sagen, was ich denke.«

»Aber du hast doch gehört, was der Hauswirt gesagt hat.«

»Der Hauswirt kann mich mal!«

»Sprich nicht so laut!«

»Warum?«

»Spitzel.«

»Auch die Spitzel können mich mal.«

»Ich habe Angst um uns.«

»Wir haben nichts zu befürchten.«

»Aber ich habe Angst.«

»Mit welchem Recht spielt sich der Hauswirt eigentlich so auf und schreibt uns vor, wen wir wählen sollen, hm? Ist er Gott? Selbst Gott kann uns nicht vorschreiben, wen wir wählen sollen. Hab keine Angst. Wir sind zwar arm, aber wir sind keine Sklaven.«

»Und wo sollen wir ein anderes Zimmer finden?«

»Das Schicksal wird schon für uns sorgen.«

Und so ging es immer weiter. Begeistert von seinem eigenen Widerstand sagte Papa nun von sich selbst, er sei der einzige, der nicht die Partei des Hauswirts wählen würde. In unserm ganzen Viertel wurden die Parteianhänger immer brutaler. Sie zogen in Banden herum und terrorisierten die Leute. Wir hörten Geschichten über Leute, die ihre Arbeit verloren hatten, weil sie politisch auf der falschen Seite standen. Mama hatte Angst vor dem Markt und ging nicht mehr so regelmäßig hin, wie sie es gern getan hätte. Das Geld wurde knapp. Mama mußte am Essen sparen.

Wir bekamen den Fotografen nur spätabends zu Gesicht. An manchen Abenden wartete ich darauf, daß er anklopfte, aber er erschien nicht. Als ich ihn wiedersah, sprach er davon, das Viertel zu verlassen. Er machte weiterhin seine ungewöhnlichen Aufnahmen, und ein paar davon wurden in der Zeitung veröffentlicht. Wo immer er auftauchte, scharten sich die Leute um ihn. Er war zu einer Art Legende geworden. In der Zeit, in der er bei uns wohnte, versuchte er die Ecke, in der Papa seine Schuhe abstellte, in eine Dunkelkammer zu verwandeln, doch ohne Erfolg, denn Mama, die hysterisch auf Spinnweben reagierte, leuchtete in alle dunklen Winkel und fegte und putzte dort unentwegt.

Eines Nachts kamen ein paar Männer in unseren Compound und fragten nach dem Fotografen. Sie behaupteten, Journalisten zu sein. Sie sagten, sie hätten gehört, er halte sich bei irgendwelchen Mietern in diesem Compound auf. Die Leute aus dem Compound bestritten das, doch von da an überwachten sie uns. Nachts sahen wir seltsame Gestalten, die sich an den ausgebrannten Lastwagen lehnten und auf unser Haus starrten. Als ich dem Fotografen davon erzählte, erschrak er, und wir sahen ihn tagelang nicht mehr.

In dieser Zeit tauchte Madame Koto bei uns auf. Sie tauchte aus dem Nichts auf und erschreckte mich. Mama war zu Hause, aber Papa war noch nicht zurück. Ich erschrak so, daß ich es nicht einmal schaffte, wegzurennen, ehe sie mich packte und sagte: »Du bist ein ungezogener Junge.«

»Warum?«
»Weil du vor älteren Leuten wegläufst.«
Sie gab mir etwas Geld.
»Warum bist du vor mir weggelaufen, hm? Was habe ich dir getan?«
»Nichts.«
»Warum hast du meinen Fetisch weggeworfen?«
»Nichts.«
Mama lachte. Madame Koto ließ mich gehen. Sie setzte sich neben Mama aufs Bett. Sie war fett wie immer, rund wie eine riesige Frucht, aber ihr Gesicht war noch ein bißchen angsteinflößender, als ich es in Erinnerung hatte. Sie hatte ihre weißen Perlen nicht um den Hals. Ihr Gesicht war dunkler; ihre schwarz umrandeten Augen gaben ihr ein geheimnisvolles Aussehen. Die vielen Wickeltücher, in denen sie steckte, betonten noch ihre Körperfülle. Die beiden Frauen unterhielten sich leise. Ich rückte näher, um zu lauschen. Madame Koto gab Mama ein Päckchen, über dessen Inhalt ich nie etwas erfuhr. Dann wandte sie sich zu mir um und sagte: »Ich möchte, daß du wiederkommst. Deine Mutter ist einverstanden. Seit du nicht mehr kommst, ist die Bar leer.«
»Ich werde die Sache mit deinem Vater besprechen«, fügte Mama hinzu.
Sie unterhielten sich weiter. Ich ging nach draußen und spielte vor dem Haus. Als Madame Koto fortging, rief sie mich.
»Ich gehe jetzt«, sagte sie, »aber ich möchte, daß du morgen kommst und Gäste in die Bar lockst, hörst du?«
Ich nickte.
»Ich koche dir eine ganz besondere Pfefferschotensuppe mit viel Fleisch.«
Dann watschelte sie in die Dunkelheit davon.
Papa kam an jenem Abend erschöpft nach Hause. Mama besprach nichts mit ihm. Der Fotograf ließ sich nicht sehen. Die Ratten nagten weiter.

5

Madame Kotos Bar hatte sich verändert. Madame Koto hatte ein neues Schild aufgehängt. Auf dem Schild war das Gemälde einer vollbrüstigen Meerjungfrau, die Getränke und eine dampfende Pfefferschotensuppe servierte. Vor dem Eingang hing ein Vorhang aus bunten Plastikstreifen. Ich schob den Vorhang zur Seite und ging hinein. Die Tür war jetzt blau gestrichen. Innen war es kühl und dunkel. Die Bänke waren kürzer. Die Tische hatten einen Plastiküberzug. Hinten im Raum, quer vor der Tür zum Hinterhof, wurde eine Theke errichtet, als rechnete Madame Koto mit mehr Ärger und mehr Gästen. Die Wände waren kobaltblau. Die Bar machte einen friedlicheren Eindruck.
Ich ging auf den Hinterhof und sah ein kleines Mädchen, das Teller und Löffel spülte. Es starrte mich mißtrauisch an.
»Wo ist Madame Koto?«
Das Mädchen antwortete nicht.
»Kannst du nicht reden?«
Das Mädchen sagte immer noch nichts. Ich ging zu Madame Kotos Zimmer und klopfte. Sie schien nicht dazusein. Also ging ich in die Bar zurück und setzte mich neben den Tonkrug. Fliegen summten in der Stille. Das kleine Mädchen kam herein und blieb auf der Türschwelle stehen, so daß die Streifen des Vorhangs sein Gesicht bedeckten. Es beobachtete mich. Es hatte ein langes, trauriges Gesicht und große Augen. Es hatte kleine Narben auf den Wangen. Es war zu traurig und zu träge, um hübsch zu sein. Es starrte mich weiter an, bis ich ärgerlich wurde.
»Was starrst du mich so an, hm?«
Das Mädchen blieb stumm. Dann ging es wieder auf den Hinterhof und spülte weiter Teller und Bestecke.

Den ganzen Nachmittag über kam niemand, um etwas zu trinken, und ich sah auch Madame Koto nicht. Ich schlief auf der Bank ein und wurde plötzlich wach. Alles war ruhig. Auf dem Tisch stand eine Kerosinlampe. Ich hatte das Gefühl, in irgendein Königreich unter Wasser versetzt zu sein. Ich suchte nach dem Mädchen und fand es nicht. Als ich zurückkam, war Madame Koto mit einem Zimmermann in der Bar.

»Wo warst du?« schrie sie laut, um das Hämmern des Zimmermanns zu übertönen.

»Ich habe nach dem Mädchen gesucht.«

»Welchem Mädchen?«

»Dem Mädchen, das das Geschirr spült.«

Sie starrte mich an, als hätte ich mich in einen Fisch verwandelt oder als wäre ich verrückt geworden.

»Was für Geschirr?«

»Das Geschirr auf dem Hinterhof.«

Sie ging hinaus, sah nach und kam schimpfend zurück.

»Irgend etwas stimmt nicht mit dir«, sagte sie.

Ich ging auf den Hinterhof und sah die aufgestapelten Teller und die Bestecke. Sie waren alle ungespült. Ein großer Kessel mit Pfefferschotensuppe blubberte auf dem Feuerrost nebem dem Geschirrstapel.

»Geh nach draußen, und spül das Geschirr«, bellte Madame Koto, »sonst bekommst du Ärger mit mir.«

Ich hatte keine große Lust dazu, aber ich ging. Ich holte Wasser aus dem Brunnen, setzte mich auf den Hocker und spülte Teller und Bestecke. Mein Gesicht glühte vom Feuer, und meine Augen waren trocken, und der merkwürdig riechende Holzrauch machte mich ganz benommen. Ich hörte zu, wie der Zimmermann hämmerte und das Feuerholz knisterte. Vom Einatmen des Rauchs und von der sengenden Glut wurde mir so schwindlig, so daß ich zu taumeln begann und sich alles vor meinen Augen drehte. Die Pfefferschotensuppe kochte mit grünen Blasen über und ergoß sich über das Feuerholz. Das kleine Mädchen lief herbei und hob mit bloßen Händen den heißen Deckel des Kessels hoch. Dann rührte es mit einem langen Holzlöffel,

der vorne die Form einer menschlichen Hand hatte, die Suppe um.
»Verschwinde!« schrie ich.
Als das Mädchen den Holzlöffel aus der Suppe zog, fehlte die hölzerne Hand. Sie war in der Suppe verschwunden.
»Sieh nur, was du gemacht hast!« rief ich.
Das Mädchen warf den Löffel weg und ging beleidigt fort. Kurz darauf kam es mit einem langen, dicken Knochen wieder. Es rührte die Suppe damit um, und der Knochen löste sich auf.
»Wenn du nicht weggehst, hau' ich dich«, drohte ich.
Das Mädchen legte den Deckel wieder auf den Kessel, hockte sich neben den Rost und starrte ins Feuer. Es streckte die Hände aus, wie um sich zu wärmen, und dann warf es zwei weiße Kaurimuscheln in die Flammen. Das Feuerholz knisterte und knallte laut, und ein dicker indigofarbener Rauch erfüllte die Luft und hüllte das Mädchen ein. Als sich der Rauch verzog, sah ich, wie es sich verflüchtigte. Zunächst lösten sich seine ausgestreckten Hände in der Luft auf, dann die Schultern und dann der Körper. Der Kopf blieb auf dem Boden liegen und die großen traurigen Augen starrten mich weiterhin teilnahmslos an, bis auch er sich auflöste. Ich schrie auf, und alles vor meinen Augen wurde weiß. Ich sank zum Feuer hin. Als ich wieder zu mir kam, lag ich mit dem Rücken auf dem Boden. Mein Hemd war klitschnaß. Madame Koto stand über mir.
»Was ist los mit dir, hm?«
»Ich habe das Mädchen wiedergesehen.«
»Welches Mädchen?«
»Das Mädchen, das die Teller gespült hat.«
»Steh auf!«
Ich stand auf. Ich fühlte mich sehr merkwürdig, als würde auch ich mich auflösen. Ich setzte mich auf den Hocker. Nur der Schaum der übergekochten Suppe war noch an der Stelle, wo der Kopf des Mädchens gelegen hatte.
»Wo hast du es gesehen?«
»Da«, sagte ich und zeigte auf den Schaum.
»Da ist nichts.«

»Es war aber hier!« beharrte ich.
»Geh hinein. Kümmer dich nicht um das Geschirr. Geh und trink etwas Wasser.«
Ich ging in die Bar, trank etwas Wasser und setzte mich auf eine Bank. Vom Hämmern des Zimmermanns bekam ich furchtbare Kopfschmerzen. Jedesmal, wenn er den Hammer in die Luft hob, hatte ich das Gefühl, dieser würde auf meinem Kopf niedergehen. Ich ging nach draußen vor die Bar und setzte mich in den Sand. Ich sah den Leuten zu, die vorbeigingen. Niemand kam in die Bar. Niemand warf auch nur einen Blick auf die Bar. Die Dunkelheit zog langsam über dem Wald herauf. Die Luft wurde kühler. Vögel kreisten über den Bäumen. Insekten schwirrten durch die Abendluft. Niemand fiel die Bar auf, weil sie auffälliger geworden war. Ich hatte das Gefühl, an der Schwelle zur Wirklichkeit zu sein. Madame Kotos Bar schien ein seltsames Wunderland in der richtigen Welt zu sein, ein Wunderland, das niemand sehen konnte. Ich warf mit Steinen nach ihrem Schild. Und dann warf ich Steine auf die blaue Tür und die bunten Plastikstreifen des Vorhangs. Madame Koto kam heraus und fragte: »Wer hat da mit Steinen geworfen?«
»Das Mädchen«, antwortete ich.
»Wo ist es?«
»Es ist fortgerannt.«
Madame Koto warf mir einen bösen Blick zu, fingerte an ihren weißen Perlen herum und wandte sich wieder dem Geschirr zu. Ich blieb vor dem Haus und sah zu, wie die Dunkelheit aus dem Wald hervorströmte und allmählich den Rest der Welt einhüllte. In der Ferne schrie eine Eule. Ein Vogel piepste unaufhörlich. Die Dunkelheit weckte die Geräusche des Waldes. Während ich im heißen Sand vor der Bar saß, sah ich einen Mann mit einem kleinen Mädchen vorbeikommen. Der Mann sah mich, blickte auf das Schild und kam auf die Bar zu. Es war dasselbe kleine Mädchen, das sich in Luft aufgelöst hatte. Ich rannte in die Bar und versteckte mich hinter dem Tonkrug. Der Zimmermann hatte sein Tagwerk fast beendet und hämmerte die letzten Nägel in das Holz der Theke.

»Was ist mit dir los?« fragte er und warf mir einen ärgerlichen Blick zu.
»Sie kommen.«
»Wer?«
Der Mann schob den Plastikvorhang zur Seite und trat ein.
»Gibt es Palmwein?« fragte er.
»Setzen Sie sich. Madame Koto kommt gleich«, sagte der Zimmermann.
Der Mann setzte sich. Das Mädchen nahm neben ihm Platz. Ich hatte es nicht hereinkommen sehen.
»Es ist dunkel hier«, sagte der Mann. »Bring eine Lampe.«
»Bring ihm eine Lampe«, befahl der Zimmermann.
Ich holte eine Lampe von einem anderen Tisch und brachte sie ihnen. Das Mädchen blies sie aus. Es wurde finster im Raum. Nur die leuchtenden Punkte von Glühwürmchen durchbrachen die Dunkelheit.
»Du bist wohl nicht ganz richtig im Kopf!« sagte der Mann.
»Das war das blöde Mädchen«, rief ich, »nicht ich.«
»Welches Mädchen?«
»Das Mädchen neben dir.«
Der Zimmermann hob die Stimme und sagte: »Ich schlage dir mit dem Hammer auf den Kopf! Siehst du denn nicht, daß ich hier noch arbeite? Geh und hol Streichhölzer!«
Ich tastete mich nach draußen. Madame Koto hob gerade den Kessel vom Rost. Sie hatte die Hände mit Tischtüchern geschützt.
»Das Mädchen ist wieder hier mit einem Mann. Er möchte Palmwein und Streichhölzer.«
Sie gab mir eine Schachtel Streichhölzer und sagte, sie würde den Palmwein gleich bringen. Ich ging in die Bar und zündete die Lampe an, und das Mädchen blies sie wieder aus. Seine Augen glänzten in der Dunkelheit. Sie glitzerten wie grüne Katzenaugen.
»Du bist gemein«, sagte ich zu dem Mädchen.
»Ich?« fragte der Mann. »Ich komme hierher, um etwas zu trinken, und so ein kleiner Ziegenbock wie du beleidigt mich? Wer ist dein Vater?«

»Nein, nicht du«, sagte ich. »Das Mädchen. Deine Tochter. Sie ist gemein.«
Ich zündete wieder ein Streichholz an, und der Mann schlug mir auf den Kopf. Ich ließ das Streichholz fallen. Es verbrannte auf dem Tisch. Der Mann schlug mich wieder, und das Mädchen lächelte mit traurigen Augen und seltsam verkniffenem Mund. Das Streichholz verbrannte. Ich wich in die Dunkelheit zurück.
»Komm und zünde dieses Ding an!« sagte der Mann.
Ich hörte, wie der Zimmermann über Holz und Werkzeug aus Metall stolperte. Er brachte den Geruch von Leim mit, als er auf uns zukam. Er stieß im Dunkeln gegen eine Bank und fluchte.
»Wenn ich dich zu fassen kriege«, sagte er, ohne mich sehen zu können, »dann schlage ich dir den Kopf ein!«
Ich rannte nach draußen und blieb neben dem Pfad stehen, der zu einer Straße geworden war. Der Zimmermann tauchte auf, sah mich, bückte sich, zog seine Lederpantoffeln aus und rannte auf mich zu. Ich floh in den Wald. Er gab auf und ging fluchend zurück. Ich blieb draußen, bis ich sah, daß der Mann mit dem kleinen Mädchen fortging. Sie gingen die Straße hinab, in Richtung unseres Compounds.
Der Zimmermann hatte sein Tagwerk beendet. Er setzte sich auf eine Bank in der Nähe des Tonkrugs und trank Palmwein. Auf jedem Tisch stand eine Lampe.
»Du hast Glück, daß du nicht mein Sohn bist«, sagte er finster.
Ich blieb an der Tür und behielt ihn im Auge.
»Du hast gerade den einzigen Gast verscheucht, der heute gekommen ist. Madame Koto ist böse auf dich. Der Mann hat sich geweigert, im Dunkeln zu trinken, und ist fortgegangen, du böses Kind.«
Ich behielt ihn im Auge.
»Entweder du kommst rein, oder du bleibst draußen. Aber sieh mich nicht so an, als wärst du eine Eidechse.«
Ich blieb draußen. Der Himmel war voller Sterne. Der Mond verblaßte. Manche Sterne bewegten sich, während ich sie beobachtete, und ich war so in ihren Anblick versunken, daß ich den

Zimmermann nicht heranschleichen hörte. Er packte mich im Nacken und zog mich in die Bar. Madame Koto kam mit zwei Schalen Pfefferschotensuppe.
»Lassen Sie diesen ungezogenen Jungen in Ruhe!« sagte sie zu dem Zimmermann. Dann sagte sie zu mir: »Ich wollte dir eine große Portion Fleisch geben, aber jetzt bekommst du nur die Hälfte, weil du meinen Gast verscheucht hast.«
»Wenn Sie wollen, verhau' ich ihn«, bot der Zimmermann an.
»Verhauen Sie lieber Ihre eigenen Kinder«, entgegnete Madame Koto.
Der Zimmermann ließ mich los. Ich schnitt ihm eine Fratze. Er trank weiter. Madame Koto gab uns unsere Schalen mit Pfefferschotensuppe. Ich zog mich in eine Ecke zurück, setzte mich mit dem Rücken zur Wand so auf den Boden, daß ich den Zimmermann im Auge behalten konnte, und aß meine Suppe. Doch der Löffel, den Madame Koto mir gegeben hatte, war für meinen Mund zu groß, und ich ging hinaus, um mir einen kleineren zu holen. Als ich zurückkam, stellte ich fest, daß kaum noch Fleisch in meiner Suppe war. Der Zimmermann leckte sich die Finger mit kindlichem Vergnügen.
»Wer hat mir das Fleisch gestohlen?« fragte ich.
»Das kleine Mädchen«, antwortete der Zimmermann voller Schadenfreude mit boshaft glitzernden Augen.
»Was für ein Mädchen?«
»Das Mädchen.«
Ich starrte ihn lange an und wußte nicht, was ich tun sollte. Dann ging ich hinaus und beklagte mich über den Diebstahl, und Madame Koto gab mir noch etwas Fleisch. Ich aß, ohne den Zimmermann aus den Augen zu lassen. Er blinzelte mir die ganze Zeit zu. Als ich alles aufgegessen hatte, ging ich nach draußen und spülte meine Schale und meinen Löffel ab. Und als ich zurückkam, sah ich einen Mann an einem Tisch neben der Tür sitzen. Er wandte mir den Kopf zu. In diesem Augenblick erkannte ich ihn.
»Papa!« rief ich und rannte zu ihm.
Er legte mir den Arm um die Schulter. Ich umarmte ihn. Dann

rannte ich nach draußen, um Madame Koto zu sagen, daß mein Vater da sei. Sie brachte etwas Palmwein und Pfefferschotensuppe.
»Ihr Sohn da«, sagte sie, als sie ihm das Essen und den Wein hinstellte, »hat meinen einzigen Gast verscheucht.«
»Er ist ein ungezogener Junge«, entgegnete Papa irgendwie mit Zärtlichkeit.
Er wollte gerade das Getränk bezahlen, doch Madame Koto sagte: »Behalten Sie Ihr Geld. Das ist ein Willkommenstrunk.«
»Ich sehe, daß Sie Ihre Bar ausbauen.«
»Man tut, was man kann.«
»Viele Gäste, hm?«
»Die werden schon kommen.«
Madame Koto nahm sich etwas Pfefferschotensuppe und Wein und setzte sich neben die Theke. Alle aßen und tranken schweigend. Dann wandte sich der Zimmermann, der auf seiner Bank hin- und herrutschte und die Fliegen vertrieb, an Papa und sagte: »So, und für welche Partei sind Sie?«
Wir blickten ihn alle an. Dann antwortete Papa.
»Die Partei der Armen.«
»Die sind genauso korrupt wie alle anderen«, sagte der Zimmermann und schlug mit der Faust auf den Tisch.
»Trotzdem bin ich für sie. Sie behandeln uns jedenfalls nicht wie den letzten Dreck.«
»Sie sind alle korrupt. In meiner Heimatstadt haben sie einen Mann umgebracht, weil er sie nicht unterstützen wollte. Und sie wollen auch die Wahlen durch Schiebung gewinnen. Sie haben Schläger, die die Leute auf den Märkten verprügeln. Sie nehmen Schmiergelder, und sie helfen nur sich selbst.«
»Aber ich bin trotzdem für sie«, sagte Papa trotzig.
»Warum? Was haben sie für Sie getan?«
»Nichts.«
»Warum also?«
»Weil sie wenigstens an die einfachen, hart arbeitenden Menschen denken.«
»Sie denken an sie, das ist aber auch alles.«

»In meiner Bar wird nicht über Politik gesprochen«, sagte Madame Koto mit Nachdruck.
»Sie sind eine weise Frau. Die Politik verdirbt das Geschäft«, sagte Papa.
»Sie sind alle korrupt. Sie sind alle Diebe. Von der Partei der Reichen weiß jeder, daß sie Diebe sind. Sie versuchen es nicht einmal zu vertuschen.«
»KEINE POLITIK!«
»Aber ich werde sie nicht wählen.«
»Sie haben ...«
»KEINE POLITIK!«
»Geld und ...«
»KEINE POLITIK!«
»Macht. Sie können helfen. Wenn man sie unterstützt, unterstützen sie einen. Sie geben einem Aufträge. Ein armer Mann muß schließlich essen.«
Madame Koto stand auf und nahm dem Zimmermann die Schale weg.
»Haben Sie nicht gehört? Ich habe gesagt KEINE POLITIK!«
Der Zimmermann verstummte. Madame Koto ging hinaus. Die beiden Männer tranken weiter. Papa wandte sich an mich.
»Was hast du heute in der Schule gelernt?«
»Etwas über Mungo Park und das britische Weltreich.«
»Sie sind alle korrupt«, sagte der Zimmermann.
Papa blieb ruhig. Motten und Fliegen schwirrten durch die Bar. Der Zimmermann wurde sichtlich betrunken und brabbelte immer denselben Satz. Papa schenkte mir etwas Palmwein ein, und ich trank. Papa bekam rote Augen. Der Zimmermann brabbelte weiter vor sich hin. Draußen pfiff ein Vogel eine eindringliche Melodie. Ich wurde ziemlich betrunken, und der Zimmermann verstummte, setzte zu einer neuen Rede an, hielt inne und legte den Kopf auf den Tisch. Kurz darauf schnarchte er. Papa wurde auch betrunken und wiegte sich hin und her.
»Sehr guter Palmwein«, sagte er laut.
Der Zimmermann fuhr hoch, blickte sich um und schlief wieder ein. Auch Papa begann sich jetzt zu wiederholen.

»Politik ist schlecht für Freundschaften«, sagte er.
Der Zimmermann rührte sich nicht. Als Papa seinen Palmwein aufgetrunken hatte, stand er auf, schwankte, ging torkelnd zu dem Zimmermann und schlug ihm auf die Schulter. Der Zimmermann zuckte zusammen und drehte den Kopf nach allen Seiten wie ein Vogel. Er hatte schwere Lider.
»Freundschaften sind schlecht für die Politik«, sagte Papa.
»Sie sind alle korrupt«, nuschelte der Zimmermann und legte den Kopf wieder auf den Tisch.
Papa torkelte zum Hinterhof.
»Madame Koto, wir gehen«, verkündete er.
»Gute Nacht.«
Papa murmelte etwas. An der Tür sagte er: »Laß uns nach Hause gehen.«
Und wir verließen die Schwelle zur Wirklichkeit, das Wunderland, das niemand sehen konnte, und gingen durch die schwankende Nacht nach Hause.

6

Als der Zimmermann mit dem Bau der Theke fertig war, hatte die Bar etwas von ihrer Wunderland-Eigenschaft verloren. Madame Koto stellte einen Stuhl auf, ihre Plastikschalen für das Wechselgeld, ihre Schüssel Pfefferschotensuppe und hinter der Theke ein paar Kürbisflaschen Wein. Sie wollte es mit Effektivität probieren. Der Zimmermann wurde zum Teil mit Geld und zum Teil mit Wein bezahlt. Er war bereits betrunken, als ich hereinkam, und Madame Koto versuchte, ihn zum Fortgehen zu bewegen. Er rührte sich nicht und verlangte mehr Wein. Er sagte, er müsse unbedingt trinken, sobald er einen Auftrag erledigt habe. Madame Koto hielt ihm vor, er sei die ganze Zeit während der Arbeit betrunken gewesen, die Theke sei schief und das Ganze mache überhaupt einen sehr wackeligen Eindruck.

Den Zimmermann ließ die Kritik ungerührt. Madame Koto nörgelte immer noch herum, und der Zimmermann trank weiter. Eine blaue Fliege ertrank in seinem Palmwein, und er becherte stumpfsinnig weiter, antwortete brummend und beklagte sich darüber, wie schlecht er bezahlt worden sei. Die Theke nahm viel Platz in Anspruch. Das frische Holz verbreitete einen angenehmen Geruch in der Bar. Der Boden war übersät mit Hobelspänen und Nägeln, die der Zimmermann nicht zusammenfegen wollte. Madame Koto weigerte sich, ihm noch mehr Wein zu geben. Er bat mich, ihm Wasser zu holen.

»Ich kann mich auch mit Wasser betrinken«, sagte er.

»Gib ihm kein Wasser«, befahl Madame Koto.

Sie saß hinter der neu errichteten Theke, den massigen Körper zwischen das Holz und die Wand gezwängt, und überwachte alles mit Besitzerstolz. Der Zimmermann döste vor sich hin. Sie schlug mit einem Besen auf den Tisch. Der Zimmermann stand auf, wankte auf den Hinterhof, und kurz darauf hörten wir ihn pinkeln und furzen. Madame Koto eilte hinaus, ich folgte ihr, und wir sahen, daß er auf das Feuerholz pinkelte. Sie griff nach einem Besen, schlug ihm damit auf den Nacken, und er rannte pinkelnd und lachend davon. Sie verfolgte ihn ein ganzes Stück die Straße hinunter. Ich ging in die Bar und setzte mich in meine Ecke, und kurz danach kam sie mit schweißbedeckter Oberlippe zurück. Sie stellte den Besen neben den Tonkrug und sagte: »Ich lege mich eine Weile hin. Falls jemand kommt, ruf mich.«

Sie schlurfte raus. Ich hörte, wie sie sich an dem Feuerholz zu schaffen machte und über den Zimmermann schimpfte. Dann hörte ich sie nicht mehr. Es war heiß in der Bar, doch der Geruch nach frisch gehobeltem Holz war angenehm und besänftigend. Fliegen schwirrten in Spiralen durch die Luft. Ich sah ein Coca-Cola-Plakat an der Wand. Eine halbnackte weiße Frau mit großen Brüsten war darauf abgebildet. Eidechsen liefen in die Bar, blieben mitten im Raum stehen und grüßten mich nickend. Ich nickte zurück, und sie rannten weiter. Ich legte mich auf eine Bank und versank in Schlaf.

Ich wachte auf, als ein Mann in schmutzigen Kleidern in die Bar gerannt kam und einen seiner Lederpantoffeln in der Hand hielt. Er stürmte herein, stürmte durch die Hintertür wieder heraus und kam wieder herein. Er stand da und sah sich bestürzt nach allen Seiten um. Dann zog er ein Taschentuch hervor, wischte sich das Gesicht ab und sah mich flehend an.

»Wo kann ich mich verstecken?«

»Warum?«

»Sie sind hinter mir her.«

»Warum?«

»Politik.«

»Bist du ein Politiker?«

Er sah verwirrt aus.

»Geht dieser Compound hinten auf die Straße?«

»Das weiß ich nicht.«

»Wenn ich dir Geld gebe, hilfst du mir dann?«
»Warum?«
»Bist du dumm, oder was ist los? Willst du, daß sie mich umbringen?«
»Nein.«
Er wollte wieder etwas sagen, doch dann hörten wir barsche Stimmen auf der Straße. Stimmen einer Menschenmenge. Sie näherten sich der Bar. Der Mann rang die Hände, ohne den Pantoffel loszulassen, rannte bald hierhin, bald dorthin, sagte »Gott, steh mir bei« und ergriff meine Hand. Ich zeigte auf die Hintertür. Wie zur Belohnung gab er mir sein Taschentuch und stürmte nach draußen. Ich wußte mit dem Taschentuch nichts anzufangen. Es war sehr schmutzig und hatte eine Farbe, die ich noch nie gesehen hatte. Ich ging auf den Hinterhof und warf es weg. Als ich zurückkam, hörte ich die barschen Stimmen direkt hinter dem Streifenvorhang. Einige der Leute gingen zankend und schreiend zur Straße zurück. Dann traten zwei Männer mit nacktem Oberkörper und kräftigen Muskeln in die Bar. Sie kamen auf mich zu. Ich hatte sie schon einmal gesehen. Einer von ihnen war mit dem Hausbesitzer in unser Zimmer gekommen. Und der andere war einer der Schläger, die sich auf unserer Straße jenen sinnlosen Kampf geliefert hatten. Er hatte einen Verband um den Kopf. Die beiden standen bedrohlich groß vor mir. Der Mann mit dem Verband hatte dicke, häßliche Nasenflügel, die sich bei jedem Atemzug blähten. Der andere hatte dicke Lippen und kleine Augen.
»Wo ist die Madame?« fragte der Mann mit dem Verband.
»Ich weiß es nicht.«
»Wer bist du?«
»Ich bin ein Junge.«
Sie starrten mich beide feindselig an. Ihr Schweißgestank erfüllte die Bar. Es ging etwas Rohes, Bedrohliches von ihnen aus, wenn sich ihre mächtigen Oberkörper beim Atmen wölbten. Plötzlich trennten sie sich, einer von ihnen blickte unter die Bänke und Tische und der andere hinter die Theke und die Türen. Dann kamen sie zurück und standen wieder beide vor mir.

Dann trennten sie sich zum zweitenmal, als hätten sie ein gemeinsames Gehirn, und der eine ging durch die Hintertür, während der andere durch die Vordertür hinausging. Sie kamen beide durch die jeweils andere Tür wieder herein. Sie setzten sich gegenüber von mir hin.
»Ist Palmwein da?« knurrte der Mann mit den kleinen Augen.
»Nein.«
»Warum nicht?«
»Der Zapfer hat ihn noch nicht gebracht.«
»Und Wasser?«
»Nein.«
»Warum nicht?«
»Der Brunnen ist ausgetrocknet.«
Sie starrten mich finster an. Der Mann mit dem Verband sagte:
»Und Pfefferschotensuppe?«
»Nein.«
»Wie kommt das?«
»Die Madame hat sie noch nicht gekocht.«
Der Mann mit den kleinen Augen ging zu dem großen Tonkrug, hob den Deckel hoch und blickte hinein.
»Ist das kein Wasser?«
»Doch, aber ein Verrückter hat hineingepißt.«
»Wie kommt das?«
»Ich weiß es nicht. Die Madame hat gesagt, er ist verrückt.«
»Warum habt ihr es nicht weggeschüttet?«
»Ich kann es nicht tragen.«
Er legte den Deckel wieder auf den Krug und ging zu seiner Bank. Fliegen kreisten um die Männer.
»Du willst uns wohl zum Narren halten?«
»Nein.«
Der Mann mit dem Verband holte ein Schnappmesser aus der Hosentasche. Er begann, an dem Tisch herumzuschneiden und Holz abzuschnipseln.
»Tu das nicht«, sagte ich.
»Warum nicht?«
»Die Madame wird wütend.«

»Das wird sie nicht. Sie gehört zu unsern Freunden. Unsere Partei mag sie.«
Sie schwiegen eine Weile. Einer der beiden fing eine Fliege, zerdrückte sie und schnipste sie lachend von der Handfläche.
»Ich habe eine Fliege getötet«, sagte er zu seinem Gefährten. Dieser nickte, sagte aber nichts.
Dann sah mich der Mann mit dem Verband grimmig und drohend an und fragte: »Ist irgend jemand hereingekommen?«
»Nein«, antwortete ich.
Sie sagten eine Weile nichts. Und dann, als hätten sie draußen vor der Bar Ohren oder etwas aus weiter Ferne gerochen, sprangen sie auf und rannten durch die Hintertür. Fliegen summten in der Stille. Ich ging auf den Hinterhof und blickte mich um. Die Männer waren verschwunden.
Später hörte ich Stimmen. Zwei Männer schrien, und jemand mit einer dünnen Stimme beteuerte seine Unschuld. Die Stimmen kamen näher, wurden lauter und entfernten sich wieder. Und dann war vom Hinterhof das Stimmengewirr einer Menschenmenge zu hören. Anscheinend stritten sich dort viele Leute. Die dünne Stimme schrie auf und wurde von der Menge übertönt. Ich rannte hinaus und sah, daß die beiden Schläger den Mann erwischt hatten. Sie hatten ihn durch den Durchgang in den Hinterhof gezerrt. Die Schläger hielten den Mann an den Armen fest, und dieser wehrte sich nicht und beteuerte nur demütig seine Unschuld. Ein paar Leute aus der Menge, die sie umgaben, fragten, was der Mann getan habe. Madame Koto kam aus ihrem Zimmer, sah die Schläger und den unglücklichen Mann und lief wieder in ihr Zimmer zurück.
Die Menge und die Schläger machten einen fürchterlichen Lärm. Die Stimme des Mannes wurde dünner, seine Beteuerungen schwächer, und sein Gesicht war kläglich verzerrt, als wollte er der ganzen Welt zeigen, daß er sich in sein Schicksal ergeben hatte.
Dann begann er zu flehen. Er flehte die Männer an, ihn freizulassen, und sagte, er sei verblendet gewesen und würde nie mehr einen Finger gegen sie erheben. Dann flehte er die Menge an,

ihm zu helfen. Die Menge zerstritt sich immer mehr darüber, was man mit ihm machen solle, als der Mann plötzlich davonschoß. Er bahnte sich einen Weg durch die Menge, schob eine Mutter mit ihrem Kind beiseite, stieß, ohne es zu wollen, einer schwangeren Frau den Ellbogen in den Bauch und prallte so heftig mit mir zusammen, daß ich zu Boden fiel und mit dem Kopf auf ein dickes Holzscheit schlug.

»Schnappt ihn! Schnappt ihn!« schrien die Schläger.

»Haltet ihn! Haltet den Verräter!«

»Dieb! Dieb!«

Sie stürmten hinter ihm her, und der Schläger mit den kleinen Augen hechtete nach vorn und bekam den Fuß des Mannes im Flug zu fassen. Der Mann strauchelte, und die beiden Schläger fielen über ihn her, traten ihn, zerrten ihn herum und schlugen ihm in den Bauch. Er ging in die Knie, und die beiden Männer ließen Schläge und Fußtritte auf ihn einhageln. Der Mann rollte sich zu einer Kugel zusammen, und die beiden schlugen weiter auf ihn ein, erfanden immer neue Fausthiebe, Fußtritte, Kinnhaken und Schläge mit den Ellbogen und erfreuten sich an ihrem Einfallsreichtum.

»Das ist genug«, sagte Madame Koto ohne große Überzeugung aus der Menge.

Die Schläger hörten nicht auf sie. Sie schlugen weiterhin genüßlich auf ihn ein. Dann zerrten sie ihn hoch. Der Mann weinte und zitterte, seine Nase lief, und sein Mund bebte. Er blutete aus einem Auge, sein Gesicht war übel zugerichtet, er hatte sechs Platzwunden, und die Menge schaute untätig zu. Doch dann setzte sich jemand für ihn ein. Die Frau sprach von Erbarmen, Güte, Gottes Liebe und Allahs Mitleid. Die beiden Schläger änderten ihre Taktik, um sich der allgemeinen Stimmung anzupassen, und sagten, der Mann sei ein unmoralischer Kerl, der seine Frau bewußtlos geschlagen und seine drei Kinder verlassen habe, die nun verhungerten. Seine Frau sei seit einer Woche im Krankenhaus. Sie sei, sagten sie, ihre Schwester. Die Menge war über die Schlechtigkeit des Mannes empört. Und als die Schläger ihn fortzerrten, schlugen ihm die Frauen auf

den Kopf und beschimpften ihn wegen seiner Feigheit und Brutalität.
Die Schläger führten den Mann in den Wald. Seine Kleider waren zerrissen. Er ließ den Kopf hängen. Er hatte die ergebene Haltung eines Mannes, der bald sterben wird.
Als die Schläger mit dem Mann verschwanden, zerstreute sich die Menge, und nur die Leute aus dem Compound blieben zurück. In ihren ärmlichen Kleidern, ihrem Hunger, ihrem Schmerz und den vom Leben gezeichneten Gesichtern standen sie draußen vor der Bar und starrten auf den Wald, als würde dieser ein Zeichen oder einen Ton von schickalhafter Bedeutung von sich geben oder seine furchteinflößenden Geheimnisse offenbaren.
Die Leute rührten sich nicht, selbst dann nicht, als sie die unschuldigen Schreie des Mannes durch die Bäume hallen hörten.
Madame Koto durchbrach schließlich die Erstarrung. Sie ging zu ihrem Stapel Feuerholz und bereitete ihr Feuer vor, als wollte sie dadurch zum Ausdruck bringen, daß es kaum etwas gibt, was das Leben daran hindert weiterzugehen.
Die Frauen sahen zu, wie sie das Feuer anzündete. Ich sah sie eine nach der anderen an. Madame Koto schien sich dadurch, daß sie arbeitete, von ihnen zu unterscheiden, war anders, nicht von ihrem Fieber angesteckt. Ein dichter Vogelschwarm kreiste in schnell wechselnden geometrischen Figuren am Himmel und warf seinen Schatten auf die brennende Erde. Die Leute aus dem Compound zogen sich in ihre Zimmer zurück und wandten sich wieder ihren jeweiligen Beschäftigungen zu.
Ich ging in die Bar, legte mich auf eine Bank und schloß die Augen. Ich hörte, wie Madame Koto hereinkam. Sie sagte: »Wenn du dich schlecht benimmst, dann passiert dir dasselbe.«
»Was?«
»Dann verschlingt dich der Wald.«
»Dann verwandle ich mich in einen Baum«, sagte ich.
»Dann wirst du gefällt, wegen der Straße.«
»Dann verwandle ich mich in die Straße.«

»Dann fahren die Autos auf dir, die Kühe scheißen auf dich, und die Leute bringen auf deinem Gesicht Opfer dar.«

»Und nachts schreie ich. Dann erinnern sich die Leute an den Wald.«

Sie schwieg. Ich öffnete die Augen nicht. Ich hörte, wie sie den Tonkrug hochhob, hörte, wie sie Wasser schöpfte, hörte, wie sie fortging.

Die Hitze veränderte die Farben in meinen Augen. Während ich so beim Gesang der Vögel in der schattigen Bar auf der Bank lag, breitete sich Frieden in mir aus, der immer tiefer wurde und die Hitze auf meiner Haut senkte.

Sanfte Stimmen sangen in den Büschen. Ich hörte dem Muezzin zu. Ich hörte mir selbst zu, wie ich leise schnarchte. Eine seltsame Silhouette, die dem Körper eines mythischen Tieres glich, das auf dem Pfad verendet war, sprang in mein Hirn. Ich setzte mich aufrecht hin. Meine Füße berührten nicht den Boden. Ich blickte mich um und sah eine Eidechse, die mich anstarrte, als würde ich gleich ein Lied schmettern. Draußen pfiffen die Vögel ihre nicht zu enträtselnden Melodien.

Ich legte mich wieder hin und lauschte den Stimmen der Schulkinder, die vor Freude laut schrien, wenn sie spielten oder sich trafen. Ich lauschte den zahlreichen Stimmen in mir. Die Bank tat mir im Rücken weh. Ich schloß die Augen, und in mir war alles schwarz. Ein noch schwärzerer Schatten entfaltete sich in der Schwärze. Ich wurde in einen Strudel hineingezogen. Ich streckte die Hände aus; die Schwärze war leicht wie Luft. Und während ich dahintrieb, wie gelähmt und starr, tauchte vor mir ein Gesicht auf – in smaragdenem Glanz leuchtend, die Augen von diamantenem Blau und mit dem Lächeln eines unglücklichen Mannes, der im richtigen Augenblick gestorben ist. War er eine Verkörperung des großen Königs der Geisterwelt? Er starrte mich an, und während ich versuchte, tiefer in die Geheimnisse seines Gesichts hineinzusehen, spürte ich, wie ich ins Licht fiel. Meine Augen öffneten sich von zu großer Helle.

Ich schloß die Augen wieder. Ich hörte ein überraschendes Geräusch. Ein merkwürdiges Entsetzen, als ob Arme aus einer ver-

trauten Dunkelheit nach mir griffen, überkam mich. Ich rührte mich nicht. Ich hatte keine Angst. Dann sah ich die länglichen Gesichter von Geistern, denen das Blut aus den Augen lief. Mein Mund öffnete sich zu einem Schrei, und die Gesichter änderten sich. Dann drehte sich ein kahler Kopf unter meinen Blicken ständig im Kreis. Er hatte auf allen Seiten traurige Augen. Er lehnte sich zu mir herüber, verbeugte sich und löste sich in Luft auf; auf seiner Glatze öffnete sich ein Mund, der sich zu einem ekstatischen, geschmeidigen Lächeln verzog. Plötzlich wachte ich auf. Weise Geister tauchten flüchtig aufblitzend vor mir auf, bevor ich Madame Kotos runzliges Gesicht sah. Sie packte meine zuckenden Hände und sagte: »Steh auf. Es sind Gäste da!«
Und als ich mich aufrichtete und mich umsah, wußte ich, daß wir auf der Scheidelinie zwischen Vergangenheit und Zukunft waren. Ein neuer Zyklus hatte begonnen, der alte hatte seinen Endpunkt erreicht, Wohlstand und Tragik machten sich bei dem, was ich sah, bemerkbar, und ich wußte, daß die Bar nie wieder so sein würde wie zuvor.
Es war Abend. Durch den Streifenvorhang sah ich draußen Vögel, die immer wieder im Kreis durch die Luft wirbelten, als wiesen sie mit dem Mittelpunkt des Kreises auf jene Stelle, an der gerade ein Gefährte gestorben war. Die Sonne war orangefarben, wie geschmolzen und paßte überhaupt nicht zu der kühlen Brise, die aus dem Wald herüberwehte. Madame Koto hatte jenes Lächeln aufgesetzt, das sie den Gästen vorbehielt, die am meisten verzehrten.
Draußen standen viele Leute. Sie trugen elegante Kaftane, *agbadas* und Safarianzüge in leuchtenden Farben. Sie lachten und unterhielten sich angeregt. Unter ihnen befanden sich viele Frauen. Der schwere Duft ihres Parfüms erfüllte die Abendluft.
Die beiden Schläger, die eine Weile zuvor den Mann weggeführt hatten, betraten die Bar. Sie musterten den Raum, als wollten sie sich vergewissern, daß er für die Feier, die sie veranstalten wollten, groß genug war. Sie sahen nicht wie Schläger aus. Trotz des Verbands und des animalischen Ausdrucks in ihren Augen sahen sie eher aus wie moderne Geschäftsleute, Lieferanten,

Exporteure oder Politiker. Sie trugen Spitzenkaftane und dazu passende Hüte und waren äußerst schick. Sie gingen nach draußen, kamen wieder herein, traten mit der Würde ehrbarer Gauner auf Madame Koto zu und sagten: »Das reicht. Wir wollen hier feiern. Sie sind unsere Freundin und Anhängerin. Sie sind gut zu uns gewesen, daher sorgen wir dafür, daß Sie Geschäfte machen.«

Der Mann mit dem Verband um die Stirn ging nach draußen, und ich hörte, wie er sagte: »Kommt rein, meine Freunde. Kommt rein.«

Er ging mit federndem Schritt voran. Der Mann mit den kleinen Augen stand mitten in der Bar und machte eine einladende Handbewegung. Weder der eine noch der andere glich den Männern, die sie kurz zuvor noch gewesen waren. Ich war von ihrer Verwandlung fasziniert.

»Seid willkommen, meine lieben Gäste!« sagte Madame Koto mit einer so unglaublich salbungsvollen Stimme, daß ich mich überrascht nach ihr umdrehte.

Ihr Gesicht glänzte. Sie rieb sich die Hände. Die beiden Männer setzten sich. Die Leute kamen von draußen herein mit ihren schweren Parfümgerüchen, ihrer knisternden Spitze, den klirrenden Armreifen, dem Schmuck und seltsamen Geschmeide und dem Geruch nach neuem Geld.

»Mehr Licht!« rief einer der Männer.

»Und viel von Ihrem besten Palmwein!« sagte ein anderer.

Madame Koto, von der ich glaubte, sie fürchte sich vor nichts auf Erden, war so bemüht, daß man erkennen konnte, welche Angst sie hatte, das Mißfallen der Leute zu erregen. Sie eilte hinaus, um ein sauberes Tuch zu holen, und wischte die Bänke ab, ehe die Frauen und Männer sich setzten. Sie polierte die Tische, bis sie glänzten, öffnete die Vorhänge weiter und hängte die unteren Enden der Plastikstreifen über einen Nagel. Sie eilte hinaus, kam wieder herein, starrte mich böse an und schrie mich zum erstenmal an, als sei ich ihr Dienstbote.

»Steh auf, du häßliches Kind. Steh auf und hol Wasser für meine Gäste!«

Ich war so verblüfft, daß ich mich nicht rührte. Sie packte mich am Genick und warf mich aus der Bar. Wütend und verwirrt hob ich ein Holzscheit auf. Ich blieb lange draußen. Madame Koto kam hinaus, um zu sehen, wo ich blieb. Ich hielt das Holzscheit hoch, willens, es zu benutzen.
»Was ist mit dem Wasser?« fragte sie.
Ich sagte nichts. Ich umklammerte das Holz noch fester. Ich hielt ihrem steinharten Blick stand. Sie kam auf mich zu. Ich wich in die Büsche zurück. Sie lächelte, ihre Brüste wogten. Sie kam mit ausgestreckten Armen immer näher, und da schlug ich um mich, verfehlte sie, das Holzscheit entglitt mir, und Splitter drangen mir in die Handfläche. Madame Koto blieb stehen. Ihr Gesicht nahm einen anderen Ausdruck an. Dann sagte sie: »Na gut.«
Sie holte die Schüsseln mit Wasser selbst. Ich blieb in der Nähe der Büsche und sah zu, wie sie hin- und herrannte und alles tat, um ihren Gästen zu gefallen. Sie kam mit grimmigem Gesicht heraus und ging mit einem breiten, falschen Lächeln wieder hinein. Ich ging vors Haus und sah zu, wie immer mehr Schläger und deren Freunde in die Bar strömten. Sie lachten roh und redeten über Geld. Sie redeten über Politik und Verträge und Frauen und die Wahlen. Ich warf einen Blick in die Bar und sah Madame Koto schwitzend hinter der Theke sitzen. Sie hörte bei allem, was gesagt wurde, mit gespannter Aufmerksamkeit zu und sprang mit geschmeidigem Lächeln auf, wenn die Gäste etwas wollten. Sie kam mir völlig fremd vor.
»Madame«, sagte einer der Männer, »warum machen Sie nicht ein Hotel aus Ihrer Kneipe? Dann verdienen Sie eine Menge Geld.«
»Und warum stellen Sie nicht ein paar Frauen ein, die uns bedienen, anstelle dieses seltsamen Kinds, hm?«
Madame Koto antwortete etwas, was sie zum Lachen brachte, ich aber nicht verstand. Sie aßen unzählige Schalen Suppe und leerten ebenso viele Kürbisflaschen Palmwein. Ich blieb draußen, bis die Dunkelheit allmählich den Himmel überzog. Madame Koto kam heraus und suchte mich, doch als ich sie sah, rannte ich fort.

»Warum rennst du weg?« fragte sie etwas freundlicher.
Dann überredete sie mich, wieder hereinzukommen, und sagte, die Leute seien ganz besondere Gäste und ich solle mich ihnen gegenüber anständig benehmen. Sie versprach mir etwas Geld und eine große Portion Suppe. Vorsichtig ging ich wieder in die Bar zurück. Inzwischen waren die Männer ziemlich betrunken und prahlten und schrien. Zwei von ihnen waren so betrunken, daß sie ohne Musik tanzten. Sie taumelten herum und schwitzten ihre Pfefferschotensuppe aus. Einer kletterte auf einen Tisch und tanzte zur Melodie ihres Parteiliedes. Der Tisch wackelte. Der Mann sang und stampfte. Ein anderer Mann versuchte, auf eine Bank zu klettern, schaffte es aber nicht. Die beiden Schläger wollten die Männer dazu bewegen, herunterzukommen. Der Mann mit dem Verband ging um den Tisch herum und versuchte den Tänzer zu packen, doch dieser sprang von Tisch zu Tisch und landete schließlich mit solcher Wucht auf einem Tisch, daß er durch die Platte krachte und steckenblieb. Niemand rührte sich, um ihm zu helfen.
»Machen Sie sich keine Sorgen, Madame«, sagte der Schläger mit den kleinen Augen, »wir bezahlen Ihnen den Tisch.«
Madame Koto blieb ruhig hinter der Theke sitzen. Ihr Unterkiefer zitterte. Ich spürte, wie wahnsinnig wütend sie war. Doch sie lächelte unglaublich aufrichtig und sagte: »Ich danke euch, meine Lieblingsgäste.«
Zwei Frauen aus der Gruppe standen auf und halfen dem Mann, sich aus der Tischplatte zu befreien. Er blutete an den Oberschenkeln und im Schritt, doch er schien es nicht zu bemerken. Er legte sich auf eine Bank neben mir und schlief ein. Seine Schuhe stanken. Sein abscheulicher Geruch vermischte sich mit dem Schweiß von der Pfefferschotensuppe. Ich rückte zwei Bänke von ihm ab. Die anderen wandten sich wieder ihrem Palmwein und ihren derben Vergnügungen zu. Madame Koto sah ihnen mit starrem Lächeln zu. Sie sah teilnahmslos zu, ohne sich einzumischen, selbst wenn neue Gäste auftauchten und von dem Mann mit dem Verband und dessen Freunden laut schreiend verscheucht wurden.

»Geht woanders hin, wenn ihr was trinken wollt. Heute gehört diese Bar uns«, sagten sie lachend.

Sie schickten immer mehr Leute weg, ließen sie nicht einmal hereinkommen, und Madame Koto lächelte noch dazu.

»Diese Madame ist demnächst meine Frau!« verkündete der Schläger mit dem Verband.

Er stand schwankend auf, zog sie hinter der Theke hervor und tanzte mit ihr.

»Diese Madame«, sagte einer der Männer, »verschlingt dich auf einen Schlag.«

Die anderen lachten. Madame Koto hörte auf zu tanzen, ging nach draußen und kam mit ihrem Besen wieder.

»Lauf! Lauf, Mann!« ertönten die betrunkenen Stimmen im Chor.

Der Mann, der sie herausgefordert hatte, war bereits draußen, als sie auf ihn losgehen wollte.

»Feg meine Sorgen weg«, sang der Mann mit dem Verband schmachtend und hielt sie von hinten fest.

Sie schüttelte ihn ab. Er sagte mit fiebrigen, doch ernsten Augen: »Madame, wenn Sie mich heiraten, schlafen Sie auf einem Bett von Geld!«

Und wie zum Beweis zog er ein knisterndes Bündel Pfundnoten aus der Tasche und klebte sie ihr eine nach der anderen auf die schwitzende Stirn. Madame Koto reagierte mit erstaunlicher Gewandtheit und ließ das Geld augenblicklich in ihrem Büstenhalter verschwinden, als sei sie eine notleidende Zauberkünstlerin. Dabei tanzte sie immer weiter. Der Mann schien sich über ihre Habgier zu amüsieren. Er schwankte, machte die Augen auf und zu und tat, als hätte er nichts bemerkt. Dann steckte er ganz plötzlich das Bündel Geldscheine ein und entfernte sich tanzend von Madame Koto, der Machttaumel ließ sein Gesicht glänzen.

Die Dunkelheit kroch langsam von draußen herein. Die Fliegen waren überall. Es wurde ziemlich dunkel. Madame Koto brachte die Lampen herein, zündete sie an und verteilte sie auf den Tischen.

»Madame«, nuschelte der Schläger mit den kleinen Augen, »wir sorgen dafür, daß Sie Strom bekommen, Sie sorgen für die Musik, und dann tanzen wir demnächst hier alle.«
In diesem Augenblick teilte sich der Vorhang, und der Zimmermann kam mit weit aufgerissenen Augen und schmutzigen Kleidern von einer anderen Arbeit in die Bar.
»Geh woanders hin, wenn du was trinken willst!« sagte einer der Männer.
»Warum?«
»Warum nicht?«
»Weil ich diese Bar gebaut habe.«
»Na und?«
»Ich lasse mich von niemand wegschicken.«
»Wirklich?«
»Ja.«
Der Mann mit dem Verband, der offensichtlich schon den ganzen Abend lang darauf gewartet hatte, einen Streit zu beginnen, zog mit theatralischer Geste seine *agbada* aus. Dann fiel er ohne weitere Ankündigung über den Zimmermann her. Sie stürzten beide auf eine Bank. Auf dem Tisch wackelte eine Lampe. Sie rollten kämpfend über den Boden. Eine Lampe fiel um, zerbrach und setzte den Tisch in Brand. Die Frauen schrien auf, ergriffen ihre Handtaschen und flohen nach draußen. Madame Koto holte ihren unvermeidlichen Besen und schlug damit in die Flammen. Ihr Besen fing Feuer. Die beiden Männer kämpften weiter. Der Zimmermann riß dem Schläger den Verband ab. Der Schläger würgte den Zimmermann. Die Gefährten des bandagierten Mannes schlugen nun auf den Zimmermann ein, versetzten ihm Fußtritte, hauten ihm mit den Schuhen auf den Kopf und boxten ihm in die Rippen. Doch wenn sie den Zimmermann schlugen, schrie jedesmal der Mann mit dem Verband auf. Und plötzlich stürzten Bänke und Tisch um, Gläser und Teller zerbrachen, Kalebassen zerbarsten, verschütteter Palmwein ergoß sich in die Flammen, und Rauch erfüllte die Luft. Ich rührte mich nicht. Ich hörte, wie einer der Schläger aufschrie. Seine *agbada* hatte Feuer gefangen. Er rannte in brennenden

Kleidern hinaus in die blaue Nacht. Der Streifenvorhang fing ebenfalls Feuer. Bald schien alles zu brennen. Madame Koto rannte mit Leuten aus dem Compound herbei, die Eimer mit Wasser brachten und überall ausschütteten: auf Tische und Wände, auf die Männer, die inmitten von Flammen und zerbrochenen Kalebassen kämpften, auf den schlafenden, betrunkenen Mann, der vorher auf den Tisch gesprungen war, und auf die Vorhänge. In kurzer Zeit war das Feuer gelöscht, und die Männer hörten auf, auf dem Boden zu kämpfen. Sie waren bis auf die Haut durchnäßt. Übersät von Holzstücken und Glasscherben standen sie beide auf und krümmten sich stöhnend.

Madame Koto holte einen neuen Besen, bahnte sich einen Weg durch die Menge und schlug um sich und drosch mit solcher Wut auf die Leute ein, daß ein unglaubliches Durcheinander in der Bar entstand. Sie prügelte auf die Schläger und deren Gäste ein, jagte sie zur Tür hinaus, drehte sich um und verprügelte den Zimmermann und scheuchte ihn durch den ganzen Raum. Dann griff sie die Leute aus dem Compound an, die ihr zu Hilfe geeilt waren, bis diese davonliefen und schrien, sie sei verrückt geworden. Sie schlug mich auf Rücken und Nacken, bis auch ich nach draußen rannte. Sie prügelte und drosch selbst dann noch mit ihrem Besen auf die Luft ein, als niemand mehr da war, den sie hätte schlagen können.

Plötzlich kam sie aus der Bar heraus, und ihr Erscheinen ließ die Frauen aufkreischen und die Männer schreien. Sie stürmte hinter den Schlägern und deren Freunden her, schlug den Frauen kräftig auf den Rücken und den Männern auf die Knöchel und verfolgte alle die Straße zum Wald hinauf. Eine Weile lang sahen wir sie nicht. Dann tauchte sie plötzlich schwer atmend vor uns auf und stürzte sich erstaunlich flink für jemanden ihrer Körperfülle auf uns. Sie rannte hinter uns her und vollbrachte sogar die ungewöhnliche Glanzleistung, an mehreren Stellen gleichzeitig zu sein, und schlug auf jene von uns ein, die nach Norden oder Süden, nach Westen oder Osten gerannt waren, ließ die Luft mit ihrem wütend sausenden neuen Besen knistern, schimpfte auf alles, wirbelte Staub auf und ballerte mit

Steinen, wirbelte fluchend im Kreis herum, scheuchte uns in die Büsche, auf den Hinterhof und in die Gänge zwischen den Häusern. Die Leute flohen überallhin. Ich rannte in den stinkenden Waschraum, blieb sehr lange dort und kam erst heraus, als ich andere Stimmen hörte, die zaghaft ihre Verstecke verließen. Ich schlich zur Bar.

Madame Koto saß an einem Tisch. Es gab nur noch eine heile Lampe im Raum. Wildes Durcheinander herrschte. Tische waren zerbrochen und halb verbrannt, überall lagen Glascherben und Hühnerknochen und zerbrochene Schalen und verbogene Löffel und zertrümmerte Kalebassen und zerrissene Kleider und verschütteter Wein und Suppe. Auf einem Tisch war Erbrochenes, der Coca-Cola-Kalender flog auf dem Boden herum, und die Brüste der weißen Frau waren voller Suppenflecken. Bänke waren umgekippt. Auf den Tischen lagen halb verbrannte Pfundnoten, und die Wände waren mit Blut befleckt. Madame Koto saß im Halbdunkel. Ihre Brüste hoben und senkten sich leicht. Ihr Gesicht war zu einer Maske erstarrt. Sie saß allein in ihrer Bar, umgeben von all dem Durcheinander und Nachtmotten. Ihre Hände zitterten.

Sie starrte, ohne ihr Reich zu überwachen, mit traurigen, harten Augen geradeaus. Sie biß sich auf die Unterlippe. Dann begann sie zu meinem großen Erstaunen immer stärker zu zittern und saß kerzengerade mit unerschrockenem Gesicht und niedergeschlagenen Augen da. Sie weinte bebend, und die Tränen liefen ihr über die vollen Wangen und tropften auf den Tisch. Dann hörte sie auf zu weinen, schluckte, wischte sich das Gesicht mit ihrem Wickeltuch ab und schloß die Bar für jenen Tag. Auch sie hatte die Scheidelinie zwischen Vergangenheit und Zukunft überschritten. Sie hatte wohl begriffen, daß ein neuer Zyklus begonnen hatte. Plötzlich wandte sie sich um, sah mich, erstarrte, und ihre Augen weiteten sich vor Entsetzen darüber, daß sie in einem verschwiegenen Augenblick beobachtet worden war, und dann sagte sie ziemlich barsch: »Was starrst du mich so an?«

»Nur so.«

»Hast du noch nie eine erwachsene Frau weinen sehen?«
Ich schwieg.
»Geh nach Hause!« befahl sie.
Ich rührte mich nicht. Madame Koto würde niemals wieder so sein wie zuvor, und ihre Bar auch nicht.
»Geh nach Hause!« sagte sie mit Nachdruck.
Ich ging.

7

Mama war allein im Zimmer und betete in drei verschiedenen Sprachen zu unseren Ahnen und zu Gott. Sie kniete neben der Tür, das Gesicht halb von ihrem Kopftuch verdeckt, und rieb sich andächtig die Handflächen.

»Mach die Tür zu und komm rein«, sagte sie.

Ich ging hinein und setzte mich aufs Bett. Ihr inbrünstiges Gebet erfüllte den Raum. Ich lauschte, wie sie um Kraft bat und eine gute Arbeit für Papa erflehte und Wohlergehen und Zufriedenheit für uns. Sie betete, daß wir nicht vor unserer Zeit starben und lange genug lebten, um auch ernten zu können, und daß sich unser Leiden in Weisheit verwandelte.

Als sie fertig war, stand sie auf und setzte sich neben mich aufs Bett. Sie sagte nichts. Sie war von einer Aura aus Kräften umgeben. Sie fragte nach Madame Koto, und ich erzählte ihr, daß die Leute glaubten, sie würde allmählich verrückt. Mama lachte, bis ich ihr erzählte, was geschehen war. Sie blieb lange still. Dann wurde mir klar, daß sie mir nicht zugehört hatte. Ihr Blick war in die Ferne gerichtet.

»Hast du die Tür gesehen?« fragte sie, plötzlich aus ihrer Starre erwachend.

»Unsere Tür?«

»Ja.«

»Die habe ich gesehen.«

»Geh und sieh sie dir noch mal an.«

Ich ging nach draußen und schaute sie mir an, konnte aber wegen der Dunkelheit nichts sehen. Die Leute aus dem Compound bewegten sich wie Gestalten in einem roten Traum über den Hinterhof, gingen zwischen den Häusern hindurch. Ich kam wieder herein.

»Hast du sie gesehen?«
»Nein.«
Ich nahm die Kerze, hielt die Hand schützend vor die Flamme und ging wieder nach draußen. Unsere Tür war mit Buschmessern eingeschlagen worden. Das Holz war teilweise zersplittert. Es war voller langer, nicht sehr tiefer Schrammen. Bedrohliche Zeichen waren mit einer übelriechenden Substanz, die im Kerzenlicht rot glitzerte, auf das Holz geschmiert worden. Unsere Tür war gekennzeichnet worden. Ich ging wieder hinein.
»Wer hat das getan?«
»Der Hauswirt.«
»Woher weißt du das?«
»Papa hat seine Partei herausgefordert.«
Mama schwieg einen Augenblick. Ich stellte die Kerze auf den Tisch zurück.
»Nimm dich vor den Leuten aus dem Compound in acht«, warnte sie. »Heute sind sie unsere Freunde und morgen unsere Feinde.«
»Ja, Mutter.«
»Ich habe gekocht und bin kurz ins Zimmer gegangen. Als ich wieder in die Küche kam, hatte jemand Wasser ins Feuer gegossen.«
Wir schwiegen.
»Ich habe jetzt Angst, nachts durch den Compound zu gehen. Wer weiß, ob sie uns nicht Gift ins Essen tun!«
Ich bekam Angst und drückte mich an Mama. Sie strich mir liebevoll über den Kopf. Einen Augenblick lang stellte ich mir vor, wie unsere Tür nachts, während wir schliefen, eingeschlagen wurde. Ich sah, wie der große, gespenstische Egungun mit weißem Rauch, der ihm aus sieben Ohren quoll, in unser Zimmer stürzte und uns alle mit seinem blutverschmierten Mund verschlang.
»Laß uns abhauen«, sagte ich.
Mama lachte. Dann wurde sie ernst. Und zum erstenmal sah ich, wie sehr ihre Gesichtszüge von der Welt gezeichnet waren. Die Backenknochen standen vor, die Nase war spitzer geworden, das

Kinn schärfer, und die eckige Stirn wirkte wie die Verknöcherung ständiger Verletzungen. Ihre Augen waren zusammengekniffen, als versuchten sie dauernd, soviel wie möglich abzuschirmen.
»Unser Schicksal wird uns beschützen. Fürchte dich vor nichts, mein Sohn. Das schlimmste, was sie uns antun können, ist, uns umzubringen.« Sie hielt inne.
Ihr Gesicht wurde seltsam starr wie eine Maske. Mamas Augen bewegten sich nicht und schienen in unheimlicher, leerer Konzentration durch das Fenster zu starren.
»Ich habe dieses Leben sowieso satt«, sagte sie schließlich. »Ich will sterben.«
Plötzlich hatte ich eine Vision ihres Todes, die mich so schnell durchzuckte, daß ich ganz überrascht war. Ich sah wieder ihr Gesicht vor mir, als sie kurz nach meiner Rückkehr nach Hause fast gestorben war. Ich erinnerte mich daran, daß ihr gemartertes Gesicht der Grund gewesen war, warum ich beschlossen hatte, zu leben und in den Grenzen dieser Welt zu bleiben und den Pakt mit meinen Geistergefährten zu brechen. Eines der vielen Versprechen, das ich vor meiner Geburt gegeben hatte, war, daß ich sie glücklich machen wollte. Ich hatte beschlossen zu bleiben, und jetzt wollte sie sterben. Ich brach in Tränen aus. Ich warf mich auf den Boden, schlug um mich und weinte. Der Dämon der Trauer nahm mich völlig in Besitz. Mama versuchte, mich in die Arme zu schließen, zu trösten und herauszufinden, warum ich so plötzlich angefangen hatte zu weinen. Sie wußte nicht, wie untröstlich ich in jenem Augenblick war, weil sie den Grund meiner Trauer nicht kannte. Sie wußte nicht, daß ich nur dann aufhören würde, wenn sie mir versprach, nie zu sterben.
»Was ist mit dir los? Weinst du wegen der Tür? Oder wegen der Leute aus dem Compound? Oder wegen des Hauswirts? Hab keine Angst. Wir sind zu stark für sie.«
Ihre Worte kamen zu spät. Das Unglück ließ mich nicht mehr los. Ich wurde selbst zur Trauer. Ich weinte im voraus über all die Dinge, die geschehen würden, die unvorstellbaren Dinge, die jenseits des Horizonts aller Erzählungen über unser Leben la-

gen. Das Elend erfüllte mich wie einen tiefen Brunnen, der sich nach einem heftigen Regenguß mit Wasser füllt. Ich rang nach Atem. Meine Geistergefährten tranken meine Trauer und erfüllten mich mit süßen Liedern, um mein Elend vollkommen zu machen. Mir blieb das Herz stehen. Ich wurde kalt und steif, atmete nicht mehr und hatte Mund und Augen weit aufgerissen. Dunkelheit fegte über mich hinweg wie ein starker Wind aus dem Wald. Die Dunkelheit löschte mein Bewußtsein aus.

Doch tief in dieser Dunkelheit regte sich eine Gegenwelle, eine Auflehnung voller Freude. Es war einer friedliche Welle, die sich am Ufer meines Geistes brach. Ich hörte leise Stimmen singen, und ein helles Licht kam immer näher auf die Mitte meiner Stirn zu. Und plötzlich öffnete sich mitten auf meiner Stirn ein Auge, und dieses Licht schien mir das hellste und schönste der Welt zu sein. Es war furchtbar heiß, doch es versengte nicht. Es war gleißend hell, doch es blendete nicht. Je näher das Licht kam, desto größer wurde meine Angst. Dann wandelte sich meine Angst. Das Licht drang in das neue Auge ein und in mein Hirn, schweifte durch meinen Geist, bewegte sich in meinen Adern, kreiste in meinem Blut und ließ sich in meinem Herzen nieder. Und das Herz brannte mir mit sengender Qual, als würde es in mir zu Asche verbrannt. Als ich zu schreien begann, erreichte der Schmerz seinen Höhepunkt, und ein kühles Gefühl von göttlicher Frische breitete sich in mir aus, das die umgekehrte Reise des hellen Lichts antrat und dessen glühende Wege kühlte, bis es in der Mitte meiner Stirn angelangt war. Dort blieb es als ein für immer aufgedrückter Kuß zurück, wie ein Geheimnis und ein Rätsel, das nicht einmal die Toten beantworten können.

8

Mama hielt die Kerze in der Hand. Das Wachs tropfte auf ihre empfindliche Haut. Sie zuckte nicht zusammen und rührte sich nicht. Ihre Augen waren weit aufgerissen. Ihr Gesicht glich einem Felsen inmitten der dunklen Schatten, die das Kerzenlicht nicht erreichen konnte.

»Eines Tages erzähle ich dir die Geschichte, wie der Tod besiegt worden ist«, sagte sie mit der Stimme einer geheimnisvollen Priesterin.

Sie sah mich lange unverwandt an. Das Kerzenlicht bildete eine goldene Strahlenkrone rings um ihr zerzaustes Haar. Das Wachs wurde weiß auf ihrer empfindlichen Haut. Sie stellte die Kerze hin und zog das Wachs ab. Sie blickte durch mich hindurch. In ihren Augen standen Furcht und Liebe. Sie bewegte die Hand durch die Dunkelheit und schuf in den Schatten ein Floß. Es war eine blaue Dunkelheit. Alles wurde blau.

Ich trieb auf dem Floß und fand mich auf der Matte wieder. Die Kerze auf dem Tisch war heruntergebrannt. Mücken und kleine Fliegen schwirrten durch den Raum, und das Fenster war offen. Der Wind blies herein, ließ die Kerze flackern und trug die Gerüche der Außenwelt herein, die von der Frische der Nachtluft gereinigt worden waren.

Jemand klopfte leise an die Tür meines Geistes. Ich öffnete die Tür und sah den Fotografen davor. Erst erkannte ich ihn nicht. Ich hatte ihn lange nicht mehr gesehen. Er sah anders aus. Sein Gesicht glänzte gesund. Seine Augen strahlten. Er war heiter gestimmt, als hätte er irgendwo in der Nacht Felder der Hoffnung gefunden.

»Ich bin's«, sagte er ein wenig zögernd, »der internationale Fotograf.«
Halb geduckt, halb hüpfend kam er herein. Seine Stimmung schwankte zwischen Angst und Heiterkeit. Er hatte neue Futterale für seine Ausrüstung. Auf der schwarzen Lederhülle seiner Apparate stand mit weißer Schrift der Satz: EIN MANN WERDEN. War es eine unausgesprochene Frage, ein ungestelltes Rätsel oder eine unvollendete Erklärung? Ich hatte keine Ahnung. Ich starrte gebannt auf die Worte.
»Erinnerst du dich an mich?« flüsterte er, während ich die Tür schloß.
»Wo warst du?«
»Einmal um die Welt und wieder zurück.«
»Wie geht das?«
»Die Wunder hören nie auf.«
»Warum nicht?«
Er beantwortete meine Frage nicht. Wir lauschten auf die schlafende Welt. Immer noch flüsternd sagt er: »Ich ziehe bald um. Ich bekomme bald einen neuen Job. Ist etwas zu essen da? Ich habe das Gefühl, die Schläger sind nicht mehr hinter mir her. Der Hauswirt will, daß ich sein Haus verlasse. Ich habe Hunger.«
»Es ist nichts zu essen da.«
»Warum nicht?«
»Hast du nicht die Tür gesehen?«
»Welche Tür?«
»Unsere Tür.«
»Natürlich habe ich sie gesehen.«
»Nein, das hast du nicht.«
»Und wie bin ich ins Zimmer gekommen?«
»Du hast sie nicht gesehen.«
»Warum nicht?«
»Irgendwelche Leute haben versucht, die Tür einzuschlagen. Und dann haben sie etwas Seltsames darauf geschmiert.«
»Warum?«
»Das weiß ich nicht.«

»Wer war es?«
»Das wissen wir nicht.«
»Die Schlechtigkeit nimmt kein Ende.«
»Was?«
»Es ist also nichts zu essen da?«
»Sie haben Wasser in unser Feuer gegossen, als Mama kochte.«
Papa drehte sich im Bett um. Er grunzte im Schlaf. Die Ratten begannen zu nagen. Mama knirschte mit den Zähnen und wurde wieder still.
»Warum?«
»Das weiß ich nicht. Mama glaubt, sie könnten uns vergiften.«
»Pssssttt!«
»Was?«
»Ein vorbeiziehender Geist könnte dich hören.«
»Und was macht der dann?«
»Das kommt darauf an.«
»Worauf?«
»Habt ihr *garri* im Haus?«
»Ja.«
Er ging an den Schrank und nahm sich mit einem Napf leise wie ein Dieb etwas *garri* aus der Schüssel. Er goß Wasser in den Napf, schüttete das überflüssige Wasser vor die Tür, tat Salz und ein paar Zuckerwürfel in das *garri*, füllte noch etwas Wasser nach, bis das *garri* die gewünschte Konsistenz für seinen ausgefallenen Geschmack hatte, und aß. Das einfache Gericht genügte ihm. Als er fertig war, sagte er: »Zeig mir die Tür.«
Ich nahm die Kerze mit nach draußen und schützte die Flamme gegen den Wind. Der Fotograf untersuchte die Schrammen, berührte das übelriechende rote Zeug, roch daran, probierte es und sagte: »Wildschweinblut.«
»Woher weißt du das?«
»Ich war mal Jäger.«
Wir gingen wieder hinein. Er kniete sich schweigend auf die Matte.
»Vielleicht haben sie es meinetwegen getan«, sagte er nach einer Weile.

Er machte eine Pause.
»Ich gehe bald fort. Ich verschwinde. Ich gehe in den Untergrund.«
Er machte eine weitere Pause.
»Ich will nicht, daß ihr meinetwegen Ärger bekommt.«
Der Wind blies durch das offene Fenster und blies die Kerze aus. Wir blieben im Dunkeln. Als er weitersprach, hatte er eine andere Stimme.
»Weißt du, was ich heute gemacht habe?«
»Nein.«
»Ich habe Frauen auf dem Markt fotografiert, die von Schlägern angegriffen wurden. Die Frauen haben die Schläger verjagt. Ich habe Bilder von Aufständen gegen unsere weißen Herrscher gemacht. Ich habe Bilder von einem Polizisten gemacht, der Bestechungsgelder annahm. Der Polizist hat mich gesehen und verfolgt, aber ich bin ihm entkommen.«
»Wie?«
»Durch einen Zaubertrick.«
»Was für einen?«
»Ich habe mich unsichtbar gemacht.«
»Wie?«
»Ich besitze alle möglichen Kräfte.«
»Warum versteckst du dich dann?«
»Weil man die Kräfte, die man besitzt, nicht immer einsetzen kann.«
»Was kannst du sonst noch?«
»Ich kann fliegen.«
»Wohin?«
»Zum Mond.«
»Wie?«
»Auf meinem Blitzlicht.«
»Das glaube ich dir nicht.«
»In der letzten Nacht bin ich zum Mond geflogen und habe Aufnahmen von seinem unglaublichen Gesicht gemacht.«
»Zeig sie mir.«
»Ein andermal.«

»Warum nicht jetzt?«
»Weil ich schlafen muß.«
»Was kannst du sonst noch?«
»Ich kann die Gesichter der Leute verändern.«
»Wie?«
»Mit meinem Fotoapparat.«
»Wie kannst du sie verändern?«
»Ich kann sie häßlicher oder schöner machen.«
»Warum?«
»Weil ich das kann.«
»Und was kannst du sonst noch?«
»Ich kann zehn Flaschen *ogogoro* trinken, ohne betrunken zu werden.«
Die Ratten nagten wieder.
»Kannst du verstehen, was die Ratten sagen?«
»Nein.«
»Kannst du mit ihnen reden?«
»Nein. Aber ich kann sie töten.«
»Warum?«
»Weil sie nie genug kriegen können. Sie sind wie schlechte Politiker und Imperialisten und reiche Leute.«
»Wieso?«
»Sie verschlingen unsern Besitz. Sie verschlingen alles in ihrer Reichweite. Und eines Tages, wenn sie sehr hungrig sind, werden sie auch uns verschlingen.«
Ich blieb stumm.
»Wenn du morgen aufwachst, sind keine Ratten mehr da. Ich mache Schluß mit ihnen. Ich benutze meine starke Medizin und meine geheimen Zaubermittel. Aber die wirken nur, wenn du schläfst.«
Er stand auf und schloß das Fenster. Wir legten uns auf die Matte. Ich versuchte zu schlafen, aber die Ratten nagten weiter, und die Mücken quälten uns.
»Ich kann dir zeigen, wie man zum Mond fliegt«, sagte er im Dunkeln.
»Wie?«

»Denk einfach an den Mond und schlaf ein.«
Ich versuchte es. Ich schlief ein, aber ich flog nicht zum Mond und träumte nicht einmal von seinem geheimnisvollen Gesicht. Und ich wachte nicht früh genug auf, um dem Fotografen zu sagen, daß das, was er mir gezeigt hatte, nicht geklappt hatte.

9

Mama kreischte. Mit einem teuflischen Grinsen beugte sich Papa über sie, sechs dicke Ratten in der Hand, die er am Schwanz baumeln ließ. Eine von ihnen war noch nicht ganz tot und zuckte mit den Beinen. Mama sprang aus dem Bett.

»Wo hast du diese Ratten gefunden?«

Ich richtete mich auf. Rings um die Matte, unter dem Tisch, vor der Tür, auf dem Schrank, neben dem Bett, überall lagen tote Ratten. Ich schrie auf. Das Zimmer war ein Golgatha von Ratten, ein einziges Schlachtfeld. Sie waren in allen erdenklichen Stellungen gestorben. Neben meinem Kopfkissen lagen Ratten, die sich mit gefletschten gelben Zähnen in der Matte verbissen hatten. Meine Bettdecke war voller Ratten. Manche von ihnen waren neben mir verendet, unter dem Laken, andere waren auf dem Tisch gestorben, und ihre langen Schwänze hingen über die Tischkante. Manche waren erst an der Gardine hochgekrochen und hatten lange Schlitze in dem Stoff hinterlassen, ehe sie unten vor der Wand verendet waren. Sie waren in Papas Schuhen verendet, und ihre Schwänze sahen den Schnürsenkeln zum Verwechseln ähnlich. Sie waren mit aufgerissenen gelben Augen verendet und starrten uns voller Rachsucht drohend an. Manche von ihnen lebten noch, kämpften noch, und Papa machte ihrem Leiden ein Ende, indem er ihnen gekonnt mit den Stiefeln den Schädel einschlug. Den Ratten lief im Todeskampf gelbe und blaue Flüssigkeit aus dem Maul. Große Ratten mit dickem Fell und langen dünnen Schwänzen wanden sich zwischen den Kadavern ihrer Gefährten und zuckten mit den kleinen Pfoten. Papa hob eine auf, um sie in seine pendelnde Sammlung einzureihen, doch plötzlich rappelte sich das Tier wieder auf und schnappte nach Papas Hemdsaum, aber Papa schleuderte es an die Wand, und dort hinterließ es einen Abdruck, fiel auf den Boden, biß sich mit den spitzen Zähnen in einem Stück Sackleinen fest und kämpfte mit dem Tod. Papa stand bis zu den Knöcheln in den Rattenkadavern. Ich war so verstört, daß ich mich nicht rührte.

Papa kam mit einem schelmischen Grinsen auf mich zu und schwenkte die sechs Ratten wie ein obszönes Pendel über mir hin und her. Ich lief zu Mama.

»Das sind doch nur Ratten«, sagte sie. Offensichtlich hatte sie sich von ihrem eigenen Entsetzen erholt.

»Und so viele!« sagte Papa.

»Ich zähle sie«, sagte ich.

»Aber was ist mit ihnen geschehen?«

»Sie hatten schlechte Träume«, vermutete Papa.

»Was für schlechte Träume?«

»Über die Partei des Hauswirts. Als sie seine Rede hörten, haben sie beschlossen, Selbstmord zu begehen.«

»Was ist Selbstmord?« fragte ich.

»Was ist mit den Ratten geschehen?« fragte Mama verwundert.

»Der Fotograf hat sie getötet.«

»Wie?«

»Mit einem besonderen Mondgift. Es wirkt.«

»Es wirkt zu gut«, sagte Mama und stieg aus dem Bett.

Sie holte den Besen. Als sie den Schrank an die Seite rückte, verschlug es ihr den Atem. Erschreckend viele Ratten waren unter dem Schrank gestorben. Es war unmöglich, sich vorzustellen, daß wir unser Leben mit so vielen Ratten geteilt hatten. Sie hatten das Sackleinen gefressen, das Holz des Tisches, sie hatten sich durch Kleider, Schuhe und sonstige Dinge hindurchgefressen. Überall lagen Essenkrumen und Rattendreck. In tausend verschiedenen Stellungen – mit ineinander verschlungenen Schwänzen, durchscheinenden blassen Bäuchen, gefletschten Zähnen, im Todeskampf fauchend – lag dort eine gräßliche Rattenhorde.

»Faß nichts an!« sagte Mama.
Sie fegte jeden Winkel aus. Sie fegte unter dem Bett, unter dem Schrank. Sie schob ihre durchlöcherten Säcke und die Schüsseln, die hinter der Tür standen, zur Seite und keuchte dabei die ganze Zeit vor Entsetzen. Die Säcke waren zum großen Teil leer gefressen, und mehrere Ratten waren mitten in Mamas Vorräten gestorben. Mama fegte die Ratten zur Tür und stapelte ihre Kadaver auf. Ich ging los und suchte nach einem Behälter. Ich fand einen großen Karton, in dem Kakaogetränke verpackt gewesen waren. Die Ratten füllten den ganzen Karton. Bei dem gruseligen Anblick drehte sich mir fast der Magen um. Mama ging nach draußen und warf den Karton voller Ratten auf den ständig wachsenden Abfallhaufen hinten auf dem ausgebrannten Lastwagen. Dann kam sie zurück und wischte den Raum mit solchen Mengen von Desinfektionsmittel, daß wir praktisch in dem Zeug badeten. Dann mußten wir uns die Hände in einer konzentrierten Lösung waschen. Und dann bereitete sie etwas zu essen, während Papa sich zur Arbeit fertigmachte.
Als wir aßen, klopfte es an die Tür.
»Herein«, sagte Papa.
Es war zu früh für Besucher. Völlig verdutzt sahen wir einen Mann in zerrissenen Kleidern hereinkommen, der sich verstohlen umschaute. Er hatte gelbe Augen, eine blasse Hautfarbe und einen verbitterten Mund. Der Hauswirt hatte ihn mit einer Botschaft zu uns geschickt. Er teilte uns mit, daß unsere Miete erhöht worden war. Anscheinend waren wir die einzigen im Compound, denen eine Mieterhöhung zugemutet wurde. Nachdem der Mann seine Botschaft übermittelt hatte, die uns die Möglichkeit offenließ auszuziehen, falls uns die neue Miete nicht paßte, und er wieder fort war, saß Papa vor dem Eßtisch wie ein Mann, der einen Tritt in die Rippen bekommen hat. Er ließ sich keinen Schmerz anmerken, sondern saß nur mit verwundertem Blick regungslos da. Als er aus seiner Starre erwachte, knackte er mit dem Hals und den Knöcheln. Dann rutschte er nervös hin und her und verzerrte das Gesicht.

»Ich habe keine Lust mehr, etwas zu essen«, sagte er nach einer Weile.
Doch er nahm seinen Löffel, machte sich über das Essen her und ließ keinen Krumen auf seinem Teller zurück. Dann schickte er mich los, um ihm etwas *ogogoro* zu holen. Die Frau, die den Schnaps verkaufte, war noch nicht wach, und Papa wurde ungehalten, als ich mit leeren Händen zurückkam. Also ging ich wieder los und hämmerte gegen die Tür, um die Frau zu wecken, und sie stand auf und beschimpfte mich, während sie die gewünschte Menge für Papa abfüllte. Papa trank die Hälfte in einem Zug. Mama räumte den Tisch ab. Dann ging sie auf den Hinterhof und sang dabei ein Lied aus ihrem Dorf. Papa saß im Zimmer und starrte geradeaus.
»Siehst du, was das Leben uns antut?« fragte er.
»Ja.«
»Siehst du, wie böse die Leute sein können?«
»Ja.«
»So bringen sie einen dazu, einen Mord zu begehen.«
Er knackte wieder mit den Knöcheln und seufzte.
»Wo soll ich nur jeden Monat das ganze Geld hernehmen, hm?«
»Ich weiß es nicht.«
Er starrte mich an. So durchdringend starrte er mich an, daß ich das Gefühl hatte, der Feind zu sein.
»Siehst du, wie sie einen Mann zwingen, zum Räuber zu werden?«
»Ja.«
Er seufzte erneut. Er zündete sich eine Zigarette an. Er rauchte schweigend. Dann drückte er die Zigarette aus, als hätte er eine ausgezeichnete Idee, und zog seine Arbeitskleider an. Ich war enttäuscht, als er sagte: »Wenn ich zurückkomme, gehe ich zu Madame Koto.«
»Sie ist verrückt«, sagte ich zu ihm.
Er starrte mich wieder auf jene seltsame Art an.
»Vielleicht kann sie uns etwas Geld leihen«, sagte er, ohne auf meine Bemerkung einzugehen.
Er zog die Schuhe an, stampfte damit auf den Boden, strich mir über den Kopf und ging zur Arbeit.

Nach einer Weile kam Mama mit durchnässtem Wickeltuch herein. Sie hatte auf dem Hinterhof Kleider gewaschen. Sie hatte gewaschen und nachgedacht. Gewaschen und gesungen. Der Compound war aufgewacht. Ein streunender Hund lief zwischen den Häusern durch. Es war ein trüber Morgen. Der Himmel war grau, als könnte es Regen geben. Durch die Morgenluft drang der scheppernde Lärm von Metalleimern, die gegen den Brunnen schlugen, und das Geräusch von Wasser, das ausgegossen wird. Eine Frau erhob ihre Stimme. Die Schulkinder trugen ihre Uniformen. Ein Hahn krähte mehrmals. Mama belud ihr Tablett. Ich war fertig für die Schule. Mama ging noch ein wenig verschlafen mit wiegendem Schritt die Straße hinab und hatte eine weitere Bürde in ihrem Leben. Bald war sie nur noch ein winziger Punkt in der Armut unseres Viertels.

10

Ich versuchte, an Madame Kotos Bar vorbeizuschleichen, doch sie sah mich und sagte sehr laut: »Rennst du schon wieder vor mir weg?«

Sie sah anders aus. Sie trug eine neue Spitzenbluse, ein teures Wickeltuch, eine Korallenkette und Kupferarmreifen. Sie trug Lidschatten, der ihre Augen dunkler erscheinen ließ, und der Puder in ihrem Gesicht war vom Schweiß aufgeweicht. Der Tag war sehr heiß geworden. Es schien unmöglich, die Sonne zu vermeiden. Ich war durstig.

»Komm, und trink etwas Palmwein«, bot sie mir an.

Die Bar hatte sich schon wieder verändert. An den Wänden hingen zwei Kalender der Partei der Reichen. Die Bar war erstaunlich voll für diese Zeit am Nachmittag. Es waren normale, anständig aussehende Leute da, aber auch Männer mit Narben, Frauen mit Armreifen, die schwer an ihren Armen hingen, und Männer mit dunklen Brillen. Der heiße Raum war erfüllt vom Lärm der Auseinandersetzungen. Die Leute sprachen mit lauter, leidenschaftlicher Stimme über Politik und Skandale. Manche von ihnen hatten zornige Gesichter, die vor Schweiß glänzten, und öffneten beim Sprechen die Münder erstaunlich weit. Andere waren dünn und knochig mit ausgefransten, hungrigen Bärten und hinterhältigen Augen. Die Frauen hatten lange bemalte Nägel. Wenn sie sprachen, fuchtelten sie wild mit den Händen. Mit Zeitungen fächelten sie sich Kühlung zu. Ihre lärmenden Stimmen verschmolzen mit dem ständigen Summen der Fliegen.

Auf der Theke lag ein Hammer. Ich dachte, der Zimmermann sei in der Nähe, doch als ich mich umsah, stellte ich fest, daß er

nicht da war. Auf den Tischen standen mehrere Kürbisflaschen Palmwein, deren Ränder mit Fliegen übersät waren. Auch auf den leergegessenen Tellern tummelten sich die Fliegen. In einer Ecke des Raums lag ein Mann mit offenem Mund und offenen Augen auf einer Bank. Er schlief fest. Ein Gecko lief über sein Gesicht und verfing sich in seinen Haaren, und der Mann wachte schreiend auf. Die anderen brachen in Gelächter aus.
Mitten in all dem Lärm saß ein Mann mit der Kappe eines Stammesfürsten auf dem Kopf. Er saß kerzengerade mit traditioneller Würde da, und neben ihm befand sich ein Junge, der ihm Kühlung zufächelte. Der Mann trug große orangefarbene Perlen um den Hals und eine strahlendblaue *agbada*. Er trank, als gehörte ihm das Lokal. Er kam mir bekannt vor. Ich musterte ihn genau. Dann erinnerte ich mich, daß er einer der Männer war, die auf dem Lastwagen die Verteilung des verdorbenen Milchpulvers überwacht hatten. Seine Lippen waren sehr dick für sein Gesicht, und die Farbe seiner Unterlippe war eine seltsame Mischung aus rot und schwarz. Das Rot überwiegte, und es sah aus, als hätte er als Kind eine Verbrennung erlitten. Er hatte die Augen einer Ratte. Er ertappte mich dabei, wie ich ihn anstarrte.
»Wen starrst du so an?« fragte er.
Die Stimmen in der Bar verstummten.
»Dich«, sagte ich.
»Warum? Bist du verrückt?«
»Nein.«
Er warf mir einen bösen Blick zu. Einer der Männer in der Bar stand auf, kam herbei und schlug mir auf den Kopf.
»Du bist verrückt«, sagte er.
Ich spuckte ihn an, traf ihn jedoch nicht.
»Seht euch diesen bösen Jungen an«, sagte er und schlug mich erneut.
Ich spuckte noch einmal. Die Spucke landete auf meinem Hemd. Madame Koto kam in die Bar. Der Mann schlug mich mit zwei dicken Fingern ins Gesicht, und ich schrie auf, rannte zur Theke und ergriff den Hammer. Ich stürzte mich auf den

Mann, der aus irgendeinem Grund die Flucht ergriff. Madame Koto packte mich am Arm und nahm mir den Hammer weg.
»Sei nicht so ungezogen! Siehst du den Mann dort?« fragte sie und zeigte mit dem Finger auf ihn. »Er ist ein Stammesfürst. Er regiert demnächst unser Viertel. Er wird dich verschlingen.«
Durch diese Huldigung befriedigt, lächelte der Stammesfürst und trank weiter. Der Lärm fing wieder an. Ein paar Leute äußerten sich über mein Verhalten, beklagten, daß die Kinder den Erwachsenen keinen Respekt mehr entgegenbrächten, und machten dafür die Lebensweise der Weißen verantwortlich, die die afrikanischen Werte verdarben.
Dann schlug ein Mann Madame Koto vor, sie sollte doch besser Mädchen anstatt Jungen zum Bedienen einstellen. Eine Frau sagte, falls Madame Koto ein paar Mädchen haben wolle, die für sie arbeiteten und die Gäste bedienten, könne sie dafür sorgen.
»Dieser häßliche Junge verdirbt Ihnen das Geschäft«, sagte der Mann, der mir zweimal auf den Kopf geschlagen hatte. »Wer will sich schon mit Ihrem ausgezeichneten Palmwein betrinken, wenn er dieses schreckliche Gesicht sieht?«
»Du wirst sterben!« sagte ich zu dem Mann.
Die Stimmen verstummten. Der Mann stand von der Bank auf, und sein Gesicht bebte aus abergläubischer Angst vor dem Fluch eines Kindes.
»Sag, daß ich nicht sterben werde!« forderte er.
»Nein!«
Er kam näher. Madame Koto zählte gerade Geld hinter der Theke. Sie war zu sehr in ihre Beschäftigung vertieft, um zu merken, was vor sich ging.
»Nimm das zurück!«
»Nein!«
Er ging auf mich zu. Nur die Fliegen waren noch zu hören.
»Schlag ihn, bis er sich in die Hose macht«, sagte der Stammesfürst. »So erzieht man ein Kind.«
Ich sah den Mann an, ohne mich zu rühren. Er hob die Hand, um mich zu schlagen, und ich rannte einfach zwischen seinen

Beinen hindurch, und alle lachten. Ich blieb stehen und zog dem Stammesfürsten und den geschminkten Frauen Fratzen. Als der Mann voller Wut über den Trick auf mich losstürzte, floh ich aus der Bar, floh immer weiter und blieb erst stehen, als ich im Wald war. Dann sah ich mich um. Der Mann japste. Er gab auf und kehrte um. Ich ging tiefer in den Wald hinein und setzte mich auf den mächtigen gefällten Baumstamm. Ich blickte zu der tiefen Grube hinüber, aus der Sand gebaggert wurde, um die Straßen der Welt zu bauen.

Und dann streifte ich umher. Ich streifte lange durch den Wald. Die Erde roch kräftig, und in der Hitze verströmten die Palmen aus den Tiefen der Stämme Alkoholdünste, die ich zusammen mit dem Geruch der Rinde und des Weinsafts, der in der zitternden Luft verdunstete, einsog. Ich lauschte den Brachvögeln im Gehölz wilder Kiefern. Berauscht von den Alkoholdünsten der Sonne auf der Erde gelangte ich in einen entfernten Teil des Waldes, wo Scharen von Honigsaugern auf Baobabzweigen saßen, und plötzlich befand ich mich in einer anderen Wirklichkeit, einer seltsamen Welt, auf einem Pfad, der sich schon in eine Straße verwandelt hatte. Die Oberfläche der Straße war voller Unebenheiten. Der Teer schmolz in der Sonne, und meine Sohlen wurden schwarz. Der Geruch des schmelzenden Teers stieg mir zu Kopf, und ich sah das zitternde Trugbild eines Anhängers, der mit erschreckendem Tempo die Straße hinab auf mich zuraste. Das Trugbild schoß mitten durch die Straßenbaumaschinen hindurch, die an der Kreuzung standen. Es bahnte sich einen Weg über die Frauen, die Eiswasser und Apfelsinen verkauften, über die Bettler und die Arbeiter und die Baracken, in denen die ewigen Auseinandersetzungen über Lohn und Streiks tobten. Und dann raste das große Trugbild des Anhängers weiter, immer geradeaus, mitten in den Wald, und ich verlor es aus den Augen.

Ich kam an eine andere halbfertige Straße. Arbeiter standen im Kreis um die großen Maschinen herum und beschimpften jene, die arbeiteten. Sie schwenkten Stöcke mit beschrifteten Schildern. Ich vermutete, daß die aufgebrachten Männer entlassen worden waren. Sie brüllten Parolen gegen die weißen Ingenieu-

re. Ich sah keinen einzigen weißen I
Sonne daran schuld. Ich ging an den
zurückblickte, sah ich Gestalten,
den Arbeiter herfielen. Die Sonne
Schatten zeichneten sich ab. Da, wo
waren die Dinge am schwärzesten.
ter und ihre Gegner waren in eine
und ich konnte nur die verschwomm
zenden Körpern erkennen, die in
ten und wieder verschwanden. Das
erscheinen.

Vögel krächzten über meinem Kopf und zogen immer größere Kreise. Ich ging wieder in den Wald. Die Sonnenstrahlen waren scharf wie Glasscherben. Die blauen Schatten grüner Bäume blendeten mich einen Augenblick. Der Schatten war angenehm kühl, und die Luft roch nach feinen aromatischen Kräutern und Rinde. Muster aus Licht und Farben tanzten auf dem Waldboden. Blumen, die ich nicht sah, erfüllten die intensive, zarte Brise mit Wohlgeruch. Ich lauschte dem Flöten der Vögel, dem leisen Rauschen eines fernen Flusses, dem Wind in den schläfrigen Bäumen und dem durchdringenden Konzert der Insekten. Und plötzlich war dieser Teil des Waldes zu Ende.

Ich war in eine andere Welt gelangt. Überall in der zukünftigen Gegenwart wurden Trugbilder von Häusern gebaut, Wege und Straßen durchschnitten und umgaben den Wald in immer engeren Kreisen, ungestrichene Kirchen und weiß gekalkte Wände von Moscheen schossen an den dichtesten Stellen des Waldes aus dem Boden. Die Gläubigen in den ungestrichenen Kirchen trugen weiße Kutten und beteten den ganzen Nachmittag bei läutenden Glocken. Die Welt der Bäume und wilden Büsche wurde mehr und mehr gelichtet. Ich hörte, wie die gespenstischen Holzfäller titanische Irokobäume fällten, gigantische Baobabs, Kautschukbäume und *obeches*. Vogelnester lagen auf dem Boden, die Eier waren herausgefallen, zertrümmert, hatten sich mit den Blättern und dem Staub vermischt, und die kleinen unfertigen Vögel in den zerplatzten Eiern waren vertrocknet;

, als sie in eine harte Welt voller Wunder ka- ere krabbelten über sie.
n ich an Leuten vorbei, die hinter Bäumen saßen. urückblickte, waren sie nicht mehr da. Nackte Frau- ten vor meinen Augen auf und verschwanden wieder. eruch nach Erde, Blättern, Sonne und ein leichter Hauch getrocknetem Kot überwältigte meine Sinne. Ich wanderte mmer tiefer in die Welt der Bäume, durch die Einsamkeit von Akazien und Nadelbäumen, und sah Leute, die das Gebüsch abholzten, Baumstümpfe entwurzelten und Kletterpflanzen und vertrocknete Misteln zu großen Haufen zusammenharkten. Ich sah alte Fahrräder, die an Bäumen lehnten. Ich sah Männer und Frauen, die die Büsche und die Haufen aus Schling- und Kletterpflanzen verbrannten, und es mußten wohl berauschende Kräuter darunter sein, denn der Rauch verbreitete ein starkes Aroma nach Salbei, Rosmarin und getrockneten Blättern, dichte grüne und gelbe Dämpfe stiegen auf und alle möglichen geheimen Kräfte und laut knisternde Gerüche.
Der Rauch und die Gerüche waren überall so stark, daß es unmöglich war, sie nicht einzuatmen, und so füllte sich mein Kopf mit den Geheimnissen der im tiefen Wald brennenden Pflanzen, und ich wanderte herum und stieß gegen Bäume, stolperte über Wurzeln, lief gegen die ockerfarbenen Paläste der Ameisen, oder ging im Kreis herum, beobachtete, wie Fahrräder zwischen den Bäumen fuhren, ohne daß jemand darauf saß, oder sah Frauen, die durch die Luft strampelten, ohne auf einem Fahrrad zu sitzen. Ameisenhügel, an denen ich vorbeigekommen war, folgten mir. Ich war mir sicher, daß sich der ganze Wald bewegte.
Die Bäume rannten vor den menschlichen Behausungen fort. Meine Augen liefen über, und ich sah Leute mit heiteren Bronzemasken von Bäumen herabsteigen. Ich sah einen Vogel mit den behaarten Beinen eines Mannes unbeholfen über die Zweige eines Regenbaums fliegen. Eine Antilope mit dem Gesicht einer züchtigen Frau blieb stehen und starrte mich an, und als ich mich bewegte, verschwand sie in den üppig wuchernden Bü-

schen. Ein alter Mann tauchte aus dem Ameisenhügel auf, der mir gefolgt war. Der Mann hatte einen weißen Bart, grüne Juwelenaugen und ein Gesicht, das zugleich hundert Jahre alt und kindlich war. Er hatte die Hände erhoben, der Hals war leicht gebeugt, als trüge er das schwerste Rätsel der Welt. Er schien mir überallhin zu folgen. Er hatte einen Stab aus dem blühenden Zweig eines Orangenbaums, humpelte langsam daher und folgte mir mit unergründlicher Ausdauer. Als ich merkte, wie aufdringlich er war, begann ich zu rennen, doch so schnell ich auch floh, die Entfernung zwischen ihm und mir blieb immer gleich. Das verwirrte und ängstigte mich. Ich stolperte über einen Schädel, verletzte mich am Knöchel und konnte mich nicht mehr bewegen. Ich wartete. Ich hörte keine Schritte, doch der alte Mann ging immer noch auf mich zu, ohne näher zu kommen oder sich zu entfernen. Die Entfernung blieb gleich, und er trug die schwere Last eines unsichtbaren Rätsels auf dem Kopf.

Der Wald war voller Trugbilder, denen ich nicht entrinnen konnte. Ich schleppte mich auf dem Boden weiter. Der Mann kam immer noch hinter mir her. Ich bekam einen solchen Schrecken, daß ich nach einer Weile kehrtmachte und auf den alten Mann zukroch, um herauszufinden, was er wollte. Ich war verzweifelt darüber, wie langsam ich vorankam. Als ich den Schädel erreicht hatte, hob ich ihn auf und warf damit nach dem Mann, der verschwand. Ein Wind blies heftig durch die Bäume, und die undurchdringliche Luft war voller wirbelnder Blätter, Früchte und herabfallender Samenkörner. Ich schleppte mich weiter, bis ich zu einer Palme kam. An der Wurzel stand die Kürbisflasche eines Zapfers, und ich war durstig und trank von dem frischen Wein. Das verstärkte noch meinen Rausch. Ein schwarzer Wind kreiste durch meinen Kopf. Mitten aus der Kürbisflasche des Zapfers kam ein seltsames Geräusch, dem ich zu entkommen versuchte. Ich humpelte auf die Häuser am Waldrand zu, doch auch sie waren ein Trugbild.

Dann kam ich an eine Stelle in den Bäumen, wo es regnete. Ich konnte das nicht verstehen. Überall sonst war Sonne und Wind, doch an dieser Stelle regnete es, und von den Blättern der Bananenstauden lief das Wasser. Ich hatte Angst vor dem Regen. Hinter dem seltsamen Regenguß sah ich einen Mann, an dessen Füßen Lichter aufblitzten. Er stand vor einem Brunnen in der Nähe der Häuser. Es war der alte Mann. Er schien mich anzustarren. Ich bemerkte zum erstenmal, daß er Hufe als Füße hatte. Goldene Hufe. Ich drehte mich in die entgegengesetzte Richtung und humpelte unter Qualen davon. Dann wurde ich müde und kümmerte mich nicht mehr darum, was mir widerfuhr.

Ich lehnte mich an einen Baum und schloß die Augen. Nach einer Weile hörte ich einen leisen, ununterbrochenen Gesang. Ich öffnete die Augen und sah eine Schildkröte, die an mir vorbeikroch. Ich schaute ihr lange zu, und sie bewegte sich so langsam, daß ich einschlief. Als ich aufwachte, fühlte ich mich besser, doch mir taten immer noch die Füße weh. Ich ging weiter und kam wieder zu der Stelle, wo die Büsche verbrannt wurden und die starken Dämpfe den Wald selbst ins Träumen geraten ließen. Niemand war in der Nähe. In dem leuchtend weißen Rauch sah ich, wie sich Geister in Luft auflösten, Geister von Pflanzen, Kräutern und Dingen, über die ich noch nichts wußte; ich sah ihre leuchtenden blauen und gelben Farben, die Silhouetten trauriger Gesichter, Beine, vor Öl glänzend, das zu Ruß wurde, goldene Augen, die in bebendes Nichts zerschmolzen. Ich blieb nicht lange; ich ging weiter, und als ich die Stelle vor mir erkannte, fiel etwas auf mich herunter, und der schwarze Wind senkte sich über meine Seele. Die Honigsauger weckten mich.

Was war auf mich heruntergefallen? Ich blickte mich um. Die Sonnenstrahlen trafen mein Gesicht. Auf der Erde lagen Zweige, Blätter und zerplatzte Früchte. Seltsame Steine wärmten mir die Sohlen. Nicht weit von mir war eine Maske, die einem halbierten, mit Teer geschwärzten Schädel glich und von der Seite furchterregend aussah, vorn dagegen zu einem ekstatischen Gelächter verzerrt war. Sie hatte Augen, die zugleich einschüchternd und schalkhaft waren. Sie hatte einen großen Mund. Die Nase war klein und zart. Es war das Gesicht von einem jener paradoxen Geister, die sich unter Menschen und Bäume mischen, von einem Künstler geschnitzt, der die Gabe hat, solche Dinge zu sehen, und die Weisheit, sie zu überleben. Als ich die Maske aufhob, flog ein weißer Vogel aus den Büschen, der mich mit seinen wilden Flügelschlägen und seinem durchdringenden Schrei erschreckte. Ich ließ die Maske fallen. Dann hob ich sie auf, hielt sie vors Gesicht und spähte durch die Augenschlitze, und irgend etwas verdunkelte die Sonne, und der Wald wurde zur Nacht.

Als ich durch die Maske blickte, sah ich eine andere Welt. Überall in der Dunkelheit waren Wesen, und jeder Geist war eine Sonne. Sie verströmten ein gleißendes kupferfarbenes Licht, das in den Augen weh tat. Ich sah einen Tiger mit silbernen Flügeln und Bullenzähnen. Ich sah Hunde mit einem Schlangenschwanz und bronzenen Pfoten. Ich sah Katzen mit Frauenbeinen, Zwerge mit leuchtend roten Höckern auf dem Kopf. Die Bäume waren Häuser. Überall war Musik, und Tanz und Fröhlichkeit stieg von der Erde auf. Und dann flogen Vögel mit leuchtend gelben und blauen Federn, Augen, die wie Diamanten waren, und häßlichen, gierigen Gesichtern auf mich zu und hackten mit dem Schnabel auf meine Maske ein. Ich nahm sie ab, und die Welt drehte sich, die Bäume schienen auf mich zu fallen, und es dauerte eine Weile, ehe alles wieder normal wurde. Ich hielt die Maske fest, humpelte weiter und suchte nach einem Weg, der aus dem Wald hinausführte.

Und als ich weiterging, sah ich die goldenen Hufe des alten Mannes wieder. Ich versteckte mich hinter einem Baum. Die Last, die er trug, schien beängstigend schwer geworden zu sein. Er blieb stehen, als er vorbeikam, ließ sich aber nichts anmerken. Falls er mich gesehen haben sollte, dann zeigte er es nicht. Als er an mir vorbeikam, trug ich die Maske und sah ihn an. Er war völlig unsichtbar. Er war nicht da. Ich konnte ihn durch die Augen der Maske überhaupt nicht sehen. Doch über seiner unsichtbaren Gestalt, mitten im smaragdgrünen Licht, das die andere Welt bedeckte, saß im Wind schwebend ein hübscher Junge gelassen in der Luft, dessen schlanker Körper irgendwie an die eindringliche Erscheinung eines Löwen denken ließ. Der Junge starrte mich mit einfachen Augen an, die mir einen unausgesprochenen Segen erteilten. Ich nahm die Maske ab und sah, wie der

alte Mann in den Ameisenhügel zurückging. Ich setzte die Maske wieder auf und sah zu meiner Verwunderung nicht einen Ameisenhügel, sondern einen großen Palast mit beryllfarbenen Säulengängen, jadegrünen Veranden, goldenen Brüstungen und Mistelpflanzen, die sich an den stolzen gelben Wänden hochrankten, und überall Skulpturen aus glänzendem Marmor. Mit einem göttlichen Lächeln verschwand der junge, so unschuldige König in diesem Palast aus türkisfarbenen Spiegeln. Und dann legte sich die Dunkelheit wieder über alles.
Der Wind klang seltsam. Mein Erstaunen verwandelte sich in Verwirrung. Als ich die Maske abnahm, herrschte die gleiche Dunkelheit. Lichtfetzen kamen mit dem Wind herüber. Von der Maske verwirrt, hatte ich den Sinn für die Wirklichkeit verloren. Mit schmerzenden Füßen eilte ich fort. Eine ganze Zeitlang ging ich so weiter und drehte mich ständig im Kreis, da mir mein Orientierungssinn einen Streich spielte. Nach einer Weile, als etwas Licht durch die Blätter drang und die Verwirrung meinem Hirn mehr und mehr zusetzte, gelangte ich plötzlich auf die Lichtung.
Es war die Lichtung, auf der ich oft spielte und wo ich Madame Kotos Fetisch vergraben hatte. Merkwürdig war nur, daß sich die Lichtung irgendwie verändert hatte. Sie war genauso, wie ich sie in Erinnerung hatte, und zugleich anders. Aus irgendeinem Grund schien die Lichtung schattig zu sein, obwohl dort keine Bäume standen. Ich sah mich um und versuchte herauszufinden, was sich an der Lichtung verändert hatte, doch es gelang mir nicht. Da setzte ich die Maske auf, blickte hindurch und stellte fest, daß die Lichtung in Wirklichkeit ein Geisterdorf war. Mitten im Dorf stand ein großer goldbrauner Irokobaum mit phosphoreszierenden Blättern und mondweißen Vögeln, die auf den Zweigen saßen und die süßesten Lieder zwitscherten. Auf dem sternförmigen Dorfplatz standen Rosensträucher. Ich sah Wolkenkratzer, Flugmaschinen und Springbrunnen, von Schnecken und blühenden Schlingpflanzen bedeckte Ruinen, Grabstelen, Obstgärten und am Eingang des Dorfes eine schwarze Sphinx. Leuchtende Pilger, Zelebranten in gelben

Kutten, veranstalteten Prozessionen zu Ehren der Mysterien seltsamer Götter. Ich nahm die Maske ab; mir schwirrte der Kopf, die Welt drehte sich, meine Augen brannten. Ich setzte mich auf die Erde und ruhte mich aus.

Dunkelheit hatte sich über den Wald gelegt. Die Geräusche von Insekten und Vögeln hatten nachgelassen. Der von Blätterduft erfüllte Wind war kühler geworden. Nach und nach verschwanden die Bäume, die Lichtung und die offenen Räume im Dunkeln. Einfache Dinge wurden zu Rätseln. Im Dunkel der Dinge sah ich, was sich an der Lichtung verändert hatte. Dort stand etwas. Ein Baum war dort gewachsen. Er war an der Stelle gewachsen, an der ich Madame Kotos Fetisch vergraben hatte. Es war ein seltsamer Baum, und im Dunkeln sah er aus wie ein Tier, das im Stehen schläft. Er hatte genau die Form eines Bullen ohne Hörner. Es war ein kräftiger, starker Baum ohne Blätter. Man schien bequem auf ihm sitzen und spielen zu können, und ich wollte die im Dunkel versinkende Welt oben von seinem Rükken aus sehen. Ich versuchte hinaufzuklettern, konnte die Maske dabei aber nicht mitnehmen; und so setzte ich sie auf und band sie mir mit Schlingpflanzen um den Kopf. Umgeben von der Dunkelheit und Geistern überall im Dunkeln kletterte ich mit der Maske im Gesicht auf den Rücken des Baums. All die mondweißen Vögel schienen auf den Zweigen meines Haars zu sitzen.

Vom Rücken des Baums sah ich eine Welt, die völlig anders war als jene, die ich gesehen hatte. Ich sah eine andere Wirklichkeit. Einen Augenblick lang erwartete ich, Vögel in meinen Augen zwitschern und Geister leuchtend und strahlend um mich herumtanzen zu sehen. Doch als ich mich umsah, verschwanden die Geister, die weißen Vögel waren anscheinend fortgeflogen, und das Dorf war nicht mehr da. Statt dessen hörte ich, wie die Erde vom furchteinflößenden Nahen eines teuflischen Wesens erzitterte. Ein weißer Wind umkreiste meinen Kopf. Ich war von der neuen Welt verwirrt. Die Erde bebte. Der Baum bewegte sich unter mir. Und als ich durch die Maske blickte, sah ich vor mir in der neuen Geisterwelt ein Wesen mit dem Körper eines

Elefanten und dem Kopf eines Warzenschweins, ebenso häßlich und großartig wie ein prähistorischer Drachen. Das Wesen überragte mich. Es war graziöser als ein Elefant und nicht so schwerfällig, doch seine Schritte hallten lauter. Sein Gesicht war unglaublich häßlich. Dieses Wesen, das gewohnt war, Menschen, verlorene Seelen, Geister und alle wundervollen Dinge zu verschlingen, öffnete sein furchtbares Maul und brüllte. Der Baum unter mir begann sich zu verändern. Plötzlich schien er nicht mehr aus Holz zu sein, sondern war aus bebendem Fleisch. Das Holz verwandelte sich unter mir und wurde langsam zu Fleisch. Das Ungeheuer kam näher, und sein stinkender Atem setzte mir schwer zu. Ich konnte seinen Anblick nicht länger ertragen und wollte unbedingt die Maske abnehmen, um nichts mehr zu sehen. Ich riß die Pflanzenranke ab, doch die Maske blieb an meinem Gesicht kleben. Ich versuchte noch einmal, sie abzureißen, doch es war so, als wollte ich mir die Haut vom Gesicht reißen. Und dann war die Verwandlung des Holzes in Fleisch abgeschlossen, und plötzlich ließ mich das markerschütternde Gebrüll eines wilden Tieres unter mir zusammenfahren. Ich wurde von dem Geruch unbändiger tierischer Kraft überwältigt. Das Tier bäumte sich auf, schüttelte den Kopf und brüllte erneut, als würde die Verwandlung durch das Gebrüll dauerhafter gemacht, und ich merkte, daß ich einen schlimmen Fehler begangen hatte und auf dem Rücken eines wilden Tieres ritt, das aus seinem Fetischschlaf erwacht war.

Das Ungeheuer stürmte auf mich los. In jenem Moment der Verwirrung riß ich mir rücksichtslos die Maske vom Gesicht und entfernte so das Ungeheuer vor meinen Augen. Mein Gesicht fühlte sich etwas wund an. Ich sah das prähistorische Ungeheuer nicht mehr, aber das wilde Tier unter mir sah es offensichtlich. Es drehte sich hierhin und dorthin, riß nacheinander die Füße aus der Erde, als entwurzelte es sich selbst, und als alle seine Füße befreit waren, stand es einen Augenblick still und holte tief Atem. Sein Körper dehnte sich drohend aus. Ich versuchte abzusteigen. Das Tier lief ein paar Schritte zurück und schnaubte böse, als hätte es einen Weg durch Jahrhunderte von schlechten Träumen freigesprengt. Dann setzte es zu einem unbeholfenen Galopp an, beschleunigte, warf den Kopf zurück, sprang auf dem Platz herum und griff das unsichtbare Ungeheuer an. Seine Hufe zertrampelten die Maske. Es stürmte mit solchem Tempo auf ein dichtes Gebüsch zu, daß ich abgeworfen wurde. Zum Glück landete ich zwischen Gras und Gesträuch, sonst hätte ich mir sicher das Genick gebrochen. Ich hörte, wie das wilde Tier schnaubend und stampfend zurückkam. Ich sprang auf, als schreckte ich aus fieberhaften Alpträumen hoch. Ich vergaß völlig meinen schmerzenden Knöchel, rannte aus dem Wald und floh wie ein geschlagenes Kind zu Madame Kotos Bar.

II

Ich ging nicht sofort hinein, sondern wanderte durch den Vorhof der Bar und sah zu, wie die Nacht ihre Macht am Himmel ausdehnte. Ich blieb eine Weile draußen und vergrub meine Geheimnisse in der Stille meiner Anfänge. Die Nacht brach herein, und überall waren die Schatten kurz und verschwommen. In den Häusern gingen Lampen an. Ich konnte sie durch Blätter und Büsche hindurch erkennen. Wie das Seufzen eines großen Tiers kam ein Windstoß vom Wald herüber. Der Wind brachte die Nacht näher. Er schien auch die letzten Lichter des Tages in die entferntesten Bereiche der Erde zu fegen. Eine Hälfte des Himmels war grau und tiefblau, die andere war traurig und rot. Der Schmerz in meinem Knöchel machte sich wieder bemerkbar. Ich saß lange draußen und wartete darauf, daß die Welt ringsherum still wurde. Es dauerte lange, bis sich mein Geist beruhigte. Ich atmete den Wind vom Mond ein.

Die Bar war still. Dann ich hörte ich, wie jemand lachte. Und dann redete. Ich lauschte. Ich merkte bald, daß da jemand allein war und Selbstgespräche führte. Der Schmerz in meinem Knöchel ließ einen Augenblick nach, und ich humpelte in die Bar. Ich schob den Vorhang zur Seite und stand im Dunkeln. Die Bar war leer. Nur hinter der Theke brannte eine Lampe. Ich erkannte den Umriß eines gesenkten Kopfes, einer Gestalt, die in ein geheimes Ritual vertieft war. Lautlos humpelte ich näher, während die Schmerzen in Wellen wiederkamen. Alle Gäste waren gegangen, und die Stille der Bar war unnatürlich für diese Zeit. Ich ging auf Zehenspitzen zur Theke und sah Madame Koto, die ihr Geld zählte. Sie war so in ihre Beschäftigung vertieft, daß sie nicht bemerkt hatte, wie ich hereingekommen

war. Ihr Gesicht glänzte, und vom Haaransatz lief ihr der Schweiß herab, über Wangen und Ohren, den Hals hinunter in ihre große gelbe Bluse. Immer wenn sie ein Bündel Geldscheine gezählt hatte, lachte sie. Es war ein seltsames Lachen. Es klang nach Rache. Um sie nicht zu erschrecken, sagte ich nicht gleich etwas, und dennoch war ich von ihrer Konzentration fasziniert und konnte die Augen nicht von ihr wenden. Sie zählte immer wieder von neuem ihr Geld, als wäre sie gerade aus dem Alptraum der Armut erwacht. Sie zählte an den Fingern ab, denn die Summen bereiteten ihr offensichtlich Schwierigkeiten. Dann blies draußen heftig der Wind, ließ die Vorhänge flattern und brachte ihre Lampe zum Flackern. Sie hob den Kopf, sah mich, und ihre Augen weiteten sich. Plötzlich stieß sie einen gellenden Schrei aus. Sie sprang auf und warf die Hände in die Luft, ihre Geldscheine flatterten in alle Richtungen, und die Münzen flogen klimpernd über den Boden. Ich sagte:
»Ich bin's, Azaro.«
Sie hörte auf zu schreien und starrte mich lange an. Dann verdunkelte sich ihr Gesicht, und sie kam mit schnellen Schritten hinter der Theke her, packte mich im Nacken und gab mir eine Ohrfeige.
»Warum hast du dort gestanden wie ein Dieb?«
»Ich bin kein Dieb.«
»Und warum hast du dort gestanden?«
»Nur so.«
»Warum hast du dort gestanden und auf mein Geld gestarrt?«
»Ich habe nicht auf dein Geld gestarrt.«
»Wo bist du gewesen?«
»Im Busch.«
»Und was hast du da gemacht?«
»Gespielt.«
»Mit wem?«
»Allein.«
»Mit Dieben?«
»Ich kenne keine Diebe.«
Sie ließ mich los. Dann lief sie hinter die Theke, sammelte ihr

ganzes Geld auf und verknotete es zu einem Bündel in einem Zipfel ihres Wickeltuchs.

»Wenn du das noch mal tust, hole ich mein Buschmesser.«

Ich sagte nichts. Sie kam auf ihr Lieblingsthema zu sprechen.

»Bald geht es hier anders zu, hörst du? Glaubst du vielleicht, diese Bar bleibt immer so? Glaubst du, ich hätte Lust, hier alles allein zu machen? Nein! Ich nehme mir bald ein paar junge Mädchen, die hier bedienen. Und ich stelle einen Mann ein oder auch zwei, die die schweren Sachen tragen und die Botengänge machen. Mit dir habe ich zuviel Ärger. Du hast keinen Respekt vor den Gästen. Du machst mir nur Ärger. Und überhaupt, was tust du hier schon? Du kommst her, schläfst und ißt meine ganze Pfefferschotensuppe auf, ohne dafür zu bezahlen. Du bist ein Nichtsnutz, hörst du?«

Ich sagte nichts, stand nur auf und setzte mich auf eine Bank neben der Eingangstür. Auf diese Weise war ich so weit wie möglich von ihr weg, aber immer noch in der Bar. Ich saß im Dunkeln, und sie blieb im Licht. Und weil die Lampe auf einem Hocker unter der Theke stand, wurde ihr Gesicht nur teilweise beleuchtet und sah groß und häßlich aus. Zum erstenmal spürte ich, daß ich sie nicht mochte. Wie sie so dort stand, sah es aus, als wären ihre Augen seltsam verwirrt, als schielte sie. Es war nur ein Spiel des Lichts, aber mein Mißtrauen ihr gegenüber wuchs dadurch nur noch mehr. Sie hatte sich völlig verändert. Ihre massige Gestalt, die mir immer so voller Wärme vorgekommen war, schien mir nun voller Boshaftigkeit zu sein. Ich wußte nicht, warum sie sich verändert hatte.

Sie setzte sich. In ihren Augen leuchtete eine neue hungrige Grausamkeit. Sie starrte mich im Dunkeln an, und ich wußte, daß sie mich nicht deutlich sehen konnte.

»Glaubst du, weil ich hier den ganzen Tag lang sitze, weil ich Pfefferschotensuppe koche und Teller spüle und die Tische abwische und meinen Gästen zulächele, glaubst du vielleicht, nur weil ich all das tue, hätte ich keine Pläne für mich, hm? Glaubst du vielleicht, ich möchte mir nicht ein Haus bauen und ein Auto fahren, glaubst du, ich will keine Bedienung haben, glaubst du, ich will kein Geld und keine Macht, hm? Ich will, daß man mich achtet. Ich habe keine Lust, ewig eine Bar zu betreiben. Jetzt bin ich noch hier, so wie du mich siehst, aber morgen bin ich weg. Glaubst du, ich will ewig hier in diesem dreckigen Viertel leben, ohne Strom, ohne Toiletten, ohne Trinkwasser? Wenn du das glaubst, dann bist du verrückt. Du bist ein kleiner Junge, und du hast keine Ahnung. Eure Leute haben nichts Vernünftiges im Sinn. Von mir aus kannst du wie ein Huhn da in einer Ecke sitzen und mich anstarren, aber wenn es soweit ist, wirst du dich daran erinnern, was ich gesagt habe.«

Ich verstand kein Wort von dem, was sie sagte. Ich verstand nur ihren Gesichtsausdruck. Als sie mit ihrer Rede fertig war, schürzte sie verächtlich die Lippen, als hätte sie sich, dadurch daß sie mit mir gesprochen hatte, zutiefst erniedrigt. Sie schnaufte höhnisch. Sie stand auf, nahm die Lampe mit und ging auf den Hinterhof. In der Bar wurde es völlig dunkel. Ich hörte, wie sich etwas neben dem Tonkrug bewegte. Ich hörte, wie etwas die Wand hinaufhuschte. Der Wind raschelte im Vorhang, wehte durch die Bar und ließ die Kalenderecken flattern. Die Nacht, die mit dem Wind hinabsank, brachte die Gerüche von abgestandenem Palmwein mit, von toten Fliegen, Spinnweben, Holz, Kerosin und altem Essen. Und über all dem lag der Geruch der Nacht selbst, wie der Duft der Erde kurz vor einem Sturm.

Im Dunkeln verschmolzen die Dinge miteinander. Die Tische glichen kauernden Tieren. Die Bänke glichen Menschen, die in der Luft schliefen. Ein starker Wind blies die Vorhänge zur Seite. Etwas kompakt Dunkles kam in die Bar. Es war ein Mann. Er hatte eine Zigarette. Noch bevor ich diese roch, roch ich getrockneten Schlamm, den Schweiß der Erschöpfung, Enttäuschung und hörte, wie der ganze Körper knirschte, als der Mann sich bewegte.

»Vater!« sagte ich.

Er zündete ein Streichholz an. Seine Augen leuchteten nicht, und sein Gesicht sah müde aus.

»Was machst du denn hier im Dunkeln?«

»Nichts.«

Das Streichholz ging aus, und er tastete sich an den Bänken entlang und setzte sich neben mich. Er roch nach Überarbeitung, Traurigkeit und Asche. Er legte den Arm um mich, und der Geruch seiner Achselhöhle überwältigte mich.

»Was machst du hier?« flüsterte er.

»Nichts«, flüsterte ich zurück.

Wir sprachen in leisem Ton weiter.

»Wo ist Madame Koto?«

»Auf dem Hinterhof.«

»Was macht sie?«

»Ich weiß es nicht. Eben hat sie ihr Geld gezählt.«

»Ihr Geld gezählt?«

»Ja.«

»Wieviel?«

»Das weiß ich nicht. Eine Menge. Ganze Bündel.«

»Bündel Geld?«

»Ja.«

»Hat sie dir etwas gegeben?«

»Nein.«

»Wenn ich versuche, mir etwas von ihr zu leihen, glaubst du, daß sie es mir gibt?«

»Nein.«

»Warum nicht?«

»Sie ist gemein geworden.«

»Wie kommt denn das?«

»Ich weiß es nicht.«

»Und warum sitzt du hier?«

»Sie nimmt sich ein paar Mädchen und Männer zum Bedienen.«

»Ist das wahr?«

»Ja.«

Draußen seufzte der Wind. Papa kratzte sich die Bartstoppeln. Madame Koto kam durch die Hintertür herein.

»Wer ist da?« fragte sie barsch.

»Ich«, sagte ich.

»Das weiß ich. Aber wer sonst noch?«

Papa blieb stumm.

»Haben Sie keine Stimme?«

»Ich bin's«, sagte Papa.

»Wer ist ›ich‹?« fragte Madame Koto lauter.

»Azaros Vater.«

Es wurde wieder still.

»Ach so, Azaros Vater«, sagte Madame Koto schließlich in einem Ton, der nicht gerade begeistert klang. »Na, wie geht es Ihnen denn? Ich geh mal eben und hol die Lampe. Wollen Sie etwas Palmwein? Ich hol Ihnen welchen.«

Sie rührte sich nicht. Wir sagten nichts. Und plötzlich konnte ich sie sehen. Ich sah sie deutlich von einem trüben gelben Licht eingerahmt. Das Licht wogte sanft um sie herum, als stünde ihre Haut in Flammen. Und dann sah ich, wie sie sich verdoppelte. Das gelbe Licht blieb. Aber ihre umfangreichere Gestalt ging aus der Bar. Ich hörte sie draußen; doch das wogende Licht blieb da, wo sie gestanden hatte, und wechselte die Farbe, mal sanft, mal heftig.

»Kannst du das sehen, Papa?«

»Was?«

»Das Licht.«

»Welches Licht?«

»Das gelbe Licht.«

»Wo?«

Madame Koto kam in die Bar zurück und trug eine Lampe vor sich her. Das Licht der Lampe verschluckte das wogende gelbe Licht. Madame Koto kam zu uns herüber. Sie stellte die Lampe auf den Tisch und starrte uns an, als wären wir ihr völlig fremd.

»Wie läuft das Geschäft?« fragte Papa höflich.

»Man kommt zurecht«, entgegnete sie. »Ihr Sohn kann Ihnen das erzählen.«

Sie starrte mich mißtrauisch an. Dann stellte sie die Kürbisflasche mit Wein auf den Tisch. Der Wulst, den das Bündel Geldscheine in ihrem Wickeltuch gebildet hatte, war verschwunden. Sie ging noch einmal nach draußen und kam mit zwei gelben Plastikbechern wieder. Die Becher hatte ich noch nie gesehen.

»Danke, Madame«, sagte Papa ziemlich nachdrücklich. »Möge Gott Ihnen Wohlstand, Glück und Gesundheit schenken.« Die theatralische Ausdrucksweise seines Segenswunsches verblüffte uns.
»Amen«, psalmodierte Madame Koto und sah uns mißtrauisch an.
Sie setzte sich hinter die Theke, eine eindrucksvolle Gestalt, eine feste Masse der Wachsamkeit.
Papa schenkte uns beiden Palmwein ein. Dann zündete er sich eine Zigarette an und rauchte. Ich trank, und Papa rutschte nervös hin und her. Mir wurde klar, daß er sich nicht dazu durchringen konnte, Madame Koto um Geld zu bitten. Von seiner Würde erdrückt saß Papa neben mir. Die Erniedrigung war ihm im Gesicht anzusehen. Er trank den Palmwein, als wäre er so etwas wie ein notwendiges Gift.
So saßen wir da, bis auf der Straße Geräusche zu hören waren. Die Geräusche kamen näher: Es waren Männer, die betrunken grölten und rhythmisch auf Flaschen schlugen. Madame Kotos Gesicht hellte sich auf. Mit lebhaftem Blick stand sie auf, eilte hinaus und stellte Lampen auf die Tische. Dann stürmte ein Mann mit einer Narbe auf der Stirn in die Bar, breitete die Arme aus und rief: »Hier sind wir!«
Die anderen kamen auch herein und grölten Madame Kotos Namen. Einer von ihnen hatte einen Spazierstock. Madame Koto ging auf sie zu, um sie zu begrüßen, wies ihnen Bänke zu, wischte den langen Tisch ab und machte viel Aufhebens um sie. Sie setzten sich singend und grölend, bis sie uns in der Ecke sitzen sahen. Da verstummten sie.
Madame Koto, die mit Getränken und Schalen hereinkam, bemerkte ihr Schweigen. Sie versuchte, die Männer aufzumuntern, und blickte immer wieder zu uns herüber, als wollte sie uns auffordern zu gehen. Die Männer tranken schweigend. Dann rief der Mann mit der Narbe auf der Stirn Madame Koto zu sich und flüsterte mit ihr. Zwischendurch warf er uns immer wieder Blicke zu. Es wurde klar, daß sie schweigen, weil wir da waren. Madame Koto nickte, als sie aufgehört hatten zu flüstern, ging

ein paar Schritte auf uns zu, besann sich anders und ging zur Theke. Plötzlich hatte ich das Gefühl, mitten in einem Geheimbund zu sein. Madame Koto sagte mit freundlicherer Stimme: »Azaro, es ist Zeit für dich, schlafen zu gehen.«
»Ja, was hat ein kleiner Junge um diese Zeit noch hier zu suchen?« sagte ein Mann.
»So verdirbt man Kinder«, sagte ein anderer.
»Und dann werden sie zu Dieben und bestehlen ihre Väter.«
Papa wurde allmählich betrunken. Ich spürte, wie er mehrmals die Fäuste ballte. Er biß knirschend die Zähne zusammen, rutschte hin und her, und als der letzte Mann gesprochen hatte, ging er schließlich auf die Herausforderung ein und sagte: »Das ist mein Sohn! Und er ist kein Dieb!«
Langes Schweigen. Madame Koto ging hinter die Theke, setzte sich und verbarg das Gesicht im Schatten. Einer der Männer lachte. Es war ein wieherndes Gelächter, das besser zu einem Pferd gepaßt hätte. Sein Gelächter wurde abgeschnitten, als der Mann mit der Narbe sagte: »Wir wollen keinen Ärger.«
»Und warum beleidigt ihr dann meinen Sohn?«
»Wir wollen hier nur eine Sitzung abhalten, und wir wollen nicht, daß der Junge dabei ist, das ist alles.«
»Der Junge geht, wenn ich gehe.«
Madame Koto kam hinter der Theke hervor.
»Ich will keinen Ärger in meiner Bar«, verkündete sie.
Sie begann damit, die Bänke umgekehrt auf die leeren Tische zu stellen. Anschließend ging sie nach draußen.
»Wenn du keinen Ärger willst, dann solltet ihr beiden gehen.«
»Nein!« rief Papa und kippte einen Becher Palmwein herunter und knallte den Becher auf den Tisch.
Die Männer waren still.
»Für welche Partei bist du?« fragte ein Mann mit einer ruhigen Stimme.
»Das geht dich nichts an.«
»Doch, das geht uns etwas an.«
»Na gut, ich bin nicht für eure Partei.«
»Warum nicht?«

»Weil es eine Partei von Dieben ist.«
Einer der Männer rief sofort nach Madame Koto. Sie kam herein und stemmte die Hände in die Hüften.
»Was ist los?«
»Sagen Sie diesem Mann und seinem Sohn, sie sollen gehen.«
»Ich will keinen Ärger.«
»Sie haben die Wahl: entweder die oder wir. Wenn Sie ihm nicht sagen, daß er gehen soll, suchen wir uns ein anderes Lokal.«
»Ich will keinen Ärger. Wenn ihr eure Versammlung halten wollt, dann tut es. Die beiden werden gehen. Das läßt sich alles friedlich regeln.«
»Wir wollen unsere Versammlung jetzt abhalten.«
Madame Koto blickte erst sie und dann uns an.
»Nur weil ihr Geld habt, glaubt ihr wohl, ihr könntet einen armen Mann vom Trinken abhalten, was?« stieß Papa hervor.
»Ja, das können wir.«
»Na schön, dann kommt und tut es. Das will ich doch mal sehen.«
»Soll das eine Herausforderung sein?«
»Ja.«
Sofort standen drei Männer auf. Sie waren riesig. Jeder von ihnen war ein Koloß. Sie kamen zu uns und standen hoch aufragend vor dem Tisch. Ich ergriff Papas Arm.
»Sollen wir uns etwa hier drinnen prügeln und Madames Bar in Stücke schlagen?« fragte Papa kühl.
Er schwitzte, und seine Stimme zitterte leicht.
»Dann komm nach draußen«, sagte ein Koloß.
»Erst muß ich meinen Palmwein austrinken. Ich schlage mich erst, wenn ich betrunken bin.«
»Du bist ein Säufer!«
Papa trank absichtlich langsam. Sein Arm zitterte, und ich spürte, wie die Bank unter mir bebte. Die Männer standen vor uns und warteten geduldig. Madame Koto sagte kein Wort und rührte sich nicht. Die anderen Männer tranken weiter an ihrem Tisch. Papa goß den letzten Tropfen Palmwein in den gelben Plastikbecher.

»Dreck«, sagte er. »Ihr seid der letzte Dreck! Jetzt bin ich soweit.«
Er stand auf und knackte mit den Knöcheln. Die Männer ließen sich nicht beeindrucken. Sie gingen nach draußen.
»Geh nach Hause!« befahl Papa mir. »Ich werde mit diesen Ziegenböcken allein fertig.«
Seine Augen waren kühn und blutunterlaufen. Er ging zur Tür und blieb an dem Streifenvorhang stehen. Er spuckte nach draußen.
»Nun komm schon!«
Ich stand auf. Papa ging nach draußen, ohne einen Blick zurückzuwerfen. Ich folgte ihm. Ich konnte die drei Männer nicht sehen. Kaum waren wir draußen, da wurde die Tür hinter uns geschlossen und verriegelt. Papa blickte sich nach den drei Männern um und sah sie nicht. Ich half ihm beim Suchen. Die Büsche bewegten sich im Wind. Eine Eule schrie tief im Wald. Ich ging auf den Hinterhof und fand die Hintertür ebenfalls verriegelt.
»Sie sind Feiglinge«, sagte Papa.
Wir hörten, wie sie in der Bar lachten und schrien. Der Tumult drinnen wurde immer lauter, und da sie eine fremde Sprache sprachen, konnte ich nicht verstehen, was sie sagten. Papa blieb unentschlossen stehen. Dann wurde es stiller in der Bar. Sie flüsterten.
»Laß uns nach Hause gehen«, sagte Papa und ging voran.
Ich hinkte hinter ihm her, denn mein Knöchel tat wieder weh. Papa schritt die Straße hinunter. Ich humpelte. Er sah sich nicht ein einziges Mal um.

12

ALS WIR NACH HAUSE KAMEN, entdeckte Mama immer noch tote Ratten. Der Raum stank nach Rattenkadavern. Mama hatte sie in eine Ecke gefegt und stellte das ganze Zimmer auf den Kopf. Ein paar von den Ratten waren mit gefletschten Zähnen gestorben.
»Das Gift des Fotografen hat mehr als zweiundfünfzig Ratten getötet«, sagte Mama, als wir hereinkamen, »und ich rieche noch mehr.«
Papa setzte sich auf seinen dreibeinigen Stuhl und zündete sich mit ungewöhnlicher Feierlichkeit eine Zigarette an. Seine Hände zitterten immer noch.
»Ich hätte fast mit ein paar Riesen gekämpft«, sagte er.
»Wir sollten dieses Viertel verlassen«, entgegnete Mama ein wenig zerstreut.
»Ich hätte sie umgebracht.«
»Laßt uns woandershin gehen. Wenn wir nicht wegziehen, stößt uns noch etwas Schlimmes zu.«
»Uns stößt nichts Schlimmes zu. Ich lasse nicht zu, daß sie uns wegjagen.«
»Und wie sollen wir die neue Miete bezahlen?«
»Das werden wir schon schaffen.«
»Ich rieche etwas Schlimmes.«
»Das sind die Ratten.«
»Ich habe geträumt, ich hätte dich am Straßenrand gesehen.«
»Und was habe ich da gemacht?«
»Du hast da lang gelegen und dich nicht bewegt. Dein Kopf war blutig. Ich habe etwas zu dir gesagt, mein Mann, und du hast nicht geantwortet. Ich habe versucht, dich zu tragen, doch du

warst schwer wie ein Lastwagen. Ich ging los, um Hilfe zu holen, und als ich zurückkam, warst du verschwunden.«

Papa schwieg. Ich konnte hören, wie er in den Traum hineinzukommen suchte. Dann bemerkte er mich.

»Geh schlafen, Azaro. Du solltest nicht zuhören, wenn Erwachsene sich unterhalten.«

Ich holte die Matte, schob den Tisch an die Seite, breitete die Matte aus und legte mich hin. Papa rauchte noch angespannter. Mama sagte: »Wir müssen am Essen sparen, damit wir uns die Miete leisten können.«

»Spar nicht am Essen.«

»Wir werden mit leerem Magen ins Bett gehen müssen. Von heute abend an.«

»Unsinn!« sagte Papa und versuchte sich zu beherrschen. »Mach uns etwas zu essen. Sofort!«

Ich schloß die Augen. Bei der Erwähnung von Essen wurde ich sehr hungrig. Mama schwieg. Dann hörte ich sie mit den Tellern hantieren. Ich hörte, wie die Teller auf den Tisch gestellt wurden und roch das gute Essen: das Ragout und die gebratenen Bananen. Ich öffnete die Augen. Da stand eine große Schüssel *eba* und eine Schüssel wässrige Suppe mit einer bescheidenen Portion Fleisch auf dem Tisch. Wir aßen schweigend und vermieden es, uns gegenseitig anzusehen. Nach dem Essen zündete Papa sich eine weitere Zigarette an. Mama ging hinaus, um die Teller zu spülen und die Wäsche von der Leine abzunehmen. Ich legte mich hin. Mama kam zurück, und wir sagten eine ganze Weile nichts und schauten uns nicht gegenseitig an. Dann seufzte Mama, streckte sich auf dem Bett aus und blickte auf die Wand. Sie schlief sehr bald ein. Die Kerze brannte herunter. Papa saß mit hartem Blick da und rührte sich nicht. Die Kerze ging aus.

»Erzähl mir eine Geschichte, Papa«, sagte ich.

Er blieb still, und ich dachte, er sei verschwunden. Dann seufzte auch er. Er bewegte sich. Der Stuhl knarrte. Draußen bellte ein Hund. Eine Eule schrie. Ein Vogel krächzte wie eine Hyäne. Der Wind erhob sich und rüttelte leise an dem zerbrochenen Fenster.

»Es war einmal ein Riese«, begann Papa plötzlich, »den man den König der Straße nannte. Seine Beine waren länger als der höchste Baum, und sein Kopf war mächtiger als ein großer Felsen. Er konnte selbst eine Ameise sehen. Wenn er trank, leerte er einen ganzen Fluß. Wenn er pißte, entstand ein schlechter Brunnen. Er gehörte zu den schrecklichen Ungeheuern des Waldes, und es gab noch viele andere wie ihn, die sich alle darum stritten, seltsame Dinge zu fressen. Als der Wald wegen der Menschen immer kleiner wurde und der Riese nicht mehr genug Tiere zu fressen fand, verließ er den Wald und ging auf die Straßen, auf denen die Menschen reisen.«
Papa machte eine Pause. Dann erzählte er weiter.
»Der König der Straße hatte einen riesigen Magen, und er konnte nie genug kriegen. Daher war er immer hungrig. Jeder, der auf der Straße reisen wollte, mußte ihm ein Opfer bringen, sonst ließ er keinen durch. Manchmal fraß er sogar die Menschen auf. Er hatte die Fähigkeit, an hundert Stellen gleichzeitig zu sein. Wegen seines Hungers schlief er nie. Wenn jemand sich morgens auf den Weg machte, war der König schon da und wartete auf seine Opfergabe. Jeder, der die Existenz des Ungeheuers vergaß, wurde früher oder später gefressen.
Viele Jahre lang brachten ihm die Leute Opfer, und er erlaubte ihnen, auf den Straßen zu reisen. Die Leute murrten nicht, weil sie ihn dort schon getroffen hatten, als sie auf die Welt kamen. Niemand wußte, ob er eine Frau hatte oder nicht. Man wußte nicht einmal, ob er ein Mann oder eine Frau war. Er hatte keine Kinder. Die Leute glaubten, daß er schon Tausende von Jahren gelebt hatte, daß nichts ihn umbringen konnte und daß er nie sterben würde. Und da die Menschen Angst vor ihm hatten, fütterten sie ihn lange Zeit. Seinetwegen, aber auch noch aus anderen Gründen begann eine Hungersnot auf der Erde. Es gab kein Wasser. Die Flüsse trockneten aus. Die Brunnen waren verseucht. Das Getreide verkümmerte. Die Tiere magerten ab. Und immer mehr Leute verhungerten. Und weil sie verhungerten, brachten sie dem König der Straße keine Opfer mehr. Er wurde wütend und griff die Häuser der Leute an, und viele Leu-

te kamen um, während sie reisten, und er fraß sowohl die Lebenden wie auch die Leichen jener, die verhungert waren.
Es wurde so schlimm, daß die Leute auf der ganzen Welt es nicht mehr aushielten und sich versammelten, um zu beschließen, was sie mit dem König der Straße machen sollten. Manche Leute sagten, man müsse nach einer Möglichkeit suchen, ihn zu töten. Aber andere sagten, man müsse erst versuchen, ihn zur Vernunft zu bringen. Diejenigen, die ihn zur Vernunft bringen wollten, gewannen die Abstimmung. Und so schickten sie eine Abordnung los.
Diese machte sich frühmorgens auf den Weg. Die Männer hatten einen Berg von Opfergaben, die sie in verschiedenen Taschen und Karren mit sich führten: wilde Tiere, Getreide, Yamswurzeln, Maniok, Reis, Kolanüsse – genug, um ein ganzes Dorf zu ernähren. Es war ein großes Opfer. Sie reisten lange. Sie rechneten die ganze Zeit damit, daß der König der Straße irgendwo auftauchen würde, doch er kam nicht. Sie warteten viele Tage lang. Und als er nicht auftauchte, glaubten sie, er sei irgendwie verschwunden oder gestorben, und sie begannen zu feiern, und nach der Feier eilten sie mit all den Opfergaben zu dem Versammlungsplatz zurück. Als sie auf dem Rückweg waren, sich Geschichten erzählten und nicht mehr an ihn dachten, tauchte der König der Straße plötzlich vor ihnen auf. Er war völlig abgemagert und konnte kaum noch sprechen. Er war halb verhungert. Er versperrte ihnen den Weg und fragte, ob sie irgendwelche Opfergaben für ihn hätten. Seine Stimme war schwach, und er war durstig, weil er seit langem nicht mehr genug Wasser getrunken hatte. Die Leute zeigten ihm, was sie mitgebracht hatten. Er schlang das alles in einem Bissen hinunter. Er forderte mehr. Er stöhnte, grollte und beklagte sich, daß das, was sie mitgebracht hatten, so wenig sei, daß sein Hunger davon noch größer werde. Die Leute sagten, das sei alles, was sie hätten. Da fraß der König der Straße die Abordnung auf.«
Papa machte eine Pause.
»Hol mir etwas Wasser«, sagte er nach einer Weile. »Diese Geschichte macht mich durstig.«

Papa hatte die Geschichte im Dunkeln erzählt. Ich holte ihm schnell etwas Wasser. Er trank. Er stieß einen genüßlichen Seufzer aus, dann fuhr er fort.

»Der Rest der Welt wartete auf die Rückkehr der Leute, die sie losgeschickt hatten. Sie warteten sieben Jahre lang. Dann schickten sie eine weitere Abordnung los. Es geschah dasselbe. Dann beschlossen sie, den König der Straße zu töten.«

Papa machte wieder ein Pause und zündete sich noch eine Zigarette an.

»Alle Dorfoberhäupter, Prinzen, Könige und Königinnen der Welt sandten eine Botschaft an ihr Volk und forderten es auf, soviel Gift zu sammeln, wie aufzutreiben war. Die Leute sammelten alles Gift, häuften es auf und brachten es an den Ort, wo die große Versammlung stattfand. Während die einzelnen Völker mit dem Gift unterwegs waren, wurde hier und dort etwas davon verschüttet, und das ist der Grund, warum manche Pflanzen töten können und es Stellen im Wald gibt, an denen nie etwas wächst.

Die Leute sammelten alles Gift aus allen vier Ecken der Welt und bereiteten ein riesiges Gericht damit zu. In dem Gericht waren Hunderte von Fischen, geröstetes Buschfleisch, Yamswurzeln und Maniok. Die Köche sorgten dafür, daß das Gericht schmackhaft war. Es waren solche Berge von Essen, daß mehr als hundert Leute gebraucht wurden, um alles zu tragen. Sie reisten sehr lange, bis der König der Straße, der inzwischen krank vor Hunger war, ihnen den Weg versperrte. Er fragte, was sie ihm als Opfergaben mitgebracht hätten, und beklagte sich bitter darüber, daß sich die ersten beiden Abordnungen so gefreut hätten, als sie dachten, er sei tot, und er erzählte ihnen, was er mit ihnen gemacht hatte. Der Anführer der Abordnung zeigte dem König der Straße das wundervolle Essen, das sie ihm mitgebracht hatten, und sagte, sie wünschten ihm ein langes Leben. Doch der König der Straße war so böse auf die Menschen, weil sie ihn fast hatten verhungern lassen, daß er die Hälfte der Leute auffraß, die sich auf die Reise gemacht hatten. Dann setzte er sich hin und verschlang das große Gericht.

Er aß alles auf, und seine Augen wurden immer größer, weil ihn das Essen noch hungriger machte, als er zuvor gewesen war. Je mehr er aß, desto hungriger wurde er. Und so fraß er auch den Rest der Abordnung auf. Nur ein Mann entkam. Und dieser Mann war unser Ur-Ur-Urgroßvater. Er kannte das Geheimnis, wie man sich unsichtbar macht. Er kam zurück und erzählte der Welt, was geschehen war, nachdem der König der Straße die ganze Abordnung aufgefressen hatte.

Als der König sein unbefriedigendes Mahl eingenommen hatte, legte er sich zur Ruhe. Und plötzlich tat ihm der Magen weh, und er wurde so schrecklich hungrig, daß er alles auffraß, was ihm vor die Augen kam. Er fraß die Bäume, die Büsche, die Felsen, den Sand auf und versuchte sogar, die Erde aufzufressen. Und dann geschah etwas ganz Merkwürdiges. Er begann, sich selbst aufzufressen. Er fraß seine Beine und seine Hände und seine Schultern und seinen Rücken und seinen Hals, und er fraß seinen Kopf auf. Er fraß sich selbst auf, bis nur noch sein Magen übrig war. In jener Nacht regnete es fürchterlich, und der Regen löste den Magen des Königs der Straße auf. Unser Ur-Ur-Urgroßvater erzählte, daß es sieben Tage lang regnete, und als es aufhörte, war der Magen verschwunden, aber unser Ur-Ur-Urgroßvater konnte den König der Straße noch unter der Erde grollen hören. Der König der Straße war ein Teil von allen Straßen dieser Welt geworden. Er ist immer noch hungrig, und er wird immer hungrig bleiben. Deshalb gibt es so viele Unfälle auf der Welt.

Und bis heute stellen manche Leute immer noch etwas zu essen auf die Straße, bevor sie reisen, damit der König der Straße ihre Opfergabe ißt und sie sicher reisen läßt. Aber einige von unseren weisen Leuten sagen, daß es noch andere Gründe dafür gibt. Manche sagen, die Leute brächten der Straße ein Opfer, um daran zu erinnern, daß das Ungeheuer immer noch da ist und jederzeit aufstehen und wieder anfangen kann, Menschen zu fressen. Andere sagen, es sei eine Art Gebet, damit dieser Kerl nie wiederkommt und unser Leben bedroht. Deshalb muß ein kleiner Junge wie du sehr vorsichtig sein, wenn er in der Welt herumwandert.«

Als Papa die Geschichte zu Ende erzählt hatte, schwieg er eine ganze Weile. Ich rührte mich nicht. Dann stand er plötzlich auf und ging ins Bett. Ich konnte nicht schlafen. Ich sah immer noch leuchtende Farben, sah überall Anzeichen jenes Königs, der unter den Straßen, den vielbegangenen Wegen und den Landstraßen der Welt begraben lag und immer Hunger hatte. Hellwach und den Kopf voller Gedanken warf ich mich auf der Matte hin und her, bis ich zum erstenmal die Stille im Zimmer bemerkte, das Fehlen der Ratten. Papa hatte wohl dasselbe bemerkt, denn er sagte: »Geh und wirf ein paar tote Ratten hinaus, damit die Straße etwas zu essen hat.«
Ich hatte große Angst, aber ich fegte unter dem Schrank und fand noch zwei tote Ratten. Ich schob sie auf ein Kehrblech, rannte nach draußen und warf sie der Dunkelheit in den Rachen. Als ich ins Haus zurücklief, glaubte ich, den König der Straße zu sehen, wie er mit großem Genuß die Ratten fraß. Als ich ins Zimmer kam, schnarchte Papa bereits.

Ich schwebte im Dunkeln auf einem nach Räucherwerk duftendem Wind. Ich starrte in die einfältigen Augen des Königskindes, das wie ein Gott lächelte. Ich hörte, wie der Wind gegen unsere Tür klopfte. Er klopfte einen Kode, den ich verstand. Ich zündete eine Kerze an. Es war der Fotograf. Er trug eine leuchtendblaue *agbada*. Er kam nicht mehr in gebückter Haltung. Er schien seine Angst verloren zu haben. Er war nicht so lebhaft wie beim letztenmal, als ich ihn gesehen hatte, aber er sah gesünder aus. Er kam herein und zog das Oberteil der *agbada* aus, und ich sah, daß er ein versilbertes Kreuz um den Hals trug. Er setzte sich im Schneidersitz auf die Matte.
»Morgen früh gehe ich fort«, sagte er.
»Und wohin gehst du?«
»Ich werde über alle Straßen der Welt reisen.«
»Und was willst du da machen?«
»Die interessanten Dinge, die ich sehe, fotografieren.«
»Nimm dich in acht vor dem König.«

»Der König wird sterben.«
»Der König stirbt nie.«
»Woher weißt du das?«
»Papa hat das gesagt.«
»Ich habe keine Angst vor dem König.«
»Der König ist schlimmer als die Schläger, weißt du das nicht? Er ist immer hungrig.«
»Welcher König?«
»Der König der Straße.«
Er machte ein erstauntes Gesicht.
»Gut«, sagte er schließlich, »ich passe auf.«
Es war eine Weile still.
»Wo warst du?«
»Ich habe mich versteckt.«
»Wo?«
»In meinem Fotoapparat.«
»Wie geht denn das?«
»Ich bin auf dem Rücken des silbernen Lichts gereist.«
»Und was hast du gemacht?«
»Andere Erdteile besucht. Ich bin um die Welt geflogen. Ich habe mir angesehen, was Männer und Frauen tun, und habe Fotos gemacht.«
»Und was wird aus deinem Glasdings?«
»Das lasse ich hier.«
»Stellst du denn keine Fotos mehr aus?«
»Nicht mehr hier in der Straße. Aber ich werde die Fotos der ganzen Welt zeigen.«
»Und wie?«
»Mit einem Zaubertrick.«
»Und wie?«
»Frag nicht soviel.«
Ich schwieg.
»Dein Gift hat alle Ratten getötet«, sagte ich.
»Ich habe dir doch gesagt, es ist gut.«
»Gibst du mir etwas davon?«
»Warum?«

»Für den Fall, daß die Ratten wiederkommen und uns den Krieg erklären.«
Er dachte darüber nach.
»Ich lasse deiner Mutter etwas da.«
Wir schwiegen wieder. Dann fragte er, ob etwas zu essen da sei. Ich weichte etwas *garri* für ihn ein, das er mit getrocknetem Fisch aß. Dann entdeckte ich gebratene Bananen und Ragout in einer Schale, die Mama zur Seite gestellt hatte, und gab sie ihm. Nachdem er gegessen hatte, öffnete er den Koffer mit dem Fotoapparat und holte ein Bündel gutriechender Bilder heraus. Er sah die Bilder durch und gab sie mir. Es waren Bilder von einem Fest der Fischer und von Leuten am Tag der Maskerade. Die Egungun waren seltsam, grotesk und groß; manche waren sehr häßlich; andere waren schön wie jene Meerjungfern, die unverwandt ein rätselhaftes Lächeln auf den Lippen haben; auf einigen Bildern waren Männer zu sehen, die mit Peitschen aufeinander einschlugen. Es gab Bilder von einem großen Aufstand. Studenten, rasende Männer und wütende Frauen warfen mit Steinen nach Lastwagen. Auf anderen Fotos sah ich Marktfrauen davonlaufen, Weiße, die unter großen Sonnenschirmen an einem luxuriösen Strand saßen und sich von Schwarzen Getränke servieren ließen; ein Kind auf dem Rücken seiner weinenden Mutter; ein brennendes Haus; eine Beerdigung; eine Party mit tanzenden Leuten und Frauen, die unter fliegenden Röcken hübsche Schenkel entblößten. Und dann kam das seltsamste Foto von allen, das der Fotograf auf einem anderen Planeten aufgenommen zu haben behauptete. Es war das Bild eines Mannes, der mit dem Hals an einem Baum hing. Ich konnte das Seil nicht sehen, an dem er hing. Ein weißer Vogel hatte sich auf dem Kopf des Mannes niedergelassen und war etwas verschwommen, da er gerade landete, als das Foto aufgenommen worden war. Das Gesicht des Mannes war seltsam, fast vertraut. Seine Augen waren weit aufgerissen, als hätte er zuviel gesehen; sein Mund war verzerrt, seine Beine waren verschränkt und krumm.
»Was ist mit ihm passiert?«
»Sie haben ihn erhängt.«

»Ist er tot?«
»Ja.«
»Was ist passiert?«
»Sie haben ihn erhängt.«
»Wer?«
»Jenseits der Meere.«
»Die Meere haben ihn erhängt?«
»Nein. Ein anderer Erdteil.«
»Ein Erdteil hat ihn erhängt?«
»Nein.«
»Was?«
»Sie.«
»Wer?«
Er hielt inne. Ich war verwirrt.
»Ein paar weiße Leute.«
Ich verstand es nicht. Er nahm mir das Foto weg und steckte es zu den anderen.
»Warum?«
»Du bist zu jung, um das alles zu hören.«
Ich wurde immer neugieriger.
»Warum?«
»Warum was?«
»Warum haben sie ihn erhängt?«
Er schwieg. Ich dachte einen Augenblick nach.
»Wegen dem weißen Vogel?«
»Welchem weißen Vogel? Ach dem. Nein.«
»Warum?«
Er schwieg wieder. Dann sagte er: »Weil sie keine Klaviermusik mögen.«
Ich merkte, daß er mich vom Thema abbringen wollte. Er legte die Bilder wieder in den Koffer. Seine Augen hatten sich verändert. Seine Stimme klang anders, als er sagte: »Acht von den Leuten, die ich fotografiert habe, sind jetzt tot. Wenn ich mir die Bilder von Toten ansehe, dann singt etwas in meinem Kopf. Wie verrückte Vögel. Ich sollte nicht über solche Dinge mit dir sprechen. Du bist ein kleiner Junge.«

Er streckte sich auf der Matte aus. Da merkte ich, daß er nach einem süßlichen Parfüm roch, es war ein seltsamer Duft. Ich fragte ihn danach.
»Zum Schutz«, sagte er. »Zum Schutz gegen meine Feinde.«
»Ich habe es schon gerochen, bevor du an die Tür geklopft hast«, sagte ich.
Er lächelte. Er schien sich über die Wirksamkeit seines Zaubermittels zu freuen. Er lag sehr ruhig da, und nach einer Weile hatte ich den Eindruck, daß er schlief. Ich wollte ihm weiter zuhören.
»Erzähl mir eine Geschichte«, sagte ich.
»Blas die Kerze aus und schlaf.«
»Erzähl mir erst eine Geschichte, dann schlafe ich.«
»Wenn ich dir eine Geschichte erzähle, kannst du nicht mehr schlafen.«
»Warum nicht?«
Er stand auf und blies die Kerze aus. Es war ruhig im Zimmer. Ich hörte ihn atmen.
»Das Leben ist hart«, sagte er.
»Das haben die Ratten auch gesagt.«
»Was wissen die Ratten schon vom Leben«, sagte er.
»Warum ist es hart?« fragte ich.
Er blieb stumm.
»Schlaf.«
»Warum?«
»Wenn du wartest, bis der Honigsauger zu singen anfängt, kannst du nicht mehr schlafen.«
»Kommst du wieder und besuchst uns?«
»Jeden Tag.«
Ich wußte, daß er log. In diesem Augenblick wurde mir klar, daß wir ihn lange Zeit nicht mehr sehen würden. Ich überlegte sogar, ob wir ihn wohl je wiedersehen würden. Aber seine Lüge beruhigte mich trotzdem. Ich wollte ihn gerade bitten, mir zu versprechen, uns oft zu besuchen, als er schon mit den Zähnen knirschte. Ich lag wach und hoffte, er würde plötzlich wieder weitersprechen, wie er es tat, wenn er betrunken war. Er begann

tatsächlich zu reden, aber er redete im Schlaf, und ich konnte nicht verstehen, was für phantastische Dinge er sagte. Dann drehte er sich um, zuckte mit den Beinen, das Zähneknirschen ließ nach, und seine Worte wurden immer leiser. Er hatte mich überzeugt. Er würde mir fehlen.

Am nächsten Morgen war er fort. Ich spürte, daß er nicht mehr da war. Er hatte von allen Leuten Fotos gemacht, außer von sich selbst. Und nach einer Weile vergaß ich, wie er aussah. Ich erinnerte mich nur an den Schaukasten und den blitzenden Fotoapparat. Der einzige Name, den ich für ihn hatte, war Fotograf. Er hinterließ Papa eine Nachricht, um ihm mitzuteilen, daß er fortging, und um ihm für unsere Hilfe zu danken. Papa freute sich über den Brief, und an manchen glücklichen Abenden saßen wir da und sprachen über viele Dinge und viele Leute, am liebsten aber über den Fotografen. Und weil wir ihn so gern mochten, war ich sicher, daß wir ihn eines Tages wiedersehen würden.

Viertes Buch

I

Madame Koto wurde zurückhaltend. Ihre Figur wurde massiger. Ihre Stimme wurde arrogant. Sie trug zahlreiche Armreifen und Halsketten und schien allein durch die Unmenge von Schmuck, den sie am Körper trug, zu Boden gedrückt zu werden. Sie ging langsam, wie jemand, der erst kürzlich Macht erworben hat. Auf ihrem Gesicht lag ein ungewohnt ernster Ausdruck, und ihre Augen waren härter denn je. Ich ging nicht mehr so oft in ihre Bar.

Papa zog über Madame Koto her, auch wenn er mich anfangs nicht davon abhielt, mich in ihre Bar zu setzen. Ich saß dann inmitten der Fliegen da, die mit der Zahl der Gäste zunahmen. Wenn die Schläger hereinkamen, schlich ich mich hinaus und streifte durch die Gegend. Anschließend spielte ich vor unserem Haus.

Seit die Schläger zum erstenmal aufgetaucht waren, hatte ich an manchen Nachmittagen den Eindruck, daß sich auf der Welt nie etwas ereignete. Morgens ging Mama aus dem Haus, um ihre Waren auf den Straßen zu verkaufen. An manchen Abenden kam sie früh zurück. Sie hatte oft einen leeren Blick, als gäbe es den Markt nicht mehr.

Nachmittags herrschte feuchte Hitze. Die Schatten waren messerscharf. Und kein Lüftchen regte sich. In der glühendheißen Luft klangen selbst die Schreie der Vögel so, als hörte man sie in einem erstickenden Traum. Der Schweiß jener Nachmittage breitete sich als Dunstschwaden im Gehirn aus. Man konnte mit weit aufgerissenen Augen schlafen. Es war so heiß, daß Schlafwandeln ganz natürlich schien. Die Zeit stand still.

Ich saß auf dem Zementabsatz vor unserm Haus und sah zu, wie der Abfall am Straßenrand von den Fliegen und der Sonne zu einer festen Masse verdichtet wurde. Immer wenn ein Schwarm Silberreiher über unsere Köpfe flog, hüpften die Kinder auf der Straße auf und ab und sangen:

»Leke Leke
gib mir einen
weißen Finger.«

Und dann ahmten die Kinder mit den Händen das Flügelschlagen der Vögel nach. Wenn die Vögel nur noch weiße Punkte am goldglühenden Himmel waren, sahen die Kinder ihre Fingernägel an und stellten fest, daß der eine oder andere wie durch ein Wunder weiße Flecke bekommen hatte.

Die Zeit schien stillzustehen, sich noch weniger zu bewegen als die heiße Luft. Aus dem Wald in der Ferne drang unentwegt das Geräusch von Äxten, die gegen Bäume krachten. Es wurde so vertraut wie das Hämmern der Spechte oder das Trommeln des Regens auf den Blättern der Cocoyamstauden. Auch der Lärm von Maschinen, die mit eindringlichem Rhythmus die einschläfernden Nachmittage durchbohrten, wurde uns vertraut.

Manchmal kam es mir so vor, als würde die Welt stillstehen und die Sonne nie untergehen. Manchmal kam es mir so vor, als habe die Helligkeit der Sonne die Leute aus der Wirklichkeit herausgebrannt. Eines Nachmittags saß ich da und dachte über den Fotografen nach, als ich einen Jungen in zerrissener kurzer Hose und flatterndem Hemd die Straße herunterrennen sah, der die Metallfelge eines Fahrrads vor sich hertrieb. Drei Männer rannten hinter ihm her. Doch als er am Lastwagen vorbeikam, zuckte wie der Blitzstrahl einer Riesenkamera ein schreckliches Licht durch den Himmel und blendete mich mit seiner Helligkeit, und da sah ich, wie der Schatten des Jungen verschwand. Ich schloß die Augen. Leuchtende Farben tanzten wie Spiritusflammen hinter meinen Lidern. Ich öffnete die Augen und sah die Metallfelge allein weiterrollen. Der Junge war zu seinem eigenen Schatten geworden. Die drei Männer rannten an der Metallfelge vorbei. Der Schatten des Jungen löste sich auf, und die Felge kippte zur Seite und fiel neben die Gosse. Ich schrie auf.

Ein Hund bellte. Ich rannte hinüber, hob die Felge auf und ging zu dem ausgebrannten Lastwagen und blickte mich nach allen Seiten um, entdeckte aber nirgendwo den Jungen. Ich fragte die Händler an den Ständen, ob sie den Jungen gesehen hätten, und sie antworteten mir, sie hätten nichts Ungewöhnliches gesehen. Ich warf die Felge auf die Ladefläche des ausgebrannten Lastwagens, auf der sich der Abfall häufte, und setzte mich verwirrt und verärgert vor unseren Compound.

An jenem Abend hörte ich, daß ein alter Mann, der bei uns in der Nähe wohnte, während er in der Nachmittagshitze *ogogoro* trank, eine Eidechse angestarrt hatte, und plötzlich war ein flammendgelber Engel vor seinem Gesicht hergeflogen und hatte ihn erblinden lassen. Ich glaubte die Geschichte nicht.

2

Doch eines Nachmittags ging die Zeit weiter, und auf der Welt ereignete sich etwas. Ich hatte auf dem Zementabsatz geschlafen, und als ich aufwachte, war der Schaukasten des Fotografen verschwunden. Jemand hatte den Abfall auf der Ladefläche des ausgebrannten Lastwagens in Brand gesteckt. Der Abfall brannte knisternd, der Rauch war schwarz und fürchterlich, und die Straße stank in der Nachmittagsluft nach schwelendem Gummi und brennenden Ratten.

Es war unmöglich, dem dichten Rauch zu entkommen, der in Schwaden in der heißen unbeweglichen Luft hing, und es war unmöglich, den beißenden Gerüchen zu entfliehen, die einem in der Kehle brannten. Und so streifte ich durch die Gegend. In Madame Kotos Bar erklang Musik, und es wurde getanzt. Das Lokal war voller fremder Leute. Madame Koto übertönte die lauten Stimmen und den lärmenden Rummel mit fröhlichem Gesang. Die Bar stank nach billigem Parfüm und Schweiß und verschüttetem Palmwein und stehender Hitze. Die Tische und Bänke waren umgestellt worden. Der Boden war mit durchweichten Papiertaschentüchern übersät. Überall lagen Knochen und Zigarettenstummel herum. Ich suchte nach Madame Koto und sah nur Männer mit hellen Hüten, Frauen in unechter Spitze, die mit weißen Taschentüchern durch die Luft wedelten und zu Highlife-Musik tanzten und stampften. Die Männer hatten Schaum in den Mundwinkeln und waren schweißüberströmt, als wären sie gerade aus dampfenden Flüssen aufgetaucht. Die Kleider der Frauen waren unter den Achseln und auf dem Rücken feucht. Ich konnte nicht erkennen, woher die Musik kam.

Ich hatte das Gefühl, daß ich in die falsche Bar gegangen und in eine andere Wirklichkeit am Rand des Waldes getreten war. Auf dem Boden lagen angebissene Hühnchenstücke und zertretene Pappteller mit Jollof-Reis. Überall an den Wänden hingen Kalender mit strengen Gesichtern, mit bärtigen Gesichtern, leicht schielenden Augen, Bilder, die an furchtbare Rituale und Geheimbünde denken ließen. Es gab seltsame Kalender mit Ziegen, die sich in Menschen verwandelten, Fischen mit Vogelköpfen und Vögeln mit Frauenkörpern. Manchmal wurde so ausgelassen getanzt, daß ein Paar gegen die Wand gedrängt wurde und auf den Boden sank und dabei mehrere Kalender herunterriß.
Alle tanzten seltsam erregt. Eine Frau packte meine Hände. Ich bemerkte eine Zwergin, die neben der Theke stand und mich anstarrte. Ein Mann trat mir beim Tanzen auf die Zehen. Als ich aufblickte, war die Zwergin fort. Es war sehr heiß. Mir lief der Schweiß in Strömen herunter. Die Frau brachte mich dazu, mit ihr zu tanzen. Sie zog mich an sich, so daß mein Gesicht gegen ihren Schoß gepreßt wurde, und ein berauschender Geruch wie ein unbekannter gefährlicher Wein ließ mich wanken. Die Frau drückte mein Gesicht an sich und tanzte langsam zu der Musik, während ich beinah an einem alten Fieber erstickte, das ein glühendes Feuer durch meine Adern jagte. Die Frau lachte, stieß mich von sich und zog mich dann wieder mit seltsamer Leidenschaft an sich, und ich spürte, wie ich mit schwirrendem Kopf zuckend vom Boden abhob, obwohl meine Füße noch auf dem Boden waren, und immer höher aufstieg, bis ich fast flog, jemand goß mir Palmwein ins Gesicht, und ich brach mit unerträglicher Wollust zwischen den tanzenden Füßen zusammen. Die Frau half mir auf. Alles drehte sich vor mir; meine Augen wurden leicht schläfrig; die Frau drehte mich im Kreis, lachte wieder, wackelte mit den Hüften und tanzte mit mir. Der Palmwein lief mir über Gesicht und Hals, vermischte sich mit dem klebrigen Schweiß und verschmolz mit der angenehmen Schwäche in meinen Beinen. Musik und Fliegen umschwirrten mein Gesicht. Dann warf ein untersetzter Mann, der sich zwischen

mich und die Frau geschoben hatte, einen Blick zu mir herunter und sagte so laut, daß niemand es überhören konnte: »Paßt auf eure Frauen auf, Leute! Hier ist ein kleiner Junge, der ficken will!«
Die Frauen fingen an zu lachen. Ihre großen, hungrigen Augen machten mich schnell ausfindig. Ich floh in die Menge und verbarg mich in meiner Verlegenheit hinter der Theke.
Bei dieser Gelegenheit entdeckte ich, woher die Musik kam. Auf der Theke stand ein gefährlich aussehendes Instrument mit einem Metalltrichter, das die Phantasie von Zauberern beflügelt hätte. Eine Platte drehte sich ständig, eine Kurbel wurde von einem Geist herumgewirbelt, ein langes Stück Metall mit einer Nadel lag auf der sich drehenden Platte, und aus dem Trichter kam Musik, ohne daß jemand hineinsang. Es kam mir vor wie ein perfektes Instrument für Totenfeiern, für die Tänze leichter Geister und feiner Hexen. Ich floh zum zweitenmal, floh vor dem unmenschlichen Ding und fiel stolpernd nach hinten. Eine Frau in einem roten Kleid fing mich auf.
Der scharfe Klang eines unnatürlichen Instruments tobte in meinem Kopf. Jemand gab mir einen Becher Palmwein. Ich goß ihn hinunter. Mein Becher wurde wieder gefüllt, und ich leerte ihn erneut. Das Gesicht der Frau, die mich aufgefangen hatte, bestand aus lauter Speckfalten. Ihr Haaransatz war von schaumigem Schweiß bedeckt. Die Musik war voller Hunger, sehnsüchtig, und die Frau tanzte, als betete sie einen neuen Gott des guten Lebens an. Ihre Augen waren von dunklen Schatten umrandet, ihre Lippen rot wie Blut, und um den Hals trug sie eine weiße Korallenkette. Sie lachte über das ganze Gesicht. Sie wirbelte mich in einem merkwürdigen Tanz herum. Ein anderer Mann packte mich und wirbelte mich weiter herum. Mir wurde schwindlig. Fliegen schlugen in meinen Augen Purzelbäume. Ich verlor mich im seltsamen Dickicht der Menge, verlor mich inmitten von Riesen.
Die Bar schien immer größer zu werden. Das Gedränge der Körper wurde dichter. Ich beruhigte mich etwas, als ich die Frau im roten Kleid wiedersah. Sie tanzte mit einem dicken Mann, der

ziemlich mächtig zu sein schien. Er bedrängte sie und preßte ihren Unterleib in der wollüstigen, sehnsüchtigen Hitze der Musik an sich. Da durchschaute ich, was es mit ihrem veränderten Aussehen auf sich hatte. Als ich mich nicht mehr durch ihr Haar täuschen ließ – das anders war, als hätte ein Gott es neu frisiert, während sie schlief – und ich durch all das Make-up hindurchsah und es mir gelang, mich nicht von ihrem starken Parfüm ablenken zu lassen, stellte ich voller Erstaunen fest, daß ich Madame Koto anstarrte. Sie war über meine Verwunderung belustigt. Sie gab mir einen blauen Plastikbecher mit Palmwein. Eine tote Fliege schwamm im Schaum. Ich blies die Fliege fort und trank. Die Bar drehte sich im Kreis.

»Madame Koto!« schrie ich.

Sie lachte laut. Der Mann, mit dem sie tanzte, zog sie mit sich fort in die festliche Musik, in das dichte Gedränge der Körper.

Dann wurde die Bar in düsteres Licht getaucht. Ich sah die anderen Seiten des Lokals, spürte seine geheimen Regungen. Die Männer und Frauen erschienen mir wie bessere Ausführungen der Geister, die sonst oft gekommen waren und versucht hatten, mich zu entführen. Die Anwesenden beherrschten die Geheimnisse menschlicher Verkleidung besser als die Geister. Ich hörte ihre metallischen Stimmen und das Gelächter ihrer Parfüme, und das ganze Tanzen und Treiben war von einem ranzigen Geruch durchzogen. Der Wind blies herein und verschlimmerte den Geruch, als käme er aus einem Morast, in dem Tiere verendet waren.

Dann bemerkte ich die Frauen. Sie hatten vertrauenerweckende, geäderte Hände, ihre Hautfarbe war an den unterschiedlichen Stellen des Körpers unterschiedlich, ihre Augen waren hungrig, und die meisten Frauen waren mager. Sie schienen sich zu amüsieren, doch ihre Münder, die wie in ständigem Widerwillen verzogen waren, sprachen zu mir von einem schrecklichen Elend, das ich nicht verstehen konnte. Und wenn sie lachten, hatten sie wie manche der Männer gesprenkelte oder pergamentartige Zungen. Manche hatten eine Haut, die schuppig glänzte. Ich versuchte aus der Bar zu entkommen, fand

jedoch keinen Weg aus dem Gedränge. Ich trank mehr Wein. Die Körper, die aufeinanderprallten, wurden immer erhitzter. Ich sah die Hand eines Mannes, die sich unter einem Tisch zwischen die Beine einer Frau vortastete.
Jemand schlug mir auf den Kopf, als ich auf die Hand starrte. Ich drehte mich um und sah die Zwergin. Sie war klein, hatte dicke Schenkel, einen massigen Körper, große Brüste und das hübsche, traurige Gesicht einer Elfjährigen, deren Mutter gerade gestorben ist. Sie nahm mich an die Hand und zog mich tiefer in die Bar, hinter die Theke, wo das Instrument sang. Sie forderte mich auf, mich neben sie auf eine Matte aus Hühnerfedern zu setzen. Die Zwergin hatte ein unglaublich junges, stark geschminktes Gesicht, und ihre Augen hatten die Form von schönen Mandeln. Sie hielt meinen Arm und sprach mit wundervoller Stimme zu mir. Sie redete leidenschaftlich auf mich ein und sagte, sie würde mich mit sich nehmen und für immer lieben. Ihre Augen wurden traurig. Sie sagte, sie sei sicher, daß ich mich nicht mehr an sie erinnerte. Meine Augäpfel begannen zu brennen. Die Musik hörte auf. Die Zwergin verstummte und senkte den Kopf, bis die Musik wieder einsetzte. Dann zog sie mich am Arm und plagte mich mit Worten, die ich nicht verstand. Ich versuchte aufzustehen, doch sie hielt mich fest. Ich versuchte, plötzlich schnell davonzulaufen, doch sie hielt mich mit kräftigen Armen am Hosenboden fest, zerrte mich zurück und zog mich dicht an sich. Ein berauschender Geruch wie von verzaubertem Parfüm und intimem Schweiß ging von ihr aus und trübte meine Sinne. Ihr kleines Kindergesicht mit den vollen Lippen einer Frau war ganz nah an meinem Gesicht, und dann rückte sie noch näher an mich heran und flüsterte etwas, was ich nicht verstand. Sie wartete auf meine Antwort. Ich starrte sie verständnislos an. Dann wiederholte sie, was sie gesagt hatte.
»Heiratest du mich?«
Ich warf ihr einen erstaunten Blick zu.
»Nein«, entgegnete ich.
Sie lächelte. Ihre Lippen dehnten sich, als wären sie aus elastischem Material. Dann zog sie den Kopf zurück und verblüffte

mich, als sie unerwartet kraftvoll ironisch lachte. Auch ihre Zunge war gesprenkelt. Anstelle von Zähnen hatte sie Korallenperlen. Ich schrie auf. Sie begann zu weinen. Ich sprang auf, stieß gegen die Theke, und das Instrument gab ein häßliches Geräusch von sich. Ich huschte durch den Raum, sah die Tür, stürzte auf sie zu, prallte gegen die rote Silhouette von Madame Koto und schaffte es eben noch, nach draußen zu rennen.

Als ich unter freiem Himmel war, blieb ich stehen, um Atem zu schöpfen. Mein Herz klopfte schnell. Mir zitterten die Beine. Ich atmete immer noch schwer, als ich mit einem flüchtigen Blick sah, daß Madame Koto hinter mir herkam. Ich rannte weiter; sie verfolgte mich in ihrem roten Kleid. Sie war barfuß und rannte so schnell, daß ihr das Haar vom Kopf fiel. Darunter sah ich ihr richtiges Haar, das zerzaust und stellenweise fleckig war. Das machte mir angst. Sie strengte sich an und holte mich ein, kurz bevor ich die Straße erreichte. Lachend und liebevoll scheltend, zerrte sie mich zur Bar zurück.

»Du rennst immer noch vor mir weg«, sagte sie.

Sie hatte zwei frische Schnittwunden im Gesicht. Es waren neue Hautritzungen. Sie waren schwarz, als seien sie erst vor kurzem mit Asche eingerieben worden, um das Blut zu stillen. Durch diese Ritzungen sah ihr Gesicht anders aus.

»Deinetwegen ist mir die Perücke vom Kopf gefallen«, murmelte sie, blieb stehen und hob die Perücke auf.

Als wir zur Tür kamen, schob sie mich in den Raum, versperrte den Weg und setzte sich die Perücke auf. Sie sah augenblicklich jünger aus.

»Dies ist eine Party«, sagte sie. »Geh und amüsier dich. Gieß den Leuten etwas zu trinken ein.«

Dann schloß sie die Tür zum Hof hinter sich. Drinnen ging es noch wilder zu. Anscheinend hatten sich weitere Leute zum Feiern eingefunden. Ich wußte nicht, wohin ich mich wenden sollte, denn ich wurde von allen Seiten umdrängt. Der Lärm war noch lauter geworden. Ich wollte der Zwergin ausweichen. Ich sah mich nach ihr um. Sie war nicht mehr hinter der Theke. Ich zwängte mich bis in alle Winkel der Bar hindurch, doch ich fand sie nirgends. Ich wollte sie entdecken, ehe sie mich entdeckte, um wegrennen zu können. Ich ging zur Theke und blieb dort, um meine Flucht zu planen.

Die Männer tanzten eng umschlungen mit den Frauen. Alle schwitzten heftig. Die Frauen drehten sich und bogen die Hüften den Männern entgegen. Madame Koto tauchte wieder auf. Sie hatte sich umgezogen und trug einen schwarzweiß gestreiften Rock und eine gelbe Bluse. Sie schien einen schwachen goldenen Schimmer im Haar zu haben. Es war mir ein Rätsel. Sie fächelte sich mit einer Zeitung Kühlung zu. Ein paar Männer hatten das Hemd ausgezogen, so daß man ihre muskulösen Oberkörper mit langen Narben sah. Eine Frau begann zu schreien. Niemand achtete auf sie. Die Männer waren ziemlich betrunken. Sie schwankten mit blutunterlaufenen Augen daher, anstatt zu tanzen.

Eine der Frauen schielte praktisch vor Trunkenheit. Ein Mann legte ihr die Arme um die Hüften und packte sie fest am Hintern. Sie wand sich aufgeregt. Der Mann preßte die Hüften gegen ihre Schenkel, als wollte er nicht den geringsten Zwischenraum lassen. Die Brüste der Frau zeichneten sich feucht auf ihrer Bluse ab.

Draußen wehte heftig der Wind. Die Musik drinnen verkündete Erlösung vom Leiden. Ein Geist tauchte unter den feiernden Gästen auf. Ein Windstoß fegte die Streifen des Vorhangs auseinander, und ein gelber Vogel flog in den überhitzten Raum. Der Vogel flog gegen die Decke, prallte an die Wand, fiel benommen herunter und landete im Haar der Frau. Die Frau schrie auf. Der Vogel versuchte fortzufliegen, doch seine Krallen hatten sich verfangen. Die Frau schrie zu Tode erschrocken auf, faßte sich ins Haar, berührte den zitternden Vogel, begriff nicht, was es war, warf den Kopf nach vorn und kreischte, als sei ihr ein böser Geist ins Hirn gefahren. Ihr Entsetzen breitete sich in der Bar aus, und die Leute flohen nach allen Seiten. Sie hatten den Vogel im Haar der Frau zappeln sehen und das als schlechtes Omen gedeutet. Dann hörte die Frau auf zu kreischen. Ihre Augen waren weit aufgerissen.

»Helft mir«, schrie sie.
Niemand half ihr. Madame Koto, die Hände an den Brüsten, stand mit entsetzter Miene neben der Tür. Die Frau schüttelte den Kopf und stieß einen schrillen Schrei aus, der den armen Vogel mehr als alles andere erschreckt haben mußte, denn er schlug so heftig mit den Flügeln, daß die Federn stoben. In einem letzten verzweifelten Versuch riß sich die Frau die Perücke vom Kopf und schleuderte sie mitsamt dem Vogel weg, so daß das Tier durch die Bar segelte. Es schlug gegen die Wand, flog ein Stück und stürzte zuckend mitten auf die Tanzfläche. Einen Augenblick lang war alles still. Die Leute drängten sich bereits nach vorn, doch dann erholte sich der Vogel, flog zur Decke hinauf, prallte ab, flatterte durch den kleinen Raum, knallte gegen die Theke und fiel erst auf den trompetenförmigen Lautsprecher des Instruments und dann auf die sich drehende Platte. Die Musik verstummte mit einem gefiederten Kratzen.
»Er ist auf dem Grammophon gelandet!« schrie jemand.
Der Vogel rührte sich nicht. Ich wußte, daß das für mich der Augenblick war, um zu fliehen. Madame Koto eilte zum Grammophon, packte den Vogel, hielt ihn fest und rannte durch die Hintertür aus der Bar. Der Geist folgte ihr. Die feiernden Gäste gaben wieder einen Schrei von sich, ein bebendes Hurra, als sei es letztlich doch ein gutes Omen gewesen.
Ich ging hinter Madame Koto her. Sie war nicht auf dem Hinterhof. Ich ging zu ihrem Zimmer und legte das Ohr an die Tür. Von drinnen hörte ich einen fiebrigen Singsang, das Läuten einer Glocke, das Schlagen eines Gongs und eine leise Stimme, die sich darüber erhob. Der Vogel war zu einem Teil von Madame Kotos Mythologie geworden. Ich gab es auf, zu horchen, und spazierte an der Bar vorbei. Die Musik hatte aufgehört, und die Stimmen waren verstummt. Nach einer Weile tauchte Madame Koto wieder auf. Sie sagte kurz etwas. Die Männer gingen in einer Gruppe fort und flüsterten etwas von einem wunderbaren Ereignis. Sie nahmen das Grammophon mit. Ab und zu sahen sie sich um. Die Frauen blieben zurück.

3

Eine Zeitlang lief ich auf der Straße hin und her und wußte nicht, wohin ich gehen sollte. Der beißende Gestank der brennenden Ratten hing immer noch in der Luft, und so ging ich am Waldrand entlang und erforschte die Pfade, die sich nun endgültig in Straßen verwandelt hatten. Nachdem ich eine ganze Weile herumgestreift war, platzte ich mitten in eine Welt, von deren Existenz ich bisher keine Ahnung gehabt hatte. Der Wald war dort besiegt worden. Überall waren Baumstümpfe, aus denen der Saft lief. Arbeiter mit gelben Helmen liefen hin und her. Holzpfähle ragten aus der Erde, Drähte waren durch die Luft gespannt und Kabel über die Erde geschleift worden. Kinder hatten sich zusammengeschart und sahen dem Schauspiel, das sich ihnen bot, zu. Ich fragte sie, was dort vor sich ging, und sie sagten mir, die Männer seien dabei, den Strom anzuschließen. Sie zeigten auf die Masten auf der weiten offenen Fläche. Sie zeigten auf die Zelte. Ich wußte nicht, worüber sie sprachen, und sah verwundert zu.

Überall standen Zelte und Lastwagen. In einem der Zelte baumelte eine leuchtende Birne. Einer der Jungen schlich in das Zelt und wollte das Licht ausblasen. Doch bevor er sein Vorhaben ausführen konnte, kam ein Arbeiter herein, sah ihn und verjagte ihn. Wir warteten darauf, daß der Mann etwas Wundervolles mit dem Licht der Birne unternahm. Doch statt dessen machte er den Eingang des Zeltes zu. Wir warteten darauf, daß etwas Ungewöhnliches geschah und hielten den Atem an. Der Zelteingang flatterte auf. Und dann sahen wir, wie der Mann wieder herauskam. Er hatte die Farbe gewechselt. Wir trauten unseren Augen nicht. Er war jetzt seltsam cremefarben mit rosa

Flecken. Wir starrten ihn entgeistert an. Sein Haar war wie Stroh, wie helle Maisfäden. Sein Gang war unsicher. Er trug eine dunkle Sonnenbrille, doch seine Augen waren dahinter zu sehen. Er trug eine weite kurze Hose, einen breitkrempigen Hut und ein wallendes weißes Hemd. Und unser Staunen kannte keine Grenzen mehr, als dann der Mann, von dem wir geglaubt hatten, er habe die Farbe gewechselt, aus dem Zelt trat. Wir hatten den Verdacht, eine teuflische Vervielfachung habe stattgefunden. Wir rannten schreiend davon. Und kamen zurück.

Wir starrten den weißen Mann an und erwarteten, daß er anfing zu fliegen oder zu hüpfen oder Purzelbäume zu schlagen. Stattdessen gab er barsche Befehle in einer unbekannten Sprache. Wenn er etwas sagte, sprangen die Arbeiter und gehorchten, als kämen seine Befehle vom Wind. Und als er sich auf einen Klappstuhl setzte, brachte einer der Arbeiter einen Sonnenschirm und hielt diesen über ihn. Eine Eidechse blieb nickend vor ihm stehen. Sie starrte ihn lange an. Mit einer schnellen Bewegung zertrat er den Kopf der Eidechse und befahl einem der Arbeiter, den Kadaver wegzuschaffen. Wir beobachteten ihn und warteten darauf, daß er die Farbe verlor oder sich in der glühenden Luft auflöste. Eine andere Eidechse kam und nickte vor ihm und flitzte zweimal um ihn herum. Er starrte uns an. Wir starrten ihn an. Als er den Arbeitern befahl, uns wegzujagen, und diese mit Stöcken hinter uns herliefen und uns auf den Rükken schlugen, erfüllte mich eine fürchterliche Abneigung gegen diesen weißen Mann. Wir beobachteten ihn aus der Ferne. Der Schatten des Sonnenschirms wurde dünner, und die unbarmherzig brennende Sonne war unfreundlich zu ihm. Ich hatte eine solche Abneigung gegen ihn, daß ich mit dem Wind sprach, und kurz danach geriet die Luft in Bewegung, wurde heftiger, beugte die Baumwipfel in der Ferne, wirbelte Staub auf und wehte dem Arbeiter den Sonnenschirm aus der Hand.

Die Fliegen plagten ihn, kreisten um seine Nase. Rote Ameisen bildeten ein Heer rings um seinen Stuhl. Bald begann er mit den Füßen zu stampfen und sich an den Beinen zu kratzen. Wir lachten, und er verdächtigte uns, ihm einen Streich gespielt zu haben, und gab ein paar Arbeitern etwas Geld und zeigte auf uns, und sie ließen einen Augenblick ihre Kabel liegen und kamen auf uns zu, und wir stoben auseinander und rannten fort, denn wir waren überzeugt, daß wenn sie uns fangen und zu dem weißen Mann bringen würden, dieser uns auffressen würde. Ich floh durch den Wald nach Hause und blieb den Rest des Tages in der Sicherheit unserer vertrauten Straße.

4

Als Mama an jenem Abend von ihrem Verkauf auf der Straße zurückkam, erzählte ich ihr von dem weißen Mann. In ihren Augen flackerte ein Funke des Interesses auf. Doch er erlosch wieder, als sie sagte: »Die Schläger waren heute wieder da. Bald sind Wahlen.«

Der Eindruck von dem, was ich gesehen hatte, war in jenem Augenblick größer als mein Einfühlungsvermögen.

»Wie kann sich ein Mann verdoppeln? Wie kann ein schwarzer Mann weiß werden?« fragte Mama ohne sonderliches Interesse.

»Durch einen Zaubertrick.«

»Was für einen Zaubertrick?«

Dann erzählte ich ihr von der erleuchteten Birne und den Kabeln und dem Strom und davon, daß der Mann eine Eidechse getötet hatte und daß er uns einfangen und wegbringen wollte.

»Was hast du dort gemacht?« fragte sie.

Ich sagte nichts. Sie sah mager und besorgt aus. Sie klagte über Kopfschmerzen. Sie legte sich aufs Bett, und ich bemerkte, daß sie knapp über dem Knöchel eine blutende Wunde hatte. Ihr Blut war unnatürlich dunkel. Die Wunde hatte angefangen zu eitern. Ich sagte ihr das, doch sie rührte sich nicht. Fliegen versuchten, sich auf die Wunde zu setzen, und ich verscheuchte sie. Mama schlug die Augen auf und sagte mit rauher Stimme: »Geh und spiel!«

Ich blieb in der Tür stehen. Die Fliegen setzten sich auf ihre Wunde. Ich sah, wie ihr Fuß zuckte. Sie hob den Kopf und wollte gerade etwas rufen, als ich aus dem Zimmer rannte.

Auf der Straße kämpften Leute. Sie kämpften rings um den Lastwagen. Die Sonne wurde rot. Die Leute, die gekämpft hatten, gingen in entgegengesetzte Richtungen auseinander und riefen sich Drohungen nach. Der Abend wurde dunkler. Vögel kreisten durch die Luft. Staub und Rauch hing wie ein dünner Schleier am Himmel. Der Wind zog durch unsere Straße, wehte den Abfall vor sich her und fegte den Gestank nach eingeäscherten Ratten und verbranntem Gummi fort. Nach und nach tauchten langsam die Sterne auf.

Wir warteten den ganzen Abend auf Papa. Es war, als drehte sich unser Leben ständig um dieselbe Achse der Angst. Als Mama ausgeschlafen hatte, behandelte sie ihre Wunde mit Bitterholzasche. Sie ließ sich keinen Schmerz anmerken. Sie kochte, machte das Zimmer sauber und zählte ihr Geld, das in einer Blechdose war. Sie rechnete ihren Verdienst aus, ohne ein Licht anzuzünden. Als sie damit fertig war, begann sie unsere Kleider zu flikken, nähte Knöpfe an und stopfte Löcher in Papas Hose. Sie sagte kein Wort, arbeitete mit unnatürlicher Konzentration und runzelte die Stirn wie jemand, der etwas tut, nur um sich ganz dem schmerzhaften Warten zu widmen. Als sie Papas Hose ausgebessert hatte, nahm sie sich meine vor. Sie riß die Gesäßtaschen von meiner kurzen Hose, um damit die Löcher auf der Innenseite der Hosenbeine zu flicken. Sie nähte eine ganze Menge verschiedener Knöpfe an meine Hemden. Sie sagte kein Wort. Es wurde sehr düster im Zimmer, und ich schloß die Fenster, um Mama dazu zu bringen, eine Kerze anzuzünden. Doch sie arbeitete ohne Licht weiter. Als sie fertig war, seufzte sie. Sie warf die Kleider über die Wäscheleine im Zimmer. Die Wäscheleine hing durch von den vielen fadenscheinigen Handtüchern, den alten Hemden, Hosen, Wickeltüchern und verschiedenen Lumpen. Sie sah aus, als würde sie jeden Augenblick reißen. Mama setzte sich. Sie rührte sich nicht. Dann sagte sie: »Putz die Stiefel von deinem Vater.«

Eigentlich wollte sie damit aber sagen: »Was ist mit deinem Vater los?« Ich holte seine Stiefel und putzte sie im Dunkeln. Dann stellte ich sie in eine Ecke und ging auf den Hof, um mir die Hände zu waschen. Als ich zurückkam, war Mama nicht im Zimmer.

Sie saß vor dem Haus auf dem Zementabsatz. Sie verscheuchte Schnaken und fliegende Ameisen und schlug nach Mücken, die über sie herfielen. Es war bereits Nacht, und der Himmel war dunkelblau. Die Luft war kühl, und es roch nach Regen. In der Ferne, in Richtung Stadtmitte zuckte ab und zu ein weißer Lichtstrahl am Himmel auf. Ein paar Leute aus dem Compound setzten sich zu uns und unterhielten sich.

»Stimmt es«, sagte einer von ihnen, »daß Madame Koto jetzt Prostituierte in ihrer Bar beschäftigt?«

»Das habe ich auch gehört.«

»Und sie soll in die Partei eingetreten sein.«

»Nein, ganz so ist es nicht.«

»Wie denn?«

»Sie haben ihr Aufträge versprochen.«

»Wofür?«

»Für ihre Feste und Versammlungen.«

»Sie wird noch vor unseren Augen reich.«

»Sie ist schon reich.«

»Woher weißt du das?«

»Die Leute sagen, sie will sich ein Auto kaufen.«

»Ein Auto?«

»Und sie bekommt angeblich Strom.«

»Strom?«

»Und sie hat ganze Ballen Spitze gekauft und bar bezahlt.«

»Ganze Ballen Spitze?«

»Was will sie denn damit?«

»Kleider für Parteileute nähen.«

»Wie hat sie denn das fertiggebracht?«

»Sie weiß, was sie will.«

»Mein Lieber, wir wissen alle, was wir wollen, aber wie viele von uns schaffen es?«

»Das stimmt.«

»Da ist wohl Hexerei im Spiel.«

»Vielleicht hat sie ein Zaubermittel.«

»Oder sie ist in einem Geheimbund.«

»Oder alles zusammen.«

»Und sonst noch was.«
Sie verstummten. Sie betrachteten nachdenklich die Nacht und dachten an ihre Lebensbedingungen und an das ganze Viertel, das in Armut versunken war. Einer von ihnen seufzte.
»Warum ist das Leben nur so, hm?«
»Ich weiß es nicht.«
»Manche Leute haben zu viel, und ihre Hunde bekommen etwas Besseres zu fressen als wir, und wir leiden und halten den Mund bis zu dem Tag, an dem wir sterben.«
»Und selbst, wenn wir nicht den Mund halten, wer hört uns schon zu, hm?«
»Gott«, sagte einer von ihnen.
Die anderen schwiegen. Der Wind blies uns ins Gesicht, brachte Staub und weggeworfene Zeitungen und die Gewißheit, daß es bald regnen würde.
»Eines Tages wird Gott durch ein stilles Wunder die Bösen von der Erde auslöschen.«
»Gottes Zeit ist die beste Zeit.«
»Ich wünschte mir, Gottes und unsere Zeit würden manchmal übereinstimmen.«
»Gott weiß es am besten.«
»Das hat mein Bruder auch immer, zwei Monate bevor er starb, gesagt.«
»Mein Lieber«, sagte einer von ihnen mit plötzlicher Leidenschaft, »unsere Zeit wird kommen.«
Dann verstummten sie wieder. Mama bewegte sich, wollte etwas sagen, doch dann blieb sie still. Schließlich stand sie auf, nahm mich an die Hand, und wir gingen die holprige Straße hinab zur Hauptstraße. Mama tat so, als wäre es nur ein kleiner Spaziergang, doch ich spürte, wie groß ihre Angst war.
Wir waren von Stimmen umgeben, die laut lachten oder klagten. Wir kamen an ein paar Büschen vorbei, hinter denen man die Anhänger der neuen Kirche singen und tanzen hörte. Sie sangen mit einschüchternder Kraft, furchterregender Hoffnung, großem Bedüfnis, großem Kummer. Sie weckten in mir das Gefühl, die Welt würde jeden Augenblick zu Ende gehen. Der Gesang

aus der Kirche jagte mir Angst vor dem Leben ein. Wir gingen an ihnen vorbei und hörten sie noch lange danach. Ein Stück weiter, hinter einer Baumgruppe erzitterte die Erde von anderen psalmodierenden, tanzenden und singenden Menschen. Doch hier war es anders. Der Singsang war tiefer, das Tanzen männlicher, so daß die Erde selbst zugeben mußte, daß an ihre Tür geklopft wurde, und der Gesang war voller Geheimnisse und furchteinflößender Stimmen. Es hörte sich an, als würde ein alter Schmerz gefeiert, ein Leiden aus alter Zeit, das nicht verschwinden wollte, ein alter Kummer, der nachts erneuert wurde. Es waren die Gläubigen an der Kultstätte des Leidens, und wir lauschten, wie sie schreiend das Geheimnis der Umwandlung von Angst in Macht wissen wollten. Wir konnten die Beschwörungen hören, das Geheul nach Geld, die Namen von schicksaländernden Gottheiten, von Göttern der Rache, Göttern des Reichtums und leiböffnenden Göttern. Auch sie jagten mir Angst vor dem Leben ein. Auch sie hatten Hunger erlebt, das Elend, unsere Lebensbedingungen. Mama schien sie nicht wahrzunehmen. Ihr Gesicht war angsterfüllt, ihre leuchtenden Augen suchten die Straßenecken und die Bareingänge in der Hoffnung ab, Papa zu finden. Nachdem wir eine Weile gelaufen waren und der Wind den Saum ihres Wickeltuchs hob, bat ich sie, mir eine Geschichte über die Weißen zu erzählen. Erst sagte sie nichts. Und dann sagte sie: »Ein andermal erzähle ich dir eine Geschichte.«

Wir schwiegen beide. Anscheinend hatte sie es sich anders überlegt.

»Als die Weißen zum erstenmal in unser Land kamen«, sagte sie, als redete sie zu dem Wind, »waren wir schon zum Mond und zu all den großen Sternen geflogen. In den alten Zeiten kamen sie zu uns, um von uns zu lernen. Mein Vater hat mir immer erzählt, daß wir ihnen das Zählen beigebracht haben. Wir haben ihnen alles über die Sterne beigebracht. Wir haben ihnen ein paar von unsern Göttern gegeben. Wir haben unser Wissen mit ihnen geteilt. Wir haben sie aufgenommen. Aber sie haben all das vergessen. Sie haben vieles vergessen. Sie haben vergessen,

daß wir alle Geschwister sind und daß die Schwarzen die Ahnen der menschlichen Rasse sind. Als sie zum zweitenmal kamen, haben sie Gewehre mitgebracht. Sie haben uns das Land weggenommen, unsere Götter verbrannt und viele aus unserem Volk entführt und sie jenseits des Meeres zu Sklaven gemacht. Sie sind habgierig. Sie wollen die ganze Welt besitzen und die Sonne erobern. Manche von ihnen glauben, sie hätten Gott getötet. Manche von ihnen beten Maschinen an. Sie vergeuden die Kräfte, die Gott uns allen gegeben hat. Nicht alle von ihnen sind schlecht. Lern von ihnen, aber liebe die Welt.«
Ich war überrascht über das, was Mama mir erzählte. Ich wunderte mich, wie sanft ihre Stimme war, als sie weitersprach.
»Weißt du, was meine Mutter in einem Traum zu mir gesagt hat?«
»Nein.«
»Sie sagte, es gäbe einen Grund, warum die Welt rund ist. Schönheit wird die Welt regieren. Gerechtigkeit wird die Welt regieren. Das hat sie zu mir gesagt.«
Wir gingen schweigend weiter. Ich wollte ihr eine ganze Menge Fragen stellen, doch plötzlich änderte sich ihre Stimmung, sie wirkte angespannt und eilte aufmerksam horchend weiter, während uns der Wind ins Gesicht blies und die Nacht uns in die Geheimnisse ihrer Dunkelheit einschloß. Und dann hörte auch ich in der Ferne eine Stimme schreien. Sie mochte aus den strohgedeckten Hütten kommen, aus den Wellblech- oder Lehmhütten, aus den Blechbaracken oder von den rätselhaften Toren der Erde. Mama blieb an einer Wegkreuzung stehen. Der Wind blies heftig, und die Nacht heulte. Die ganze Gegend schien einen Geruch nach Kampf und Tod zu verströmen. Hunde kämpften neben einem Brunnen miteinander. Und aus der Finsternis, von einem der dunklen Wege, tauchte eine Gestalt in einem blendend weißen Kittel auf, die eine Laterne hochhielt. Ihre Augen leuchteten wie Edelsteine, ihr Haar war völlig zerzaust, und wenn sie nicht diesen Kittel getragen hätte, hätte ich sie für eine Art heilige Verrückte gehalten.
»Tut Buße! Tut Buße!« schrie sie. »Das Licht ist unser Leben, und

unser Leben ist in Gott! Die Welt ist voller Übel. Tut Buße! In eurer Dunkelheit werdet ihr sonst hinausgejagt.«
Wir lauschten ihrer durchdringenden Stimme.
»Bleibt wach, ihr Schwachen, hütet eure Seelen, denn die Sünden Babylons sind gekommen, um euch das Leben zu stehlen! Tut Buße! Bittet um Licht, und euer Schlaf wird verwandelt!«
Sie entfachte den Wind und zerriß die Dunkelheit mit ihrer Stimme, und bald sahen wir nur noch das Licht ihrer Laterne. Und nicht lange danach tauchte auf demselben Weg, stolpernd wie jemand, der einst ein Krüppel gewesen war, doch jetzt wieder ein wenig Kraft in den Beinen hat, die Gestalt eines Mannes auf. Er schimpfte und fluchte. Noch ehe Mama sein Gesicht gesehen hatte, rannte sie auf ihn zu und schloß ihn in die Arme. Es war Papa. Sein Haar war verfilzt und voller Schlamm. Er schwankte, doch bestand darauf, sich nicht helfen zu lassen. Seine Kleider waren zerrissen, seine Brust glänzte, seine Augen waren verstört, und er roch nach Blut und Alkohol.
»Dank dieser Frau in meinem Namen«, murmelte er. »Sie hat mir das Leben gerettet. Sie wollten mich umbringen, doch da tauchte sie auf, und sie hielten sie für einen Engel und rannten schreiend weg.«
Wir drehten uns um, doch dort, wo die leuchtende Laterne der Frau gewesen war, war nur noch Dunkelheit. Wir hörten nur noch aus der Ferne ihre Stimme, die von einer kommenden verwirrenden Epoche sprach. Die Stimme zitterte in der Nachtluft, so daß man nicht sagen konnte, woher sie kam. Sie hätte von hundert verschiedenen Stellen in der lebendigen Wunde unseres Viertels kommen können, um an den Türen unserer Ohren zu rütteln.
»Wenn du ihr nicht heute danken kannst, dank ihr morgen«, sagte Papa unter heftigen Schmerzen.
Mama stützte Papa gegen seinen Willen unter den Armen und half ihm beim Gehen. Ich hörte sie keuchen.
»Du blutest ja.«
»Sie wollten mir die Kehle durchschneiden. Dies hier ist nur eine kleine Wunde. Azaro, mein Sohn, sie wollten deinen Vater umbringen. Weil ich sie nicht wählen will ...«

Die Stimme versagte ihm. Ich stützte ihn am anderen Arm. Die Dunkelheit füllte sich mit Leuten. Die Nacht hatte unser Leid verbreitet; die Leute wußten, was geschehen war. Die hungrigen, schwitzenden Gesichter starrten uns an, folgten uns ein ganzes Stück die Straße hinab. Sie überhäuften uns mit Ermutigungen und stärkenden Sprichwörtern. Mama dankte ihnen. Eine der Frauen brach in Tränen aus. Papa wankte weiter, das Gesicht zu einer Maske erstarrt. Der Wind kam uns entgegen. Frauen sangen in unsern Fußstapfen. Als wir nach Hause kamen, dankte Mama ihnen erneut, und sie zogen sich in die Dunkelheit zurück und überließen uns unserm Unglück. Der Rest der Welt schlief.

Mama setzte Wasser auf und behandelte Papas Wunden und legte Kompressen auf seine Prellungen. Er erzählte uns seine Geschichte. Sie war uns vertraut. Er war von ein paar Männern angesprochen worden. Sie waren betrunken. Sie fragten, wen er wählen würde. Er sagte, niemanden. Sie fielen über ihn her, nahmen ihm das Geld weg und wollten ihm gerade noch übler zusetzen, als die Frau auftauchte. Sie flohen. Als er mit seiner Geschichte fertig war, saßen wir schweigend da. Mama setzte uns etwas zu essen vor. Zum erstenmal seit langem blieb Papa nicht bis spät in die Nacht auf, um auf seinem dreibeinigen Stuhl zu schaukeln, zu rauchen und nachzudenken. Er schlief gleich nach dem Essen ein.

Als er am nächsten Morgen aufwachte, klagte er über Bauchschmerzen. Die Bettlaken klebten an seinen Wunden, die nachts geblutet hatten. Mama mußte sie mit warmem Wasser betupfen. Die getrocknete Kruste der Wunden löste sich von den Laken. Papas Schmerzen setzten wieder ein. Er ging wie gewohnt zur Arbeit.

5

Ich erinnere mich noch ganz genau an den Tag, an dem ich auf dem Rückweg von der Schule ein lautes Krachen über dem Wald hörte, als fielen alle Bäume gleichzeitig um. Einen Augenblick lang wurde alles anders. Der Himmel war der Erde auf einmal ganz nah. Die Luft war aufgeladen, beißend und stickig. Ich konnte mich kaum noch rühren. Dann verdunkelte sich die Luft, es krachte wieder, und ein helles Licht blitzte über alles hinweg. Der Himmel riß auf. Und der Weg wurde zu einer Lichtung.

Die Welt war regungslos, als sei sie kurz zu einem Bild erstarrt, als sei Gott der »Große Fotograf«. Die Lichtung verwandelte sich in eine neue Welt. Aus dem Blitz tauchten die scharfen Umrisse von Geistern auf, die sich mit müden Köpfen in die Luft erhoben. Und dann fielen sie nieder, hüpften und trieben durch die Stille der Welt. Die Geister kamen an mir vorbei, flogen mit Augen wie Diamanten durch mich hindurch. Und als der nächste Knall kam, gefolgt von einem weiteren blendenden Blitz, waren die Geister verschwunden. Die Schwüle senkte sich herab, die Wolken rissen auf, und der erste Sturzregen ergoß sich über das Land.

Die Wolken lösten sich in Regen auf. Wasser überflutete die Erde. Als wäre sie plötzlich von einem Bann befreit, verwandelte sich die fotografische Starre aller Dinge in wildes Durcheinander. Der Wind zersplitterte die Äste an den Bäumen. Die Leute stießen einen lauten Schrei aus. Jeder begann zu rennen. Manche stürzten nach draußen, um ihre Wäsche von der Leine zu holen. Manche rannten, um sich unterzustellen. Und viele rannten und holten ihre Eimer, um sie unter die Dachvorsprünge zu stellen und das reinste und klarste Wasser der Jahreszeit aufzufangen. Der Regen erlöste die Kinder von der Langeweile der langen, heißen Nachmittage. Die Kinder stießen einen anderen Schrei aus. Mit vorgestreckten Bäuchen rannten sie nackt nach draußen und kreischten fröhlich, während das glitzernde Wasser sie durchnäßte, schäumend durch ihr Haar floß und ihre Haut glänzen ließ.

Wasser drang in die Zimmer. Mütter schrien, jenes Fenster oder jene Tür solle geschlossen werden. Vögel und Insekten verschwanden. Das Wasser, das in Rinnen zu den tiefer gelegenen Gebieten und den halb ausgeschachteten Gossen strömte, im Nu den Boden tränkte und schnell das Land überschwemmte, ist in meinem Gedächtnis für immer mit dem geheimnisvollen Duft einer neuen Jahreszeit verbunden, von Blättern und einfachen Kräutern, von wilder Rinde und Pflanzenwuchs, den geheimen Essenzen einer Göttin, die von der Erde aufsteigt.

Der Wind reinigte die Luft von der Trostlosigkeit unseres Viertels. Hin- und hergerissen zwischen dem Wunsch mir die Kleider vom Leib zu reißen und nackt durch den ersten Regen des Jahres zu rennen, und der Angst, daß meine Kleider durchnäßt und meine Bücher feucht werden könnten, wartete ich zu lange. Der Regen prasselte auf mich nieder, und ich stand nur da und sah zu, wie mir das Wasser bis über die Knöchel stieg und Regenwürmer über die Füße krochen. Ich streifte sie ab. Es regnete sehr heftig. Der Wind peitschte das Wasser so kräftig gegen meinen Nacken, daß jeder Tropfen sich wie ein Stein anfühlte. Ich fürchtete, der Himmel könnte soviel Wasser ausschütten, daß sich die Erde in ein Meer verwandelte.

Während der trockenen Jahreszeit vergessen wir immer die Regenzeit. Deshalb geht der Regen am ersten Tag mit solcher Gewalt nieder und erinnert uns voller Rache daran, daß es ihn noch gibt. Es goß so heftig, daß ich manchmal nichts sehen konnte. Ich schloß die Augen und ging blind weiter, und selbst dann peitschte der Regen noch gegen meine Lider. Schräg nach vorn gebeugt ging ich den Weg entlang. Der Regen drückte mich wie eine ständige Last nach unten. Der starke Wind schob mich zur

Seite und wehte mich vom Boden. Die Straße wurde glitschig. Die Erde verwandelte sich rasch in Schlamm. Wenn ich etwas sehen konnte, schien die Straße verschwunden zu sein. Der Wald war verzerrt. Die Häuser zitterten.
Und dann geschahen grauenhafte Wunder. In erschreckender Folge blitzten dreimal Lichter auf. Zwei Vögel fielen von den Ästen eines Baumes und flatterten vergeblich mit den Flügeln. Ich hörte, wie Wellblechplatten zerdrückt wurden und sich bogen, hörte Nägel quietschen und Holz splittern, und dann sah ich, wie das ganze Dach eines Hauses abgerissen und im strömenden Regen in die Luft geschleudert wurde. Kinder heulten. Frauen jammerten. Es hätte das Ende der Welt sein können. Ich sah, wie eine Lehmhütte zusammenfiel und sich in Klumpen auflöste. Das Dach senkte sich, und Leute kamen herausgerannt. Zwei Türen weiter stürzte eine massive Hauswand ein. Das Dach kippte zur Seite. Drinnen flogen Haushaltsgegenstände durcheinander, und überall lagen verstreute Kleider. Am Anfang unserer Straße schwamm ein Haus auf dem Wasser fort, als wäre das Fundament aus Kork. Die Straße wurde, was sie einst gewesen war, ein Strom aus urzeitlichem Schlamm, ein Fluß. Ich watete durch den Ursprung der Straße, bis ich zu dem roten Haus des alten Mannes kam, den angeblich ein Engel hatte erblinden lassen. Halb in ein weißes Tuch gehüllt, saß er draußen im Regen. Er hatte eine Pfeife im Mund und starrte mit grimmiger Anspannung durch den Regen auf die überschwemmte Straße. Fasziniert von seiner Konzentration und seinem welligen Bild im Regen, trat ich näher. Seine Füße standen tief im trüben Wasser, die rote Hose war völlig durchnäßt, und seine grünen Augen waren verklebt. Plötzlich zeigte er mit dem Finger, der knorrig und runzlig wie eine verschrumpelte dünne Pfefferschote war, auf mich. Und mit einer Stimme wie aus einem Alptraum sagte er:
»He Junge, komm her, komm und hilf einem alten Mann.«
»Wobei?« fragte ich.
»Beim Sehen!«
Während er mit zitternder Hand auf mich zeigte und der Regen ihm aus den Augen rann und sie purpurrot färbte, lief mir ein

kalter Schauer über den Rücken, und ich blieb vor Entsetzen wie angewurzelt auf dem schwankenden Boden stehen. Der alte Mann schrie mit vor Wut bebender Stimme, er könne sehen. Er stand auf und ging mit zitternden Schritten auf mich zu, während sich sein Gesicht vor Freude zu einer häßlichen Fratze verzog und ihm das weiße Tuch von den Schultern fiel. Er kam ziemlich in meine Nähe, doch da blitzte ein Licht auf, ließ die Erde beben und brach den Bann des alten Mannes. Ich sah, wie er mitten in der Bewegung erstarrte. Ich sah, wie sein Gesicht in sich zusammenfiel, sah, wie sich seine Augen wieder grün färbten. Dann begann er zu toben und zu fluchen, daß er wieder blind geworden sei; und als mir ein Wind entgegenwehte, so daß sich mein ganzer Körper mit einer Gänsehaut überzog, schüttelte ich die Erstarrung ab und wich zurück. Doch der alte Mann torkelte hinter mir her, fiel mit dem Gesicht in den Schlamm und blieb dort liegen. Ich war zu erschrocken, um etwas zu tun, doch auch niemand anders kam ihm zu Hilfe oder sah ihn. Ich rannte in die erstbeste Richtung, in die mich meine Füße trugen.

Als ich wieder zu mir kam, stand ich keuchend vor der Wand eines unfertigen Hauses. Tausendfüßler und alle möglichen Schnecken krochen die Wand hinauf. Sie wurden vom Wind heruntergeworfen. Unbeeindruckt kletterten sie wieder hoch. Ich hörte die Stimme des alten Mannes im Regen und lief den Weg des Ursprungs weiter hinab. Die Erde entglitt mir immer wieder. Ich fiel in einen Graben. Schlammiges Wasser drang mir in die Augen und bedeckte meinen Körper. Als ich schließlich wieder festen Boden fand, stand ich auf, blickte mich um und sah eine sepiafarbene Welt voller schwankender Riesenstatuen. Überall waren Kultstätten, und Gott sprach im lieblichen Wind, und die Riesen antworteten flüsternd.

Ich schrie um Hilfe, doch niemand hörte mich. Während ich dort herumstolperte, in Nesseln trat, ausrutschte und gegen Baumstümpfe prallte, merkte ich, daß ich nicht mehr wußte, wo ich war, und auch nichts mehr sah. Ich wusch mir die Augen mit Regenwasser aus, und als ich den Schlamm zum Teil beseitigt

hatte, stellte ich fest, daß ich mich auf einer der Straßenbaustellen befand. Die neue Asphaltdecke war fortgeschwemmt worden. Büsche trieben im Wasser. Die Zelte der Bauarbeiter waren in alle Richtungen geweht worden, und die Leute, die die neue Zufahrtsstraße zur Autobahn bauten, hatten vor dem Regen Zuflucht gesucht und waren nirgends zu sehen.
Weiter hinten sah ich Strohdächer über Bananenstauden. Ich kam an einen weiteren Ort der Verwüstung. Es war die Stelle, an der die Männer begonnen hatten, Stromkabel zu verlegen. Die Zelte waren nicht mehr da. Auf den Ästen eines Baums sah ich einen Sonnenschirm. Irgend etwas war passiert. Die Luft war voller Rauch. Die Büsche waren schwarz. Verkohlte Fetzen von Zeltplanen klebten an den Baumstümpfen. Die Holzmasten waren verbrannt. Arbeiter standen um die Kabel herum, starrten sie an und warteten darauf, daß etwas Dramatisches geschah.
Regen und Wind trieben mich weiter zum Waldrand, zu der Grube, aus der Sand ausgeschachtet wurde. Der weiße Mann stand da und hatte einen Fuß auf den gefällten Baumstamm gestellt. Er trug einen dicken gelben Regenmantel und schwarze Stiefel. Er beobachtete etwas durch ein Fernglas auf der anderen Seite der Grube. Plötzlich verwandelte sich der Weg in einen Graben. Die Erde bewegte sich. Wassermassen aus dem Wald strömten unter uns her. Ich klammerte mich an einen Baumstumpf. Der weiße Mann schrie, sein Fernglas flog durch die Luft, und er glitt vor meinen Augen in die Tiefe. Er rutschte langsam in die Grube, bis ihn ein Wasserschwall fortspülte. Der gefällte Baumstamm bewegte sich. Die Erde gab klumpenweise nach und begrub den Mann. Ich hörte ihn nicht schreien. Der Baumstamm rollte zur Seite, und ein kurzer Blitz vollendete das unglaubliche Schauspiel. Ich begann zu schreien. Arbeiter rannten aus dem Wald. Sie rannten den Abhang in die Grube hinab und versuchten, den Mann zu finden. Sie holten seinen Helm heraus, sein Fernglas, seine Brille, einen Stiefel und einige Papiere, doch sein Körper wurde nicht gefunden. Die Grube war halb voll Wasser. Drei Arbeiter meldeten sich freiwillig und wollten

nach ihm tauchen. Sie kehrten nicht zurück. Die Grube, die zum Bau der Straße gedient hatte, hatte sie alle verschlungen. Ich wanderte durch das Chaos von Leid und Wind und Regen und Wellenmustern in der Luft und kam in ein halbvertrautes Märchenland, wo ein Schild mit der Schrift nach unten auf der Erde lag. Die Tür stand offen. Wasser strömte herein und ergoß sich über Tische und Stühle. Der Raum war leer. Und dann sah ich die riesenhafte Gestalt einer urzeitlichen Mutter, die mit verzweifelter Miene und nassem Gesicht auf einer Bank saß. Sie fing mich auf, bevor ich umfiel, und trug mich in ihr Zimmer.

6

Sie liess mich ein Bad nehmen. Sie gab mir dampfende Pfefferschotensuppe zu essen. Sie rieb mich am ganzen Körper mit einer körnigen Salbe ein und massierte mich mit ihren rauhen Fingern. Sie zog die Enden ihres grünen Moskitonetzes heraus und legte mich auf das große Bett, das nach ihrem Körper roch. Sie lächelte mich mit grün verschleiertem Gesicht durch das Netz an. Dann verschwand sie langsam, bis nur ihr Lächeln ein wenig unheimlich im grünen Dunkel meiner Sinne zurückblieb.

Als ich aufwachte, regnete es ununterbrochen. Wasser drang durch das Fenster und die Decke. Der Regen verzerrte meinen Blick und verbog die Schichten meines Gedächtnisses. Ich war über meine neue Umgebung verwundert. Auf dem dichten Moskitonetz hingen Spinnweben. Ich kroch heraus und setzte mich auf die Bettkante. Der Raum roch nach frisch gefälltem Holz, den Federn wilder Vögel, Kampfer, Würzkräutern und einer Vielzahl von Kleidungsstücken. Auf allen Nägeln und Leinen hingen Kleider. Überall waren Kleidungsstücke, Berge feiner Spitze, weiße Blusen, teure Wickeltücher mit brokatbesetzten Säumen, schwere Röcke, Kopftücher, gefärbte Stoffe und Gewänder, die groß genug waren, um für mehrere Bettdecken zu reichen.

Eine Ecke des Raums war durch weiße Tücher abgeteilt. Draußen trommelte der Regen auf die Blätter der Cocoyamstauden. Auf dieser Trennwand schimmerten Bilder. Der Raum war erfüllt von geisterhaften Geräuschen, fliegenden Schaben, Vögeln, die mit gebrochenen Flügeln flatterten. Etwas tappte davon, um den Herzschlag des Regens zu messen. Etwas atmete Mahagoni-

duft aus und atmete lautlos ein. Ich widerstand der Versuchung, hinter die Trennwand zu blicken.
Die geheimnisvollen Gerüche des Regens auf Erde und Pflanzen drangen durch Spalten im Fenster herein. Der Regen ließ alles fremd erscheinen und veränderte auf die Dauer meinen Blick. Nach einer Weile kam es mir vor, als läge hinter der Trennwand ein Basar voller Rätsel, ein Subkontinent des Verbotenen. Ich stand auf und versuchte, das weiße Tuch zur Seite zu ziehen. Es war schwer. Eine Staubwolke stieg aus dem Gewebe auf. Schatten bewegten sich im Raum. Auf einer Wand verwandelte sich die Silhouette einer riesigen Sonnenblume in die Umrisse eines Bullen. Mücken sirrten. Eine Spinne zog sich in einem unsichtbaren Netz hoch. Ich beschloß, unter die Trennwand zu kriechen. Es kam mir so vor, als kröche ich unter undurchdringliches weißes Laub. Staub flog mir ins Gesicht. Schaben huschten vor mir davon. Neugeborene Ratten zappelten aufgeregt. Ameisen krabbelten mir über die Arme, während ich in das Labyrinth des geheimen Lebens eines fremden Menschen eindrang.
Als ich auf der anderen Seite auftauchte, sah ich den mit Kaolin gestrichenen Boden. Die weiße Substanz blieb an mir kleben und ließ sich nicht abwischen. Vor der Wand stand eine Tonschale. In der Schale lagen Kaurimuscheln, Kolanußhälften, eine keimende Zwiebel, Federn eines gelben Vogels, alte Münzen, eine Rasierklinge und die Zähne eines Jaguars. Neben der Schale standen drei Flaschen. Eine enthielt reinen *ogogoro*. Eine andere Wurzeln in einer gelben Flüssigkeit. In der dritten schwammen kleine Wesen mit roten Augen in braunem Wasser. Neben der dritten Flasche lag eine Schildkröte auf dem Rücken, deren Unterseite rot bemalt war und die mit den Beinen strampelte. Die Schildkröte machte Geräusche. Ich drehte sie um. Sie kroch fort. Ich packte sie, war erstaunt, wie schwer sie war, und legte sie wieder auf den Rücken. Die Schildkröte machte keine Geräusche mehr. Dann spürte ich die Ausstrahlung einer riesigen weiblichen Erscheinung und merkte zum erstenmal, daß mich jemand aus dem muffigen Dunkel des Zimmers anstarrte.
Ich spürte den eindringlichen Blick einer urzeitlichen Mutter,

die zu Holz geworden war. Sie wußte, wer ich war. Ihre Augen musterten mich unbarmherzig. Sie kannte mein zukünftiges Schicksal. Es war eine mächtige Mahagonistatue, die in einer Nische voller Spinnweben saß, umgeben von einem starken Geruch nach Fruchtbarkeit. Ihre großen Brüste strahlten eine schamlose Lüsternheit aus. Ein safranfarbenes Tuch umgab ihren sanften schwangeren Bauch. Durch ihre dunkle Brille schien sie alles mit ruhiger Gelassenheit zu betrachten. Ein Hauch widersprüchlicher Träume ging von ihr aus. Ich war von ihrem halbgöttlichen Moschusgeruch wie hypnotisiert.
Ich konnte ihr Herz schlagen hören. Es klang wie eine unregelmäßige Uhr. Neben ihrem Sitz stand ein Transistorradio. Hinter ihr hing ein blauer Spiegel an der Wand. Auf einem kleinen Regal direkt über ihrem Kopf befand sich eine Uhr, die stehengeblieben war. An einem Nagel hinter ihrem Kopf hingen ein eiserner Gong und eine Glocke. An den Füßen trug sie ein Paar rote Schuhe. Sie verströmte die angesammelten Gerüche von Trankopfern, Tierblut und Kaolin, die ununterdrückbaren Hoffnungen von Fremden und eine gelbe Unempfindlichkeit. Auf ihrem Schoß lagen weiße Perlen. Plötzlich gab die Uhr ein klikkendes Geräusch von sich, so daß ich zusammenfuhr. Die Statue sah mich durchdringend an. Unter ihrem starren Blick waren Gelassenheit und Eindringlichkeit ein und dasselbe.
Die Uhr war still. Im Schatten hinter der urzeitlichen Mutter sah ich den gelben Vogel. Er war festgebunden, seine Federn zuckten ständig, und seine Augen glänzten in der Nische. Ich merkte, daß ich Spinnweben im Gesicht hatte. Eine Fliege summte hinter mir. Dann flog sie an mir vorbei und ließ sich auf der Nase der schwangeren Göttin nieder. Die Uhr machte wieder eine Geräusch und schreckte die Fliege auf. Die Schildkröte strampelte mit den Beinen. Der Vogel quälte sich. Ich betrachtete mich in dem blauen Spiegel und konnte mein Gesicht nicht sehen. Ich erschrak. In diesem Augenblick sprach die urzeitliche Mutter aus Holz zu mir.
Sie sprach zu mir durch all die Gegenstände, durch die trotzigen Geräusche der auf dem Rücken liegenden Schildkröte, durch

den Vogel, der sich gegen seine Gefangenschaft wehrte, und die Klagen der Fliege. Die Uhr begann zu ticken. Eine Eidechse huschte über meinen Fuß, und ich sprang hoch. Als ich mich von dem Schrecken erholt hatte, stand ich an die Wand gepreßt da, und mein Herz klopfte. Dann bemerkte ich, daß alles in der Ecke lebendig war. Die Schale bewegte sich auf mich zu. Der Spiegel schlug gegen die Wand und spiegelte nichts. Ich spürte, wie sich die Wand bewegte und unter meiner Berührung auflöste. Dinge krochen durch die Luft. Ich sah eine Schnecke an der Wand. Ich wich zurück und wäre fast auf die Schildkröte getreten. Sie war hinter der Schale und stand wieder. Ich entdeckte, daß überall auf der weißen Trennwand Schnecken saßen. Sie waren groß genug, um gegessen zu werden. Ich stolperte über einen Eimer. Dann entdeckte ich, daß überall auf der urzeitlichen Mutter, auf der Spiegelfläche und dem Rand des Eimers Schnecken saßen. Ich wußte nicht, wohin ich mich wenden sollte. Die Göttin, die durch die Schnecken und die Gegenstände in ihrem Zimmer zu mir sprach, ließ meinen Kopf anschwellen.
Wie würde ich aus diesem Labyrinth aus Traumgegenständen herausfinden, die sich mir alle in den Weg stellten? Wie würde ich dem geheimnisvollen Kopf der Schlange entgehen, deren abgestreifte Haut auf einer Zeitung lag? Wie würde ich den Steinen entgehen, die mit dem Teer neuer Straßen geschwärzt waren, oder dem einzelnen Finger, der in einem Glas mit einer durchsichtigen Flüssigkeit auf mich zeigte? Die Göttin aus Holz sprach durch all diese Dinge zu mir, doch vor allem sprach sie mit ihren Augen zu mir. Ich verstand nicht, was sie sagte. Ohne zu denken, wie jemand, der durch den Traum eines Fremden irrt, kletterte ich am Körper der Göttin hoch und nahm ihr die Brille ab. In ihren tiefen Augenhöhlen lagen Augen aus rotem Stein, Edelsteine, die genau die Farbe von Blut hatten. Mir stockte der Atem. Ihre Augen starrten mich mit solcher Hitze an, daß ich ihr schnell die Brille wieder aufsetzte. Der Schweiß brach mir in Strömen aus. Ich versank in eine seltsame Starre. Und zu meinem größten Entsetzen bewegte sich dann die Göttin, als wollte sie mich in ihren schwangeren Bauch drücken. Ich sprang

von ihrem großen Körper herab und bahnte mir schreiend einen Weg durch das Tücherwirrwarr.

Ich setzte mich aufs Bett. Mein Ausflug in die verborgene Welt hatte manche Dinge verändert, die ich im Raum sah. Was ich anfangs für Berge von Kleidern gehalten hatte, waren nun Perükken, Schals, Unterwäsche, farbige Kopftücher und Batiktücher. Glanzlose Kalender von Geheimbünden hingen an den Wänden. Schnecken krochen langsam über die Wände und hinterließen eine saubere feuchte Spur. In einem Schrank befanden sich Männerkleider, ein schwarzer Spazierstock und fünf Schirme. Über dem Schrank hing eine Inschrift in gotischen Lettern: GOTTES ZEIT IST DIE BESTE ZEIT, hoch oben an der Wand ein Bild des gekreuzigten Christus und darunter eine weitere Inschrift: DAS BÖSE, DAS DIE MENSCHEN TUN. An den Wänden hingen verblichene Fotos von Madame Koto und einem Mann. Der Mann hatte nur drei Finger an einer Hand. Er hatte ein lebhaftes Gesicht und traurige Augen. Es war ein altes Bild, das von der Sonne und der Zeit vergilbt war. Wie würde ich aus diesem Labyrinth von Gegenständen herauskommen? Ich ging zu dem Bett, legte mich unter das grüne Netz und schlief in den Fieberträumen des Raums ein.

7

Als ich aufwachte, hatte ich das Gefühl, daß mein Gedächtnis leergefegt war. Der Raum hatte sich verändert. Dunkle Schatten lasteten auf den Wänden. Zukünftiges, das noch unsichtbar war, bevölkerte das Zimmer. Noch untätige Mächte bevölkerten die Luft. Meine Augen füllten sich mit den Silhouetten von Erbeutern, den Eiweißkörpern von entfesselten Ungeheuern, Kobolden in trüben Flaschen, Homunkuli in den Nestern von Fledermäusen. Überall waren unfertige Wesen; gefangene Geister und vermummte Gestalten in widerspenstigen Silhouetten des Entsetzens lauerten in jenem Schattenwald. Der Regen hatte aufgehört. Der Wind peitschte gegen das Wellblechdach. Ich schlich auf Zehenspitzen aus dem Raum und schloß die Tür hinter mir. Ich hatte das Gefühl, anders zu sein. Ich hatte das Gefühl, daß ein Wind der Zukunft durch mich hindurchwehte.

Der Gang war leer. Auf dem Hinterhof hatte jemand versucht, mit feuchtem Holz ein Feuer anzuzünden. Es qualmte entsetzlich. Die Dunkelheit war mit dem Regen hereingebrochen. Der Himmel war grau. Der Hinterhof war voller Pfützen. Bei jedem Schritt, den ich auf Madame Kotos Bar zuging, spürte ich, daß sich unser Leben veränderte.

In der Bar war kein Licht. Als ich hineinging, dachte ich, der Raum sei leer. Ich ging lautlos zu meinem Platz neben dem Tonkrug. Die Vordertür stand halb offen. Fliegen summten, und ich hörte, wie die Geckos zwischen den Tischen hin- und herhuschten. Als ich mich hinsetzte, nahm ich die Silhouetten von Frauen in der Dunkelheit wahr. Sie saßen schweigend da, den Kopf der Tür zugewandt. Nach einer Weile begannen sie zu sprechen.

»Wann bringen sie uns endlich unseren Strom, hm?«

»Wie soll ich das wissen?«
»Madame Koto spricht schon lange davon.«
»Sie ist zur Politikerin geworden.«
»Nur Versprechungen.«
»Und Gerede.«
»Sie werden ihn schon bringen.«
»Dann wird es hell in dieser Bar.«
»Und eines Tages wird ein Hotel daraus.«
»Aber wann bringen sie das Licht?«
»Eines Tages.«
»Eines Tages baue ich mir selbst ein Hotel.«
»Und wie? Willst du das Geld stehlen?«
»Die Politiker geben es mir.«
»Willst du Politiker ficken?«
»Tust du vielleicht was anderes?«
»Nicht nur ich.«
»Wer denn sonst?«
»Madame Koto.«
»Nenn nicht ihren Namen. Ihre Ohren sind überall.«
»Ich habe gehört, daß sie schwanger ist.«
»Von wem?«
»Wie soll ich das wissen? War ich vielleicht dabei?«
»Das ist möglich.«
»Alles ist heute möglich.«
»Und wer hat dir erzählt, daß sie schwanger ist?«
»Ja, woher weißt du das?«
»Die Leute erzählen es.«
»Die Leute erzählen alles mögliche.«
»Ich glaube ihnen nicht.«
»Die Leute reden zuviel.«
»Gerüchte sind billige Nutten.«
»Und was bist du?«
»Ich bin nicht billig.«
»Du bist billiger als Scheiße.«
»Du etwa nicht? Die Männer sagen, daß dein Hintern nach Scheiße stinkt.«

»Deine Möse stinkt.«
»Selbst Hähne können dich ficken.«
»Dich ficken Ratten.«
»Dich ficken Hunde.«
»Halt den Mund.«
»Halt du doch den Mund.«
»Deine Mutter fickt mit Schweinen.«
»Deine Mutter hat mit einem Ziegenbock gefickt und dich gemacht.«
»Halt den Mund!«
»Warum sagst du zu allen, sie sollen den Mund halten?«
»Halt du doch den Mund!«
Sie schwiegen eine Weile. Der Wind wehte die Vordertür gegen die Außenwand und drückte auf die Angeln. Dann kamen die Frauen wieder in Bewegung, beschimpfen sich gegenseitig mit bissigen Worten, und ihre Stimmen waren schärfer als Glasscherben. Eine zündete sich eine Zigarette an. Es gab eine Pause in ihrem stumpfsinnigen Streit, während der der Wind in den Bäumen ächzte. Im ganzen Viertel begannen nun die Grillen zu zirpen. Die Frauen schwiegen noch, als Madame Koto mit einer Laterne in der Hand durch die Hintertür hereinkam. Sie sah massig aus, als sei sie im Dunkeln irgendwie angeschwollen. Ihr Gesicht glänzte. Draußen sah ich einen Palmweinzapfer, an dessen Fahrrad Seile zum Besteigen der Bäume befestigt waren; Kürbisflaschen mit Wein, die aneinandergebunden waren, baumelten vom Gepäckträger.
»Kein Licht?« fragte Madame Koto.
Sie kam auf mich zu und hielt mir die Laterne vor die Augen.
»Du bist also auf, hm?«
»Ja, danke.«
»Fühlst dich wohl besser, hm?«
»Ja.«
»Warum bist du an den Eimer mit den Schnecken gegangen?«
»Ich bin nicht drangewesen.«
»Lügner! Weißt du, wie lange ich gebraucht habe, um sie zu finden? Und eine ganze Menge von ihnen verstecken sich immer

noch. Warum machst du mir soviel Ärger, hm? Bist du auf die Welt gekommen, um mich zu bestrafen?«

»Das weiß ich nicht.«

»Und du hast jeden Winkel in meinem Raum abgesucht.«

»Nein.«

»Was hast du gefunden?«

»Nichts.«

»Was hast du gesehen?«

»Nichts.«

Sie starrte mich eine ganze Weile an. Die Frauen hatten sich nicht gerührt. Ihre Gesichter blieben der Tür zugewandt. Dann sah mich eine von ihnen an.

»Wann bist du hereingekommen?«

»Das weiß ich nicht.«

»Geh jetzt lieber nach Hause«, sagte Madame Koto.

Ich blieb still sitzen. Sie ging hinter die Theke. Eine Frau stand auf, ging nach draußen und kam mit drei Laternen zurück. Sie verteilte sie auf die Tische.

»Wann kriegen Sie endlich Strom?«

»Frag mich nicht«, sagte Madame Koto.

Sie kam hinter der Theke hervor, ging nach draußen, und ich hörte, wie sie mit dem Zapfer feilschte. Schließlich einigten sie sich. Der Zapfer machte einen derben Scherz. Ich hörte, wie er mit dem Fahrrad davonfuhr, dessen rostiges Quietschen noch lange zu hören war. Madame Koto kam mit drei Kürbisflaschen in die Bar. Fliegen folgten ihr. Wein schwappte auf den Boden. Die Frauen rührten sich nicht. Als Madame Koto die Kürbisflaschen neben mir abgestellt hatte, stemmte sie die Fäuste in die Hüften und schimpfte die Frauen gehörig wegen ihrer Faulheit aus. Sie sprangen auf und machten sich an die Arbeit, stellten die Bänke ordentlich hin, spülten Becher und Teller. Madame Koto ging wieder hinaus. Kaum hatte sie den Raum verlassen, da setzten die Frauen sich wieder hin und versanken in regungslose Erwartung. Dann wehte der Wind einen Mann an die Vordertür. Er stand draußen, war durch die Streifen des Vorhangs zu sehen. Er kam herein und blickte sich um, und zwei der Frauen eilten auf ihn zu und führten ihn an einen Tisch. Es war Papa. Die Frauen saßen ihm gegenüber. Ich ging zu ihm hin, und er strich mir über den Kopf und sagte nichts. Sein Gesicht war abgezehrt, mit wild wachsenden Bartstoppeln bedeckt, und in seinen Augen lag eine leere Starre. Ich wußte, daß etwas geschehen würde.

»Laß uns nach Hause gehen«, sagte ich.

»Warum? Ich bin doch gerade erst gekommen. Das war ein teuflischer Tag. Hol mir etwas Palmwein. Wo ist Madame Koto?«

»Draußen.«

Eine der Frauen brachte ihm Palmwein und wartete darauf, daß er bezahlte. Er wies sie mit einer Handbewegung zurück.

»Ich kenne Sie nicht«, sagte sie. »Deshalb bezahlen Sie jetzt, wenn Sie keinen Ärger haben wollen.«

Papa starrte sie an, als wollte er sie schlagen.

»Das ist mein Vater«, sagte ich.

»Na und?«

Papa bezahlte unwillig. Ich setzte mich neben ihn.

»Eines Tages«, sagte er, »wird es noch Ärger in diesem Viertel geben.«

Eine der Frauen sog an ihren Zähnen. Eine andere spuckte auf den Boden.

»Spuck soviel zu willst«, sagte Papa. »Der Ärger bleibt.«

Die Frauen kümmerten sich nicht mehr um ihn. Er ließ den Kopf hängen und trank langsam. Die Frauen redeten nun über die bevorstehende Wahlkundgebung. Sie schilderten diese politische Veranstaltung so anschaulich, daß es sich anhörte, als handelte es sich um einen phantastischen Basar, der am Ende der Welt abgehalten wurde. Sie erzählten, daß Kühe geschlachtet, Ziegen am Spieß gebraten, große Musiker auftreten und alle möglichen Autos zu sehen sein würden, und sie malten sich aus, wie aus Säcken Geld unter die Leute geworfen wurde und Tausende von Menschen aus der ganzen Welt zusammenkamen, um sich satt zu essen und sich die Wunder der Macht und die Versprechungen einer neuen Zukunft vorführen zu lassen.

»Bockmist!« sagte Papa und sog an seinen Zähnen.

Die Frauen wurden dadurch zunächst zum Schweigen gebracht.

Dann sagte eine von ihnen mit knirschender Stimme: »Gerade Leute wie Sie fressen Bockmist!«
Papa schlürfte in einem Zug seinen Palmwein auf, dann rülpste er. Er starrte unverwandt eine der Frauen an, und die Frau stierte zurück. Der Wind veranstaltete einen wilden Tanz mit den Streifen des Vorhangs. Wir blickten alle zur Tür, als rechneten wir damit, daß eine ungewöhnliche Gestalt aus dem Regen hereinkam. Papa starrte weiter durch die Frau hindurch, durch die Wände hindurch, und die leere Konzentration in seinen Augen flößte mir Angst ein. Die Lampe neben der Tür flackerte und ging aus. Dann stieß Papa ein schneidendes Lachen aus, das ein leicht fiebriges Frösteln in mir auslöste. Er lachte weiter, mit unbewegtem Gesicht wie eine Maske im Dunkeln, und sein Gelächter schien den Wind zu beeinflussen. Etwas rüttelte am Dach. Aus dem Wald hörte ich seltsames Katzengekreische. Der Wind fegte duch die Bar wie eine geisterhafte Erscheinung, die nach einem Sitzplatz sucht. Als Papa aufhörte zu lachen, schien der Raum dunkler geworden zu sein, und der Wind hatte sich gelegt. Wir saßen alle gereizt in den langen Zeiträumen einer unbestimmten Erwartung.
»Laß uns nach Hause gehen«, sagte ich, und ein Zittern durchlief mich.
»Halt den Mund«, sagte Papa immer noch mit leerem Blick.
Eine der Frauen stand auf und setzte sich wieder. Eine andere erhob sich, ging mit wackelndem Hintern durch den Raum und blieb an der Tür stehen. Im trüben Licht konnte ich eine Narbe in ihrem Nacken erkennen. Die Frau blieb eine ganze Weile zitternd dort stehen. Ein leichter Nieselregen setzte wieder ein. Papa goß sich Palmwein nach. Eine andere Lampe ging aus. Die Augen der Frauen glänzten im Dunkeln. Der Wind erhob sich; ich hörte ihn heulen, als er zwischen den Bäumen anschwoll. Ein furchtbarer Geist regte sich in seinem Atem. Böen rüttelten am Blechdach, ich hörte, wie die Bäume Einspruch erhoben, der Wind brachte die Frösche zum Quaken. Die Frau an der Tür wandte sich um und kam auf uns zu, sie wackelte mit jedem beweglichen Zentimeter ihres Fleisches, als sie um

einen Tisch herumging und schwerfällig auf eine Bank sank. Sie seufzte.

»Nicht ein Kunde heute abend«, sagte sie.

Einen Augenblick lang herrschte Stille. Ich blickte zur Tür. Der Streifenvorhang teilte sich, als ließe er eine große Gestalt herein, und ein dreiköpfiger Geist kam in die Bar. Jeder seiner Köpfe hatte eine andere Form. Einer war rot mit blauen Augen, der zweite gelb mit roten Augen und der dritte blau mit gelben Augen. Der Geist hatte insgesamt etwa zehn Augen. Er betrat die Bar und blieb an der Tür stehen, jeder Kopf blickte in eine andere Richtung, und aus den gelben Augen quoll Rauch. Dann ging er langsam und unbeholfen in den Raum. Ich beobachtete ihn gebannt und spürte, wie ein furchtbares Fieber zu meinem Hirn aufstieg. Der Geist kam zu mir und stellte sich vor mich hin. Und dann streckte er mir über den Tisch hinweg alle drei Köpfe entgegen und starrte mich mit seinen zehn Augen an. Das Fieber erreichte mein Hirn, und ein schreckliches Geräusch, das einem ununterbrochenen Bohren glich, setzte an meiner Schädeldecke ein. Der Geist sah mich lange an. Ich konnte mich nicht rühren. Die Farben seiner Augen begannen mir weh zu tun, mein Sehvermögen zu verbrennen. Dann sagte eine Stimme in meinem Schädel: »Mach die Augen zu.«

Ich schloß die Augen und konnte immer noch sehen. Die Köpfe des Geistes schwankten und zogen sich wieder zurück. Und dann ging der Geist mitten durch den Tisch hindurch, als gäbe es ihn nicht, und setzte sich zwischen die Frauen. Zwei seiner Köpfe starrten in entgegengesetzter Richtung auf die Gesichter der Frauen. Der mittlere Kopf, der gelbe mit den roten Augen, blickte mich unverwandt an. Eine der Frauen hustete. Eine andere nieste. Die dritte stand auf und setzte sich wieder. Papa rülpste.

»Irgend etwas stinkt hier«, sagte die Frau, die gerade geniest hatte.

»Mir ist übel«, sagte eine andere.

»Ich möchte mich am liebsten übergeben.«

»Ich kann mich nicht rühren.«

»Und keine Kunden.«
»Keine Kunden, kein Geld.«
»Kein Strom.«
»Blöder Regen.«
»Übler Wind.«
»Und Madame Koto ist verschwunden.«
»Wo ist sie hingegangen?«
»Wie soll ich das wissen?«
Sie verstummten. Der Wind hatte sich gelegt, als habe das Land endlich geboren. Eine der Frauen holte etwas Schnupftabak hervor und nahm lautstark eine Prise. Und dann klammerte sie sich eine ganze Weile mit schwankendem Kopf und weit aufgerissenem Mund an den Tisch. Der blaue Kopf des Geistes war vor ihr. Dann nieste sie plötzlich mit solch niederschmetterndem Getöse, daß der Kopf des Geistes davon ins Wackeln geriet. Der Kopf zog sich erschrocken zurück. Die anderen Köpfe rissen die Augen auf, und der Kopf, der am weitesten entfernt war, begann zu schwanken und hin- und herzuschaukeln. Seine Augen wurden immer gößer. Und dann nieste er so heftig, daß ich praktisch an die Wand geschleudert wurde.
»Was ist denn mit dir los?« fragte Papa.
»Nichts.«
»Wenn eine Frau niest, bläst dich das vom Hocker? Bist du denn kein Mann?«
Dann begann ich zu niesen. Papa schlug mir auf den Kopf. Eine andere Frau fing ebenfalls an zu niesen. Und Papa auch. Bald waren wir alle von dem unbeherrschbaren Niesen angesteckt. Wir niesten so lange und so heftig, daß wir das Gefühl hatten, der Kopf flöge uns weg. Die Frau, die mit der Nieserei angefangen hatte, versprühte ihren Schleim überallhin und nieste die letzte Lampe aus. Papa rotzte in seinen Becher Palmwein und stieß dann den Becher um. Wir wurden alle von Krämpfen geschüttelt, als der Wind durch die Bar fegte, uns vom Niesen befreite und statt dessen fünf rüpelhafte Männer daließ, die uns auslachten. Wir merkten erst, daß wir aufgehört hatten zu niesen, als einer der Männer sagte: »Ist das vielleicht eine Art, Gäste zu begrüßen?«

Da putzten sich die Frauen die Nase, rappelten sich auf und eilten übereinander stolpernd auf die Männer zu und führten sie an einen Tisch.
»Mehr Wein!« sagte Papa.
Niemand beachtete ihn. Der mittlere Kopf des Geistes wandte sich Papa zu, als sei er gerade erst aufgetaucht.
»Und mehr Licht!« fügte Papa hinzu.
Eine der Frauen stand auf und zündete die Lampen an. Der Geist war nicht mehr so deutlich zu sehen.
»Daß ihr Kunden habt, ist noch lange kein Grund, mich nicht zu bedienen«, sagte Papa übel gelaunt.
»Halt den Mund«, sagte einer der Männer.
Papa starrte den Mann mit leeren, unbewegten Augen an. Die Männer blickten ihn ebenso starr an. Papa wandte den Blick ab, sank in sich zusammen und sagte kein Wort mehr. Die Frau, die die Lampen anzündete, kam zu ihm.
»Noch eine Flasche Palmwein?«
Papa sagte nichts und sah nicht auf. Er schien völlig in sich versunken zu sein. Die Frau wiederholte ihre Frage. Papa sagte immer noch nichts. Er ließ den Kopf hängen.
»Kümmer dich doch nicht um diesen nutzlosen Kerl«, sagte einer der Männer.
»Wenn er nicht antworten will, dann kann er Spucke schlucken«, sagte ein anderer.
Papa blickte auf und senkte dann wieder den Blick. Ein Mann nieste. Der Geist bewegte einen seiner Köpfe und blickte den Mann an. Die Frau stemmte eine Faust in die Hüfte. Dann ging sie auf den Hinterhof, kam mit einer Flasche Palmwein zurück und knallte sie auf den Tisch. Papa schenkte sich etwas Wein ein. Die Frau ging zu den Männern hinüber und setzte sich zu einem von ihnen. Sie begannen sich zu unterhalten. Der Geist erhob sich und setzte sich neben den Mann, der geniest hatte. Papa leerte seinen Becher Wein in einem Zug und blickte dann mit entschlossener Miene und angriffslustigen Augen auf. Er musterte die Männer. Dann starrte er den Mann an, der geniest hatte. Erst glaubte ich, er starrte den Geist an. Der Mann, den er anstarrte, merkte nichts.

»Was starrst du so?« fragte die Frau, die neben dem Mann saß.
»Das geht dich nichts an.«
Der Mann blickte auf und bemerkte Papas grimmigen Blick.
»Laß uns gehen«, sagte ich. »Der Regen hat aufgehört.«
Es herrschte Stille. Dann hob Papa die Hand und streckte zitternd den Finger aus wie ein Mann, der eine erstaunliche Anklage erhebt. Ich versuchte zu sehen, auf wen er zeigte. Der mittlere Kopf des Geistes schien überrascht zu sein, und seine Augen blitzten in verschiedenen Farben auf.
»Du Feigling!« schrie Papa, stand auf und zeigte ziemlich unmißverständlich auf den Mann, der geniest hatte und der eine auffällige Narbe neben dem linken Auge hatte.
»Wen nennst du einen Feigling?« fragte der Mann und stand auf.
»Dich! Du und deine Freunde, ihr habt mich neulich abend angegriffen. Du bist ein Feigling!«
»Du bist verrückt!« schrie der Mann. »Du bist ein Dieb! Dein Vater war ein Feigling!«
»Wenn du so tapfer bist«, sagte Papa mit donnernder Stimme, »dann komm doch und schlag dich mit mir, aber allein und jetzt sofort!«
Es wurde wieder still. Doch dann begannen die Frauen, Papa zu beschimpfen, und nannten ihn einen Unruhestifter. Sie versuchten, den Mann zurückzuhalten, klammerten sich an seine Schultern und bemühten sich, ihn am Aufstehen zu hindern. Der Mann riß die Schultern hoch und streifte ihre Hände ab. Papa stand immer noch zähneknirschend und zitternd mit ausgestrecktem Finger da. Eine Frau schrie auf. Eine andere nieste. Ich hatte die Augen weit aufgerissen. Ich konnte den Geist eine Zeitlang nicht sehen. Der Mann kam um den Tisch herum. Die Frauen versuchten, ihn zurückzuhalten. Er schüttelte sie ab. Der Wind erhob sich. Der Mann ging gemessenen Schritts in die Mitte der Bar, und mit großem Gehabe legte er sein weites Gewand ab. Er ließ sich viel Zeit dabei. Das Gewand verhakte sich in den Perlen und Amuletten und blieb am Hals hängen. Eine andere Frau schrie auf. Papa schenkte sich ein weiteres Glas

Palmwein ein, goß es hinunter, stand auf und ging um unsern Tisch herum. Er half dem Mann, das weite Gewand auszuziehen. Der Wind erhob sich wieder und schien stark genug zu sein, die Bar fortzuwehen. Ich spürte, wie der Boden zitterte. Als der Mann sein großes Gewand ausgezogen hatte, schäumte er vor Wut und fluchte, und dann zog er sein Hemd aus. Es dauerte eine ganze Weile. Papa ging nach draußen, um zu urinieren. Als er zurückkam, stand der Mann mit nacktem Oberkörper da und hatte nur noch seine Amulette um den Hals. Lange Narben überzogen wie sonderbare Brandmale seine Brust und liefen am Bauchnabel zusammen. Die Begleiter des Mannes hatten inzwischen Papa umringt. Es war erschreckend zu sehen, wie ruhig und gefaßt Papa war. Ich begann zu weinen.

»Wir kennen dich nicht«, sagte eine der Frauen inmitten des Gekreisches. »Wir kennen dich nicht, und du kommst mit deinem häßlichen Sohn her, verdirbst uns das Geschäft und machst Ärger.«

Sie sah wütend aus, verdrehte die Augen und hatte Fingernägel wie rote Klauen.

Papa nahm keine Notiz von ihr.

»Na, was willst du denn?« fragte der Mann und fingerte an seinem Amulett herum. »Kennst du das Ding, das ich hier habe, hm? Wenn du mich anrührst, fliegst du siebenmal hin und dann ...«

Plötzlich – es sah aus, als habe sich ein Blitz in die Bar verirrt – hatte Papa ihm einen Schlag ins Gesicht versetzt. Es war ganz schnell gegangen. Im nächsten Augenblick stand die Tür zur Bar weit offen, und der Mann war verschwunden. Wir hörten ihn draußen im Dunkeln stöhnen. Der Blitz zuckte in Papas Faust zurück. Dann stürzte sich die Frau mit den roten Fingernägeln von hinten auf ihn. Sie heulte wie eine verrückte Katze, zerkratzte ihm den Hals und versuchte, ihm die Augen auszukratzen. Papa stieß sie zur Seite, und sie fiel über einen Tisch. Der Mann, mit dem sie zusammen war, kam angerannt und sprang Papa an, dann rollten sie nach draußen. Ich hörte, wie sie sich abmühten, wieder auf die Beine zu kommen. Die Frau, die von Papa zur Seite gestoßen worden war, sah mich, ging auf mich zu und gab mir eine laute Ohrfeige. Der Geist tauchte wieder in der Bar auf. Ich rannte nach draußen. Die Frau folgte mir. Ich stieß mit einem der Männer zusammen. Er schob mich zur Seite, und ich fiel auf Madame Kotos Aushängeschild, das auf dem glitschigen Boden lag. Es nieselte immer noch. Ich sah, daß die beiden Männer mit Papa kämpften. Einer hielt ihn von hinten fest, und der andere schlug von vorn auf ihn ein. Papa schnellte gebückt nach vorn und schleuderte den Mann, der hinter ihm stand, über seine Schulter. Dann streckte er den Mann vor ihm mit einem krachenden Fausthieb auf die Nase nieder. Beide lagen völlig fertig übereinander im Schlamm. Papa lächelte mir befriedigt zu. Die Frau sprang ihn an und zog ihn an den Haaren und krallte sich mit den Nägeln an ihn. Papa hatte große Mühe, sie abzuschütteln. Und als er es endlich geschafft hatte, waren die anderen Männer aus der Bar herausgekommen.

»Laß uns abhauen«, sagte ich.

Die Männer umringten Papa. Die beiden, die am Boden lagen, rührten sich wieder. Ich versuchte, sie mit einem Stock niederzuhalten, doch es gelang mir nicht. Die Männer, insgesamt fünf, zogen den Kreis um Papa enger. Mit unnatürlich schrillen Stimmen spornten die Frauen sie an und drängten sie, Papa fertigzumachen, ihn mit dem Gesicht durch den Schlamm zu schleifen und zu zwingen, Dreck zu fressen. Ein Mann versuchte, Papa ins Gesicht zu schlagen, verfehlte ihn und stolperte. Ein anderer sprang Papa mit einem Satz an und brachte ihn zu Fall. Bald stürzten sie alle miteinander auf die beiden Männer, die am Boden lagen, und bildeten einen wilden Haufen. Das Durcheinander des Kampfes wurde größer. Jeder schien auf jeden einzuschlagen. Und dann tauchte aus dem schlammbedeckten Getümmel der gelbe Kopf des Geistes auf. Er sah ziemlich verwirrt aus. Der Geist befreite sich aus dem Gefecht, kam wackelnd auf mich zu und streckte seinen gelben Kopf so weit vor, daß ich seinen flammenden roten Augen nicht entkommen konnte. Die Stimme in meinem Kopf sagte wieder: »Mach die Augen zu.«

Ich schloß die Augen und konnte immer noch sehen. Der Geist

zwinkerte schnell, und die Helligkeit seiner Augen tat mir weh. Die Männer hatten sich inzwischen aus dem Durcheinander gelöst. Papa schlug wild auf sie ein, verteilte knallharte Schwinger. Dann rannte er auf den Hinterhof und kam kurz darauf mit einem furchterregenden Stück Holz wieder. Ich öffnete die Augen. In dem Stück Holz steckten mehrere lange Nägel. Ich schrie auf. Die zehn Augen des Geistes waren weit aufgerissen, als er den mittleren Kopf zu mir herabbeugte und sagte: »Sie haben mir gesagt, ich soll dich mitbringen.«

»Wer?«

»Deine Freunde.«

»Welche Freunde?«

»Die aus der Geisterwelt. Deine Gefährten.«

Papa schlug mit dem Stück Holz um sich.

»Du hast einen Pakt mit ihnen geschlossen. Bevor du auf die Welt gekommen bist. Erinnerst du dich?«

Die Männer stoben auseinander, als Papa seine häßliche Waffe schwang.

»Haltet ihn!« schrie einer der Männer.

»Halt du ihn doch«, sagte ein anderer.

Papa verfolgte sie. Sie flohen. Er verfolgte die Frau. Sie rannte schreiend auf den Wald zu.

»Sie haben gesagt, ich soll dich mitbringen«, sagte der Geist wieder.

»Ich will aber nicht.«

Die anderen Frauen aus der Bar waren inzwischen nach draußen gekommen. Ein Mann hob einen langen Ast auf. Papa stürmte mit mörderischer Miene auf ihn zu. Der Mann ließ den Ast fallen und rannte weg.

»Feiglinge!« schrie Papa triumphierend.

Er stürmte weiter hinter den Männern her, und diese flohen immer weiter. Dann ging Papa in die Bar. Die Frauen stoben auseinander, als er näher kam. Mit einer Kalebasse Palmwein, die seinen Gegnern gehörte, tauchte er draußen wieder auf. Er trank bedächtig, ohne die Männer aus den Augen zu lassen.

»Du kommst also nicht?« fragte mich der Geist.

»Nein.«
»Und was ist mit deinem Versprechen?«
»Was für einem Versprechen?«
»Sie werden wütend sein.«
»Na und?«
»Sag nur nicht, ich hätte dich nicht gewarnt«, drohte der Geist.
»Wovor?«
»Denk daran, daß ich nur drei Köpfe habe. Wenn ich es nicht schaffe, schicken deine Gefährten den Geist mit vier Köpfen.«
Eine der Frauen griff Papa an, während er die letzten Tropfen Palmwein hinuntergoß. Dann griffen ihn alle Frauen an und riefen die Männer herbei, sie sollten ihm den Rest geben. Papa kämpfte. Die Kalebasse zerbrach. Eine Frau schrie auf. Die Männer näherten sich vorsichtig.
»Und danach schicken sie den Geist mit fünf Köpfen.«
Papa schüttelte die Frauen ab. Sie purzelten durch die Luft. Eine von ihnen schaffte es, Papa die gefürchtete Waffe mit den Nägeln zu entreißen und rannte mit dem Holzstück davon.
»Und wenn der siebenköpfige Geist an der Reihe ist, kann dich nichts mehr retten.«
Die Männer kamen etwas selbstsicherer auf Papa zu. Die Frauen warfen nun mit Steinen nach ihm.
»Und falls du aus irgendeinem Grund dem siebenköpfigen Geist entgehst, kommen deine Gefährten selbst.«
Sie warfen mit Steinen und trafen Papa am Kopf. Er warf mit Steinen zurück. Doch die Männer mischten sich ein, und bald flogen überall aus der Dunkelheit Steine auf ihn.
»Prostituierte! Yamsbrüstige Frauen der Hölle!« brüllte Papa.
Sie warfen auch nach mir mit Steinen. Papa hob Madame Kotos heruntergefallenes Aushängeschild auf und benutzte es als Schutz. Wir zogen uns in die Bar zurück und verriegelten die Vordertür. Der Geist kam durch die verschlossene Tür herein und plagte mich mit der ständigen Aufforderung, ihm zu folgen. Papa verbarrikadierte die Tür mit Bänken, die er aufstapelte. Der Geist folgte mir auf Schritt und Tritt, erinnerte mich bald flehend, bald drohend an Versprechen, die ihn nichts angingen,

und hielt einen seiner Köpfe die ganze Zeit dicht vor mein Gesicht, während der andere mir unablässig ins Ohr flüsterte. Die Schläger warfen Steine gegen die Tür. Ich hörte, wie sie hinters Haus liefen. Papa blies alle Lichter aus. Die Männer hatten nicht den Mut, im Dunkeln hereinzukommen. Der Geist irrte leuchtend und mit feurigen Augen durch die Dunkelheit, als hätte er die Orientierung verloren. Papa fluchte. Er sagte, daß er blutete. Die Mücken labten sich an uns. Wir bemühten uns, ruhig zu sein. Ich hatte keine Ahnung, was uns erwartete. Der Geist irrte halbverrückt durch die Bar und ging durch eine der Wände nach draußen. Über uns grollte der Donner. Der Geist kam eilig wieder herein. Ein Blitz leuchtete knisternd auf. Verwirrt taumelte der Geist daher und drehte sich nach allen Seiten. Es begann wieder zu regnen. Wir hörten, wie jemand durch die Hintertür hereinkroch. Papa warf etwas. Ein Mann schrie auf und rannte hinaus. Es blieb lange still. Dann hörten wir vor dem Haus die laute Stimme von Madame Koto. Sie hämmerte gegen die Tür. Die Schläger stürmten auf den Hinterhof. Die Prostituierten liefen in die Bar, zündeten die Lampen an, brachten schnell den Raum in Ordnung und nahmen die Bänke vor der Tür weg. Der Geist kam und setzte sich neben mich. Die Prostituierten öffneten die Tür, entschuldigten sich dafür, daß soeben noch geschlossen war, und sagten etwas über den fürchterlichen Regen, und Madame Koto betrat völlig durchnäßt und mit wutentbrannter Miene die Bar. Sie schüttelte sich wie ein großer Vogel und versprühte nach allen Seiten Wassertropfen. Papa saß ruhig da, das Blut tropfte ihm von der Stirn auf den Tisch. Der blaue Kopf des Geistes betrachtete das Blut strahlend vor Faszination. Madame Koto starrte uns an. Sie sagte nichts. Sie versuchte offensichtlich, sich irgendwie über uns klarzuwerden. Sie ging langsam durch die Bar. Der Geist erhob sich und folgte ihr. Die Prostituierten duckten sich an die Wände und verbargen ihre Gesichter im Schatten. Papa stand auf und sagte: »Madame Koto!«

Sie blieb stehen. Wasser tropfte aus dem Saum ihres Wickeltuchs. Der Geist ging mitten durch sie hindurch. Sie zitterte.

»Madame Koto, Ihre Freunde haben mich vor zwei Tagen fast

umgebracht. Heute habe ich sie hier wiedergetroffen. Sie haben Streit mit mir gesucht und Steine nach mir geworfen. Ihre Frauen haben ebenfalls Steine nach mir geworfen. Was wollen Sie dagegen tun?«

Sie sagte nichts. Sie schritt auf die Theke zu. Sie ging mitten durch den Geist.

»Sie sind eine böse Frau, eine Hexe«, sagte Papa mit ruhiger Stimme. »Und da Sie für die Menschen nichts übrig haben, werden Ihnen schreckliche Dinge zustoßen. Ich und mein Sohn werden nie wieder einen Fuß in Ihre Bar setzen.«

Madame Koto wandte sich um und blickte Papa an. Sie schien überrascht über diese Anschuldigung zu sein, doch nichts Genaueres wissen zu wollen. Sie blickte mich an. Ihre Augen hätten mich in Holz verwandeln können. Ich glaube, daß sie uns von diesem Augenblick an feindlich gesinnt war. Sie ging weiter und verschwand auf dem Hinterhof. Papa trank seinen Becher leer, nahm mich an die Hand und führte mich nach draußen.

Die Schläger waren verschwunden. Der Regen prasselte auf uns nieder, doch wir merkten es nicht. Der Wald war nur noch ein wässriges Dunkel. Die Straße hatte sich in einen Teich verwandelt. Die Gosse lief über. Unter unsern Füßen wurde der feste Boden zu Schlamm, und wir wateten durch knietiefen Matsch. Papa sagte nichts. Der ununterbrochene Regen hatte alle menschlichen Stimmen zum Schweigen gebracht. Der Himmel war sehr dunkel. Als wir fast zu Hause waren, sagte Papa mit stillvergnügtem Lachen: »Denen haben wir es aber gegeben, was?«

»Ja.«

»So verhält sich ein Mann.«

»Wie?«

»Wenn Leute mit dir kämpfen, mußt du zäh sein, sie genau abschätzen, den richtigen Zeitpunkt abwarten und dann mit ihnen kämpfen. Kämpfe mit ihnen wie ein Verrückter, wie ein Hexenmeister. Dann haben sie Achtung vor dir.«

Ich zitterte inzwischen, klapperte mit den Zähnen. Papa ging vor mir her. Der Regen lief mir den Rücken hinab.

Als wir nach Hause kamen, stand eine brennende Kerze auf dem Tisch, es roch nach frisch gekochter Suppe, das Zimmer war saubergemacht, es war warm, und die Tür stand offen, aber Mama war nicht da. Papa wickelte sich sein Handtuch um die Hüften und ging auf den Hof, um ein Bad zu nehmen. Anschließend badete ich. Als ich zurückkam, saß Mama auf dem Bett. Auf dem Tisch stand eine große Schüssel dampfender Pfefferschotensuppe. Mama sah frisch, aber hager aus. Sie hatte Puder im Gesicht, und ihre Augen glänzten. Mama lächelte, als ich in meinem kleinen Handtuch, das ich mir um die Hüften geschlungen hatte, hereinkam.

»So so, ihr habt also gegen alle gekämpft, du und dein Vater, hm?«

Ich ging zu ihr und setzte mich auf ihren Schoß.

»Haben sie dich auch mit Steinen beworfen?«

»Ja, aber ich bin ihnen ausgewichen.«

Papa lachte. Mama rieb mich mit Öl ein. Ich kämmte mich und zog mich an. Ich schlief in Mamas Armen ein. Dann wachte ich plötzlich auf. Das Licht hatte sich verändert. Eine Mückenspirale glimmte.

»Iß etwas Pfefferschotensuppe«, sagte Mama.

Ich lag jetzt im Bett. Ich stand auf und aß den Rest der Suppe auf. Sie war scharf und prickelte im Mund und belebte mich. Mir brannten die Augen. Papa saß auf seinem dreibeinigen Stuhl.

»Ich habe heute einen Geist gesehen«, sagte ich.

Sie setzten sich beide auf.

»Was für einen Geist?«

»Einen mit drei Köpfen.«

»Wo?«

»In Madame Kotos Bar.«

»Wann?«

»Als wir gekämpft haben.«

Papa blickte mich zweifelnd an. Dann lehnte er sich langsam zurück.

»Wie sah er aus?«

»Er hatte drei Köpfe.«

»Was hat er gesagt?«
»Ich soll ihm folgen.«
»Wohin?«
»Wo ich herkomme.«
Sie verstummten beide. Papa schloß die Augen, schaukelte gekonnt auf dem Stuhl, und dann öffnete er ein Auge und sah mich an.
»Es ist Zeit für dich, schlafen zu gehen.«
Ich sagte nichts.
»Mich haben sie fast umgebracht, und du erzählst nur, daß du einen Geist gesehen hast, hm?«
»Nein«, sagte ich.
»Geh schlafen.«
Ich machte mich daran, meine Matte auszubreiten.
»Schlaf im Bett.«
Ich kletterte aufs Bett. Mama räumte den Tisch ab und breitete die Matte aus.
»Wenn dich ein Geist ruft«, sagte Mama, »dann geh nicht, hörst du? Denk an uns. Denk an deinen Vater, der jeden Tag schuftet, um uns zu ernähren. Und denk an mich, schließlich habe ich dich mehr als neun Monate lang in meinem Leib getragen und muß deinetwegen über all die Straßen wandern.«
»Ja, denk an uns«, fügte Papa hinzu.
Ich nickte.
»Und«, sagte Papa streng, »von jetzt an ist Madame Koto unsere Feindin. Azaro, wenn ich sehe, daß du noch mal zu ihr gehst, bekommst du eine Tracht Prügel, und ich streu dir Pfeffer in die Augen, hast du gehört?«
»Ja, Papa.«
»Sie ist eine Hexe, eine böse Frau. Darum hat sie keine Kinder.«
»Aber sie ist schwanger«, sagte ich.
»Woher weißt du das?«
»Das hat jemand gesagt.«
»Sei still. Und hör nicht darauf, was die Leute sagen. Ist sie etwa deinetwegen schwanger?«

»Nein.«

»Dann sei still und widersprich mir nicht, wenn ich mit dir rede.«

»Ja, Papa.«

Ich wandte mich von ihm ab und blickte die Wand an, um seine grimmige Miene nicht zu sehen. Außerdem hatte ich Angst, er könnte wütend werden und mich schlagen, wenn ich ihn ansah. Er murmelte und fluchte eine Weile. Er schimpfte auf die Schläger, die Partei, seine Arbeit, die Kolonialmacht, den Hauswirt und den Regen. Er steigerte sich zusehends in seine schlechte Laune hinein. Er schimpfte auf Madame Koto und fragte sich laut, ob er nicht ihre Bar in Brand stecken sollte. In diesem Augenblick machte Mama die Kerze aus. Ich hörte, wie sie sich auf der Matte umdrehte. Papa schimpfte weiter im Dunkeln.

8

Gerade war ich noch im Zimmer, aber im nächsten Augenblick merkte ich, daß ich durch die nächtlichen Straßen irrte. Ich hatte keine Ahnung, wie ich nach draußen gelangt war. Ich lief über sich auflösende Straßen und zwischen irdischen Büschen her. Die Luft war voller Rätsel. Ich lief durch Bücher und Monate und vergessene Geschichten. Ich folgte einer schönen Frau mit blauem Kopf. Sie bewegte sich in Kadenzen aus goldenem Licht. Sie trieb im Wind einer königlichen Gelassenheit. Während ich noch aus der Ferne Mama im Dunkeln beten hörte, drehte sich die Frau um und winkte mich heran. Ich folgte ihrem Lächeln und lauschte den Fugen der Vögel. Sie zog meinen Geist zu Brunnen des Lichts und lila Musik und *abiku*-Variationen. In der Luft hing ein leichter Duft nach Räucherwerk und harzigem Rauch, der mit Guajaven, Kirschen und gepreßter Ananas versetzt war. Ich ging lange hinter der Frau her, während Altstimmen unter Zypressen sanfte Weisen sangen. Ich hörte, wie jemand aus einer schwereren Welt meinen Namen rief, doch ich ging weiter. In der Ferne hinter dem Haar der schönen Frau lag eine Landschaft mit leuchtenden Flugmaschinen und Gärten voller blühender Passionsblumen und Lilien.

Mein Name erklang lauter. Die Frau trieb mich an. Ihr freundliches Gesicht im Licht eines Traumnebels versprach die Ekstasen eines verborgenen Vaterlands, eine Ferienwelt. Eine rauhe, vertraute Hand berührte meine Schulter.

»Wohin gehst du, Azaro?«

Es war Mama.

»Die Frau da hat gesagt, ich soll ihr folgen.«

»Welche Frau?«

Ich zeigte auf die Frau mit dem blauen Haar, deren Lächeln für immer erstrahlte und die zwischen den Granatapfelbäumen und dem Chor der Rosen verschwand. Ihr Kopf wurde zu einer einsamen Wolke.

»Da ist niemand«, sagte Mama.

»Doch, da ist sie.«

»Ich nehme dich mit nach Hause.«

Ich sagte nichts. Sie hob mich auf ihre Schulter. Ich konnte immer noch den Kopf der Frau sehen. Ich konnte immer noch die Stimmen in leidenschaftlichen Gärten hören, konnte immer noch ihre Sonnenblumenkantaten hören. Ich sah bezaubernde Mädchen, die in Kometfeldern Tarantellas tanzten. Die Frau wandte den Kopf, um mir noch ein letztes Lächeln zu schenken, bevor sie ganz in einer Milchstraße der Musik verschwand. Die Rätsel lösten sich auf, die Luft wurde leer. Ich hörte die letzten Noten eines Flöten-Adagios, das über einen See aus grünen Spiegeln an mein Ohr drang. Mama brachte mich unter einem Arpeggio wäßriger Sterne durch den Schlamm der verwüsteten Straße und eine milde Sintflut nach Hause. Sie sagte kein Wort. Ich spürte den Geruch, der aus Gossen und dem groben Mörtel zerfressener Häuser aufstieg. Und dann blieb mir nur noch eine in Armut versinkende Welt, ein Perlmuttmond und die lange Dunkelheit vor dem Morgengrauen.

Fünftes Buch

I

Der Regengott war zwei Wochen lang erbarmungslos. Es regnete soviel, daß die Wassermassen des Himmels ebenso unerschöpflich zu sein schienen wie die der Meere. Nachts sickerte das Wasser durch unsere Decke, die, wie wir bald entdeckten, voller Löcher war. Mama mußte ihre Schüsseln und Kochtöpfe opfern, um das herabtropfende Wasser aufzufangen. In unserm Zimmer standen so viele Gefäße, daß man sich kaum noch bewegen konnte. Manche standen neben dem Bett, manche mitten im Raum und manche auf dem Schrank. Wir mußten die Wäscheleine abnehmen und Papas Stiefel an die Seite räumen. Eines Nachts tropfte mir der Regen im Schlaf auf den Kopf: Es kam uns so vor, als wäre der Regen ätzend und fräße sich durch neue Stellen im Blechdach. Ich mußte meine Matte anderswo hinlegen. Manchmal regnete es so ausgiebig, daß die Gefäße bald voll waren und überliefen und der Boden voller Wasser stand. Als das zum erstenmal geschah, wachte ich auf und dachte, ich hätte die Matte naß gemacht. Mein Erstaunen verwandelte sich in Entsetzen, als ich daran dachte, daß ich im Schlaf solche Mengen gepißt hatte. Ich stand auf und versuchte, leise den Urin aufzuwischen. Mama wachte auf. Ich schämte mich. Und dann ging mir auf, daß mir der Regengott einen Streich gespielt hatte.

Es regnete so stark herein, daß ich nicht mehr auf dem Boden schlafen konnte und mit meinen Eltern das einzige Bett teilen mußte. Als sich noch mehr Löcher über uns auftaten, mußten wir das Bett immer wieder durch den Raum schieben. Es wurde so schlimm, daß wir keine Stelle mehr fanden, über der nicht ein Leck war. Wir fanden uns schließlich damit ab, daß uns das

Wasser auf die Füße tropfte. Papa beschwerte sich beim Hauswirt, doch dieser drohte nur damit, die Miete noch mehr zu erhöhen, falls er das Dach reparieren ließ. Wir konnten uns schon die jetzige Miete nicht leisten, und so mußten wir uns damit abfinden, nachts naß zu werden.
Wenn wir morgens aufwachten, fanden wir manchmal Raupen, Würmer und Tausendfüßler, die durchs Zimmer krochen. Kleine Schnecken tauchten an den Wänden auf. In den Behältern fanden wir winzige Fische. Papa war überzeugt, daß ein Feind versuchte, uns zu vergiften. Er mißtraute allen Leuten aus dem Compound und warnte mich, von niemandem etwas zu essen anzunehmen und nicht mit den anderen Kindern zu spielen. Wir wurden ziemlich einsam.
Der Regen ließ die Tage kürzer werden. Ich war oft krank. Anfangs deckte Mama ihre Schüssel mit einer Plastikdecke ab, bevor sie sich auf den Weg machte, um ihre Waren zu verkaufen. Doch als das Wetter noch schlechter wurde, blieb sie zu Hause und verdiente kaum etwas. Papa kam abends schlammbedeckt, mit stinkenden Kleidern und wirrem Blick heim. Er hatte am ganzen Körper bläuliche Schnittwunden und Eiterbeulen. Seine Füße waren aufgerissen und krumm. Es war eine harte Zeit für Lastenträger.
Unsere Straße verwandelte sich in einen großen Strom. Wasser aus der Gosse flutete in unsere Zimmer. Manchmal regnete es soviel, daß der Compound zu stinken begann, weil das Wasser durch die Kübellatrine floß. In dieser Zeit wurden die Kinder krank, und viele Leute bekamen seltsame Leiden und mußten in ihre Heimatdörfer gebracht werden, um sich mit besonderen Kräutern behandeln zu lassen. Wer es sich leisten konnte, baute kleine Zementdämme vor seinem Zimmer, um das schmutzige Wasser abzuhalten. Die anderen, und zu denen gehörten auch wir, saßen hilflos in ihren Zimmern und sahen zu, wie das Wasser stieg. Mir war fast immer kalt. Wenn Mama von ihrem dürftigen Straßenhandel zurückkam, nahm sie ein Bad, zog sich um und setzte sich mit klappernden Zähnen zusammengekauert aufs Bett. Da uns das Prasseln des Regens ständig umgab, war

wenig zu sagen. Das Geräusch des fallenden Regens drang in unsere Knochen, in unser Schweigen, in unsere Träume ein. Papas Gesicht bekam ein wäßriges Aussehen. Wenn Mama manchmal mit Regenwürmern an den Knöcheln und vor Regen triefendem Gesicht vom Straßenverkauf zurückkam, konnte ich nicht erkennen, ob sie weinte oder nicht.

Ich ging weiter morgens zur Schule. Meine Hefte waren durchnäßt, die Tinte verlief, und ich wurde immer wieder geprügelt. Unser behelfsmäßiges Schulgebäude aus Lehm und Zement, ohne Dach und mit niedrigen Wänden, zerbröckelte im Regen. In den Klassenräumen wucherten wilde Pflanzen. Schlangen krochen während der Gesundheitslehre herein. Und wenn der Regen zu stark war, wurde der Unterricht unter dem vorstehenden Dach eines Nachbargebäudes abgehalten.

Eines Tages regnete es sehr heftig, als ich aus der Schule nach Hause ging. Ich kam an Madame Kotos Bar vorbei. Draußen parkten viele Autos. Durch die Vorhänge konnte ich Frauen mit roten Lippen und bemalten Gesichtern und Männer in heller Kleidung erkennen. Madame Koto sah ich nicht. Als ich vor der Bar war, zuckte ein Blitz durch den Himmel. Er schlug neben mir ein, und ich rannte. Ich floh zum Wald, doch der Wind wehte heftig. Er hob mich hoch und schleuderte mich zu Boden. Benommen stand ich wieder auf. In diesem Augenblick hörte ich ein schreckliches Ächzen. Dann fiel ein Baum langsam wie im Traum um und stürzte auf mehrere andere Bäume. Äste und Blätter versperrten die Straße hinter mir. Ich rannte auf den Blitz zu. Ich rannte durch Wasser. Steine rissen mir die Fußsohlen auf. Der Regen peitschte mir ins Gesicht. Als ich spürte, daß mir fast die Lungen barsten und ich nicht mehr viel weiter konnte, lief ich unter das vorspringende Dach eines Hauses in unserer Nähe. Erst als ich zitternd dastand und der Gewalt des Unwetters vorübergehend entkommen war, merkte ich, daß ich auf das Gelände des alten Mannes gerannt war, den ein vorbeikommender Engel hatte erblinden lassen.

Er saß auf einem Stuhl auf der Veranda, das Gesicht mit den grünen, halb ausgelaufenen Augen mir zugewandt. Er rauchte eine

Pfeife und trug einen Hut. Als ich ihn sah, bekam ich Angst. Ich wollte gerade wegrennen und dem Blitz trotzen, als er sagte: »Geh nicht, Junge.«

Seine Stimme war im Regen zugleich freundlich und erschrekkend.

»Warum nicht?« fragte ich zitternd.

Er klopfte seine Pfeife am Stuhl aus und warf mir ein finsteres Lächeln zu. Seine Augen bewegten sich seltsam hin und her.

»Weil du in einer Grube ertrinken wirst«, sagte er, »wenn du weggehst und nicht auf mich hörst. Dann kriechen dir Schlangen in den Mund.«

Der Wind sprühte mir Wasser ins Gesicht.

»Komm her«, sagte er.

»Warum?«

»Ich will mit deinen Augen sehen.«

Ich wollte wegrennen.

»Rühr dich nicht!« befahl er.

Ich erstarrte. Meine Beine waren steif. Ich blieb wie angewurzelt stehen. Ich konnte mich nicht rühren. Der alte Mann lachte. Seine Zähne waren ziemlich braun, und sein Mund glich einer Wunde.

»KOMM HER!« befahl er noch einmal.

Ich rührte mich nicht. Der Wind erhob sich erneut und schleuderte uns feinen Sprühregen entgegen. Nach einer Weile spürte ich, daß ich mich bewegte. Etwas in mir bewegte sich. Ich wehrte mich dagegen. Doch der Wind war stärker. Der blinde alte Mann lachte, während ich mich abmühte. Ich entdeckte, daß der Wind mich geteilt, mich von mir selbst getrennt hatte. Ich spürte, wie mein inneres Ich auf den blinden alten Mann zutrieb. Oder trieb der blinde alte Mann auf mich zu und drang in mein Bewußtsein ein? Ich war mir nicht sicher.

Der Wind legte sich. Es regnete lautlos. Alles wurde dunkel. Ich versuchte, die Augen zuzukneifen, doch es gelang mir nicht. Eine dicke grüne Masse floß über meine Augen, als wäre ich in einen Alptraum geraten. Die Masse wurde fest. Nach und nach klärte sich mein Blick. Als ich erneut die Welt ansah, schrie ich bei dem Anblick auf. Alles stand auf dem Kopf. Die Welt war klein. Die Bäume glichen Riesen, die sich langsam bewegten. Der Regen war ein ewiger Anbruch der Nacht, und die Nacht ein ewiger Regen. Die Erde war voller Krater. Sie bewegte sich ständig wie ein Ungeheuer, das sich im Schlaf regt. Die Abstände zwischen den Dingen waren von den grauenhaftesten Geistern bevölkert, die ich je gesehen hatte. Sie waren von Wunden übersät, aus denen Eiter tropfte. Wenn sie redeten, floß ihnen grüner Speichel aus den Mündern. Ich schrie auf. Meine Augen glühten. Dann tauchte das Lächeln des Königsknaben vor mir auf, verschwand wieder und besänftigte meinen Blick. Ich hörte kreischende Hexen, die ihre Übeltaten eingestanden. Die Erde war ein Ungeheuer, das seinen gähnenden Rachen aufriß, und mit einem Satz kam ein großes gelbes Tier mit glühenden rubinroten Augen und langen Krallen heraus. Es sprang mir in die Augen, und ich schrak zurück. Ein wüster Wind wehte in meinem Kopf. Meine Augen wurden wieder heiß, und ich dachte, sie würden verbrennen. Dann legte sich schwarze Finsternis über mich.

Als ich die Augen wieder aufschlug, merkte ich, daß ich immer noch stand. Der Regen schlug mir ins Gesicht. Der blinde alte Mann war hinter mir vom Stuhl gefallen. Er griff mit gekrümmten Fingern ins Leere. Seine Pfeife lag auf der Erde, sein Hut im Regen. Und in dem Hut saß eine große weiße Katze, die sich leuchtend von dem braunen Filz abhob. Es war eine schöne Katze mit rätselhaften Augen. Als ich mich bewegte, sprang die Katze davon. Im Nu war sie verschwunden. Der blinde alte Mann rief um Hilfe. Eine Tür öffnete sich. Zwei Frauen kamen heraus. Sie sahen, wie sich der alte Mann atemlos mit offenem Mund auf dem nassen Boden wand. Sie sahen mich dort stehen. Sie stellten eine seltsame Verbindung zwischen uns her. Sie schrien laut. Ich floh in das widrige Wetter hinaus. Sie folgten mir nicht.

Der Regen tat mir auf der Haut weh, doch ich rannte, ohne haltzumachen. Und dabei sah ich eine Geschichte der Zukunft voraus, die zu einem Augenblick verdichtet war. Ich sah, wie ein halbfertiges Haus unter der Macht des Regens einstürzte. Nur

die Eisenstäbe, die aus der nassen Erde ragten, blieben übrig. Das ging so schnell, daß ich überzeugt war, die Welt immer noch durch die Augen des blinden alten Mannes zu sehen.
Als ich nach Hause kam, war Mama an der Tür und schöpfte mit einer Plastikschüssel Wasser aus dem Zimmer. Alle Löcher tropften wie offene Hähne. Das Bett war völlig durchweicht, die Kleider durchnäßt. Überall standen Töpfe und Eimer.
»Hilf mir, die Schüsseln leeren«, sagte Mama, als wäre ich die ganze Zeit dagewesen.
Ich ließ meine Schultasche fallen. Immer noch naß, begann ich die Eimer und Töpfe zu leeren. Ich stellte sie wieder an ihren Platz zurück.
»Mir ist kalt«, sagte ich.
»Leer die Schüsseln.«
»Ich werde krank.«
Sie schöpfte weiter Wasser aus dem Zimmer in den Gang.
»Wenn du nicht krank wirst, gebe ich dir ein großes Stück gebratenen Fisch. Und wenn du die Töpfe leerst und mir hilfst, das Zimmer trocken zu wischen, erzähle ich dir eine Geschichte.«
»Was für eine Geschichte?«
»Über den Regen und den Regengott.«
Ich leerte die Töpfe mit größerer Begeisterung. Die anderen Mieter aus dem Compound sahen uns von ihren Fenstern aus zu. Der Regen schien nicht nachlassen zu wollen. Als ich die Töpfe schließlich geleert hatte, nahm ich einen Lappen und half Mama, den Boden trocken zu wischen. Dunkelheit legte sich über den Regen. Als wir den Boden ziemlich trocken hatten, wuschen wir uns die Hände. Mama ging auf den Hof, um das Abendessen zu kochen. Zitternd vor Kälte blieb ich im Zimmer. Ich lauschte dem Wind. Ich legte mich aufs Bett und deckte mich mit einer nassen Decke zu. Im Schlaf hörte ich ab und zu den Regengott grollen. Wenn er die Augen aufblitzen ließ, leuchtete überall grelles Licht auf. Manchmal wirkte es wie eine glänzende Flasche, die gegen eine schwarze Wand geschleudert wird.

Das Zimmer roch nach warmem Essen. Auf dem Tisch stand eine brennende Kerze. Riesige Schatten huschten über die Wände. Ich richtete mich auf. Papa boxte mit den Fäusten ins Leere, duckte sich, hüpfte von einem Bein aufs andere, sprang hin und her und schlug auf seinen Schatten ein. Ich sah ihm zu, bis er mich bemerkte. Er sagte: »Dein Vater wird noch eines Tages Weltmeister.«

»Worin?«

»Im Boxen.«

Er schien über irgend etwas sehr glücklich zu sein. Er schlug wild um sich, kämpfte mit der Luft, Nahkampf, Abwehr. Der Regen hatte nachgelassen. Mama sah besser aus, ihr Haar war gepflegt, ihr Gesicht war leicht gerötet. Papa boxte rings um sie herum.

»Dein Vater ist verrückt geworden«, sagte sie.

»Warum?«

»Er trainiert, um Boxer zu werden.«

Wir sahen beide zu, wie er Mücken und fliegende Ameisen angriff. Er schwitzte, und sein Gesicht war von lächerlicher Konzentration verzerrt.

»Du siehst, wie arm wir sind«, sagte Mama. »Wie sollen wir einen Boxer ernähren, hm?«

Papa hielt plötzlich inne, als hätte er einen Schlag in den Magen erhalten. Dann ging er langsam zu Boden, blieb liegen und tat, als sei er k.o. geschlagen worden. Mama lachte. Ein Licht blitzte durch eines meiner Augen, als hätte ich einen Fotoapparat im Gehirn. Einen Augenblick lang war alles still. Die Wände lösten sich auf, das Zimmer verschwand, und gleichzeitig bewegten wir uns woandershin.

»Wir sind jetzt auf dem Mond«, sagte ich.

»Ist das Essen noch nicht fertig?« fragte Papa, stand auf und schüttelte sich den Staub von der Hose.

Mama setzte uns das Essen vor, und wir aßen schweigend. Papa hatte großen Hunger und schlang das kärgliche Essen mit sichtbarem Appetit hinunter. Als wir fertig waren, zündete sich Papa eine Zigarette an, während Mama und ich den Tisch abräumten.

Papa saß auf seinem Stuhl, zog hingebungsvoll an seiner Zigarette und stieß den Rauch mit langen Seufzern aus. Mama setzte sich mit ihrer Schüssel hin und zählte ihr Geld.
»Diese Regenzeit macht uns noch arm«, sagte sie.
»Bald wird es eine Unterbrechung geben«, sagte Papa.
Dann fiel mir wieder ein, daß Mama versprochen hatte, mir eine Geschichte zu erzählen. Als ich sie danach fragte, lächelte sie, rechnete jedoch weiter und nahm alle Finger zu Hilfe. Plötzlich zitterte Papa, und seine Schultern bebten. Er stand schnell auf, zog seine Stiefel an und ging hinaus.
»Was ist los?« fragte ich.
»Dein Vater hat etwas gespürt.«
»Was?«
»Eine Botschaft, eine Warnung.«
»Wie?«
»In seinem Körper.«
Ich wurde still. Eine unerklärliche Furcht überkam mich. Ich konnte die Welt atmen hören. Mama unterbrach das Geldzählen, stellte die Schüssel beiseite und sagte mir, ich solle etwas *ogogoro* kaufen.
Draußen war es dunkel. Der Regen hatte aufgehört, aber die Luft war feucht. Auf jeder Oberfläche schimmerte Wasser. Der Gang neben dem Haus war voller Pfützen. Im Compound war es still, als hätte der Regen alle Geräusche erstickt. Die Gebäude waren so still, wie ich es noch nie zuvor erlebt hatte. Die Wände waren durchnäßt, und von den Dächern tropfte das Wasser. Auf der Vorderseite des Compounds hörte ich das Wasser in der Gosse gurgeln. Niemand war zu sehen. Die Bäume bewegten sich vor dem dunklen Himmel hin und her, und ich konnte sie nur wie atmende Blätter hören. Ich erschauerte und ging über die Straße. Der ausgebrannte Lastwagen schien kleiner geworden zu sein. Glassplitter auf der Erde waren die einzige Erinnerung an den Schaukasten des Fotografen. Ich klopfte an die Tür der *ogogoro*-Verkäuferin. Es dauerte eine Weile, ehe sie öffnete.
»Ja?«
Ihr ernstes Gesicht mit den langen Hautritzungen flößte mir

Angst ein. Ich bat sie um eine bestimmte Menge. Sie nahm meine Flasche, ging ins Zimmer zurück und ließ mich auf dem feuchten Gang stehen. Ich konnte die Familie drinnen reden hören. Nach einer Weile kam die Frau immer noch mit unfreundlicher Miene wieder heraus. In einer Hand hatte sie ein Bällchen *eba*. Im Raum hinter ihr sah ich ihre fünf Kinder und ihren Mann, die im Kreis auf dem Boden saßen und aus denselben Schüsseln aßen. Sie gab mir die Flasche und das Wechselgeld. Ich verließ den Compound, der nach getrocknetem Fisch und Urin stank, und ging nach vorn auf die Straße. Ich dachte gerade an den Fotografen, als ich sah, wie ein Mann hinter den ausgebrannten Lastwagen ging. Ich glaubte, es sei Papa. Doch ich stieß auf einen mir völlig unbekannten Mann, der gegen die Tür des Lastwagens urinierte. Sein Urin dampfte.

»Was guckst du so?«

»Nichts.«

»Geh weg, du ungezogenes Kind.«

»Ich bin nicht ungezogen.«

»Halt den Mund.«

»Nein.«

»Was?« schrie er.

Dann fluchte er.

»Deinetwegen habe ich mich vollgepißt.«

Ich lachte und wich zurück.

»Sag mal, wer ist dein Vater?« fragte er ärgerlich.

Ich drehte mich um und wollte gerade weggehen, da hörte ich ihn erneut fluchen. Als ich mich umblickte, sah ich, daß er urinierend hinter mir herkam. Ich begann zu rennen.

»Gott möge dich strafen, du nutzloses Kind!« schrie er.

»Gott möge auch dich strafen«, sagte ich.

Er lief hinter mir her. Ich rannte weg und verschüttete einen Teil des *ogogoro*. Ich versteckte mich hinter einem Busch und kroch weiter, bis ich auf den Hinterhof eines Hauses gelangte. Ich hörte immer noch, wie der Mann laut auf die Kinder der neuen Generation schimpfte. Seine betrunkene Stimme verlor sich in der Dunkelheit und war nur noch hin und wieder deutlicher zu hören.

»Blödes Kind«, sagte er. »Guckt sich meinen Schwanz an, als wenn sein Vater keinen hätte.«

Als seine Stimme weit genug entfernt war, kroch ich aus meinem Versteck hervor. Der Wind erhob sich wieder und pfiff mir in den Ohren. Eine Katze heulte auf und sprang neben mir aus dem Dunkel hervor. Ich machte vor Schreck einen Satz nach vorn. Mir pochte das Blut in den Schläfen. Dann hörte ich sanfte Stimmen, die mich aus dem Dunkeln riefen. Ich ging zur Straße. Die Stimmen bewegten sich. Nun riefen sie aus den Büschen vor dem Fenster eines Hauses nach mir. Ich hörte die Stimmen und bekam Angst. Der Wind legte sich. Als ich den Stimmen antwortete, veränderten sie sich und sangen nun meinen Namen in verschlungenen Melodien. Ich forderte die Stimmen auf, herauszukommen und ihre Gesichter zu zeigen. Ich hatte den Eindruck, daß es keine Geister, sondern Kinder waren, die sich in der Dunkelheit über mich lustig machten. Ich wurde wütend und warf mit Holzstücken und zerknülltem nassem Papier nach ihnen. Doch zu meiner Überraschung warfen sie mit Steinen nach mir. Einer traf mich an der Schulter. Da stellte ich die Flasche *ogogoro* auf die Erde und warf schimpfend und fluchend ebenfalls mit Steinen nach ihnen. Ich war so damit beschäftigt und so wütend darüber, sie nicht zu treffen und nicht zu hören, wie sie aufschrien, daß ich gar nicht merkte, wann die Stimmen verstummten. Plötzlich hörte ich Glas splittern. Ich hatte eine Fensterscheibe zertrümmert. Im Raum ging ein Licht an. Ich hörte, wie ein Schlüssel im Schloß umgedreht wurde. Der Vorhang teilte sich, und der blinde alte Mann hielt eine Laterne hoch, drückte das Gesicht gegen die zerbrochene Fensterscheibe und starrte mich boshaft an. Seine Augen wurden zu Flammen. Er rief um Hilfe. Da merkte ich erst, daß es das Haus war, in dem der blinde alte Mann wohnte, hob die Flasche auf und rannte heim.

»Wo warst du nur?« fragte Mama, als ich hereinkam.

»Nirgendwo.«

»Du bist voller Sand. Sand und Schlamm. Du hast dich mit *ogogoro* bekleckert. Du stinkst danach. Was hast du gemacht?«

»Nichts.«

Sie stand auf und kam drohend auf mich zu. Ihr Gesichtsausdruck änderte sich.
»Du hast wohl *ogogoro* getrunken, hm?«
»Nein, nein«, sagte ich hilflos.
Schneller als der Wind streckte sie den Arm aus und packte mich. Sie schlug mir auf den Kopf. Sie hob den Fuß, zog eine Sandale aus und schlug mir damit auf den Hintern.
»Du bist noch ein Kind und trinkst schon *ogogoro*, hm?«
»Nein.«
»Du stiehlst *ogogoro*, hm?«
»Nein!«
»Du versteckst dich im Busch und trinkst, hm?« schrie sie.
Bei jedem Satz klatschte sie mir mit der Sandale auf den Hintern.
Ich riß mich los und rannte zur Tür, öffnete sie und sah Papa wie einen Fremden vor mir stehen. Er rührte sich nicht. Mama ließ die Sandale sinken und setzte sich aufs Bett. Papa kam herein, schloß die Tür und sagte: »Ein übler Wind bläst in meinem Kopf.«
Er setzte sich nicht auf seinen Stuhl, sondern blieb vor dem Fenster stehen. Dann sagte er: »Wie lange muß sich ein Mann bloß abmühen?«
Einen Augenblick lang war es still. Mir brannte der Hintern von den Schlägen. Ich hätte am liebsten geweint, doch Papas Stimmung machte es unmöglich.
»Auf dem Tisch steht etwas *ogogoro*«, sagte Mama.
Mit ausdruckslosen Augen wie jemand, der aus tiefem Schlaf in einem fremden Land aufwacht, nahm Papa die Flasche und ging zur Tür. Mama bedeckte sich den Kopf mit einem Kopftuch. Papa brachte ein großzügiges Trankopfer dar und verbrauchte dafür die halbe Flasche. Er betete zu seinen Ahnen, sie möchten uns vor Armut, Hunger und Schwierigkeiten bewahren. Er bat darum, sie möchten ihm den rechten Weg zeigen und ein Zeichen senden. Dann brachte er Trankopfer in unser aller Namen und leerte sein Glas *ogogoro* in einem Zug. Er schloß die Augen.
»Etwas Seltsames wird geschehen«, sagte er müde, »und ich weiß nicht, was es ist.«

Papa stand mit geschlossenen Augen da und rührte sich nicht. Ab und zu warf er den Kopf zurück.

»Durch einen bösen Wind bleibt ein Mann arm«, sagte er.

Mama und ich beobachteten ihn aufmerksam. Er blieb eine ganze Weile stumm. Mama begann das Zimmer aufzuräumen. Der Raum roch nach *ogogoro* und Regen. Ich breitete meine Matte aus und legte mich gerade hin, als es heftig an die Tür klopfte. Ich dachte an den Fotografen. Ich öffnete die Tür und sah einen Mann, eine Frau und den blinden alten Mann.

»Das ist er!« sagte einer von ihnen.

Ich versuchte, die Tür sofort wieder zu schließen, doch der Mann klemmte seinen großen Fuß dazwischen und drängte sich ins Zimmer.

»Wer ist da?« fragte Papa.

»Ich weiß nicht«, sagte ich und versteckte mich schnell hinter ihm.

Die drei Gestalten kamen in den Raum. Mamas Gesicht nahm einen entsetzten Ausdruck an. Der alte Mann – blind und auf seinen Lippen herumkauend – schwenkte seinen Stock durch die Luft. Der andere Mann hielt den alten Mann am Arm. Die Frau stand mitten im Zimmer und hatte die Fäuste energisch in die Hüften gestemmt. Der blinde alte Mann hob den Kopf und drehte das Gesicht bald hierhin, bald dorthin. Aus seinen Augen lief eine grüne Flüssigkeit. Er schwenkte erneut den Stock und stieß die Kerze um. Mama hob sie auf und stellte sie wieder auf die Untertasse auf dem Tisch. Der Stock des blinden alten Mannes traf Mama am Hintern, und als sie sich aufrichtete, fiel dem Blinden der Stock aus der Hand. Die Frau hob den Stock auf und schob ihn dem alten Mann wieder in die ausgestreckten Finger. Dann sagte sie mit wütender Stimme: »Ihr Sohn hat unser Fenster zertrümmert.«

»Das stimmt nicht«, sagte ich.

»Halt den Mund«, sagte Papa.

»Er hat die Fensterscheibe des alten Mannes mit Steinen zertrümmert.«

»Sie sollten Ihren Sohn bestrafen«, sagte der Mann.

»Ihm eine Tracht Prügel geben«, fügte die Frau hinzu.
Dann tastete sich der Blinde mit ausgestreckten Armen stolpernd durch den ihm unbekannten Raum und sagte mit kauenden Mundbewegungen: »Wo ist der Junge? Bringen Sie ihn her.«
Ich lief weg und versteckte mich unter dem Bett.
»Wir erwarten, daß Sie die Fensterscheibe bezahlen«, sagte die Frau.
»Glas ist teuer.«
»Bringen Sie ihn her, ich will ihn mir vornehmen«, sagte der blinde alte Mann mit brüchiger, unnatürlicher Stimme.
»Woher wissen Sie, daß ausgerechnet mein Sohn Ihre Fensterscheibe zertrümmert hat?« fragte Papa.
»Der alte Mann hat ihn gesehen«, sagte die Frau und nahm eine andere Haltung ein.
Es wurde still.
»Der blinde alte Mann?« fragte Papa ein wenig ungläubig.
»Ja.«
Es wurde erneut still.
»Wie hat er das gesehen?«
»Er hat gesehen, daß Ihr Sohn mit Steinen nach dem Fenster geworfen hat.«
»Wie?«
»Was soll diese Frage?«
»Ich habe gefragt, wie?«
»Der alte Mann kann sehen, wenn er will.«
Ich blickte verstohlen unter dem Bett hervor. Der blinde alte Mann stand jetzt völlig regungslos mit erhobenen Händen und schräg gestelltem Kopf da, und seine Augen gingen seltsam hin und her. Dann zeigte der alte Mann zu meinem größten Entsetzen mit seinem Stock in meine Richtung. Alle wandten sich mir zu. Von einem unheilvollen Fieber überkommen, begann der alte Mann zu stammeln. Seltsame Laute kamen aus seinem Mund. Dann riß er sich plötzlich von dem Mann los, der ihm als Augen diente. Er machte ein paar Schritte, schob sich an Mamas Knien vorbei und stieß gegen den Tisch, so daß die Kerze umfiel und

der Raum in Dunkelheit getaucht war. Der alte Mann krachte gegen das Bett und rappelte sich wieder auf. Papa zündete ein Streichholz an. Der alte Mann stürmte unter furchtbarem, kehligem, uraltem Gebrüll mit fuchtelnden Armen wie ein wild gewordenes Tier auf Papa zu. Aus irgendeinem Grund bekam Papa Angst und fiel vom Stuhl. Mit unheimlicher Entschlossenheit und weit aufgerissenen Augen kam der alte Mann auf mich zu, grüne Tränen liefen ihm über das Gesicht. Dann blieb er stehen. Papa zündete die Kerze an. Mit erneutem Gebrüll stürzte sich der alte Mann auf mich. Ich duckte mich. Er fiel hinter dem Bett hin. Die Frau und der Mann eilten herbei und halfen ihm auf. Als er wieder auf den Beinen war, gab er noch einen irren Schrei von sich, stieß die beiden wie ein rasendes Tier von sich und pirschte sich wieder an mich heran. Mama schrie auf. Der blinde alte Mann verfolgte mich durch das ganze Zimmer. Ich rannte im Kreis um den Tisch. Der Gedanke, dem alten Mann in die Klauen zu geraten, ließ mich zu Tode erschrecken. Plötzlich verstummte er. Er wurde ganz still, wie jemand, der gelassen kämpft, um aus einem Traum herauszukommen. Das Zimmer veränderte sich. Die Lichter bekamen eine rötliche Färbung. Und dann sah ich zu meinem Erstaunen, daß der alte Mann zwei Köpfe hatte. Einer davon hatte gesunde Augen und ein schauerliches Lächeln der Macht. Der andere blieb unverändert.

»Komm her, du *abiku*-Kind, du dickköpfiges Geisterkind. Du glaubst wohl, du seist mächtig, was? Ich bin mächtiger als du«, sagte der alte Mann mit der volltönenden Stimme eines jungen Mannes.

»Lassen Sie meinen Sohn in Ruhe«, sagte Mama, bevor sie einen ohrenbetäubenden, schrillen Schrei ausstieß.

Der alte Mann blieb wie angewurzelt stehen.

»Wir werden die Fensterscheibe bezahlen«, sagte Papa mit versöhnlicher Stimme.

Die beiden Köpfe des alten Mannes vereinten sich wieder. Dann sagte die Frau wie von einem Bann erlöst: »Selbstverständlich werden Sie sie bezahlen.«

Der andere Mann trat vor und stützte den alten Mann. Die Frau

gab ihm den Stock zurück. Der alte Mann fiel auf seltsame Weise in sich zusammen, seine Schultern sackten herunter, sein Rücken wurde bucklig, sein Kopf richtete sich auf. Er wurde träge und gebrechlich. Seine Knochen rasselten. Er taumelte und brummte. Eine makabere Greisenhaftigkeit überkam ihn, als habe die unheimliche Anstrengung das Leben aus ihm gesogen. Ohne weitere Worte verließen die drei das Zimmer.
Mit angehaltenem Atem sahen wir zu, wie sie fortgingen. Anschließend stand Mama auf und verriegelte die Tür. Dann drehte sie sich zu mir um.
»Warum hast du ihre Fensterscheibe zerschlagen, hm? Willst du uns umbringen? Siehst du denn nicht, wie arm wir sind, hm? Hast du kein Mitleid mit deinem Vater? Weißt du nicht, wie teuer Glas ist, hm?«
»Ich habe sie nicht zerschlagen.«
»Wer hat es dann getan?«
»Die Geister.«
»Was für Geister?«
»Wie können Geister eine Fensterscheibe zerschlagen?« fragte Papa verwundert.
»Ich weiß es nicht.«
»Immer wenn du etwas Schlimmes anstellst, versuchst du dich mit den Geistern rauszureden!«
»Nein.«
»Du lügst.«
»Ich lüge nicht«, schrie ich.
Ich begann zu weinen.
»Du lügst.«
»Ich lüge nicht. Es waren die Geister. Sie haben mit Steinen nach mir geworfen, und da habe ich Steine zurückgeworfen.«
»Warum haben sie mit Steinen nach dir geworfen?«
»Ich weiß es nicht.«
»Du hast also die Fensterscheibe zertrümmert, weil die Geister mit Steinen nach dir geworfen haben, stimmt's?«
Ich blieb stumm.
»Siehst du, was für ein gefährlicher Sohn du bist? Du wirst uns

noch ins Grab bringen, hörst du? Du wirst uns noch mit deinen Streichen ins Grab bringen. Sieh nur, was du getan hast. Du hast den alten Mann in unser Zimmer kommen lassen. Weißt du, was für Kräfte er besitzt? Hast du gesehen, wie er sich aufgeführt hat? Wer weiß, was passiert wäre, wenn du ihm in die Finger geraten wärst!«

Mama wurde in ihrer Angst so aufgebracht, daß sie zu mir kam und mich an den Ohren packte. Sie hielt meine Ohren zwischen Daumen und Zeigefinger fest und drehte daran, bis ich dachte, sie würde sie mir abreißen. Ich heulte auf. Mein Geschrei schien ihre Wut zu steigern, denn sie zerrte und drehte noch heftiger an meinen Ohren und kniff hinein, und dann gab sie mir eine Ohrfeige. Sie schlug so hart zu, daß ich durch das ganze Zimmer flog. Ich knallte gegen die Wand und glitt zu Boden. Dort blieb ich regungslos sitzen und starrte Mama mit rachsüchtigem Ernst an.

»Sieh deine Mutter nicht so an!« sagte Papa.

Ich senkte die Augen und weinte still, bis mir die Tränen auf die Schenkel tropften. Ich blieb so sitzen, selbst als Mama die Kerze löschte. Ich lehnte immer noch an der Wand, als sie schlafen gingen. Ich rührte mich auch dann nicht, als sie schnarchten und sich im Bett umdrehten. Es war mir egal, ob sie meinen Protest sahen oder nicht. Ich war entschlossen, bis zum Ende aller Zeiten so sitzen zu bleiben.

Und dann war es Morgen. Ich stellte fest, daß ich auf der Matte lag und mit einem Laken zugedeckt war. Im Gesicht spürte ich noch die Spuren der Tränen. Ich wachte in glücklicher Stimmung auf. Erst nachdem Mama mir etwas Brot gegeben und das Haus verlassen hatte, um ihre Waren auf der Straße zu verkaufen, erinnerte ich mich daran, daß ich ja eigentlich auf alle böse war.

2

Erst abends, nachdem Papa mit dem Zimmermann und einer Glasscheibe zurückgekommen war, bekam ich seinen Ärger richtig zu spüren. Ich war zu Hause, als er von der Arbeit zurückkehrte. Er kam herein, stellte die Scheibe ab, zog sich um und ging hinaus. Er sagte kein Wort. Ich folgte ihm in einiger Entfernung. Er ging mit dem Zimmermann zum Haus des alten Mannes. Es war derselbe Zimmermann, der Madame Kotos Theke gebaut hatte.

Der blinde alte Mann saß draußen auf der Veranda, er hatte eine Katze auf dem Schoß und eine Pfeife im Mund. Er trug denselben Hut, mit dem ich ihn gesehen hatte. Papa sagte nichts zu ihm. Er zeigte dem Zimmermann das Fenster. Mit einem Hammer schlug der Zimmermann die ausgezackten Glasreste, die noch im Fensterrahmen steckten, heraus. Das Geräusch erschreckte die Katze, so daß sie vom Schoß des alten Mannes sprang. Als das Glas in den Raum fiel, begann die Frau zu schimpfen. Sie beklagte sich und verlangte, daß der Zimmermann den Raum fegte. Der Zimmermann sagte, er denke nicht daran, und legte sein Werkzeug hin. Der andere Mann kam heraus, andere Leute aus dem Compound ebenfalls. Der Mann kommandierte den Zimmermann herum. Papa griff ein. Der Mann kommandierte nun auch Papa herum. Ich sah, wie Papa mit sich kämpfte, um seinen Ärger zu unterdrücken. Die lautstarke Auseinandersetzung zog eine Traube von Menschen an. Auch Madame Koto kam bald, um zu sehen, was los war, und als sie Papa sah, versuchte sie ihn zu beruhigen, doch sie erntete nur einen Schwall von Schimpfworten. Sie stahl sich fort und schimpfte auf Papa und die Männer im allgemeinen.

Der Streit um das Fegen des Raums tobte eine ganze Weile. Dann schrie der alte Mann, sie sollten den Zimmermann seine Arbeit tun lassen.

»Wollt ihr etwa, daß mich in meinem Alter die Mücken umbringen?« sagte er.

Das Herumgezanke hörte sofort auf. Die Frau ließ den Zimmermann unter der Bedingung weiterarbeiten, daß er die Glasscherben nach draußen fallen ließ. Der Zimmermann nahm die Arbeit jedoch erst wieder auf, nachdem Papa ihn mit ein paar Flaschen Bier und einigen Kolanüssen besänftigt hatte. Der alte Mann nickte, als der Zimmermann die Scheibe in den Holzrahmen schob. Dann rief der alte Mann, wie um seine Freude, dem Zimmermann bei der Arbeit zuzuhören, noch zu erhöhen, nach seinem Akkordeon. Während der Zimmermann die Scheibe einsetzte und geschickt die kleinen Nägel einschlug, mit denen sie befestigt wurde, machte der blinde alte Mann die gräßlichste Musik, die ich je gehört hatte. Die Musik brachte den Zimmermann dazu, einen Nagel zu verfehlen und sich mit dem Hammer auf den Daumen zu hauen. Und mir wurde leicht übel davon. Auch Papa konnte sie offensichtlich nicht ausstehen. Mißbilligend starrte er den blinden alten Mann an, der glücklich spielte, ohne die Pfeife aus dem Mund zu nehmen. Papa zog sich bis zur entferntesten Ecke des Hauses zurück. Der Zimmermann arbeitete schnell, um den unerträglichen Klängen möglichst rasch zu entkommen. Der alte Mann wurde das Akkordeon bald leid. Kurz darauf war der Zimmermann mit der Arbeit fertig und die Scheibe eingesetzt. Die Frau beklagte sich, daß die Scheibe im Rahmen wackelte, doch der Zimmermann nahm keine Notiz von ihr und packte sein Werkzeug zusammen. Papa fegte die Glasscherben auf ein Kehrblech und warf sie zu dem Abfall hinten auf dem Lastwagen. Als er und der Zimmermann weggingen, sagte der alte Mann: »Wenn Ihr Sohn mir noch einmal Ärger macht, dann bekommt er einen Denkzettel, den er so schnell nicht wieder vergißt.«

Papa sagte nichts. Er ging mit dem Zimmermann nach Hause und kaufte ihm noch ein Bier. Der Zimmermann trank ver-

gnügt. Sie sprachen über Madame Koto. Sie sprachen nicht über Politik. Ich sah ihnen von der Tür aus zu.
»Komm rein, oder geh spielen!« sagte Papa.
Ich ging hinein.
Der Zimmermann, der angetrunken war, bot sich an, Papas Stuhl zu reparieren.
»Nein, mir gefällt er so«, sagte Papa mit philosophischem Gleichmut. »Er erinnert mich daran, daß das, worauf wir sitzen, was auch immer es sei, uns eines Tages zu Fall bringt.«
Der Zimmermann lachte, trank sein Bier leer, feilschte um seine Bezahlung, nahm mürrisch das Geld und ging.

Erst als Mama völlig erschöpft und mit einem Gesicht, das einer Maske aus Staub und Schatten glich, von ihren Straßenverkäufen heimkam, ging Papa plötzlich auf mich los. Er zog sich mit einem Griff den Gürtel aus der Hose, schloß die Tür ab, riß mir das Hemd vom Leib und verprügelte mich gnadenlos. Er schlug auf mich ein, während ich durchs Zimmer rannte und ihm auszuweichen suchte. Er schlug mich mit aller Kraft, die in seinen Muskeln und seinem großen, entfesselten Körper steckte. Seine Schläge durchzuckten mich wie Blitze des Schmerzes. Mein ganzer Körper brannte wie eine einzige Wunde. Auf seinem Gesicht lag ein wilder Ausdruck. Der Gürtel knallte wie eine Pferdepeitsche. Ich sprang und tanzte in teuflischen Verrenkungen herum. Er schlug mir auf Füße, Nacken, Rücken, Beine und Hände. Er züchtigte mich genauso, wie ein Box-Champion einen zweitklassigen Sparringpartner schlägt, wütend und mit methodischem Eifer. Und dabei sagte er: »Du bist ein dickköpfiges Kind, und ich bin ein dickköpfiger Vater. Wenn du in die Geisterwelt zurückkehren willst, dann tu das! Aber wenn du bei uns bleiben willst, dann sei ein guter Sohn!«
Ich hörte auf, durch das Zimmer zu rennen, und sank neben der Tür wie ein Häufchen Elend zusammen. Ich spürte keine Schmerzen mehr. Ich hatte nicht ein einziges Mal geschrien. Er wollte einen Beweis, daß ich seine Strafe spürte. Ich tat ihm nicht den Gefallen. Seine Wut nahm zu. Und nach einer ganzen

Weile, als ich mir nicht mehr sicher war, ob er mich immer noch bestrafte oder ob ich den Schmerz nur noch träumte, gab er schließlich auf, hielt sich den Arm und setzte sich auf seinen Stuhl. Ich lag auf dem Boden. Mama kam und hob mich aufs Bett.

»Gib ihm heute abend nichts zu essen!« wetterte Papa und stand auf.

An jenem Abend sah ich ihnen beim Essen zu. Später hatte Mama Mitleid und wollte mir heimlich etwas zu essen geben, doch ich weigerte mich. Papa schlief in jener Nacht friedlich und schnarchte wie ein Ungeheuer. Am nächsten Tag weigerte ich mich, zur Schule zu gehen. Ich weigerte mich zu spielen. Ich weigerte mich zu essen. Voller Rache blieb ich im Bett liegen und wurde immer selbstsicherer. So erreichte ich einen seltsamen Zustand des Seins. Ich begann, mich von meinem Hunger zu ernähren. Ich ernährte mich gut und hatte riesigen Appetit. Ich versenkte mich in mich selbst und fand andere Welten, die dort warteten. Ich wählte eine Welt und blieb eine Weile dort. Es war eine Welt ohne Geister, eine Gespensterwelt. Eine Welt des Hungers, des Darbens und des Mangels. Ich hielt mich lange dort auf. Manchmal weckte Mama mich. Papa murrte ständig, wie teuer es sei, mich zu ernähren. Er schwadronierte etwas über den Preis von Glas, über die Demütigungen, die er insgeheim und öffentlich meinetwegen hatte ausstehen müssen, über die Qual seiner Arbeit und darüber, daß ich seine Träume zunichte mache, weil ich solch ein schlechter Sohn sei. Ich hörte ihm nicht mehr zu. Ich zog mich aus der Welt der Gefühle, der Empfindungen, der Anteilnahme zurück. Ich weigerte mich, am nächsten Abend etwas zu essen. Ich bekam einen trockenen Mund. Ich verlor Kraft und spürte, wie ich leichter wurde. Ich fühlte, wie eine furchtbare Ekstase in mir heranwuchs. Ich roch die Welt der Feiertage, die Welt der Geister. Ich sah die Felder der Musik, die Brunnen der Freuden. Mein Kopf füllte sich mit Luft. Mein Gesicht schrumpfte zusammen. Meine Augen weiteten sich. Ich lauschte der Musik des Hungers.

Am dritten Tag meiner Weigerung, etwas zu essen, begann ich die Welt zu verlassen. Alles entfernte sich. Ich wünschte mich weg, wollte fort, sang das Abschiedslied, das nur meine Geistergefährten mit der eigentümlichen Schönheit von Flöten über einsamen Bergen erklingen lassen können. Mamas Gesicht war weit weg. Die Entfernung zwischen uns wurde immer größer. Papas breites, strenges Gesicht flößte mir keine Angst mehr ein. Die Anmaßung, daß seine strengen Züge ihm Macht über alles verliehen, ließ ihn ein wenig komisch erscheinen. Ich bestrafte ihn, indem ich mich von der Welt zurückzog. Ich quälte sie beide, indem ich mit ganzem Herzen den ungesungenen Weisen meiner Geistergefährten lauschte. Mein Bauch, der sich von den Speisen der anderen Welt, von der Luft des Hungers ernährte, schwoll an. Ich sog das Böse der Weltgeschichte ein. Ich sog die Nahrung des Leidens ein, die sich oberhalb der Luft ansammelt, die wir atmen, eben noch in unserer Sichtweite. Und dann hörte ich Mutter weinen. Ich wollte mich nicht erweichen lassen. Ich versank in die tiefe, gleichgültige Seelenruhe der Geisterkinder – eine Seelenruhe, die auch das Äußerste an Erfahrungen ruhig hinnimmt, da Geisterkinder mit dem Tod vertraut sind. Ich schlief drei Tage lang nicht. Ich aß nichts. Mama weinte. Sie schien weit weg zu sein, in einem fernen Teil der Erde. Ich wanderte tiefer in jene andere Welt hinein.
Am vierten Tag begann das durch den Hunger ausgelöste Vergessen eine seltsame Erregung in meiner widersprüchlichen Seele hervorzurufen. Dann entdeckte ich den dreiköpfigen Geist, der neben mir saß. Er hatte mich nie verlassen. Er hatte geduldig gewartet. Er konnte stets auf die ungewollte Gefühllosigkeit der Menschen zählen, ihre Lieblosigkeit, ihre Vergeßlichkeit in allen grundlegenden Dingen des Daseins. Eine Weile blieb der dreiköpfige Geist stumm. Papa saß auf seinem Stuhl und putzte seine Stiefel. Er warf mir ab und zu verstohlen einen Blick zu. Ich spürte die Hilflosigkeit von Eltern, wie machtlos sie in Wirklichkeit sind. Und da Papa kein Wort zu mir sagte, keinen Versuch unternahm, mich zu erreichen, keine Geste mir gegenüber machte, nichts tat, um mich zu besänftigen, und nicht

einmal ein Lächeln für mich übrig hatte, hörte ich den Worten des dreiköpfigen Geistes zu.
»Deine Eltern behandeln dich grausam«, sagte er. »Komm mit mir. Deine Gefährten warten verzweifelt darauf, dich in die Arme zu schließen. Ein wundervolles Fest erwartet dich bei deiner Heimkehr. Sie sehnen sich nach deiner lieblichen Gegenwart. Sie werden dich wie einen Prinzen behandeln, denn das bist du ja. Die Menschen sind gleichgültig. Sie wissen nicht, wie man liebt. Sie wissen nicht, was Liebe ist. Schau sie dir an. Du liegst im Sterben, und sie haben nichts Besseres zu tun, als ihre Stiefel zu putzen. Lieben sie dich? Nein!«
Ich hörte mir die Worte des Geistes aufmerksam an. Und seine Worte führten mich in blaue Gefilde jenseits des fleischlichen Verlangens. Honigsauger sangen auf den Ästen. Die Bäume waren goldfarben. Ich schwebte auf dem Wind des Vergessens, bis wir an eine große grüne Straße kamen.
»Diese Straße hat kein Ende«, sagte der dreiköpfige Geist.
»Wohin führt sie?« fragte ich.
»Überallhin. Sie führt zur Welt der Menschen und zur Welt der Geister. Sie führt in den Himmel und in die Hölle. Sie führt zu Welten, über die wir nicht einmal etwas wissen.«
Wir gingen die Straße entlang. Alle Bäume links und rechts konnten sich bewegen und hatten eine eigene Sprache. Jeder Baum hatte eine eigene Persönlichkeit und einen eigenen Charakter. Manche Bäume waren ziemlich bösartig, und auf den Ästen hockten die seltsamen Silhouetten von Hexen und Zauberern und starrten uns mit großem Interesse an. Als wir weitergingen, sah ich einen Vogel mit Madame Kotos Gesicht. Er umkreiste uns dreimal und flog dann weiter. Die Straße führte im Bogen abwärts. Je tiefer wir kamen, desto leuchtender wurden die Farben jener Welt, Farben, von denen ich nicht einmal wußte, daß es sie gab, Farben von strahlender Schönheit, die vor Gesundheit und Glanz strotzten, Farben, die jede Unterscheidung von hell und dunkel verschwimmen ließen und die höchsten Oktaven neuer Träume in Besitz zu nehmen schienen, so daß ich aus dem Staunen nicht herauskam. Die Welt verwandelte

sich weiter. Die Straße begann sich zu bewegen. Sie verhielt sich wie ein Fluß und floß uns entgegen. Die Reise wurde plötzlich beschwerlicher. Mir taten die Füße weh, ich war schrecklich hungrig, und bei jedem Schritt hätte ich gern aufgegeben. Ich hatte geglaubt, die Reise in die andere Welt sei mühelos.
»Gehen wir bis ans Ende dieser Straße?«
»Ja«, sagte der Geist und ging weiter, als spielte Entfernung keine Rolle.
»Aber du hast gesagt, die Straße hat kein Ende.«
»Das ist wahr«, sagte der Geist.
»Wie kann das wahr sein?«
»Von einem gewissen Standpunkt aus scheint das Universum aus paradoxen Dingen zu bestehen. Doch alles löst sich auf. Das ist die Funktion des Widerspruchs.«
»Das verstehe ich nicht.«
»Wenn du alles von jedem erdenklichen Standpunkt aus sehen kannst, beginnst du es vielleicht zu verstehen.«
»Kannst du das?«
»Nein.«
Papa stand von seinem Stuhl auf und beugte sich über mich. Sein Atem war in der Welt, in der ich mich bewegte, als heftiger Wind zu spüren. Der Wind blies mich weiter. Ich fühlte mich sehr leicht. Jedesmal, wenn die Erschöpfung mich zu übermannen drohte, hob mich dieser Wind in die Luft. Dann packte mich der Geist und zog mich wieder auf den Boden herunter.
»Flieg nicht weg«, sagte der Geist. »Wenn du wegfliegst, weiß ich nicht, wo du landest. Es gibt hier viele seltsame Dinge, die den Reisenden verschlingen. Es gibt viele Geisterfresser und Ungeheuer der Grenzwelten. Bleib auf festem Boden.«
Papa hustete, und ich stolperte über eine grüne Unebenheit auf der Straße. Wir gingen weiter. Dann kamen wir an den Einschnitt eines orangefarbenen Tals. Auch die Farben des Tals änderten sich ständig. Bald war es blau, bald silbern, aber als ich es zum erstenmal sah, war es orangefarben. Am Straßenrand und an den Flanken des Tals wimmelte es von Bäumen, deren Früchte Menschenköpfen glichen. Ich erkannte manche Gesichter

wieder. Die Früchte fielen herab, die Gesichter sanken zu Boden, die Sonne ließ sie schmelzen, sie wurden zu kostbarem Wasser, das zu den Wurzeln der Bäume floß, und an den Zweigen tauchten als schöne Früchte neue Gesichter auf. Das Hinabfallen und Nachwachsen schien sich sehr schnell abzuspielen, und ich sah bei einem einzigen Schritt, wie mehrere Gesichter starben und wiedergeboren wurden.

Das Tal war hauptsächlich von seltsamen Wesen bevölkert. Sie hatten anstelle von Gesichtern Masken, die immer schöner wurden, je länger man sie ansah. Vielleicht waren diese Masken ihre Gesichter. Sie hatten Häuser an den Hängen des Tals. Sie hatten unten, unter der Erde, auch Paläste und Kulturzentren. Ihre Akropolen und wunderbaren Friedhöfe waren in der Luft. Alle im Tal waren eifrig bei der Arbeit.

»Was tun sie?« fragte ich.

Papa beugte sich tiefer, bis sein Gesicht ganz nah an meinem war. Er berührte mich, und ich erschauerte.

»Sie bauen eine Straße.«

»Warum?«

Papa hielt meine Hände. Mir war kalt, und ich begann zu zittern. Er atmete mir ins Gesicht, und der Wind riß mir fast den Kopf ab, und ich wurde in die Höhe geschleudert, so daß der Geist mich schließlich an den Haaren herunterzog.

»Sie bauen seit zweitausend Jahren an dieser Straße.«

»Aber sie sind kaum vorangekommen.«

»Das weiß ich. Sie haben erst einen halben Meter von der Straße gebaut.«

»Aber sie arbeiten doch so hart.«

»Was hat das denn damit zu tun?«

»Sie scheinen nichts anderes zu tun, als die Straße zu bauen.«

»Völlig richtig.«

»Aber warum bauen sie die Straße?«

Papa strich mir übers Gesicht, und seine Hände brannten auf meiner Haut. Er schüttelte mich. Ich spürte, wie meine Knochen rasselten. Mein Kopf schlug heftig hin und her. Papa brachte meinen leeren Magen in Aufruhr und weckte meinen wütenden Hunger. Er blickte mir tief in die Augen. Einige Bewohner der Tals unterbrachen die Arbeit und wandten uns ihre maskenhaften Gesichter zu. Papa warf mich auf das Bett zurück, stand auf und verließ den Raum. Die Leute nahmen die Arbeit wieder auf.

»Weil sie einen wundervollen Traum hatten.«

»Was für einen Traum?«

Papa knallte die Tür hinter sich zu. Der laute Knall ließ mich von Kopf bis Fuß erzittern.

»Sie haben seit einer Ewigkeit als Gesichter auf dem großen Baum gelebt. Dann hatten sie von der Ewigkeit genug. Denn die Sonne hatte sie nicht in kostbares Wasser aufgelöst. Sie wurden zu Geschöpfen, zu Wesen mit Masken. Eines Tages sagte ihr Prophet zu ihnen, daß es dort oben Welten über Welten mit Wesen gäbe. Der Prophet sprach von einem besonderen Volk, einem großen Volk, das seine eigene Größe nicht kannte. Der Prophet nannte diese Welt den Himmel und sagte, sie sollten eine große Straße bauen, damit sie diese Wesen besuchen und diese Wesen sie besuchen könnten. Auf diese Weise würden sie sich gegenseitig ergänzen und ein wichtiges Schicksal im Universum erfüllen.«

»Warum hat der Prophet jene andere Welt den Himmel genannt?«

»Weil das Volk des Propheten die Toten sind.«

»Wie können die Toten Propheten haben?«

»Es gibt viele Arten, tot zu sein. Außerdem sind die Toten anders, als du denkst.«

»Erzähl mir mehr darüber.«

»Worüber?«

»Warum der Prophet die andere Welt Himmel nennt.«

»Ja, weil das Volk des Propheten die Toten sind. Himmel bedeutet nicht für alle dasselbe. Sie wollten leben, lebendiger sein. Sie wollten wissen, was Schmerz ist, wollten leiden, fühlen, lieben, hassen, größer als Haß sein, und sie wollten unvollkommen sein, um immer nach etwas streben zu können, das die Schönheit ist. Sie wollten auch Überraschungen kennenlernen und Wunder erleben. Der Tod ist zu vollkommen.«

»Und warum haben sie so lange gebraucht, um so ein kleines Stück zu bauen?«
»Ihr Prophet hat viele Dinge gesagt, die sie nie verstanden. Unter anderem sagte der Prophet, daß die Straße nie fertig gebaut werden kann.«
»Warum nicht?«
»Der Prophet meinte damit, daß sie alle in dem Augenblick, wenn die Straße fertig ist, zugrunde gehen.«
»Warum?«
»Ich nehme an, weil sie dann nichts mehr zu tun haben, sich nichts mehr erträumen können und kein Bedürfnis mehr nach einer Zukunft haben. Dann gehen sie an der Vollkommenheit, an der Langeweile zugrunde. Die Straße ist ihre Seele, die Seele ihrer Geschichte. Immer wenn sie ein langes Stück gebaut oder die Worte ihres Propheten vergessen haben und schon glauben, sie hätten die Straße fertig gebaut, gibt es Erdbeben, schlagen Blitze ein, brechen unsichtbare Vulkane aus, ergießen sich Flüsse über sie, reißen Wirbelstürme die Erde auf, und die Straße wird verrückt, windet sich und zerstört sich selbst, oder die Leute werden wirr im Kopf und beginnen, die Straße in etwas anderes zu verwandeln, oder die Arbeiter werden wahnsinnig, die Leute beginnen Kriege, Aufstände legen alles lahm, und tausend Dinge lenken sie ab und richten ihr Werk zugrunde, und eine neue Generation kommt und baut wieder aus den Trümmern auf.«
Ich sah die Straße mit anderen Augen an. Sie war kurz und wunderbar, ein Kunstwerk von unbeschreiblicher Schönheit, fast eine Kultstätte, aus den kostbarsten Materialien der Welt erbaut, aus Amethysten und Chrysoberyllen, die mit Einlegearbeiten aus Karneol und glänzenden türkisfarbenen Mustern verziert waren.
»Warum ist sie so schön?«
»Weil jede neue Generation mit nichts und zugleich mit allem wiederbeginnt. Sie kennen alle früheren Fehler. Sie wissen vielleicht nicht, daß sie sie kennen, aber sie kennen sie. Sie kennen die früheren Pläne, die ursprünglichen Absichten, die frühsten

Träume. Jede Generation muß die Verbindung zu den Ursprüngen neu herstellen. Sie neigen dazu, ein wenig weiser zu werden, doch sie kommen nicht sehr weit. Es ist möglich, daß sie jetzt langsamer vorankommen und größere, bessere Fehler machen. So sind sie als Volk. Ihre Hoffnungen sind grenzenlos und ihre Mühen ewig. Sie können durch nichts zerstört werden, außer durch sich selbst, und sie werden die Straße, die ihre Seele ist, nie fertig bauen, doch das wissen sie nicht.«

»Warum sagst du es ihnen dann nicht?«

»Weil sie der große Fluch der Vergeßlichkeit getroffen hat. Sie sind den Dingen gegenüber, die sie am dringendsten wissen müßten, taub.«

»Kann ich es ihnen sagen?«

Der Geist starrte mich durchdringend an und lief weiter. Wir gingen in das Tal hinab. Als wir an die tiefste Stelle kamen, verwandelte sich die Farbe von Orange in Dunkelrot. Die Sonne war blau. Am Himmel waren Sternbilder zu sehen, und jeder Stern glitzerte und pulsierte in einer anderen Farbe. Die Röte kam von den Lichtern, die sich auf den Materialien des Tals brachen. Die Röte tat mir am ganzen Körper weh, und zu meinem Erstaunen verwandelte sie sich plötzlich in eine hinreißende goldene Färbung, die von schimmernden karmesinroten Lichtern durchbohrt wurde. Das Tal war ein Ort wunderbarer Wirklichkeit. Wir gingen zwischen den Einwohnern her, die im Tal arbeiteten und an ihrer Straße bauten. Und wenn sie bei der Arbeit mit den Werkzeugen auf die Erde oder auf Metall schlugen, um die edelsteinartigen Materialien, aus denen sie die Straße bauten, zusammenzupressen oder zu verdichten, erzeugten sie eine wundervolle Musik. Die Musik entstand ausschließlich durch ihr Werkzeug, ihre Arbeit. Als wir bei den Einwohnern jenes goldenen Tals waren, verspürte ich eine seltene Gelassenheit. Die Wesen konnten nicht sprechen; sie brauchten keine Sprache. Aus ihren Augenhöhlen kamen Lichter. Diese Lichter wurden verstanden. Die Einwohner scharten sich um uns und führten uns zu ihren Häusern. Wir blieben bei ihnen und ruhten uns aus. Wir wurden wie Ehrengäste behandelt, wie Wesen, deren

Ankunft in Orakeln und Rätseln prophezeit worden war. Man setzte uns Speisen vor, die ich, wie mir der Geist sagte, nicht essen sollte, die er jedoch mit großem Appetit verschlang, und er fütterte alle seine drei Köpfe, während ich vor Hunger immer geistähnlicher wurde. Mein knurrender Magen beunruhigte unsere Gastgeber. Zu Ehren unserer Anwesenheit feierten sie ein Fest, das mehrere Tage dauerte. Sie hatten die Prophezeiungen über unsere Ankunft, falls wir tatsächlich damit gemeint waren, offensichtlich falsch verstanden, denn gegen Ende des Fests kam Mama ins Zimmer und weinte über mich gebeugt. Ihre Tränen verwandelten sich in einen Platzregen, der die gerade verrichtete Arbeit der Leute fortschwemmte. Papa kam herein und schrie mich an, und sein Zorn löste Donner, heftigen Regen und Wirbelstürme aus. Die Leute begannen, uns als Vorboten des Unheils, als Unglücksbringer zu betrachten. Sie waren so entrüstet, daß sie sich überlegten, uns auf goldenen Altären im Namen jener hochverehrten Propheten zu opfern, die sie unaufhörlich mißverstanden hatten.

»Es ist Zeit, daß wir uns auf den Weg machen«, sagte der Geist.

Mama weinte über mich gebeugt und flehte mich mit einfachen Worten der Liebe an, und ich war ein wenig gerührt. Es regnete so heftig, daß die Häuser im Tal überschwemmt wurden. Ein donnernder, über die bevorstehende Zerstörung entzückter Fluß überflutete das Land, vernichtete die Häuser, riß die Bäume um, die augenblicklich wieder nachwuchsen, und zerstörte Teile der bezaubernden Straße. Der Geist packte mich und führte mich durch das verwüstete Gelände. Die Akropolis war ein Trümmerhaufen. Die Zeit hatte sich über dem Land beschleunigt. Heliotrop und Hibiskussträucher, Goldlack und Lilien wuchsen wild auf den einst so gepflegten Stätten, auf denen sie ihre Mysterien aufführten. Ihre Stadt stank nach Verwesung. Die Leute waren in tiefer Trauer, nicht um die Kinder und Familien, die in den Fluten umgekommen waren, sondern wegen der zerstörten Teile der Straße. Ihr Jammern erklang überall. Die Sonne war jetzt strahlend weiß. Der Himmel war schwarz. Die Sterne waren trunken vom Glanz ihrer eigenen unbeschreiblichen Farben. Die zweitausendjährige Straße war verwüstet worden, und die Leute beklagten ihr Schicksal, und manche von ihnen begingen über den Verlust des Weges Selbstmord, und ihre Leichen wurden am Fuß fluchbeladener Bäume verbrannt. Die Krieger suchten überall nach uns, weil sie glaubten, daß nur unser Tod die Macht ihres uralten Traums, die Kraft ihres Wegs, irgendwie wiederbringen könne. Während der Geist mich durch geheime Wassertunnel aufs trockene Land führte, griff uns eine Gruppe Krieger an. Sie warfen mit Steinen, schossen Pfeile auf uns ab und feuerten mit Gewehren nach uns. Wir ergriffen die Flucht. Ich wurde am Magen verwundet. Die Wunde blutete in meinen Hunger. Ich brüllte die Krieger an: »Warum greift ihr uns an? Wir können nichts dafür ...«

»Halt den Mund!« sagte der Geist.

Ich beachtete ihn nicht.

»... eure Straße wird sowieso nie fertig!« schrie ich.

Ich hatte den Satz, der von all dem Lärm und Jammern ringsum übertönt wurde, kaum vollendet, als ein unheilvolles Donnergrollen erklang.

»Du bist ein Narr!« sagte der Geist.

»Warum?«

Der Donner krachte über unseren Köpfen, ein Blitz zerteilte das Land, und vor uns öffnete sich in jener seltsamen Erde eine riesige Kluft. Auf der anderen Seite der Kluft ging unsere Straße weiter. Die Kluft war der tiefste Punkt unserer Reise.

»Weil du ihren Gott erzürnt hast«, sagte der Geist.

»Und wie?«

»Ihr Gott wollte nicht, daß sie verstehen, was der Prophet gesagt hat.«

»Aber warum hat ihr Gott dann dem Propheten erlaubt, es zu sagen?«

»Weil es wahr ist.«

»Du meinst, ihr Gott will nicht, daß sie die Wahrheit erfahren?«

»Ja und nein. Was sie wissen müssen, erfahren sie, wenn sie es brauchen. Nur Götter kennen die Wahrheit. Nur alle Götter, die in einem Gott vereint sind, können die ganze Wahrheit kennen. Die Leute müssen zu Göttern werden, doch sie sind nicht bereit und werden noch Tausende und Abertausende von Jahren nicht bereit sein. Außerdem ist es nicht gut, wenn es zu viele Götter in der Welt gibt. Und deshalb erfahren die Leute nur soviel, wie sie brauchen. Wenn sie mehr brauchen und mehr suchen, werden sie auch mehr entdecken. Glaubst du vielleicht, es sei gut, die ganze Wahrheit zu kennen, wenn man gerade erst beginnt, eine große Straße zu bauen?«

»Nein.«

Der Geist blieb stumm.

»Außerdem glaube ich nicht, daß sie mich gehört haben. Es herrschte ein solcher Lärm.«

»Mach dir darüber keine Sorgen. Die Leute sind der Wahrheit gegenüber taub. Aber du hast ihren Gott erzürnt. Unsere Reise wird dadurch ein bißchen gefährlicher, das ist alles.«

Jetzt blieb ich stumm. Ringsumher stürzten die Häuser aus eigenem rätselhaften Willen in sich zusammen. Die Straße heulte auf. Das Land wand sich in den Qualen eines bösen Traums. Die Leute waren bestürzt. Wundersame Blumen brachen an unfruchtbaren Stellen hervor, wuchsen mitten in den Trümmern. Das Blut der Toten erblühte in silberfarbenen Bäumen. Rote Geranien schossen wie Flammen, die sich selbst entzündeten, an den goldenen Rändern des Tals in die Höhe. Rosen blühten in der Luft. Die Akropolis roch nach Tod und Schönheit, doch der Duft der Schönheit besiegte den Verfall. Die weinenden Einwohner bemerkten nicht, daß durch die alkoholische Kraft der Luft eine Verwandlung stattfand.

»Wie können wir diese Kluft überqueren?«

»Das war dein Fehler.«

»Es tut mir leid.«

»Wir müssen sie überqueren. Deine Gefährten warten verzweifelt auf deine Ankunft.«

»Aber wie sollen wir denn die Kluft überqueren?«

Der Geist sagte nichts. In der Ferne grollte der Donner. Das Licht, das auf allem lag, veränderte sich, und die goldene

Färbung wurde immer dunkler, bis sie zu einer Art strahlender Dunkelheit geworden war.
»Ich muß dich mir wohl auf den Rücken binden, weil ich dir immer noch nicht trauen kann.«
»Warum kannst du mir nicht trauen?«
»Ich bin mir noch nicht sicher, daß du zu deinen Gefährten zurückkehren willst.«
Ehe ich widersprechen konnte, packte mich der Geist, drückte mich mit dem Gewicht eines Berges auf den Boden und fesselte mich mit silbernen Schnüren. Im selben Augenblick kam Mama ins Zimmer, beugte sich über mich und umarmte mich fest. Der Geist band mich auf seinem Rücken fest.
»Du bist sowieso derart leicht geworden, daß du mich nicht beim Fliegen störst.«
Mama redete in den späten Stunden der dunkler werdenden goldenen Färbung auf mich ein. Sie schlang die Arme fester um mich. Der Geist schwebte über der Kluft.
»Bist du fertig?«
»Nein«, sagte ich.
Mama drückte ihr warmes Gesicht an meine Wangen und hob mich hoch. Der Geist sprang in die Kluft. Die silberne Schnur hielt mich. Meine Füße baumelten in der Luft. Meine Hände waren frei. Ein starker Wind fegte durch mein Hirn. Der Hunger hüllte mich in seine Leere ein. Etwas in mir dehnte sich mit Schrecken aus. Der Geist flog los, kämpfte mit dem weißen Wind und tauchte in die Kluft hinab. In der Tiefe des Abgrunds herrschte eine entsetzliche Weiße. Ich schrie auf. Die Weiße war eine Kraft, die uns hinabzuziehen schien. Plötzlich konnte ich nichts mehr sehen. Der Wind fühlte sich an wie Felsbrocken, die uns entgegengeschleudert wurden. Im Abgrund lauerten Schrecken, Ungeheuer, Monster, schwarzes Licht, weiße Schreie und beschwörende Geräusche, die die ganze Zeit mit der furchterregenden Stimme des Winds sprachen. Mit äußerster Anstrengung flog der Geist mit mir nach oben, dem rosenroten Himmel entgegen. Mama hielt mich hoch und trug mich zum Bett. Sie schwebte eine Weile lang mit mir in der Luft und

redete mir mit der Stimme des Himmels gut zu. Der Geist sagte: »Hab keine Angst.«

Ich hatte keine Angst mehr. Mamas Stimme war in meiner Seele. Der Geist schwebte über der grünen Straße, und als wir landeten, hörte ich ein lautes Geräusch hinter uns, einen Donnerschlag, das Klatschen riesiger göttlicher Hände. Mama legte mich behutsam aufs Bett. Die Silberschnüre, die mich an den Geist banden, wurden gelöst. Sie verschwanden. Als ich aufstand und zurückblickte, sah ich, daß die Kluft und das goldene Tal nicht mehr da waren.

»Sie sind irgendwo anders wieder aufgetaucht«, sagte der Geist.

Der Geist ging weiter, und ich folgte ihm widerstrebend. Die Straße stieg an. Es gab nirgends Bäume. Ich hörte das leise Rauschen von Flüssen.

»Am oberen Ende dieser Straße fließen alle Flüsse dieser Welt zusammen«, belehrte mich der Geist.

»Was geschieht dort?«

Mama strich mir über das Gesicht. Ihre Finger rochen nach Rosmarin.

»Wenn wir dort sind, erzähle ich es dir.«

Mama verließ den Raum, und ich ging gelassen weiter. Es machte mir Mühe, die lange Straße hinaufzugehen.

»Ich habe Hunger.«

»Iß nichts«, sagte der Geist. Er selbst ließ sich jedoch von meinen Worten anregen, holte etwas zu essen aus der Luft und aß glücklich. »Wenn du etwas ißt, kommst du nicht ans Ziel und kannst auch nicht zurück. Dann bleibst du für immer hier in der gefürchteten Grenzwelt.«

Wir wanderten lange die Straße hinauf. Ich wurde müde, doch der Geist erlaubte mir nicht, mich auszuruhen. Wir kamen an einen Sumpf voller Krokodile und Schlangen. Der Sumpf warf ständig Blasen. Gelbe Gase stiegen von der Oberfläche auf. Und dann ließ sich der Vogel mit Madame Kotos Gesicht am Ufer nieder. Eine Schlange glitt auf den Vogel zu. Plötzlich gab es ein Geräusch, und der Vogel flog auf. Zu meinem Entsetzen tauchte

eine gelbe Hand aus dem Sumpf auf, schnellte in die Luft und packte den Vogel mit unglaublicher Sicherheit. Die Hand zog sich schnell in den Sumpf zurück, und der Vogel tauchte unter.
Ein wenig später sah ich eine Eidechse mit dem Gesicht des blinden alten Mannes. Sie spielte am Straßenrand Akkordeon. Ich verscheuchte sie.
»Komm zurück!« befahl der Geist.
Ich schenkte dem Geist keine Beachtung und verfolgte die Eidechse, die in ein aquamarinblaues Gestrüpp huschte. Ich stürmte hinter ihr her in das Gestrüpp. Die Eidechse rannte weiter. Ich trat ihr auf den Schwanz. Der Schwanz riß ab. Verwirrt blieb die Eidechse einen Augenblick stehen. Da schlug ich ihr mit einem Stein auf den Kopf, doch die Eidechse entkam mir und ließ ihr kleines Akkordeon fallen, das ich mit dem Stein plattschlug, während kurz wütende Musik ertönte. Ich suchte immer noch verzweifelt nach der Eidechse, um sie restlos zu zerschmettern, denn ich war sicher, daß sich das irgendwie auf den blinden alten Mann auswirken würde, als der Geist kam und mich fortzerrte.
Wir kletterten weiter die Straße hinauf. Kurz darauf verwandelte sich die weiche grüne Straßenoberfläche in grüne Felsen und Steine. Sie hatten scharfe Kanten und taten mir bei jedem Schritt weh. Dann wurden die Steine und Felsen zu einer dünnen Schicht aus leuchtend grünem Glas, das mir in die Fußsohlen schnitt. Während der ganzen Zeit, die wir die endlose Straße hinaufgingen, blutete ich. Hinter mir glitzerte es rötlich auf dem Grün, dann verdunstete das Blut und färbte die Luft rot.
»Du mußt all dein Blut verlieren, ehe wir ankommen«, sagte der Geist.
Als ich das Gefühl hatte, den Schmerz in den Fußsohlen und den Hunger nicht länger ertragen zu können, und der Straßenrand übersät war mit ausgetrockneten Leichen, Skeletten von Babys und Schädeln, die gereimte Verse herunterratterten, verwandelte sich die Straße in einen grünen Strom. Er war mit einem Teppich aus dichtem Grasgeflecht bedeckt. Wir gingen über den Teppich aus Flußgräsern.

»Bald kommen wir an den großen Fluß«, sagte der Geist. »Sei dankbar. Wenn wir den Fluß überquert haben, gibt es kein Zurück mehr. Deine Gefährten und die ganze Geisterwelt und die Göttin der Geisterflüsse warten mit einem wundervollen Festessen auf dich, weil du ihr verlorener Freund bist.«
Wir zogen weiter. Ich schleppte mich mit brennendem Magen und wunden Sohlen hinter ihm her, und mein Blut, das nicht mehr rot, sondern blau wie Tinte war, hinterließ auf dem Grasgeflecht den Abdruck meiner kaum zu entziffernden Geschichte. Der Geist ging vor mir her und sah sich gelegentlich um, ob ich ihm auch immer noch folgte. Dann wurde der Strom zu einer Hochebene aus Baumwolle, oder war es Nebel, oder waren es Wolken? Ich hörte von allen Seiten lautes Jammern. Nach einer Weile schrie der Geist: »Schau! Ich sehe das Flußufer!«
Ich teilte seine Begeisterung nicht. Wir näherten uns dem Flußufer. Der Fluß hatte eine so spiegelglatte, so ungekräuselte Oberfläche, die, schien mir, unmöglich aus Wasser bestehen konnte. Sie kam mir vor wie Nichts, wie Leere, wie Luft. In der Nähe des Ufers lag auf dem, was eigentlich Wasser sein mußte, eine Piroge. Neben der Piroge stand eine Gestalt, deren Kopf in einer schwarzen Kapuze steckte und die ich für den Fährmann der Toten hielt.
Als wir ans Ufer kamen, sah ich keine Vögel. Kein Luftzug wehte über den Fluß. Es gab kein Sprühwasser, keinen Nebel. Nichts regte sich auf der blendenden, weiten Fläche. Kein Laut war zu hören, nicht einmal das leiseste Plätschern des Wassers. Als wir uns der Piroge näherten, erhob sich die Gestalt. Auf der unbewegten, erschreckenden Fläche unnatürlichen Wassers, die einer silbernen Unendlichkeit glich, spiegelte sich die Gestalt mehrfach wider. Erst als ich den Fluß genau ansah, merkte ich, daß es ein riesiger, unberührter Spiegel war. Die Piroge ruhte auf einem Schleier aus Licht, ohne die Oberfläche des Spiegels zu trüben. Die Lichter jener Welt, die sich auf dieser schimmernden Oberfläche brachen, ließen mich völlig durchsichtig werden, als sei ich aus der Wirklichkeit verschwunden und zu einem Gespenst geworden. Von Licht und Silber überflutet,

wurden meine Augen einen Moment geblendet. Dann kam Papa mit dem Mond in den Augen in den Raum zurück.
Er beugte sich über mich.
»Mein Sohn«, sagte er sanft, »ein wunderbarer Wind bläst in meinem Kopf. Ich habe heute abend den Mond getrunken. Die Sterne spielen Flöte. Die Luft ist erfüllt von der lieblichen Musik eines unsichtbaren Geistes. Die Liebe weint in meinem Fleisch und singt seltsame Lieder. Der Regen ist voller Blumen, und ihr Duft läßt mich erzittern, als würde ich ein richtiger Mann. Ich sehe, daß großes Glück unsere Zukunft erfüllt. Ich sehe Freude. Ich sehe, wie du aus der Sonne hervortrittst. Ich sehe Gold in deinen Augen. Dein Fleisch glitzert von Diamantenstaub. Ich sehe, daß deine Mutter die schönste Frau der Welt ist.«
Dann verstummte er.
Ich wollte, daß er weitersprach. Seine Worte gaben mir zu trinken und zu essen und neuen Atem. Doch er schwieg, und sein ruhiger Atem rief nicht den leisesten Wind auf der großen Spiegelfläche hervor.
Und dann kniete Papa zu meinem größten Erstaunen neben dem Bett nieder. Er legte den Kopf auf das Kissen, und der Geruch nach Alkohol schwebte auf seinem ruhigen Atem. Als er den Kopf bewegte und den Mond in seinen Augen von mir abwandte, als schäme er sich, etwas zu zeigen, das ihn befreien könnte, drehte sich die Gestalt neben der Piroge zu uns um und nahm den schwarzen Umhang ab. Von schwarzem Licht gekrönt stand dort eine nackte junge Frau mit dem Gesicht einer Greisin. Ihre Augen glitzerten härter und heller als Edelsteine.
»Wo ist der Fährmann?« fragte der Geist gebieterisch.
Die widerhallende Stimme des Geistes wurde über dem Horizont von Spiegeln mit jedem Echo schärfer. Die Frau antwortete nicht. Sie kam einen Schritt auf uns zu, und da bemerkte ich zum erstenmal, daß sie die Füße einer Löwin hatte. Sie hatte die Augen eines Tigers. Der Geist ging ein paar Schritte nach vorn und versuchte, sie zur Seite zu schieben, um zu der Piroge zu gelangen. Als sie sich berührten, blitzte es. Das Licht war so

blendend hell, daß ich eine Weile lang nur zwei kleine Monde sah, die in einem Glas mit klarem Alkohol kreisten.
Papa sagte: »Ich sehe, wie wir an wundervollen Stränden tanzen. Die Meerjungfern singen für uns. Ich sehe, wie die Zeiten unseres Elends sich ändern und besser werden. Mein Sohn, mein einziger Sohn, deine Mutter ist immer eine junge Frau voller Hoffnung geblieben und ich ein junger Mann. Wir sind arm. Wir haben dir außer unserer Liebe wenig zu bieten. Du bist aus unserer größten Freude geboren. Wir haben um dich gebetet. Wir wollten dich. Und als du auf die Welt kamst, hattest du ein rätselhaftes Lächeln auf den Lippen. Die Jahre vergingen, und wir sahen, wie das Lächeln verging, doch das Rätsel blieb. Empfindest du nichts für uns? Immer wenn auf dem Umschlagplatz mein Kopf fast unter der Last zerspringt, ist meine Seele bis zum Überlaufen mit schönen Träumen für dich erfüllt. Du hast in diesem Leben gesehen, wie süß selbst Sorgen sein können. Unser Leben scheint eine traurige Musik zu sein. Wie kannst du dann kommen, nur um uns wieder zu verlassen? Kennst du unser Elend? Weißt du, daß du sogar das Elend erträglich werden läßt? Die Leute sagen, du seist ein *abiku*-Kind, das nichts für seine Eltern übrig hat, sie sagen, du seist kalt und hättest nur Augen für jenen Geist, der die Züge eines hübschen jungen Mädchens mit goldenen Armreifen und kupfernen Fußspangen hat. Doch ich glaube ihnen nicht. Du hast um uns geweint und den Baum der Liebe bewässert. Wir haben deinetwegen gelitten. Leiden ist unser Zuhause. Wir haben dieses seltsame Lager, auf dem wir schlafen müssen, nicht gemacht. Aber diese Welt ist wirklich. Ich habe darin geblutet. Und du auch. Deine Mutter hat noch stärker in dieser Welt geblutet als wir. Es gibt hier hübsche junge Mädchen mit weichen, zärtlichen Stimmen und Augen, die Gott aus Mondlicht gemacht hat. Muß ich sieben Tage lang die ganze Nacht für dich singen, zwei weiße Hennen und zwei berauschende Flaschen *ogogoro* opfern, damit du mich hörst? Und selbst jetzt irrt deine Mutter durch die Nacht, fleht unter Tränen den Wind und die Straße und die verborgenen Engel an und sucht nach einem Weg, um zu dir zu gelangen. Bewegt dich die-

ses Leben nicht? Wenn du auf der Straße spielst und die Kinder sterben siehst und die Mütter weinen hörst und hörst, wie die Alten jede wunderbare Geburt besingen, bleibt da dein Herz ungerührt? Wir leben hier in Trauer. Doch wir feiern auch Feste. Wir kennen ganz besondere Freuden. Wir leben in Trauer, doch die Trauer ist die Schwester der Liebe und die Mutter der Musik. Ich habe dich tanzen sehen, mein Sohn. Und wenn du mein Lied nicht hören willst, werde ich nicht mehr singen.«

Er verstummte wieder.

Ich versuchte mich zu bewegen, ihm zu zeigen, daß ich zugehört hatte und meine Seele Tränen vergoß, doch er machte plötzlich eine Bewegung, die mich erschreckte. Ich hörte vor mir ein lautes Geräusch. Ich suchte Papas Augen. Doch ich sah nur, wie der Geist sich duckte, zur Seite sprang und mit einer Waffe in der Hand die Frau angriff. Sie kämpften miteinander in all ihren Spiegelungen. Der Geist schlug die Frau, und rings um mich ertönte lautes Klirren von Stahl gegen Stahl. Der Geist schlug weiter auf die Frau ein, bis goldenes Blut aus ihren Wunden floß. Sie machte keinen Versuch, sich zu wehren. Das goldene Blut floß an ihr herunter und verwandelte sich in einen blendenden Schutzschild. Dann zog sie eine Waffe aus ihrem Körper und schwang sie durch die Luft. Plötzlich sah ich den Geist und die Frau in endloser Spiegelung. Sie waren überall, und jede Spiegelung war wirklich. Und dann entdeckte ich nach und nach Papas Gesicht, als befände es sich hinter einer Fensterscheibe, die in der Nacht leuchtete. Papa sah mich mit ruhigen Augen an, während der Geist mit der Frau kämpfte. Sie kämpften auf dem Fluß aus Glas, kämpften in der Piroge, kämpften im Himmel. Und Papa flüsterte mir sanft Worte ins Ohr, als wäre ich eine Blume.

»Wir sind die Wunder, die Gott geschaffen hat, um die bitteren Früchte der Zeit zu kosten. Wir sind edel, und eines Tages wird sich unser Leiden in Wunder der Erde verwandeln. Der Himmel ist nicht unser Feind. Es gibt Dinge, die mich jetzt verbrennen und die golden werden, wenn ich glücklich bin. Siehst du das Rätsel unseres Schmerzes nicht? Daß wir Armut ertragen, fähig sind, zu singen und süße Dinge zu träumen, und daß wir die Luft nie verfluchen, wenn sie warm ist, oder die Frucht, wenn sie so gut schmeckt, oder die Lichter, die auf dem Wasser tanzen. Wir preisen noch unter Schmerzen die Dinge. Wir preisen sie stumm. Deshalb ist unsere Musik so schön, daß sich die Luft an sie erinnern kann. Es sind geheime Wunder am Werk, mein Sohn, die nur die Zeit hervorbringt. Auch ich habe die Toten singen hören. Sie sagen mir, daß dieses Leben gut ist. Sie sagen mir, ich solle es sanft leben, feurig, und immer voller Hoffnung, mein Sohn. Hier gibt es Erstaunliches und Überraschendes in allem, was du nicht sehen kannst. Der Ozean ist voller Lieder. Der Himmel ist nicht unser Feind. Das Schicksal ist unser Freund.«

Er kniete neben dem Bett und sang mir wundervolle Melodien ins Ohr. Er erzählte mir in Liedern Geschichten über unsere Ahnen, die ihr Ursprungsland verlassen und seltsame Orte zu ihrer Heimat gemacht hatten; über Großvater, der sieben Tage lang mit einem großen Geist des Waldes kämpfte und zum Priester der Kultstätte der Straßen geweiht wurde; über Götter, die das Universum in das Land der Geister, das Land der Menschen und die unendlichen Gefilde der himmlischen Wesen aufteilten und in allen Reichen den Tapferen eine besondere Heimstätte gaben.

Dann hörte er plötzlich auf zu reden. Das Licht änderte sich. Die Zeit verzerrte sich. Waffen sprühten über meinem Gesicht Funken. Papa hielt ein Messer über mich. Ich hörte den Schrei eines weißen Vogels. Die alte Frau schwang ihre Waffe, die im hellen Licht der Spiegel golden glänzte, stürzte sich auf den Geist und schlug ihm einen seiner Köpfe ab. Der Geist gab einen gräßlichen Schrei von sich, der zutiefst menschlich war. Die Frau schlug ihm den zweiten Kopf ab. Federn regneten auf mich herab. Das Blut des Geistes spritzte mir ins Gesicht, und ich war einen Augenblick lang blind. Und als ich wieder sehen konnte, erblickte ich Papa, der mit einer weißen Henne in der einen Hand und einem bedrohlich scharfen Messer in der anderen über mir stand. Mama, mit dem Rücken vor dem Fenster, war

von neun blauen Kerzen und sorgsam angeordneten Kaurimuscheln umgeben. Papa hielt die weiße Henne an Flügeln, Füßen und Kopf fest. Blut tropfte ihm von den Armen. Im Zimmer befand sich noch eine weitere Gestalt, die wandernde Schatten warf und den Raum mit dem Duft von wilden dörflichen Kultstätten und dem Ernst von Priestern mit versteinertem Gesicht erfüllte. Der Mann tanzte mit einem riesigen Fächer aus Adlerfedern, der das Zimmer in die Luft zu wirbeln drohte, um mich herum. Rote Amulette und Kaurimuscheln rasselten an seinem Hals, und sein rasender, irrer Tanz wurde für den zweifach geköpften Geist zur wirbelnden Folter.
Die Waffe der alten Frau mit den Füßen einer Löwin war goldrot geworden. Einer der Köpfe des Geistes war auf den Fluß aus Spiegeln gerollt, und seine Augen starrten mit bösem Erstaunen auf die endlosen Widerspiegelungen. Der Geist drehte sich heulend und verwirrt immer schneller im Kreis und rannte zur Piroge. Plötzlich sprang er hinein, schob die Piroge in den Spiegel hinaus und begann auf dem Licht zu rudern. Über Silber schreitend, ging die alte Frau mit erhobener Waffe auf ihn zu. Papa hielt das blitzende Messer über mich, als sollte ich zu meiner eigenen Geburt geopfert werden. Ich schrie auf. Das Messer in Papas Hand sauste nieder und zerschnitt zweimal die Luft. Der Kräuterheiler gab einen schrillen Schrei von sich. Im selben Augenblick versetzte die alte Frau dem Geist einen furchtbaren Schlag mit ihrer Waffe. Papa schlitzte dem Huhn die Kehle auf. Die alte Frau schnitt dem Geist den letzten Kopf ab. Der Geist kämpfte vergebens in der Piroge, während das Huhn krampfhaft zuckte. Sein Blut tropfte mir auf die Stirn. Der Kräuterheiler verstummte. Der Kopf des Geistes landete auf der silbernen Fläche, blickte sich um, sah, daß er vom Körper getrennt war, und gab einen letzten entsetzten Schrei von sich, der die Oberfläche des Flusses zertrümmerte. Die Spiegel zerbrachen. Es wurde dunkel. Splitter und Spiegelungen drangen mir in die Augen.

3

MAMA SASS NEBEN MIR und strich mir über die Lider. Papa saß mit stoppeligem Kinn auf seinem Stuhl und zog die Stirn kraus. Auf dem Tisch stand eine volle Flasche Whisky. Ein köstlicher Essensduft hing in der Luft. Ich riß die Augen weit auf und fragte: »Wo ist die Straße?«

Papa eilte sofort zu mir und hielt mir mit den Fingern die Augen auf. Mama goß mir eine schwarze Flüssigkeit in die Augen. Die Flüssigkeit tat weh, wenn ich die Augen schloß. Doch wenn sie geöffnet waren, tat es nicht mehr weh. Ich starrte mit weit aufgerissenen Augen alles an. Der Kräuterheiler war nicht mehr da. Sein Schatten und der Wirbel seiner Adlerfedern blieben zurück. Mama gab mir bittere Kräuter zu trinken. Papa ritzte mir mit einem Rasiermesser Brust, Schultern und Stirn und träufelte eine beißende Tinktur in die Schnitte. Ich schrie nach etwas zu essen. Sie kümmerten sich nicht darum. Ich versuchte, meine Reise fortzusetzen, doch ich konnte die Augen nicht schließen. Mama flößte mir Wasser und Orangensaft ein und fütterte mich mit Brei. Papa, der im Schatten des Kräuterheilers blieb, sah aus, als hätte er sein ganzes Leben lang nicht geschlafen. Mama war so mager und knochig und schön in ihrem Kummer, so voller Freude, mich am Leben zu wissen, daß ich sie beide beweinte. Papa begann zu singen. Mama streichelte mir die Schläfen. Ich hatte zwei Wochen lang nichts gegessen. Die Kräuterheiler hatten mich für tot erklärt. Doch ich hatte die Welt der Lebenden nie wirklich verlassen.

4

Ich bekam nach und nach immer mehr zu essen; von Brei gingen sie zu gehaltvolleren Speisen über. Mama kochte mir mit viel Liebe die köstlichsten Gerichte. Ich fragte mich, woher sie das Geld für die leckeren Suppen mit Ziegenfleisch und Stockfisch nahmen, für die Pfefferschotensuppe mit frischen Yamswurzeln, die Gemüsegerichte, die Ragouts mit würzigen Pfefferschoten und leuchtend roten Hummern. Ich war ganz dünn und abgezehrt und zu schwach, um aufzustehen. Das Gehen war mühselig, die Fußsohlen taten mir weh, und an den Augen bekam ich seltsame Reizungen. Die Flüssigkeit, die sie mir jeden abend in die Augen träufelten, hielt mich davon ab, tief zu schlafen. Ich schlief wie Kaninchen mit offenen Augen, um die Widersacher zu narren. Papa blieb in den meisten Nächten auf und wechselte sich mit Mama ab, um bei mir zu wachen. Kerzen brannten bis zum Morgengrauen.

Der Kräuterheiler kam erneut zu Besuch. Er führte Rituale durch und behandelte mich mit tiefem Mißtrauen. Er sagte zu Papa und Mama, sie sollten freundlicher zu mir sein, mich nicht anschreien oder schlagen, mir keine Vorschriften machen, sich in meiner Anwesenheit nicht streiten, und er deutete an, möglicherweise eine Zeremonie durchzuführen, die mir den Zugang zur Geisterwelt abschnitt. Er sagte, daß es wichtig sei, meine Geisterpfänder zu finden, die ich, wie er annahm, an einem verborgenen Platz versteckt hatte. Er sprach nachts mit Papa und Mama, während sie glaubten, daß ich schlief. Ich hielt ihn sofort für einen Feind. Er strich sein üppiges Entgelt ein und nahm, als er ging, seine einfühlsamen Schatten mit.

Und so redeten sie in der nächsten Zeit freundlich mit mir und behandelten mich liebevoll, als wäre ich ein neugeborenes Kind. Während ich die köstlichen Gerichte aß, die Mama mir kochte, saßen sie mir beide gegenüber und sahen mir lächelnd zu. Mamas Augen strahlten vor Freude und überraschenderweise auch vor Stolz. Papa sah mich an, als sei ich ein merkwürdiges, erstaunliches Tier. Sie baten mich ständig, mehr zu essen, als ich wollte. Sie kauften mir Limonade, und Papa teilte seinen Whisky mit mir. Falls sie große Schwierigkeit hatten, Geld zu verdienen, falls Papa unter unsäglichen Demütigungen litt, falls Mama durch die ganze Stadt laufen mußte, um ihre Waren, die sie mit heiserer Stimme auf staubigen Straßen anpries, zu verkaufen, dann zeigten sie es nicht. Irgendwie wurde meiner Rückkehr große Bedeutung beigemessen. Ich schämte mich dafür, ihr Leiden vergrößert zu haben. Ich versuchte, ihnen einen Gefallen zu tun, die Einkäufe zu machen, zu spülen, zu Hause zu bleiben und zur Schule zu gehen. Doch sie schienen eher darauf bedacht zu sein, mir einen Gefallen zu tun, und waren gekränkt, wenn ich versuchte, etwas zu tun. In dieser Zeit fegte Papa das Zimmer, holte Wasser vom Brunnen, kam immer in fröhlicher Stimmung von der Arbeit zurück, war freundlich und aufmerksam zu Mama, nahm sie oft in den Arm und setzte sich oft auf seinen Stuhl, um zu rauchen und fröhliche Lieder der Ahnen zu singen.

Es kam mir vor, als beginne unser Leben neu, in neuen lieblichen Farben, und als verwandele sich unser Elend durch diese Herzlichkeit in etwas Wunderbares und Greifbares wie die Vögel am Himmel. Die Welt erschien mir neu, alles war frisch. Es waren die ersten Tage der Schöpfung. Ich bestaunte Spinnweben und Küchenschaben. Ich konnte den Blick nicht von den Gesichtern der Leute und ihren Augen wenden. Die Tatsache, daß die Menschen ohne jeden Anlaß zur Munterkeit redeten, lachten, weinten, schwitzten und sangen, die Tatsache, daß sie einen lebendigen Körper besaßen und das, was man Leben nennt, in sich trugen, kam mir unglaublich vor. Mit vor Erstaunen offenem Mund sah ich Babys an. Ich kam nicht darüber hinweg, daß wir mit unseren Augen, aus unserer inneren Welt heraus die Menschen ansehen können, die Menschen dagegen, wenn sie uns ansehen, keinen Einblick in unsere Augen, unsere Gedanken, unsere inneren Welten haben. Es verblüffte mich, wie durchsichtig man sich fühlt und doch so undurchsichtig ist. Sogar die Fortbewegung, die Tatsache, daß Menschen auf zwei Beinen gehen, ohne das Gleichgewicht zu verlieren, überraschte mich. Mit Augen, die aus neuer Angst vor Schlaf weit aufgerissen waren, sah ich die Welt an, versuchte alles darin zu sehen und nahm alles in mich auf. Ich hielt am beunruhigenden Rätsel der Wirklichkeit fest und wurde kräftiger.

Alles kam mir fremd vor. Alles fühlte sich an, als würde es davonschweben und zugleich für immer wiedergeboren. Selbst unsere Nachbarn, die uns nicht wohl gesinnt waren, statteten uns eines Abends einen Besuch ab. Sie brachten Süßigkeiten, Getränke und neuen Kleiderstoff als Geschenke mit. Sie brachten ihre Kinder mit, damit ich mit ihnen spielen konnte. Sie tranken und unterhielten sich fröhlich mit Papa und Mama, als hätte es nie die geringsten Feindseligkeiten zwischen uns gegeben. Ihre Gesichter waren mir alle irgendwie vertraut. Ich spürte, daß ich lange fortgewesen war. In jener Zeit waren mir Namen ein Rätsel, und ich sprach die jeweiligen Spitz- und Geburtsnamen immer wieder aus, als wäre es das erstemal. Ich spielte, wie mir schien, mit langsamen Bewegungen mit den Kindern und berührte sie zärtlich.

Unsere Nachbarn sprachen herzlich mit mir. Und ich beobachtete dabei ihre Gesichter. Mein Herz schlug für sie alle. Wie ein Fremder sah ich das Leid in ihren Gesichtern, die Jahre des Elends und des Mißtrauens, ihre extreme Empfindlichkeit gegenüber Kränkungen, ihre heftigen Reaktionen, ihre ausgeprägten Vorlieben und ihre grenzenlose Begeisterung und Hoffnung. Ihre anständigen, von der Zeit geprägten Gesichter kamen mir verletzlich vor. Überall lauerte Entsetzen auf sie. Jahre der Entbehrung hatten ihre Augen verwandelt, die wie Instrumente die Welt mit einer eigentümlichen, unversöhnlichen Schärfe ansahen; ja, oft sogar mit Bösartigkeit. Und doch waren sie hier – vor sich Entbehrung, hinter sich Hunger – und statteten uns einen Besuch ab, um mich nach meiner Rückkehr vom Tod willkommen zu heißen.

5

Papa kaufte Getränke für sie. Mama stellte ihnen etwas zu essen hin. Sie sprachen alle mit gedämpfter Stimme, als befänden sie sich in Gegenwart einer Leiche. Von ihnen erfuhr ich einiges von dem, was sich während meiner Abwesenheit ereignet hatte.

Es hatte eine Unterbrechung in der Regenzeit gegeben. Häuser waren überschwemmt worden und ganze Familien gezwungen gewesen, umzuziehen. Straßen hatte sich in Flüsse verwandelt. Behelfsfriedhöfe waren so mit Wasser vollgelaufen, daß man Särge gesehen hatte, die an Häusern vorbeigetrieben oder vor den Wohnungen von gewissen zweitrangigen Politikern gestrandet waren. Stromkabel waren durch die Kraft von Wind und Regen heruntergerissen worden und, wie ein paar Leute hinzufügten, von den Kräften gegen den Fortschritt. In manchen Brunnen hatte man Fische gefunden. Eine Schlange war in ein Haus gekrochen und hatte eine Frau getötet. Die Leute sagten, die Schlange sei von einem Feind geschickt worden. Ich hörte Geschichten über Politiker, die Mitglieder von Geheimbünden waren und versucht hatten, den Regen wegen der großen Kundgebung zurückzuhalten, die sie ständig verschieben mußten. Ich hörte, daß Madame Koto diesen Geheimbünden beigetreten war. Ich hörte auch, daß sie eines Tages auf dem schlammigen Boden ausgerutscht und unglücklich gefallen war und zu einem mächtigen Kräuterheiler hatte gebracht werden müssen. So gingen die Gespräche immer weiter, führten von banalen Dingen zu äußerst ungewöhnlichen Ereignissen, von dem Mann, der bei einem fürchterlichen Regenschauer getobt und geschworen hatte, er sehe rote Adler mit Blumen im Schnabel,

zu der Frau, die angeblich ein großes weißes Ei zur Welt gebracht hatte.
Sie sprachen über seltsame Dinge und Omen, über den blinden alten Mann, der eines Nachts aufgewacht war und geschrien hatte, eine riesige Eidechse verfolge ihn und habe sein Akkordeon zertrümmert. Sie sprachen über Omen in den Bewegungen riesiger Sternbilder. Ein Stern war in den Atlantik gefallen. Ein anderer Stern war über unserer Gegend aufgegangen. Goldene Vögel waren in der Nacht gesehen worden. Frauen hatten im Dunkeln liebliche Lieder gehört, Lieder, die die menschenleere Straße hinabzogen. Leute hatten von wandernden Standbildern geträumt, die ihnen Geschenke brachten; sie hatten von Vögeln und Schmetterlingen geträumt, von Zwitterwesen, von Antilopen mit juwelenbesetztem Halsband, von Bettlern, die Prinzessinnen waren, von einem Regen aus Goldstaub, vom Land, das in Fülle erstickte, während die meisten Menschen verhungerten, von einer Zeit des Überflusses, auf die zwei Jahrzehnte der Dunkelheit folgten, von Wundern auf hungrigen Straßen, von dem Weisen, der aus dem Nichts auftauchen und die zukünftigen Qualen des Landes regieren und verwandeln würde. Sie sprachen sogar über das weitverbreitete, auf zwei Kontinenten bestätigte Gerücht, daß einer unserer bedeutendsten Politiker auf dem Mond gesichtet worden war. Wenn ich ihnen zuhörte, erfüllte mich eine gewaltige Achtung vor der Welt. Das Leben traf mich wie ein Blitzschlag. Als sie gingen, rauchte mir der Kopf von all den Wirklichkeiten, die sie mit leiser Stimme beschworen hatten. Ein strahlender Nimbus verband Mama und Papa in jener Nacht. Ein glühendes, fast regenbogenartiges Strahlen ging von ihnen aus. Ich war erschöpft und unruhig. Ich wollte die Welt wiedersehen. Mama sang. Papa sagte: »Geburt bringt Ruhm.«
Ich schlief in jener Nacht im Bett. Mama und Papa schliefen auf der Matte. Später hörte ich, wie sie sich bewegten und flüsterten, wie sie den Boden in Bewegung brachten und erschütterten, als könnten sie es nicht erwarten, die Welt mit Ruhm zu bevölkern.

Zweiter Teil

Sechstes Buch

I

Ich wurde kräftiger. Ich wagte mich auf die Straße hinaus. Ich ahnte, daß man mir größere Freiheit ließ, vorausgesetzt, ich blieb am Leben. Als ich zum Spielen nach draußen ging, kam es mir vor, als habe irgend etwas die Welt verändert. Überall wucherten Büsche und seltsame Pflanzen. Der Regen hatte Löcher in den Boden geschlagen. Vor Schlamm waren die Straßen unpassierbar. Bäume waren quer über Wege und Landstraßen gestürzt. Stromkabel baumelten in der Luft. Ich versuchte, durch die Gegend zu streifen – mir juckten allmählich die Füße –, doch das Wasser machte diese Pläne zunichte. Auch der Regen hatte die Welt kleiner werden lassen. Im Wald war der Boden schlammig und voller gelber Blätter und Opfergaben. Ich streifte durch unser verwüstetes Viertel. Es machte keinen Spaß. Die Sümpfe hatten sich durch den Regen ganze Straßen einverleibt. Alle Straßen in unserm Viertel waren früher Teil eines Flusses gewesen. Wie immer verlangte der Flußgott sein Gebiet zurück.
Ich konnte nirgendwo hingehen und war also gezwungen, mich mit den Ablenkungen zu begnügen, die unsere Straße bot. Da ich zwei Stellen in unserer Straße meiden mußte, zogen mich beide wie ein Magnet an. Ich kletterte auf einen Baum, setzte mich wie ein unbeholfener Vogel auf einen Ast und beobachtete beide Häuser. Vor dem flachen Haus des blinden alten Mannes spielten Kinder. Er war nicht zu sehen. Sein Stuhl stand völlig durchnäßt auf der Veranda. Sein Fenster war eingeschlagen, und der Raum schien leer zu sein. Madame Kotos Bar hatte sich verändert. Der Platz vor dem Haus stand unter Wasser, in dem Gräser wuchsen. Auf Steinen liegende Bretter führten zur Bar. Das Aushängeschild hing schief. Der Streifenvorhang war dünner

geworden, so daß ich ein bißchen hineinsehen konnte. Stromkabel waren von einem Mast an der Straße zu ihrem Dach gespannt worden. Madame Koto war die einzige, die dieses Vorrecht genoß. Ein paar Autos fuhren vor und hupten. Frauen kamen schwatzend und lachend heraus. Zu den Klängen von Musik tänzelten sie über die Bretter. Madame Koto, deren Bauch dicker denn je war und die den rechten Fuß in einem Verband hatte, kam heraus und winkte ihnen zu. Die Frauen fuhren in den Autos davon.

Madame Koto blieb vor der Tür stehen und warf einen Blick auf die Welt. Die weißen Perlen an ihrem Hals glänzten prachtvoll. Ihre Augen blickten bald unverwandt in meine Richtung. Madame Koto starrte mich lange an. Zu meiner Überraschung ging sie dann auf mich zu. Ich versuchte, den Baum hinabzuklettern, blieb aber mit dem Hosenboden an einem Ast hängen. Ich fand mich damit ab, ihr ausgeliefert zu sein. Sie wiegte ihren fetten Körper bei jeder Bewegung hin und her, wich geschickt den trügerischen Pfützen und Schlammlöchern aus, ohne es sich anmerken zu lassen, und kam gemessenen Schritts auf mich zu. Sie war eine wuchtige Erscheinung. Allein das Gewicht ihrer Wikkeltücher verlieh ihr eine seltsame Würde. Eine eindrucksvolle, ungewohnte Erschöpfung lag auf ihrem Gesicht. Sie blieb unter dem Baum stehen, starrte mich an und sagte: »Azaro, was machst du da?«

»Nichts.«

»Hälst du dich für einen Vogel?«

»Nein.«

»Warum hast du mich eben so angestarrt?«

»Ich habe dich nicht angestarrt.«

»Komm runter!«

»Nein.«

Sie funkelte mich an. Dann sagte sie plötzlich: »Was hast du in meinen Träumen gemacht?«

»Nichts.«

Sie versuchte, meine Füße zu erwischen, doch ich zog die Beine an. Sie sprang hoch, landete unglücklich, tat sich am Fuß weh

und gab schließlich auf, mich zum Herunterklettern zu bewegen. Sie sagte: »Wenn ich dich noch einmal in meinen Träumen antreffe, dann fresse ich dich auf.«
Dann humpelte sie zur Bar zurück. Als sie hinter dem Streifenvorhang verschwunden war, kamen ihre Frauen heraus, starrten mich an und schnitten mir Fratzen. Als sie es aufgaben, mich anzustarren, kletterte ich vom Baum herunter und ging nach Hause.
Papa war früh von der Arbeit zurückgekommen. Er stand mit schwitzender, nackter Brust da. Er hatte einen Sack mit Lumpen an die Wand gehängt und schlug darauf ein. Er blickte mich an, während ihm der Schweiß übers Gesicht lief, und sagte: »Mein Sohn, dein Vater trainiert.«
»Wofür?«
»Um Weltmeister zu werden.«
Er schlug mit grunzenden Lauten weiter auf das Bündel ein, so daß die Wände zitterten und die Grundmauern des Hauses bei jedem Schlag erschüttert wurden. Er schlug so lange auf das Bündel ein, bis ein Nachbar gegen die Tür hämmerte.
»Was ist denn mit dir los?« schrie der Mann. »Versuchst du die Wand einzuschlagen? Geh lieber zum Militär, anstatt den Leuten auf die Nerven zu gehen!«
Papa hörte auf, gegen das Bündel zu schlagen, und verlegte sich aufs Schattenboxen. Jeder besonders harte Schlag in die Luft wurde mit den Namen echter oder eingebildeter Feinde und einer Schimpftirade begleitet. Papa sprang herum, duckte sich, schlug rechte und linke Geraden, teilte Kinnhaken aus, täuschte und sprang hin und her. Der Schweiß auf seiner Brust schlug Blasen. Papa wurde müde. Er ging auf den Hof und nahm ein Bad. Als er zurückkam, begann ich, sein Essen aufzutragen. Er verbot es mir und trug selbst das Essen auf. Wir aßen gemeinsam.
Als wir fertig waren, ging ich nach draußen, um zu spülen. Papa saß auf seinem Stuhl und rauchte. Er war unruhig, als ich zurückkam. Ich beobachtete ihn stumm. Er warf mir hin und wieder einen Blick zu und lächelte. Nicht lange danach tauchte der

Hauswirt auf. Er klopfte nicht an. Er rauschte einfach herein, ließ die Tür weit offen und richtete seine Beschwerde an den ganzen Compound.

»Ich höre, Sie schlagen die Wände ein! Wenn Sie irgend etwas in meinem Haus beschädigen, dann soll Sie der Donner holen. Und am besten richten Sie sich darauf ein, auszuziehen. Ich habe den Ärger mit Ihnen satt!«

Er stürmte davon. Papa rauchte weiter. Er hatte sich nicht gerührt. Als der Hauswirt fort war, stand Papa auf, schloß die Tür und setzte sich wieder auf seinen Stuhl. Wir sagten nichts, bis Mama zurückkam.

2

Wir hatten keine Ahnung, wie ernst Papa das Boxen nahm. Er begann, wie ein Verrückter zu trainieren. Manchmal stand er nachts auf, tänzelte und konterte, schlug linke und rechte Geraden, teilte Schwinger aus und kämpfte mit eingebildeten Gegnern. Noch bevor er sich morgens mit einem Kaustäbchen die Zähne reinigte, noch bevor er aß, trainierte er schon überall im Zimmer. Seine Beinarbeit und sein schwerer Atem weckten mich. Wenn ich von der Matte aufblickte, sah ich, wie seine riesigen Füße um meinen Kopf herumsprangen und er mit den Ellbogen das Gesicht deckte. Er schlug auf die Wäscheleine ein, bis sie riß. Er schlug auf Fliegen ein und versetzte den Mücken eine linke Gerade. Er spezialisierte sich darauf, mit seinem eigenen Schatten zu boxen, als wäre dieser ein besonders verhaßter Gegner. Er forderte mich auf, aufs Bett zu steigen und ein gefaltetes Handtuch für ihn hinzuhalten. Dann schlug er aus allen Winkeln auf das Handtuch ein. Seine Bewegungen wurden krebsartig, und er entwickelte die seltsamsten Aufwärtshaken. Je mehr er sich fürs Boxen begeisterte, um so mehr aß er. Sein Appetit wurde so gewaltig, daß Mama ihn anflehte, mit dem Boxen aufzuhören. Wir könnten uns das nicht leisten, sagte sie. Doch Papa schenkte ihr keine Beachtung. Mama und ich schränkten uns im Essen ein, damit er seinen Körper stärken konnte. Er wußte nicht, daß wir uns einschränkten.

Es wurde noch schlimmer. Papa begann, auf dem Weg zur Arbeit die Luft als Sparringspartner zu betrachten. Auf dem Rückweg tat er dasselbe, sprang von einem Bein aufs andere, machte die ausgefallensten Bewegungen, fintierte mit Geraden und führte Schlagkombinationen aus. Wir hatten den Eindruck, daß irgend etwas Schreckliches in ihn gefahren war.

»Die Armut macht ihn verrückt«, sagte Mama.
Die Leute sahen uns an, als seien wir nicht mehr ganz normal.
Das Zimmer wurde allmählich zu klein für Papas Training. Er hatte inzwischen auf alles eingeschlagen, was ihm unter die Fäuste kam. Er hatte meine Matte so oft gegen die Wand gelehnt und darauf eingedroschen, daß sie allmählich dünner wurde. Er hatte Löcher in die Matratzen geschlagen. Er hatte den Boden von einer von Mamas Schüsseln zertrümmert. Er hörte auf nichts und niemanden mehr. So besessen war er. Wir konnten es nicht verstehen. Erst als er anfing, auf der Veranda zu boxen, versuchten wir nicht länger zu begreifen, was in ihn gefahren war. Irgend etwas hatte ihn verändert. Seine Augen wurden zugleich kühl, gelassen, grimmig und schmal. Er schien die Leute anzusehen, als wären sie durchsichtig, körperlos. Von den Schlägen gegen die Mauern des Hinterhofs wurden seine Handknöchel groß und rauh. Eines Tages traf ich ihn auf dem Hinterhof. Er hatte sich ein Tuch um die Fäuste gewickelt und schlug mit aller Kraft gegen die Mauer. Er schlug so lange, bis das weiße Tuch von seinem Blut getränkt war. Dann hörte er auf.
»Ein Mann zu sein ist keine Kleinigkeit«, sagte er mehrfach zu mir.
Allmählich erregte sein Schattenboxen jedoch Aufmerksamkeit. Wenn er auf dem Hinterhof gegen die Mauern schlug, tauchten die Frauen unter irgendeinem Vorwand am Brunnen auf. Wasser zu holen, ohne welches zu benötigen, wurde plötzlich bei den verheirateten und unverheirateten Frauen Mode. Papa störte es nicht, sich vor einer Schar von Frauen und Kindern aufzuspielen. Doch der Hinterhof sagte ihm bald nicht mehr zu, weil das auf dem Boden verschüttete Wasser die Beinarbeit behinderte. Eines Tages glitt er aus und fiel hin. Die Frauen lachten. Am nächsten Abend verlegte er das Schattenboxen auf den Gang zwischen den Häusern. Und als er glaubte, daß alle Welt schlief, setzte er in jener Nacht sein Training vor dem Compound fort.
In solchen Nächten hatte Papa die besten Sparringspartner. Er kämpfte mit dem Wind, den Schnaken und den Mücken, die aus Millionen von Larven aus dem ganzen Sumpf der Straße aufstie-

gen. Ich wachte nachts oft auf und merkte sofort, daß Papa nicht im Zimmer war, weil ich seine unermüdliche Energie vermißte. Dann stand ich auf, schlich mich auf Zehenspitzen aus dem Zimmer und ging vors Haus. Wie ein einsamer, unbesiegbarer Held der Nacht kämpfte und boxte Papa überall. Er kämpfte immer mit mehreren eingebildeten Gegnern, als wäre die ganze Welt gegen ihn. Er kämpfte unermüdlich mit diesen Gegnern und schlug sie immer k.o. Wenn sie am Boden lagen, warf er die Arme triumphierend in die Luft. Für mich war er in jener Zeit der König der Gettonächte. Ich sah ihm lange zu. Die Nacht wurde für mich sicherer. Und während er trainierte, unternahm ich Streifzüge durch unsere Straße. Wenn er in der Nähe war, verwandelte die Nacht alles, was mir vertraut war, in ein anderes Land, eine andere Welt. Was für einen anderen Ort die Nacht aus dem Getto machte! Die Häuser waren still. Nirgendwo brannte Licht. Der Wald war eine dunkle Masse, eine schwarzblaue Masse, die schwärzer war als die mich umgebende Nacht. Die Häuser, die Bäume, die Büsche machten unsere Straße zu einer seltsamen Bergkette. Die Häuser waren bucklig wie im Dunkeln schlafende Ungeheuer. Freistehende Bäume waren eine Horde Riesen, die mit wirren Haaren im Stehen schliefen. Und die Straße war keine Straße mehr, sondern der Fluß des Ursprungs. Er zog sich majestätisch und gemessen durch die Dunkelheit. Als ich nachts auf der Straße umherstreifte, bemerkte ich zum erstenmal, daß ich manchmal verschwand. Anfangs erschreckte mich das. Ich ging die Straße entlang, ohne jemals weit sehen zu können, und plötzlich tauchte ich in der Dunkelheit unter. Dann sah ich mich nach mir um. Ich wurde zu einem dunklen Geist. Der Wind ging durch mich hindurch. Doch wenn ich mit dem Fuß einen Stein wegschoß, stolperte oder ein Lichtstrahl auf mich fiel, war ich wie durch ein Wunder wiederhergestellt. Dann rannte ich zurück zu unserm Haus, wo Papa immer noch trainierte, ohne zu merken, daß ich wieder da war.

Er kam mir in jenen Nächten sehr stark vor. Die Dunkelheit wurde zu seinem Mantel und Freund. Seine Augen leuchteten hell. Er redete mit dem Wind, und seine Stimme war kraftvoll; sie hatte Gewicht, es war die Stimme eines neuen Menschen. Wenn er sein Training beendet hatte, hüpfte und tänzelte er mit faszinierender Beinarbeit einher und nannte sich selbst Black Tyger. Der Name paßte immer besser zu ihm. Ich hatte ihn nie so strahlend und stark gesehen, wie in den Nächten, wenn er trainierte. Und durch das nächtliche Training wurde sein Name allmählich bekannt. Durch das Schattenboxen erregte er zunehmend seltsame Aufmerksamkeit. Von einem Mückenschwarm umgeben, beobachtete ich ihn eines Nachts, als ich sah, wie ein einzelnes Licht die Straße hinabkam und nicht weit von ihm haltmachte. Das Licht war allein. Es war kleiner als eine Streichholzflamme und blieb dort und sah zu, wie Papa mit der Dunkelheit boxte. Nach und nach nahm die Zahl der Lichter, die ihm zuschauten, zu. Eines Nachts zählte ich drei Lichter.

»Papa, drei Lichter schauen dir zu«, sagte ich.

»Was?«

Er war überrascht, meine Stimme zu hören. Ich nehme an, er bemerkte zum ersten Mal, daß ich dort war.

»Was für Lichter?«

Ich zeigte sie ihm, doch er konnte sie nicht sehen.

»Das liegt an deinen Augen«, sagte er und boxte weiter.

Die Lichter sahen ihm zu, bis er aufhörte. Sie rührten sich nicht. Der Wind machte ihnen nichts aus. Als wir ins Haus zurückgingen, blickte ich mich um. Sie waren immer noch da.

In einer anderen Nacht, als Papa besonders hart trainierte, sah ich plötzlich ein leuchtend gelbes Augenpaar aus dem Sumpf kommen. Es machte kurz vor Papa halt und beobachtete seine Bewegungen. Papa duckte sich, wich seitlich aus, ging von einem Klammergriff zu einem rechten Kreuzschlag über, von einem Aufwärtshaken zu einem Kopfhaken, und endete mit einer linken Geraden. Ich sah, wie ihm die Augen folgten. Die Augen beobachteten ihn, während er von der üblichen Schlagfolge zu Rechtsauslagen überging. Ich lief zu dem gelben Augenpaar hinüber und fand nichts. Ich lief auf meinen Platz zurück, und die Augen tauchten wieder auf. Sie beobachteten Papa, bis er in jener Nacht aufhörte zu boxen. Wir gingen ins Haus, ich schlich mich zurück, aber die Augen waren nicht mehr da. Als ich das nächste Mal nachts aufblieb, um Papa zuzusehen, geschah etwas Ungewöhnliches. Die Lichter tauchten eines nach dem anderen auf, als hätten sie eine Versammlung oder wollten ein irdisches Sternbild formen. Dann kamen die gelben Augen aus dem Sumpf hervor. Und als Papa nach der ersten nächtlichen Runde eine kurze Pause einlegte, tauchte ein riesiger Mann aus der Dunkelheit auf. Er war so gewaltig, daß ich nicht verstehen konnte, warum ich ihn nicht hatte kommen hören. Er schien aus dem Nichts getreten zu sein, aus einer anderen Welt. Ich konnte seine Augen nicht sehen.

»Wer bist du?« fragte er Papa.

Papa warf ihm einen abschätzenden Blick zu.

»Meine Name ist Black Tyger«, sagte Papa furchtlos.

»Gut.«

»Und wer bist du?« fragte Papa zurück.

Der Mann gluckste in sich hinein.

»Man nannte mich Yellow Jaguar«, entgegnete der Mann.

»Gut.«

»Du willst also mit mir kämpfen?«

»Ja«, sagte Papa.

Der Mann gluckste wieder.

»Dein Ruhm beginnt sich auszubreiten. Doch ich werde dem ein Ende machen.«

»Red nicht soviel«, sagte Papa und begann mit einer Rechtsauslage.

Ich fand es beunruhigend, daß ich die Augen des Mannes nicht sehen konnte. Die beiden Männer umkreisten einander. Papa versetzte ihm einen Schlag, und der Mann grunzte. Papa schlug ihm noch einmal ins Gesicht, doch diesmal schrie Papa auf.

»Du bist hart wie Holz!« sagte Papa.

»Das hört sich schon besser an«, sagte der Mann und schlug Papa ins Gesicht.

Papa stürzte, rollte über den Boden und landete in einer Pfütze. Der Mann wartete auf ihn. Ich konnte sein Gesicht immer noch nicht sehen. Papa stand langsam mit hängendem Kopf auf. Plötzlich stürzte er sich auf den Mann. Die drei Lichter verschwanden bei dem Angriff. Dann bemerkte ich, daß noch eine ganze Reihe verschiedenfarbiger Lichter aufgetaucht war. Die beiden Männer fielen in eine andere Pfütze. Sie rappelten sich auf. Papa schlug mit aller Kraft auf den Mann ein. Der Mann grunzte wieder, und Papa schrie auf.

»Du bist wie ein Baum!«

Der Mann ließ Schläge auf Papa einhageln. Und ich sah, wie Papa abduckte, parierte, auswich, mit den Ellbogen abblockte, von einem Bein aufs andere sprang, doch er wich nicht zurück und verlor auch nicht an Boden. Dann stemmte Papa die Füße fest auf den Boden, stieß einen langen Schrei aus, den Schrei eines verwundeten Tiers, und ging mit einer schnellen Folge wilder Stöße zum Angriff über. Er hämmerte auf den Mann ein. Er entfesselte einen wahren Orkan von Schlagkombinationen, Schleuderschwingern, schnellen Haken, tückischen Kreuzschlägen und knirschenden Kinnhaken. Ich sah, wie der Mann nach hinten rannte, sah, wie er die Arme und den Kopf hilflos sinken ließ. Papa hörte erst auf zu schreien, als er den Mann in den Sumpf gejagt hatte. Ich schöpfte neuen Mut und war stolz. Und dann hüllte die Dunkelheit, die in dichten Schwaden aus dem Sumpf zu kommen schien, beide ein. Es war still. Ich wartete. Ich hörte nichts. Ich sah nichts. Nach einer Weile hörte ich schwere Schritte im Schlamm. Papa tauchte auf und kam schlotternd auf mich zu.

»Wo ist der Mann?« fragte ich.

»Ich weiß es nicht«, sagte Papa vor Erschöpfung schwer atmend. »Er ist im Sumpf verschwunden.«

Dann hörte ich, wie jemand durch den Schlamm stapfte. Und dann ertönte eine laute Stimme, die erfüllt von der Macht der Dunkelheit sagte: »Ich habe gerade erst angefangen!«

Und wie geballter Donner stürzte sich der Mann wieder in den Kampf. Als er aus dem Dunkel auftauchte und auf Papa zustürmte, stellte ich verwundert zweierlei fest: Er war völlig mit Schlamm bedeckt, und seine Augen leuchteten gelb. Er raste wie ein Wirbelwind auf Papa zu, wie der Mistral, wie ein Orkan. Er durchbrach Papas Verteidigung. Er kam jeder Bewegung zuvor, die Papa machte. Und er scheuchte Papa über den ganzen Platz und machte ihn mit blitzschnellen Stößen und Schlagkombinationen fertig, mit gnadenlosen Treffern, mit blind machenden, gezielten Konterschlägen. Papa fiel unter dem wilden Ansturm wie ein Puppe um. Der Mann verkörperte eine furchtbare Energie, eine unnatürliche Naturkraft, einen Sturm. Wie die fünf Finger des Blitzes über dem Wald tauchte er überall gleichzeitig auf.

»Deine Augen sind zu hell!« schrie Papa.

Und dann merkte ich, daß das gelbe Augenpaar mit dem Mann verschmolzen war.

»Ich bin ein wild gewordener Jaguar!« prahlte der Mann und ließ einen Hagel furchtbarer Schläge auf Papa niedergehen.

Der Mann schlug immer weiter auf Papa ein, machte ihn fertig und zermalmte ihn geradezu unter einer Lawine ununterbrochener Stöße. Ich sah, wie Papa erschöpft und verwirrt herumstolperte. In seinen Augen lag ein entsetzter, feiger Blick. Blut lief ihm über die Nasenflügel und an den Augen entlang. Papa wurde grausam zusammengeschlagen, doch er drehte sich nicht um, um das Weite zu suchen. Er nahm die Schläge hin. Er schluckte sie herunter. Er widerstand ihnen. Er ließ sie in seinen Körper und seinen Geist eindringen. Ich hörte, wie seine Halswirbel knackten. Ich hörte, wie er mit den Zähnen klapperte, wenn ihn die Knöchel des Mannes trafen. Ich hörte, wie Fäuste auf Knochen knirschten. Papa schrie auf und stöhnte. Und dann ging er in die Hocke. Mit halberhobenen Fäusten tauchte Papa, als wollte er über den Boden kriechen. Der Mann ragte hoch vor ihm auf, und seine gelben Augen blitzten in der Dunkelheit auf. Dann kauerte sich Papa zusammen. Er bewegte sich wie ein in die Falle geratenes wildes Tier. Langsam schwankte er bald hierhin, bald dorthin und hielt die Arme angewinkelt wie eine Gottesanbeterin. Dann sah ich, wie Papa sich verwandelte. Er kam wieder zu einfachen Dingen zurück. Zum Wasser, zur Erde, zur Straße, zu weichen Dingen. Er wich aus. Wurde flüssig. Bewegte sich wie eine Katze. Rückwärts gleitend zog er sich mitten in die bunte Schar der Lichter zurück. Ich spürte, wie eine seltsame starke Kraft von ihm ausging. Er schöpfte sie aus der Nacht, der Luft, der Straße und bei seinen Freunden. Der Mann arbeitete sich an ihn heran, und Papa tänzelte weiter nach hinten und schwebte auf seinen Qualen in die Dunkelheit. Die Lichter folgten ihm. Und als Papa mit dem Rücken gegen den ausgebrannten, verrosteten Lastwagen stieß, blieb er stehen. Er hatte keinen Ausweg mehr. Und plötzlich, ich weiß auch nicht, warum, vielleicht ist es eines jener Rätsel der Lebenden, die nur die Lebenden verstehen können, plötzlich schrie ich auf. Meine Stimme, die noch einen Augenblick nachhallte, schwebte im Wind. Sie klang zu dünn und zart für das, was sie auslöste.

»Black Tyger, GEBRAUCH DEINE KRAFT!« schrie ich.

Und Papa, der nichts mehr zu verlieren hatte, überraschte den Mann völlig mit der entfesselten, verzweifelten Wut seines Gegenangriffs. Wie durch ein Wunder richtete sich Papa zu seiner vollen Größe auf. Und mit der ganzen geballten Wut und dem Wahnsinn jener, die in Sekundenschnelle zwischen Leben und Tod zu wählen haben, sprengte Papa die Ketten seiner Erschöpfung und hämmerte mit solcher Kraft auf den Mann ein, daß er damit ein ganzes Riesengeschlecht hätte auslöschen können. Ich weiß nicht, ob es an den ungeheuer vielen Stößen und Schlägen, dem Trommelfeuer von Kombinationen lag oder nur an einem gut plazierten Treffer, doch plötzlich gab der Mann inmitten der Wirren von Papas Wahn ein entsetztes Geheul von sich. Er taumelte nach hinten. Verblüfft folgte ihm Papa mit erhobenen Fäusten. Dann blieb der Mann kerzengerade stehen und verdrehte die leuchtend gelben Augen. Der Wind seufzte über seinem Kopf. Die gelben Augen trübten sich, schlossen sich dann. Ringsumher wurde es nun dunkler, als sei eine rätselhafte Lampe ausgeblasen worden. Und schließlich kippte der Mann langsam um wie ein Baum, der eine ganze Weile nach dem Tod noch gewartet hat, ehe er umstürzte. Und als der Mann mit einem unnatürlich dumpfen Schlag zu Boden ging, geschahen die seltsamsten Dinge. Der Mann verschwand. In der Erde. In der Dunkelheit. Ich kann es nicht sagen. Ein gelblicher Dampf wie von schwelendem Schwefel stieg aus der feuchten Erde auf. Die Lichter, die sich versammelt hatten, waren alle verschwunden. Die Nacht war still. Und dann lachte eine Hyäne im Wald. Wir suchten in der Dunkelheit nach dem Mann, konnten ihn jedoch nicht finden. Papa war verblüfft und völlig erschöpft.

»Was ist geschehen?» fragte ich.

»Ich weiß es nicht«, flüsterte er.

Wir warteten. Der Wind stöhnte über dem schlafenden Getto. Äste knackten. Wir tasteten die Erde ab, und dann stieß ich auf ein Loch. Papa ging ins Haus und holte ein Streichholz. Es war kein Loch, sondern der ganze Abdruck eines erwachsenen Mannes, der aus großer Höhe herabgefallen zu sein schien. Papa war mit Schlamm und Blut bedeckt. Sein Mund war von den Schlägen schief, und seine Lippen waren in kurzer Zeit ungeheuer angeschwollen. Seine Nase war aufgeplatzt, und die Beulen auf seiner Stirn machten mir angst. Aus der Platzwunde neben dem Auge und aus den Mundwinkeln rann Blut.

Mir wurde allmählich kalt.

»Wie hieß er noch?« fragte Papa und blies das Streichholz aus.

»Yellow Jaguar«, sagte ich.

»Yellow Jaguar war früher ein berühmter Boxer in dieser Gegend«, sagte er und senkte ängstlich die Stimme.

»Was ist aus ihm geworden?«

»Er ist vor drei Jahren gestorben.«

Ein Schauer rann mir durch die Knochen. Ich hörte, wie der Wind tief Luft holte. Papa hatte einen Boxer aus der Geisterwelt besiegt. Er zitterte. Dann klammerte er sich an mich, als suchte er eine Stütze. Ich spürte, wie er bebte.

»Es ist kalt«, sagte ich.

»Laß uns reingehen«, sagte er hastig.

Dann hob er mich hoch und rannte in den Compound, in unser Zimmer zurück. Er schloß die Tür ab. Er setzte sich auf seinen Stuhl. In der Dunkelheit lauschten wir Mama, die im Bett schlief. Papa zündete sich eine Zigarette an. Er rauchte mit glühenden Augen. Ich konnte den Schlamm, den Schweiß, den

Kampf, die Erregung, das Entsetzen und das Blut an ihm riechen. Ich konnte die Fäuste von Yellow Jaguar auf seinem Gemüt riechen. Ich konnte Papas Wiedergeburt im voraus riechen. Sein Atem stank nach Schwefel. Es war ein Rätsel. Als er seine Zigarette aufgeraucht hatte, ging er auf den Hof und wusch sich. Er kam zurück und ging schnell ins Bett. Ich hörte, wie er die ganze Nacht lang hustete und sich mit knirschenden Gelenken hin- und herwälzte. Er konnte nicht schlafen, weil er an den toten Boxer dachte. Und ich konnte auch nicht schlafen.

3

Papa blieb nach dem Boxkampf sechs Tage lang zu Hause. Seine Prellungen schwollen stark an, seine Augen nahmen geradezu knollenförmige Ausmaße an, und die Unterlippe wurde größer als eine unförmige Mangofrucht. Er war nicht krank, aber er war auch nicht gesund. Er befand sich in einem seltsamen Schockzustand, zwischen Qual und Gedächtnisverlust. Er blieb die ganze Zeit über stumm, und seine Augen waren ausdruckslos. Gelegentlich grinste er mich erschütternd an oder zwinkerte mir blöde zu. Wir mußten ihn mit Brei füttern, als sei er das größte Neugeborene auf der Welt. Er schlief stundenlang, Tag und Nacht. Er schlief wie ein Baby. Ab und zu lächelte er wie ein Baby. Er schrie wie ein Baby. Und manchmal lag in seinen Augen sogar jener seltsam geniale Ausdruck, den nur Babys und manche Verrückte haben. Eine Zeitlang verlor er die Kontrolle über seine Glieder und lag ständig zuckend im Bett. Er sabberte und furzte ohne Ende. Er schnitt witzige Grimassen und spielte mit seinen großen, dicken Fingern wie ein gräßlicher Hanswurst. Ich erwartete, daß seine Wunden und Prellungen das ganze Ausmaß der Prügel, die er bezogen hatte, offenbaren würden. Doch die Prellungen klangen schnell ab, die dicke Lippe war nicht beunruhigend, seine Augen schwollen nicht weiter an, und seine Wunden hörten nach kurzer Zeit auf zu bluten. Das wahre Ausmaß der Schläge war nicht zu erkennen, und das quälte mich. Ich sah zu, wie er auf dem Bett wie ein Käfer oder eine auf dem Rücken liegende Schabe mit den Beinen zappelte, als habe er die ungewohnte Freiheit entdeckt, ein Insekt zu sein und sich in andere Daseinsformen zu versetzen, die nicht für Erwachsene gedacht sind. Er konnte stundenlang mürrisch

daliegen und plötzlich phantasieren und blödsinniges Zeug erzählen. Unsere armen Verwandten besuchten uns. Sie hatten gehört, welche Veränderungen mit ihm vorgegangen waren, doch niemand fand eine Erklärung für seinen Zustand oder verstand, was geschehen war. Sie hatten nicht mehr zu bieten als die übliche Litanei von Geschichten über Hunderte von seltsamen Fällen, die sie im Laufe der Jahre aufgeschnappt hatten, um sich über das Elend der anderen hinwegzutrösten. Wir behielten die Sache, daß Papa mit einem toten Boxer gekämpft hatte, für uns. Drei Tage lang war das Haus voller Besucher, die Papa baldige Genesung wünschten. Papas Kollegen unter den Lastenträgern und Karrenschiebern kamen mit Geschenken, saßen herum und tranken schweigend. Sogar der Hauswirt kam zu einem kurzen Besuch. Er hoffe, sagte er, daß Papa daraus gelernt habe und nach seiner Genesung nicht mehr die Wände einschlagen werde. Er brachte keine Geschenke, und Papas Zustand oder die Stimmung im Haus fiel ihm gar nicht auf. Alle anderen spürten die Sache. Die Besucher verstummten, wenn sie Papas Delirium und sein kindisches Gehabe sahen, seine Blähungen und seine Geistesabwesenheit, seine Unfähigkeit, Leute wiederzuerkennen, und seine spielerischen Anwandlungen. Der groteske Zustand, daß er als Erwachsener das Bewußtsein eines Kindes hatte, verlieh ihm etwas Tragisches. Die Stimmung im Zimmer war traurig. Es war, als läge ein Elefant im Sterben. Niemand wollte wahrhaben, wie ungeheuer komisch Papa in seinem Zustand war. Wenn ich gesagt hätte, daß ein ausgewachsener Mann, bärtig und breitbrüstig, verheiratet und Vater eines Sohns, genauso auf die Welt kam wie manche großen Tiere, wäre ich vermutlich von allen anwesenden Erwachsenen bestraft worden.
An dem Tag, als Papas Prellungen sich seltsam zu verfärben begannen, stattete Madame Koto uns einen Besuch ab. Auch sie hatte von Papas Zustand gehört. Als sie ins Zimmer kam, verstummten alle. Selbst jene, die nicht einmal wußten, wer sie war. Sie setzte sich auf Papas dreibeinigen Stuhl. Sie blickte jeden an, und jeder versuchte, ihrem Blick auszuweichen. Sie hatte sich verändert. Ihr Gesicht war groß und ein wenig häßlich gewor-

den. Ihr Fuß war geschwollen und von schmutzigen Verbänden umwickelt. Sie hatte einen Fleck aus rauher, dunkler Haut im Gesicht, der ihr einen finsteren Ausdruck verlieh. Sie war strenger, unnahbarer und mächtiger geworden. Ihr Parfüm erfüllte den Raum, und ihre teuren Kleider machten die Armut der anderen noch offensichtlicher. Ihr Bauch war dicker geworden. Ihre Augen waren grimmig und hochmütig. Draußen vor dem Zimmer standen zwei Männer, die sie begleitet hatten. Sie sahen wie Schläger aus, wie bezahlte Beschützer. Mama bat die beiden hereinzukommen, und sie blieben im Eingang stehen und nahmen uns das Licht weg. Einer von ihnen hatte ein Bündel unter dem Arm.

Eine ganze Weile lang sagte Madame Koto nichts. Dann tippte sie Papa mit ihren Stummelfingern auf die Schulter und fragte: »Was ist denn mit Ihnen los?«

Papa starrte sie an, ohne sie wiederzuerkennen. Sie tippte ihn noch einmal an. Er gab Geräusche wie ein Insekt von sich. Sie sah mich an. Dann blickte sie sich im Zimmer um. Sie richtete sich auf dem Stuhl auf.

»Niemand will also mit mir sprechen, hm?« sagte sie plötzlich. »Was habe ich euch denn getan, daß ihr alle stumm bleibt, wenn ich hereinkomme, hm? Habe ich euer Geld gestohlen? Habe ich eure Häuser niedergebrannt? Bin ich euer Hauswirt?«

Sie machte eine Pause.

»Sie sind zu stolz«, wagte dann jemand zu sagen.

»Und Sie unterstützen *diese* Partei«, sagte ein anderer.

Wieder entstand eine Pause. Niemand sagte etwas. Die Stille wartete auf Madame Kotos Reaktion, die nicht lange auf sich warten ließ.

»Ihr seid alle eifersüchtig!« sagte Madame Koto. »Und keiner von euch kann mir etwas anhaben.«

Sie stand auf. Sie begann zu gestikulieren und mit den Armen herumzufuchteln, doch Papa machte im Bett Geräusche. Madame Koto hielt sich wieder zurück. Sie brachte ihr Wickeltuch in Ordnung, um zu zeigen, daß sie sich genug hatte gefallen lassen und nun gehen wollte. Sie richtete sich zum Abschied an Papa.

»Ich habe gehört, daß Sie krank sind, und bin gekommen, um Sie zu besuchen. Wir sind alle Menschen. Wir sind Nachbarn. Ihr Sohn hat mir geholfen. Ich habe Ihnen ein paar Geschenke mitgebracht. Ich habe keinen Streit mit Ihnen. Die Erde ist zu klein, um zu vergessen, daß wir alle Menschen sind. Die Leute dagegen, denen das Wort im Hals steckenbleibt, wenn ich in den Raum komme, die werden schon sehen, aus was für Holz ich geschnitzt bin, sie werden noch herausfinden, wer ich bin.«

Sie nahm ihrem Beschützer unwirsch das Bündel ab und legte es auf den Tisch.

»Ich bete darum, daß Sie bald wieder wieder zu Kräften kommen«, sagte sie und verließ den Raum.

Mama ging mit ihr hinaus. Ich hörte, wie sie sich auf dem Gang unterhielten. Die Leute im Zimmer waren verlegen. Papa schnitt ihnen Grimassen. Es war eine ganze Weile still. Papa schnitt weiterhin seltsame Grimassen; durch seine bläulichen Prellungen und grünen Wunden verstärkte sich noch der Ausdruck tiefen, nicht zu entziffernden Spotts. In Wirklichkeit hatte er starke Schmerzen. Einer der anwesenden Besucher sprach im Namen aller und sagte, es sei Zeit zu gehen. Doch sie rührten sich nicht. Mama und Madame Koto unterhielten sich noch eine Weile auf dem Gang. Die anwesenden Besucher blieben ebenfalls noch eine Weile. Ohne ein Wort zu sagen. Als Mama mit strahlendem Gesicht zurückkam, brachen die Besucher nacheinander auf und ließen ihre bescheidenen Geschenke zurück.

Am sechsten Tag, als Papa leise Anzeichen der Besserung zeigte, kam der blinde alte Mann, um ihn zu besuchen. Er trug ein leuchtendgelbes Hemd, einen roten Hut mit Federn im Filz und eine blaue Sonnenbrille. Er wurde von einem jüngeren Mann hereingeführt. Er setzte sich auf Papas Stuhl. Er hatte sein Instrument mitgebracht.

»Als ich hörte, daß Sie krank sind, habe ich mein Akkordeon geholt, um Ihnen etwas vorzuspielen«, sagte er mit seiner merkwürdigen Stimme.

Papa stöhnte. Mama schenkte dem blinden alten Mann *ogogoro* ein, und er opferte zunächst den Göttern ein paar Tropfen, kippte dann den Alkohol hinunter, als wäre es Limonade und begann mit erstaunlichem Schwung Akkordeon zu spielen. Ab und zu drehte er seine blinden Augen in meine Richtung, als erwarte er Applaus. Er spielte mit glückseliger Hingabe. Er spielte die gräßlichste Musik, die der teuflischste Geist eines Menschen sich überhaupt vorstellen konnte. Er betäubte uns mit der geradezu sagenhaften Häßlichkeit seiner Musik. Es überlief uns eiskalt, und uns sträubten sich die Haare von den Tönen. Mamas Gesicht begann zu zucken. Ich zappelte herum. Ein seltsamer Geruch, wie von einer verwesenden Leiche oder einem großen Tier im Todeskampf, ging von der Musik aus und erfüllte den Raum. Es war kaum zu glauben. Papa wand sich auf dem Bett, als bereitete ihm diese grausame Musik größere Qualen als all die schauerlichen Schläge des gefeierten Yellow Jaguar. Mama öffnete Tür und Fenster, um die Musik herauszulassen. Die verpestete Luft des Compounds drang herein. Papa richtete sich im Bett auf und mühte sich zuckend und strampelnd ab, um diese abscheuliche Musik abzuschütteln, als säße er in einer Falle, die zu klein für seinen Geist oder seinen immer schneller wachsenden Körper war. Und während er sich stöhnend abmühte, sich aufzurichten, weinte er fast, weil die Musik ihm so weh tat. Der blinde alte Mann wandte sich mir wieder zu und steigerte noch die gräßliche Macht der Musik. Papa war wie vom Schlag getroffen, wie gelähmt von seiner eigenen Anstrengung, unfähig, sich zu bewegen. Dann hörte der alte Mann plötzlich auf zu spielen. Papa sank im Bett zurück. Der alte Mann sagte: »Wie oft wird ein Mensch in einem Leben wiedergeboren?«

Er gluckste, sah mich an und spielte mit hemmungsloser Begeisterung weiter. Dann kam jemand durch die Tür herein und brachte Gespenster und Erinnerungen und ein magisches, flüchtiges Lächeln mit. Ich blickte auf. Ein Blitz blendete mich. Es war der Fotograf. Er hatte gerade eine Aufnahme gemacht. Er ging mit schnellen Schritten zu Papas Bett. Er hielt eine kurze Rede, sagte, er wünsche Papa das Beste und hoffe auf baldige

Genesung. Papa erkannte ihn nicht. Der Fotograf störte sich nicht daran. Er nahm Papas Hand und schüttelte sie. Papa schnitt Grimassen. Der Fotograf machte noch eine Aufnahme. Der Blitz tat Papa weh, und er stöhnte. Mit geheimnisvoller Miene sagte der Fotograf: »Man weiß nicht, daß ich hier bin. Deshalb gehe ich jetzt.«
Er strich mir über den Kopf, streichelte mir das Haar, setzte sich den Hut auf und schlich nach draußen, als wären alle hinter ihm her.
»Wenn Leute ständig wegrennen, werden sie immer von etwas verfolgt«, sagte der blinde alte Mann mit Grabesstimme.
Der alte Mann begann wieder zu spielen. Papa war so erzürnt, daß er zu unserm Erstaunen aus dem Bett stieg und den alten Mann zur Tür brachte.

Am siebten Tag erholte sich Papa wie durch ein Wunder von seinem Zustand. Er schien plötzlich aus einer Trance erwacht zu sein. Die Farbe seiner Prellungen war wieder ziemlich normal geworden. Sein Gesicht war immer noch entstellt, seine Augen immer noch geschwollen und wütend, seine Wunden bläulich verfärbt, aber etwas in ihm war wieder genesen. Seine Gesundung überraschte uns alle. Als ich aufwachte, hüpfte er durchs Zimmer und übte sich wieder im Schattenboxen. Er sah hager aus, aber seine Augen glänzten. Es kam mir vor, als habe seine Krankheit und die Flucht in die Welt der frühen Kindheit ihm neue Kraft verliehen und die Heilung beschleunigt. Er ging zur Arbeit, kam jedoch früh zurück. Er schlief eine Weile und boxte im Traum. Wenn er aufwachte, ließ er sich von mir den heldenhaften Kampf mit Yellow Jaguar erzählen. Er ließ ihn sich mehrmals erzählen. Er schien sich an das meiste von dem, was geschehen war, nicht mehr zu erinnern. Er sprach über den Boxkampf, als habe er ihn nur geträumt und als sei die Krankheit das einzige, was sich wirklich ereignet hatte.
Mama kam spät nach Hause und erzählte uns von den Vorbereitungen für die große Kundgebung. Sie sagte, daß die Frauen, die Essen für das Ereignis kochten, eine Menge Geld verdienten

und daß Madame Koto ihr einen Job angeboten habe. Sie fragte Papa, ob sie zusagen solle.

»Die Leute werden dich für eine Prostituierte halten«, sagte Papa.

»Aber was ist mit dem Geld?«

»Wir brauchen ihr stinkendes Geld nicht.«

Mama schmollte den Rest des Abends. Ich quälte Papa nicht, weil er nur noch über seinen Boxkampf mit Yellow Jaguar sprechen wollte. Er war so besessen von dem Boxkampf, daß er am nächsten Tag über nichts anderes sprach und mich wiederholen ließ, wie er sich geduckt in die Dunkelheit zurückgezogen und wie er zum Gegenangriff angesetzt hatte. Nur die Tatsache, daß niemand außer mir den seltsamen Kampf mitangesehen hatte, verdarb ihm die Freude daran.

»Bist du sicher, daß niemand den Boxkampf gesehen hat?«

»Ja.«

»Niemand ist aufgewacht?«

»Nein.«

Papa knurrte gequält. Es schien ihn ein wenig zu verletzen, eine solche Heldentat ohne Zeugen vollbracht zu haben.

»Es hat also niemand zugesehen?«

»Nein.«

»Nicht einmal eine Frau?«

»Nein.«

»Keine anderen Kinder, niemand kam über die Straße, keine Händler?«

»Nein.«

»Niemand anders hat also gesehen, daß ich ihn geschlagen habe?«

»Niemand.«

»Nicht einmal ein Hund oder eine Katze?«

»Nicht einmal ein Hund oder eine Katze.«

»Kein Fremder?«

»Nein. Außer drei Lichtern.«

»Was für Lichter?«

»Drei Lichter«, sagte ich.

Er schlug mir auf den Kopf.

»Und dann kamen weitere Lichter dazu.«

Er schlug mich noch einmal. Ich hielt den Mund. Papa war so beeindruckt von seiner Leistung, daß er nur zu gern damit geprahlt hätte. Er wußte, daß niemand ihm glauben würde. Aber das machte letztlich nichts, denn seit Papa wieder gesund war, entwickelte er interessante Kräfte und eine Art Wahnsinn.

»Vielleicht muß man die Dinge erst in der Geisterwelt bezwingen, ehe man sie in dieser Welt ausführen kann, hm?« sagte er zum Wind.

Rastlos und verrückt lief er herum, als sei in seinem Hirn irgendwie ein Jaguar gefangen. Er strotzte vor unerträglicher Energie. Jedesmal, wenn er in meine Nähe kam, spürte ich, daß er wie ein großes Tier bebte, das von seiner eigenen Wildheit verblüfft ist.

4

Und so nahm Papa das Training wieder auf. Er weckte uns mit seinen Übungen. Er ging zur Arbeit und kam früh zurück. Abends, wenn er geschlafen hatte, trainierte er vor dem Haus. Die Nachbarn, die wegen der Hitze in ihren Zimmern trinkend und plaudernd im Freien saßen, sahen ihm zu. An den meisten Abenden brachten sie Stühle und Hocker nach draußen und machten es sich in Erwartung von Papas Ankunft bequem. Wenn genug Leute versammelt waren, stürmte er aus dem Zimmer.

»Black Tyger!« riefen die Leute zur Begrüßung.

Dann begann er ohne jede Scham grunzend mit dem Schattenboxen. Sein Treiben löste solches Interesse aus, daß Straßenhändler erschöpft nach einem langen Tag des Herumwanderns haltmachten, um ihm zuzusehen. Händler, die Apfelsinen, gekochte Eier, Brot oder geröstete Erdnüsse verkauften, hockten sich hin und starrten ihn an. Einige, die den Leuten aus dem Compound ihre Waren verkauften, machten gute Geschäfte. Andere saßen im Sand, die Schüsseln mit Waren neben sich, und streckten sich nach einer Weile lang aus und schliefen ein, während Papa trainierte. Malams und Kinder auf Botengängen, alte Frauen, die einen Besuch abstatteten, und Amulettverkäufer, sie alle machten halt, um Papa zuzusehen, nur weil sich eine Menge um ihn geschart hatte.

Währenddessen sprang Papa herum und schlug kombinierte Stöße in alle vier Winde.

»Ist das was Neues?« fragte gewöhnlich jemand.

»Ja.«

»Ach ja?«

»Ja.«
»Was Neues, hm?«
»Völlig neu.«
»Und wer ist das?«
»Man nennt ihn Black Tyger.«
»Ach ja?«
»Ja.«

Die Ladeninhaber und Straßenhändler der näheren Umgebung machten dank Papa ausgezeichnete Geschäfte. Alle machten gute Geschäfte, außer Mama, die nicht wußte, daß Papa solches Interesse hervorrief, und die währenddessen vermutlich durch den Staub der großen, öden Gettos stampfte und nichts als eine Schachtel Streichhölzer am ganzen Abend verkaufte. Während Mama den langen Heimweg antrat, verkauften die Straßenhändler Getränke und Süßigkeiten, Zigaretten und Mückenspiralen, Kolanüsse und Kaugummi, billige Sonnenbrillen und Kerosinlampen. Sie bauten Papas Possen in ihr Verkaufsgeschrei ein; unterdessen focht Papa Sparringskämpfe mit der Luft und dem Staub aus und zertrümmerte Ziegelsteine mit der Faust. Das Herumalbern vor dem Haus brachte ihm einen solchen Ruf ein, daß alle Angst vor ihm bekamen. Seine Berühmtheit verbreitete sich auf den Flügeln ihrer Angst.

Wenn ich durch unser Viertel streifte und an Bars und Trinkhallen vorbeikam, hörte ich, wie die Leute über Black Tyger sprachen. Sein Name ertönte im Wind. Frauen sprachen an dunklen Orten über ihn. Leute diskutierten darüber, wie er im Vergleich mit bekannten Boxhelden einzustufen sei, und entschieden sich für Papa, weil er unbekannt war, weil er zum Getto gehörte und sich nicht scheute, den Leuten die Vielfalt seiner Stile vorzuführen. Als ich Papa das alles erzählte, wurde er noch besessener. Durch seine Besessenheit wurden wir sehr arm. Wir aßen sehr wenig, und er aß viel, weil er das bei seinen zunehmenden Kräften brauchte. Sein Appetit wurde legendär, wie der eines Elefanten. Wenn er abends trainiert, gebadet und ein paar Flaschen Malz- und Starkbier getrunken hatte, ließ er sich zum Essen nieder. Er aß mit Heißhunger. Wir starrten ihn entsetzt an, während er riesige *eba*-Klöße verschlang.

»Es war einmal ein Mann«, sagte Mama dann zu mir, »der ist an *eba* erstickt. Man mußte ihm die Kehle aufschneiden, um es herauszuholen.«

»Jener Mann war nicht Black Tyger«, sagte Papa dann zwischen zwei Happen.

Er verschlang nicht nur lebensbedrohliche *eba*-Klumpen, sondern aß darüber hinaus noch ungeheure Mengen. Er aß, als wäre sein Körper so etwas wie ein bodenloser Schlund. Und er aß schnell, als setzte er zum Angriff auf das Essen an und ginge mit Konter-Happen und Eß-Kombinationen auf die gewaltige Portion los. Er aß so viel, daß Mama ganz hager wurde und ich den Appetit verlor. Papa aß für uns mit. Und am Ende jeder Mahlzeit beklagte er sich darüber, daß es nie genug *eba* gab und etwas mehr Ragout nicht schaden könnte. Er verlor nie ein Wort über den Geschmack des Essens. Mein Magen schwoll an.

Die ganze Sache wurde dadurch noch schlimmer, daß er weniger Geld von der Arbeit nach Hause brachte. Er dachte die ganze Zeit nur ans Boxen. Er legte weite Entfernungen zurück, um einen kostenlosen oder einen preiswerten Boxkampf zu sehen. Er verschwand stundenlang. Dann begann er, weniger Geld für Essen auszugeben. Dafür trank er mehr. Wenn er gegessen hatte, verließ er das Haus und machte eine Runde durch die Bars, und überall spendierten ihm die Leute auf Grund seines neu errungenen Ruhms etwas zu trinken. Er kam oft betrunken nach Hause. Je mehr er trainierte, um so mehr trank er. Und je mehr er trank, um so verrückter und rastloser wurde er. Er konnte eine ganze Stunde damit verbringen, seine Gelenke knacken zu lassen und seinen Körper von unterdrückten Energien und enttäuschten Ruhmesträumen zu befreien.

Er versetzte uns allmählich in Angst. Abends, wenn ich wußte, daß er bald vom Trinken heimkommen würde, begann ich durch die Straßen zu streifen. Doch spätnachmittags, wenn er draußen trainierte, stand ich immer in der Menge und sah zu, wie er improvisierte und neue Bewegungsabläufe erfand. Die Leute begannen jedoch, Bemerkungen über meinen aufgeblähten Bauch zu machen. Während sie Papa aufmerksam beim

Training zuschauten, sagten zwei Männer: »Sein Sohn ist halb verhungert.«
»Seine Frau ist abgemagert.«
»Hast du das gesehen? Er wird immer stärker ...«
»Und sein Sohn immer dünner.«
»Seine Kraft nimmt zu ...«
»Und seine Frau nimmt ab.«
»Er lernt täglich neue Nummern ...«
»Und läßt seinen Sohn verhungern.«
Die beiden lachten. Eine tiefere Stimme in der Menge sagte: »Er ißt ihnen alles weg.«
Eine Frau sagte: »Irgend etwas ist ihm zu Kopf gestiegen.«
Die beiden Witzbolde fingen wieder an: »Starker Mann ...«
»Ohne Schiß.«
»Starke Muskeln ...«
»Ohne Grips.«
Sie lachten betrunken. All das zu hören, machte mich nicht sehr glücklich, und eine Zeitlang sah ich Papa erst mal nicht mehr beim Training zu. Ich spielte allein auf der Straße, während die Leute zusahen, wie er seine neusten Kunststücke vorführte. Er war inzwischen dazu übergegangen, Bretter mit der Faust zu zerschlagen, sich Flaschen auf dem Kopf zu zertrümmern, mehrere Leute in die Höhe zu stemmen und Eisenstäbe über den Ellbogen zu biegen.

Ich saß ein ganzes Stück von der Menge entfernt allein da und blickte auf die Straße, als mich ein scharfer blauer Blitz mitten zwischen die Augen traf. Ich hörte, wie der blinde alte Mann aufschrie. Ich verstand nicht, was los war. Ein Hund bellte. Der Himmel war klar. Ich blickte auf die Straße, und plötzlich sah ich die Metallfelge eines Fahrrads ganz allein vorbeirollen. Ich erschauerte. Die rollende Metallfelge versprühte bei jeder Umdrehung Lichtblitze. Ich wartete. Ich sah mich um. Die Straße war menschenleer, doch die Metallfelge rollte auf den ausgebrannten Lastwagen zu. Ich hörte ein Geräusch. Ich kniff die Augen zu. Und als ich wieder hinblickte, sah ich einen Schatten, und

dann wurde der Schatten zu einem Jungen. Er trug eine weiße kurze Hose und ein blaues Hemd und trieb die Felge vor sich her, immer um den ausgebrannten Lastwagen herum. Woher war er nur gekommen? Ich war erstaunt. Er schien aus dem Nichts aufgetaucht zu sein. Ich war wütend. Und dann verschwand er genauso plötzlich wieder. Ich stand auf und ging zu dem Lastwagen. Der Metallreifen lag auf dem Boden. Ich warf einen Blick hinter den Lastwagen und sah nichts. Ich wollte gerade weggehen, als mir ein Schatten aufs Gesicht fiel, so daß ich mich umdrehte. Wie ein kindlicher Eroberer, der sein soeben gewonnenes Land überwacht, stand oben auf dem Lastwagen der Junge, der während der sengenden Nachmittage der Trokkenzeit aus der Wirklichkeit herausgebrannt worden war und jetzt während der kurzen Unterbrechung der Regenzeit plötzlich wieder auftauchte. Er schaute von oben zu, wie Papa trainierte.
»Bist du der Junge, der verschwunden ist?« fragte ich.
»Nein.«
»Hast du dich in deinen eigenen Schatten verwandelt?«
»Nein.«
Er beantwortete meine Fragen, sah mich dabei aber kaum an.
»Komm runter!« sagte ich.
»Warum?«
»Du darfst nicht auf dem Lastwagen spielen.«
»Warum nicht?«
Verwirrt über seine Gelassenheit kletterte ich auf den Lastwagen und versuchte, ihn runterzuschubsen. Wir kämpften. Ich schlug ihm ins Gesicht, und er schlug zurück. Ich schlug ihn noch einmal, und er packte mich um die Hüften, und wir rangen. Er stellte mir ein Bein, ich fiel hin, und er fiel auf mich und schlug mir die Puste aus dem Leib. Bald hatten wir festen Boden unter den Füßen. Ich gab ihm einen Tritt, er packte mich am Fuß und warf mich um. Ich sprang auf und schlug mit derselben blinden Wut um mich, die Papa manchmal überkam, und einer meiner Hiebe traf den Jungen. Aus seiner Nase rann Blut. Doch er ließ sich davon nicht stören und schlug mir den Kopf blutig,

dann rangen wir wieder, fielen hin, standen auf und hämmerten blind aufeinander ein, bis uns die Hände mehrerer Erwachsener auseinanderrissen. Wie zwei wilde Hähne, die in einem blutigen Kampf getrennt werden, tobten wir und traten schimpfend und fluchend um uns.

An einem anderen Tag, als Papa trainierte, sah ich den Jungen wieder oben auf dem Lastwagen stehen. Ich ging hin.

»Komm da runter!« sagte ich.

»Nein.«

Ich kletterte wieder hinauf. Er rührte sich nicht.

»Mein Vater«, sagte er, »hat mir etwas Besonderes gegeben.«

»Wofür?«

»Wenn du mich anrührst...«

»Ja...«

»Und ich dich schlage...«

»Ja...«

»Fällst du siebenmal hin und stirbst dann.«

»Wer ist dein Vater?« fragte ich ihn.

»Mein Vater ist ein großer Schuster und Zimmermann«, antwortete er.

»Mein Vater«, sagte ich, »ist Black Tyger.«

Und dann schlug ich ihm ins Gesicht. Er schlug zurück. Nichts geschah. Ich begann zu lachen.

»Warum lachst du?«

»Wegen dem blöden Ding, das dir dein Vater gegeben hat.«

Er sagte nichts. Nach einer Weile kletterte er vom Lastwagen herunter, ging hinter die Menge, die Papa zuschaute, und spielte dort. Ich blieb noch eine Weile auf dem Lastwagen. Es machte keinen großen Spaß, und ich begann, mich zu langweilen, und bemerkte, daß mich mehrere Leute anstarrten. Ich kletterte herunter und machte mich auf die Suche nach dem Jungen. Erst wollte er nicht mit mir sprechen. Dann sagte ich ihm noch einmal, daß der Mann, der das Schattenboxen vorführte, mein Vater sei. Sein Gesicht leuchtete vor Bewunderung für Papa, die sich auf mich übertrug, auf.

»Wie heißt du?«

»Ade. Und du?«
Ich sagte es ihm. Wir gaben uns die Hand. Sein Vater war Schuster und Zimmermann und ein glühender Anhänger der politischen Partei, die für die Armen eintrat. Nebenbei war er auch noch Wunderheiler und zählte eine ganze Reihe gefürchteter Schläger zu seinen Freunden. Ich war ziemlich beeindruckt.
Ade nahm mich mit zu sich nach Hause. Sie wohnten in einem kleinen Raum in unserm Viertel. Er hatte eine große Familie; sein Vater hatte zwei Frauen und zehn Kinder. Ich weiß nicht, wie sie es fertigbrachten, alle in diesem Raum zu leben. Seine Mutter hatte vorstehende Zähne, war klein und grimmig. Sie war die Erstfrau. Sein Vater hatte lange Hautritzungen, die ihm das edle, eindrucksvolle Aussehen der Statuen alter Krieger gab; er war groß und hatte ein furchteinflößendes Wesen. Seine Zähne waren vom Kolanußkauen verfärbt und seine Augen blutunterlaufen; und er schlug seine Kinder im Namen von eiserner Disziplin und strenger Erziehung. Seine Stimme war kalt und durchdringend. Ich mochte ihn nicht besonders.
Ade nahm mich in die Werkstatt seines Vater mit und zeigte mir dessen Handwerkszeug – die Hämmer und Zangen, die Beitel und Schachteln mit dicken Nägeln, die lange Werkbank und die Tische, auf denen sich Berge von Schuhen und Handtaschen in wildem Durcheinander häuften. Der ganze Raum roch nach Leim und verrosteten Nägeln und altem Metall und nackter Erde und abgestandenem Wein, der über frisch gehobeltem Holz verschüttet worden war. Aus den dunklen Winkeln drang der Geruch von Spinnweben, von schlafenden Käfern und Fetischen, die an den Dachsparren hingen. Von der Decke, die mit einem dunklen Netz alter Spinnweben überzogen war, baumelten lange Lederbahnen. Die Werkstatt war ein aufregender Raum, und ich hatte das Gefühl, eine völlig neue Welt entdeckt zu haben, in der man spielen und manches erkunden konnte. Wir probierten verschiedene Schuhe in einer unglaublichen Vielfalt von Größen und Formen an. Wir versteckten uns hinter dem Ladentisch. Wir schlugen Nägel in frisch gehobeltes Holz. Wir leimten ein paar herumliegende Lederstücke zusammen

und versuchten, daraus schnell neue Schuhe zu machen. Wir waren völlig in unser Spiel vertieft, als plötzlich sein Vater hereinkam. Er sah uns spielen, sah das Lachen auf unsern Gesichtern und holte eine lange Peitsche hervor, die an einem Nagel hinter der Tür hing. Er schlug uns auf den Rücken, und wir rannten schreiend nach draußen. Ich beschloß, nicht wieder dorthin zu gehen.

Ich versuchte, Ade zu überreden, mit mir durch die Straßen zu streifen, doch er kam nie sehr weit mit. Er hatte Angst vor seinen Eltern. Wenn sie ihn riefen und er nicht antwortete, wurde er später deswegen ausgepeitscht. Ich schlug ihm vor, von zu Hause wegzurennen und bei uns zu bleiben, doch er hatte Angst. Er sagte, sein Vater würde ihn verprügeln und Pfeffer in die Wunden streuen. Er zeigte mir seinen Rücken, und ich sah die Narben von Peitschenschlägen und die vielen Einschnitte, die ihm bei Kräuterbehandlungen mit Rasierklingen zugefügt worden waren. Er tat mir leid. Und seinetwegen unterließ ich eine Weile meine Streifzüge. Ich versuchte, ihn in Madame Kotos Bar mitzunehmen, doch auch dahin wollte er nicht. Sein Vater hatte ihm gesagt, sie sei eine Hexe, die seine politischen Feinde unterstützte.

Wir spielten eines Tages im Wald, als wir plötzlich auf Madame Koto stießen. Sie lag am Fuß des legendären Irokobaums auf der Erde und hielt ihre weiße Perlenkette wie eine juwelenbesetzte Schlange in der Hand. Als sie uns kommen hörte, sprang sie auf und klopfte sich den Staub ab. Sie sah ganz verlegen aus.

»Wer ist denn dein Freund?« fragte sie blinzelnd.

»Ade«, sagte ich.

Sie musterte ihn mit seltsam durchdringendem Blick. Ade sagte, er müsse jetzt nach Hause gehen. Er schlenderte fort, wartete in einiger Entfernung und warf uns ab und zu einen verstohlenen Blick zu. Madame Koto richtete ihre beunruhigenden Augen auf mich. Sie musterte meinen Bauch. Ein Hauch von Mitleid huschte über ihr Gesicht.

»Du magst meine Bar also nicht mehr, hm?«

»Nein.«

Sie lächelte.

»Hast du Hunger?«
»Nein.«
»Wie geht es deinem Vater?«
»Nein.«
Sie starrte mich an. Dann löste sie ihr Wickeltuch und knüpfte den dicken Knoten im Zipfel auf. Noch nie in meinem Leben hatte ich soviel Geld gesehen. Sie hatte so ein dickes Bündel Pfundnoten im Zipfel ihres Wickeltuchs, daß ein Pferd leicht daran erstickt wäre. Sie wickelte mehrere Geldscheine aus und gab sie mir. Erst blickte ich zu Ade hinüber und nahm sie nicht an. Doch sie drückte mir die Scheine fest in die Hand.
»Wenn deine Mutter dich fragt, dann sag ihr, du hättest sie im Wald gefunden, hm?«
»Nein.«
»Erzähl ihr nicht, daß ich sie dir gegeben habe, verstanden?«
»Ja.«
Sie strich mir liebevoll über den Kopf. Zum erstenmal sah ich, daß sie sich verändert hatte. Sie war jetzt völlig von einer unsichtbaren Aura der Macht umgeben, von einem Kraftfeld des Schreckens. Ihr Bauch war wirklich dick, und sie kam mir sehr massig vor. Sie hatte etwas Schwerfälliges an sich, wodurch sie so aussah, als habe sich ihr die Müdigkeit für immer ins Gesicht gegraben. Selbst ihr Schatten drückte mich nieder. Ihre Augen waren abweisend. Sie konnten nie wieder einem Menschen nahe kommen. Sie hatten denselben Ausdruck wie die Augen der Löwen. Madame Kotos Gesicht war rund und frisch, und es schien ihr gutzugehen.
»Ich bin nicht glücklich«, sagte sie plötzlich.
»Warum nicht?«
Sie warf mir einen verwirrten Blick zu, als sei sie überrascht, daß ich etwas gesagt hatte. Dann lächelte sie, drehte sich um und schaukelte mit einer Anmut den Waldweg hinab, wie sie die wenigsten Menschen haben. Kleine Mücken schwirrten hinter ihr her.

Ade redete mehrere Tage lang nicht mit mir, weil Madame Koto mir Geld gegeben hatte. Und als ich Mama das Geld gab, entstand ein Aufruhr im Haus. Es stellte sich heraus, daß es viel mehr Geld war, als ich mir vorgestellt hatte. Mama befahl mir, mich aufs Bett zu setzen, und fragte mich stundenlang aus, wo ich das Geld gefunden habe. Sie befürchtete, es könne einem Händler gehören, einem Fetischkundigen, der die Fähigkeit besaß, seinen Besitztümern einen Fluch einzuhauchen, oder irgendeinem mächtigen Mann, der uns womöglich aufspüren und bestrafen könne. Besonders verletzte mich jedoch ihr Verdacht, ich könne das Geld gestohlen haben, so daß ich vor Wut in Tränen ausbrach. Papa saß schaukelnd auf seinem Stuhl und rauchte. Mama bestand darauf, ich solle ihr die Stelle zeigen, an der ich das unverhoffte Geschenk gefunden hatte. Ich sagte ihr, daß ich mich nicht daran erinnere, daß ich wie in einem Traum darüber gestolpert sei und daß es neben ein paar Büschen auf der Erde gelegen habe.

»Bist du sicher, daß es dir nicht irgendwelche Geister gegeben haben, hm?« fragte Mama mit mehr als einer Spur von Spott.

»Ja«, sagte ich.

Da ließ Papa seine Gelassenheit fallen und drohte mir, mich zu schlagen, wenn ich nicht die Wahrheit sagte. Ich log weiter. Er wurde so ungeduldig, daß er mir eine Ohrfeige gab. Ich starrte ihn durchdringend an. Plötzlich wurde ich ruhig. Da drückte er mich an sich, wiegte mich in seinen Armen und sagte: »Vergib mir, mein Sohn, ich habe es nicht so gemeint. Aber in unserer Familie gibt es keine Diebe. Wir halten es mit den Fürsten. Wir sind zwar arm, aber wir sind ehrlich.«

Dann fragte er mich noch einmal, wo ich zufällig eine solche Geldsumme gefunden habe. Ich log weiter. Sie gaben es auf, irgend etwas Sinnvolles aus mir herauszubekommen. Sie hatten Stunden damit verbracht, und inzwischen war es dunkel geworden. Sie beschlossen, das Geld eine Woche lang nicht anzurühren und es, falls sie bis dahin von niemandem etwas gehört hätten, als ein Geschenk des Himmels zu betrachten. In Feststimmung schickte Papa mich los, um eine große Flasche *ogogoro* zu kaufen. Als ich zurückkam, betete Papa eine Stunde lang zu unseren Ahnen und zu den unergründlichen Göttern. Dann verbrachten Mama und er den Rest der Nacht damit, zu beraten, was sie mit dem Geld machen wollten. Papa wollte sich damit eine ganze Boxausrüstung kaufen. Mama wollte einen Laden mit Lebensmitteln und Gemischtwaren eröffnen. Sie stritten sich die ganze Nacht, und ich schlief beim Klang ihrer bitterbösen Worte ein. Als ich morgens aufwachte, tobte der Streit immer noch. Sie waren beide schlecht gelaunt. Drei Tage lang ging es so weiter. Weitere vier Tage vergingen, ohne daß sie sich einigen konnten, und so stritten sie sich die ganze Zeit und wühlten alte Erinnerungen an hundert unverziehene Dinge, bei denen es um Geld ging, auf. Während dieser Zeit benutzte Papa einen Teil des unverhofften Geschenks, um Getränke zu kaufen, Freunde zu bewirten und sich ein Paar Leinenschuhe und ein Paar gebrauchte Boxhandschuhe zu kaufen. Es stellte sich jedoch heraus, daß mehr als genug da war, um Mamas Warenvorrat komplett zu erneuern, uns allen neue Kleider zu kaufen, die Miete zu bezahlen und uns mehr als gut einen Monat lang zu ernähren.

5

Der Tag der grossen politischen Kundgebung, über den soviel geredet und der so oft verschoben worden war, rückte näher. In Madame Kotos Bar gingen die erstaunlichsten Dinge vor sich. Ungewöhnlich war zunächst einmal, daß die Kabel, die mit dem Dachfirst verbunden waren, die Bar mit Strom versorgten. Eine Schar ungebildter Leute versammelte sich davor, um dieses neue Wunder zu besichtigen. Sie sahen die Kabel, die Drähte, die Masten in der Ferne, doch den berühmten Strom sahen sie nicht. Jene, die aus Neugier in die Bar gingen, kamen verwirrt wieder. Sie konnten nicht verstehen, wie ein Licht, das in einem verschlossenen Glas war, heller als eine Kerosinlampe leuchten konnte. Sie konnten nicht verstehen, warum man sich die Zigarette nicht an den glühenden Birnen anzünden konnte. Und am meisten verblüffte sie, daß man nicht sehen konnte, wodurch die Beleuchtung entstand.

Madame Koto, die viel zu gerieben war, um nicht die Verwunderung der Leute auszunutzen, erhöhte den Preis für ihren Palmwein und ihre Pfefferschotensuppe. Eine Zeitlang nahm sie sogar einen bescheidenen Eintrittspreis, nur damit man in den Genuß dieser einzigartigen Anlage kommen konnte. Schließlich war sie die einzige in unserer Straße und unserm ganzen Viertel, die sich durch Strom auszeichnete. Sie war so stolz auf diese Auszeichnung, daß sie ihr Aushängeschild ergänzen ließ, um diese Tatsache hervorzuheben.

Die nächste ungewöhnliche Sache war, daß die Leute das Plärren lauter Musik hörten, aber keine Musiker sahen. Danach kamen Geschichten über seltsame Feste auf, über Frauen, die nackt in den Wald rannten, über Leute, die so betrunken waren, daß sie in Palmwein badeten, und über Parteimitglieder, die große Mengen Geld an Frauen verteilten, deren Tanz ihnen gefiel. Es gab wilde Gerüchte über die Dinge, die Männer und Frauen kreischend in den elektrifizierten Nächten miteinander trieben. Mitten in alledem wurde Madame Koto dicker und fetter, bis sie nicht mehr durch die Hintertür paßte. Die Tür mußte herausgerissen und verbreitert werden. Wir sahen Madame Koto in phantastischen Kleidern aus Seide und Spitze, die mit türkisfarbenem Filigran besetzt war, weißen Gewändern und gelben Hüten und Fächern aus blauen Federn, mit teuren Reifen aus Silber und Gold, die ihr schwer an den Armen hingen, und Halsketten aus Perlen und Jade. Wenn sie sich bewegte, klimperte der ganze Schmuck an ihrem Körper und kündete die Ankunft ihrer Hoheit an. Sie malte sich die Fingernägel rot an. Ihre Augenlider hoben sich schärfer ab. Sie trug Lippenstift. Sie trug hochhackige Schuhe, hinkte immer stärker und hatte stets einen Spazierstock in der Hand. Sie ähnelte zunehmend einem großen alten Stammesfürsten aus früheren Zeiten, verkörperte dessen Pracht, Kraft und Stammesmacht.

Autos fuhren vor ihrer Bar vor. Die Lichter brannten bis spät in die Nacht, und von der Straße konnte ich die Leute reden und hitzig planen hören und sah ihre Silhouetten durch den Streifenvorhang. Längst überholte Gerüchte machten die Runde, daß sie den furchtbarsten Sekten im Land beigetreten und in Organisationen aufgenommen worden sei, die normalerweise nie einer Frau Zutritt gewährten, daß sie Rituale im Wald vollziehe. Ich hörte von seltsamen Opfergaben, Ziegen, die nachts geschlachtet wurden, Leuten, die in weißen Gewändern um Madame Kotos Haus tanzten, hörte von Schreien, die die Gettoluft zerrissen, von Getrommel und tosenden Gesängen, doch die seltsamste Sache, von der ich hörte, war die bevorstehende Geburt des vierköpfigen vermummten Wesens. Niemand wußte, was das war.

Die Leute kamen zu der Überzeugung, Madame Koto habe sich selbst an Zauberkraft übertroffen. Die Leute starrten sie haßerfüllt an, wenn sie vorbeikam. Man sagte, Madame Koto trüge das

Haar von Tieren und Menschen auf dem Kopf. Die Gerüchte wurden immer wilder, und schließlich wurde erzählt, daß ihre Sekte Menschenopfer darbringe und sie selbst Kinder esse. Man sagte, Madame Koto habe Menschenblut getrunken, um ihr Leben zu verlängern, und sie sei über hundert Jahre alt. Man sagte, die Zähne in ihrem Mund seien nicht ihre eigenen, ihre Augen gehörten einem Schakal und ihr Fuß verwese, weil er jemandem gehörte, der versuchte, in seinem Grab zu tanzen. Sie wurde in den Augen der Leute zu einem monströsen Fabelwesen. Es änderte auch nichts, daß ein paar Leute hervorhoben, all diese Geschichten seien von Madame Kotos politischen Feinden in Umlauf gebracht worden. Diese Geschichten verzerrten das Bild, das wir von ihr hatten, für immer. Nach und nach legten sie sich über ihr Leben, ersetzten die Wirklichkeit und ließen Madame Koto in unseren Augen undurchsichtig werden.

Doch trotz des Geredes der Leute blühten ihre Geschäfte, während wir alle Not litten. Sie eröffnete eine weitere Bar in einem andern Stadtteil. Sie teilte ihre Zeit zwischen den beiden. Sie eröffnete einen riesigen Stand auf dem großen Markt, wo sie *garri*, Spitze und Schmuck verkaufte. Sie hatte viele Angestellte. Über ihren Reichtum kamen uns jedoch widersprüchliche Geschichten zu Ohren. Manche sagten, sie sei nicht sehr reich, weil sie zu viele Leute ernähren müsse. Andere behaupteten, sie habe so viel Geld, daß sie das ganze Getto fünf Jahre lang ernähren könnte. Ich hörte, daß sie endlose Tage damit verbrachte, ihre Einnahmen zu zählen, und wenn sie zur Bank ging, benötigte sie angeblich einen Panzerwagen. Dann hörten wir auf einmal, wie geizig sie sei, daß einer ihrer Angestellten Geld brauchte, um ein Leberleiden behandeln zu lassen, und sie ihm keinen Pfennig gegeben habe. Andererseits hörten wir, daß sie einer Frau, die sie nicht einmal kannte, viel Geld gegeben habe und daß deren Kind an einer Lebensmittelvergiftung gestorben wäre, wenn Madame Koto nicht so prompt geholfen hätte. Es sah aus, als gäbe es viele Madame Kotos.

Und eines Tages, als ich mit Ade spielte, sahen wir dann, daß sich mehrere Leute vor ihrer Bar versammelten. Sie standen alle im

Schlamm. Sie trugen alle weiße Gewänder und hatten auffällige Bibeln. Ihr Leiter hatte die größte Bibel von allen. Sie sah wie ein Instrument der Rache aus. Er hatte wirres Haar und den rauhen, zerzausten Bart eines selbstgesalbten Propheten. Er war barfuß. Wenn er nicht den hölzernen Bischofsstab mit solcher Autorität gehalten hätte, hätte man ihn leicht für einen total Verrückten halten können. Er hatte ein großes Kreuz um den Hals hängen. Die ganze Gruppe, die von ihrem Leiter zu ekstatischen öffentlichen Anklagen aufgewiegelt worden war, war die Abordnung einer der einflußreichsten neuen Kirchen, die in der Stadt nur so aus dem Boden schossen. Die Gruppe bestand aus Propheten unterschiedlicher Rangordnung, und sie tanzten mit aufrechter Inbrunst und beteten mit erschreckender Überzeugung vor der Bar. Sie beschworen Visionen von Feuer und Schwert herauf, von Schwefel und Qualen und Verdammnis. Sie beteten, als würden sie das Land von einem fürchterlichen, leibhaftigen Übel säubern. Sie besprenkelten die Erde mit Weihwasser und warfen geweihte Sandkörner gegen die Bar. Sie blieben lange und sangen mit kräftigen Stimmen voller Inbrunst und Stärke, sie sangen in vollkommenem, brausendem Zusammenklang und stampften beim Singen mit den Füßen im Schlamm. Ihre Anwesenheit hielt die Leute davon ab, in die Bar zu gehen. Ab und zu warfen die Frauen aus der Bar einen verstohlenen Blick durch den Streifenvorhang, und der Leiter der Gruppe, der oberste Prophet, zeigte dann mit krummem Finger und Schaum in den Mundwinkeln auf die Frauen, während der Gesang an Lautstärke zunahm. So ging es bis zum Einbruch der Dunkelheit. Sie sperrten Madame Koto und ihre Frauen erfolgreich in die Bar ein und verdarben ihnen für den ganzen Tag das Geschäft.

Am folgenden Abend kamen sie mit einer noch größeren Gemeinde wieder. Wir sahen, wie sie singend und die Kirchentrommeln schlagend durch die Straße zogen. Es schien, als hätten sie ein ganzes Orchester bei sich. Bläser zerrissen mit ihrem Geschmetter und Brausen die Luft, Trompetenstöße zerfetzten den Wind, und die tiefen Stimmen der Propheten, die auf dem

Weg in die Schlacht gegen das Böse waren, rissen die Straße aus dem Schlaf. Als die Prozession sich Madame Kotos Bar näherte, schloß die Welt sich ihr an. Die Prozession wuchs zu einer großen Menschenflut an, zu einer wogenden Masse von Zuschauern, die den Heerscharen göttlicher Rache glich. Sie sangen gleichzeitig verschiedene Lieder. Sie gelangten zu Madame Kotos Bar und trafen auf verschlossene Türen. Sie sangen, spielten ihre Musik, psalmodierten und stampften. Sie brüllten und schmetterten ihre heiligen Lieder, bis sie heiser waren. Wer gehofft hatte, daß etwas geschehen würde, wurde enttäuscht. Allerdings wurde ein Teil der Menge durch die Enttäuschung streitsüchtig. Kämpfe brachen unter den Musikern aus, unter Propheten unterschiedlichen Bekenntnisses, unter konkurrierenden Visionären. Der Oberpriester stimmte mit hoch erhobenem Stab und hoch erhobener Bibel ein Lied zur Teufelsaustreibung an, als er von allen Seiten von den Kämpfenden umzingelt wurde. Er wußte nicht mehr, ob er seine ungebärdige Herde zügeln oder die Plage von Madame Kotos elektrischem Strom scharf angreifen sollte. Es gelang ihm, mitten in dem ganzen Durcheinander eine geißelnde Strafpredigt über die apokalyptischen Folgen der Wissenschaft zu halten. Das Geschrei unter seinen Gemeindemitgliedern wurde wilder. Ein Mann wurde in den Schlamm geschleudert. Ein anderer Mann wurde mit den Falten seines Gewands gewürgt. Bald schien jeder gegen jeden zu kämpfen.

»Der TEUFEL ist in unsere Mitte gefahren!« schrie der Oberpriester.

Niemand hörte zu.

»Laßt uns wie ein Mann aufstehen, um dieses GREUEL auszutreiben!«

Niemand hörte die Worte.

»SIE FANGEN MIT STROM AN UND VERBRENNEN DANN DIE GANZE ERDE!« wetterte er.

Niemand kümmerte sich um ihn. Und dann geschah etwas Ungewöhnliches. Der Himmel riß auf. Die Luft leuchtete, als würde gleich ein unerträglich strahlendes Wesen vom Himmel herabkommen. Das Licht, das hell flimmerte, blieb lange am Himmel.

Alle verstummten und erstarrten angesichts dieser beispiellosen Verkündigung. Wie ein einzelnes blitzendes Schwert hing ein furchtbarer Zauber über uns. Der Wind wehte lautlos.

»GOTT HAT UNSERN SCHREI BEANTWORTET!« sagte der Oberpriester.

Der Himmel wurde dunkel, senkte sich herab. Die Luft war auf einmal voller Erscheinungen. Der Wind legte sich. In diesem Augenblick roch ich alle bekannten und unbekannten Kräuteressenzen des Waldes. Die Welt schwamm in Düften.

»HALLELU ... HALLELUJA!« schrie der Oberpriester.

Seine Gemeindemitglieder schlossen sich dem Schrei an, erhoben die Stimmen gen Himmel und verstummten voller Erwartung.

Dann krachte es in den tiefsten Tiefen des Himmels. Etwas entfesselte sich, rollte durch die unzähligen Gewölbe des Himmels hinab, gewann an Wucht und phantastischer Lautstärke, während es sich uns näherte. Dann explodierte es über unseren Köpfen, und bevor wir uns noch von dem unglaublichen Schauspiel des Universums erholt hatten, öffnete sich der Himmel und ergoß einen Sturzregen über uns.

Die versammelte Gemeinde zerstreute sich hastig. Das Durcheinander war wild und lächerlich. Leute schrien, Kinder heulten, Mütter kreischten. Nur der Oberpriester rührte sich nicht vom Fleck. Die tapferen Blechbläser, das mitreißende Flötenensemble, sie alle flohen bald, gepeitscht vom strömenden Regen, in sämtliche Richtungen. Ich sah zu, wie sie flohen, als liefen sie aus einem brennenden Haus. Der Oberpriester rief sie, drohte ihnen, bestürmte sie, den Mut nicht zu verlieren und in schweren Zeiten standfest zu bleiben. Er schwenkte seinen Stab und seine Bibel durch die Luft, und über ihm grollte der Donner, aber der Oberpriester rührte sich nicht. Er gab nicht auf. Er betete mit großer Inbrunst weiter. Er verteufelte Madame Koto als Scheusal, nannte sie die GROSSE HURE DER APOKALYPSE und tanzte und sang allein, während ihn der Regen erbarmungslos bis auf die Haut durchnäßte.

Er bot bald einen lächerlichen Anblick. Er glich einem riesigen durchnäßten Huhn. Er zitterte beim Beten. Sein Gewand klebte ihm obszön am Hintern. Und während seine Inbrunst, vom gleichgültigen Regen erstickt, allmählich nachließ, zitterte er noch stärker. Alle sahen ihm von einer geschützten Stelle unter einem Dachvorsprung aus zu. Gefangen in seinem einsamen Trotz, mit der Bibel, aus der eine zweite Sintflut tropfte, und dem Bart, der einem tragisch auf den Wassern gekenterten Schiff glich, und einer Stimme, die im Getöse der kosmischen Ereignisse unterging, blieb ihm keine andere Wahl, als weiter in seiner absurden Haltung auszuharren. Mit zitternden Knien sang er Kirchenlieder. Und während er noch sang und gegen die Prostituierten, die Wissenschaft, die Evolutionstheorien, die Blindheit der Vernunft gegenüber Gott und die sündigen Frauen von Babylon wetterte, kam eine Autokolonne die Straße hinab. Sie parkten links und rechts von ihm. Die Autotüren öffneten sich. Männer und Frauen in festlicher Kleidung quollen daraus hervor. Sie hatten alle Regenschirme. Madame Koto war unter ihnen. Sie trug ein hinreißendes weites schwarzes Seidenkleid, weiße Schuhe und ein weißes Schultertuch und an den Armen und am Hals glitzernden Schmuck. Die prunkvoll gekleideten Gäste gingen am Oberpriester vorbei, und selbst wenn sie seine Raserei gehört hatten, ließen sie es sich nicht anmerken. Die Tür zur Bar wurde geöffnet, und sie gingen alle hinein. Nur Madame Koto kam wieder heraus und gab dem Oberpriester ihren Schirm. Er schämte sich nicht, ihn anzunehmen. Sie humpelte mit ihrem Spazierstock in der Hand in die Bar zurück, während der Oberpriester sie weiter verwünschte und anprangerte. In diesem Augenblick fingen die Leute an, ihn zu verspotten. Als der Abend hereinbrach und die Nacht sich ausbreitete, war der Oberpriester ein bis auf die Haut durchnäßtes Wrack. Zitternd und mit heiserer Stimme verließ er im Schutz der Dunkelheit den Platz vor Madame Kotos Bar und ging jämmerlich die Straße hinab. Viel später erfuhren wir, daß er seine Gemeinde hauptsächlich auf Betreiben der Partei, die von den Armen unterstützt wurde, gegen Madame Koto aufgewiegelt hatte. Es war ebenfalls die Rede von möglichen wohltätigen Zuwendungen für die Kirche. Wir waren über ihr Vorgehen enttäuscht.

6

Zu unserem höchsten Erstaunen erreichte uns dann die Nachricht, Madame Koto habe sich ein Auto gekauft. Wir konnten es nicht glauben. Niemand in unserer Straße und praktisch niemand in unserm Viertel besaß ein Auto. Die Leute hatten Fahrräder und waren stolz darauf. Zwei oder drei Männer besaßen Motorroller, und man zollte ihnen den Respekt, der sonst nur Ältesten und Stammesfürsten vorbehalten war. Aber ohne jeden Zweifel war es etwas ganz Neues, daß eine Frau in unserm Viertel ein Auto besaß. Wir wollten es nicht glauben, bis wir das hellblaue kleine Auto sahen, das das liebevolle Gesicht einer vergrößerten Metallschildkröte hatte. Es stand vor ihrer Bar. Wir wollten es selbst dann noch nicht glauben, als wir ihre hoffnungslosen Versuche erlebten, das Auto zu fahren, die damit endeten, daß sie in den Verkaufsstand einer alten Frau raste. Madame Koto ließ den Stand wieder aufbauen und gab der Frau mehr Geld, als diese je besessen hatte. Wir schauten zu, wie Madame Koto Autofahren lernte. Sie war viel zu dick für solch ein kleines Fahrzeug, und wenn sie am Steuer saß, sah es aus, als wäre das Auto ihr Panzer und sie selbst nur das dritte Auge der Schildkröte. Die Tatsache, daß das Auto für sie zu klein war, war der einzige Trost, den die Leute hatten. Dennoch waren wir erstaunt.

Mit einem Mann, der neben ihr saß, lernte sie auf unserer Straße Autofahren. Mit entschlossener, halb wahnsinniger Miene und gekrümmten Schultern, als helfe ihr Gewicht irgendwie dem Wagen, sich voranzubewegen, fuhr sie im Zickzack unsere Straße hinab. Sie konnte nicht geradeaus fahren. Sobald man sie kommen sah, rief eine Stimme: »Bringt eure Kinder in Sicherheit! Bringt euch selbst in Sicherheit! Die verrückte Schildkröte kommt!«

Und dann sahen wir, wie ihr Fahrzeug in Schlangenlinien näher kam, Ziegen und Federvieh aufscheuchte und unschuldige Umstehende zwang, sich an die unmöglichsten Orte zu retten. Madame Kotos beharrliche Versuche zahlten sich nie aus. Selbst als es ihr gelang, das Auto geradeaus zu steuern, war sie so verkrampft und würgte mit solchem Ungestüm die Gänge rein, daß der Motor gräßlich ächzende Geräusche von sich gab.

»Die Schildkröte hat Hunger«, sagten dann die Leute.

Wir hörten, daß Madame Koto wegen ihrer Fußverletzung Schwierigkeiten mit dem Auto habe. Immer wenn sie auf die Bremse trat, tat sie es mit solcher Gewalt, daß der Mann, der ihr das Fahren beibrachte, mit dem Kopf gegen die Windschutzscheibe knallte. Und da sie das Auto nicht fahren konnte, ließ sie ihren Fahrer mit dem Wagen Besorgungen machen.

Es machte im Grunde nichts, daß das Auto klein war und sie nicht richtig fahren konnte. Wichtig war, daß sie wieder einmal den Weg bereitet und etwas getan hatte, das niemand vor ihr getan hatte. Die Leute waren allmählich überzeugt, daß sie, wenn sie nur wollte, auf dem Rücken einer Kalebasse über das Getto fliegen konnte.

Als der Tag kam, an dem Madame Kotos neues Auto gewaschen werden sollte, kamen viele Leute, um die Zeremonie mit ihr zu feiern. Unser Hauswirt war anwesend. Manche Leute brachten ihre Fahrräder und Motorroller mit. Viele kamen zu Fuß. Alte Männer tauchten auf, die wir nie zuvor gesehen hatten. Und es fand sich eine ganze Reihe von seltsamen mächtigen Frauen ein, deren Augen keinerlei Gefühl zeigten. Wir sahen Stammesfürsten, Schläger und sogar Kräuterheiler; Zauberpriester und ihre Helfer waren da. Sie versammelten sich alle in der Bar und tranken. Sie redeten laut. Schließlich wurde die ganze Gesellschaft zum Waschen des Autos herbeigerufen. Sie bildeten einen Kreis um das Fahrzeug. Der große Kräuterheiler unter ihnen war ein finsterer Kerl mit einem Gesicht, das so übel zugerichtet war,

und so einschüchternden Augen, daß selbst Spiegel zurückgeschreckt und bei seinem Blick zersprungen wären. Er stieß dunkle Beschwörungen aus und betete für das Auto.
»Dieses Auto«, sagte er nach langem Brimborium, »wird sogar zum Mond fahren und sicher zurückkommen.«
Die Leute nickten.
»Dieses Auto bringt Ihnen Wohlstand, eine Menge Geld. Nichts kann ihm etwas anhaben. Jedes andere Auto, das mit ihm zusammenstößt, wird zerstört, doch Ihrem Auto geschieht nichts. Das nennen wir höhere Magie. Selbst wenn Sie am Steuer einschlafen, sind Sie in Sicherheit. Jeder, der es stiehlt, hat sofort einen Unfall und stirbt. Jeder, der dem Auto Böses wünscht, stirbt!«
Die Leute stimmten zu. Madame Koto, in einer Hand den Spazierstock, nickte nachdrücklich. Zu diesem Zeitpunkt waren alle mehr oder weniger betrunken.
»Wenn die Leute auf Sie neidisch sind, lassen Sie sie neidisch sein. Neid kostet nichts. Die Leute können sich satt daran essen und fett dabei werden, wenn sie wollen. Doch wenn jemand Böses von Ihnen denkt, dann soll ihn dieses Auto im Schlaf überfahren. Dieses Auto spürt Ihre Feinde auf, verfolgt deren böse Absichten und walzt sie in die Straße. Ihr Auto fährt durch Feuer und ist sicher. Es fährt ins Meer und ist sicher. Es hat Freunde in der Geisterwelt. Seine Freunde dort, ein Auto genau wie dieses, bringen Ihre Feinde zur Strecke. Nirgends sind die vor Ihnen sicher. Wenn eine Bombe auf dieses Auto fällt, ist es sicher. Ich habe die Straße für dieses Auto frei gemacht. Es kann auf allen Straßen fahren. Es erreicht sicher alle Ziele. Das sage ich Ihnen.«
Die Leute riefen hurra. Manche lachten. Der Kräuterheiler besprenkelte das Auto mit allerlei Zaubertränken und ätzenden Flüssigkeiten. Er goß eine halbe Flasche kostbaren *ogogoro* auf die Motorhaube. Und nachdem die rituelle Waschung beendet und alle anwesenden alten Leute, Mächtigen, Stammesfürsten und Kultanhänger ihre Trankopfer dargebracht hatten, wandte sich die Versammlung der bedeutsamen Aufgabe zu, sich zu betrinken. Sie tranken kräftig. Sie diskutierten, um besser zu trinken, und sie tranken, um besser zu diskutieren. Immer mehr

Leute schlossen sich ihnen an. Die Prostituierten servierten Palmwein, Pfefferschotensuppe, gebratenes Buschfleisch und gegrillte Kaninchen. Der blinde alte Mann tauchte auf und stürzte sich in das turbulente Gelage und geriet in eine hitzige Auseinandersetzung mit einem Stammesfürsten. Das fröhliche Beisammensein begann auszuarten. Das war zu erwarten gewesen, ja sogar erwünscht. Doch plötzlich entstand Aufruhr. Niemand wußte, wie er angefangen hatte. Vögel kreisten über die Köpfe und ließen sich auf dem Dach des Autos nieder. Der Himmel verdunkelte sich. Der große Kräuterheiler, der in seiner Trunkenheit noch häßlicher aussah denn je, gab die widersprüchlichsten Dinge von sich. Und dann sagte er etwas, das tiefe Stille hervorrief.

»Dieses Auto wird zu einem Sarg!« verkündete er plötzlich. »Ich habe es gerade gesehen.«

Die Leute starrten ihn völlig verwirrt an. Ein seltsamer Wind schien über seinen Kopf zu wehen. Er begann zu schielen. Sein verzerrter Mund verlieh seinen Worten ein schicksalhaftes Gewicht.

»Wenn Sie nicht die nötige Opferzeremonie durchführen, wird dieses Auto zu einem Sarg! Ich muß die Wahrheit sagen, wenn ich sie sehe, sonst sterbe ich«, fuhr der Kräuterheiler fort.

Die Stimmung unter den Anwesenden änderte sich schlagartig. Durch das gefürchtete Wort beunruhigt, humpelten die alten Männer und Frauen ungewöhnlich schnell nach Hause. Die Stammesfürsten und höheren Parteichargen bestiegen ihre Autos. Die jungen Männer und Frauen zogen sich in die Bar zurück. Nur die Prostituierten, unser Hauswirt, der blinde alte Mann, der weiter ins Leere diskutierte, als sei nichts geschehen, und Madame Koto blieben.

»Aber wenn Sie mir eine dieser Frauen geben«, sagte der Kräuterheiler und stürzte sich auf eine Prostituierte, die er jedoch verfehlte, »dann verscheuche ich den Sarg aus dem Auto.«

Mit trüben Augen stand er schwankend da und starrte auf den Wald. Die Vögel flogen vom Dach des Autos auf. Der Wind heulte ziemlich laut und pfiff durch die Stromkabel. Dann nahm der Kräuterheiler seine Zaubertränke und wankte am Auto vorbei auf uns zu die Straße hinauf. Ade und ich saßen auf einem Ast, als der Kräuterheiler auf uns zukam. Schäumend, betrunken und mit verdrehten Augen sagte er zu uns: »Einer von euch wird sehr bald sterben!«

Dann ging er weiter zum Wald.

Wir sprangen von dem Ast hinunter und folgten ihm. Er blieb stehen, um gegen einen Baum zu pinkeln. Sein Urin war gelblich. Anschließend wankte er schreiend und gestikulierend weiter und fuchtelte mit den Armen.

»Alle diese Bäume werden sterben«, rief er bitter, »weil niemand sie mehr liebt!«

Dann drehte er sich mit schlenkernden Armen um, sah uns an, streckte seinen zauberbeladenen Finger nach mir aus und sagte: »Du Geisterkind, wenn du deinen Freund nicht sofort von hier wegbringst, dann verwandle ich euch beide in Schlangen.«

Wir drehten uns um und flohen. Während wir rannten, hörten wir ihn im Wald jammern, und das Echo seiner Stimme schallte durch die Bäume und wurde gedämpft von der Erde zurückgeworfen. Wir hörten seine betrunkene Klage, als er schrie: »Zu viele Straßen! Die Dinge ÄNDERN SICH ZU SCHNELL! Kein neuer WILLE. FEIGHEIT ÜBERALL! SELBSTSUCHT FRISST DIE WELT AUF. SIE ZERSTÖREN AFRIKA! Sie ZERSTÖREN die WELT und das ZUHAUSE und die KULTSTÄTTEN der GÖTTER! SIE ZERSTÖREN AUCH DIE LIEBE.«

Wir hörten sein wahnsinniges Gelächter, das die Luft zerriß. Mit veränderter Stimme schrie er weiter.

»WER KANN VON EINER GUTEN STRASSE TRÄUMEN UND DANN LEBEN, UM DARAUF ZU REISEN? Wer kann SICH SELBST GEBÄREN und dann SEIN EIGENER VATER UND SEINE EIGENE MUTTER SEIN? Wer kann IN DER ZUKUNFT LEBEN und IN DER GEGENWART LEBEN und nicht dabei VERRÜCKT WERDEN? Wer kann UNTER GEISTERN UND unter MENSCHEN LEBEN OHNE ZU STERBEN? WER kann MIT SEINEM EIGENEN SCHICKSAL ESSEN UND SCHLAFEN UND immer noch DAS GLÜCK SCHÖNER DINGE ERFAHREN?«

Dasselbe Gelächter ertönte.

»Das sind Rätsel für die Bäume!« hörten wir ihn aus weiter Ferne schreien.

Dann hörten wir seine Stimme nicht mehr.

Als wir zur Bar kamen, saß Madame Koto, umgeben von ihren Frauen, draußen auf einem Rohrstuhl. Wir sahen ihnen eine Weile zu. Sie saßen regungslos da. Sie saßen wortlos da. Sie starrten alle auf das Auto.

7

Papas öffentliche Darbietungen mußten aufsehenerregender werden. In der Zeit, als Madame Koto Strom bekam und ihr Auto kaufte, verloren die Leute das Interesse an Papas Training. Sie interessierten sich mehr für das Auto. Abends gingen die Leute zu Madame Kotos Bar und lungerten um das Fahrzeug herum und berührten es staunend. Eines Nachts träumte ich sogar, daß sie mit dem Auto zum Mond gefahren war und nicht zurückkommen konnte. Wenn ihr Angestellter die Straße hinauf und hinunter fuhr und Palmwein und Nahrungsmittel brachte, ließen die Leute alles stehen und liegen, um wieder dieses Gefährt zu begaffen. Und immer rannten jubelnde Kinder hinter dem Fahrzeug her.

Madame Koto stieg von Palmwein zu Bier auf. Mit Bier war mehr Geld zu verdienen, und in der Stadt hatten sich inzwischen mehrere Brauereien niedergelassen. Nachdem der Biervorrat für den Abend geliefert worden war, lud sie manchmal die Kinder aus dem Viertel zu einer Fahrt in ihrem Auto ein. Das erhöhte für sie das Vergnügen an ihrem Besitz, und sie betrachtete die kostenlose Fahrt als einen Akt der Nächstenliebe. Ade wollte nichts von dem Auto wissen. Sein Vater hatte ihn gewarnt, daß es Teufelswerk sei. Einmal nahm mich Madame Koto mit, und diese Fahrt habe ich nie vergessen. Sie saß hinten. Ich saß vorn. Ich konnte die Straße nicht sehen. Es kam mir vor, als führen wir auf dem Wind. Sie hielt an, um Leute ein Stück mitzunehmen. Als die anderen ausgestiegen waren, befahl sie dem Fahrer, schneller zu fahren. Der Fahrer war begeistert und fuhr mit solch einem Höllentempo, daß ich überzeugt war, wir flögen zum Mond. Als ich den Fahrer bat, langsamer zu fahren,

weil mir schlecht wurde, sagte Madame Koto: »Schneller! Schneller!«
Und der Fahrer fuhr wie ein Verrückter und raste irgendwie rachsüchtig mit entsetzlichem Tempo weiter. Ich verstand den Grund seiner Rache nicht. Madame Koto strahlte über das ganze Gesicht, ihre Augen weiteten sich, und ihr massiger Körper blühte vor Vergnügen über die Kraft der Beschleunigung und nicht zuletzt über mein Entsetzen auf. Doch dann übergab ich mich aus Angst und wegen des Tempos. Ich spuckte den Fahrer voll, und Madame Koto befahl ihm anzuhalten und gab ihm ein Zeichen, mich an die Luft zu setzen. Genau das tat er. Nachdem er das Erbrochene mit Sand und Lumpen abgewischt hatte, warf er mir böse Blicke zu. Die Blicke bewirkten jedoch nichts, und so machte er sich an mich heran, tat so, als wollte er mir mit einer Geste des Vergebens über den Kopf streichen, verpaßte mir jedoch mit seinen harten Knöcheln solch eine Kopfnuß, daß ich zu benommen war, um die beiden wegfahren zu sehen. Ich ging den weiten Weg zu Fuß nach Hause zurück und ließ mich nie mehr auf eine Fahrt in Madame Kotos Auto ein.
Als ich spätabends nach Hause kam, trainierte Papa, als sei er verrückt geworden. Niemand sah ihm zu, außer einem Jungen, zwei Hühnern, einer Ziege und dem blinden alten Mann. Voller Wut über den Wankelmut der Welt und verärgert, daß die Leute seine Kunststücke langweilig fanden, wütete und tobte Papa auf der Straße herum und forderte die ganze Welt heraus. Er brüstete sich damit, daß er es mit drei Leuten gleichzeitig aufnehmen könne. Niemand nahm seine Herausforderung an. Dann versteifte er sich darauf, daß er fünf Männer schlagen könne. Erst als er die Zahl auf zehn erhöhte, traten Leute aus der Dunkelheit hervor.
Ich war an jenem Abend völlig erschöpft. Ich saß auf dem Zementabsatz und sah zu, wie sieben Männer auf Papa losgingen. Es waren Lastenträger und Männer, die gelegentlich als Leibwächter arbeiteten. Ich hatte sie oft in der Menge gesehen, wenn Papa trainierte. Papa erledigte einen von ihnen unsanft mit einem Kinnhaken. Der Mann fiel zu Boden und rührte sich

nicht mehr. Die anderen sechs Männer umringten Papa. Der sprang herum und übernahm es selbst, seine Kämpfernamen, seine Geheimnamen und die Namen, die er seinem Kampfgeist gegeben hatte, aufzuzählen. Zwei von den Männern stürmten vor. Einer von ihnen erwischte Papa mit einem schlecht ausgeführten Schwinger am Kopf. Papa lachte verächtlich und gab ihm denselben Schlag zurück. Der Mann stürzte jäh zu Boden. Papa verfolgte einen dritten Mann, änderte die Richtung und schlug einem vierten Mann in den Solarplexus und setzte ihn mit einem ziemlich mörderisch anzusehenden linken Haken außer Gefecht. Drei Männer lagen regungslos auf dem Boden. Die anderen vier flohen wie ein Mann. Papa folgte ihnen nicht. Der blinde alte Mann klatschte Papa zu, und der Junge rief seinen Kämpfernamen. Als der blinde alte Mann abgeholt wurde, hörten wir im Dunkeln die Klänge seines Akkordeons, während er sich entfernte. Wir waren überrascht, daß es sich eher angenehm anhörte.

8

Als wir aufwachten, stellten wir fest, daß die Welt uns mit neuem Respekt ansah. Die Nachricht, daß Papa in einem Boxkampf sieben Männer besiegt hatte, war um den Globus gegangen und sogar bis in die Geisterwelt vorgedrungen. Papa, der zu seinem eigenen Impresario geworden war, trainierte drei Tage lang nicht mehr in der Öffentlichkeit. Er erklärte mir das merkwürdige Prinzip: »Wenn die Leute dir etwas nicht zutrauen und du schaffst es trotzdem, dann respektieren sie dich. Genau zu dem Zeitpunkt mußt du verschwinden. Je länger sie dich respektieren, desto besser. So bewahrst du dein Geheimnis. Ihr Interesse wächst. Die Zeit vergeht. Sie haben dich allmählich satt. Sie werden es leid, auf dich zu warten. Und dann glauben sie nicht mehr an dich. Das ist der Augenblick, in dem du es ihnen wirklich zeigen kannst.«

Ich hatte keine Ahnung, wovon er sprach. Statt vor dem Haus zu trainieren, joggte er jetzt auf der Straße.

»Black Tyger!« riefen die Leute.

Er antwortete nicht. Er lief weit weg und war bis zum Einbruch der Nacht nicht mehr zu sehen. Dann kam er vom Joggen wieder, machte kurz Schattenboxen vor dem Haus und verschwand dann in unserm Zimmer. Das Interesse an ihm wuchs. Sein Name machte die Runde. Seine Legende entstand. Immer wenn ich von der Schule zurückkam, waren ein paar Männer da und erkundigten sich nach Papa. Sie wollten wissen, wo er trainiere, wer sein Trainer sei und welcher Partei er angehöre. Abends versammelten sich Menschenscharen vor unserm Haus. Leute, die von Papas Heldentaten gehört hatten, kamen aus den hintersten Winkeln ferner Gettos, von weit her. Sie lungerten herum und starrten auf das Haus. Die Nachbarn kamen früh nach draußen und brachten ihre kleinen Tische, Stühle und Getränke mit. Straßenhändler, Hausierer, Bierverkäufer, Händler, die Eiswasser und Schnupftabak anboten, versammelten sich erwartungsvoll. Wenn Papa von der Arbeit zurückkam, sangen sie seinen Namen und drängten ihn, öffentlich zu trainieren. Als Antwort führte er ein paar Schläge und etwas Beinarbeit vor und verschwand in unserm Zimmer. Er tat ihnen den Gefallen nicht. Er weigerte sich, ihre launenhaften Erwartungen zu erfüllen. Die Menge wurde erst ungeduldig, dann gelangweilt, dann ernüchtert und schließlich löste sie sich auf. Und das Gerücht verbreitete sich, Papa habe gar nicht sieben Leute geschlagen, er habe in Wirklichkeit überhaupt nie mit jemandem gekämpft und jetzt viel zu große Angst, öffentlich zu trainieren.

Als Papa diese Gerüchte hörte, lächelte er rätselhaft. Er joggte weiterhin, lief zu einer Stelle im Wald, die niemand kannte.

9

Etwa zu jener Zeit ging es erneut mit der Politik los. Eines Morgens hörten wir plötzlich wieder Stimmen aus dem Lautsprecher. Die Stimmen forderten uns auf, der Partei der Reichen beizutreten. Die Stimmen sagten uns, man bereite die größte politische Kundgebung der Welt vor, daß dort die berühmtesten Musiker Afrikas spielen würden und es Geschenke für die Kinder, Preise für die Frauen und Jobs für die Männer geben würde. Später am Tag sahen wir, wie die Lastwagen, auf denen noch mehr Schläger und Leibwächter waren, langsam vorbeifuhren und ihre übertriebenen Ankündigungen machten. Große Parteifahnen schmückten die Lastwagen, und Männer verteilten Broschüren. Als sie auftauchten, dachte ich zunächst, es würde wieder Ärger im Viertel geben. Ich dachte, Häuser würden in Flammen aufgehen, Parteifahrzeuge zerstört und Schläger geröstet werden. Ich dachte, die Leute würden sich daran erinnern, daß dieselbe Partei sie mit schlechter Trockenmilch vergiftet und nachts bei ihnen gewütet hatte. Doch die Leute hatten alles vergessen, und jene, die es nicht vergessen hatten, zuckten die Achseln und sagten, das alles sei schon so lange her und viel zu kompliziert, um es zu behalten, und außerdem habe die Partei neue Männer an der Spitze.

Papa verpaßte die dramatische Rückkehr der Politik in unser Leben. Er zog sich immer noch zurück, um irgendwo insgeheim zu trainieren. Als er zurückkam, war die Straße mit Flugblättern übersät, die niemand las. Er interessierte sich nur sehr wenig für das, was sich in der Welt um uns herum tat. Als wir ihm von den Lastwagen erzählten, blickte er uns verständnislos an.

»Was für Lastwagen?«
»Die Lastwagen der Politiker.«
»Ach so, die Politiker«, sagte er dann und gab sich mit leerem Blick wieder seiner Betrachtung hin.
Wenn Mama ihn fragte, wo er gewesen sei, geschah dasselbe.
»Gewesen?«
»Ja, wo bist du gewesen?«
»Och, ich habe trainiert.«
»Wo?«
»Wo was?«
»Wo hast du trainiert?«
»Och, irgendwo.«
»Erzähl.«
»Was?«
»Wo?«
»Warum?«
»Hast du mit einer anderen Frau trainiert?«
»Frau?«
»Ja, Frau.«
»Was für einer Frau?«
Schließlich gab Mama auf. Es wurde ziemlich nervenaufreibend, Papa Fragen zu stellen. Er aß weiterhin große Mengen und sagte die meiste Zeit kein Wort. Er konzentrierte sich immer mehr auf sich selbst. Mama versuchte ein- oder zweimal, einen Streit mit ihm anzufangen, doch Papa wurde immer unerreichbarer und ließ sich auf keine Auseinandersetzung ein. Es dauerte eine Weile, ehe wir merkten, daß er von einer neuen Kraft besessen war. Er wurde ein anderer Mann. Seine Augen waren hart wie Feuerstein oder Diamanten, mit denen man Metall ritzen kann. Er war unnahbar, als stamme er von einem anderen Stern. Seine Gesichtszüge wurden abwesend und maskenhaft und erstaunlicherweise zugleich sanfter.
Eines Tages sagte er zu mir: »Ich sehe zum erstenmal die Dinge, wie sie sind. Diese Welt ist nicht so, wie sie aussieht. Überall sind geheimnisvolle Kräfte am Werk. Wir leben in einer Welt voller Rätsel.«

Ich lauschte aufmerksam. Er hielt inne. Dann sah er mich an, als wollte er mich anflehen, seinen Wort Glauben zu schenken.

»Als ich gestern trainierte, kam dieser alte Mann zu mir und trug etwas Unsichtbares auf dem Kopf. Er bat mich um Geld. Ich gab ihm alles Geld, das ich bei mir hatte. Er gab es mir wieder und sagte, ich hätte Glück.«

»Warum?«

»Er sagte, wenn ich ihm kein Geld gegeben hätte, wäre ich beim nächsten Boxkampf gestorben.«

»Und was hast du getan?«

»Anfangs habe ich ihm nicht geglaubt. Das wußte er. Dann zeigte er zum Himmel. In der Luft waren zwei Vögel, die miteinander kämpften und seltsame Laute von sich gaben. Dann flogen viele andere Vögel am Himmel auf sie zu. Einer der Vögel fiel herab. Ganz langsam. Ich rannte und fing ihn auf, ehe er den Boden berührte. Plötzlich löste sich der Vogel in meiner Hand auf, so wie Eis zu Wasser wird. Der Vogel allerdings löste sich in Blut auf. Ich versuchte, das Blut abzuwischen, doch es ließ sich nicht abwischen. Der alte Mann kam herbei und spuckte mir in die Hand. Das Blut verschwand. Der alte Mann zeigte wieder nach oben. Ich schaute auf, doch ich sah nichts. Als ich mich umblickte, war der alte Mann fortgegangen. Ich sah ihn in der Ferne und rannte hinter ihm her, doch so schnell ich auch rannte, ich konnte ihn nicht einholen. Ich gab auf. An jenem Abend habe ich nicht mehr trainiert. Erzähl Mama nicht, was ich dir gerade erzählt habe, verstanden?«

Ich nickte. Danach zog er sich wieder in sein abweisendes Schweigen zurück. Auch ich schwieg. Er hatte mich mit seiner Geschichte angesteckt. Mama fand uns beide unerträglich und suchte folglich Streit und warf mir Sachen vor, die ich nicht getan hatte. Doch ich sagte nichts. Papa und ich schwiegen den ganzen Abend.

10

Ich war sehr neugierig, wo sich Papas geheimer Trainingsplatz befand. Am nächsten Tag wartete ich darauf, daß er dorthin lief, um ihm zu folgen. Ich wartete, doch er blieb zu Hause und schlief. Er war müde. Ich weckte ihn und erinnerte ihn ans Training, doch er drehte sich auf die andere Seite und schlief weiter. Ich ging nach draußen, blieb in der Nähe unseres Compounds und wartete auf ihn, während ich spielte. Die Luft war voller Geräusche. Die Lastwagen der Politiker fuhren mit grölender Parteimusik, endlosen Ankündigungen und Versprechen auf und ab. Es war ziemlich verwirrend, wenn man hörte, daß beide Parteien praktisch dasselbe versprachen. Die Partei der Reichen redete von Wohlstand für alle, guten Straßen, Strom und kostenloser Schulbildung. Sie nannte ihre Gegner Diebe und Banditen und warf ihnen vor, Stammesfehden zu schüren. Auf ihrer Kundgebung, sagten sie, bekäme jeder genug zu essen und jede Frage würde beantwortet.

An jenem Abend paradierte auch der Lastwagen der Partei der Armen durch unsere Straße. Auch sie kamen mit grölender Musik und stellten dieselben Behauptungen auf. Sie verteilten Broschüren und machten ihre Versprechen in vier Sprachen. Wenn sich die beiden Lastwagen, die beide voller bewaffneter Leibwächter waren, auf der Straße begegneten, überboten sie sich darin, wer den meisten Lärm machen konnte. Sie beschimpften sich in einem regelrechten Lautsprecherwettbewerb; und das wilde Plärren der sich übertönenden Musik erzeugte ein solches Getöse, daß sich die Straße mit Zuschauern füllte, die einen gewaltigen Aufruhr erwarteten. Zweimal begegneten sich die beiden Lastwagen an jenem Abend. Wir warteten immer noch darauf, daß so etwas wie ein Krieg ausbrechen würde, doch beide Parteien schienen von dem gesunden Respekt zurückgehalten zu werden, den sie füreinander entwickelt hatten. In Wirklichkeit war die Zeit noch nicht reif.

Madame Kotos Auto wurde im Einsatz für die Partei der Reichen gesehen. Sie saß nicht in dem Fahrzeug. Das war vermutlich der Grund, warum der Fahrer anfing anzugeben. Wenn er uns mitten auf der Straße sah, raste er auf uns zu, als wollte er uns überfahren. Dann flohen wir alle. Nur Ade blieb furchtlos stehen, wo er war, und forderte damit den Fahrer geradezu heraus, ihn zu überfahren. Und jedesmal stoppte der Fahrer breit grinsend kurz vor Ade. Der Fahrer fand Geschmack daran, uns mit dem Auto einen Schrecken einzujagen. Als wir sahen, daß er Ade nicht überfuhr, rührten wir uns auch nicht mehr von der Stelle, wenn der Fahrer uns bedrohte. Mir lief es immer eiskalt den Rücken herunter, wenn das Auto mit kreischenden Bremsen vor uns zum Stehen kam, ich das siedende Motoröl riechen konnte und den Fahrer lächeln sah. Ade, stets unnachgiebig, lächelte nie zurück. Er hörte mit dem auf, was er gerade tat, und ging nach Hause. Er war ein einsamer Junge.

Als der Fahrer anfing, mit dem Auto anzugeben, wild zu hupen und Ziegen, Hühner und Fußgänger laut zu beschimpfen, entwickelten die Leute allmählich eine starke Abneigung gegen Madame Koto. Doch es war nicht ihre Schuld, daß der Fahrer Mädchen im Auto mitnahm, hart arbeitende Leute mit Schlamm bespritzte und bei jeder Gelegenheit seine makaberen Scherze mit uns trieb und auf uns zuraste.

Drei Tage, nachdem Papa an seinem geheimen Trainingsort dem alten Mann begegnet war, gab es auf der Straße einen ungewöhnlichen Menschenauflauf. Mehr Lastwagen als sonst waren da. Sie machten mit ihrer Musik und ihren Lautsprechern einen solchen Lärm, daß die Kinder heulten und wir halb taub waren. Wir hörten nicht mehr, was die Männer sagten. Sie übertönten ihre eigenen Ankündigungen mit dem Krach. An jenem Tag kamen ein paar Männer und erkundigten sich nach Papa. Sie lungerten herum und warteten darauf, daß er zurückkam. Einer der Lastwagen, auf dem sich Parteianhänger drängten, hatte gegenüber geparkt und verbreitete ständig lautstark schrille Musik und nichtssagende Aufrufe. Die Parteianhänger redeten in vielen Sprachen und mit so energischen Stimmen, daß der Lautsprecher ihre Äußerungen bis zur völligen Unverständlichkeit verzerrte. Alle waren an jenem Tag gereizt. Während der kurzen Unterbrechung der Regenzeit war es zu einer unerträglichen Hitzewelle gekommen, die Luft war feucht, und der Lärm tat uns bis in die Zähne weh. Wir hatten das dunkle Gefühl, daß etwas Unerfreuliches geschehen würde.

Als Papa von der Arbeit nach Hause kam, gingen die Männer auf ihn zu und stellten ihm Fragen. Er antwortete nicht, schob sie beiseite und kam ins Zimmer. Er war völlig verkrampft vom zu vielen Arbeiten, sein Blick war verstört, und sein Schweigen wirkte wie uralter Groll. Ich holte ihm Wasser, und er nahm ein Bad. Wir setzten ihm etwas zu essen vor, und er aß die üblichen riesigen Mengen. Dann legte er sich schlafen. Er schlief bis zum Abend. Draußen warteten immer noch die Männer. Dann gingen sie fort. Der Lastwagen war immer noch da, und gelegentlich hielt einer der Parteianhänger eine lange Rede darüber, wer die kommenden Wahlen gewinnen würde. Sie spielten sehr laute Musik. Wir mochten diese Art von Musik nicht. Es muß wohl an dieser schrecklichen Musik und der Lautstärke gelegen haben, daß Papa in Wut geriet; denn eine Stunde bevor er normalerweise aufwachte, sahen wir ihn mit nackter Brust und einem Handtuch um den Hals auf den Lastwagen zustürmen.

Als Papa beim Lastwagen ankam, tauchten die Männer, die auf ihn gewartet hatten, wieder auf. Sie umringten ihn. Papa ging zur Fahrertür und schrie etwas. Die Musik wurde lauter. Papa schrie noch einmal etwas. Ich sah, wie er nach dem Steuer griff. Plötzlich ging die Musik in ein häßliches Kratzen über und verstummte dann ganz.

»Da haben wir den Ärger!« sagte jemand in der ungewohnten Stille.

Eine ganze Weile lang geschah nichts. Einer der Männer packte

Papa am Hals, und Papa schlug zu. Der Mann stand still da, den Rücken mit erstarrtem Blick an den Lastwagen gelehnt. Keiner von den anderen rührte sich. Papa stürmte ins Haus zurück. Der Mann, dem er einen Schlag versetzt hatte, fiel langsam zu Boden.

Die Parteianhänger, Leibwächter und Schläger kletterten in Scharen von der Ladefläche des Lastwagens hinab. Alles große Kerle mit steinharten Muskeln. Sie hatten grimmige Gesichter, und einige von ihnen hielten einen Knüppel in der Hand. Der letzte Schläger, der herunterkam, war der größte von allen. Er trug einen Trainingsanzug, und als er nach vorn kam, zog er das Oberteil aus. Ich hatte noch nie einen Mann mit solchen Muskelpaketen gesehen. Seine Augen glühten, er sah wild und stattlich aus, und sein Gesicht zuckte, als habe sich in seinem Hirn eine unerbittliche Qual festgesetzt. Die anderen machten ihm Platz. Er war offensichtlich ihr Anführer. Die anderen rannten unterwürfig um ihn herum und zeigten dann auf unser Haus. Der Anführer der Schlägerbande warf einen verächtlichen Blick auf unseren Compound, der dies vermutlich auch verdiente, und schritt langsam, mit siegessicherer Würde auf unser Haus zu. Eine Menschenschar folgte ihm. Kinder jubelten. Die Anwohner unserer Straße zischten und fluchten. Wieder erschallte die Musik aus dem Lautsprecher, und jemand sang Variationen über das Sprichwort: Wer nicht hören will, muß fühlen.

Als der Anführer der Schlägerbande vor unserm Haus stand, hatte die Menge einen halbkreisförmigen Boxring gebildet. Die Leute aus dem Compound hatten Stühle und Getränke nach draußen gebracht und sich so hingesetzt, daß sie die Mitte des Rings gut sahen. Und dann begann hinter der Menge eine Stimme Papas Namen zu singen.

»Black Tyger! Black Tyger!«

Der Singsang wurde aufgenommen und schwoll an, bis alle nach Papa riefen und im Rhythmus dazu mit den Füßen stampften.

»Ruhe!« bellte plötzlich der Anführer.

Die Menge wurde still.

»Wer ist dieser Black Tyger? Hat er keine Angst vor dem Tod?

Warum hat er meine Leute beleidigt und unsere Musik unterbrochen? Sagt ihm, er soll rauskommen, und zwar SOFORT!«
Die Menge stimmte wieder ihren Singsang an.
»RUHE!« bellte der Anführer erneut.
Er ging vor dem menschlichen Boxring auf und ab, streckte seine nackte Brust vor und plusterte sich auf.
»Wißt ihr, wer ich bin?«
»Nein!« antwortete die Menge.
»Man nennt mich ...«
»Jaaaaaaaa?« erwiderte die Menge.
»GREEN LEOPARD!«
»Was?« seufzte die Menge.
Dann wurde es still. Schon sein Name war ein schrecklicher Mythos. Green Leopard war fast eine Legende, der gefürchteste Schläger, der mehrere Gettos in Schrecken hielt. Er hatte einer Räuberbande angehört, als Boxer fast die Weltmeisterschaft errungen und jahrelang auf tausend Straßen Grauen verbreitet und die Nächte für Männer und Frauen gleichermaßen zum Alptraum gemacht. Sein Name wurde immer nur mit leiser Stimme genannt, aus Angst, er könne hinter einem auftauchen, und bis zu jenem Tag hatte niemand gewußt, wie er aussah; alle hatten nur von dem Mythos gehört, wie schrecklich Green Leopard sei.
Papa zeigte sich nicht. Die Welt begann ihn für einen Feigling zu halten. Die Menge wurde unruhig. Der legendäre Green Leopard, der, wie man sagte, das Räuberleben aufgegeben hatte, stolzierte vor dem Ring aus Menschen auf und ab. Man sagte, er sei inzwischen ein anständiges Parteimitglied geworden und habe den Aufstieg zum ehrenwerten Status eines Rausschmeißers, Leibwächters und Stimmenfängers geschafft. Er war jetzt der große Gettoschinder und stolzierte mit herausgedrückter Brust und schlenkernden Armen über den Platz.
Inzwischen war auch der blinde alte Mann im Rollstuhl herausgefahren worden. Er zappelte aufgeregt in seinem Stuhl hin und her. Er hatte sein Akkordeon mitgebracht. Er trug einen roten Hut und überraschte uns mit seiner grünen Brille.

»So so, gleich gibt es also einen Boxkampf«, sagte er mit Grabesstimme und zappelte wie eine große Küchenschabe lachend in seinem Stuhl.

»So so, einen Boxkampf, hm? Gut, einen Faustkampf! Ausgezeichnet. Als ich noch ein junger Mann war . . .«, und dann quetschte er ein paar Klänge aus seinem Akkordeon.

Die Bierverkäufer, die Schmuckhändler, die Standbesitzer und die Straßenhändler, die getrockneten Fisch und geröstete Erdnüsse verkauften, gingen durch die Menge und boten ihre Waren an. Getränke wurden in großen Mengen gekauft. Ade fand mich, und wir blieben zusammen und warteten. Madame Koto mit ihrem geschwollenen Fuß und ihrem schwarzen Spazierstock drängte sich in die erste Reihe der Zuschauer. Wir hörten, wie ihr Fahrer hupend die Straße auf und ab fuhr. Der blinde alte Mann stritt sich mit jemandem darüber, wer gewinnen würde. Sie schlossen eine Wette ab. Dann wurden alle vom Wettfieber gepackt, und der dicke Mann, dem der Wettladen oben an der Straße gehörte, ging herum und sammelte die Einsätze auf Papa ein. Die meisten Leute tippten auf Green Leopard. Papa war zu lange im Haus geblieben, und die Leute waren gegen ihn. Sami, der Wettladenbesitzer, stellte beim Einsammeln der Einsätze fest, daß er einen Eimer für das ganze Geld brauchte. Er kaufte einen Eimer. Dann schickte er jemanden los, um seine Brüder zu holen. Sechs von ihnen kamen mit Buschmessern und alten Flinten und stellten sich um den Eimer. Sami kam, um mit Green Leopard zu sprechen. Dieser warf Sami einen vernichtenden Blick zu und sagte sehr laut: »Wenn ich dieses schwarze Huhn nicht in zwei Minuten erledige, gebe ich ihm hundert Pfund!«

Die Zuschauer brachen in wilden Jubel aus.

»Green Leopard!« sangen sie.

Doch Papa tauchte immer noch nicht auf. Ich machte mir Sorgen. Ich ging in den Compound, um nachzusehen, was los war.

II

Es war dunkel im Zimmer. Mama saß auf Papas Stuhl und flickte sein Hemd. Papa lag auf dem Bett und schnarchte. Ich weckte ihn und sagte ihm, was draußen los war.

»Geh nicht hin«, sagte Mama.

Als Papa von den hundert Pfund erfuhr, leuchtete sein Gesicht auf.

»Sie sind also soweit?« fragte er.

Ich nickte energisch.

»Und sind viele Leute da?«

»Das ganze Viertel. Sogar Madame Koto ist da.«

Er lächelte. Dann hörten wir durch die Wände des Compounds gedämpft, wie sie den Namen des Anführers der Schlägerbande sangen.

»Wer ist das?«

»Die Menge. Sie jubeln dem Mann zu.«

»Welchem Mann?«

»Green Leopard.«

Papa stand auf. Seine Bereitschaft verriet, daß er den Ruf seines Gegeners nur allzugut kannte. Er begann mit Schattenboxen. Er streckte seine Muskeln. Er machte ein paar Lockerungsübungen. Bald schon schwitzte er. Der Singsang draußen wurde lauter. Papa wühlte in seinen Taschen, zog ein paar Pfundnoten heraus und gab sie mir, damit ich sie auf ihn setzte.

»Verlier sie nicht«, sagte er. »Es ist das letzte Geld, das wir im Haus haben.«

Mama sah elend und hilflos aus, als würde sie für längere Zeit krank.

»Du willst also gegen ihn kämpfen?« fragte ich.

»Tu es nicht«, sagte Mama.
»Und ihn besiegen«, sagte Papa, »innerhalb von zehn Minuten.«
»Genau das hat der Mann auch über dich gesagt«, teilte ich ihm mit.
»Wunderbar«, entgegnete Papa geistesabwesend.
Ich verließ das Zimmer. Die Zuschauer vor dem Haus waren noch zahlreicher geworden. Überall sah man Gesichter. Lechzende Gesichter. Und jetzt lechzten sie nach dem Schauspiel. Es war ein strahlender Abend. Allein durch die Hitze fieberten die Leute. Ich ging zu Sami und schloß die Wette auf Papa ab. Die Einsätze gegen Papa waren hoch, und Sami lächelte, als er Papas Geld entgegennahm.
Als Papa aus dem Compound auftauchte, begriff ich, warum die Einsätze gegen ihn so hoch waren. Verglichen mit Green Leopard sah Papa schwächlich aus. Papas Aussehen löste spöttisches Geschrei aus. Er kam nach draußen und sprang schnaubend herum und führte Schattenboxen vor. Green Leopard sah ihn mit einem Ausdruck tiefster Verachtung an und fragte mit kräftiger Stimme: »Was wiegst du?«
»Ich wiege nichts«, entgegnete Papa.
Die Menge brach in Gelächter aus.
»Der Mann hat kein Gewicht«, sagten sie.
Papa tat mir leid. Ich wollte ihn schon aus dem Ring wegziehen, doch Ade hielt mich zurück.
»Mein Vater hat mir diesen starken Zauber gegeben«, sagte er und hielt mir einen toten Frosch vor die Nase. »Wirf ihn in den Ring«, fügte er hinzu und gab ihn mir.
Ich zielte auf den Kopf von Green Leopard und warf den toten Frosch nach ihm. Und verfehlte. Der Frosch landete auf dem Kopf von einem seiner Anhänger. Der Mann drehte sich um, sah unsere schadenfrohe Miene und verfolgte uns. Wir rannten zu dem ausgebrannten Lastwagen, liefen zweimal um ihn herum, zwängten uns unter einem Verkaufsstand durch und stürmten zum Wald. Der Mann kehrte zu den Zuschauern zurück. Wir folgten ihm vorsichtig. Als wir die Menge erreichten und uns nach vorn durchdrängelten, hatten die beiden Männer damit be-

gonnen, sich aufzuwärmen. Aus dem Lautsprecher auf dem Parteilastwagen drang schrille Musik. Green Leopard hatte sich aufgewärmt und geriet allmählich ins Schwitzen. Er war ein wahrer Hüne. Er schien direkt aus dem Kern eines Granitbergs gehauen zu sein. Seine Muskeln glänzten in der Abendsonne, als habe er in Öl gebadet. Papa sah mager und zäh aus, aber längst nicht so kräftig, wie ich gedacht hatte, bevor ich ihn mit jemandem vergleichen konnte. Ich hatte Angst um ihn und fühlte mich ziemlich elend.

»So so, du hast kein Gewicht, hm?« sagte Green Leopard, tänzelte schwerfällig herum und zielte aus kurzer Entfernung mit ein paar Testschlägen nach Papas Kopf.

»Nein«, sagte Papa, der wie ein Schlammhüpfer hopste, sich wie ein Krebs, ein sich verteidigendes Tier bewegte, »aber ich werde dich schlagen und dir deine Besserwisserei austreiben.«

Green Leopard lachte wieder verächtlich, und Papa schlug ihm mit einer blitzschnellen Geraden voll ins Gesicht. Green Leopards Kopf zuckte zurück. Sein Lachen erstarrte zu einer Maske des Schmerzes. Er blutete aus dem Mund. Green Leopard war völlig überrascht über die Schnelligkeit von Papas Geraden. Die Menge schnappte nach Luft. Der Lautsprecher verstummte. Einen Augenblick lang heulte der Wind über unsere lechzenden Köpfe. Der blinde alte Mann zappelte aufgeregt auf dem Stuhl und durchbrach das Schweigen mit ein paar Klängen auf seinem alten Instrument.

»Das war der erste Schlag!« sagte er.

Dann ging Green Leopard zu einem fürchterlichen Angriff auf Papa über, schwang wild die Arme, setzte seine Ellbogen ein und teilte brüllend Schwinger und Haken aus. Frauen schrien in der Menge auf. Papa verschwand unter dem Hagel von Schlägen und landete taumelnd in der Menge. Die Leute wichen zurück, um ihm Platz zu machen, und als er sich wieder aufrichtete, schickten ihn ein paar Hände in den Kampf zurück. Unter denen, die ihn zurückgeschoben hatten, war unser Hauswirt.

»Der erste Angriff!« schrie der blinde alte Mann.

Ich haßte ihn zutiefst.

»Hast du noch einen Frosch?« fragte ich Ade.
»Nein. Aber ich habe das hier.«
Er holte eine Schleuder hervor. Ich riß sie ihm weg, fand einen kleinen Stein, spannte die Schleuder und feuerte einen Schuß auf das Gesicht des blinden alten Mannes ab. Statt dessen traf ich seinen roten Hut. Jemand schlug mir auf den Kopf. Der alte Mann zeterte. Die Menge schnappte wieder nach Luft. Papa war von einem Hagel roher, plumper Schläge durch die Luft gewirbelt worden. Die Schläger halfen ihm auf und schoben ihn grinsend in den Kampf zurück.
»Erfolgreicher Angriff Nummer zwei!« verkündete der blinde alte Mann und verbarg das Gesicht.
Ich suchte nach einem anderen Stein. Jemand nahm mir die Schleuder ab. Die Menge grölte. Ich sah Green Leopard nach hinten taumeln. Papa schlug auf ihn ein und ließ ein wahres Trommelfeuer los, eine Lawine so schneller Schläge, daß seine Hände wie eine Maschine wirkten. Papas Tempo war wundervoll, seine Fäuste waren kaum zu erkennen, und Green Leopard fiel auf den Hintern. Seine Anhänger traten bereits vor. Doch Green Leopard rappelte sich selbst auf. Der blinde alte Mann zuckte auf seinem Stuhl zusammen.
»Mach ihn fertig!« schrie ich.
Meine Stimme verlor sich im Lärm und im Gemurmel der Zuschauer. Papa wartete darauf, daß sich sein Gegner erhob. Er sprang hin und her und führte seine abwechslungsreiche Beinarbeit vor. Er hüpfte, und er tänzelte sogar ein wenig. Er sah sehr entschlossen aus. Seine Stärke hatte ganz plötzlich zugenommen. Seine Haut glänzte. Und auf seinem Gesicht lag ein Ausdruck, den ich noch nie gesehen hatte. Es war der Blick eines Mannes, dem die letzten Winkel und Reserven seines Kampfgeistes völlig vertraut sind. Er hatte keine Angst. Er wirkte zugleich gelassen und verrückt.
»Kein Gewicht! Kein Gewicht!« schrie er. »Aber ich bin doch Black Tyger! Der schwarze Tiger dieses Waldes.«
Green Leopard stürmte auf ihn zu. Doch Papa war nicht mehr da. Er hatte sich schnell in Sicherheit gebracht. Er stand hinter

Green Leopard. Er wartete darauf, daß sich der berüchtigte Schinder umdrehte. Green Leopard war verwirrt. Er suchte nach Papa und konnte ihn nicht finden. Als er sich dann umdrehte, war sein Gesicht zerquetscht und verschwollen, völlig verformt wie ein altes Auto nach einem schweren Unfall, seine Augen waren nur noch Schlitze, und er blutete aus einer üblen Wunde am Nasenflügel. Es sah aus, als wären Papas Fäuste noch härter als Metall. Als sich Green Leopard, der wegen seiner Schwellungen kaum etwas sehen konnte, umdrehte, schlug Papa noch einmal zu. Und noch einmal. Dann ging er zu einer Kombination von Haken, Aufwärtshaken, rechten und linken Kreuzschlägen und Körperschlägen über, die so hart und systematisch waren, daß die Menge aus schierer Verwunderung über den Mut des kleineren Mannes den Atem anhielt. Green Leopard sah benommen aus, verdutzt, gefangen in der Falle der höheren Mathematik einer schweren Niederlage. Papa schlug ihm mit voller Kraft auf die Nase und beendete die Schlagserie mit einem Schleuderschwinger aufs Ohr. Doch Green Leopard weigerte sich zu fallen.

Plötzlich lachte der blinde alte Mann, und zwar so seltsam, wie noch nie ein menschliches Wesen gelacht hatte. Papa hielt inne. Drehte sich um. Der Blinde grinste.

»Sieh nicht hin!« schrie ich.

Es war zu spät. Green Leopard erwischte Papa mit einem so mörderischen Schlag, daß ich hörte, wie in Papas Hals Knochen zerbrachen, die Schädelbasis aufstöhnte, und ich spürte, wie seine ganze Weltsicht mehrere Revolutionen durchmachte. Papa segelte durch die Luft und prallte gegen den blinden alten Mann. Der alte Mann und Papa verschwanden zwischen den Körpern und Füßen der Zuschauer. Green Leopard stürzte hinter Papa her und schlug auf die Zuschauer ein, die ihm im Weg waren. Er wurde plötzlich unbezähmbar. Er wirbelte die Leute durcheinander. Er stieß Frauen und Kinder zur Seite. Er schlug mit wilden Haken auf Schatten und Gesichter ein. Er spuckte Blut auf die Leute und fluchte und packte den blinden alten Mann und schleuderte ihn wie eine Puppe in die auseinander-

stiebende Menge. Er schnappte den Rollstuhl und schmetterte ihn brutal auf den Boden, dann packte er Papa am Hals, zog ihn hoch und schlug wie ein Besessener auf ihn ein. Überall erhob sich Gejammer, ein Höllenlärm. Der Boxkampf folgte keinen Regeln mehr. Er war ausgeartet. Green Leopard hatte sich in einen Bereich des reinen Wahns hineingesteigert. Er tobte und hämmerte auf Papas Körper ein, als sei sein Verstand von den ekstatischen Fluten der Tyrannei überschwemmt worden. Er beendte seinen barbarischen Angriff mit einem Schlag in den Magen, der diesen eigentlich für immer hätte zerfetzen müssen, und wieder verschwand Papa in der Menge. Als er wieder auftauchte, hatte ich große Mühe ihn zu erkennen. Sein Gesicht war unbeschreiblich geschwollen, blutüberströmt, zerquetscht und zermalmt; seine Nase war geplatzt; unter einem Augen spritzte Blut hervor; auf der Stirn war eine klaffende Wunde; und sein Mund war so unförmig geworden, daß er einer obszönen Frucht glich. Blind und mit wackligen Beinen stolperte er durch die Menge und fuchtelte wild mit den Armen. Er taumelte hin und her, doch er ging nicht zu Boden.
»Papa!« schrie ich aus vollem Hals.
Er blieb stehen, drehte sich um und blickte mit Augen um sich, die anscheinend nichts mehr erkennen konnten. Dann verschwand er. Ich dachte, er sei gefallen. Ich rannte auf ihn zu. Eine dichtgedrängte Menge befand sich an der Stelle, an der ich ihn zuletzt gesehen hatte. Wir suchten nach ihm zwischen den Füßen der Leute und unter denen, die hingefallen waren. Er war nirgendwo. Green Leopard stand mit erhobenen Armen mitten im Ring, als habe er einen wichtigen Kampf um die Meisterschaft gewonnen, über sein Gesicht rann Blut und schmierige Lymphe.
»Wo ist der Mann ohne Gewicht?« fragte er.
Die Menge antwortete: »Er ist weggelaufen!«
»Sagt ihm, er soll weit weglaufen. Denn wenn ich ihn kriege, dann ...«
Plötzlich tauchte Papa wieder auf. Er kam mitten aus den Zuschauern hervor, ein gespenstischer, grausiger Anblick, eine mit

Dreck bedeckte Erscheinung. Von der Hüfte abwärts triefte er von Schlamm und Matsch. Aus irgendeinem Grund war er in den Sumpf gelaufen. Er sah gräßlich aus. Ihm war jetzt alles egal, seine Augen hatten keine Angst vorm Sterben, er wirkte nicht mehr wie ein eingeschüchtertes Tier, und in seinen Augen schien die Sonne zu brennen. Er war in irgendeinen Urzustand zurückgekehrt. Er trat in den Ring und sagte: »Was willst du?«

»Dich umbringen«, sagte Green Leopard.

»Erst mußt du mich finden.«

»Das ist leicht.«

»Dann versprich mir, daß deine Anhänger sich nicht einmischen.«

Green Leopard sah zuversichtlich und zugleich verwirrt aus. Dann sprach er schnell mit seinen Anhängern in der einzigen Sprache, die sie wirklich verstanden. Seine Anhänger protestierten, doch er redete wütend auf sie ein und schalt sie, bis sie schließlich widerstrebend nickten.

Madame Koto sog an den Zähnen und sagte: »Männer sind verrückt! Ich habe nicht vor, hier stehenzubleiben, um zuzusehen, wie die Leute sich gegenseitig umbringen.«

Sie bahnte sich einen Weg durch die Menge. Ich hörte, wie sie ihren Fahrer rief.

»Frauen!« sagte der blinde alte Mann.

Papa ging in den Ring. Er tänzelte nicht und machte keinerlei Faxen. Er stand nur da, die Fäuste schützend vor das Gesicht erhoben, und wartete. Green Leopard kam tänzelnd, fast stolzierend, auf ihn zu, selbstsicher und mit hängenden Armen. Seine Anhänger sangen nun seinen Namen.

»Green Leopard!«

»Champion!«

»Mach Tyger fertig!«

»Vernichte seinen Ruhm!«

Aus dem Lautsprecher kam wieder Musik. Der blinde alte Mann quetschte auch noch ein paar falsche Töne aus seinem Akkordeon. Ich fand ein hart gewordenes Bällchen *eba* auf dem Boden und warf es, und diesmal traf ich. Ich erwischte den Alten voll

auf dem Mund. Er blickte sich blind um. Er ließ sein Instrument sinken. Dann hörte ich ihn sagen: »Bringt mich hier weg. Die Geister greifen mich jetzt schon am hellichten Tage an.«
Die Frau, die ihn hergebracht hatte, schob ihn davon. Als er fort war, geriet die Stimmung des Boxkampfes in eine neue Hemisphäre. Green Leopard trottete heran und schwang die Arme zu einem halbherzigen Angriff auf Papa. Halbherzig wohl deshalb, weil Papa sowieso schon erledigt aussah, sich nur mit Mühe auf den Beinen zu halten schien, ein geschlagener Mann war, dem ein paar einfache Schläge den Rest geben würden. Und deshalb waren wir alle so überrascht. Obwohl Papa so schwach wirkte, wurde er plötzlich stark wie ein Felsen und griff an. Er stieß einen wahnsinnigen Schrei aus. Er verströmte im Nu geballte Energie. Seine Fäuste, aus ihrer Erstarrung befreit, schossen in einer Serie von kurzen, schnellen Stößen vor und schlugen aus hundert verschiedenen Winkeln zu. Es waren mörderische Schläge, der Schlamm von Papas Fäusten flog nach allen Seiten, und die ganze Aktion dauerte nur wenige Sekunden, doch das Tempo des Angriffs schien den Augenblick zu verlängern. Es war faszinierend. Papa stürzte nicht zum Angriff vor. Er bewegte sich keinen Schritt nach vorn. Er schlug von der Stelle aus, an der er stand, als befände er sich in einem unsichtbaren, unverletzbaren Machtkreis. Diese kurze Schlagserie im Nahkampf endete mit einem Aufwärtshaken, der von Papas fest in den Boden gestemmten Füßen und all dem Schlamm seiner Wut ausging. Als seine Faust auf Green Leopards Kinn landete, seufzte die Menge laut auf. Der Tag verdunkelte sich. Eine Wolke verhüllte die Sonne. Vögel kreisten am Himmel. Die Musik aus dem Lautsprecher war festlich und siegesfroh. Green Leopard stand mit vorgestreckten Armen da, als sei er plötzlich taub geworden oder als habe man ihn von hinten erschossen. Sein Blick war verständnislos, sein Mund offen. Eine Staubwolke flog auf, als der große Boxer langsam zu Boden ging. Es war wie im Traum. Papa kniete auf einem Bein in seinem unsichtbaren Kreis. Die Menge war still, wie gelähmt vor Ungläubigkeit.
Ich stieß einen Freudenschrei aus. Green Leopards Anhänger

eilten herbei, um ihren Mann aufzuheben. Doch er war bewußtlos und rührte sich nicht. Sein Mund klappte auf, und sein Körper war schlaff, als habe er sich völlig aus der Wirklichkeit zurückgezogen. Die Leute waren zutiefst enttäuscht und verhöhnten Green Leopard und seine Anhänger. Sie überschütteten ihn mit Flüchen. Sie verfluchten seinen Ruhm, pfiffen ihn aus und gingen voller Empörung darüber fort, daß sie ihr Geld auf einen Mann gesetzt hatten, der viel schwächer war, als seine Legende es vorgespiegelt hatte. Green Leopards Anhänger hoben die hingestreckte Gestalt ihres großen Beschützers auf, den Champion, den Gettoschreck, den Urheber ihrer Unbesiegbarkeitsmythen. Die Scham war ihnen anzusehen. Die Musik verstummte, und es herrschte Totenstille. Sie trugen die liegende Gestalt ihrer Legende, sie hoben den Mann hoch, als sei er tot, eine Leiche, und brachten ihn zum Lastwagen. Hastig packten sie ihn auf das Fahrzeug. Hastig fuhren sie davon. Green Leopard beglich seine verlorene Wette nicht. Sie fuhren ab, und ihre Besserwisserei war ihnen gründlich ausgetrieben worden. Die Flugblätter, die sie verteilt hatten und die die Straße übersäten, flatterten durch die Luft, als der Lastwagen über sie davonraste.

Niemand außer Ade und mir eilte herbei, um Papa zu gratulieren. Merkwürdigerweise verzieh ihm die Menge den überraschenden Sieg nicht. Wir sprangen um Papa herum, und er hob uns auf und hielt uns hoch, und unsere dünnen Stimmen ließen seinen Namen erschallen und besangen seine Leistung, damit wenigstens Erde und Wind und Himmel es bezeugten, wenn die Zuschauer es schon nicht taten. Die Menge zerstreute sich, beschämt darüber, daß sie auf den falschen Mann gesetzt hatte, beschämt, daß sie die Dinge dem Schein nach beurteilt hatte, und schlecht gelaunt, weil sie nicht wußte, wie sic die schnelle Kehrtwendung in ihrer Einschätzung der Boxer bewerkstelligen sollte. Uns berührte das nicht. Papas Sieg reichte uns völlig. Windelweich geprügelt und mit zerschlagenem Gesicht trug er uns frohlockend zu unserm Zimmer. Dann erinnerte sich Ade an unsere Wette.

»Sami ist mit unserm Geld durchgebrannt!« schrie ich.

Papa setzte uns sofort ab und stürmte zu dem Wettladen. Wir marschierten stolz hinter ihm her.

Als wir ankamen, zählte Sami gerade das Geld, das er in seinem Eimer gesammelt hatte. Seine stämmigen Brüder saßen im Laden im Kreis um ihn herum, und ihre Gesichter glühten beim Anblick des Geldes und vom Schein der Kerosinlampe. Sami saß mit schweißglänzendem Gesicht und glitzernden Augen auf einem Hocker. Als er aufblickte und uns sah, verdunkelte sich sein Gesicht. Dann lächelte er.
»Black Tyger«, sagte er, »du hast uns alle überrascht. Setz dich. Trink etwas. Wir haben gerade angefangen, das Geld zu zählen. Und dann wollten wir zu dir kommen, um dir deinen Anteil zu bringen. Was willst du trinken? Durch deinen Boxkampf habe ich an einem Tag mehr Geld verdient als sonst in mehreren Monaten.«
»Das sehe ich«, sagte Papa, der sich weigerte, sich hinzusetzen. Wir standen auf beiden Seiten neben ihm wie kleine Leibwächter. Es entstand eine lange Stille.
»Gibst du mir jetzt das Geld oder nicht?« fragte Papa schließlich. »Oder muß ich mich auch hier noch mit allen prügeln?«
Sami lächelte. Es wurde still. Die Flamme knisterte. Dann stand Sami auf, ging in das Hinterzimmer und kam schließlich mit einem dicken Bündel Geldscheine zurück. Er gab sie Papa, und der gab sie mir. Ich zählte das Geld. Papa nickte zufrieden. Als wir uns zum Gehen wandten, sagte Sami: »Schick einen der Jungen zu mir, wenn du wieder kämpfst.«
»Warum?«
»Wir könnten zusammen eine Stange Geld verdienen.«
Papa sagte nichts. Wir gingen. Auf dem Rückweg sagte Ade, er müsse nach Hause. Papa gab ihm eine Pfundnote und Ade tanzte die Straße hinab nach Hause und besang unsern Triumph.

Erst als wir zu Hause ankamen, wurde Papa von einer ungeheuren Müdigkeit ergriffen. Als wir die Tür öffneten, saß Mama auf einem Hocker und vor ihr auf dem Tisch stand eine Kerze. Sie schien zu beten. Sie blickte auf, sah Papa und erhob sich. Als sie Papas zerschlagenes Gesicht sah, riß sie den Mund weit auf. Sie lief auf Papa zu und umarmte ihn. Sie begann zu weinen. Dann brach Papa in ihren Armen zusammen. Wir brauchten eine Stunde, bis wir ihn aufs Bett getragen hatten. Er rührte sich nicht.

12

Papa schlief zwei Tage lang, ohne aufzuwachen. Er lag wie ein Riese auf dem Bett. Seine zerschundenen Füße, die Schnitte in den Sohlen und die Hühneraugen an den Zehen waren ein erschütternder Anblick. Sein geschwollenes Gesicht wurde im Schlaf noch größer. Sein Mund quoll rot und erschreckend auf. Seine Stirn wurde fast doppelt so groß, und die Platzwunde auf der Nase riß noch weiter auf. Während Papa schlief und sein Gesicht im Schlaf anschwoll, seine Augäpfel dicker wurden und aus den zahlreichen Wunden und Rissen gelegentlich Blut spritzte, legte Mama warme Kompressen auf seine Prellungen und behandelte ihn mit Kräutertinkturen. Mama pflegte ihn, wusch ihn und kämmte ihm das Haar, als pflegte sie eine Leiche, die sie nicht begraben wollte. Am zweiten Tag machten wir uns Sorgen um ihn und versuchten, ihn zu wecken. Er drehte sich zu uns um, öffnete die geschwollenen Augen und versetzte Mama einen leichten Boxhieb. Sie lief an jenem Tag mit einer geschwollenen Wange herum und mußte das Gesicht hinter einem Kopftuch verbergen. Wir gaben den Versuch auf, ihn zu wecken, und wachten statt dessen bei ihm, als könnten wir dadurch sicherstellen, daß er noch lebte. Abends saßen wir mit vor Sorgen langen Gesichtern im Zimmer, drei Kerzen brannten auf dem Tisch. Papas schlafende Gestalt verbreitete eine gespenstische Stille im Raum und ließ die Schatten bedrohlich erscheinen. Gelegentlich murmelte Papa etwas. Dann warteten wir und lauschten. Doch er hatte sich schon wieder entfernt.

Am Abend des dritten Tags, als der Wind an den Dächern zu rütteln begann, schrie Papa im Schlaf. Dann strampelte er mit den Beinen, warf sich hin und her und fiel aus dem Bett. Er sprang auf und rannte mit großen, wirren Augen durchs Zimmer, stieß Gegenstände um, richtete mit seinem gigantischen Schatten Durcheinander an, verwundete sich selbst an scharfen Kanten und brach schließlich an der Tür zusammen, als er versuchte, nach draußen zu laufen. Wir brauchten wieder eine Stunde, um ihn ins Bett zu zerren. Mama zündete drei Weihrauchstäbchen an und steckte sie in strategische Winkel des Raums, um böse Geister abzuhalten. Und während ich an jenem Abend allein im Zimmer saß und zusah, wie Papa auf dem Bett keuchte, als wollte ihn der Atem für immer verlassen, brachte Mama drei Frauen ins Haus. Eine war Madame Koto. Sie waren alle schwarz gekleidet. Eine war, wie ich später erfuhr, eine mächtige Kräuterheilerin, die einst eine Hexe gewesen war, ein öffentliches Schuldbekenntnis abgelegt hatte und gesteinigt worden war. Ein Jahr nach ihrem Schuldbekenntnis tauchte sie als tüchtige Kräuterheilerin wieder auf und versprach, der Gemeinschaft Gutes zu tun. Alle fürchteten sich vor ihr, und nur wenige trauten ihr. Als die drei Frauen in unser Zimmer kamen, wußte ich, daß etwas sehr Ernstes geschehen würde. Ich blieb still in einer Ecke, hinter Kleidern versteckt. Sie schienen nichts gegen meine Anwesenheit zu haben. Ich blieb still in der Ecke und sah zu, wie sie Papas Geist aus dem Land der kämpfenden Gespenster zurückriefen. Die ganze Nacht lang riefen sie mit äußerst seltsamen Stimmen Papas Geburts- und Geheimnamen. Die ganze Nacht lang führten sie zahlreiche Rituale durch, sangen tieftraurige Lieder, verwandelten Papas Namen in Klagelieder, psalmodierten Beschwörungen, die die Entfernungen im Raum veränderten, die sepiafarbenen Schatten vergrößerten und die Spinnweben sich schlängeln und fließen ließen, als wären sie zu uralten schwarzen Flüssigkeiten geworden. Die Silhouetten von Nachtvögeln nahmen in unserer Mitte Form an, flatterten schnell über das Kerzenlicht; der Raum bevölkerte sich mit namenlosen Erscheinungen, die durch die von brennenden Opferkräutern erfüllte Luft schwirrten. Die schwarzen Meereswellen peitschten auf den dunklen Strand der Decke, während die Frauen hundert Gestalten beschworen, um die Dinge zu bekämpfen, die sie daran hinderten, Papas Geist in den entlegensten Regionen des menschlichen Inneren zu erreichen. Die Kräuterheilerin, die einst eine Hexe gewesen war, waltete schwitzend ihres Amtes und krümmte sich beschwörend, sie änderte im Schutz der Schatten ihr Aussehen, kämpfte heldenhaft mit den Geistern, die wir nicht sehen konnten, bekämpfte sie mit ihrer zarten Gestalt, und dabei verzerrte sich ihr Gesicht, wurde runzlig wie die Haut der alten Schildkröte, die sie auf das Bett gesetzt hatte, um schneller durch jene Gefilde reisen zu können, in denen Geschwindigkeit ein ewiges Paradox ist. Über die Tür hängte sie die getrockneten Köpfe einer Antilope und eines Tigers, den Schädel eines Ebers und die furchterregenden Pranken eines Löwen, der vor langen Jahren in der Blüte seines Lebens gestorben war. Sie opferte zwei weiße Hähne, deren Blut, mit stark riechenden Tränken vermischt, auf unsere Wände geschmiert wurde. Die Federn eines Papageis und eines Adlers wurden auf unserm Boden verbrannt und ließen fast das Haus in Flammen aufgehen. Die Kräuterheilerin ritzte Papa mit einer Rasierklinge mehrfach die Schulter und preßte gemahlene Kräuter auf die blutenden Schnittwunden. Papa rührte sich nicht. Ich sah, wie ihm das Blut, von den Kräutern schwarz gefärbt, über die Schulter tropfte. Spät in der Nacht tanzten die Frauen dann kreischend um das Bett herum. Eine Menschenmenge versammelte sich draußen vor unserm Zimmer. Papa begann sich zu rühren. Der Wind schien darauf aus zu sein, unsere Häuser wegzublasen. Die Tür sprang auf, alle Kerzen verloschen, und in der Dunkelheit sah ich die große weiße Gestalt eines riesigen Geistes im Zimmer schweben. Ich schrie auf, und die Gestalt schwankte in der Luft und fiel mit großem Tempo herab. Sie fiel direkt auf Papa. Als die Tür geschlossen war und die Kerzen wieder brannten, schnellte Papa plötzlich hoch, keuchte und rang mit weit aufgerissenen Augen nach Atem, als sei er aus einem furchtbaren Traum aufgewacht. Die Frauen eilten zu ihm, und Papa, der weder wußte, wer sie waren, noch ob er wirklich aufgewacht war, stieß sie unsanft beiseite, so daß die Kräuterheilerin auf dem Bett landete und Madame Koto auf mich fiel. Wie jemand, der einem Alptraum zu entkommen sucht, floh Papa aus dem Zimmer und rannte die Straße hinab in den Wald.

Die drei Frauen, Mama und ich liefen hinter ihm her. Es war furchtbar dunkel. Die drei Frauen, deren Gesichter von Schatten verschleiert waren, nahmen in der Dunkelheit immer wieder andere Formen an. Madame Koto schien ihren verbundenen Fuß wieder normal gebrauchen zu können. Die dritte Frau hatte ein solch unscheinbares Äußeres, daß niemand sie bemerkte, auch dann nicht, wenn sie rannte. Sie war wie Luft oder wie ein Schatten oder wie ein Widerschein. Warum ihre Anwesenheit wichtig war, konnte ich nicht erkennen. Die kleinste von ihnen war die Kräuterheilerin, und als sie rannte, merkte ich, daß sie die Hände in ihrem schwarzen Kittel auf und ab bewegte. Es traf mich völlig unvorbereitet, wie ein Schock, von dem ich mich erst nach langer Zeit erholte, als ich sah, wie sie in die dunkle Luft aufstieg, als stände sie mit dem Wind im Bund. Dann nahm die Dunkelheit rings um sie zu, verdichtete sich wie ein schwarzer Wolkenmantel, und als die Wolke sich verzog, sah ich neben Mama nur noch zwei schwarz gekleidete Frauen daherrennen. Die Kräuterheilerin war verschwunden. Dann hörte ich über mir in der Luft lautes Flügelschlagen, und ich sah einen großen schwarzen Adler mit roten Augen, der zum Wald flog, in die Nacht der Geheimnisse. Tief im Wald fanden wir Papa, der am Fuß eines Baobabstamms saß und schlief, und neben seinem mißhandelten Körper stand die Kräuterheilerin.

»Wir müssen ihn sofort zurückbringen, ehe ihn die Geister des Waldes wittern«, sagte sie.

Wir zerbrachen uns den Kopf darüber, wie wir Papa zurücktragen sollten. Doch die dritte Frau, die kein bestimmtes Aussehen zu haben schien und die nie sprach, ergriff seinen Arm und zog ihn hoch. Zu unserer Verblüffung stand Papa auf wie ein Kind, mit offenen, ausdruckslosen Augen. Mama hielt seinen anderen Arm; sie stützten ihn beide. Und wie ein Mann, der nicht schläft und auch nicht wacht, der weder tot noch lebendig ist, führten wir ihn über die Waldwege. Als wir nach Hause kamen, war die

Menschenmenge verschwunden. Wir legten Papa aufs Bett. Er weigerte sich zu schlafen. Er fuhr immer wieder hoch und sagte: »Wenn ich einschlafe, wache ich nicht wieder auf.«

Die Kräuterheilerin gab ihm etwas zu trinken. Es schien eine sehr bittere Medizin zu sein, und Papas Augen weiteten sich, als er den Kräutertrank hinunterschluckte. Dann stand er auf und setzte sich auf seinen dreibeinigen Stuhl. Mit hervorquellenden Augen und geschwollenem Mund begann Papa nuschelnd zu sprechen. Die drei schwarz gekleideten Frauen saßen auf dem Boden. Mama saß auf dem Bett. Ich saß in einer Ecke und konnte Papas Gesicht sehen, das im Kerzenlicht unheimlich wirkte, und seine Augen glichen denen eines Mannes, der in die tiefsten Abgründe des Daseins geblickt hat. Anfangs war er schwer zu verstehen, doch dann gewöhnten wir uns daran.

»Ich habe ganz grauenvolle Erfahrungen gemacht«, sagte Papa und starrte geradeaus, als spräche er zu jemandem im Zimmer, den wir nicht sehen konnten. »Ich schlief, und dann schlief ich nicht mehr. Plötzlich kämpfte ich mit sieben Geistern. Sie sagten, die Mutter von Green Leopard habe sie geschickt. Und sie wollten mich im Schlaf umbringen, so daß ich nicht wieder aufwachen würde. Ich habe lange mit ihnen gekämpft. Während ihr glaubtet, ich schliefe, habe ich mich die ganze Zeit mit ihnen geschlagen. Sie haben hinterhältig mit mir gekämpft und immer wieder versucht, aus meinen Träumen herauszukommen, um mit meiner Frau zu kämpfen. Schließlich habe ich sie besiegt. Dann habe ich versucht, mich auszuruhen. Und dann kam ein siebenköpfiger Geist...«

»Nein!« schrie die dritte Frau.

»Doch«, sagte Papa. »Dann kam ein siebenköpfiger Geist auf mich zu, der mit sieben goldenen Schwertern bewaffnet war, und sagte, er wolle dafür, daß ich seine Gefährten umgebracht habe, das Leben meines Sohns.«

Die Frauen schrien auf. Mama lief zu mir und nahm mich in die Arme.

»Ich habe NEIN gesagt!«

Die Frauen jammerten leise und eintönig. Mama drückte mich

fester an sich. Ich befürchtete, sie könne mir das Genick brechen, ohne es zu merken.

»Dann hat mich der siebenköpfige Geist angegriffen. Ich habe neun Nächte lang mit ihm gekämpft. Ich habe nur geschafft, einen seiner Köpfe abzuschlagen. Der Geist war viel zu mächtig für mich, so daß mir nichts anderes übrig blieb, als wegzulaufen. Ich bin in den Wald gerannt. Der Geist hat mich erwischt und mit silbernen Seilen gefesselt und angefangen, mich in das Land der kämpfenden Gespenster zu ziehen. Das sind Gespenster, die immer nur kämpfen. Der Geist zerrte mich weiter, und ich habe mich die ganze Zeit gewehrt, aber gerettet hat mich allein ...«

Papa hielt inne. Die Frauen streckten die Köpfe vor und gaben traurige Laute von sich.

»... mein eigener Vater, der Priester von der Kultstätte der Straßen. Er sagte, der Geist könne nicht über eine Straße gehen, die er versperrt habe. Der Geist griff ihn an. Sie haben lange gekämpft. Ich wußte nicht, daß mein Vater so stark ist. Er hat dem Geist zwei Köpfe abgeschlagen. Dann wurden sie beide müde. Sie einigten sich auf eine Waffenpause. Mein Vater sagte, er sei bereit, an meine Stelle zu treten, wenn der Geist mich gehenlasse. Ich habe nicht verstanden, was er damit meinte.«

Mama begann zu jammern.

»Frau, sei still!« sagte Papa.

Mama verstummte. Ich hörte, wie sie die Tränen herunterschluckte.

»Und dann verschwanden beide. Ich befreite mich von den Seilen. Alle meine Kräfte hatten mich verlassen. Ein Adler ließ sich auf meinem Kopf nieder, und dann verwandelte er sich in eine Frau. Und dann kamen vier Frauen, von denen drei schwarz gekleidet waren, genau wie ihr«, sagte Papa und zeigte auf die drei Frauen, »und haben mich aus dem Wald geführt. Und dann bin ich aufgewacht.«

Wir starrten ihn alle schweigend an.

»Gib mir irgend etwas Starkes zu trinken!« verlangte er.

Mama schenkte ihm etwas *ogogoro* ein. Papa leerte das Glas in einem Zug. Die Kräuterheilerin gab Papa noch etwas von dem

Kräutertrank zu trinken. Dann ließ sie ihn in Wasser mit besonderen Zusätzen baden. Als Papa zurückkam, hatte sie ihm einen weiteren Trank zubereitet. Er leerte ihn in einem Zug und überraschte uns alle mit seinem gefühlvollen Gerede. Er setzte sich auf seinen Stuhl und erzählte, wie gut die schwarzen Felsen des Monds schmeckten und daß er vom goldenen Elixier der Sonne getrunken habe, erzählte von den unzähligen Genies der Zukunft, die von den Schwarzen hervorgebracht würden, und wie er Mama nackt im Wald habe tanzen sehen und ihr Haar von den glitzernden Spinnweben gehalten wurde, die die Götter gesponnen hatten, und wie er mich rückwärts in einen gelben Fluß habe gehen sehen und daß er eine hübsche junge Frau gesehen habe, die ihn tief in das Land lockte, in dem rote Blumen aus den Mündern der Toten sprießen. Und dann verstummte er ebenso plötzlich, wie er begonnen hatte. Sein Mund blieb offen stehen. Seine Augen waren geschlossen.

»Dieser Mann ist ein Dickschädel«, sagte die Kräuterheilerin. »Meine Medizin läßt die Leute normalerweise einschlafen, ehe ich bis drei gezählt habe. Helft mir, ihn aufs Bett zu tragen.«

Wir trugen ihn. Papa schnarchte. Nach einer Weile standen die drei Frauen auf. Mama sagte etwas über Geld zu ihnen. Das löste eine kleine Auseinandersetzung aus. Mama knotete den Zipfel ihres Wickeltuchs auf, zählte etwas Geld ab und bezahlte die Kräuterheilerin und die dritte Frau. Madame Koto sagte zu Mama: »Wir müssen noch unser Gespräch von neulich fortsetzen.«

»Mein Mann hat nein gesagt«, sagte Mama.

»Fragen Sie ihn noch einmal.«

Die drei Frauen gingen fort. Zum erstenmal seit drei Nächten fanden wir etwas Schlaf.

13

Als Papa am nächsten Morgen aufwachte, sprühte er vor Energie, als sei nichts geschehen. Sein Gesicht war immer noch geschwollen, seine Augen fast unsichtbar, sein Mund aufgequollen, aber er schwor, daß er sich zwanzig Jahre jünger fühlte. Er sprach von großen Plänen. Er sprach davon, genügend Wellblech zu kaufen, um das ganze Getto mit Dächern zu versehen. Er sprach davon, genügend Zement zu kaufen, um für alle großen Familien, die in einem Raum lebten, Häuser zu bauen. Er redete davon, alle Straßen zu teeren und all den Abfall wegzuschaffen, der sich im Bewußtsein unseres Volkes angesammelt hatte. Er träumte davon, anständige Läden zu eröffnen, in denen alle armen Leute billig Lebensmittel kaufen konnten. Wir machten uns Sorgen um ihn, als er davon träumte, Berufsmusiker zu werden. Und wir bekamen allmählich den Eindruck, Green Leopard habe etwas in Papas Gehirn durcheinandergebracht, als er davon sprach, daß er Politiker werden und der Welt Freiheit und Wohlstand bringen wolle und den Armen kostenlose Schulbildung. Erst als er lauthals verkündete, daß er Staatschef werden und den Weißen, die uns regierten, die Macht entreißen wolle, und all das Gute aufzählte, das er für die leidenden Völker der Welt tun wollte, hörten wir auf, ihm groß Beachtung zu schenken.

Eines Morgens ging er dann von Raum zu Raum, klopfte an die Türen, weckte die Leute und fragte sie, ob sie ihn wählen würden. Die meisten schlugen ihm die Tür vor der Nase zu. Unglücklicherweise sagten ihm jedoch zwei, drei Leute im Scherz ihre Unterstützung zu. Das ermutigte ihn. Er ging von Compound zu Compound. Er sprach mit allen Standbesitzern und Lebensmittelverkäufern. Er fragte die Erdnußhändler und die

Amulettverkäufer und die Ziegenhirten der Stadt. Er hatte lange Auseinandersetzungen mit Palmweinzapfern. Man sah ihn nachts in Bars, wo er mit Betrunkenen redete und ihnen seine Regierungspolitik erklärte. Seit seiner Genesung hatte sich ein neuer Idealismus in seinem Hirn festgesetzt. Er erkundigte sich nach dem Preis von Wellblech. Er fragte sich laut, wie lang und breit das Getto war. Er stellte ausführliche, umständliche Berechnungen darüber an, wie teuer es war, ein Haus zu bauen, Schulen zu bauen, wie hoch die Zahl der Armen sei und wieviel Geld er wohl brauche, um die Wahl zu gewinnen.

Seine verschrobenen Überlegungen erstaunten uns. Er beschwor das Bild eines Landes, in dem er der unsichtbare Herrscher war und jeder eine gute Ausbildung erhielt, in dem jeder Musik, Mathematik und mindestens fünf Weltsprachen lernen mußte, in dem jeder Bürger genau Bescheid wissen mußte, was in der Welt vor sich ging, und in nationalen, kontinentalen und internationalen Ereignissen bewandert war, sowie in Stammeskunde, Geschichte, Lyrik und Naturwissenschaft; in dem Zauberer, Hexen, Kräuterheiler und Priester von Geheimreligionen Universitätsprofessoren waren; in dem Busfahrer, Karrenschieber und Marktfrauen Dozenten waren und dabei weiter ihrer normalen Arbeit nachgingen; in dem Kinder Lehrer waren und Erwachsene Schüler; in dem Abordnungen aller Armen regelmäßig Sitzungen mit dem Staatschef abhielten; und in dem Wahlen abgehalten wurden, wenn es in irgendeinem Jahr mehr als fünf spontane Aufstände gab.

Papa begann, einen großen Teil des Geldes, das er gewonnen hatte, für Bücher auszugeben. Er konnte nicht lesen, aber er kaufte Bücher. Ich mußte sie ihm vorlesen. Er kaufte Bücher über Philosophie, Politik, Anatomie, Naturwissenschaft, Astrologie und chinesische Medizin. Er kaufte die griechischen und römischen Klassiker. Er war von der Bibel fasziniert. Bücher über die Kabbala fesselten ihn. Er verliebte sich in die Geschichten aus Tausendundeiner Nacht. Er lauschte mit geschlossenen Augen den seltsamen Worten der klassischen spanischen Liebesdichtung und den Lebensbeschreibungen von Shaka dem Zulu und Sundiata dem Großen. Er bestand darauf, daß ich ihm dauernd etwas vorlas. Er zwang mich zu einer doppelten Ausbildung. Abends saß er mit feuchten Augen auf seinem Stuhl, die Füße auf dem Tisch, Zigarette im Mund, Papier und Bleistift neben sich, und ließ mich laut lesen. Gelegentlich unterbrach er mich, um sich etwas erklären zu lassen. Das meiste von dem, was ich vorlas, verstand ich nicht. Und so kaufte er ein großes Wörterbuch, das ihn mindestens zehn harte Schläge von Green Leopards Fäusten gekostet haben dürfte. Papas geschwollenes Auge zuckte, wenn er das Wörterbuch auf dem Tisch aufschlug und der Geruch nach Worten und Druckerschwärze die Luft erfüllte. Wie ein arg mitgenommener, aber optimistischer Verkäufer sagte er: »Dieses Buch erklärt Bücher.«

Seine Leidenschaft machte uns allmählich wahnsinnig. Im Zimmer häuften sich Bücher aller Größen, häßliche Bücher mit Einbänden ohne Bilder und Buchstaben, die so klein waren, als würden sie nur von Ameisen gelesen, große Bücher, an denen ich mir fast einen Bruch hob, wenn ich sie trug, Bücher mit solch schräger Schrift, daß man sich den Hals verrenkte, Bücher, die rochen wie Spinnweben und Rinde von heilkräftigen Bäumen und altes Sägemehl, wenn es geregnet hat. Mama beklagte sich, stapelte manchmal die Bücher auf und stellte ihre Schüsseln und Kochtöpfe auf die schwankenden Stapel. Papa wurde wütend über ihre Respektlosigkeit, und sie stritten sich erbittert. Dann begann Papa eine allgemeine Wehrpflicht für Frauen in Erwägung zu ziehen, und als sein Blick auf mich fiel, bezog er Kinder mit ein. Er sah sich selbst zugleich als unsichtbaren Staatschef und Fitneßtrainer. Morgens drillte er uns nun. Immer wenn wir ihn irgendwie geärgert hatten, weckte er uns sehr früh und ließ uns Pflichtübungen machen. Mama tat ihm anfangs den Gefallen, selbst wenn sie beim Kochen war. Zum erstenmal passierte es, daß Mama einen ganzen Topf Suppe anbrennen ließ. Wir hungerten an jenem Tag. Mama wurde daraufhin von jedem Drill befreit. Vielleicht spielte Papa damals bereits mit dem Gedanken, zum Militär zu gehen.

Er ging tagelang nicht zur Arbeit. Er lief herum, angetrieben von den neuen Geistesblitzen, die Green Leopard ihm in den Kopf gehämmert hatte. Papa sprach lange mit den Prostituierten, selbst dann noch, als sie ihn beschimpften und die Leute anfingen, laut Mutmaßungen über dieses seltsame Bündnis anzustellen. Dann sprach er davon, eine Abordnung von Madame Kotos Prostituierten zur Kolonialverwaltung zu schicken, um zu protestieren. Mama weigerte sich drei Tage lang zu kochen. Und Papa, gezwungen, Bohnen zu essen, die von Straßenhändlern gekocht waren, wurde von Magenbeschwerden geplagt und gab schließlich den Plan eines Prostituiertenrats auf. Doch er schuf eine besondere Einrichtung für sie in dem Land seiner Vorstellung.

Es dauerte nicht lange, bis Papa merkte, daß er nicht wußte, wovon er sprach. Als er versuchte, die Männer aus dem Viertel dazu zu bringen, den Abfall auf den Straßen zu beseitigen, war er über ihre gehässigen Bemerkungen überrascht.

»Glaubst du vielleicht, wir hätten nichts Besseres zu tun?« sagten sie.

Papa, der sich durch nichts einschüchtern ließ, machte sich daran, den Abfall selbst zu beseitigen.

»Wir müssen den Müll auf unserer Straße kehren, ehe wir ihn aus unseren Köpfen kehren«, sagte er in Anlehnung an etwas, das ich ihm aus einem der Bücher vorgelesen hatte.

Aber wenn er etwas Abfall beseitigt und im Sumpf abgeladen hatte, warfen die Leute wieder Müll auf das Stück, das er gerade gesäubert hatte. Nach einer Woche schien das einzige Ergebnis seiner Bemühungen zu sein, daß überall noch mehr Abfall herumlag. Die Straße sah immer schlimmer aus. Die Leute hielten es allmählich für normal, ihren Müll auf die Straße zu kippen. Papa stritt sich mit ihnen. Die wenigen, die Papa möglicherweise gewählt hätten, entzogen ihm öffentlich ihre Unterstützung. Nach einiger Zeit sahen sie, welche Möglichkeiten der Sumpf bot. Papa hatte ihnen den Weg gewiesen. Wenn sich der Müll zu sehr auf der Straße häufte, luden sie ihn im Sumpf ab. Sobald es regnete, schwoll der Sumpf an und überschwemmte die halbe Straße.

Erst als die Leute mit ihren Problemen zu ihm kamen, ihn um Geld baten und ihn wegen jeder Kleinigkeit um Rat fragten, ob es nun um die Einweisung ihrer Kinder ins Krankenhaus ging oder die Beschaffung von Schulbüchern, wurde Papa klar, daß er die Rolle des unsichtbaren oder sichtbaren Staatschefs nicht allein spielen konnte.

»Ein Politiker braucht Freunde!« verkündete er eines Morgens.

Und er erwog, ein Bündnis mit Madame Koto einzugehen. Er dachte ernsthaft über die Bedeutung von Information und Wissen nach. Anfangs träumte er davon, mich als Spion einzusetzen. Er wollte, daß ich wieder zu Madame Koto ging, um den Gesprächen in der Bar zuzuhören und herauszufinden, wie man Politiker wird. Wir waren über Papas Kehrtwendung verblüfft. Mama machte ihm zunächst Vorwürfe, nannte ihn einen Heuchler und Feigling. Aber nachdem ihre Rache zu einem gewissen Teil gestillt war, unterstützte sie seinen Plan rückhaltlos. Sie dachte offensichtlich an die Möglichkeit, durch Kochen bei der großen Kundgebung Geld zu verdienen.

Als nächsten Schritt, wenn ich Madame Kotos Bar erneut besucht hätte, plante Papa, dort selbst wieder aufzutauchen. Er hatte die Absicht, mit ihren Gästen, ihren Parteianhängern und Kollegen zu sprechen, um etwas darüber zu erfahren, wie Politik funktioniert, und vielleicht sogar einige von ihnen für seine Ideen zu gewinnen.

»Du hast doch Politik immer gehaßt«, sagte Mama. »Was ist denn in dich gefahren, hm?«

»Ich habe nachgedacht.«

»Und damit du anfängst nachzudenken, mußte Green Leopard kommen, hm?«

»Wo Politik ist, ist auch Geld«, sagte Papa.

Mama schwieg.

»Wir können doch nicht immer arm bleiben.«

»Doch, das können wir«, sagte ich.

Papa warf mir einen bösen Blick zu.

»So etwas passiert dir in dieser Welt jeden Tag«, sagte er nach einer Weile, »wenn du nichts hast.« Und dabei zeigte er auf sein geschwollenes Gesicht, die verquollenen Augen und zerschundenen Lippen.

Er hielt einen Augenblick inne.

»Aber selbst wenn wir Madame Koto aushorchen und alles herausfinden, bleibe ich doch so, wie ich bin.«

Wir verstanden ihn nicht. Diese Feinheiten seiner Kampagne entzogen sich unserem Verständnis. Er erklärte sie uns auch nicht. Und dann merkten wir allmählich, daß Papas Verhalten sich geändert hatte. Wenn er auf etwas zeigte, tat er es mit Nachdruck, als nähme er sämtliche Dinge zum erstenmal wahr. Seine Augen waren noch trüb, so daß wir den neuen Glanz in ihnen noch nicht sehen konnten. Doch er benahm sich nicht mehr wie ein verrückter Boxer, der verzweifelt nach einer Herausforderung sucht, um sich zu beweisen. Er nahm langsam das Verhalten eines Soldaten an, eines Befehlshabers. Mama und ich und jeder, der ihm zuhörte, waren seine Mannschaft. Es war ein kleines Heer; und da wir notgedrungen seine Zuhörer waren, stellten wir für ihn eine geheime Bühne dar, die ihm den Schritt ins Rampenlicht ermöglicht. Er erfüllte unser Leben mit seltsamer Aufregung. Damals merkten wir das jedoch nicht.

»Du«, sagte er und zeigte auf mich, so daß ich mich vor allen anderen in der Welt ausgezeichnet fühlte, »du kannst tun, was du willst, aber du tust auch, was ich dir sage. Von jetzt an hörst du genau zu, was ich sage, und siehst genau zu, was ich tue. Das Leben ist ein Scherz, der kein richtiger Scherz ist. Selbst Mücken wissen, daß sie überleben müssen.«

14

Allmählich sahen wir, wie raffiniert seine Kampagne war. Wir hatten den Eindruck, daß er sich geändert hatte. Und so war es auch. Aber anstatt Mamas Rat zu folgen und das Geld zu sparen, das er bei dem Boxkampf verdient hatte, verkündete er zu unserm Leidwesen sofort, daß er eine Party geben wolle. Er lud die Leute aus dem Compound ein, Madame Koto, den blinden alten Mann, Ades Vater und die Kräuterheilerin, die ihn behandelt hatte. Die Nachricht verbreitete sich, daß der Mann, der Green Leopard besiegt hatte, eine Party gab, um seinen Sieg zu feiern. Papa lud nur wenige Leute ein, doch alle Welt kam.

Es sollte nur eine Party in kleinem Kreis sein. Papa bestellte ein paar Getränke und bat Mama, drei Hühnchen zu braten. Während Mama die Hühnchen briet und von all dem Rauch hustete, tauchte Papa immer wieder auf und stibitzte seine Lieblingsstücke. Wir mußten ein viertes Hühnchen bestellen, das ich briet, weil Mama sagte, sie habe genug von dem Rauch. Papa trank inzwischen nur noch ständig Bier.

»Sonst hast du doch immer *ogogoro* getrunken«, sagte Mama.

»Das Leben wird besser«, entgegnete Papa und öffnete eine neue Flasche.

Als ich das Hühnchen gebraten und es dabei verbrannt hatte, wurde ich losgeschickt, um ein paar Stühle zu mieten. Als ich mit Herrn Stuhlverleiher, wie wir ihn nannten, zurückkam, stand Papa vor dem Haus und schwitzte. Er hatte wieder trainiert. Wir stapelten die Klappstühle vor unserm Zimmer auf, und Mama bezahlte murrend den Stuhlverleiher, der sie fragte, ob auch er zu der Party kommen könne.

»Es ist keine große Sache«, sagte Mama.

»Gut, dann kann ich ja mit meiner Frau kommen.«
Mama blieb nichts anderes übrig, als zuzustimmen. Papa ging jetzt mit nackter Brust, die Fäuste in abgewetzten Boxhandschuhen, vor dem Haus die Straße auf und ab. Er nannte sich Weltmeister und lud alle ein, ihn herauszufordern. Er war ziemlich betrunken und prahlte mit einer Heftigkeit, wie ich sie noch nie bei ihm erlebt hatte. Er sagte, er könne fünf Green Leopards schlagen. Er sagte, er könne mit nackten Händen drei Löwen töten. Er verkündete, er könne zehn Bäume umhauen und mit einem einzigen Schlag ein Haus zum Einstürzen bringen.
»Ist das nicht der Mann, der Green Leopard gedemütigt hat?« fragte Herr Stuhlverleiher.
»Ja.«
»Ausgezeichnet. Diese Party lasse ich mir nicht entgehen. Ich bringe alle meine Freunde mit.«
Dann eilte er fort, um sich seinem Geschäft zu widmen. Papa tobte weiter. Er prahlte mit solcher Besessenheit, schlug mit solcher Kraft um sich und schwitzte so stark, daß er bald wieder nüchtern war und immer wieder ins Zimmer gehen mußte, um seinen Rausch mit Bier zu stärken. Als er wieder nach draußen kam und seine wilden Prahlereien fortsetzte, fuhr Madame Kotos Auto an ihm vorbei. Der Fahrer verlangsamte, um ihm zuzuhören.
»Wie ich schon gesagt habe, ich kann mit einem Schlag ein Haus zum Einstürzen bringen! Ich kann mit einem Finger ein Auto hochheben. Wenn das Auto auf mich zukommt, brauche ich nur eine Hand auszustrecken, und das Auto bleibt stehen. Ich kann an einem Tag eine Straße bauen!«
Der Fahrer lachte.
»Ich kann einen Mann so zusammenschlagen«, rief Papa, »daß er für den Rest seines Lebens nichts mehr tun kann außer lachen.«
Der Fahrer verstand den Wink und fuhr weiter. Da Papa sich mit seinem Training und Geschrei verausgabt und niemand die Herausforderung zum Kampf angenommen hatte, ging er ins Haus, nahm ein Bad und machte sich für die Party fertig.

Der Abend brach langsam herein. Ich sah von der Straße aus zu, wie sich der Wald verdunkelte. Schwärme weißer Vögel ließen sich auf den obersten Ästen der Bäume nieder. Madame Koto und ihr Fahrer fuhren mehrmals vorbei und transportierten Bierkartons und Schachteln mit Papptellern und Servietten. Ich sah auch zu, wie die Frauen aus Madame Kotos Bar mithalfen, geliehene Stühle aufzustapeln. Die Vorbereitungen für die große Kundgebung waren in vollem Gang. Das bevorstehende Ereignis verbreitete fieberhafte Atmosphäre. Diejenigen, die geschworen hatten, nicht daran teilzunehmen, hatten es sich inzwischen anders überlegt. Die angekündigten Attraktionen, die große Zahl der auftretenden bekannten Musiker, die Andeutungen, daß Geld an die Menge verteilt werde, und das Gerede, daß man sogar kostenlos Filme ansehen könne, brachte auch die erbittertsten Gegner zum Schwanken.

Ades Vater, seine zwei Frauen und Ade tauchten als erste zu Papas bescheidener Feier auf. Wir stellten ihnen ein paar Klappstühle hin und schenkten ihnen etwas zu trinken ein. Papa sprach mit Ades Vater über Politik. Mama sprach mit den Frauen über das Eröffnen von Läden und den Handel auf dem Markt. Ich sprach mit Ade darüber, daß Papa Staatschef werden wolle. Dann tauchte der blinde alte Mann mit seinem Akkordeon und seiner Helferin auf. Nach ihnen kam Madame Koto mit dickem Bauch und trauriger Miene. Und nach ihr die Kräuterheilerin und deren schweigende, mißtrauische Gehilfinnen. Nach ihnen kamen die Leute aus dem Compound mit ihren Kindern. Wir hatten nicht genug Stühle. Das Zimmer war bereits überfüllt. Immer mehr Leute tauchten auf. Viele von ihnen kannten wir nicht. Händler, Lastwagenfahrer, Angestellte, Standinhaber, Hausierer, Fahrradschlosser, der Zimmermann und seine Kollegen. Der Raum quoll über, und die Party dehnte sich auf den Gang aus. Zu diesem Zeitpunkt war es im Zimmer unerträglich heiß und stickig. Fliegen schwirrten über den Getränken und ließen sich auf unseren schwitzenden Gesichtern nieder. Jemand versuchte, mit zuviel Kraft das Fenster zu öffnen und machte es praktisch kaputt. Der Zimmermann versprach, es

kostenlos zu reparieren. Der blinde alte Mann sorgte mit seinem abscheulichen Akkordeon für Musik.
Währenddessen nahmen draußen die Schwierigkeit mit jenen, die uneingeladen auf die Party gekommen waren, zu. Sie tobten und veranstalteten fürchterlichen Lärm vor dem Haus. Als ich das Gefühl hatte, vom Schweiß und von der Musik des alten Mannes im Zimmer bald zu ersticken, kämpfte ich mich nach draußen durch. Ich war entgeistert über die riesige Menschenmenge. Papas bescheidene Party war von stinkenden Landstreichern überlaufen worden, deren Haar die Brutstätte von Läusen und sprießendem Unrat war; von Elenden, Hungerleidern und Heimatlosen, die alle so trotzige, stechende Augen hatten, daß ich spürte, sie würden jeden zusammenschlagen, der sie zu vertreiben suchte; von mißgestalteten Wesen, deren Beine wie der Buchstabe K aussahen, deren Münder ständig zu sabbern schienen und deren gebrechliche Füße irgendwie nach hinten gedreht waren; von müden Gettobewohnern, Leuten, die ich draußen vor den Autowerkstätten hatte sitzen und von Seereisen träumen sehen, Leuten mit abgespannten Gesichtern und gelblichen Augen, die ich auf der Straße oder auf dem Markt gesehen hatte. Es waren auch hübsche junge Männer da, die ihre Freundinen mitgebracht hatten, Frauen unbekannter Herkunft, alte Männer und Frauen, die wie alle alten Leute aussahen, die ich je gesehen hatte. Es waren Leute in schwarzen Kleidern da, mit verhutzelten Gesichtern, glänzenden Augen wie ein Königsjaguar, die Brust und die Arme voller Fetische und Amulette. Es waren auch Leute da, von denen man seit langem gemunkelt hatte, sie seien Hexen und Zauberer. Ich konnte sie sofort an ihrem Geruchschutz erkennen und daran, daß sie sich von niemandem berühren lassen wollten. Sie hielten sich immer etwas abseits. Ich starrte einen der Zauberer lange an. Er starrte zurück. Dann kam er auf mich zu. Als ich mich umdrehte, um wegzurennen, hörte ich einen Hund bellen. Als ich wieder hinsah, war der Zauberer weg, und statt seiner stand ein Hund da. Es war ein weißer Hund mit grünen Augen.
»Tötet den Hund!« schrie ich.

Der Hund hatte einen verblüfften Ausdruck, fast wie ein Mensch. Jemand warf einen Stein nach ihm. Ich trat mit dem Fuß nach seiner Schnauze. Der Hund lief heulend davon. Wenige Sekunden später sah ich, wie der Zauberer die Straße hinabkam. Er hatte ein geschwollenes Auge. Er ging mir den Rest des Abends aus dem Weg.

Außer den Hexen und Zauberern, die der Menge den fast süßen Geruch des Bösen verliehen, waren Schläger aus beiden großen Parteien und aus den kleineren Organisationen da. Sie waren gekommen, um sich Papa aus der Nähe anzusehen und dem Mann, der den legendären Green Leopard gezähmt hatte, ihren Respekt zu erweisen. Die Schläger mühten sich ab, in unser Zimmer zu gelangen, doch die Menge auf dem Gang war zu dicht. Und so lümmelten sich die Schläger vor dem Haus herum, ließen die Muskeln spielen, streckten die Brust raus und machten die Frauen an.

Es wurde Abend, und von allen Seiten kamen noch mehr Leute herbei. Boxer in Turnhosen tauchten auf, sie hatten Boxhandschuhe an und ein Handtuch um den Hals. Dann tauchten Männer mit Gewehren und Munitionsgürteln auf. Es waren Soldaten, und einige von ihnen auch Polizisten. Sie schlenderten stolz durch die Menge und redeten mit den Prostituierten. Sie hatten ebenfalls von Papas Heldentat gehört. Alle waren ehemalige Gettobewohner, die sich stolz zu ihrer elenden Vergangenheit bekannten. Sie fragten nach Papa, doch er war nirgendwo zu finden. Er war weder im Zimmer noch auf dem Gang, noch auf der Toilette, noch vor dem Compound.

Als wir noch nach Papa suchten, sahen wir eine Schar Bettler die Straße hinabkommen. Sie wurden von einem betörend schönen jungen Mädchen angeführt. Es waren etwa sieben oder acht Bettler. Einige von ihnen hatten Beine, die weich und biegsam waren wie Gummi. Einige hatten einen verdrehten Hals. Bei anderen waren beide Füße hinter dem Kopf. Einer von ihnen hatte ein Auge, das viel höher saß als das andere. Ein anderer schien drei Augen zu haben, doch bei näherem Hinsehen stellte sich heraus, daß es eine Wunde war, die einer leeren Augenhöhle glich. Einer war fast blind und konnte nur durch Pupillen sehen, die so zerquetscht und befremdlich waren, daß sie wie verrührtes Eigelb aussahen. Erst als das Mächen näher kam, sahen wir, daß es auf einem Auge blind war. Die Bettler schleppten sich dahin, ihre schmutzigen Kleider schleiften über den Boden, sie hatten Stöcke und Stoffpolster unter den Gelenken der Gliedmaßen, die über die rauhe Erde rutschten. Staub stieg auf, als sie näher kamen. Dann bogen die Bettler zu unserm Erstaunen in unsern Compound ein und blickten uns mit den strahlenden Gesichtern von Neuankömmlingen an. Das Mädchen ordnete die Bettler in einem Halbkreis an. Dann sah ich, daß die Bettlerschar eine Familie war. Besonders verkrüppelt war der Vater. Er schien alle Verunstaltungen in sich zu vereinen. Wenn man die Reihe bis zu dem Jüngsten durchging, schien jedes Familienmitglied die besondere Form einer bestimmten Verunstaltung zu haben, bis hin zu dem klaren blinden Auge des kleinen Mädchens. Ich konnte den Blick nicht von dem Mädchen wenden. Es war außerordentlich schön, wie eine Blume, die durch einen Makel strahlende Vollkommenheit erhält. Außerdem kam mir das Mädchen seltsam vertraut vor, wie die ferne Musik, die man an jenen Nachmittagen hört, wenn sich die ganze Welt in einen reinen Traum auflöst, eine Musik, deren Ursprung nicht auszumachen ist, die Musik einer bestimmten Stimmung und Verfassung, entstanden aus einer geheimen Wesensverwandtschaft. Ich ging zu den Bettlern und fragte sie, wer sie seien.

»Wir kommen aus einem fernen Ort«, sagte das Mädchen, »und wir haben gehört, daß ein berühmter Boxer eine Party für Leute gibt, die hungrig sind. Wir sind immer hungrig gewesen und nun schon einen ganzen Tag unterwegs, um herzukommen.«

Ich machte mich sofort wieder auf die Suche nach Papa. Ich fand ihm im Zimmer, umringt von Boxern, die alle ihre neuen Techniken an ihm ausprobieren wollten. Papa war in einem unbeschreiblichen Zustand. Das Zimmer quoll über vor Menschen. Manche schrien angstvoll, weil ihnen kein Raum mehr zum Atmen blieb. Die Wäscheleine war heruntergerissen worden, und auf unsern Kleidern, die über den Boden zerstreut waren, wurde mit schlammigen Schuhen herumgetrampelt. Das Fenster war von einem der Boxer zersplittert worden, der eine Rechtsauslage geübt hatte. Das Bett war in völliger Unordnung, Kinder sprangen darauf herum. Fremde waren über unsern Schrank hergefallen und ließen sich unsere Vorräte schmecken. Man konnte sich nirgendwo im Zimmer rühren. In einer Ecke hämmerte einer der Boxer mit nackten Fäusten unablässig auf die Wand ein. Mama saß an der Stelle, wo all die Kleider heruntergefallen waren. Sie machte ein erschrockenes Gesicht. Ich kam weder zu Mama noch zu Papa durch. Als ich mir einen Weg durch die Menge kämpfte, merkte ich, daß sie mich tatkräftig am Eintreten hinderte. Ich war völlig von Hexen und Zauberern umzingelt. Eine Hexe lächelte mich an und zeigte ihre blendend weißen Zähne. Eine andere blickte zu mir herab. Sie war groß, wirklich sehr hübsch und hatte eine fast königliche Haltung. Dann zog sie eine Brille heraus und setzte sie auf. Ihre Augen sahen riesig aus. Sie lachte. Sie legte mir die Hand auf die Schulter. Sie strich mir übers Gesicht. Ihre Hand war so kalt, daß ich in dem heißen Raum vor Schreck fast ohnmächtig geworden wäre. Die Hexen und Zauberer drängten sich näher an mich heran. Ich war kurz davor, zu ersticken. Sie rochen so süß, überhaupt nicht nach Schweiß, daß es mich ganz krank machte. Der Zauberer mit dem geschwollenen Auge holte einen schwarzen Sack hervor. Ich schrie. Als ich aufhörte, waren sie nicht mehr da. Statt dessen war ich von Schlägern umgeben. Einer von ihnen schlug mir auf den Kopf.

»Was ist denn mit dir los?« fragte er.

Ich strengte mich wieder an, zu Papa durchzukommen. Ich rief ihn. Ich hörte, wie er am anderen Ende des Zimmers zu allen sagte, sie sollten nach draußen gehen, die Party fände vor dem Haus statt. Niemand hörte zu. Er sprach lauter und sagte, er würde nichts zu trinken oder zu essen anbieten, wenn die Leute nicht das Zimmer verließen. Nach und nach drängten sie nach draußen. Sie führten sich rüpelhaft auf dem Gang auf und murmelten, wie enttäuscht sie seien. Nur Madame Koto, ein paar

von den Prostituierten, Ade und seine Familie und der blinde alte Mann blieben.
»Was sollen wir tun?« fragte Papa.
»Du hast sie eingeladen«, sagte Mama. »Warum fragst du uns?«
»Ich habe doch nicht die ganze Welt eingeladen!« sagte Papa.
»Wo hapert's denn?« fragte Madame Koto.
»Nicht genug Getränke, Teller, Hühnchen, Stühle.«
»Was haben Sie?« fragte der blinde alte Mann.
»Zu viele Leute.«
Ich ging zu Papa und sagte ihm, daß ein paar Bettler gekommen seien, um ihn zu sehen. Ich erzählte ihm, daß sie schon einen ganzen Tag unterwegs seien und Hunger hätten.
»Bettler wollen mich sehen, sagst du?«
»Ja.«
»Und sie sind schon sieben Tage unterwegs?«
»Einen Tag.«
»Und sie sind draußen?«
»Ja.«
»Komm und zeig sie mir«, sagte Papa taumelnd.
Da merkte ich, daß er schwer betrunken war. Wir verließen den Raum. Draußen war eine große Menschenmenge. Papa mischte sich unter die Soldaten, seine Lastenträgerkollegen, die Karrenschieber und Boxer. Er war ausgelassen und redete über politische Wunder. Als wir endlich vor dem Haus waren, hatte ich ihn aus den Augen verloren. Eine Gruppe von Schlägern umringte ihn, und bald stritten sie sich über irgend etwas. Ich ging zu den Bettlern. Der alte Mann begann zu singen. Das Mädchen starrte mich mit ihrem traurigen, hungrigen Auge an. Ringsherum herrschte wildes Durcheinander. Einige Leute bemühten sich verzweifelt, einen Klappstuhl zu erobern. Boxer stürzten sich in Sparringskämpfe. Hexen und Kräuterheiler begegneten sich, und ihre gegensätzlichen Anschauungen führten zu hitzigen Auseinandersetzungen. Sie stritten sich erbittert über die Überlegenheit ihrer Fähigkeiten und ihrer Vorgehensweise, über den Nutzen ihrer Leistungen und das Ausmaß ihres Einflusses in

den sichtbaren und unsichtbaren Welten. Ein Kräuterheiler holte einen roten Beutel hervor, schwenkte ihn durch die Luft und warf ihn auf den Boden. Eine Wolke aus grünem Rauch stieg auf und schwebte über der Menschenmenge. Ein anderer Kräuterheiler holte ein in Silberfolie gewickeltes Bündel hervor, schrie ein paar beschwörende Worte und warf das Bündel in die Luft. Die grüne Wolke löste sich auf. Die Soldaten drängten sich um die Prostituierten. Madame Koto kam aus dem Zimmer und befahl einer ihrer Frauen, den Fahrer zu rufen, der, wie man ihr erzählt hatte, laut hupend die Straße hinauf und hinunter fuhr, Frauen Angst einjagte, den Leuten, die die Straße überquerten, betrunken drohte und jenen, die zu langsam gingen, Schimpfworte nachrief. Die Schläger umringten Madame Koto und sangen Loblieder auf sie. Papa kletterte auf den Zementabsatz und versuchte, eine Rede zu halten. Er war völlig betrunken und stand mit einer Flasche in der Hand schwankend da.

»Es ist für alle zu essen da!« schrie er. »Es ist für alle zu trinken da! Madame Koto hat großzügigerweise etwas beigesteuert.«

Nach und nach wurden die lärmenden Teilnehmer des Festes still.

»Heute wird ein Wunder geschehen!« verkündete Papa dann.

Die Menge brüllte erwartungsvoll.

»Ich werde ein Hühnchen zerteilen, so daß jeder etwas davon abbekommt«, sagte er und verließ den Absatz.

Der Lärm setzte wieder ein. Kurz darauf kamen Mama und Ades Mutter nach draußen und verteilten kleine Stücke Hühnchen an die Menge. Die Leute beklagten sich. Pappbecher, in denen ein wenig Bier war, wurden herumgereicht. Die Schläger murrten, solch kleine Mengen seien eine Beleidigung für ihre Spucke. Wortgefechte begannen. Essen und Trinken wurden so schlecht gelaunt entgegengenommen, daß es zu Unstimmigkeiten kam. Ladeninhaber aus der Umgebung mischten sich unter die Leute und verkauften Flaschenbier und *ogogoro*. Die Soldaten und die Schläger tranken große Mengen. Papa tauchte unter den Bettlern auf. Ich sah, wie er ihnen ein ganzes Hühnchen gab. Es war ein Riesenerfolg. Die Bettler fielen über das Essen her,

stürzten sich darauf, rissen das Hühnchen in Stücke und schlangen es wie ausgehungerte wilde Tiere herunter. Papa, der mit geschwollenen Augen und dicken Lippen stolz in ihrer Mitte stand und eine Flasche in der Hand hielt, sagte: »Dies sind Mitglieder meiner Partei. Das ist meine weltweite Wählerschaft, der Beginn meines Weges. Seht sie euch an. Eines Tages, wenn wir genauso hungrig sind wie sie, werden wir an ihren Hunger zurückdenken. Diese Leute sind unser Schicksal!«
Niemand hörte ihm zu. Er fuhr mit seinen politischen Erklärungen fort, ohne sich daran zu stören, daß niemand zuhörte. Er warf den Leuten aus dem Getto vor, ihre Umwelt zu vernachlässigen, kritisierte ihre träge Haltung der Welt gegenüber, ihre geradezu unmenschliche Freude an der eigenen Armut. Er beschwor sie, sich durch ihre Gedanken aufzuschwingen.
»Denkt um«, rief er, »und ihr verändert die Welt.«
Niemand hörte ihn.
»Denkt daran, wie frei ihr seid«, brüllte er, »und ihr verwandelt euern Hunger in Macht!«
Einer der Soldaten brach in Gelächter aus. Papa schrie die Soldaten an, weil sie Gewehre trugen, weil sie immer Waffen hatten, und warf ihnen ihre Arroganz vor. Dann ließ er eine Tirade auf alle Schläger los, die herumliefen und die Leute terrorisierten. Er schimpfte auf die Regierung, er rügte beide politischen Parteien dafür, daß sie Unfrieden unter den Leuten stifteten. Doch die wildeste Attacke sparte er sich für die ganze Nation auf. Er tadelte sie, nicht selbst zu denken, er geißelte ihre Schafsgeduld, ihre von Stammesdenken beherrschte Gesinnung, ihre Bereitschaft, jede Lüge zu schlucken, ihre Duldsamkeit gegenüber Tyrannei und ihr ewiges Schweigen angesichts des Leidens. Er beklagte sich bitter darüber, daß die Leute auf der ganzen Welt nicht lernen wollten, genau zu sehen und klar zu denken. Er schwor, daß Zeiten von Feuer und Flut bevorständen, in denen Soldaten und Politiker in ihren eigenen Lügen ertrinken würden.
»Er ist völlig verrückt geworden!« sagte jemand.
»Schluß mit den politischen Reden!« schrie jemand anders.

»Her mit dem Essen!«
»Her mit dem Wein!«
»Her mit der Musik!«
»Behalt die Politik für dich!«
Papa fuchtelte mit den Armen. Er versuchte, auf die Zwischenrufe zu antworten, doch die Stimmen, die nach etwas zu trinken schrien, das Durcheinander und die Streitigkeiten, das Toben betrunkener Frauen und der Lärm der Soldaten im Kreis der Prostituierten übertönten seine Rede.
»Musik!«
»Essen!«
»Wein!«
Papa war verwirrt. In diesem Augenblick begann der blinde alte Mann, der irgendwie einem Zentauren ähnelte, auf seinem Akkordeon zu spielen, und änderte die Stimmung der ganzen Party. Musik wie das gräßliche Geräusch wilder Tiere, die im Wald böse mit den Zähnen knirschen, drang aus den Falten seines Instruments. Er spielte mit großer Hingabe und ließ solch ohrenzerreißende Töne in die Lüfte steigen, daß es nicht lange dauerte, bis ein Kräuterheiler, der sich die Hand mit einem schwarzen Beutel umwickelt hatte, einem der Zauberer eine Ohrfeige versetzte. Plötzlich war die Hölle los, untermalt von den aufsteigenden qualvollen Tönen des Akkordeons in seiner widerhallenden Schauerlichkeit. Eine Frau kreischte auf. Ein Soldat feuerte aus Versehen einen Schuß in die Luft. Der Zauberer, der geohrfeigt worden war, wirbelte mit ausgestreckten Armen und weit aufgerissenen Augen auf der Stelle im Kreis herum. Eine Hexe ohrfeigte den Kräuterheiler, dessen Gesicht an der Stelle, an der er getroffen worden war, erst blau und dann rot wurde. Er begann zu jammern. Über unsern Köpfen war lautes Flügelschlagen zu hören. Schatten senkten sich über uns. Die Dunkelheit kam auf stillen Flügeln und füllte die Leere aus. Ich sah, wie eine der Hexen mit ihrem Gewand kämpfte. Ihre Augen wurden blau. Ihre Finger wurden zu Klauen. Ihr Gesicht wurde wunderschön. Ein Stuhl wurde durch die Luft geschleudert und landete auf den Schlägern. Die Bettler griffen die Solda-

ten an. Die Landstreicher schlugen auf die Prostituierten ein. Ein Blitz blendete mich. Ich hörte das Tuten der Autohupe, das die Nacht wie ein einsamer wütender Schrei durchbohrte. Aus dem gleißenden Blitz tauchten menschliche Silhouetten in der Dunkelheit auf. Jemand fing mich auf, als ich hinfiel. Und als meine Augen wieder etwas erkennen konnten, sah ich kämpfende Leute, Stühle, die in vollkommenen Parabeln durch die Luft sausten, und Mitglieder der politischen Parteien, die aufeinander einschlugen. Körper purzelten in absonderlichen Verklammerungen durcheinander, Fäuste landeten in Gesichtern, eine Frau zerkratzte einem Mann die Augen, eine der Hexen hatte sich an den Rücken eines Soldaten geklammert, und der Soldat heulte auf, als habe sich ein grausames Paar Klauen in seine Seele gebohrt. Papa versuchte vergebens, die Ordnung wiederherzustellen, während die Boxer und Schläger sich gegenseitig die Köpfe einschlugen.

Flaschen wurden in der Dunkelheit auf Köpfen zertrümmert. Gelbe Vögel, die wie Blätter fruchtbarer Bäume aussahen, flatterten zwischen uns umher. Ein weiterer Blitz schreckte mich auf. Und erst als die grellen Scheinwerfer von Madame Kotos Auto auf uns fielen, bemerkte ich überrascht, daß nun auch der Fotograf stumm unter uns war. Aber bevor ich ihm einen Gruß zurufen konnte, wurde mir auf einmal klar, daß die Welt irgendwie aus den Fugen geraten war. Wir hörten den brummenden Motor, hörten den besessenen Schrei des Fahrers und sahen, wie die beiden Lichtkegel des Autos in rasendem Tempo auf uns zukamen, immer heller wurden und uns in heilloses Durcheinander stürzten. Mehrere Schreie erhoben sich gleichzeitig. Einen Augenblick lang sah ich das angeleuchtete Gesicht von Madame Kotos Fahrer. Er wirkte völlig betrunken, seine Augen waren halb geschlossen, die Sehnen an seinem Hals straff gespannt, und von den Augenbrauen tropfte ihm der Schweiß wie schmelzendes Wachs. Dann kam das Auto ins Schleudern. Panik zeichnete sich auf dem Gesicht des Fahrers ab, als er plötzlich aufzuwachen schien und dabei völlig die Kontrolle über das Fahrzeug verlor. Die Leute flohen, von den gelben Vögeln in die Irre geführt. Im Lichtkegel sah ich die Silhouetten von Leuten, die in die Luft sprangen; einige sprangen in die Unsichtbarkeit, andere in neue Formen. Schließlich preschte das Auto in rasendem Tempo durch die Menge und schleuderte Ade und einen der Bettler zur Seite. Dann prallte es gegen den Zementabsatz, gegen die Mauer des Compounds, und die Lichter erloschen. Der Motor heulte auf, der Räder drehten sich und wühlten den Boden auf. Nach dem Schauer von zersplitterndem Glas herrschte eine ganze Weile Stille.

Dann begann das Durcheinander erst richtig. Jammernde Schreie erhoben sich im Dunkel. Ein weiterer Schuß wurde in die Luft abgefeuert. Papa, der anscheinend nicht mitbekommen hatte, was geschehen war, ließ eine neue Rede vom Stapel und überschüttete alle Politiker, die absichtlich ihr Volk im Analphabetentum beließen, mit Schmähungen. Ich hörte, wie jemand über das Akkordeon des blinden alten Mannes fiel. Überall kämpften Leute in der Dunkelheit. Ade begann zu weinen. Schimpfwörter hagelten, Stimmen verfluchten Madame Koto und ihren verhängnisvollen Ehrgeiz, und aus dem Auto hörten wir die Schreie des eingeklemmten Fahrers. Die Frauen aus dem Compound holten Laternen. Den Männern gelang es, die verbeulte Autotür aufzureißen und die gekrümmte Gestalt des Fahrers herauszuziehen. Er war blutüberströmt. Auf der Brust hatte er eine klaffende Wunde, als sei er von einem Schuß getroffen worden. In seinem Gesicht steckten Glassplitter wie an manchen Pflanzen Dornen. Überall waren Glasscherben, in seinen Wunden und mit seinem Blut vermischt über die Sitze verstreut. In einem Auge steckte ein langer Splitter. Der Fahrer jammerte und schlug um sich wie ein Mann, der in einen Alptraum geraten ist. Grüner Eiter, Augenflüssigkeit und Blut liefen ihm über das Gesicht, das wie ein zerplatztes Ei aussah. Die Männer trugen ihn zur Seite und legten ihn auf den Zementabsatz. Einer der Kräuterheiler zog ihm den Glassplitter aus dem Auge und schrie dabei die geheimen Namen verborgener Gottheiten, und die anderen Kräuterheiler bereiteten Tinkturen zu, um das Blut und den Fluß der Augenflüssigkeiten zu stillen. Nicht weit von

ihnen lag Ade, der an der Hüfte getroffen worden und auf dem Arm gelandet war und ihn sich ausgerenkt hatte, zuckend und jammernd auf dem Boden. Sein Vater hielt ihn nieder, und seine Mutter flüsterte ihm Worte ins Ohr, die ihn noch lauter jammern ließen. Eine Hexe zog an seinen Beinen, und ein Kräuterheiler drehte seinen verletzten Arm zurecht. Sein Vater schrie, man solle seinen Sohn in Ruhe lassen. Hinter ihnen kämpften die Schläger beider Parteien im Schlamm, kämpften im Sumpf, kämpften wie Riesen in alten Legenden. Holz wurde auf Schädeln zerschlagen. Stühle flogen durch die Luft. Die Bettlerfamilie, angeführt von dem einäugigen schönen Mädchen, machte sich auf den Heimweg. Sie zogen im Gänsemarsch hinter dem Mädchen her. Das Mädchen blickte sich mehrmals um. Seinem ausdruckslosen Gesicht war kein Urteil anzusehen. Und hinter dem Mädchen zog hinkend und kriechend – jeder mit seiner einmaligen Verunstaltung, mit im Nacken verdrehten Beinen oder mit weichen Beinen, die nutzlos über den Boden schleiften, und von der Qual des Überlebens seltsamen großen Köpfen – die übrige Bettlerfamilie her. Ich wollte ihnen auf ihren Wegen folgen, um bei dem schönen Mädchen zu bleiben, das all die Verunstaltungen der Familie zu einem einzigen brauchbaren Auge verfeinert hatte und dessen Gesicht mich im Traum und in der Liebe und in der Musik verfolgen würde.
Doch Mama, die in der Menge schrie, Papa, der von einem Hagel von Anschuldigungen überhäuft wurde, Madame Koto, die von Schlägern der gegnerischen Seite umringt war, und Ade, der bitterlich weinend auf dem Boden lag, hielten mich zurück, so daß ich mich nicht rührte. Ich sah zu, wie die Bettler fortgingen, und ein Teil meines Schicksals ging mit ihnen. Und während sie fortzogen, hörte ich, wie der Wind mit all unseren Sorgen beladen über die Äste der Bäume strich. Der Wind kreiste um unsere Köpfe. Ich sah die Silhouetten von Engeln am dunklen Himmel. Die gelben Vögel in unserer Mitte, die von den jüngsten Schrekken des zerstörten Autos und vom Blutgeruch aufgestört worden waren, schlugen mit den Flügeln und flogen in die Nacht der Klagen davon. Und dann begann es ohne jeden überirdi-

schen Anlaß zu regnen. Der Regen fiel auf das zerstörte Auto, auf Madame Koto, die hemmungslos weinte, auf die Schläger beider Parteien, während sie aufeinander losgingen und sich wegen dunkler Treueschwüre zerfleischten. Der Regen ging auf den Fahrer nieder, der inzwischen bewußtlos geworden war, auf die Kräuterheiler, die nicht zu wissen schienen, was sie tun sollten, und auf meinen Freund, der jetzt seine Schmerzen gelassen ertrug. Nicht die tragischen Ereignisse der Nacht verscheuchten die Leute, sondern der Regen. Die Schläger kämpften sich mitten durch verschiedene Schichten der Zeit. Die Soldaten brachen gemeinsam auf, benebelt vom Bier und vom Korditgeruch. Die Landstreicher, die gekommen waren, weil sie Gerüchte über ein Fest gehört hatten, die Leute, die aufgetaucht waren, um ihren neuen Helden zu begrüßen, die Elenden und die Neugierigen, sie alle wurden von der sanften Flut fortgeschwemmt. Ades Vater ging mit seinen Frauen fort und trug meinen Freund auf dem Rücken davon. Der Stuhlverleiher stürmte auf der Straße auf und ab und verfluchte Papa, weil die Stühle zertrümmert worden waren. Die Hexen und Zauberer verschwanden einfach. Ich sah sie nicht gehen. Und die Kräuterheiler trugen Madame Kotos Fahrer fort, um ihn richtig behandeln zu können. Als der Regen heftiger wurde, blieben nur noch wenige vor dem Haus zurück: Papa, der zerstreut und betrunken war; Madame Koto, deren Perücke in einer strudelnden Pfütze kreiste und die schlammbedeckt auf dem Boden saß; und Mama, die neben dem Auto stand, während ihr das Blut und das Regenwasser die Füße umspülten. Der blinde alte Mann wurde nach Hause geführt. Sein zertretenes Akkordeon hing an seiner Seite, als sei das Instrument durch die eigene schlechte Musik zerstört worden. Das zertrümmerte Auto blieb unbeweglich und obszön in die Zementwand gerammt stehen. In dieser Nacht konnte nichts daran geändert werden.

Der Stuhlverleiher fiel über Papa her. Und Papa mußte ihn zweimal zu Boden schlagen. Der Mann rannte weg und kam mit einem Buschmesser zurück und mußte festgehalten werden. Papa schwor, daß er die Stühle bezahlen oder sie selbst reparieren werde. Untröstlich und trunken vor Wut mußte der Stuhlverleiher von vier Männern nach Hause geführt werden. Die Prostituierten kamen, um Madame Koto abzuholen, und hielten sie an beiden Armen fest, als könne sie etwas Gefährliches ausrichten. Aus der Ferne konnte man sie noch jammern hören, doch nicht über den Fahrer, sondern über ihr Auto.

Als alle schließlich fort waren, ging Mama schweigend ins Zimmer. Papa nahm ausgiebig ein Bad. Ich blieb draußen vor dem Haus, während es weiter regnete, und starrte auf das Wirrwarr von zerbrochenen Stühlen und zertrümmertem Glas, auf die Fetzen von Kleidern und Federn, die zerbrochenen Flaschen und Hühnerknochen auf der Straße. Ich glaube, die meisten unserer eigentlichen Probleme begannen in jener Nacht. Sie begannen nicht damit, daß Stimmen, Stühle und das Auto verwüstet wurden, sondern dadurch, daß sich Blut mit dem Regen vermischte und direkt in den Schlund der Straße floß. Ich hörte, wie die Straße ihren unstillbaren Durst löschte. Und Blut wurde zu einer neuen Form des Trankopfers. Die Straße war noch jung, aber ihr Hunger war alt. Und ihr Hunger war neu erwacht. Die Straßen waren in jener Nacht nicht einmal überflutet, obwohl der Regen nicht aufhörte. Lange Zeit konnte ich den Himmel nicht sehen. Während ich dort stand, kamen von hinten die kräftigen Hände des Winds und hoben mich auf.

»Komm rein«, sagte Mama. »Dies ist keine Nacht für ein Kind.«

Papa lag im Bett und schlief. Trotz Regen und Donner konnte ich sein Schnarchen hören. Mama zündete eine Kerze auf dem Tisch an. Nachdem wir gegessen hatten, blieben wir auf. Mama sagte nichts. Wir starrten beide auf die Kerze und spürten, wie Wind und Donner gegen unser zerbrochenes Fenster schlugen.

Siebtes Buch

I

Es gibt viele Rätsel der Toten, die nur die Lebenden beantworten können. Nach der Katastrophe mit der Party begann Papas Philosophie seltsame Blüten zu treiben. Die Eingriffe der Geister in mein Leben nahmen zu. Ohne es zu wissen, hielt Papa die Geister in vielerlei Hinsicht durch seine Kämpfe in verschiedenen Bereichen in Schach. Aber auf unserer Straße konnte niemand etwas erreichen. Ständig gab es Kämpfe. Am Morgen nach der verheerenden Party schickte Madame Koto sechs Schläger, um den Wagen zur Autowerkstatt zu schieben. Wir wachten vom Lärm einer Auseinandersetzung auf. Während die Schläger das Auto schoben, lauerte eine Gruppe von Schlägern der Gegenpartei Madame Koto und ihren Beschützern auf, um sich dafür zu rächen, daß Ade angefahren worden war.

Als ich aus der Schule kam, hörte ich, daß Leute mit Knüppeln bewaffnet herumliefen. Papa war früh zurückgekommen und stritt sich mit dem Stuhlverleiher über die Anzahl der kaputten Stühle. Auch Mama kam früh zurück, weil es überall, wo sie hinkam, Zusammenstöße zwischen den Kriegsherrn der beiden großen Parteien gab. Als der Stuhlverleiher etwas besänftigt durch eine kleinere Geldsumme ging, bat mich Papa, ihm vorzulesen. Ich las ihm aus Homer vor, während Mama ihrer Wut über die Schrecken des Festes freien Lauf ließ. Das Essen an jenem Abend hatte kaum Geschmack. Papa merkte es nicht. Er aß wie üblich mit großem Appetit.

Sein Gesicht bekam allmählich wieder ein normales Aussehen. Eine ungewohnte Leidenschaft lag in seinen Augen. Nachdem ich ihm wieder aus Homers *Odyssee* vorgelesen hatte, fragte er sich laut, wie er etwas Gutes in der Welt tun könne, wenn er nicht mehr über Politik wußte oder sich in die bestehenden Organisationen einschmuggelte. Etwa um diese Zeit kam Papa auf den Gedanken, die ständig näherkommende Kundgebung als Forum zu benutzen, um seine Ideen zu predigen und Wähler zu gewinnen. Dann fiel ihm wieder ein, daß er die Absicht gehabt hatte, mich als Spion einzusetzen.

»Mein Sohn ist kein Spion«, sagte Mama.

»Auf die eine oder andere Art sind wir alle Spione«, behauptete Papa.

»Bring meinen Sohn nicht in Gefahr.«

»Aber er gibt einen guten Spion ab.«

»Warum?«

»Das verstehst du nicht.«

»Das sagt ihr Männer immer, wenn ihr nicht die Wahrheit sagen wollt.«

Papa schwieg. Mama beklagte sich, daß Papa mich für seine verrückten Pläne einspannte, und jammerte über all das Geld, das für die tragische Party verschwendet worden war. Doch Papa hörte nicht zu. Er rief mich und sagte mir, er wolle, daß ich Madame Kotos Bar wieder regelmäßig besuchte. Er sagte, er käme später nach. Ich hatte nicht den Eindruck, daß er es ernst meinte. Doch als ich später am Abend draußen saß und zusah, wie die Welt sich langsam mit den dahinziehenden Wolken drehte, kam er und erinnerte mich an meinen Auftrag. Er erzählte mir, daß sich neue Dinge in der Welt und in unserem Viertel abspielten. Ob ich denn nicht neugierig sei? Ich schlenderte zu Madame Kotos Bar.

Unsere Straße veränderte sich. Nichts war mehr so wie früher. Ein paar von den Bettlern, die auf Papas unglückseliger Party gewesen waren, hatten sich am Straßenrand niedergelassen. Einer lag auf einer Matte vor dem Haus des blinden alten Mannes. Der Bettler hatte eine Perlenschnur zwischen den Fingern und bat mich um Geld, als ich an ihm vorbeiging. Seine Augen wirkten hohl, sein Mund war wie ein Fluch. Ich ging schnell weiter. Die Büsche am Straßenrand wuchsen immer wilder. Ein junger Baum war zwischen dem Haus des blinden alten Mannes und Madame Kotos Bar umgestürzt. Plötzlich erhob sich der Wind, und als er nachließ, spürte ich den Geruch der Dinge, die im Wald vermoderten. Als ich mich der Bar mit dem leuchtenden, neuen Aushängeschild näherte, drangen laute Stimmen und Musik heraus. Ich blieb draußen vor der Bar. Ich war mir nicht sicher, wie man mich aufnehmen würde. Das Auto war nicht da. Ein Mann kam aus der Bar, starrte mich an, spuckte ausgiebig in die Büsche und ging wieder hinein. Kurz darauf tauchte eine Prostituierte auf.

»Was willst du?«

»Madamc Koto.«

»Wer schickt dich?«

»Mein Vater.«

»Wer ist das?«

»Black Tyger.«

Sie starrte mich lange an, dann ging sie hinein. Eine Weile lang geschah nichts. Die Stimmen wurden lauter. Ein Kampf begann. Stühle fielen um. Gläser zerbrachen. Frauenstimmen mischten sich ein. Der Kampf ließ nach und ging in leiser werdende Schimpfwörter über. Jemand legte eine Platte auf, und eine tiefe Oktavstimme, die von Blechinstrumenten untermalt wurde, schallte in den Abend hinaus. Der Wind wehte. Bäume bogen sich. Ein Zug von Bettlern kam die Straße hinab. Diese Bettler kannte ich nicht. Sie machten vor Madame Kotos Bar halt. Dann kamen sie auf mich zu. Es waren etwa sieben. Zwei von ihnen hatten mißgebildete Beine und zogen sich mit Hilfe von Ellbogenpolstern über den Boden wie merkwürdige Schlangen. Die übrigen hatten verdrehte Arme, einen überlangen Hals. Einer von ihnen hatte nur einen Arm, ein anderer hatte zwei Finger, und wieder ein anderer schien zu meinem Entsetzen drei Augen zu haben. Ich versuchte wegzurennen, doch ich stand seltsamerweise wie angewurzelt da. Sie grüßten mich mit einem Salem und brachten all die Gerüche von Gossen, Straßenecken, Mülltonnen, faulendem Fleisch und feuchten Nächten mit, während sie sich um mich drängten. Ihr Anführer war ein Mann unbestimmten Alters mit zerknittertem Gesicht, tief liegenden Augen und einem faltigen Mund. Er kam auf mich zu und bettelte in einer Sprache, die einer anderen Welt anzugehören schien, um Almosen. Er bedrängte mich, und die anderen taten es ihm nach, bis mir ihr Gestank den Atem verschlug. Der jüngste Bettler lachte, und es sah aus, als fiele ihm ein zerquetschtes Insekt aus dem Mund. Ich schrie auf. Der älteste Bettler packte mich mit den zwei Fingern, und er hatte einen Griff wie eine Höllenmaschine. Er preßte sein Gesicht so nah an meins, daß ich fast ohnmächtig wurde, und sagte: »Folg uns.«

Ich trat mit den Füßen um mich und schob die Bettler zur Seite und rannte in die Bar. Auf der Tanzfläche drängten sich die Tänzer. Der Raum war voller Rauch. Ich stieß eine Bank um und rempelte ein tanzendes Paar an. Eine Frau kreischte auf. Die Musik verstummte. Und alle blieben wie angewurzelt stehen, als übte ich einen seltsamen Bann aus, und starrten mich an.

»Was ist denn mit dir los?« fragte eine Prostituierte.

»Nichts.«

»Raus hier!« schrie ein Mann.

Ich erkannte in ihm einen der Schläger. Er hatte breite Schultern und einen Stiernacken.

»Raus!«

»Nein!«

»Bist du verrückt?«

»Nein.«

Eine der Frauen gab mir eine Ohrfeige, und ich stürzte mich auf sie, und eine Hand packte mich am Genick und hob mich hoch.

»Wenn du nicht gehst, schmeiß ich dich raus«, sagte eine kräftige Stimme.

»Ich gehe ja schon.«

Er setzte mich ab. Ich wartete. Dann zeigte ich auf die Tür. Sie blickten alle dorthin. Der Streifenvorhang hatte sich geteilt. Und der alte Bettler, dessen Gesicht im roten Licht noch unheimlicher aussah, kam mit einem Salem herein. Hinter ihm stand die Schar der Bettler. Sie brachten alle üblen, unerwünschten Gerüche der Welt mit. Ich ging in eine Ecke der Bar und setzte mich auf eine Bank. Es war lange still. Der alte Bettler blickte jeden mit furchtlosen Augen an, kam auf mich zu und brachte seine Begleiter mit.

»Ich will diesen Jungen«, sagte er laut und zeigte mit krummem Finger auf mich.

Als er die Bar betrat, brachte er die Dunkelheit mit. Die Dunkelheit war ein Wind, der von den im Eingang versammelten Bettlern herwehte. Als eine der Prostituierten all die Mißbildungen der Bettler sah, stieß sie einen ängstlichen Schrei aus. Plötzlich setzte die Musik ein, ohne daß jemand sie angestellt hatte. Auch die tapfersten Schläger schrien auf. Die Bettler brachten eine wilde, unnachgiebige Kraft in die Bar. Sie durchdrangen alles mit ihrem Geruch. Einer der jüngeren Bettler, der keine Beine hatte und sich auf kleinen Krücken von ungleicher Länge voranbewegte, kletterte auf den Tisch, um den sich die meisten Gäste versammelt hatten. Zum erstenmal bemerkte ich, daß die Schläger und Krieger der Regionalpolitik Angst hatten. Die Prostituierten wichen mit zugehaltener Nase zurück.

»Man hat mich hergeschickt, um diesen Jungen zu holen«, sagte der Alte und kam immer näher auf mich zu.

»Wer hat dich geschickt?« fragte ich.

Alle Gesichter in der Bar wandten sich mir zu. Einer der Bettler lachte. Ein anderer hob eine Kalebasse mit Palmwein hoch und trank sie aus. Wie auf ein Stichwort hin bemerkten die anderen plötzlich die Getränke und die Teller mit Pfefferschotensuppe auf den Tischen, legten ihre Krücken hin und machten sich über das Essen her. Die Bettler ohne Beine stemmten sich mit ihren kräftigen Händen in die Höhe. Die Bettler ohne Hände sprangen hoch, schnappten geschickt mit den Zähnen die Schalen mit Pfefferschotensuppe und schlürften sie leer. Suppe rann ihnen an beiden Seiten des Mundes herunter und tropfte auf ihre schmutzigen Kleider. Der alte Bettler stand regungslos abseits von dem Gewühl und ließ mich nicht aus den Augen. Sein verkrüppelter Körper zuckte, und auf seinen Lippen lag ein rätselhaftes Lächeln. Er rührte sich nicht, und die Gäste auch nicht. Die Musik verstummte. Teller waren umgedreht worden; die Bettler schlürften die Suppe und aßen das Fleisch und die Knochen direkt von der Tischplatte. Die Schläger und die anderen Gäste waren wie versteinert. Ein Bettlerjunge begann zu würgen. Ein anderer lachte. Der Alte lief auf mich zu. Als ich zu den Prostituierten floh, die sich an der Tür zusammengedrängt hatten, löste ich anscheinend den Bann, der auf dem Raum lag. Plötzlich gingen die Schläger auf die Bettler los, traten sie und warfen mit Tellern nach ihnen. Die Bettler aßen und tranken ungerührt weiter. Als der Wein in den Bechern geleert, die Suppe aufgegessen, die Knochen geknackt und das Mark ausgesogen waren, sprangen die Bettler mit erstaunlicher Geschicklichkeit für ihre unvollkommenen Gliedmaßen auf die Schläger los. Die Prostituierten flohen nach draußen. Die Schläger wurden ebenfalls von Panik ergriffen und rannten. Der alte Bettler setzte sich neben mich. Ich rührte mich nicht. Er musterte das Wirrwar durch die Luft fliegender Knochen, umstürzender Tische, zerbrechender Gläser und fragte dann:

»Wie viele Augen hast du?«

»Drei«, antwortete ich.

Er starrte mich an.

»Wie viele Ohren?«

»Eins.«

»Warum?«

»Ich höre Dinge.« Ich fuhr fort. »Stimmen. Worte. Bäume. Blumen.«

Er lachte.

»Sie haben mich geschickt, um dich zu holen.«

»Wer?«

»Deine Freunde.«

»Wer bist du?«

Er sah sich um und bewegte die Hand durch die Luft. Die Dunkelheit hellte sich auf. Er schlug mir auf den Kopf, und ich hörte den Schrei einer Katze. Hundeaugen starrten mich an. Wasser strömte auf mich herab. Ich rührte mich nicht. Ein Adler flog durch die Tür herein und landete auf dem Kopf des Alten. Er berührte den Adler mit der unversehrten Hand, und ein schwarzes Licht schoß mir in die Augen. Als ich sie wieder öffnete, sah ich, daß ich auf einem Feld war. Ein grüner Fluß schlängelte sich um mich herum. Ich blickte auf und sah einen blauen Berg. Vom

Fluß her riefen Stimmen meinen Namen. Eine Katze sprang mitten durch mich hindurch. Ich ging zur Seite. Der Bettler lachte. Ich drehte mich um, sah ihn an und schrie auf. Er hatte vier Köpfe, von denen einer der Kopf einer großen Schildkröte war. Ich versuchte wegzukommen, doch er hielt mich fest. In flammende Sonnenblumen gehüllte Geister stiegen rings umher vom Boden auf. Das Feld erzitterte. Der Fluß schleuderte seine Wasser auf die Korallenküste, das Wasser verwandelte sich in Gischt, und im Gischt sah ich meine Geistergefährten, die alle blaue Spiegel über den Köpfen hielten. Mein Freund Ade war unter ihnen. Mir blieb keine Gelegenheit, die anderen zu erkennen, weil der Gischt sich durch einen Blitz, in dem alle Lichter in den Spiegeln zusammentrafen, auflöste. Eine laute Stimme erschreckte den Berg. Ich fiel um, und als ich erwachte, lag ich auf einer Bank. Ich richtete mich auf. Es war dunkel. Fische schwammen in den schwarzen Lichtern der Bar. Ich rührte mich nicht. Als ich den Raum genau betrachtete, merkte ich, daß ich nicht allein war. Jemand kam mit einer Laterne durch die Tür herein. Das gelbe Licht verdeckte die Gestalt. Ich wartete. Die Gestalt stellte die Laterne vor mich hin und sagte: »Du hast heute Glück gehabt.«

»Wieso?«

»Ich bin gescheitert, aber nach mir kommt der Geist mit fünf Köpfen.«

»Wozu?«

»Um dich zurückzubringen.«

»Warum bist du gescheitert?«

Die Laterne flackerte. Die andere Gestalt in der Bar, eine massige Silhouette, regte sich. Sie hob ihr geschwollenes Gesicht. Sie hatte tieftraurige Augen. Sie waren groß und einsam.

»Madame Koto!«

»Nenn nicht meinen Namen!«

»Warum nicht?«

Sie schwieg. Der Ausdruck in ihren Augen änderte sich, wurde ein wenig drohend.

»Es sind Geister in der Bar.«

Ich blickte hinüber zu der Gestalt hinter der Laterne. Die Gestalt war fort. Ich bemerkte, daß sich etwas hinter der Lampe bewegte. Ich sah hin. Eine große Eidechse mit grünem Kopf und Schuppenaugen schlängelte sich dort. Ich bewegte mich langsam, suchte den Boden nach einem Gegenstand ab, fand einen Stein und schlug damit der Eidechse auf den Kopf. Die Lampe ging aus. Ein blauer Wind pfiff durch die Bar und prallte gegen die Tür. Ich schlich mich auf den Hinterhof. Madame Koto erwischte mich im Dunkeln und sagte mit der Stimme eines alten Bullen: »Warum hast du sie hergebracht?«

»Wen?« fragte ich weinerlich.

»Deine Freunde.«

»Welche Freunde?«

»Die Bettler, den Geist.«

»Sie sind nicht meine Freunde.«

»Sie sind die Freunde deines Vaters.«

»Nein.«

»Er ist doch ihr Vertreter, oder?«

»Ich weiß es nicht.«

»Die Politik hat ihn verrückt gemacht.«

»Ich weiß nichts davon.«

»Was hat der Geist zu dir gesagt?«

»Ich habe es nicht gehört.«

Sie ließ mich los.

»Willst du etwas Pfefferschotensuppe?«

»Ja«, sagte ich.

Sie ging hinaus und ließ mich in der seltsamen Dunkelheit der Bar zurück. Ich fragte mich, was mit dem Strom los war. Ich roch bereits den Kadaver der Eidechse, als habe der selbst seine Verwesung beschleunigt. Die Vordertür ging auf. Der Vorhang teilte sich. Ich roch Stiefel, rastlose Energie, und sah eine Gestalt im Eingang, der der Geruch nach Mückenspiralen voranwehte.

»Papa!« sagte ich.

Er zündete ein Streichholz an. Sein Gesicht war lang, seine Augen waren glänzend und tiefliegend, im Mund hatte er eine Zigarette. Das Streichholz verlöschte. Er setzte sich. Ich hörte ihm zu, wie er nachdachte. Dann lachte er fröhlich und sagte: »Ein Mann kann um die ganze Erde gehen und sich trotzdem nicht vom Fleck bewegen. Ein Mann kann einen hellen Kopf haben und trotzdem nicht sehen, was direkt vor ihm ist. Mein Sohn, warum sitzt du hier so?«

Ich wußte nicht, was ich sagen sollte. Er lachte im Dunkeln in sich hinein.

»Ein Mann kann die Welt tragen und trotzdem nicht in der Lage sein, die Last seines eigenen Kopfes zu tragen.«

»Was für eine Last?« fragte ich.

»Gedanken, Träume, mein Sohn«, sagte er ein wenig müde. »Seit ich Green Leopard geschlagen habe, hat sich die Welt verändert. Mein Kopf wird von innen immer größer.«

Nach einer Weile sagte er: »Vielleicht fangen meine Gedanken schon an zu stinken.«

»Auf dem Tisch liegt eine tote Eidechse.«

»Wer hat sie getötet?«

»Ich.«

»Warum?«

»Es ist ein Geist.«

»Woher weißt du das?«

»Der Geist hat mit mir gesprochen und sich dann verwandelt.«

»Töte keine Eidechsen.«

»Warum nicht?«

»Sie sind Boten. Manchmal sind sie Spione. Mein Vater hat einmal eine Eidechse geschickt, um mich zu warnen.«

»Wovor?«

Papa blieb stumm. Dann sagte er: »Einige unserer Feinde wollten mich vergiften. Das war noch im Dorf. Sie taten mir Gift in die Suppe. Ich wollte gerade anfangen zu essen, als ich eine Eidechse sah, die mir zunickte.«

»Das tun die Eidechsen immer.«

»Du bist ein Ziegenbock, mein Sohn.«

»Und was geschah dann?«

»Ich achtete nicht auf die Eidechse und wollte gerade die Suppe essen, als die Eidechse die Wand hoch rannte. Ich sah ihr gebannt zu. Dann fiel sie in die Suppe und starb.«

Ich dachte über das nach, was Papa gesagt hatte. Draußen hörte ich laute betrunkene Stimmen aus dem Wald.

»Wo ist die Eidechse?«

»Auf dem Tisch.«

Papa zündete ein Streichholz an.

»Da ist nichts.«

Das Streichholz verlosch.

»Vielleicht ist sie in das Land der Geister zurückgekehrt.«

»Red nicht über Geister.«

Die Stimmen draußen wurden lauter.

»Jemand hat den Bettlern Wein zu trinken gegeben. Ich habe noch nie Bettler gesehen, die so betrunken waren. Sie sind alle Mitglieder meiner Partei.«

Ich hörte, wie sie lachten, fluchten und sich stritten.

»Sie betrachten mich als ihren Anführer«, sagte Papa. »Und ich habe kein Geld, um sie zu ernähren. Aber ich baue ihnen eine Schule. Du wirst einer der Lehrer. Gibt es keinen Palmwein? Wo ist Madame Koto?«

»Auf dem Hinterhof.«

»Geh und ruf sie.«

Ich ging durch die Hintertür nach draußen. Es war sehr dunkel, und ich sah die Prostituierten, die auf Hockern saßen oder herumstanden und in der Nacht rauchten. Als sie mich sahen, schnalzten sie mit den Lippen. Die Schläger und die anderen Gäste waren gegangen. Ich ging zu Madame Kotos Tür und klopfte. Nach einer Weile öffnete sie. In einer Hand hielt sie eine Lampe, in der anderen eine Perücke. Ihr Bauch war sehr dick und rund, ihr Gesicht geschwollen, als hätte jemand sie geschlagen. Müdigkeit lastete auf ihren Augen.

»Du Unglücksjunge, was willst du?«

»Mein Vater . . .«

»Was für ein Vater? Laß mich in Ruhe. Mein Geschäft lief gut, bis du gekommen bist und alle diese Bettler angebracht und alle meine Gäste vertrieben hast.«

»Ich habe sie nicht angebracht.«
Sie starrte mich lange an. Sie sah ziemlich beängstigend aus. Sie drückte mir die Lampe in die Hand und setzte dann ihre Perükke auf. Sie schloß die Tür und ging auf den Hinterhof und sagte den Prostituierten, sie könnten nach Hause gehen. Die Frauen murrten, daß sie kein Geld bekommen hatten.
»Ich gebe euch morgen das Geld, wenn dieser Unglücksjunge nicht mehr da ist.«
Die Prostituierten standen eine nach der anderen auf. Murrend und fluchend verschwanden sie in der Dunkelheit vor dem Haus. Madame Koto setzte sich auf einen Hocker. Auf dem Feuerrost stand ein großer grüner Topf. Frösche quakten in den Büschen. Im Wald pfiff ein Vogel dreimal und verstummte. Die Grillen zirpten. Mücken stachen uns. Nach einer Weile kam eine Prostituierte zurück.
»Was ist los?« fragte Madame Koto.
»Diese Bettler sind betrunken.«
»Von meinem Wein.«
»Wenn wir sie nicht loswerden, verderben sie uns das Geschäft.«
»Red keinen Unsinn. Geh nach Hause. Komm morgen wieder.«
Sie ging. Wir hörten, wie die Bettler sie riefen. Die Frau verfluchte sie. Die Bettler lachten heiser.
»Deine Freunde haben all meine Gläser kaputtgemacht«, sagte Madame Koto. »Und meine Teller. Sie haben meine Gäste beschimpft. Zwei Stühle zerschlagen. Wer bezahlt mir das, hm?«
»Mein Vater möchte mit dir über Politik reden.«
»Mit wem?«
»Mit dir.«
Madame Koto griff nach einem Stock und schlug mich. Ich rührte mich nicht. Sie hörte auf.
»Du und dein Vater, ihr seid verrückt.«
»Wir sind nicht verrückt.«
»Mir ist nicht gut«, sagte sie mit veränderter Stimme.
»Was ist denn nicht in Ordnung?«
»Das Geld. Die Politik. Die Gäste. Die Leute.«

Ich schwieg.
»Was will dein Vater?«
»Palmwein.«
Sie lachte kurz auf.
»Ich habe den Bettlern den ganzen Palmwein gegeben.«
»Warum?«
»Sie fingen an, Ärger zu machen, da habe ich ihnen Palmwein gegeben, und sie sind gegangen. Ich habe ihnen gesagt, sie sollten weit weggehen, doch sie sind nur vors Haus gegangen.«
»Sie wollen meinen Vater wählen«, sagte ich.
Madame Koto starrte mich an.
»Deinen Vater?«
»Ja.«
Sie lachte noch einmal.
»Nur Hühner und Frösche werden ihn wählen.«
»Und die Mücken?«
»Die auch. Und die Schnecken.«
»Er hat gesagt, ich soll dich holen.«
»Wo ist er?«
»In der Bar.«
»Nachdem er mich eine Hexe genannt hat, kommt er also jetzt wieder in meine Bar, hm?«
»Es geht um Politik.«
»Geh und sag ihm, daß ich komme.«
Als ich wieder in die Bar kam, schlief Papa. Er schlief mit erhobenem Kopf, als wäre er in Trance. Ich setzte mich dicht neben ihn und lauschte, wie er mit den Zähnen knirschte. Glühwürmchen erhellten das Dunkel. Ein gelber Schmetterling umkreiste Papas Kopf. Ich beobachtete den Schmetterling. Ich konnte ihn deutlich in der Dunkelheit erkennen, als er auf Papas Kopf landete. Ein gelbes Licht umgab den Schmetterling. Das Licht hatte genau Papas Form, und es stieg in die Luft auf, kam wieder herunter und begann durch die Bar zu schweifen. Ich beobachtete das Licht. Es wechselte ständig die Farbe. Es wurde rot. Dann rotgold. Dann bewegte es sich auf und ab, stieg wieder auf und schlug dann auf den Boden. Es strich um Papa herum, als suchte

es nach einem Weg, um wieder in ihn hineinzugelangen. Dann kam das rotgoldene Licht und setzte sich neben mich. Ich begann zu schwitzen. Ich schrie auf. Das Licht änderte seine Farbe. Es wurde wieder gelb und dann irgendwie diamantblau. Als ich Papa berührte, flog der Schmetterling von Papas Kopf auf und verschwand durch die Decke. Papa öffnete die Augen, sah mich und stieß einen seltsamen Schrei aus. Dann blickte er sich um, als wüßte er nicht, wo er war.

»Du bist in Madame Kotos Bar«, sagte ich.

Er starrte mich an, zündete ein Streichholz an, und als er mich erkannte, blies er es aus. Er zog mich an sich. Ich konnte seine ungenutzten Energien riechen, sein Mückenspiralenaroma. Er zündete sich eine Zigarette an und rauchte eine Weile schweigend.

»Ein Mann kann um die ganze Erde gehen und sich trotzdem nicht vom Fleck bewegen«, sagte er. »Mein Sohn, ich habe geträumt, ich wäre aufgebrochen, um einen neuen Erdteil zu entdecken.«

»Wie heißt er?«

»Der Erdteil des hängenden Mannes.«

»Und was ist da geschehen?«

»Als ich mit meinem Boot gelandet bin, habe ich Berge, Flüsse und ein Wüste gesehen. Ich habe meinen Namen auf einen Felsen geschrieben. Ich bin ins Innere des Erdteils gegangen. Ich war allein. Dann ist etwas Seltsames geschehen.«

»Was?«

»Du bist zu jung, um das verstehen zu können.«

»Erzähl es mir.«

»Während ich ging, begann ich, das Land zu erträumen. Ich erträumte Ebenen, Wälder, Wege, große offene Flächen, dornige Pflanzen, und dann erträumte ich ein Volk. Sie sind anders als wir. Sie sind weiß. Buschmänner. Sie kamen auf mich zu. Sie trugen seltsame Kleider und hatten Edelsteine um den Hals hängen. Zu dem ältesten Mann sagte ich: ›Was macht ihr denn hier?‹

›Und du?‹ fragte er.

›Ich habe gerade dieses Land entdeckt. Es soll ein neuer Erdteil sein. Ihr solltet eigentlich nicht hier sein.‹
›Wir sind hier seit unvordenklichen Zeiten‹, antwortete er. Und dann träumte ich sie weg. Und dann kam ein Hirte zu mir und sagte: ›Dieser Erteil hat keinen Namen.‹
›Er heißt der Erteil des hängenden Mannes.‹
›Das ist ein anderes Land‹, entgegnete er.
›Und warum hat er keinen Namen?‹
›Die Leute benennen den eigenen Erdteil meistens nicht. Wenn du ihm keinen Namen geben kannst, kannst du nicht hier bleiben.‹
Der Erdteil verschwand. Ich fand mich auf einer seltsamen Insel wieder. Die Leute behandelten mich grob. Auch sie waren weiß. Unfreundliche Leute. Jedenfalls zu mir unfreundlich. Ich lebte viele Jahre unter ihnen. Ich fand nicht den Weg heraus. Ich war auf dieser kleinen Insel gefangen. Es fiel mir schwer, dort zu leben. Sie hatten Angst vor mir, wegen meiner anderen Farbe. Ich begann abzunehmen. Ich mußte den Erdteil in mir schrumpfen lassen, um mich an diese kleine Insel zu gewöhnen. Die Zeit verging.«
Papa nahm einen Zug aus seiner Zigarette. Seine Augen leuchteten in der Dunkelheit.
»Und was geschah dann?«
»Ich begann wieder zu reisen. Ich reiste auf einer Straße, bis ich an eine Stelle kam, an der die Straße sich in dünne Luft auflöste. Und so mußte ich mir eine Straße erträumen. Am Ende der Straße sah ich einen Spiegel. Ich blickte in den Spiegel und starb fast vor Erstaunen, als ich sah, daß ich weiß geworden war.«
»Wie ist das passiert?«
»Ich weiß es nicht.«
»Und was passierte dann?«
»Dann wurde alles anders. Ich war in einer großen Stadt auf der Insel. Ich war Zeitungsverkäufer und verkaufte draußen vor einem Bahnhof Zeitungen. Es war ein vorübergehender Job. Ich hatte größere Pläne. Es war sehr kalt. Überall war Eis.«
»Eis?«

»Ja. Eis fiel vom Himmel. Eis färbte mein Haar weiß. Überall war Eis.«
»Und dann?«
»Und dann kamst du eines Tages, um mir eine Zeitung abzukaufen. Du warst ein junger Mann. Als du mir das Geld gabst, verbrannte es mir die Hand. Ich begann wegzulaufen, da hast du mich geweckt.«
Wir saßen schweigen da. Papa knackte fünf Minuten mit den Knochen. Dann reckte er sich. Dann schlug er auf den Tisch und sagte: »Wo bleibt der Wein, hm?«
Das elektrische Licht in der Bar ging an, vertrieb die Schatten und ließ die Gegenstände seltsam flach erscheinen. Mit zwei Flaschen Bier in der einen Hand und einer Schale Pfefferschotensuppe in der anderen humpelte Madame Koto an unsern Tisch.
»Wenn ihr das aufhabt, geht«, sagte sie und knallte das Bier und die Suppenschale auf den Tisch.
»Große Madame Koto, freuen Sie sich denn nicht, mich zu sehen, hm?«
»Nachdem Sie mich eine Hexe genannt haben?«
»Das hat Ihr Palmwein gesagt, nicht ich.«
Sie humpelte davon. Ihr Fuß war schlimmer geworden und neu verbunden. Sie ging hinter die Theke, setzte sich und legte etwas Musik auf. Papa aß die Suppe mit großem Appetit. Er gab mir etwas Fleisch ab. Er öffnete die Bierflasche mit den Zähnen.
»Haben Sie keinen Wein?« fragte er.
»Ich habe allen Wein Ihren Freunden gegeben.«
»Was für Freunden?«
»Den Bettlern«, sagte ich.
»Sie haben meine Teller und Gläser zerbrochen. Warum mußten Sie die nur herbringen, hm?«
»Ich habe sie nicht hergebracht.«
»Warum haben Sie sie zu Ihrer Party eingeladen?«
»Ich habe sie nicht eingeladen.«
Madame Koto stellte die Musik ab. Papa trank die erste Flasche Bier leer und machte sich an die zweite.

»Madame Koto, ich will mit Ihnen über Politik reden.«
»Warum?«
»Aus Interesse.«
»Wofür?«
»Für die Leute.«
»Wen wählen Sie?«
»Mich selbst.«
»Ich habe gehört, Sie wollen eine eigene Partei gründen, hm?«
Papa sagte nichts. Ich blickte zu den Plakaten der politischen Partei auf, die von Madame Koto unterstützt wurde. Ich musterte die Bilder und Kalender der Kandidaten. Sie sagte: »Machen Sie mir keinen Ärger. Schaffen Sie Ihre Bettler fort. Ich will meine Gäste nicht verlieren.«
»Auch Bettler wählen.«
»Von mir aus können die Sie wählen, aber schaffen Sie sie fort.«
Der Wind wehte an der Tür. Dann hörten wir ein seltsames Hämmern auf dem Dach. Die Glühbirne schwang hin und her. Jemand kam herein. Anfangs konnte ich ihn nicht sehen.
»Raus!« schrie Madame Koto.
Dann sah ich drei Bettler an der Tür. Zwei von ihnen hatte keine Beine und bewegten sich auf Ellbogenpolstern. Der dritte hatte ein krankes Auge. Sie kamen in die Bar und umringten Papas Tisch. Papa trank sein Bier aus.
»Wenn Sie mir die vom Hals schaffen«, sagte Madame Koto, »dann vergesse ich den angerichteten Schaden, und Sie und Ihr Sohn können jederzeit herkommen, um etwas zu trinken.«
Die Bettler spielten mit den leeren Bierflaschen. Papa nahm ihnen die Flaschen weg und stand auf.
»Laß uns gehen«, sagte er zu mir.
Wir gingen hinaus, und die drei Bettler faßten Papa an der Hose an und folgten uns schwatzend. Am Straßenrand lagen noch mehr Bettler und schliefen. Die drei Bettler folgten uns bis nach Hause. Papa drehte sich zu ihnen um und winkte, sie sollten gehen. Sie blieben stehen. Wir gingen weiter. Ich blickte zurück und sah, wie die drei Bettler in der Dunkelheit hockten und uns seltsam anstarrten.

2

Wind und Donner waren heftig in jener Nacht. Als wir das Zimmer betraten, saß Mama auf Papas Stuhl, auf dem Tisch stand eine Mückenspirale, und auf dem Bett lag eine zerzauste Perücke. Mama sah müde aus. Sie sagte kein Wort, als wir hereinkamen. Sie schaukelte hin und her, während der Wind über unser Dach wehte und der Donner über uns grollte. Die Dinge änderten sich, das Zimmer sah seltsam aus, und Mama saß da und starrte geradeaus, als blickte sie eine unfertige Straße hinab. Die Kerze war fast heruntergebrannt, Mücken sirrten, eine Motte umkreiste Mama, als sei ihr Kopf eine Flamme, und Mamas Augen glänzten.

»Was ist los?« fragte Papa und setzte sich aufs Bett.

Mama weinte. Sie gab keinen Laut von sich, ihre Augen waren glänzend, sie starrte geradeaus, als blickte sie in den Wind, und sie weinte. Ich ging zu ihr hin und legte den Kopf auf ihren Schoß, und sie rührte sich nicht.

»Geh und kauf *ogogoro*«, sagte Papa barsch zu mir.

Er gab mir Geld, und ich rannte über die Straße. Ein paar von den Bettlern hatten sich am Eingang des Compounds versammelt. Sie hockten dort in kleinen Gruppen. Ich kaufte den *ogogoro*, und als ich zurückkam, sah ich, daß die Bettler inzwischen vor unserem Haus waren. Sie lagen auf Matten unter dem vorspringendem Blechdach und schauten mich an, als ich an ihnen vorbeiging.

Als ich ins Zimmer kam, saß Mama auf dem Bett und Papa auf seinem dreibeinigen Stuhl. Der Rauch der Mückenspirale ringelte sich in blauen Kringeln um seinen Kopf. Eine neue Kerze war angezündet worden. Papa rauchte stumpfsinnig eine

Zigarette. Er riß mir die Flasche *ogogoro* aus der Hand, schenkte sich reichlich ein und trank. Mama betrachtete ihn. Ich holte meine Matte. Ich erzählte Papa von den Bettlern.
»Als nächstes nehmen sie unser Zimmer in Beschlag«, sagte Mama.
»Ich baue ein Haus für sie«, entgegnete Papa. »Ich baue ihnen eine Schule. Azaro bringt ihnen lesen bei. Du bringst ihnen bei, wie man etwas verkauft. Ich bringe ihnen boxen bei.«
»Und wer gibt ihnen zu essen, hm?« fragte Mama.
»Sie werden sich ihr Essen selbst verdienen«, sagte Papa.
Mama streckte sich auf dem Bett aus. Sie schwieg eine Weile. Dann richtete sie sich auf und jammerte, daß ihr der Stand auf dem Markt weggenommen worden sei, daß sie den ganzen Tag lang durch die Straßen gelaufen sei und nur sehr wenig verkauft habe; ihre Füße waren geschwollen und ihr Gesicht von der Sonne wund und der Stuhlverleiher war gekommen, und sie hatte ihm das wenige Geld gegeben, das sie besaß.
»Du mußt mir das Geld wiedergeben«, sagte sie.
»Ich werde dir doppelt soviel geben«, entgegnete Papa.
Mama erzählte, daß sie eine Klassenkameradin getroffen habe, als sie die Hauptstraße runtergegangen war, um ihre Waren zu verkaufen. Sie hatten zusammen die Grundschule besucht. Ihre Klassenkameradin hatte inzwischen ein Auto und einen Fahrer; sie sah zehn Jahre jünger aus als Mama und trug teure Kleider. Mama hatte ihr Apfelsinen verkauft, und die Frau hatte sie nicht erkannt. Mama hatte an jenem Tag nichts weiter verkauft; sie war direkt nach Hause gekommen.
»Das Leben hat es nicht gut mit mir gemeint«, sagte Mama.
»Deine Belohnung kommt noch«, sagte Papa zerstreut.
»Ich mache dich glücklich«, sagte ich.
Mama starrte mich an. Dann legte sie sich hin. Kurz darauf schlief sie. Wir zitterten vom Wind, der durch alle Ritzen ins Zimmer wehte.
»Etwas wird geschehen«, sagte ich auf gut Glück.
»Etwas Wundervolles«, sagte Papa und schaukelte gekonnt auf seinem Stuhl.

Der Wind wehte heftig. Die Motte umkreiste die Flamme. Plötzlich ging die Kerze aus. Wir verharrten in der Dunkelheit, ohne uns zu rühren. Es war still im Zimmer.
»Mir fehlt das Nagen der Ratten«, sagte Papa.
»Warum?«
»Ich konnte dabei besser denken. Das Leben ist ein Kampf. Ratten arbeiten sehr hart. Wenn wir nicht aufpassen, gehört ihnen bald die Erde.«
Die Stille wurde tiefer. Ich legte mich hin und lauschte, wie Papa nachdachte. Seine Gedanken waren weitreichend; sie wirbelten um seinen Kopf und prallten gegen alles im Zimmer. Seine Gedanken füllten das Zimmer aus, drückten mich zu Boden, und nach einer Weile war ich in seinem Kopf und reiste zu den Anfängen: Ich ging mit ihm ins Dorf, ich sah seinen Vater, ich sah, wie Papas Träume vor ihm wegrannten. Seine Gedanken waren streng, sie sprengten mir den Kopf, die Augen taten mir weh, und mein Herz klopfte schnell in der drückenden Hitze des Zimmers. Papa seufzte. Mama drehte sich im Bett um. Das Zimmer füllte sich mit amethyst- und sepiafarbenen Gedanken. Silhouetten bewegten sich in der Dunkelheit. Ein grünes Auge, das sich direkt über Papas Kopf befand, blickte mich an. Das Auge rührte sich nicht. Dann bewegte es sich. Es glitt zur Tür und wurde zu einem ständigen Trommeln auf dem Holzrahmen. Der Wind verstärkte das Geräusch. Papa ließ seine Knochen knakken. Als das Klopfen lauter wurde, spürte ich einen solch unangenehmen Gestank, daß ich mich aufrichtete.
»Was ist los?« fragte Papa.
»Irgend etwas versucht, ins Haus zu kommen.«
Das Klopfen ertönte vom Fenster her. Ich öffnete; der Wind kam herein und wehte mich zum Bett. Mama stand auf und ging zur Tür. Sie öffnete und schrie leise auf. Papa sagte keinen Ton. Der Geruch von Tod, Bitterkeit, alten Körpern, verwesenden Augen und alten Wunden erfüllte den Raum. Dann leuchteten mehrere Augen in der Dunkelheit auf. Man hörte Gelächter; und ihr Atem roch nach schlechtem Essen und dem Hunger der Welt. Sie kamen in den Raum und umringten uns. Mit der Ruhe

von Fremden, die sich eingelebt haben, setzten sie sich, einen bitteren Hauch verströmend, in der Dunkelheit auf den Boden, auf das Bett, auf meine Matte. Ihre Anwesenheit nahm uns den Atem. Jemand setzte sich Papa zu Füßen. Es war das Mädchen. Ich konnte seine bittere Schönheit riechen, das versehrte Auge, die ungewaschenen Brüste. Sie waren nicht überfallartig zu uns gekommen, sondern wie Leute, die lange darauf gewartet haben, ihren Platz unter den Lebenden einzunehmen. Sie sagten nichts. Mama blieb an der Tür stehen. Alle verbannten Mücken kamen herein; die Leuchtkäfer auf der Suche nach Licht umschwärmten die Gestalten im Raum. Ein roter Schmetterling umkreiste den Kopf des Mädchens, und als er sich darauf niederließ, wurde der Raum in ein gespenstisches, orangefarbenes, trübes Licht getaucht, von dem meine Augen zuckten.
»Wer seid ihr?« fragte Papa mit furchtloser Stimme.
Es herrschte lange Stille.
»Azaro, wer sind sie?«
Das Mädchen streckte die Hand aus und legte sie auf Papas Fuß. Dann begann es ihn zu streicheln. Es streichelte sanft Papas Füße, bis auch die orangefarben aufleuchteten und wie geschliffen aussahen, vom übrigen Körper, der im Dunkeln war, getrennt.
»Meine Füße brennen«, sagte Papa, »und ich spüre keine Hitze.«
»Wer seid ihr?« kreischte Mama. »Haut ab, sofort! Haut ab!«
Wieder herrschte Stille.
»Es sind die Bettler«, sagte ich.
Mama hielt den Atem an. Papa zog die Füße weg und setzte sich aufrecht hin. Das orangefarbene Licht verblaßte im Zimmer. Ich hörte, wie Papa nach der Streichholzschachtel suchte. Nach einer Weile wurde ein Streichholz angezündet, aber nicht von Papa. Das Bettlermädchen hielt die Flamme hoch, damit wir etwas sehen konnten. Es sah wundervoll aus, wie es Papa zu Füßen saß. Das versehrte Auge des Mädchens hatte in dem trügerischen Licht eine seltsame gelbe Farbe angenommen. Das gesunde Auge war fast blau, doch es war erfüllt von tiefer Trauer und Stille. Sein Kleid stank. Sein Gesicht war gelassen wie das

eines Geisterkinds. Ohne die Augen von Mama abzuwenden, zündete das Bettlermädchen die Kerze an. Wir blickten uns um und sahen, wie die Bettler friedlich wie bei einer Sitzung des Dorfrats auf dem Boden oder auf dem Bett saßen und sich mit dem Rücken an die Wand lehnten; jeder von ihnen hatte zahlreiche Mißbildungen, bläuliche Wunden, die Stümpfe der fehlenden Arme sahen grotesk aus, und die gummiartigen Beine waren verdreht. Ein Bettler hatte einen massigen Kopf, der wie eine von der Zeit zerfressene große Bronzeskulptur wirkte. Ein anderer hatte einen geschwollenen Adamsapfel. Und wieder ein anderer hatte hervorstehende, aufmerksame Augen, wie ich sie noch nie gesehen hatte. Die Bettler schienen von einem perversen, betrunkenen Gott geschaffen worden zu sein.

Mama schrie auf und stürzte sich auf das schöne Bettlermädchen. Sie schien den Verstand verloren zu haben. Sie packte das Mädchen an den Haaren und versuchte es hochzuziehen. Das Mädchen rührte sich nicht, gab keinen Laut von sich. Mama packte es an den Armen und versuchte, das Mädchen nach draußen zu ziehen. Mama schrie dabei die ganze Zeit. Wir schienen alle in Trance zu sein. Wir sahen ihr zu, ohne uns zu rühren. Mama versuchte, das Mädchen vor sich herzuschieben, doch es war, als kämpfe sie gegen eine unbewegliche Kraft an. Die Augen des Mädchens nahmen einen seltsamen Ausdruck an. Das Mädchen wurde schwer, als hätten all seine Armut und sein Leiden es unsichtbar wie einen Zwergstern verdichtet. Mama schrie: »Raus hier, alle! Raus hier, ihr Bettler! Seht ihr denn nicht, daß wir auch leiden, hm? Unsere Last ist zu schwer für uns. Geht! Nehmt unser Essen, aber geht!«

Plötzlich hörte sie auf zu schreien. In der folgenden Stille wurde der seltsame Bann gebrochen. Ich atmete die starken Düfte wilder Blumen ein, die Düfte von Gräsern, die vom Regen auf den Boden gedrückt worden waren, von Wolken und altem Holz, von Bananenstauden und weiten offenen Flächen, von grünenden Brisen und Moschus und Heliotrop in der Sonne. Die Düfte verschwanden. Dann ging Mama auf Papa los, stürzte sich auf ihn und schlug unbeherrscht auf ihn ein. Papa rührte sich nicht

auf seinem Stuhl. Nach kurzer Zeit blutete er aus einer Kratzwunde neben dem Auge. Dann zerrte Mama an seinem Hemd, und als alle Knöpfe absprangen, erwachte sie aus ihrem Rausch. Sie hielt inne und ging zu dem Bettlermädchen. Sie kniete vor ihm nieder. Das Bettlermädchen begann, Papas Füße zu streicheln. Mama sagte weinend: »Ich habe es nicht böse gemeint. Mein Leben ist wie ein tiefes Loch. Ich grabe es tiefer, aber es bleibt immer gleich. Ich fülle es, aber es leert sich. Sieh uns an. Wir leben alle in einem Raum. Ich laufe von früh bis spät durch die Straßen, um etwas zu verkaufen, und bete mit den Füßen. Gott lächelt mich an, und mein Gesicht wird wund. Manchmal kann ich nicht mehr sprechen. Mein Mund ist voll von schlechtem Leben. Ich war das schönste Mädchen in meinem Dorf, und ich habe diesen Verrückten geheiratet, und ich habe das Gefühl, als hätte ich dieses eine Kind schon fünfmal geboren. Ich muß wohl jemandem großes Unrecht getan haben, daß ich so zu leiden habe. Bitte, verlaßt uns. Mein Mann ist verrückt, aber er ist ein braver Kerl. Wir sind zu arm, um schlecht zu sein, und selbst wenn wir leiden, sind unsere Herzen voller Güte. Geht bitte, wir werden etwas für euch tun, aber laßt uns in Frieden schlafen.«
Nach Mamas Worten war es lange still. Das Bettlermädchen hörte auf, Papas Füße zu streicheln. Ich fing an zu weinen. Papa zündete sich eine Zigarette an. Er goß sich etwas *ogogoro* ein. Er gab dem Bettlermädchen etwas ab. Das Mädchen trank. Papa kippte den Rest herunter. Das Mädchen hustete.
»Habt ihr mich gehört?« fragte Mama.
»Das Mädchen ist eine Prinzessin«, sagte Papa. »Sie sind sieben Tage gelaufen, um zu meiner Party zu kommen. Ich habe sie nicht eingeladen, aber sie sind gekommen. Ein Fluß sucht sich nicht umsonst einen neuen Weg. Die Straße hat ihnen ein Botschaft für mich aufgetragen. Siehst du nicht, daß sie Boten sind?«
»Wie lautet ihre Botschaft?« fragte Mama.
»Wie lautet eure Botschaft?« fragte ich sie.
Alle Bettler wandten sich mir zu.
»Und wo ist der Alte?« fragte ich, da ich mich an die Begegnung in der Bar erinnerte.

Papa sah mich an.
Das Bettlermädchen stand auf. Die anderen Bettler bewegten sich. Und dann gingen sie wortlos im Gänsemarsch aus dem Zimmer und nahmen ihre Mißbildungen und Wunden mit, ließen jedoch ihre häßlichen Gerüche zurück. Das Mädchen ging zuletzt. Es blickte erst mich, dann Papa durchdringend an und schloß die Tür hinter sich. Ich hörte, wie sie vors Haus schlurften. In der Ferne bellten Hunde. Leuchtkäfer, Mücken und Motten lagen tot auf dem Tisch und auf dem Boden, getötet, wie es schien, von dem Geruch im Zimmer. Papa trank fortwährend und drehte den Kopf im Kreis, als sei er in einem tiefen Traum. Mama beugte sich herab, schlug sich mit der flachen Hand auf den Fuß, richtete sich wieder auf und sagte mit leiser Stimme: »Sie haben Flöhe mitgebracht und sie zurückgelassen, damit sie uns auffressen. Das ist ihr Geschenk. Mein Mann, du bist verrückt.«
Ich hatte noch nie so harte Worte aus Mamas Mund gehört. Sie setzte sich aufs Bett. Papas Wunde blutete stark. Seine Augen waren durchdringend, seine Kinnbacken arbeiteten ununterbrochen. Dann sagte er: »Sie waren einst ein großes Volk. Der Hunger hat sie aus ihrem Königreich vertrieben, und jetzt ist die Straße ihr einziger Palast. Ich baue eine Schule für sie. Ich bringe ihnen bei zu arbeiten. Ich bringe ihnen Musik bei. Wir werden alle glücklich sein.«
Mama ging hinaus, holte etwas Wasser und desinfizierte das Zimmer. Das Desinfektionsmittel, das reichlich überallhin verspritzt wurde, brannte mir in der Nase. Mama wechselte die Bettlaken. Papa saß mit verträumten Augen und einem Stoppelbart da, während ihm das Blut von der Wange tropfte und auf der Schulter seines zerrissenen Hemds trocknete. Dann kam Mama, behandelte die Wunde und klebte ein Pflaster auf Papas Wange. Danach legte sie sich ins Bett. Papa murmelte lange betrunken vor sich hin. Er sprach davon, Straßen für das Getto zu bauen, sprach von Wohnungsbauprojekten, die den Leuten Auftrieb geben würden, von einer Welt ohne Inspiration, Seeleuten ohne Schiff, Priestern ohne Kultstätte, Königen ohne Zuhause,

Boxern ohne Gegner, Essen ohne Mägen, um es zu verdauen, Göttern ohne irgendjemanden, der an sie glaubt, Träumen ohne Träumer, Ideen ohne jemanden, der sie in die Tat umsetzt, Leuten ohne Orientierung. Das alles ergab für uns keinen Sinn. Die Kerze brannte herab. Er stand auf, kam immer noch murmelnd zu mir und streckte sich neben mir auf der Erde aus. Er verströmte den Geruch eines großen Tieres, eines mageren Elefanten, der Geruch von zuviel Energie, zuviel Hoffnung, zuviel Widerspruch. Er rollte ständig mit den Augen. Er murmelte unzusammenhängende Dinge, und kurz darauf knirschte er mit den Zähnen. Als er in tiefem Schlaf lag, wurde die Flamme der Kerze größer, flackerte auf, als gewähre ihr Papas Schlaf irgendwie mehr Sauerstoff. Mama stieg aus dem Bett, bat mich, an die Seite zu rutschen, und dann machte sie etwas Seltsames. Sie setzte sich rittlings auf Papa und begann, auf ihn einzuschlagen. Sie schlug ihm ins Gesicht, schlug ihm auf die Brust, trommelte wie besessen auf seinen Magen, trat und schlug ihn mit aller Kraft, schrie dabei die ganze Zeit mit leiser, erschreckend monotoner Stimme und schlug unablässig auf ihn ein, bis ihr die Hände versagten.

»Ich glaube, ich habe mir die Knochen an seinem Kinn gebrochen«, sagte sie.

Papa rührte sich nicht. Mama funkelte ihn an, während er mit offenem Mund schlief.

»Warum sterben die Ratten ausgerechnet dann überall auf dem Boden, wenn ich glücklich bin?« fragte sie.

Ich blieb stumm.

»Geh und schlaf im Bett«, befahl sie mir.

Dann blies sie die Kerze aus und legte sich in der zugigen Dunkelheit des Zimmers ruhig neben Papa. Kurz darauf hörte ich, wie sie schlief. Der Welt drehte sich. Die Nacht füllte das Zimmer aus und legte sich über uns und erfüllte den Raum mit leichten Geistern, den alten Silhouetten von Tieren; ausgestorbene Vögel standen neben Papas Stiefeln, ein schönes Tier mit stolzen Augen, auf dessen Fell Goldstaub zitterte, stand über den schlafenden Körpern von Mama und Papa. Ein Baum zeichnete sich über dem Bett ab, in dem ich lag. Es war ein uralter Baum, sein Stamm war blau, der Geistersaft stieg in vielen glänzenden Farben in die Äste hinauf, und dichtes Licht glänzte auf den Blättern. Ich lag waagerecht im Stamm des Baumes. Die Dunkelheit bewegte sich; zukünftige Formen, ausgestorbene Volksstämme, gingen durch unsere Landschaft. Sie wanderten über neue Straßen. Sie waren dreihundert Jahre lang gewandert und kamen in unseren nächtlichen Raum. Ich brauchte nicht zu träumen. Zum erstenmal wurde mir klar, daß ein unsichtbarer Raum in meinen Geist gedrungen war und einen Teil des inneren Gefüges meines Seins auflöste. Der Wind mehrerer Leben wehte mir in die Augen. Die Leben reichten weit zurück, und als ich sah, daß mich der große König der Geisterwelt durch die offenen Türen meiner Augen anstarrte, wußte ich, daß ich von vielen Dingen gerufen wurde. Wahrscheinlich ist die Gemeinschaft so wichtig, weil wir so viele Dinge in uns haben. Die Nacht war ein Bote. Am nächsten Morgen erwachte ich früh und sah eine ihrer Botschaften auf dem Boden. Mama und Papa schliefen noch eng umschlungen. Auf Mamas Gesicht waren Tränenspuren. Ich schlief wieder ein, und als ich erwachte, war die Sonne warm, Papas Stiefel waren verschwunden, und Mama hatte eine Apfelsine für mich auf den Tisch gelegt.

3

Die Bettler, die sich mit Madame Kotos Wein betrunken hatten, hatten nachts, während sich die Welt veränderte, der Wut über ihren Hunger freien Lauf gelassen. Sie hatten Stände zerschlagen, Madame Kotos Aushängeschild heruntergerissen, Fenster zertrümmert und sich schließlich in einem unfertigen Haus am Waldrand eingenistet. Die Anwohner der Straße hatten sich gegen sie zur Wehr gesetzt. Madame Koto hatte ihre Parteischläger geschickt, um sie zu vertreiben. Ich sah überall in wildem Durcheinander am Straßenrand, zerschunden und geschlagen, Bettler ohne Gliedmaßen, Einarmige, Einäugige, Beinlose. Sie waren mit erbärmlich aussehenden Stöcken bewaffnet und hatten sich unter den Bäumen versammelt, die Madame Kotos Bar überragten. Sie waren ein jämmerliches Heer. Ich ging nicht in die Bar. Ich sah Madame Koto draußen auf einem hohen Hocker sitzen, umgeben von ihren Prostituierten und den Schlägern. Die Bettler beschimpften mich, als ich an ihnen vorbeiging.

Als ich nach Hause kam, war die Tür verschlossen. Ade spielte auf dem kaputten politischen Fahrzeug. Er sah schmal aus und freute sich, mich zu sehen. Er erzählte mir, daß der Lastwagen der Partei der Reichen gekommen sei, um die Bettler fortzuschaffen. Doch die Bettler kamen immer wieder. Es hatte Kämpfe gegeben und viele Verwundete. Ade sprach mit heiserer, schwacher Stimme. Die Sonne brannte sehr heiß an jenem Nachmittag. Die Hühner hockten still an den Straßenecken. Die Hunde waren matt. Wir spielten neben dem Lastwagen, und als wir aus Madame Kotos Bar Geschrei hörten, rannten wir hin und sahen, daß die Schläger die Bettler wieder verprügelten.

Am Nachmittag kam ein hochgewachsener Mann in einem makellos weißen Anzug und wollte Papa sprechen. Der Mann war sehr groß, hatte tief liegende Augen und einen kleinen Kopf. Er stand in der glühenden Sonne und stützte sich auf seinen Schatten wie auf einen Spazierstock. Er beklagte sich über Flöhe. Er ging los und kaufte eine Flasche *ogogoro* und stand vor unserm Haus und trank geduldig. Er sprach mit niemandem. Sein Gesicht war ziemlich lang, und er klimperte immer wieder mit den Wimpern, um den Schweiß abzuschütteln, der ihm in die Augen lief. Nach einer Weile stand er völlig still da, und als wir zu ihm gingen, merkten wir, daß er im Stehen eingeschlafen war. Wir tippten ihn an, und er wachte erschrocken auf und ging in Richtung Hauptstraße die Straße hinauf und verschwand.

Abends tauchte Papa mit den Bettlern auf, die neulich nacht in unser Zimmer gekommen waren. Vor Energie überströmend wie ein Mann, der sein Schicksal neu in die Hand nimmt, führte Papa die Bettler auf der Straße auf und ab. Er versuchte, sie dazu zu bewegen, den Müll fortzuschaffen, die Straße zu fegen, die Stände zu streichen und Blumen neben der Gosse zu pflanzen. Papa, der vor Begeisterung platzte, ging in seinem zerrissenen Hemd und mit von der Wange herabhängendem Pflaster von Haus zu Haus und forderte die Leute auf, ihn zu wählen. Er beschrieb in groben Zügen seine Pläne für eine Schule, legte den Leuten nahe, etwas für den Unterhalt der Bettler zu spenden, und wo immer er auch hinging, verfluchten ihn die Leute, weil er ihnen das Leben noch schwerer machte. Die Bettler schafften den Müll am einen Ende der Straße fort und luden ihn am anderen Ende wieder ab. Sie zertraten die Blumen, die sie pflanzen wollten. Und da Papa es sich nicht leisten konnte, genug Farbe zu kaufen, um die eintönig braunen Stände und die roten und blauen und gelben Häuser, deren Farben von der Sonne verblichen waren, neu zu streichen, standen die Bettler die meiste Zeit mit ungenutzten Pinseln in der Hand herum. Das schöne Bettlermädchen folgte Papa überallhin. Als er zu einer anderen Gruppe von Bettlern ging, stellten sie alle möglichen Dummheiten an, sobald er ihnen den Rücken gekehrt hatte. Sie stürzten Stände um und richteten sie nicht wieder auf. Sie wanderten durch den Sumpf. In der Nähe der Holzbrücke fanden sie eine Matratze, die von Schwämmen und Pilzen überwuchert war. Sie klopften Wanzen und anderes Ungeziefer von der Matratze. Wir sahen zu, wie seltsame Silhouetten in die Luft aufstiegen. Die Bettler wollten aus der Matratze ein Bett machen, das sie sich alle teilen konnten. Schnell wie ein Blitz tauchte der Fotograf auf und machte Aufnahmen von ihnen. Er floh in großer Eile, als könnten seine Feinde jeden Augenblick aus den langen Schatten des Abends auftauchen. Er ließ mir keine Gelegenheit, mit ihm zu sprechen. Er war geheimnisvoll und befremdend geworden. Papa ging auf der Straße auf und ab und schrie, wie jämmerlich unser Wille sei. Und während er schreiend auf und ab ging, ereignete sich die zweite Welle von Veränderungen.

4

An jenem Abend fand eine geradezu phantastische Versammlung in Madame Kotos Bar statt. Überall standen gelbe Lastwagen. Seltsame Düfte schwebten über der Straße. Zahlreiche Autos parkten an den Rändern der Wege und Seitenstraßen. Die ganze Nacht ertönte Musik und ließ die Häuser an der Straße erzittern. Die Frauen trugen alle die gleichen Spitzen und handgewebten Stoffe. Ihre Armreifen und Halsketten aus unechtem Gold, ihre Broschen und Ringe aus billigen Rubinen und die unerläßlichen hochhackigen Schuhe glitzerten im Licht. Überall sah man Frauen, die auf skandalöse Weise ihre Reize zur Schau stellten.

Untersetzte, einflußreiche Männer mit den Perlenketten von Stammesfürsten und Fächern aus Adlerfedern; Männer mit großen Füßen und weißen Schuhen; Männer mit hervorquellenden uralten Augen und dicken Bäuchen, die sich mit dem schwerfälligen Schritt unabänderlicher Stammesmacht bewegten; Männer, die beinah Riesen waren, mit Stiernacken und schweißbedeckter, drohend gerunzelter Stirn und Schenkeln von urwüchsiger Männlichkeit; sie alle waren da. Sie waren die Erben von Stammestiteln und ausgedehnten Ländereien.

Da waren in Rot gekleidete Kinder, ganze Familien in eleganten Seidenstoffen, ein alter Mann mit einem Papagei, Kräuterheiler, Ritenkundige, Kultanhänger und ein kleiner Mann mit einer weißen Kappe und einer Reihe von Ziegen für das große Opfer. Ich sah, wie sie ein seltsam aussehendes Tier anbrachten, einen Waldducker mit durchdringenden Augen. Sie alle drängten sich in die Bar.

Draußen hörten wir Gerüchte, daß das Fest stattfinde, um

Madame Kotos neuerlangte Macht, den Stromanschluß und die Konsolidierung ihrer Parteibeziehungen zu feiern sowie ihren Einfluß auf diesen und anderen Gebieten zu vergrößern. Man konnte sagen, daß dies ein Ereignis war, mit dem ihr Eingang in die Welt der Mythen besiegelt werden sollte. Die merkwürdigsten Gerüchte machten die Runde, was wirklich in der Nacht geschehen war, als wir schliefen, und am Tag, als wir wie immer die Veränderungen, die in der Anordnung von Kräften und Gruppierungen stattfanden, nicht bemerkten. Neue Räume wurden geschaffen, während wir nichts anderes wahrnahmen als die irdischen Vorfälle mit Schlägern und Propagandafahrzeugen und die Gewalt politischer Auseinandersetzungen. Neue Räume, die wir nicht benennen und uns nicht vorstellen konnten, sondern nur mit unvollendeten Gesten und dunklen, unvollständigen Sprichwörtern anzudeuten versuchten. Die Gerüchte gaben allem eine höhere Bedeutung. Sagenhafte Geräusche schwebten in der Luft. Erdnußverkäufer, Maisröster, Wahrsager, Reifenflicker, Bierhändler, sie alle versammelten sich draußen vor der Bar, blickten aus respektvoller Entfernung hinein und machten Geschäfte, während aus der Bar der Lärm der Trinkenden, Gelächter und gelegentlich schrille rituelle Schreie drangen.

Dann kamen zu unserm Erstaunen auf einem Lastwagen Elektriker und Zimmerleute, Mechaniker und allerlei Arbeiter und verbanden Madame Kotos Bar mit silbernen Kabeln mit dem Lichtmast, wenigstens sah es so aus; sie zogen Kabel von der Decke zur Vorderseite der Bar, wo das Schild gehangen hatte; sie zogen Drähte und brachten das Wunder bunter Birnen, die die Nacht erhellten. Der Stuhlverleiher, der ganz in seinem Element war, brachte fünfundsechzig Stühle. Vor unseren erstaunten Augen bauten die Arbeiter ein großes rotgelbes Segeltuchzelt auf. Bratroste, die von schwitzenden Frauen umgeben waren, knisterten vom Fett der am Spieß gebratenen Ziegen, Hammel und Antilopen. Große Mengen Bier wurden in numerierten Kisten hereingebracht, die die Namen der seit neustem berühmten Brauereien trugen. Und zum erstenmal sahen wir, was eine öffentliche Musikveranstaltung war. Der Klang von höllischen Trommelvirtuosen, die feurigen Tubamelodien, die jaulenden Töne von Klarinetten und die Oktaven von Baßsaxophonen, die nasalen Stimmen von synkopierenden Musikern, die Glocken und Gongs ließen die Luft erzittern und die Erde beben und die Füße der Zuschauer draußen vor Verlangen zukken. Wir beobachteten die Silhouetten der Tänzer im Zelt. Die blauen, gelben und orangefarbenen Glühbirnen und die hellen Leuchtröhren auf Pfählen versetzten Mücken und Motten in einen rasenden Tanz, zu dem sie mit den Flügeln hitzig den Takt schlugen.

Die Bewohner des Viertels, die keine Hoffnung hatten, zu dem Fest eingeladen zu werden, zogen ihre besten Kleider an und lungerten um das Zelt herum, weil sie hofften, einen Blick auf die ausgelassene Feier werfen zu können oder gar jemanden zu treffen, der sie hereinließ aus der Dunkelheit draußen, von woaus wir alle zusahen und dabei über Madame Kotos abnorme Schwangerschaft flüsterten. Man sagte, ihre Zeit sei bald gekommen. Bei manchen Leuten klang es apokalyptisch. Auch die Bettler versammelten sich in einiger Entfernung von uns draußen vor dem Zelt. Der köstliche Duft von Ziegen- und Antilopenfleisch, von Bohnenfladen, gebratenen Bananen und üppigem Ragout ließ uns das Wasser im Mund zusammenlaufen und mit größerer Bitterkeit die Armut und die Dunkelheit draußen verfluchen, die uns für immer bestimmt zu sein schien.

Inmitten von alldem versuchte Papa die anderen Bettler zur Arbeit zu bewegen. Sie hatten, wie es schien, das Interesse an seinen Plänen verloren. Papa brüllte auf der Straße herum. Ernüchterung überkam ihn. Seine Traurigkeit half mir, schneller zu verstehen. Nur das Bettlermädchen, das seinen Vater an einem Stock herumführte, folgte ihm noch. Papa schrie: »Wir können die Welt verändern!«

Die Leute lachten ihn aus.

»Deshalb ist unsere Straße hungrig«, brüllte Papa. »Wir wollen die Dinge gar nicht ändern!«

Einer der Männer vor dem Zelt, ein Bewohner der Dunkelheit draußen, sagte: »Black Tyger ist verrückt!«
Papa fiel über den Mann her und bestrafte ihn. Die Bewohner des Viertels gingen auf Papa los. Sie waren seine Mätzchen leid. Das Bettlermädchen schrie auf. Es warf mit Steinen nach Papas Angreifern. Einer der Steine traf Papas Wunde. Aus Wut, von dem glitzernden Fest ausgeschlossen zu sein, wandten sich die Bewohner gegen die Bettler. Die Bettler wehrten sich, verloren die erste Schlacht und flohen in das Zelt. Die Schläger warfen sie hinaus. Die Schläger und Rausschmeißer hatten Pferdepeitschen. Nachdem sie die Bettler vertrieben hatten, stürmten sie auf uns los, schlugen um sich und peitschten wahllos auf die Bewohner und die Bettler ein, als gehörten wir letztlich alle zur selben Bruderschaft. Die Schläger peitschten sich in künftige Epochen hinein. Sie peitschten sich in künftige militärische Wutanfälle hinein. Sie schlugen wahllos auf Frauen und Kinder ein. Der Wind wehte uns alle zusammen. Sie prügelten auf uns ein, und verwirrt und bestürzt rannten wir schreiend durcheinander. Im Rausch all der rituellen Gesänge, die in die nichtsahnende Luft des Viertels aufstiegen, im Fieber ihrer neuen Überlegenheit und in der Gewißheit, daß sie demnächst lange herrschen, und sich zwangsläufig in Männer mit Macht verwandeln würden, verbreiteten die Schläger eine Atmosphäre knisternder Verachtung für jene von uns, deren Gesichter in der Dunkelheit draußen alle gleich auszusehen schienen und die das Fest mit nichts als Chaos bedrohten. Und dann kam Madame Koto heraus. Sie sah den Aufruhr und schrie. Sie schrie nach Ordnung. Ihre Rausschmeißer und Schläger kamen sofort wieder zur Besinnung. Madame Koto prangte in der goldenen Fülle von Spitzengewändern und Federn im Kopfputz. Sie hatte einen neuen Spazierstock mit einem Metall-Löwen als Knauf. Ihr Fuß war angeschwollen. Ihr Bauch war noch dicker geworden. Ihr Gesicht war voller Speckfalten, auf ihren Lidern glitzerte Antimon. Sie sah wunderbar aus. Allein ihre Gegenwart, die bereits zur Legende geworden war, ließ uns in der Dunkelheit verstummen, in die wir getrieben worden waren.

Sie bat uns, ihr Fest nicht zu stören. Sie versprach uns, ein Fest für uns zu veranstalten, eine Party, die sie geben würde, um uns ihre Hochachtung zu erweisen und ihre Dankbarkeit dafür, daß wir ihre Politik unterstützten. Sie befahl ihrem Aushilfsfahrer, uns Getränke und Essensreste zu geben. Dann humpelte sie ins Zelt zurück.
Die Bettler und die Bewohner stritten sich gleichermaßen um das Essen und die Getränke. Die Schläger und Rausschmeißer starrten uns an. Dann sangen sie Spottlieder über uns. Sie berauschten sich an ihrem Spott. Papa schimpfte auf sie und stürmte nach Hause zurück, das Bettlermädchen folgte ihm in einiger Entfernung. Ich folgte dem Mädchen. Papa ging ins Zimmer, und das Mädchen blieb draußen. Die Leute aus dem Compound flüsterten Dinge über uns. Ich konnte nicht hören, was sie sagten. Das Bettlermädchen sah mich mit ihrem seltsamen Auge an. Ich hörte nicht mehr auf das Geflüster.
»Wie heißt du?« fragte ich sie.
»Helena«, sagte sie.
»Magst du meinen Vater?«
Sie sagte eine Weile nichts. Als ich gerade gehen wollte, sagte sie schließlich: »Vielleicht mag ich dich.«
Ich begriff nicht. Ich ging ins Zimmer. Papa zog seinen schwarzen Anzug an. Er hatte drei Pflaster im Gesicht. Er hatte sich mit dem gräßlichen arabischen Parfüm eingeschmiert. Er zog seine alten Stiefel an, kämmte sich und scheitelte sich das Haar. Ich erzählte ihm von dem Mann in Weiß.
»Ein weißer Mann?« fragte Papa mit aufgeregter Stimme.
»Nein«, sagte ich.
»Was wollte er? Will er mich wählen?«
»Nein.«
Papa stampfte mit den Stiefeln auf. Als sie richtig saßen, sagte er: »Alle möglichen Leute interessieren sich für mich. Von jetzt an lasse ich meine Tür offen.«
»Und die Diebe?«
»Was für Diebe? Was sollen sie schon stehlen, hm?«
»Mamas Geld.«

»Hat sie Geld?«
»Ich weiß es nicht.«
»Gut. Wir brauchen Stimmen. Ich gehe auf Madame Kotos Fest. Zieh dich an. Geh und wasch dir das Gesicht. Du bist mein Adjutant.«
»Und was ist mit dem Mädchen?«
»Welchem Mädchen?«
»Helena, der Bettlerin.«
»Sie ist meine Leibwächterin. Alle Bettler sind meine Leibwächter. Ich baue eine Universität für sie.«
»Wann?«
»Wenn du dir das Gesicht gewaschen hast.«
Ich ging auf den Hof und wusch mich schnell. Als ich zurückkam, war Papa schon fort. Das Bettlermädchen wartete vor dem Haus. Ich brachte die Bettler zu Madame Kotos Fest.

5

Draussen vor dem Zelt bemühte sich Papa hineinzugelangen.
»Ich bin ein Politiker!« sagte er.
»Wir wollen keine Politiker wie dich«, sagte einer der Rausschmeißer.
»Warum nicht?«
»Geh weg. Wenn du ein Politiker wärst, dann würdest du hier nicht reinstürmen wie ein Trampeltier.«
»Habe ich dir vielleicht auf die Zehen getrampelt?« entgegnete Papa entrüstet.
»Geh nach Hause.«
Papa schrie ihn an. Er machte ein solches Theater, daß der Rausschmeißer die Schläger herbeirief. Sie kamen und packten Papa und luden ihn am Waldrand ab. Er stürmte mit schlammbedeckter Jacke, trockenen Blättern im Haar und herabhängenden Pflastern zurück. Er ging auf den Rausschmeißer zu und schlug ihn mit einem einzigen Schleuderschwinger k. o.
»Wenn ihr nur Trampeltiere respektiert, dann komme ich«, sagte Papa.
Die Schläger fielen über ihn her. Er warf einen von ihnen auf die Motorhaube eines Autos. Er erledigte den zweiten mit einem Schlag in den Solarplexus. Papa bebte vor Energie; seine Augen glitzerten besessen. Jemand schrie auf. Madame Koto kam heraus, sah, was geschah, sagte den Schlägern, sie sollten aufhören zu kämpfen, und lud Papa höflich ein, in das Festzelt zu kommen. Ich folgte ihm. Das Bettlermädchen folgte mir. An der Tür traf ich den blinden alten Mann. Er hatte ein neues Musikinstrument, eine Mundharmonika. Er trug eine gelbe Brille und einen roten Hut.

»Was willst du?« fragte er mich.
»Hereinkommen.«
»Das kannst du nicht.«
»Warum nicht?«
»Du häßliches Kind. Zeig mir deine Freunde, und ich fresse sie auf.«
Ich schob mich an seinem Rollstuhl vorbei und ging auf das Fest. In Wirklichkeit waren weniger Leute auf der Veranstaltung, als wir geglaubt hatten. Oder vielleicht waren sie alle woanders, auf der Veranstaltung hinter der Veranstaltung. Die Musik aus der Verstärkeranlage war sehr laut. Ich sah Riesen und Zwerge. Ich sah einen weißen Mann mit silbernen Wimpern, der mit einer Frau tanzte, deren üppige Brüste sein Gesicht erglühen ließen. Die langen Tische brachen fast zusammen unter der Last von Obst und gebratenem Fleisch, Reis und Platten mit köstlich duftendem Ragout, Gemüse und Plastikbestecken. Wo ich auch hinsah, blendete mich das Licht. Stellen, an denen sich die Leute drängten, wurden plötzlich leer. Und in der Leere sah ich die geisterhaften Silhouetten weißer Männer mit Helmen. Die Männer überwachten die Förderung von Edelsteinen aus der reichen Erde. Gespenstische Maschinen nahmen den Abbau vor. Ich sah die geisterhaften Gestalten von jungen Männern und Frauen, die mit gesenkten Köpfen an Hals und Knöcheln angekettet waren und in einer lautlosen Prozession über das Fest zogen. Sie bewegten sich unablässig, kamen jedoch nicht von der Stelle. Vor ihnen tanzten die Festgäste zur Musik einer neuen Epoche, die Unabhängigkeit versprach. Die Männer aus der Politik, die Stammesfürsten in ihren Wickeltüchern, mit ihrer *agbada* und ihrem Fächer, die Frauen in Spitze und roten Schuhen, die bezahlten Helfer, die Lobsänger, sie alle tanzten lebhaft, schwitzend, lächelnd. Madame Koto ging unter großen Qualen durch die festliche Gesellschaft, ihr kranker Fuß machte ihr schwer zu schaffen, ihr Kopf war wie eine verzweifelte Maske auf die Seite gesunken, ihr Gesicht glänzte vom guten Essen. Erstaunlicherweise war sie viel schöner geworden, seit sie zugenommen hatte. Ihre Lippen waren unbewußt verächtlich verzogen. Die Initia-

torin phantastischer Veranstaltungen ging mitten durch die Silhouetten der angeketteten Menschenschlange hindurch und nieste so heftig, daß sie sich den Hals verrenkte. Ihre Frauen kamen herbei und brachten sie ins Allerheiligste der Bar.
Papa ging herum und redete über Politik. Er sah in seinem schwarzen Anzug jämmerlich aus. Jeder, mit dem er redete, sah ihn seltsam an und hielt sich ein Taschentuch vor die Nase. Die Frauen weigerten sich, mit ihm zu tanzen. Papa blieb einen Augenblick verwirrt in einer Ecke stehen und knabberte an einem Stück Ziegenfleisch. Ich ging zwischen den Käfigen großer Papageien hin und her, sah gerupfte Hühnchen, die auf Tellern zuckten, und begegnete einem Waldducker, der an einen Pfahl gebunden war. Er starrte mich unentwegt an. Seine Augen waren groß und wechselten die Farbe, er hatte ein weißes Lätzchen aus Barthaaren, das ihm bis zu den Lenden reichte, und einen durchdringenden Geruch, und er stand still da, während alle in der Hitze des Zeltes tanzten. Ich sah tanzende Männer mit politischen Erektionen. Schweiß und sexuelle Potenz erfüllten die Luft. Tanzende Frauen erzeugten mit dem Kreisen ihres Hinterns Wellen von Hitze. In einer Ecke des Zeltes riß ein angeketteter Affe den Prostituierten immer wieder die Perücken ab. Ein Politiker betrachtete gerade den wackelnden Hintern einer Frau, als der Affe ihm ein Stück Antilopenbraten aus der Hand riß. Der Affe versteckte sich. Der Politiker blickte sich suchend um. Er holte sich ein neues Stück gebratenes Fleisch und beobachtete die Frau weiter. Dasselbe geschah noch einmal. Kurz darauf verließ er mit der Frau das Fest. Dann entdeckte ich Hände, die unter den Tischen herumkrabbelten. Die Musik wurde lauter. Jemand gab mir etwas zu trinken. Das Getränk war sehr stark, und ich trank alles aus und ließ mir nachschenken. Die Erde bebte von der wilden Musik und dem stürmischen Tanzen. Die bunten Glühbirnen schwangen hin und her. Unter den Tischen wanderten Hände mit drei Fingern, Beine mit zwei weit auseinanderklaffenden Zehen entlang, ohne den Boden zu berühren. Eimer mit Essen schwebten durch die Luft, ohne von jemandem getragen zu werden. Das Essen

verschwand unter den Tischen. Als die Musik aufhörte, ging ein Zwerg aufs Podium und sang Loblieder auf die unsterbliche Partei der Reichen. Dann ging er dazu über, Kaurimuscheln zu verschlucken und sie sich wieder aus den Ohren herauszuziehen. Der blinde alte Mann spielte auf der Mundharmonika, während ihm eine grüne Flüssigkeit aus den Augen tropfte. Die Leute klatschten und riefen hurra und tranken auf das Wohl der Partei, auf die lange zukünftige Herrschaft der Partei über das Land und auf Madame Koto. Die Musik setzte wieder ein. Der blinde alte Mann stolperte völlig betrunken durch das ganze Zelt, geführt von einer Frau in blauem Wickeltuch und dazu passender Bluse. Wenn er jemanden anrempelte, richtete er sich steif auf und sagte: »Ach, was für ein Fest!«
Wenn er gegen eine Frau stieß, lachte er, streckte die knochigen Hände aus und suchte nach ihren Brüsten. Die Frauen kümmerten sich sehr um ihn. Er wurde zu seinem Stuhl geführt. Er tanzte dort wie ein auf den Rücken gefallener Tausendfüßler. Die Frauen brachten ihm unentwegt etwas zu trinken. Er trank sehr viel, blickte durch seine gelbe Brille auf die Feiernden und sagte hin und wieder: »Ach, ihr Damen der Nacht!«
Die Papageien kreischten laut in den Käfigen. Der Waldducker sah mich an. Ich starrte in seine dunklen Augen. Ich starrte in seine hypnotisierenden Augen, fühlte, wie ich in sein Bewußtsein hineingezogen und von Unruhe und Angst erfüllt wurde. Ich spürte Brechreiz, und Galle stieß mir auf. Als dies vorbei war, befand ich mich in einem gelben Wald und sprang durch das smaragdfarbene Glitzern von Spinnweben. Sterne fielen vom Nachthimmel, stürzten in die Walderde und bildeten tiefe Löcher. Ich galoppierte in Träumen mit einem Übermaß an Energie durch die großen Urwälder, gestärkt von der Freiheit des Winds und vier Füßen und der erhabenen Stimmung, die die Körper aller Nachtläufer auflöst. Während ich durch den Wald sprang, sah ich die Silhouetten friedlicher Ahnen, Männer und Frauen, für die die Sterne Worte und Götter zugleich waren und die Welt, der Himmel und die Erde eine verzweigte Sprache aus Träumen und Vorzeichen. Ich kam an den Monolithen der tie-

fen Nächte des Übergangs vorbei, als die Wesen einer früheren Zeit, bevor sie zu Jägern wurden, noch Schöpfer waren; ich kam an zahlreichen Geisterwohnstätten vorbei. Ich war der Bote des Winds. Die Geister ritten auf mir, spielten mit der Sprache meiner Geschwindigkeit, den Rätseln meiner Worte. Sie sahen mir tief in die Augen, und ich verstand. Ich rannte durch die nächtlichen Wälder, in denen alle Formen veränderlich sind, alle Dinge ihr Wesen austauschen und alles in einem Auflodern von Feuer und Weisheit tanzt. Ich rannte, bis ich an den Atlantik kam, der silbern und blau unter der Nacht der Wälder lag. Vögel flogen durch den aquamarinblauen Himmel. Federn fielen kreisend auf die Wellen. Der Himmel war mit dichten weißen Wolken bedeckt, die sich wie anstürmende Nebel- und Geisterheere über dem tiefen unbewegten Blau und unter den sich erneuernden Sternen bewegten. Die Geisterschiffe aus Jahrhunderten landeten ununterbrochen an der Küste. Ich sah Flottillen, Schanzdecks, große gespenstische Schiffe und Dutzende von Ruderbooten, in denen behelmte Männer mit Spiegeln und Gewehren saßen und mit seltsamen Texten, die vom Salz des Atlantiks nicht angegriffen worden waren. Ich sah, wie die Schiffe und Boote auf den Strand liefen. Die Weißen, gespenstische Silhouetten in tiefer Nacht, betraten unsere Küsten, und ich hörte, wie die Erde schrie. Der Schrei jagte mir Angst ein. Tief in den Augen des Waldduckers rannte ich durch die gelben Wälder, durch betrogene Generationen, durch die Zeit. Ich wurde Zeuge der Zerstörung von großen Kultstätten, des Todes von mächtigen Bäumen, die Jahrhunderte aufrührerischer, aber auch tröstender Erinnerungen, heilige Texte, alchemistische Geheimnisse von Zauberern und starke Kräuter beherbergten. Ich sah, wie die Wälder starben. Ich sah, wie das Dasein der Leute immer kleiner wurde. Ich sah den Tod ihrer vielen Straßen und Wege und Anschauungen. Ihre Edelsteine und Felsen mit Atomenergien wurden aus den Tiefen angestammter Erinnerungen herausgebrochen. Ich sah, wie sich die Bäume schreiend in die blaue Erde zurückzogen. Ich hörte, wie die großen Geister des Landes und des Waldes von vorübergehendem Exil sprachen.

Sie zogen sich tiefer an verborgene Orte zurück und umgaben ihre geheimen Wohnstätten mit Zauberwerk des Wahnsinns, um die Menschen daran zu hindern, diese umgestalteten Schlupfwinkel je mit ihren furchtbaren Füßen von Eindringlingen zu zerstören. Ich sah, wie neue Häuser entstanden. Ich sah, wie neue Brücken die Luft überspannten. Die alten unsichtbaren Brücken, die sowohl von Menschen wie von Geistern begangen wurden, blieben unversehrt und wurden weniger benutzt. Als die Freiheit des Raums und die Freundschaft mit dem bunten Eisvogel und anderen Vögeln im neuen Zeitalter immer mehr eingeschränkt wurden, ging etwas in mir zugrunde. Ich floh tief in die Salzhöhlen des Felsenlands. Jäger mit neuen Instrumenten des Todes kamen nach. Als Menschen und Tiere sich noch gegenseitig verstanden, waren wir alle frei. Aber jetzt verfolgten mich die Jäger in den Augen des Waldduckers. Und als ich in den Wald des Donners floh, dessen unsichtbare Tore mit sieben Beschwörungen versiegelt sind, traf mich ein Schlag auf den Kopf. Ein flammender Stern wirbelte mich herum. Gelächter stürzte mich in silberne Leere. Ich öffnete die Augen und stellte fest, daß mich eine Zwergin in den Armen wiegte. Sie hatte große, traurige Augen. Ich versuchte, mich aufzurichten und einen klaren Kopf zu bekommen, doch die Zwergin hielt mich fest. Achtzehn Augen blickten mich an. Hinter den Augen sah ich, wie der Waldducker, betäubt von der Gefangenschaft, mich durchdringend anstarrte. Er starrte mich an, als hinge meine Freiheit davon ab, ihn vom unmittelbar bevorstehenden Opfertod zur Eröffnung von Madame Kotos Schicksalsstraße zu befreien.

6

»Ach, mein Freund, du bist aufgewacht!« sagte die Zwergin zu mir.
Sie trug ein weißes Kleid mit Spitzenkrause und Ziermünzen. Ich hatte die Zwergin schon einmal gesehen. Ein starres, wahnsinniges Lächeln zog sich quer über ihr Gesicht. Sie hatte mondähnliche Augen, und als ich sie ansah, verschoben sich die Innenseiten meines Kopfes. Die Augen des Waldduckers zogen mich an. Warm, alt, magnetisch, sprachen sie eine Sprache von Leidenschaft und Blut.
»Ich habe dich aufgefordert, mit mir zu tanzen, aber du hast dich geweigert«, sagte die Zwergin und ließ ihr verrücktes, lebhaftes Lächeln aufblitzen.
Sie nahm meine Hände und legte sie auf ihre großen, wilden Brüste. Sie pochten wie zwei riesige Herzen. Die Zwergin bebte, das Lächeln auf ihrem Gesicht wurde schwächer. Sie starrte mich mit solch erschreckender Zärtlichkeit und Sehnsucht an, daß mir der Schweiß ausbrach. Sie zerrte mich auf die Tanzfläche und zog mich unter dem wirren Gelächter der anderen Festgäste in die hämmernden Rhythmen der Musik. Sie drückte mich fest an ihre Brüste und hüllte mich mit der merkwürdigen Sexualität ihres weichen Körpers ein, und bevor ich es merkte, wirbelte ich zwischen den kräftigen Beinen der Erwachsenen herum. Sie drehte mich im Kreis, warf sich gegen mich, schüttelte die Brüste in mein Gesicht, packte mich am Hintern und klammerte sich an mich und löste in ihrem hitzigen, schwindelerregenden Tanz alles um mich herum auf. Sie drehte mich immer schneller herum, erfüllte meinen Kopf mit merkwürdig starkem Verlangen und lächelte immer breiter. Sie drückte mich

so fest an sich, daß mir das Blut trunken in den Ohren brauste. Rote Lichter überfluteten mein Hirn, und als mein Blick sich wieder klärte, überwältigten tausend Düfte von wildem Sex in heißen, verbotenen Nächten, von Scheidensäften, von Tierschweiß meine Sinne. In der schrecklichen Hitze des Tanzes sah ich, daß sich unter den wollüstigen Tänzern, den Politikern und Stammesfürsten, den Machthändlern, den Kultanhängern, den bezahlten Helfern, Schlägern und Prostituierten, die sich alle zum Rhythmus der neuen Musik bewegten –, daß sich unter ihnen allen Wesen befanden, die der Welt der Lebenden fremd waren. Ich sah, daß einige Prostituierte, die demnächst Bräute dekadenter Macht sein würden, Ziegenbeine hatten. Einige Frauen, die Schemen und Sirenen und heruntergekommene Kurtisanen waren, hatten Spinnen- oder Vogelbeine. Einige Politiker und Machthändler, Stammesfürsten und unschuldig dreinblickende Männer, die Satyrn und Minotauren und Satanisten waren, hatten gespaltene Bullenhufe. Ihre Hufe und knochigen Beine waren geschickt mit pelziger Haut bedeckt. Sie waren richtig angezogen und tanzten als Männer und Frauen, während sie in Wirklichkeit Tote, Geister und verkleidete Tiere waren, nur vorübergehend Menschen, die zur Musik der aufstrebenden Macht tanzten. Alles um mich herum schien seine Form zu verändern und aufzugeben. Ich schrie auf. Die Zwergin wirbelte mich herum. Tische flogen auf mich zu. Sie flogen durch mich hindurch. Und ich drehte mich schwindlig im Kreis, während ich mich auflöste, und tanzte nicht mit einer Zwergin, sondern mit dem vierköpfigen Geist, der auf den richtigen Zeitpunkt gewartet hatte. Ich verliebte mich gerade ins Leben, und der vierköpfige Geist hatte den besten Augenblick gewählt, um mit mir zu tanzen, mich durch seltsame Räume zu drehen und zu wirbeln und mich aus der Welt der Lebenden hinaustanzen zu lassen. Die Lichter wurden violett. Immer noch unbeherrschbar tanzend fand ich mich in einer menschenleeren Einöde wieder, in der Schatten richtige Dinge waren und Sand in die Luft geblasen wurde und in Form von fabelhaften Glasungeheuern erstarrte. Der vierköpfige Geist führte mich tanzend durch die

Einöde und hielt mich mit eisernem Griff gepackt. Je heftiger ich kämpfte, um so fester umklammerte er mich, bis meine Arme blau wurden. Er tanzte mit mir durch Wüstenwinde, in denen sich die Gestalten von Meistergeistern und mächtigen Wesen verbargen, die sich Sandstürme geliehen hatten, um ihre Blöße zu verhüllen; über geriffelte Sandflächen, durch endlose Wüstentäler, durch Fata Morganen, die in flüssigen Luftbildern Städte verbargen, in denen es von reichen Basaren und Marktplätzen und Höhlen der Halluzination wimmelte; er tanzte mit mir durch Städte aus Trugbildern, in denen schlanke Frauen Brüste aus Glas und schöne Frauen phosphoreszierende Katzenschwänze hatten, über Brunnen, vorbei an Oasen, in denen dunkle Gestalten Silber in Wasser verwandelten, durch die Straßen der reichen Viertel, in denen die Leute nach Liebe schrien, vorbei an den Sklavenstraßen, wo unzählige Seelen ihren Namen mit ihrem Fleisch auf die Mauern geschrieben hatten, vorbei an den Lagern berauschter Soldaten, den Festungen von Sklavenstädten, mitten in vergessene Zivilisationen hinein, die Pythagoras besuchte, um Mathematik zu lernen, in die heiligen Haine von Wüstengöttern und die leeren Häuser von wiedergeborenen Propheten und die großen Einöden von Wüstengebieten, die in Wirklichkeit von verwegenen Stämmen, kriegführenden Wesen und Leuten bevölkert waren, die zu ihren eigenen Steinfiguren geworden waren, durch all das führte mich der vierköpfige Geist in seinem Totentanz. Ich erblickte die Sphinx mit ihrem ursprünglichen schwarzen Gesicht. Ich wurde in Sandstürme und Wirbelwinde gestürzt, während der Sand toste, und ich sah unsichtbare Bäume und Pflanzen, Weiden voller Blumen mit feurigen Kelchen und alle Geister des Pflanzenreichs, das es einst dort gegeben hatte. Und ich wurde durch die brennenden Winde von Sandwirbeln geschleudert, und mir war sehr heiß, der Kopf zersprang mir fast vor Feuer, meine Augen füllten sich mit dampfendem Sand, und als ich aufschrie, übertönte die Musik der Wüstengötter meinen Schrei. Ich kämpfte, um zu entkommen. Ich sträubte mich, trat um mich. Ich wollte keine Wüsten in mir. Und als wir uns der glühenden Mitte der Wüste näherten, wo ein Schiff mit hohen Masten darauf wartete, Segel zu setzen, sagte der vierköpfige Geist: »Dieses Schiff wird uns nach Hause zu deinen Gefährten jenseits des Sandmeeres bringen.«

Dann ergoß sich eine neue Musik über mich, die ganz aus Wüstenvokalen bestand, und erfüllte mich mit Angst. Ich rief nach dem großen König der Geisterwelt, doch er erschien nicht. Und so rief ich aus tiefster Seele nach Mama. Aus der Stille einer seltsamen Liebe heraus sah ich sie mit einer zerlumpten Perücke, einer blauen Brille und Armreifen. Sie trug ein helles Wickeltuch und eine blendend weiße Bluse. Sie stand über mich gebeugt und hob mich auf. Die Wüste brannte sich in mein Hirn hinein und versengte mir den Kopf. Kühles, beruhigendes Wasser floß mir über das Gesicht, und Mama sagte mit ganz sanfter Stimme: »Azaro, warum weinst du?«

Sie hielt mich zärtlich fest. Die Zwergin war verschwunden. Der vierköpfige Geist war in den Geheimnissen des Tanzes verdampft. Ich sah weder die Riesen noch die Hufe jener, die nur vorübergehend Menschen waren, noch jene, die unsere Hoffnungen für zwei Generationen zerstören würden, noch die Vogelfüße seltsamer Frauen. Die Formen hatten ihre Fähigkeit, sich zu verwandeln, verloren.

»Was ist los mit dir?« fragte Mama.

Ich drückte mich an sie. Sie wischte mir die Tränen vom Gesicht. Meine Kehle war trocken. Ich sagte lange nichts. Ab und zu blies ein kühler Wind von draußen herein. Mama gab mir etwas Eiswasser zu trinken. Ich trank alles aus und ließ mir noch mehr geben. Nach einer Weile, als ich mich langsam besser fühlte, sah ich zu ihr auf. Sie lächelte.

»Wir haben zugesehen, wie du getanzt hast, mein Sohn. Du hast getanzt wie dein Großvater. Und dann bist du hingefallen. Fühlst du dich jetzt besser?«

Ich beantwortete ihre Frage nicht.

»Warum trägst du diese blaue Brille?« fragte ich sie.

Sie lachte.

»Das erzähle ich dir später. Das ist eine schöne Geschichte.«

»Erzähl sie mir jetzt.«
»Es ist zu laut hier. Wo ist Madame Koto?«
»Ich weiß es nicht.«
»Wenn du mir hilfst, sie zu finden, erzähle ich dir die Geschichte, wenn wir nach Hause kommen.«
Ich machte mich auf die Suche nach Madame Koto. Jeder, den ich fragte, sagte, er habe sie gerade gesehen. Das schöne Bettlermädchen saß unter einem Tisch und beobachtete mich, während ich hin und her ging. Ich wollte die Kleine gerade etwas fragen, als sie mir ein Zeichen gab, still zu sein. Sie streckte den Finger aus. Ich folgte ihrem Finger mit den Augen und sah, daß die Bettler einen komplizierten Diebstahl bewerkstelligten. Sie holten sich Obst und gebratenes Fleisch und Schüsseln mit Ragout und Teller mit Reis von den Tischen und reichten alles in einer Kette von Hand zu Hand weiter. Das Essen verschwand unter der Zeltwand. Helena stand Schmiere.
»Soll ich dir helfen?«
Sie winkte mich weiter.
»Kannst du nicht reden?«
Sie starrte mich wortlos an und schob mich dann sanft fort.

7

Einer der Politiker klebte Geldscheine auf die schweißbedeckten Brüste einer Frau, die mit entfesselter, wilder Sinnlichkeit getanzt hatte. Papa hatte eine hitzige Auseinandersetzung mit einem Mann, der einen roten Hut trug. Der Mann schubste Papa ständig weg, doch Papa kam immer wieder zu ihm zurück. Mama ging zu Papa und hielt seine Fäuste fest, und kurz darauf tanzten die beiden miteinander. Es war das erstemal seit langer Zeit, daß ich sie tanzen sah. Ich suchte weiter nach Madame Koto. In der Bar servierten die Frauen Schalen mit dampfender Pfefferschotensuppe. Ich bekam einen Teller und aß ihn hastig auf und mußte etwas Palmwein trinken, um das Feuer zu löschen, das die Pfefferschoten in meinem Gehirn angezündet hatten. Vom Wein verschwamm mir alles vor den Augen. Ich torkelte auf den Hinterhof. Der Waldducker blickte mich mit glänzenden Augen an. Die Augen ließen mich nicht los, und ich ging weiter, ohne den Blick von ihm zu wenden und rempelte eine Frau an, die ein Tablett mit Essen trug. Die Teller sausten durch die Luft, und das Essen fiel auf den Boden. Die Bettler tauchten unversehens aus der Nacht auf und kratzten das heruntergefallene Essen zusammen und verschwanden wieder. Die Frau beschimpfte mich. Ich beschimpfte sie. Sie hob ein Stück Feuerholz auf und jagte mich über den ganzen Hinterhof. Ich rannte in die Büsche und stieß mit Madame Koto zusammen. Sie zuckte zusammen und richtete sich kerzengerade auf. Ihre Augen waren verschwommen, als sei sie in Trance oder habe gerade große Angst. Sie stank nach seltsamem Parfüm, merkwürdigen Düften, nach Feuerstein und Hyänenfell, Federn und alten Bäumen.

»Was machst du hier?« fragte sie. »Geh zu deinem Vater.«
Ich wich zurück.
»Meine Mutter sucht dich.«
»Geh weg!« rief sie.
Ich zog mich zurück. Ich blieb in der Nähe des Bratrosts. Ich versteckte mich hinter dem Tonkrug, der nach draußen gebracht worden war. Ich beobachtete sie. Sie blieb still. Hinter mir tobte das Fest, die Vegetation zitterte von der Musik, laute Stimmen überschlugen sich in der Nachtluft. Dann kam Madame Koto aus den Büschen. Sie kam auf mich zu. Sie hob die Hände in einer dramatischen Bitte, seufzte dann. Ich sah das grüne Glitzern in den Augen des Waldduckers. Das grüne Glitzern löste etwas in meinem Gehirn aus. Ich huschte hinter dem Krug hervor und versteckte mich neben dem Waldducker. Madame Koto wandte sich zu der Stelle um, an der ich vorher gewesen war, doch sie sah nichts. Sie blieb wieder stehen. Das Mondlicht fiel auf ihre Augen. Der Waldducker packte mich und zog mich in sich hinein, und der Wind blies eine seltsame Dunkelheit aus meinem Bewußtsein, und Wasser drang mir in die Ohren, und ich fand mich in den Augen des magischen Tieres wieder und erblickte für einen kurzen Moment die Wirklichkeit, die das Tier sah. Überall waren Formen, die buckligen Formen von sich schlängelnden Tieren, Augen, die im Wind schwebten, organische Häuser, die sich wie fleischfressende Pflanzen verhielten, Blumen mit Würmern, Würmer mit Blumen, Silberschnüre, die die Luft erleuchteten. Und ich sah, daß Madame Koto schwanger war und drei seltsame Kinder in sich trug. Zwei von ihnen saßen aufrecht, und das dritte lag mit dem Kopf nach unten in ihrem Bauch. Eins von ihnen hatte einen kleinen Bart, das zweite hatte voll ausgebildete Zähne, und das dritte hatte böse Augen. Sie waren alle niederträchtig, sie traten und zogen an ihren Nabelschnüren; sie waren besonders schlimme Geisterkinder und hatten nicht die geringste Lust, geboren zu werden. Ich hörte einen furchtbaren Schrei. Irgend etwas stieß die seltsame Dunkelheit in mein Bewußtsein zurück. Madame Koto krümmte sich nach vorn. Ich wich von dem Waldducker zurück. Madame

Koto richtete sich auf, kam zu mir und sagte: »Warum hast du so mit deinen Unglücksaugen auf meinen Bauch gestarrt?«
»Habe ich doch gar nicht«, sagte ich.
Sie schlug mich. Es tat nicht weh. Dann legte sie ihre Mondsteine an, fluchte und flüsterte etwas über den Schmerz in ihrem Bauch. Sie ging in ihr Zimmer und kam kurz darauf mit einem Fächer aus Pfauenfedern wieder. Sie ging sehr würdevoll auf das Fest zurück.
Die Politiker klebten ihr Geldscheine auf die Stirn, als sie aus dem Stegreif einen Tanz aufführte; die Lobsänger priesen ihre Fertigkeiten; Frauen umdrängten sie und überhäuften sie mit Komplimenten. Mama ging zu ihr, und sie redeten und zeigten auf das Essen. Madame Koto schien Mama zu sagen, wer die wichtigen Persönlichkeiten auf dem Fest waren. Mama sah schmal und ausgehungert neben Madame Koto aus. Mamas Perücke war in traurigem Zustand, als habe sie sie am Straßenrand aufgelesen. Die blaue Sonnenbrille verlieh Mama ein leicht verrücktes Aussehen. Und ihre Kupferarmreifen waren vom Rost und all dem Wasser, das von unserm Dach hineintropfte, grün angelaufen.
Während sie sich unterhielten, begann der blinde alte Mann auf seinem Stuhl zu schreien. Anfangs achtete niemand auf ihn. Er trat um sich und zappelte betrunken, und dann stand er auf und stolperte in die Mitte der Tanzfläche. Er wandte sich bald hierhin, bald dorthin. Dann fiel er auf die Knie und kroch über den Boden und schrie immerzu: »Diebe! Diebe!«
Madame Koto nahm als aufmerksame Gastgeberin als erste seine unerklärliche Aufregung zur Kenntnis. Fächerwedelnd humpelte sie durch die wogende Menge der Tänzer und ging zu dem blinden alten Mann.
»Ich sehe, wie das Essen unter dem Tisch lang schwebt«, sagte er mit sich überschlagender Stimme.
»Wo?«
»Überall. Seit wann können gebratene Ziegen fliegen?«
Madame Koto regte sich nicht weiter auf und versuchte ihn zu ermuntern, aufzustehen. Er weigerte sich.

»Sie haben Ratten unter Ihrem Tisch. Ich habe eine dicke Ratte gesehen. Sie hat nur ein Auge.«
Der blinde alte Mann stand auf, rückte seine gelbe Brille zurecht und hüpfte wie ein verrückter Zauberer kreischend auf und ab. Dann holte er seine Mundharmonika hervor und spielte in der Pause zwischen zwei Platten. Ein paar Tänzer verspotteten ihn.
»Geh mit deiner dreckigen Musik woanders hin«, sagte jemand.
Madame Koto wollte sich gerade zurückziehen, als sie etwas hinter dem blinden alten Mann aufblitzen sah. Eine Schüssel mit Pfefferschotensuppe schwebte über den Tisch. Madame Koto machte, einer plötzlichen Eingebung folgend, schnell einen Satz in jene Richtung, tat sich am Fuß weh und stürzte zu Boden. Ihre Leibwächter sprangen herbei und halfen ihr auf. Als sie wieder auf den Beinen war, schrie sie mit ausgestrecktem Finger: »Schnappt diese Diebe! Verprügelt sie! Bringt sie her! Denen werde ich es zeigen!«
Das Festzelt flog von ihrer Wut fast in die Luft. Madame Koto schrie, warf Teller und Essen auf den Boden. Die Musik hörte auf. Madame Koto lief mit den Armen fuchtelnd hin und her und schlug mit dem Spazierstock auf ihre Lakaien ein. Die Schläger rannten nach draußen. Im allgemeinen Durcheinander sah Madame Koto das schöne Bettlermädchen stumm unter dem Tisch sitzen und befahl, man solle es einfangen. Die Schläger kamen kurz darauf zurück und zerrten einige von den Bettlern hinter sich her ins Zelt, die belastende Schüsseln mit Essen in den Händen hielten. Madame Koto ließ sie die Schüsseln auf dem Kopf tragen. Die Festgäste lachten. Aus bitterer Rache über die in ihrem Bauch strampelnden *abiku*-Kinder, vor Schmerz über den geschwollenen Fuß und den verrenkten Hals befahl sie den Leibwächtern, die Bettler zu verprügeln. Es wurde still. Niemand rührte sich. Der seltsame Waldducker sah mit ausdruckslosen Augen zu. Dann sagte jeder der Leibwächter, daß er die Bettler nicht auspeitschen würde. Madame Koto geriet in helle Wut, humpelte mit dem Spazierstock mit dem Löwenkopf

herum, schlug die Leibwächter auf den Rücken und brüllte sie an, sie sollten die Bettler verprügeln, um ihnen vor aller Augen eine Lehre zu erteilen. Die Bettler starrten sie ungerührt und stumm an. Ohne Beine, einarmig, einäugig, mit weichen Gliedern starrten sie Madame Koto mit großen, gelassenen Augen an. Madame Kotos Qualen schlugen in Wut um, und immer noch humpelnd scheuchte sie ihre Angestellten aus dem Lokal und aus dem Zelt und brüllte, sie brauchten nicht mehr für sie zu arbeiten und könnten in die schmutzige Gosse zurückkehren, aus der sie sie aufgelesen habe. Dann schnitt eine Prostituierte einen Rohrstock von den Büschen ab und begann schreiend auf die Bettler einzuschlagen. Sie schlug ihnen mit aller Kraft auf den Rücken, auf die Wunden, ins Gesicht und auf die kranken Gliedmaßen. Die Leibwächter änderten ihre Meinung. Seit jener Nacht gab es eine neue Art von Erscheinungen in unserem Leben. Die Schläger droschen auf die Bettler ein, ein seltsamer Staub stieg von ihrem Rücken auf und erhob sich in die Lüfte. Als der Staub die Lampen berührte, wimmelte es auf einmal von kleinen Mücken. Der Staub verwandelte sich in fliegende Insekten; die Insekten wurden größer, und kurz darauf schwirrten Schwärme grüner Motten durch das ganze Zelt und um die Leuchtröhren herum.

Als Papa merkte, daß geprügelt wurde, rannte er zu den Schlägern und nahm ihnen die Peitschen weg. Die Schläger stürzten sich auf ihn und überwältigten ihn. In ihrer Verzweiflung befahl Madame Koto, daß das Bettlermädchen ebenfalls ausgepeitscht werden sollte. Die Prostituierte schlug das Mädchen. Helena nahm die Schläge regungslos und ohne Tränen hin. Sie blickte Madame Koto mit sanften Augen an, während die Schläge auf sie einhagelten. Der sanfte Ausdruck ihrer Augen machte Madame Koto erst richtig wütend. Mama ging zu ihr und sagte: »Sagen Sie ihnen, sie sollen aufhören. Sie wissen nicht, wer das Mädchen ist.«

»Sie ist eine Diebin!«

»Sie ist keine Diebin!«

Madame Koto brüllte Mama an. Sie beleidigte Mama laut und

sagte, auch Mama sei eine Bettlerin. Sie ließ einen solchen Schwall an Wut und Bitterkeit vom Stapel, daß Mama wie betäubt war. Dann tat Mama etwas ganz Merkwürdiges. Sie riß sich die Perücke vom Kopf und warf sie auf den Boden. Sie nahm die blaue Sonnenbrille ab. Dann stürmte sie unter entsetzlichen Flüchen nach draußen und verließ das unterbrochene Fest. Der Wind wehte von neuem, als die Schläge wieder auf das Bettlermädchen niedergingen. Es war ein scharfer Wind. Unter den rohen Schlägen sank das Bettlermädchen langsam zu Boden. Papa kämpfte verzweifelt gegen die Leute an, die ihn am Boden hielten. Der Waldducker knurrte laut. Das Bettlermädchen blutete aus dem Mund. Blut rann von seinen Lippen und tropfte auf den Boden. Ich begann zu weinen. Jemand schlug mich. Es war der blinde alte Mann. Er begleitete jetzt das Geräusch der Schläge auf seiner Mundharmonika.

»Eine ordentliche Tracht Prügel, hm?« sagte er ab und zu.

Der Wind hob die Ecken des Zeltes hoch. Das Bettlermädchen hatte sich auf dem Boden zusammengekrümmt wie ein Fötus. Ich ging um die versammelten strahlenden Festgäste herum. Sie fächerten sich Luft zu. Ihre Gesichter waren von dem neuen Schauspiel belebt. Während ich mir einen Weg durch die Leute bahnte, fielen mir wieder ihre Hufe auf, die Ziegen- oder Spinnenbeine, die borstige Haut. Ich schlich zu dem Waldducker, band ihn vom Pfahl los und befreite das Opfertier aus seiner Gefangenschaft. Papa stieß einen lauten Schrei aus. Mit plötzlich ausbrechender, unbändiger Energie richtete er sich auf und schleuderte die Männer von sich. Der Waldducker sprang vom Hinterhof ins Zelt. Und als der Wind das Zelt ins Schwanken brachte und die Lichter an- und ausgingen, stieß die verwirrte Menge einen erschrockenen Schrei aus. Der Waldducker sprang mitten in das blendende Aufgebot der Festgäste, riß Vogelkäfige herunter, kippte Tische um, trampelte auf dem Essen herum, stieß Schüsseln mit gebratenem Fleisch um, zermatschte das Obst, knallte gegen den Käfig mit großen Papageien, zertrümmerte die Tische, auf denen das Bier stand, und richtete ein höllisches Durcheinander an. Ein Papagei flatterte gegen die

Zeltwand, der Affe entwich und floh ins Freie, die Hände voller Obst, die Lautsprecher fielen krachend zu Boden, heulend und verwirrt trampelten sich die Leute gegenseitig auf die Füße, die Schläger hetzten hinter dem Waldducker her und versuchten, ihn einzufangen, Papa stürzte sich auf die Frau, die das Bettlermädchen verprügelte, und stieß sie beiseite, Madame Koto schlug Papa mit dem Metallknauf des Spazierstocks auf den Kopf, der blinde alte Mann kreischte in seiner verrückten Zaubererart vor Vergnügen auf, der Waldducker sprang mit einem Satz durch die Zeltöffnung, und der Wind fegte hinein und neigte das Zelt zur Seite, und Madame Koto befahl allen, ruhig zu sein. Der Papagei flog durch ein klaffendes Loch in der Zeltwand nach draußen. Die Schläger wandten sich Papa zu und wollten gerade über ihn herfallen und ihn zu Brei schlagen, als eine Stimme, die aus der Mitte der Festgäste kam, voller überirdischer Autorität sagte: »Halt!«

Alle erstarrten wie durch einen Zauber. Dann wandten sich die Leute langsam um, um zu sehen, wer ein solches Machtwort gesprochen hatte. Der Wind legte sich. Die Stimmen waren verstummt. So gut wie niemand rührte sich im Zelt. Und dann trat der hochgewachsene Mann im weißen Anzug, der auf Papa gewartet hatte, aus der atemlosen Menge hervor.

8

»Überlasst ihn mir«, sagte er mit dünner, geisterhafter Stimme. »Ich erledige diesen Black Tyger, ohne auch nur meinen weißen Anzug zu beschmutzen.«

Der blinde alte Mann spielte ein paar Klänge auf seinem Instrument.

»Ach, herrlich, ein Boxkampf!« sagte er.

Und bevor wir begriffen, was eigentlich los war, schlug der Mann in Weiß Papa ins Gesicht und brachte ihn ins Wanken. Papa fiel auf einen Tisch. Fünfzehn Sekunden lang rührte er sich nicht. Niemand hatte den folgenschweren Schlag gesehen. Die Festgäste wachten aus ihrer Erstarrung auf und klatschten. Der alte Mann spielte ein Lied. Die Bettler verließen schlurfend und auf allen vieren das Zelt. Das Bettlermädchen blieb zusammengekrümmt auf dem Boden liegen. Jemand übergoß Papa mit Wasser. Er sprang sogleich auf, blickte sich verständnislos um und blinzelte.

»Wo bin ich?« fragte er verwundert.

Die Festgäste brachen in Gelächter aus. Papa ging taumelnd ein paar Schritte. Dann fiel er hin. Er stand wieder auf, nahm einen Becher Palmwein und trank ihn aus. Ich ging zu ihm.

»Was machst du hier?« fragte er streng.

»Der Mann in Weiß hat dich geschlagen.«

»Ein weißer Mann?«

»Nein. Der da.« Ich zeigte auf den Mann.

Papa ging durch das ganze Zelt und trank allen Wein, den er finden konnte. Dann schüttelte er den Kopf, um klar denken zu können, stieß einen Kriegsschrei aus und rannte auf den Mann in Weiß zu. Bevor Papa irgend etwas tun konnte, versetzte der

Mann ihm einen knallharten Haken. Papa klappte zusammen. Er wand und drehte sich auf dem Boden wie ein zertretener Wurm. Ich rannte wieder zu ihm.

»Laß uns nach Hause gehen«, sagte ich.

»Warum?« schrie er.

»Der Mann macht dich fertig.«

»Was für ein Mann?«

Ich war sprachlos. Papa schien sich in einem unwirklichen Land zu befinden, in einem mythischen Land. Er schien nicht zu merken, was mit ihm geschah. Sein Gesicht war von zwei riesigen dunkelroten Prellungen geschwollen, als sei er von einem unsichtbaren Zauberer gezüchtigt worden. Ich konnte sein rechtes Auge nicht sehen. Ich hatte nie gewußt, daß ein Boxhieb jemand so zurichten, eine solche Verunstaltung oder eine solche Verwirrung bewirken konnte. Papas Augen waren verstört, er schielte leicht, und seine Lippen bewegten sich ständig. Ich beugte mich zu ihm herunter, um zu hören, was er sagte.

»Dies ist ein wunderbares Fest«, sagte er schwach nuschelnd.

»Laß uns gehen.«

»Mir macht dieser Tanz Spaß«, sagte er.

»Du tanzt nicht.«

»Was tue ich denn?«

»Du verlierst einen Boxkampf.«

»Boxkampf? Black Tyger? Einen Boxkampf verlieren? Niemals!«

Er stand auf, lief im Zickzack, stolperte und fiel auf das Bettlermädchen. Er blieb eine Weile liegen. Die Musik setzte wieder ein. Der Mann in Weiß klopfte sich den Staub von den Händen. Madame Koto interessierte sich sogleich für ihn und schickte Unterhändler, die Erkundigungen über ihn einholen sollten. Parteibonzen, Machthändler und Kriegsherren, die stets die Reihen ihrer Krieger und gedungenen Beschützer zu vergrößern suchten, schickten ihre Männer los, die herausfinden sollten, für wen dieser Mann arbeitete und ob er in ihre Dienste treten wolle. Schläger umringten ihn, fragten ihn, wer er sei, woher er komme, und boten ihm einen besonderen Platz in ihrer Organisation an. Die Prostituierten und Unterweltkurtisanen interessierten sich ebenfalls sehr für ihn. Die Lobsänger erfanden Namen und wunderbare Taten für ihn. Das Bettlermädchen, das aus Mund und Nase blutete, kroch unter Papa hervor. Als es aufstand, fiel mir auf, daß sein krankes Auge offen war. Es war gelblich mit einem Stich ins Blaue. Das Mädchen schüttelte Papa. Die Festgäste verspotteten ihn. Papa setzte sich aufrecht hin und hielt sich den Kopf. Als er das Bettlermädchen sah, lächelte er lüstern, packte die Kleine und schloß sie in die Arme. Das Bettlermädchen befreite sich aus seiner von den Schlägen trunkenen Umarmung. Papas Gesicht hatte nun den weichen Ausdruck eines verlassenen Liebhabers, und man hatte den Eindruck, daß er jeden Augenblick in ein groteskes, sentimentales Liebeslied ausbrechen würde.

»Meine Frau, wohin gehst du?« fragte er das Bettlermädchen.

Das Mädchen stand auf und schüttelte den Sand aus dem Haar. Auf seinem Rücken waren rohes Fleisch und zerrissener Stoff ineinander verklebt. Das Haar fiel ihm vom Kopf, als wäre es eine Perücke, die sich in ihre Bestandteile auflöst.

»Ein Magier!« sagte der blinde alte Mann und spielte auf seiner Mundharmonika.

Papa stand auf. Das Mädchen entfernte sich. Papa folgte ihm.

»Laß uns gehen!« schrie ich.

»Sobald ich verheiratet bin«, sagte er schlotternd.

Dann blieb er stehen, sah sich um und merkte, daß ihn alle mit einem belustigten Lächeln anstarrten. Er bemerkte den Mann in Weiß und blickte ihn an, als sähe er ihn zum erstenmal. Er blickte auf die grünen Motten und die kleinen Mücken und die bunten Glühbirnen und das Durcheinander von umgestürzten Tischen und zertrampeltem Essen und auf das große Zelt. Dann sagte er: »Ich dachte, ich würde träumen.«

»Nein, du träumst nicht«, sagte ich.

»Ich dachte, ich sei im Land der kämpfenden Gespenster.«

»Er ist ein kämpfendes Gespenst.«

»Du meinst, ich habe nicht geträumt?«

»Nein«, sagte ich. »Du verlierst einen Boxkampf.«

»Du bist betrunken«, sagte der blinde alte Mann.
»Du bist von den Schlägen benebelt«, sagte einer der Schläger.
Papa berührte sein Gesicht. Er wimmerte.
»Dann waren das also richtige Schläge?«
»Ja«, sagte ich.
»Von wem?«
»Dem Mann in Weiß.«
Da Papa die erstaunliche Fähigkeit hatte, sich tief in seinen Geist zu versenken, strahlte er plötzlich eine fürchterliche Energie aus.
»Geh sofort los und hol Sami, den Wettbürobesitzer«, sagte Papa, der allmählich zu sich kam. »Daraus schlagen wir Geld und bauen dann den Bettlern eine Schule.«
Ich eilte nach draußen und rannte mit Ade los, um Sami zu holen. Als ich zurückkam, hatte Papa das Hemd ausgezogen und war beim Schattenboxen, um sich aufzuwärmen. Er schien jetzt hellwach zu sein. Er schüttelte in gleichmäßigen Bewegungen den Kopf, machte ein paar Liegestütze und führte die erstaunlichsten Übungen durch. Er knackte mit den Gelenken, lockerte sich auf, dehnte die Muskeln, machte seine Spezialübungen, atmete tief ein, ließ den Brustkorb anschwellen und stieß energische Schreie aus. Er war sehr beeindruckend. Die Menge sah ihm verächtlich zu. Nur die Bewohner unseres Viertels, die sich im allgemeinen Tumult in das Zelt vorgewagt hatten, riefen seinen Kämpfernamen und jubelten ihm zu. Der blinde alte Mann wurde in seinen Rollstuhl gesetzt und hielt in einer Hand seine Mundharmonika und in der anderen ein Stück gebratenes Antilopenfleisch. Ab und zu strampelte er mit den Füßen und sagte wie ein übermäßig aufgeregtes Kind: »Ein Preiskampf! Sehr gut! Wo ist der Mann, der die Wetten annimmt?«
Der schlanke, hochgewachsene Mann in Weiß mit dem kleinen Kopf und den winzigen Augen stand mit völlig gleichgültiger Miene auf einem Bein. Er war sehr still. Seine Augen waren eindeutig die eines Reptils. Er wirkte sehr beunruhigend. Niemand sah ihn längere Zeit an.
Sami traf mit seinem Eimer und einem kleinen Heer von Be-

schützern ein. Er ging herum und nahm die Wetten entgegen. Die meisten Wetten waren gegen Papa. Einer der Politiker zog ein dickes Bündel Pfundnoten hervor und sagte: »Ich habe zuviel über diesen Black Tyger gehört. Er ist ein Witzbold. Ich taufe ihn jetzt um in Black Rat.«
Ringsherum ertönte schallendes Gelächter. Einige Festgäste krümmten sich vor Lachen. Der Politiker erreichte damit, daß kaum jemand auf Papa setzte. Alle waren gespannt auf den Ausgang des Boxkampfes. Schwitzend ging Sami von Gruppe zu Gruppe, notierte Namen und Einsatz und sammelte das Geld im Eimer ein. Bald war ein weiterer Eimer erforderlich. Alle Frauen, Prostituierten, Unterweltkurtisanen und zufälligen Zuschauer holten ihr Geld hervor. Sami forderte Verstärkung für seine Schutztruppe an. Sein ganzer Compound mit Knüppeln und alten Flinten bewaffnet tauchte auf. Als Sami fertig war, war er in Schweiß gebadet. Er schwitzte vor Entsetzen über die Aussicht auf völligen finanziellen Ruin, sofortige, totale Liquidation, tiefe Armut und Obdachlosigkeit. Er ging zu Papa. Er wischte sich den Schweiß von der Stirn und sagte flehend und voller Ehrfurcht: »Wenn du diesen Kampf gewinnst, kannst du eine Universität bauen.«
»Eine Schule für Bettler«, verbesserte ihn Papa.
»Was du willst. Aber du mußt gewinnen, hörst du? Sonst bin ich ein armer Mann. Meine Kinder verhungern. Meine Frau wird verrückt. Mein ganzes Geld, alles Geld, das ich mir leihen konnte, alles Geld, das ich nicht einmal habe, steht auf dem Spiel. Du mußt gewinnen!«
Papa schob ihn beiseite. Der Kampf begann. Papa umkreiste den Mann in Weiß. Papa griff ihn an, doch der Mann war nicht mehr da. Der blinde alte Mann schwenkte einen Hühnerknochen und sagte glucksend: »Das nenne ich magisches Boxen.«
Ich haßte ihn. Papa griff den Mann immer wieder an und ließ weite Schwinger und einen Hagel wilder Schläge los, die nur die grünen Motten betäubten und die kleinen Mücken verwirrten, doch den Mann traf er damit nicht.
»Willst du nicht kämpfen?« fragte Papa enttäuscht.

Der Mann versetzte Papa einen Schlag, der so blitzschnell war, daß wir dessen Wirkung erst bemerkten, als die Frauen Papa in den Ring zurückschleuderten. Der Mann hämmerte wie elektrisiert auf Papa ein, und seine Fäuste waren so schnell, daß es aussah, als habe er die ganze Zeit keinen Finger gerührt, während Papas Kopf immer wieder zurückschnellte, als wäre die Luft oder eine unsichtbare Hand dafür verantwortlich. Seine Nase schwoll an, das Nasenbein zerbrach, Blut spritzte hervor. Papa bemühte sich verzweifelt, nicht sein eigenes Blut einzuatmen. Er atmete nur noch voller Qual und Erschöpfung. Er schien auf einmal entsetzliche Schmerzen zu haben. Der Mann bewegte nur leicht die Schulter, und schon prallte Papas Kopf zurück. Der Mann schlug mit kalter, bedrohlicher Gleichgültigkeit auf Papa ein, wie es ihm gerade paßte. Ich konnte es nicht ertragen. Der Mann schlug Papa immer wieder auf die Nase, so daß die Prellungen größer und größer wurden; mit seinen Schlägen verfärbte und verformte er Papas Gesicht völlig, veränderte dessen Aussehen, zerfetzte Papas Lebensphilosophie, zertrümmerte Papas Wirklichkeit, schlug ihm Zähne aus und schwächte die Kraft seiner stämmigen Beine. Jedesmal, wenn Papa von einem Schlag getroffen wurde, schoß mir ein glühendes Licht von einem anderen Planeten durch den Schädel. Geblendet vom Trommelfeuer, das Papa einsteckte, ging ich nach draußen, begegnete Ade und bat ihn, mir den Eidechsenzauber zu geben, den sein Vater gemacht hatte.

»Er ist wirkungslos, wenn der Gegner weiß gekleidet ist«, sagte er.

»Verschwinde!« schrie ich ihn an und ging wieder hinein.

Papa bezog fürchterliche Prügel. Der blinde alte Mann gluckste immer noch stillvergnügt vor sich hin. Immer wenn Papa einen neuen vergeblichen Angriff startete, gab der blinde alte Mann einen seltsamen Laut von sich, ein heiseres Krächzen, das Papa ablenkte und entmutigte. Er tat es viele Male. Bald übernahmen die Festgäste das heisere Krächzen wie eine Art lähmenden Schlachtruf. Ich beschloß, daß der alte Mann verschwinden mußte. Ich ging nach draußen und bat Ade, mir zu helfen. Wir schlichen uns wieder hinein und schoben den alten Mann in seinem Rollstuhl ganz leise aus dem Zelt. In all der Aufregung und der gespannten Atmosphäre bemerkte uns niemand. Als wir draußen waren, schoben wir ihn sehr schnell und riefen den Leuten zu, sie sollten uns durchlassen, der alte Mann sei krank. Er schrie und fluchte drohend. Sein Toben schien die Leute erst recht davon zu überzeugen, daß sie uns besser aus dem Weg gingen.

»Ein Zauberer trägt mich davon!« brüllte er.

Niemand glaubte ihm. Wir schoben ihn die Straße hinauf, über Pfade bis tief in den Wald, und als wir stehenblieben, fiel ihm die Brille von der Nase.

»Was ist los?« rief er.

Seine blinden Augen sahen im Dunkeln häßlich aus. Ein seltsames Licht lag in ihnen.

»Ich kann nicht sehen!« schrie er, und uns überlief es kalt.

Als wir uns davonmachen wollten, packte er Ades Hand und ließ sie nicht mehr los. Ich versetzte dem Alten mit einem Stock einen Schlag auf den Kopf, so daß er Ade losließ, die Hände schützend über den Kopf hob und leise Schreie ausstieß. Ade und ich liefen davon, während sein Gejammer vom Wald verstärkt wurde.

Als wir ins Zelt zurückkamen, gab es eine Wende im Kampf. Papa hatte die Durststrecke überwunden und neue Quellen und Oasen der Energie gefunden. Er war schweißgebadet und voller Prellungen. Er hatte den Kopf sicher hinter den Fäusten geschützt und die Schultern eingezogen. Er wirkte wie ein Felsen, wie jemand, der sich damit abgefunden hat, Züchtigung als eine Bedingung des Überlebens zu betrachten. Die Art, in der er die Schläge einsteckte, hatte etwas Merkwürdiges. Er schien nicht mehr solche Angst vor jedem knochenzermalmenden Schlag zu haben, den der Mann ihm versetzte. Papa taumelte und wankte immer noch unter den methodischen, kunstgerechten Kombinationen des Mannes. Es war erstaunlich, daß der Mann immer noch nicht schwitzte. Papa taumelte mit schlaffen Beinen umher, und ich war mir sicher, daß er die Schwäche nur vortäuschte. Ich schrie: »Black Tyger, mach seinen Anzug schmutzig!«

Alle Köpfe wandten sich mir zu. Der Mann in Weiß blickte zu mir herüber. Papa nutzte diesen kurzen Augenblick der Ablenkung. Er packte den Mann am Kragen und zerriß mit einem wahnsinnigen Schrei die Jacke des Mannes. Der Mann versuchte, seinen Anzug zu schützen, doch Papa warf alle bekannten Boxregeln über den Haufen und konzentrierte sich darauf, die Jacke noch weiter zu zerreißen. Er packte die zerfetzten Enden, wirbelte den Mann herum, stemmte ihm den Fuß ins Kreuz und riß ihm die Jacke vom Leib. Dann ging Papa auf ihn los und riß ihm den weißen Stoff in Fetzen von den Armen. Unter der Jacke war ein Hemd, und mit eiserner Beharrlichkeit riß Papa dem Mann das Hemd vom Körper und den Schlips ab. Die nackte, behaarte Brust des Mannes war nun zu sehen. Er hatte seltsame Tätowierungen auf dem Bauch und Amulette am Hals. Seine Brust war eingefallen, und er hatte ein tiefes Nabelloch. Er war so behaart, und seine Behaarung glich so sehr dem Fell eines Buschtieres, daß die Zuschauer einen entsetzten Schrei ausstießen, als sie entdeckten, wie wenig menschlich er aussah. Der Mann duckte sich jetzt. Papa täuschte einen Kopfschlag vor, der Mann deckte sein Gesicht mit beiden Händen, und Papa packte ihn an der Hose, stellte ihm ein Bein und riß ihm die Hose vom Leib. Der Mann hatte lange, dünne Beine, die Beine eines spinnenartigen Tiers. Seine Augen waren von Furcht und Scham erfüllt, weil er entlarvt worden war. Keuchend vor Entsetzen wichen die Leute zurück. Sami, der Wettbürobesitzer, schickte ein paar von seinen Beschützern mit den Geldeimern nach Hause. Das Bettlermädchen jubelte. Die Frauen standen mit offenem Mund da.

Der Mann stand wutentbrannt auf. Er trug eine völlig verrückte Unterhose. Er stürmte auf Papa los und konnte ihn nicht finden. Er stürmte wieder los und überraschte Papa mit einem Hagel heftiger Schläge. Zehn Minuten lang droschen sie aufeinander ein. Papa hämmerte auf ihn ein, doch der Mann fiel nicht um. Er erwischte Papa mit einem Kinnhaken, so daß ihm der Kopf in den Nacken flog.

»Hau ihm auf die Brust, Black Tyger!« schrie Ade.
Papa hörte nicht hin. Die Müdigkeit hatte ihn wieder überfallen. Er keuchte, ging im Zickzack, und seine Schläge waren kraftlos. Der Mann begann eine Serie von furchtbaren Schwingern, da erhob sich der Wind, rüttelte an dem Zelt, und plötzlich gingen die Lichter aus. Als sie wieder angingen, stand der Mann mit erhobener Hand verwirrt da. Papa, der seinen eigenen Namen rief und sich selbst im Kampfgeist bestärkte, versetzte dem Mann einen der vernichtendsten Schläge, die ich je gesehen habe, und schleuderte ihn durch das halbe Zelt. Tische, Teller und gebratenes Fleisch knallten rings um ihn herum zu Boden. Papa stand da, hüpfte von einem Bein aufs andere und wartete. Wir warteten alle darauf, daß der Mann aufstand. Doch er blieb liegen. Die Prostituierten versuchten, ihn zum Leben zu erwecken, doch er konnte sich nicht rühren. Sie konnten ihn auch nicht tragen. Wir hörten, wie sie sagten, daß er zu schwer sei. Sein regloser Körper blieb vor dem Zelt liegen, in der Dunkelheit draußen. Wir sahen ihn nie wieder.
Sami lief in die Mitte des Rings und erklärte Papa zum Sieger des Wettkampfs. Die Bewohner des Viertels, die von draußen zugeschaut hatten, drängten sich um Papa. Das Bettlermädchen, Ade und ich rieben ihn ab und wischten ihm den Schweiß vom Körper. Vom Entsetzen über seinen Sieg und von Müdigkeit überwältigt sank Papa zu Boden. Wir versuchten, ihn wiederzubeleben, doch es gelang uns nicht. Niemand kam, um uns zu helfen.
Währenddessen hatte der blinde alte Mann den Weg zurück aus dem Wald gefunden und war ins Zelt gekommen. Er wetterte über Zauberer und garstige Dämonenkinder. Er rannte bald hierhin, bald dorthin. Seine Helfer versuchten, ihn zurückzuhalten, doch er schüttelte sie ab. Seine Wut war fürchterlich.
Wir versuchten, Papa zum Aufstehen zu bewegen. Er war bewußtlos. Das Bettlermädchen holte die anderen Bettler zu Hilfe. Während wir versuchten, Papa wiederzubeleben, jagte der blinde alte Mann durchs ganze Zelt hinter mir her. Niemand konnte ihn bremsen. Ich rannte unter die Tische. Ich warf mit Gegen-

ständen nach ihm, doch er war nicht aufzuhalten und folgte mir mit alptraumhafter Beharrlichkeit. Ich rannte zu Papa zurück, versuchte, ihn zu wecken, doch der alte Mann kam mit ausgestreckten Händen wie ein dämonischer Nachtwandler auf mich zu. Dann wandte er sich plötzlich von mir ab und packte mit der Schnelligkeit einer Schlange, die ein nichtsahnendes Opfer angreift, Ades Arm und ließ ihn nicht mehr los.

»Aha, du bist es also, der fliegende Zauberer!« rief er triumphierend.

Ade schrie auf. Ich versetzte dem alten Mann einen Schlag mit dem Stock. Seine Helfer trommelten auf mich ein. Ich warf mit Knochen und Stöcken nach ihnen. Dann packte der alte Mann Ade noch fester am Arm und sagte mit kreischender, häßlicher Stimme: »Laß mich mit deinen Augen sehen!«

Höchst seltsame Dinge geschahen. Ade begann sich zu krümmen, zu winden und krampfhaft zu zucken. Seine Augen verdrehten sich in den Höhlen, bis nur noch das Weiße sichtbar war. Er öffnete den Mund, ließ die Zunge heraushängen und keuchte, als ersticke er. Ein paar Leute versuchten, Ade aus dem Griff des alten Mannes zu befreien. Ich sprang dem alten Mann auf den Rücken, und er schrie.

»Geh von meinem Rücken runter!«

»Laß meinen Freund in Ruhe«, sagte ich.

»Du bist zu schwer, du Geisterkind!« schrie er.

Ich rempelte gegen seinen Rücken und spürte, wie sich seine Knochen in mein Fleisch gruben. Ich umklammerte seinen Hals und versuchte, ihn zu erwürgen, doch er warf sich hin und her. Ich versuchte, ihm die Augen auszukratzen, doch er biß mich und schüttelte mich mit der Kraft von fünf Männern ab; ich hörte, wie sein Hals knackte, und flog durch die Luft, und als ich zwischen zerbrochenen Tischen und einem Gemisch aus Obst und Bohnenfladen landete, war alles vorbei. Der alte Mann stand taumelnd da. Ade zuckte in einem seltsamen epileptischen Anfall. Die Menge war zum großen Teil verschwunden, Madame Koto nirgendwo zu sehen. Die Lautsprecher waren weggeschafft worden. Die Prostituierten saßen auf Klappstühlen und starrten uns an. Der alte Mann hob seine gelbe Brille auf und spielte auf seiner Mundharmonika. Seine Helfer führten ihn fort. Ich stand auf. Die Bettler, Sami und seine Beschützer, Leute aus unserem Viertel und Helena luden sich Papa auf die Schultern, als wäre er ein in einer Schlacht gefallener König, und trugen ihn hinaus in die Nacht. Ich half Ade auf. Er stand zukkend mit fiebrigem Mund da. Er hatte den Anfall überwunden und ging nun mit mir, als wären seine Beine aus Gummi. Als wir das verwüstete Zelt verließen, beschimpften uns die Prostituierten. Ich hörte vor uns in der Dunkelheit die mißtönende Mundharmonika des blinden alten Mannes. Wir schlossen uns dem Zug der Leute an, die Papa auf den Schultern trugen. Er hatte das Gesicht den Sternen zugewandt. Das Geräusch des flatternden Zeltes ließ mich zurückblicken, als wir gingen.

Der Wind hatte sich erhoben. Ich merkte, daß das Fest die Straße verstopft hatte. Die Autos fuhren fort. Die Äste der Bäume knarrten. Die gräßliche Musik der Mundharmonika verflog im Wind und blies grausige Harmonien über die Büsche. Die Kontrapunkte des Windes erklangen pfeifend an den Stromkabeln. Die hellen gelben und blauen Birnen gingen ständig an und aus. Dann blieben sie an. Ade sagte mit der Stimme einer Katze: »Es passiert etwas.«

Der Wind hörte auf. Er schwoll wieder an. Dann sah ich, wie sich das Zelt auf die Seite neigte und in die Luft aufstieg. Es flog in die Höhe, drehte sich seitwärts, und der Wind wirbelte es über die Häuser, während die langen Zeltbahnen flatterten und sich aufbauschten; das Zelt wehte durch die Luft, drehte sich über den Dächern, und der Himmel riß auf, zwei Blitze zuckten, Regen strömte nieder. Es goß in Strömen, die Erde schwamm im Schlamm, Hunde bellten, der Geruch von brennendem Gummi erfüllte die Luft, und wir hörten einen kurzen, gellenden Schrei aus Madame Kotos Bar. Dann gingen alle Lichter aus.

9

Die Dunkelheit war voller Stimmen. Die Bettler und Sami trugen Papa nach Hause. Als wir in unser Zimmer kamen, war Mama völlig außer sich. Sie legten Papa aufs Bett und deckten ihn mit einem weißen Tuch zu. Die Leute waren gegangen, aber ich hörte noch, wie sie auf der Straße leise Heldenlieder sangen. Papas Mund war verzerrt. Eine weiße Schramme zog sich seitlich über sein Gesicht. Seine Augen waren in den Prellungen verschwunden. Seine Lippen sahen aus wie geschwollene Blumen. Er war in einem viel schlimmeren Zustand als nach allen seinen Boxkämpfen zusammen. Er rührte sich nicht. Er schien nicht einmal mehr zu atmen. Mama jammerte die ganze Zeit. Das Bettlermädchen zündete drei weitere Kerzen an. Sami setzte sich auf Papas Stuhl. Die Bettler setzten sich auf den Boden. Ich sagte Ade, er solle sich auf meine Matte legen. Außer Mama waren alle still.

Mama rannte nach draußen, setzte Wasser auf, kam zurück und legte Papa warme Kompressen aufs Gesicht. Es kam ihr nicht in den Sinn, daß seine Prellungen gekühlt werden mußten. Das Bettlermädchen streichelte Papa die Füße. Niemand anders rührte sich. Nach einer Weile kam Mama zur Ruhe. Sie sah uns nacheinander an.

»Steh vom Stuhl meines Mannes auf!« schrie sie Sami an.

Er sprang auf, als hätte ihn eine Schlange gebissen. Er stellte sich neben das Fenster. Dann kam er zu mir und flüsterte: »Wenn er sich erholt hat, ruf mich. Ich habe das ganze Geld. Ich besorge ihm den besten Kräuterheiler.«

Dann schlich er aus dem Zimmer, als sei er beim Stehlen erwischt worden.

»Und jetzt geht ihr alle!« schrie Mama die anderen an.
Die Bettler erhoben sich schlurfend. Das Bettlermädchen stand auf, strich mir über den Kopf, so daß ich eine Gänsehaut bekam, und führte die anderen aus dem Zimmer. Sie gingen schweigend hinaus. Ade legte sich mit schwindligem Blick auf die Matte. Ab und zu zuckte er. Auf seinen Lippen lag ein mattes Lächeln. Ich beugte mich über ihn.
»Ich werde bald sterben«, sagte er.
»Warum sagst du das?«
»Meine Zeit ist gekommen. Meine Freunde rufen mich.«
»Was für Freunde?«
»In der anderen Welt«, sagte er.
Wir schwiegen.
»Und was flüstert ihr da, hm?« fragte Mama.
»Nichts.«
»Was ist mit ihm los?«
»Er fühlt sich nicht wohl.«
»Und sein Vater?«
»Ich weiß nicht.«
»Gott stehe mir bei!« rief Mama.
Die Kerzen gingen aus. Mama schloß die Tür und suchte nach den Streichhölzern.
»Was für ein Leben! Keine Ruhe. Eine Frau leidet, eine Frau schwitzt, und es gibt keine Ruhe, kein Glück. Mein Mann hat drei Boxkämpfe durchgestanden. Wer weiß, was das in seinem Gehirn anrichtet. So ein Leben ist zuviel für mich. Eines Tages hänge ich mich noch auf«, sagte Mama.
»Tu das nicht, Mama«, sagte ich.
»Halt den Mund«, sagte sie.
Ich war still. Tief in mir begannen sich alte Lieder zu regen. Alte Stimmen aus der Geisterwelt. Lieder von verführerischer Reinheit mit einer Musik, die vollkommen war wie Licht und Diamanten. Ade zuckte. Der Boden begann zu zittern. Ich hörte, wie Ades Knochen rasselten. Mama zündete eine Kerze an. Sie saß mit starrem Blick und unversöhnlicher Miene auf Papas Stuhl und schaukelte hin und her. Ich war traurig. Ade lächelte

wieder seltsam und versank tiefer in seine merkwürdige epileptische Ekstase. Ich beugte mich über ihn.
»Das Unheil kommt immer. Vielleicht ist es ja gut so«, sagte er. »Deine Geschichte hat gerade erst begonnen. Meine geht zu Ende. Ich will in mein anderes Zuhause zurück. Deine Mutter hat recht; es gibt zuviel unnötiges Leid auf dieser Welt.«
Seine Stimme hatte den Ton eines alten Mannes angenommen. Ich erkannte sie bald. Eine Schlange kroch mir den Rücken hoch, und ich konnte das Zittern nicht unterdrücken. Er fuhr fort, sprach mit der gebrochenen Grabesstimme des blinden alten Mannes.
»Meine Zeit ist gekommen. Ich habe den Leib meiner Mutter aufgebraucht, und jetzt kann sie keine Kinder mehr gebären. Ich bin gekommen und gegangen, habe die Welt gesehen, habe die Zukunft gesehen. Der Koran sagt, daß nichts je zu Ende geht.«
»Was wird nur geschehen?« fragte ich ihn.
Zitternd biß er sich auf die Lippen, bis sie bluteten, und sagte: »Es kommt zur Wiedergeburt eines Vaters. Ein Mann mit sieben Köpfen wird dich holen. Du kommst zurück. Du bleibst. Vorher halten die Geister und unsere Ahnen eine große Versammlung ab, um die Zukunft der Welt zu besprechen. Das ist eine der wichtigsten Versammlungen, die es je gegeben hat. Leid kommt. Es gibt Kriege und Hungersnöte. Furchtbare Dinge werden geschehen. Neue Krankheiten, Hunger, die Reichen reißen die Erde an sich, die Menschen vergiften den Himmel und das Wasser, Menschen werden im Namen der Geschichte verrückt, die Wolken speien Feuer, der Geist der Dinge verdorrt, das Gelächter wird seltsam.«
Er verstummte. Eine lange Pause entstand. Dann sprach er weiter und versetzte mich in Schrecken.
»Es wird Veränderungen geben. Staatsstreiche. Überall Soldaten. Häßlichkeit. Blindheit. Und wenn die Menschen am wenigsten damit rechnen, vollzieht sich eine große Wandlung in der Welt. Die Leidenden erfahren Gerechtigkeit und Schönheit. Ein wundervoller Wandel kommt aus weiter Ferne, und die Menschen erkennen den tiefen Sinn von Kampf und Hoffnung. Dann ver-

gessen die Menschen. Und alles fängt wieder von vorn an, wird schlechter, wird besser. Hab keine Angst. Du kannst immer für etwas kämpfen, selbst wenn es Schönheit oder Freude ist.«
Er hielt wieder inne. Und dann stieg das Fieber, seine Stimme zitterte, die Augen waren ruhig.
»Unser Land ist ein *abiku*-Land. Wie ein Geisterkind kommt und geht es immer wieder. Eines Tages wird es beschließen zu bleiben. Dann wird es stark sein. Ich werde das nicht erleben.«
Seine Stimme veränderte sich, wurde natürlicher, fast sanft.
»Ich sehe zweitausend Jahre im Bild vor mir. Ich habe das Bild in Worten getrunken. Es hat mehrere Jahrhunderte gedauert, bis es in mir heranwuchs. Ich sehe einen großen Musiker in einem Land jenseits der Meere. Es ist neunhundert Jahre her. Ich war der Musiker. Ich sehe einen Priester, ich sehe einen Herrscher mit einem sanften Volk. Ich war der Priester, ich war der Herrscher. Ich sehe einen bösen Krieger, der viele Unschuldige tötete und sich am Blutvergießen ergötzte. Das war ich. Es hat einst einen Soldaten gegeben, der wurde gesteinigt und seine Leiche den Krokodilen in Ägypten zum Fraß vorgeworfen. Ich war dieser Soldat.«
»Du redest Unsinn«, sagte ich.
Er lachte, hustete und redete weiter. Seine Stimme wurde immer leiser. Sein Mund bewegte sich, doch ich konnte seine Stimme nicht mehr hören. Seine Glieder zuckten. Ich roch brennendes Holz. Rauch hüllte Ades Haar ein. Einen Augenblick lang glaubte ich, sein Anfall verbrenne ihn. Ich berührte ihn. Seine Stirn war kalt. Die Augen waren offen, doch er sah mich nicht. Ich blickte auf und sah, daß Mama auf Papas Stuhl eingeschlafen war. Ich legte mich hin, schloß die Augen, und der Schlaf kam in Form von grünen Motten zu mir. Ich folgte ihnen in Mamas Träume. Ich war zutiefst erschrocken, als ich mich in ihren Träumen wiederfand. Sie war eine junge Frau, frisch und hübsch, mit einem weißen Vogel auf der Schulter. Sie hatte Antimon im Gesicht, trug magische Amulette um den Hals und eine Perle an einer Schnur am linken Knöchel. Sie ging durch ein sepiafarbe-

nes Dorf und suchte Papa. Sie sah ihn oben auf einem Baum. Sie kletterte auf den Baum, doch Papa sprang herab und rannte zum Fluß. Mama kletterte vom Baum herunter und sang ein Lied aus ihrer Kindheit, um Papas Geist zu betören. Sie sang Papa etwas vor, bat ihn, nicht fortzugehen, flehte ihn an, im Namen der Liebe zurückzukommen. Der Fluß nahm eine leuchtendgrüne Farbe an, und eine grüne Wasserjungfer mit traurigen Augen, schönen Brüsten und dem Gesicht von Helena, dem Bettlermädchen, umarmte Papa und nahm ihn mit auf den Grund des Flusses in einen smaragdfarbenen Palast. Adler tranken Wein aus silbernen Bechern. Schwäne erzählten unter dem großen Kapokbaum Geschichten. Ein schwarzer Tiger mit der Krone eines Prinzen und den Augen meines Großvaters schlich durch den Stadtbezirk und sagte Verse aus alten Epen auf, heilige Texte, die die Natur der Dinge verändern konnten. Die Wasserjungfer nahm Papa in ihren Palast mit und wusch ihm die Füße. Im großen Saal beobachteten starre Kriegerstatuen Papa mit furchtlosen Augen. Antilopen mit Blumen um den Hals kamen und setzten sich Papa zu Füßen. Die Wasserjungfer wechselte Papas Kleider und kleidete ihn in reiche aquamarinfarbene Gewänder. Dann brüllte ein mächtiger Löwe aus den Geheimgemächern. Alle Statuen in dem Saal begannen sich zu bewegen. Die Krieger erwachten aus ihrem Bann und marschierten in die Geheimgemächer. Die Statuen waren schön. Ihre Masken waren schön. Die Statuen hatten seltsame menschliche Gesichter, manche hatten einen großen Phallus, manche hatten wundervolle, runde Brüste mit stolzen Brustwarzen, und viele von ihnen hatten die Pranken der Sphinx. Maskierte Gestalten tanzten in den Saal und überreichten Papa Geschenke. Dann wurde Papa nach draußen geführt, wo ein Auto auf ihn wartete. Papa stieg in das Auto. Mama stand am Flußufer und wollte gerade ins Wasser springen, als ich sie anrührte. Sie war wütend und sagte: »Verlaß sofort meinen Traum. Ich versuche, den Geist deines Vaters zurückzuholen.«

Ich wußte nicht, wie ich hinausgelangen sollte. Die Sonne brannte auf uns nieder, und der weiße Vogel auf Mamas Schulter flog ins Wasser, und Mama verschwand, und es wurde so heiß, daß meine Haare versengt wurden und die Bäume in Flammen aufgingen und hellen gelben Rauch verströmten. Schmetterlinge tauchten überall auf, sie kamen von der Sonne, umkreisten mein Gesicht, daß mir schwindlig wurde, und als ich hustete, flogen sie mir in den Mund, da richtete ich mich auf und sah, daß unser Zimmer voller Rauch war, und als ich schrie und nach Atem rang, lächelte Ade seltsam und zuckte im Schlaf, und Mama sprang auf und sagte: »Azaro, steh auf! Die Kerze verbrennt unsern Tisch!«

Ich kam schnell wieder zu mir und holte Wasser aus dem Eimer und goß es über den Tisch. Ade richtete sich auf und lächelte mir zu.

»Mir geht es wieder gut«, sagte er.

Mama schlug mit einem nassen Lappen auf den Tisch ein, als habe dieser sie geärgert. Als die Flammen gelöscht waren, kam sie und setzte sich aufs Bett, hielt mein Gesicht zwischen den heißen Handflächen und sagte: »Mein Sohn, was hattest du in meinem Traum zu suchen?«

Ich sagte nichts.

»Antworte«, sagte sie.

»Es war nicht dein Traum. Es war Papas Traum.«

Mama richtete sich auf. Ich konnte ihr Gesicht in der Dunkelheit sehen. Ihre Traurigkeit ließ die Nacht erschauern.

»Dein Vater ist ins Auto gestiegen und in sein Dorf gefahren. Dein Großvater hat seine Wunden behandelt und seinen Geist besänftigt. Dann ist er nach Ughelli gefahren, um das Parfüm zu kaufen, das den schlechten Geruch der Armut vertreibt. Dann ist er zum Mond geflogen. Dann ist er weit weg in das Land der Geister gereist. In viele Länder. Ich habe seine Stimme im Himmel schreien hören. Sie haben ihm den Zutritt zum Himmel verweigert. Sie haben ihn durch die Hölle und durch Geisterländer geschickt, in denen sich unsere Ahnen den ganzen Tag lang gegenseitig unergründliche Rätsel stellen. Er ist in ein Land voller Paläste gelangt, ein Land der Träume, in dem die Leute unsichtbar sind und Weisheit und Freude in der Luft liegen. Er ist vor die Gerichte der Geisterwelten gegangen. Ich habe gehört, wie er um Antwort gefleht hat. Dann ist er zurückgekehrt, ein Krieg ist ausgebrochen, und er ist auf der Straße erschossen worden, die er erbaut hat.«

Ich wußte nicht, was ich sagen sollte.

»Leg dich hin und schlaf. Dies ist eine machtvolle Nacht. Ich muß den Geist deines Vater beschützen, sonst läuft er davon.«

Ich legte mich hin.

»Dein Vater spielt Flöte«, sagte Ade mit seiner eigenen Stimme. »Es ist schöne Musik. Ich wußte nicht, daß er so gut spielen kann.«

Dann war es still im Raum. Der Schlaf überkam mich, und ich wehrte mich. Mama knirschte im Bett mit den Zähnen und kämpfte mit Papa. Ade begann wieder zu zittern.

»Ich mache mich langsam davon«, sagte er.

»Halt den Mund«, sagte ich.

Mama rührte sich nicht. Ich hörte sie schnarchen. Der Schlaf kam in Form von weißen Vögeln zu mir, und ich sah, wie Mama mit Papa in seinen Träumen kämpfte und versuchte, ihn dazu zu bewegen, in seinen Körper zurückzufinden. Ade lag neben mir und zuckte in seinen Anfällen durch die Nacht. Und sein Geist, der mit ungestümen, blendenden Kräften herumwirbelte, bedrängte jetzt den meinen. Wir wirbelten auf dem süßen, wilden Strom seiner Epilepsie dahin und zogen über die roten Straßen der Geister und kamen in das Dorf der Nacht, in dem Vögel Stromkabel verlegten, maskierte Wesen Alchimisten waren, der Honigsauger ein Priester war, der Mondprinz ein Findelkind und die Eidechse ein wandernder Griot, der mich am Straßenrand warnte, daß keine Geschichte je beendet werden könne. Als das Morgengrauen nahte, verschwand das Dorf, und ich hörte den Gesang meiner Geistergefährten. Flammend blitzte der große König der Geisterwelt an meinen Augen vorbei. Das Gebirge hob und senkte sich. Ich sah eine schwarze Katze zu meinen Füßen und fütterte sie mit Bohnenfladen. Ade lag ruhig neben mir. Seine früheren Leben hatten begonnen, ihn in Besitz zu nehmen. Ich sah, daß er mir nicht die ganze Wahrheit gesagt hatte. Ich sah seine anderen Bilder. Ich sah einen Mörder in Rom, eine Dichterin in Spanien, einen Falkner bei den Azteken, eine Hure im Sudan, eine Priesterin im alten Kenia, einen einäugigen weißen Schiffskapitän, der an Gott glaubte, schöne Hymnen schrieb und sein Glück damit machte, Sklaven an der Goldküste zu jagen. Ich sah sogar einen berühmten Samurai-Krieger im alten Japan und eine Mutter von zehn Kindern in Griechenland.

Mitten in der Nacht, als ich mich noch zwischen den Bildern aufhielt, weckte uns plötzlich ein lauter Schrei. Ich blickte auf und sah in der Dunkelheit Papas Gesicht. Dann verschwand es.

»Was hat er gesagt?« fragte Mama.

»Ich weiß es nicht.«

»Hast du es nicht gehört?«

»Nein.«

»Ich habe es gehört«, sagte Ade im Dunkeln.

»Was hat er gesagt?«

»Er hat gesagt: ›MACHT DIE TÜR AUF.‹«

Mama sprang vom Bett, stolperte über meinen Fuß und stieß mit dem Kopf gegen irgend etwas. Sie schrie nicht auf. Sie machte die Tür auf und ging zurück ins Bett. Mücken und Nachtfalter kamen herein. Wir schliefen wieder ein, aber Mama stand auf, weckte uns und sagte: »Niemand darf schlafen. Wir müssen den Geist deines Vaters zurückholen.«

10

Wir sassen still. Der Wind blies Blätter herein. Die Luft roch nach dem Wald und dem schlafenden Getto. Seltsame Träume, die im Wind schwebten und nach Träumern suchten, drangen in unser Zimmer.

»Erzähl uns eine Geschichte«, sagte ich.

Ade richtete sich auf. Seine Glieder hatten sich beruhigt.

»Erzähl uns die Geschichte von der blauen Sonnenbrille.«

»Gut.«

Wir warteten. Mama setzte sich auf Papas Stuhl. Sie schaukelte hin und her. Ich sah, wie Papas Geist um sie herumflatterte. Dann drang er ihn sie ein, und ich hörte, wie Mama erschauerte. Sie holte etwas *ogogoro*, sprach ein Gebet, opferte den Ahnen ein paar Tropfen, dann tranken wir. Sie zündete eine Mückenspirale und eine Kerze an, als sei Papas Persönlichkeit in sie gefahren. Sie zündete sich eine Zigarette an. Sie schaukelte hin und her wie Papa, der so unruhig war wie ein großer Löwe mit dem Körper eines Mannes. Mit ernstem Gesicht und veränderten Zügen begann sie zu sprechen.

»Eines Tages verkaufte ich meine Waren. Ich ging von Straße zu Straße. Die Sonne war sehr heiß, weder am Himmel noch sonstwo gab es Schutz. Ich war müde. Ich begann, alles mögliche zu sehen. Ich beklagte mich und weinte darüber, daß die Welt so hart ist. Dann kam ich an eine Querstraße. Ich sah eine Schildkröte, die aus den Büschen kroch und die Straße überquerte, ich wollte sie gerade aufheben, als sie mich ansprach.«

»Was hat sie gesagt?« fragte ich.

»An einem anderen Tag verkaufte ich meine Waren in der Stadt, als ein weißer Mann auf mich zukam. Er trug die blaue Sonnenbrille. Es war sehr heiß. Ich hatte rote Augen von der Sonne und vom Staub. Der Weiße sagte: ›Wenn Sie mir sagen, wie ich aus Afrika herauskomme, gebe ich Ihnen meine Sonnenbrille.‹«

»Und was hast du gesagt?«

»Ich sagte: ›Viele Wege führen nach Afrika, aber nur einer führt wieder hinaus.‹ Er fragte: ›Welcher?‹ Ich sagte: ›Sagen Sie mir erst, was die Schildkröte zu mir gesagt hat.‹ Er war verwirrt. ›Ich weiß nicht, wovon Sie sprechen‹, sagte er. Da sagte ich, daß ich ihm den einzigen Weg, der aus Afrika herausführt, nicht zeigen würde. Dann hat er mir seine Geschichte erzählt. Er ist seit zehn Jahren hier. Sieben Jahre lang hatte er einen hohen Posten in der Verwaltung. Dann begann der ganze Ärger mit der Unabhängigkeit, und seit drei Jahren versucht er wegzugehen, hat es aber nie geschafft. Er fand nicht den Weg hinaus. Jedesmal, wenn er seine Abreise vorbereitet hatte, kam ihm etwas dazwischen und hielt ihn davon ab. Er hat sogar ein Flugzeug genommen, aber das Flugzeug flog um die ganze Welt, und als er ausstieg, war er wieder hier am selben Ort.«

»Und was ist dann passiert?«

»Ich habe ihm alle meine Lebensmittel verkauft. Und dann fragte ich ihn, was die Schildkröte zu mir gesagt hat. Er stand da und dachte lange nach. Da fuhr langsam ein Bus vorbei. Auf der Seite stand ein Spruch. Der Weiße lachte über den Spruch und las ihn vor, und ich sagte ihm, genau das habe die Schildkröte zu mir gesagt. ›Was?‹ fragte er. ›Alles hängt zusammen‹, sagte ich. ›Was hat die Schildkröte damit zu tun?‹ fragte er. Ich sagte: ›Wenn Sie das nicht wissen, finden Sie nie einen Weg.‹ Da gab er mir die blaue Sonnenbrille, und bevor er wegging, sagte er: ›Die einzige Möglichkeit, aus Afrika herauszukommen, ist Afrika aus einem selbst herauszubekommen.‹«

»Und was ist dann passiert?«

»An einem anderen Tag habe ich auf dem Markt Fisch verkauft. Ein merkwürdiger Yoruba kam zu mir und kaufte alle meine Fische. Als seine Hände die Fische berührten, wurden sie lebendig und wanden sich in meiner Schüssel. Ich warf die Fische auf den Boden, und sie zappelten, und ich wollte schon weglaufen, doch der Mann hielt meine Hände fest. ›Erinnern Sie sich nicht an mich?‹ fragte er. Er war ein Schwarzer, aber er war mir auf eine seltsame Weise vertraut. »Ich habe Ihnen die blaue Sonnenbrille gegeben«, sagte er. Da erinnerte ich mich an ihn. Aber es dauerte eine ganze Weile, denn ich mußte erst in meinem Gedächtnis kramen. Er war der weiße Mann. Sein Gesicht, seine Nase und alles war noch genau wie früher, außer daß er jetzt ein Yoruba mit feinen Stammesmalen im Gesicht war. ›Ich habe Sie vor fünfhundert Jahren getroffen‹, sagte er. ›Ich habe den Weg gefunden.‹ ›Und wie?‹ fragte ich. Dann hat er mir seine Geschichte erzählt. ›Als ich Sie verließ‹, begann er, ›stieg mir das Fieber zu Kopf, und wenig später habe ich in einem Wutanfall über eine Kleinigkeit meinen afrikanischen Hausangestellten getötet. Ich wurde festgenommen und in eine Zelle gesteckt. Dann wurde ich freigelassen, weil ich ein Weißer bin. Dann fing ich an, nackt in der Stadt herumzulaufen. Alle starrten mich an. Sie waren schockiert, einen verrückten Weißen in Afrika zu sehen. Dann folgte mir ein seltsames, kleines afrikanisches Kind. Der Kleine war mein einziger Freund. Alle meine weißen Kollegen hatten mich im Stich gelassen. Eines Tages wurde mein Kopf wieder klar. Fünfhundert Jahre waren vergangen. Die einzige Möglichkeit, aus Afrika herauszukommen, besteht darin, ein Afrikaner zu werden. Ich änderte also mein Denken. Ich änderte meine Lebensweise. Ich nahm ein Flugzeug und flog nach England. Ich heiratete, bekam zwei Kinder und zog mich aus dem Verwaltungsdienst zurück. Ich ging zum Geheimdienst. Bevor ich siebzig wurde, hatte ich einen Herzanfall und starb. Ich wurde mit einem Staatsbegräbnis auf dem örtlichen Gemeindefriedhof beigesetzt.‹ ›Was machen Sie dann hier?‹ fragte ich ihn. Ich hatte auf einmal Angst. Große Angst. Er sagte: ›Die Zeit verging. Ich wurde geboren. Ich wurde Geschäftsmann. Und heute bin ich auf den Markt gekommen, um ein paar Aale zu kaufen, und da habe ich Sie gesehen.‹ Ich sagte: ›Aber ich habe Sie doch erst vor zwei Wochen getroffen.‹ ›Die Zeit ist anders, als Sie denken‹, sagte er lächelnd. Dann ging er fort. Das ist das Ende meiner Geschichte.«

Es war lange still.
»Eine seltsame Geschichte«, sagte ich.
»Sie ist wahr«, entgegnete Mama.
Der Wind wehte die umherschwebenden Träume in unser Zimmer. Das gelbe Licht der Kerze flackerte. Die Kerze war heruntergebrannt. Ich hatte das Gefühl, woanders zu sein, in einem Land mit weißen Feldern.
»Sieh mal!« sagte Ade.
Der Wind hatte das Morgengrauen in unser Zimmer geweht. An der Tür saß eine schwarze Katze auf ihrem Schwanz. Wir starrten die Katze schweigend an. Sie starrte uns an.
»Die Welt fängt gerade erst an«, sagte Mama.
Die Katze drehte sich um und ging zur Tür hinaus. Wir standen alle auf und folgten der Katze. Draußen vor der Tür saß mit bläulich verfärbten Wunden Helena, das Bettlermädchen. Wir starrten sie verwundert an. Dann stand sie auf und ging vor das Haus. Wir folgten ihr nicht. Als wir wieder ins Zimmer kamen, saß Papa wie der arme Lazarus auf dem Bett.
»Haltet den Weg frei«, sagte er und schlief wieder ein.
Wir berührten ihn, und er bewegte sich nicht. Mama war glücklich. Ade lächelte die ganze Zeit. Mama war glücklich, weil Papa jetzt schnarchte. Ade lächelte, weil er die müden Schritte seines Vaters hörte, der sich wie einer der alten Helden auf den Weg gemacht hatte, um seinen Sohn zu suchen. Ade hörte die Schritte seines Vaters, hörte dessen ängstlichen, rasenden Herzschlag und folgte ihm durch Schuldbewußtsein und Verwirrung, während er auf unser Haus zuging. Aber Ade lächelte auch, weil sein Vater auf dem Weg zu unserm Haus von einem Leichenzug aufgehalten worden war. Es war kein langer Zug, um diese Stunde waren es nur wenige Trauergäste, alles Prostituierte, außer Madame Koto, die eine dunkle Brille und ein schwarzes Seidengewand trug und an das Geld dachte, das sie an der fabelhaften politischen Kundgebung verdienen konnte, und nicht an die Prostituierte, die an einem elektrischen Schlag gestorben war, nachdem der Wind das Zelt fortgeweht hatte, und deren verkohlte Leiche in dem billigen Holzsarg lag.

II

Am Morgen weckte uns Gejammer auf der Straße. Jemand klopfte an unsere Tür, und als ich rief, sie sollten hereinkommen, sahen wir Ades Vater. Er war sehr groß, hatte den Kopf geneigt, und auf seinem Gesicht lag der Kummer einer durchwachten Nacht.

Ade stand sofort auf und rieb sich die Augen. Sie waren geschwollen und entzündet. Er war über Nacht blasser und hübscher geworden. Sein Lächeln war verschwunden. Als er seinen Vater an der Tür sah, rührte er sich nicht und begrüßte ihn nicht mit den üblichen Worten.

»Wie oft kann ein Mann in einem elenden Leben wiedergeboren werden?« fragte sein Vater in den Raum hinein.

Mama war nicht im Bett. Auf dem Tisch stand etwas zu essen für uns. Sie hatte das Haus verlassen, bevor wir aufgewacht waren, und ihre Schüssel mit Waren stand nicht auf dem Schrank. Papa lag im Bett und schlief, er hatte die langen Beine von sich gestreckt, sein Arm hing über die Bettkante.

Ades Vater sah furchteinflößend aus.

»Wo warst du die ganze Nacht, hm?« fragte er seinen Sohn. »Warum bist du nicht nach Hause gekommen? Deine Mutter ist aus Sorge um dich fast krank geworden.«

Eine dunkle Glut umgab ihn. Er kam ins Zimmer. Ade wich zum Fenster zurück. Sein Vater setzte sich aufs Bett. Ich konnte seine Enttäuschung und Besorgnis am Schweiß einer langen Nacht riechen. Sein Geist hatte den starken Geruch dessen, der rituelle Opfer dargebracht, mit den Ahnen gesprochen und versucht hat, mit den Göttern zu reden. Sein Geist war belastet und schwer. Ades Vater erfüllte den Raum mit Schrecken. Ade stand am Fenster und schien über die hitzige Laune seines Vaters glücklich zu sein. Er machte weder einen reumütigen noch einen rebellischen Eindruck. Er hielt den Kopf hoch, und sein Gesicht hatte den gelassenen Ausdruck von jemandem, der weiß, daß sein Vater es nicht mehr wagen kann, ihn zu schlagen oder zum Weinen zu bringen. Der Geist meines Freundes strahlte etwas Grausames aus, und ich begriff, warum Geisterkinder so gefürchtet sind. Da sie ständig den Liedern und Wohlgerüchen einer anderen Welt ausgesetzt sind, einer Welt jenseits des Todes, in der die Luft leuchtet und Geistergefährten die geheimen Wünsche erraten und jeden einzelnen Wunsch erfüllen können, machen sich Geisterkinder nicht viel aus den beschränkten Dingen der Welt. Ade wollte nicht länger bleiben, er mochte die Last der Welt nicht, den Schrecken des irdischen Daseins. Elterliche Liebe und Sorge berührten ihn kaum, denn er wußte, daß er jenseits der starren Blicke und Drohungen und Schläge nur vorübergehend in der Obhut seiner Eltern war. Er hatte ein größeres Zuhause.

Bis zu jenem Morgen, als Ades Vater mit seiner langen Strafpredigt und seinen Vorwürfen loslegte, die alle das Schuldbewußtsein seines Sohnes verstärken sollten, hatte ich nie gewußt, wie unterschiedlich wir beiden waren. Ade ging einfach mit erhobenem Kopf und starr auf irgendwelche Geister gerichtetem Blick vom Fenster weg und verließ das Zimmer wie ein Schlafwandler. Sein Vater folgte ihm mit einer Mischung aus Zorn und Verzweiflung. Ich folgte seinem Vater. Die Welt war an jenem Morgen sehr alt. Draußen auf der Straße nahm sein Vater ihn in die Arme und hob ihn hoch, und Ade begann haltlos zu weinen, während all die trüben Lichter aus dem Getto, die schmutzige, ungeteerte Straße, die verwahrlosten Häuser und die schwärende Armut auf ihn eindrangen. Sein Vater versuchte, ihn zu trösten, warf ihn in die Höhe und fing ihn wieder auf. Doch Ade weinte noch lauter, und an dem Klang merkte ich, daß Ade nicht über die Liebe seines Vaters oder seine eigene Schuld oder die Krankheit seiner Mutter weinte, sondern darüber, daß sich ihm der Würgegriff der Zeit immer enger um den Hals legte.

12

Geisterkinder sind widerwillige Abenteurer, die in Chaos und Sonnenlicht eindringen, in die Träume der Lebenden und der Toten. Dinge, die unfertig und nicht gewillt sind, geboren zu werden oder zu entstehen, Dinge, für deren folgenschwere Geburt nicht die erforderlichen Vorbereitungen getroffen worden sind, Dinge, die ungelöst sind, Dinge, die zum Scheitern und zur Angst vor dem Dasein verurteilt sind, sie alle kehren immer wieder, kommen ständig zurück und sind für das Los der Geisterkinder mitverantwortlich. Sie kommen und gehen immer wieder, bis der richtige Zeitpunkt erreicht ist. Allein die Geschichte veranschaulicht zur Genüge, auf welche Weise die Dinge der Welt für das Los der Geisterkinder mitverantwortlich sind. Viele von uns teilen das gleiche Los und wissen es nicht. Viele Völker, Kulturen, Ideen, halbe Entdeckungen, Revolutionen, Lieben, Kunstformen, Versuche und historische Ereignisse teilen das gleiche Los und wissen es nicht. Und auch viele Leute. Nicht alle von ihnen tragen das Zeichen der Wiederkehr. Oft machen sie einen normalen Eindruck. Oft werden sie als neu angesehen. Oft sind sie gelassen, mit der Umarmung des Todes vertraut. Sie alle tragen seltsame Gaben in ihrer Seele. Sie alle halten sich nur vorübergehend in ihrem eigenen geheimen Mondlicht auf. Verzehrt vom eigentümlichen Taumel des Willens, der alles daransetzt, Schicksal und Erleuchtung zu bejahen, sehnen sie sich alle danach, sich selbst zu einem schönen Opfer, einem schwierigen Opfer zu machen, Wandlungen zu vollziehen und durch ihren Tod Licht in dieses Leben zu bringen und die Voraussetzungen für ihren wahren Anfang zu schaffen, schreiend ins Dasein zu kommen.

Ich war ein Geisterkind, das sich gegen die Geister aufgelehnt hatte, weil ich das irdische Leben mit seinen Widersprüchen leben wollte. Ade wollte uns verlassen und wieder zu einem Geist werden, frei sein in der Gefangenschaft der Freiheit. Ich wollte die Freiheit der Begrenzung, um gezwungen zu sein, neue Wege zu finden oder zu schaffen, die von diesem Weg ausgehen, der so hungrig ist, diesem Weg unserer Seinsverweigerung. Ich war nicht unbedingt der Stärkere; es mag leichter sein, mit den irdischen Grenzen zu leben, als frei in der Unendlichkeit zu sein.
Könnte dies der Grund sein, daß ich hatte geboren werden wollen, vorausgesetzt, daß Geister unsterblich sind? Diese widersinnigen Dinge, die ewigen Wandlungen, das Rätsel des Lebens, während man lebt, das Geheimnis des Seins, das Geheimnis von Geburten in Geburten, von Tod in Geburten, Geburten im Tod, die Herausforderung, das eigene wahre Ich zu gebären, den eigenen neuen Geist, bis die Voraussetzungen dafür geschaffen sind, daß der neue, unwandelbare Stern im eigenen Universum entsteht; die Herausforderung zu wachsen und zu lernen und zu lieben, sich selbst zu beherrschen; die Möglichkeiten eines neuen Pakts mit dem eigenen Geist; die Wahrscheinlichkeit, daß keine Ungerechtigkeit ewig dauert, keine Liebe jemals vergeht, kein Licht jemals wirklich ausgelöscht wird, kein wahrer Weg jemals vollendet, kein Pfad jemals vollkommen, keine Wahrheit jemals endgültig ist und daß es nie wirklich einen Anfang und ein Ende gibt? Es mag sein, daß selbst all diese Gründe im Land des Ursprungs, als viele von uns Vögel waren, nichts damit zu tun hatten, daß ich leben wollte.
Alles ist möglich, so oder so. Es gibt viele Rätsel unter uns, die weder die Lebenden noch die Toten beantworten können.

Dritter Teil

Achtes Buch

I

In den drei Tagen, die Papa zu Hause blieb, um sich zu erholen, erlebte die Straße eine erste Welle von Alpträumen. Der Schlaf der Straße wurde zuerst von der Prostituierten gestört, die in der Nacht, als Madame Koto in höhere Sphären der Macht eingeweiht wurde, an einem Stromschlag starb. Sie bekam eine kleine Beerdigung. Ihr Sarg wurde die Straße hinaufgetragen, und nachts hörten wir das Wehklagen von ein paar Prostituierten. Am nächsten Tag regnete es, und drei Männer, die Kabel für die große politische Kundgebung verlegten, starben ebenfalls an einem Stromschlag. Die Regenfälle in jenen Tagen waren wahnsinnig. Die Bettler litten unter dem Ansturm des Wetters und schliefen unter den vorstehenden Dächern unseres Compounds. Jeden Morgen kam Helena an unsere Tür. Mama stellte ihr etwas zu essen hin, doch Helena rührte es nicht an. Jeden Morgen ging Mama mit ihrer Warenschüssel los, und der Regen durchweichte alles. Nachmittags kam sie bis auf die Haut durchnäßt zurück, ohne etwas verdient zu haben, und ihre Lebensmittel waren verdorben.

Papa verschlief wie ein Riese den Beginn der neuen Zeit. Er verpaßte die großen Parteilastwagen, die kreuz und quer durch die Stadt fuhren und über Lautsprecher Ankündigungen machten. Er verpaßte ihre heftigen Auseinandersetzungen, ihre Ausbrüche, wenn sie sich auf der Straße begegneten. Er verpaßte die Bettler, die sich auf unserer Straße aufhielten und neben dem kaputten Fahrzeug um Almosen bettelten. Abends beobachtete ich, wie sie sich lebhaft berieten. Sie schienen auf ein Zeichen zu warten, so sichtlich war ihre Erwartung. Niemand gab ihnen Almosen. Die Bewohner des Viertels versäumten keine

Gelegenheit, ihnen zu sagen, sie sollten weiterziehen. Sie selbst schienen darauf bedacht zu sein, weiterzuziehen und neuen Zielen entgegenzugehen. Sie blieben nur wegen Helena. Sie sagte nie etwas, doch der Drang weiterzuziehen wurde in ihrer Umgebung immer stärker. Es war seltsam anzusehen, wie die Bettler Papas Bemühungen, sie zu einer nützlichen Arbeit anzuhalten, in die Tat umzusetzen versuchten. Hin und wieder versuchten sie, den angesammelten Müll von der Straße zu räumen. Sie versuchten, auf ihre unbeholfene Art, sich nützlich zu machen. Niemand wußte es zu schätzen. Ich kam am zweiten Tag von Papas Schlaf bei ihnen vorbei und hörte, wie sie sich mit schroffer Stimme über die ewig verschobene geplante Kundgebung, über die Schule, die Papa für sie bauen wollte, und über Geld stritten. Als sie mich sahen, erhellten sich ihre Gesichter, und sie hoben hoffnungsvoll den Kopf. Sie kamen auf mich zu, blieben stehen und verfolgten mit hungrigen Augen meine Bewegungen. Ich stahl zu Hause etwas zu essen für sie. Durch Papas Schlaf waren wir sehr hungrig. Mama verdiente kein Geld. Unsere Mahlzeiten wurden karger. Wir aßen still und sahen zu, wie Papa schnarchend im Bett lag und die Luft im Zimmer verschlang, während sein Geist immer größer wurde und sich von unserm Hunger ernährte. Papa wuchs im Schlaf. Ich sah, wie seine Füße über den Rand des Bettes ragten. Ich sah, wie sich seine Brust dehnte und das Hemd aufplatzen ließ. Er nahm zu; und wenn er sich hin- und herwarf, als reite er im Traum auf mythischen Pferden, knarrte das Bett. Er schlief tief und verdunkelte das Zimmer. Die Kerzen brannten schwach, während er schlief. Wir ließen die Tür auf. Ab und zu kamen Besucher herein, unterhielten sich flüsternd über seiner schlafenden Gestalt und schlichen sich auf Zehenspitzen wieder davon.

Papa erträumte im Schlaf eine neue Welt. Er sah den Plan der Dinge, und er gefiel ihm nicht. Er sah die Welt, in der die Schwarzen ständig litten, und es gefiel ihm nicht. Er sah eine Welt, in der die Menschen von den Antipoden bis zum Äquator so unnötig litten, und das gefiel ihm auch nicht. Er sah, wie unser Volk in Armut, Hunger, Dürre, Entzweiung und im Blut des Krieges erstickte. Er sah, wie unser Volk ständig von anderen Mächten ausgebeutet und zum Spielball der westlichen Welt wurde und wie unsere Geschichte und unsere Errungenschaften ausgeschaltet wurden. Er sah die Reichen in unserm Land, er sah das Aufgebot unserer Politiker, sah, wie bestechlich sie waren, wie blind für unsere Zukunft, wie habgierig sie wurden, wie taub den Schreien des Volkes gegenüber, wie gefühllos ihre Herzen und wie kurzsichtig ihre Machtträume waren. Er sah die Spaltungen in unserer Gesellschaft, den Mangel an Einigkeit, er sah den immer tiefer werdenden Graben zwischen denen, die etwas besitzen, und denen, die nichts besitzen, das alles sah er sehr deutlich. Er sah die Frauen vom Land, von den Märkten und aus den Dörfern, sah, wie sie ständig von Dämonen und Schmetterlingen verfolgt wurden; er sah alle Frauen, die das Wunder der Geduld geerbt haben. Er sah, wie die Hungernden zu Speichelleckern wurden. Er sah die zukünftigen Kriege. Er sah, den künftigen Wirtschaftsaufschwung, sah die zügellose Verschwendung, das darauffolgende Leid, das Exil in fremden Ländern, sah, wie der Wille des Volkes, Wandlungen zu vollziehen, an Substanz verlor. Er sah Tyrannen, die ihren Aufstieg immer einer außerordentlichen Krisensituation zu verdanken schienen. Er sah ihre lange Herrschaft und das Chaos, wenn sie gestürzt wurden. Er argumentierte in drei großen Gerichtshöfen der Geisterwelt und forderte Gerechtigkeit für die Erde. Er argumentierte mit phantastischer Leidenschaft, und sein Anliegen war begründet, doch er war allein. Er sah nicht die Menschenmassen in ihrer einsamen Solidarität überall auf der Welt, die in den Obersten Gerichtshöfen der Geister für Gerechtigkeit und Gleichgewicht und Schönheit auf der Welt plädierten, für das Ende von Hungersnöten und schmutzigen Kriegen, Zerstörung und Habgier. Papa war allein, weil er die anderen nicht sah, die Massen träumender Anwälte, die in alle Gerichtshöfe des Universums einfielen, während er sich in der wirklichen harten Welt, die durch die Beschränktheit in den Köpfen der Menschen geschaffen wird, verzweifelt abmühte. Ich folgte Papa manchmal in die Zyklen seiner Träume. Ich folgte ihm auf seiner Flucht in die großen

Reiche und Räume, die Landschaften des Genius, die Welten vor der Geburt, die Welten aus reinen Träumen und Zeichen. Ich begleitete ihn manchmal zu einem kurzen Treffen mit seinem eigenen urzeitlichen Geist und Totem, bei seinem flüchtigen Kontakt mit den Schimmern seines wahren Schicksals. Ich sah Engel, die manche Erinnerungen seiner Reisen tilgten. Er machte weite Reisen, und sein Geist litt, und während er in unserm Zimmer schwitzte und das Bett dann feucht wurde, goß es draußen in Strömen, und die Fluten spielten den Häusern an der Straße übel mit. Es regnete in unregelmäßigen Abständen. Frösche und Käfer und Krankheiten drangen in unser Leben ein, und Kinder starben vormittags, wenn die Politiker auf ihren Lastwagen den Beginn unseres neuen unabhängigen Schicksals verkündeten. Papa sah die vordringenden Schemen des Chaos und bekämpfte sie allein im Schlaf, sein Körper schwoll vor Wut an, und die Schemen überwältigten ihn und überschwemmten sein Leben, und wenn er sich hin- und herwarf, zündete Mama eine Mückenspirale, ein Räucherstäbchen und eine Kerze an, opferte ein paar Tropfen *ogogoro* für uns und betete unter dem Türbalken. Mama betete in drei Sprachen. Sie betete zu unsern Ahnen, sie betete zu Gott und sie betete zum Engel aller Frauen. Mama betete um einfache Dinge, die mich zum Weinen brachten, während sich die Dunkelheit in unserem Zimmer ausbreitete. Sie betete um Essen. Sie betete dafür, daß Papa gesund wurde. Sie betete für eine gute Unterkunft. Sie betete um mehr Leben und daß das Leiden schöne Früchte tragen möge. Und sie betete für mich. Drei Tage lang betete Mama mit geliehenem Wein. Unser Leben wurde immer beengter. Mama wurde schmaler. Ihre Stimme versagte allmählich. Ihre Augen versteckten sich vor der Welt und zogen sich in die Tiefen ihres träumenden Kopfes zurück. Ihre Knochen traten hervor. Die Bluse rutschte ihr immer öfter von den Schultern. Düstere Wogen des Wahns umwölkten ihr Gesicht. Ich ertappte sie dabei, wie sie auf Papas leeren dreibeinigen Stuhl starrte. Die Bilder ihres Lebens schienen an ihren Augen vorbeizuziehen. Ständig das angespannte Lächeln des Hungers unter dem tapferen Stolz. Ständig die Ratten und Schaben, die an unsern Träumen zehrten. Ständig schien es der Welt zu gelingen, Mama daran zu hindern, sich aus der Klemme zu befreien. Ständig erhöhten die Hauswirte unsere Miete, sagten uns die Schläger, wen wir zu wählen hätten, sickerte der Regen in unsern Schlaf. Manchmal erreichten Mamas Gebete Papa, während er durch die Sphären zog, die das Gleichgewicht der Erde wiederherstellen. Doch Papas Geist war immer auf der Suche nach Gerechtigkeit und mehr Leben und unverfälschter Revolution, und er streifte immer weiter in andere Welten, wo die Machtversprechen schon vor der Geburt abgelegt wurden. Und Papa reiste durch die Sphären und suchte das Wiedererstarken unserer Rasse und das Wiedererstarken aller unterdrückten Völker zu erreichen. Als ich Papa folgte, erfuhr ich, daß andere Sphären höherer Energien eine Gerechtigkeit jenseits unseres Verständnisses kennen. Aber auch unsere Sphäre. Die Kräfte des Gleichgewichts wandeln sich jeden Tag. Der Regen geht auf die Aufgeblasenen und die Schwachen nieder, auf die Mächtigen und die zum Schweigen Verdammten. Der Wind peitscht die Hungrigen, die Vollgefressenen, die Kranken, die Sterbenden und jene, die vom unsichtbaren Leiden anderer leben. Doch das Wiedererstarken geht nur langsam vor sich, weil in unserer Vorstellung die Zeit lang ist. Zeit und Wahrheit setzen sich immer durch; jene, die die Zügel in den Händen zu halten scheinen und den Durchbruch der Gerechtigkeit zu verhindern suchen, führen ihn nur schneller herbei; und Papa wollte den Durchbruch sofort. Er wollte sofort Gerechtigkeit. Er wollte sofort Wahrheit. Er wollte sofort das Gleichgewicht der Welt. Er löste einen Sturm von Fragen in seinen Träumen aus. Er warf unergründliche Fragen auf. Er fragte immer wieder: WARUM? Nach Ewigkeiten fragte er: WAS SOLLEN WIR TUN? Und dann fragte er: WIE SOLLEN WIR ES ANSTELLEN? Drängend wollte er wissen: WANN? Unruhig warf er sich hin und her und fragte: WELCHES IST DER BESTE WEG? Und etwas gelassener, ohne vor der unvermeidlichen Begegnung mit sich selbst zurückzuschrecken, fragte er: WAS IST DER ERSTE SCHRITT? Sein Körper wuchs. Blumen fielen auf unser Dach. Mein Großvater erschien mir kurz und winkte mir zu. Ein Kind wurde geboren und gelangte nicht in seinen Körper. Wurde ich in meinem Vater wiedergeboren? Auf seinen Reisen entdeckte Papa, daß alle Nationen Kinder sind; es erschreckte ihn, daß auch unsere Nation eine *abiku*-Nation war, eine Geisterkind-Nation, die immer wieder geboren wird, und nach jeder Geburt kommen Blut und Verrat, und das Kind unseres Willens weigert sich zu bleiben, bis wir die erforderlichen Opfer gebracht und unsere ernste Absicht bekundet haben, die Last eines einmaligen Schicksals zu ertragen.

Jedes Leben fließt in alle Sphären; und als Papa schlief, lebte er ein ganzes Leben auf einem anderen Erdteil, während wir die Gerüchte über Madame Kotos Versammlungen mit mächtigen Frauen in ihrer Bar hörten, von Versammlungen, auf denen sie die erforderlichen Vorbereitungen für die Kundgebung trafen und die Aufgabe unter sich aufteilten, Stimmen für ihre Partei zu sichern. Es überraschte uns nicht, daß sie sich so schnell vom Tod der Prostituierten erholt hatte. Es überraschte uns auch nicht, daß man ihr hohe Geldsummen zur Verfügung gestellt hatte, um die Frauen aus unserm Stadtteil für die Durchführung der Kundgebung zu gewinnen. Ihr kranker Fuß wurde immer dicker, als hätte die Straße ihn geschwängert; ihr Bauch war von ihrer *abiku*-Dreieinigkeit geschwollen. Sie war in einen anderen Geheimbund aufgenommen worden, der für die Schaffung von Wirklichkeit berühmt war. Sie sprach davon, ihre Bar in ein Hotel umzuwandeln. Sie kaufte große Stücke Land. Der Fahrer fuhr in ihrem Auto die Straße auf und ab, fuhr Ziegen und Hühner über den Haufen und brachte ihr weitere Feinde ein.

Madame Koto wurde durch die Regenzeit noch mächtiger. Sie bekam einen Gang von eindrucksvoller, träger Würde. Ihre Körperfülle wurde ihr zweites Ich. Sie trug Kleider, die die Bettler krank machten. Sie sprach davon, unser elendes Viertel zu verlassen; sie verachtete alle. Wir hörten zu, wie sie Passanten beschimpfte. Sie wurde mächtiger, und sie wurde zugleich schöner. Die Regenzeit ließ ihre Figur anschwellen. Verbunden mit ihren Mythen verleibte sie ihren neuen Lebensgeistern alle ihre Legenden ein. Sie wurde zu all dem, was wir uns über sie zugeflüstert hatten, und wurde noch mehr. Wenn sie nachts schlief, stahl sie den Leuten ihre Kraft. (Sie war nicht die einzige: Sie waren kaum zu zählen.) Die Nacht wurde ihr Verbündeter. Während Papa durch die Sphären streifte und nach Gerechtigkeit schrie, sog Madame Koto die Kräfte unseres Viertels auf. Ihre Träume gaben den Kindern Alpträume. Ihre massige Gestalt bekam nachts Flügel, flog über die Stadt und entzog unsern schlafenden Körpern die Kraft. Sie breitete sich in der Luft über unserm Dasein aus. Ihre Träume waren bleiche Schwären aus Festen und Orgien, aus Verschwendung und Ausschweifung, aus Bestechung und Zersetzung, aus unschuldigen Frauen und schwachen Männern. Ihr Schnarchen veränderte die Landkarte unseres Schicksals. Während die Leute aus unserem Viertel schwächer, duldsamer und ängstlicher wurden, wurde Madame Koto immer stärker. Da begriff ich, daß miteinander im Widerstreit liegende Kräfte in unsern Träumen nachts in der Luft um die Zukunft unseres Landes kämpften, auf unsichtbaren weißen Pferden ritten, uns auspeitschten und unsern Willen schwächten, während wir schliefen.

Die politischen Parteien trugen ihre Kämpfe in den Geistersphären aus, außerhalb des Bereichs unserer irdischen Sorgen. Sie kämpften und schlugen mit gegensätzlichen Mythologien aufeinander ein. Kräuterheiler, Zauberer, Hexenmeister und Hexen entschieden sich für die eine oder andere Seite, und während auf den Straßen die Lastwagen um Stimmen kämpften, kämpften sie um die Vorherrschaft in der Geisterwelt. Sie riefen Dschinns und Schimären, Sukkuben, Dämonen und Gespenster zur Hilfe; sie heuerten die Geister von alten Kriegern und Politikern und Strategen an; sie engagierten ausländische Geister. Die Partei der Reichen ließ sich von den Geistern der westlichen Welt unterstützen. Über unsern Träumen wurden nachts Bündnisse geschlossen, im Reich der nächtlichen Sphäre Verträge aufgesetzt, unsere Zukunft wurde verpfändet, unser Geschick aufgeschoben. Die Zauberer der Parteipolitik entfesselten in diesem Reich den Donner, während auf die Menschen unten Regen niederströmte; Gegendonner, Blitz und Hagel antwortete ihnen. So ging es immer weiter, in jedem Dorf, in jeder Stadt des Landes und überall auf dem Kontinent wie auch auf der ganzen Welt. Unsere Träume schrumpften, während dort oben die Kriege um die politische Vorherrschaft ausgefochten wurden. Zauberer, die die Gestalt von Geistern und Omen annahmen, flüsterten uns etwas über das Grauen zu. Unsere Angst wuchs. Das Mißtrauen machte es uns leichter, zu schweigen. Das Schweigen machte es uns leichter, machtloser zu sein. Die Schemen der Herrschaft in den nächtlichen Sphären wurden immer riesenhafter. Und jene von uns, die arm waren, keine große Macht auf ihrer Seite hatten und nicht die Macht unseres eigenen Hungers sahen, eine Macht, die selbst die Götter in Schrecken versetzen konnte, stellten fest, daß unsere Träume in der Freiheit der Luft keinen Platz mehr fanden. Unsere Sehnsüchte waren aus dem Reich der Erscheinungen ausgesperrt. Die Schlachten um unser Geschick tobten, und wir konnten nicht mehr auf den Mond fliegen, nicht mehr die Flugzeuge auf der Reise durch die dünner werdenden Sphären begleiten und uns nicht mehr vorstellen, wie unser Leben anders und schöner aussehen könnte. Und so träumten wir böse Dinge voneinander, während Madame Koto rot gekleidet, das Haar von einem weißen Tuch bedeckt und mit drei grünen Schirmen in der Hand, ihre Macht im Getto ausdehnte und ihre geheimen Abgesandten in unsere Körper schickte. Unsere Phantasie diente ihr als Nahrung. Viele von uns sahen sie im Traum als zukünftige Geisterbraut von Staatsoberhäuptern und Präsidenten. Sie wurde als Königin der Gettonacht bekannt. Jeder, der Hilfe brauchte, ging zu ihr. Sie empfing nur wenige Besucher. Weil sie sich nachts so ausdehnte, stand sie am Tag unsägliche körperliche Qualen aus. Sie ließ sich den Schmerz nicht anmerken. Doch der Schweiß auf ihrer Stirn vertiefte ihre Falten. Die Prostituierten ließen sie im Stich; sie verziehen ihr nicht, daß sie den Tod des Mädchens so schnell vergessen hatte. Als sie fort waren, zog die Leere der Bar und die Anziehungskraft, die von Madame Kotos neuer Macht ausging, noch größere Scharen an.

Eines Nachts erschien sie mir im Schlaf und flehte mich an, ihr etwas von meiner Jugend abzugeben.

»Warum?« fragte ich.
Und sie entgegnete: »Ich bin zweihundert Jahre alt, und wenn ich nicht dein junges Blut bekomme, sterbe ich bald.«
Ihr riesiger Geist hing drohend über mir. Ihr Geist war kurz davor, mich mit Haut und Haaren zu verschlingen, als von oben ein großer Löwe brüllte, so daß das Haus erzitterte und ihr Geist verscheucht wurde. Dann erkannte ich, daß neue Kräfte geboren wurden, um den Ansprüchen der Epoche gerecht zu werden. Leoparden und Löwen der Geisterwelt, Drachen der Gerechtigkeit, geflügelte Tiger der Wahrheit, stolze Tiere des Göttlichen, Kräfte, die inmitten unerbittlicher Orkane herumwirbeln, auch sie stellen Gleichgewicht wieder her und leben von den Schimären und bösen Absichten der frischen Luft; und mit jedem gräßlichen Atemhauch, für jeden Windstoß von bösen Flügeln und für jeden Machtakt auf seiten derer, die vom Blut der Erde leben, wird ein großartiger Engel geboren; und als Papa den dritten Tag schlief, sah ich einen Engel, der über unser Dach flog. Er flog weiter, und der Wind legte sich, und seltsame Bäume knackten im Wald, und morgens hörte der Regen auf, und die Wasserfluten versickerten auf rätselhafte Weise in die Geheimnisse der alles aufsaugenden Erde. Mama ging mit ihrer Schüssel auf den Straßen auf und ab, verkaufte alle ihre Waren und fand immer wieder Pfundnoten, die auf dem glänzenden Wasser schwammen, und die Luft schien sich gereinigt zu haben. Doch an jenem Morgen sah ich die ersten Anzeichen; es waren nicht die Anzeichen für eine neue, ruhige Epoche, sondern für einen Zyklus, der zu Ende geht. Woher sollte ich auch wissen, daß die Bettler mit ihrer Erwartung und dem Gehabe von Leuten, die die Kunde von der Geburt eines Messias erwarten, das erste Zeichen dafür waren, während sie in Wirklichkeit doch nur auf einen Hinweis warteten, daß es Zeit sei, sich auf den Weg zu machen.
Denn abends, wenn Mama das Essen vorbereitete, nahm die Erregung über die Kundgebung und das Geflüster über eine lange Ausgangssperre zu. Eines Abends dann, im Bann von Weihrauch und Gebeten und dem Rauch von Mückenspiralen unter

unserem durchlöcherten Dach, erwachte Papa plötzlich, während sich die Käfer auf dem Boden tummelten und das Zimmer von grünen Motten wimmelte, die die verwandelnden Eigenschaften von Feuer kannten und sich bereitwillig opferten. Papa erwachte mit Macht und erhob sich vom Bett wie einer, der von den Toten aufersteht. Seine Wunden waren verheilt, sein Geist war schärfer, seine Verzweiflung tiefer geworden, er war ein größerer Mann mit größerem Wahn. Er stand auf und setzte sich auf seinen Stuhl. Und während die Kerzen flackerten und heller brannten, weil Papas Schlaf ihnen nicht mehr die Luft nahm, sprach er mit neuer, tiefer, trauriger Stimme zu uns. Er sprach, als sei er nicht fort gewesen. Er sprach, als habe er nicht im Geist weite Reisen gemacht. Und er sprach mit der schwärmerischen Unschuld eines genesenden Mannes.

»Meine Frau und mein Sohn, hört mir zu. Ich habe im Schlaf viel Wunderbares gesehen. Unsere Ahnen haben mich viele weise Dinge gelehrt. Mein Vater, der Priester der Straßen, ist mir erschienen und hat mir gesagt, ich soll meine Tür offenlassen. Mein Herz muß offen sein. Mein Leben muß offen sein. Eine Straße, die offen ist, ist niemals hungrig. Seltsame Zeiten kommen auf uns zu.«

»Und die Diebe?« fragte ich.

»Halt den Mund, Azaro. Wir werden beschützt, hörst du. Wir sind gegen Eindringlinge und niederträchtige Menschen gewappnet. Nichts Böses wird in unser Leben eindringen.«

Er hielt inne, knackte mit den Knochen und fuhr fort.

»Schon ein einziger Gedanke von uns kann die Welt verändern. Wir Menschen sind kleine Wesen. Das Leben ist etwas Großes. Während ich jetzt hier rede, werden im Himmel und unter dem Meer Wahlen abgehalten. Wir sind in ein neues Zeitalter eingetreten. Wir müssen darauf vorbereitet sein. Es gibt seltsame Bomben auf der Welt. Große Mächte im All kämpfen um die Herrschaft über unser Geschick. Maschinen und Gifte und eigennützige Träume verschlingen uns. Ich war in einem Raumschiff und bin auf einem anderen Planeten gelandet. Leute, die wie Menschen aussehen, sind keine Menschen. Seltsame Menschen leben unter uns. Wir müssen vorsichtig sein. Unser Leben verändert sich. Unsere Götter bleiben stumm. Unsere Ahnen bleiben stumm. Etwas Großes wird vom Himmel kommen und das Gesicht der Erde verändern. Wir müssen uns für Politik interessieren. Wir müssen Spione der Gerechtigkeit werden. Die Menschen träumen davon, ihre Mitmenschen von der Erde auszuradieren. Ratten und Frösche verstehen ihr Schicksal. Warum nicht die Menschen, hm? Meine Frau, mein Sohn, wohin gehen wir? Es gibt keine Ruhe für die Seele. Gott lechzt danach, daß wir wachsen. Wenn ihr euch umseht und leere Flächen seht, nehmt euch in acht. Auf diesen Flächen sind Städte, unsichtbare Zivilisationen, zukünftige Geschichten, alles ist HIER. Wir müssen die Welt mit neuen Augen sehen. Wir müssen uns selbst anders sehen. Wir sind freier, als wir denken. Unser Leben hat noch nicht begonnen. Der Mann, den die schlummernde Sonne seines Kopfes erleuchtet hat, kann nie unterdrückt oder besiegt werden. Wir können diese Welt neu erträumen und den Traum wahr werden lassen. Menschen sind Götter, die sich vor sich selbst verstecken. Mein Sohn, unser Hunger kann die Welt verändern, verbessern, versüßen. Leute, die nur ihre Augen benutzen, SEHEN nicht. Leute, die nur ihre Ohren benutzen, HÖREN nicht. Es ist schwerer, zu lieben als zu sterben. Vor der Liebe, nicht vor dem Tod fürchten sich die Leute am meisten. Das Herz ist größer als ein Berg. Ein menschliches Leben ist tiefer als der Ozean. Seltsame Fische und Meeresungeheuer und riesige Pflanzen leben im Felsenbett unseres Geistes. Die ganze Geschichte der Menschheit ist ein unentdeckter Kontinent tief in unseren Seelen. In uns leben Delphine, träumende Pflanzen und magische Vögel. Der Himmel ist in uns. Die Erde ist in uns. Die Bäume des Waldes, die Tiere aus dem Busch, Schildkröten, Vögel und Blumen kennen unsere Zukunft. Die Welt, die wir sehen, und die Welt dort sind zwei verschiedene Dinge. Kriege werden nicht auf Schlachtfeldern ausgetragen, sondern auf einer Stelle, die kleiner ist als ein Nadelkopf. Wir brauchen eine neue Sprache, um miteinander zu reden. In einer Katze stecken viele Geschichten, viele Bücher. Wenn du in die Augen von

Hunden blickst, schwimmen seltsame Fische durch deinen Geist. Alle Wege führen zum Tod, aber manche Wege führen zu Dingen, die nie beendet werden können. Wundervolle Dinge. Manche Menschen sind klein, aber wenn du SEHEN kannst, merkst du, daß ihr Geist Tausende von Metern breit ist. Im Traum habe ich ein Kind getroffen, daß auf einer Wolke saß, und sein Geist bedeckte die halbe Erde. Engel und Dämonen sind unter uns; sie nehmen vielerlei Gestalt an. Sie können in uns hineinschlüpfen und eine halbe Sekunde oder ein halbes Leben bleiben. Manchmal wohnen beide zusammen in uns. Bevor alles geboren wurde, gab es den Geist. Der Geist lädt die Dinge ein, gute Dinge oder schlechte Dinge. Lade nur gute Dinge ein, mein Sohn. Hör auf den Geist der Dinge. Auf deinen eigenen Geist. Folge ihm. Beherrsche ihn. Solange wir leben, solange wir fühlen, solange wir lieben, ist alles in uns eine Kraft, die wir gebrauchen können. Es gibt eine Ruhe, die dich schneller reisen läßt. Es gibt eine Stille, die dich fliegen läßt. Wenn dein Herz ein Freund der Zeit ist, kann dich nichts zerstören. Der Tod lehrte mich die Religion des Lebens – Ich bin bekehrt – Ich bin blind geworden – Ich beginne zu sehen – Ich bin trunken vom Schlaf – Meine Worte sind die Worte eines Fremden – Setzt ein Lächeln auf – Gieß mir etwas Wein ein, und kauf mir Zigaretten, mein Sohn, denn dein Vater ist in sein wahres Zuhause zurückgekehrt.«

Es war lange still, während wir in den seltsamen Strömungen von Papas Worten schwammen. Nach einer Weile gab Mama mir etwas Geld, und ich lief hinaus, um den *ogogoro* und die Zigaretten für ihn zu kaufen. Die Bettler folgten mir fast auf dem ganzen Rückweg. An manchen Stellen wimmelte die Luft von grünen Motten. Die Lichter über unserm Leben hatten sich verändert. Die Wolken hatten sich dunkelindigoblau verfärbt. Ich ging durch eine schwebende Insel sepiafarbener kleiner Mükken. Als ich in unser Zimmer kam, huschte eine Eidechse mit einem lavendelfarbenen Schwanz hinter mir herein. Ich wollte sie gerade hinausjagen, als Papa sagte: »Von jetzt an müssen alle Wesen mit Respekt behandelt werden. Wenn du willst, daß die

Eidechse nicht hierbleibt, dann befiehl ihr, sie soll gehen, und dann geht sie auch. Wir müssen unsere Kräfte weise einsetzen. Wir dürfen nicht zu Tyrannen werden, hörst du?«
Ich nickte. Dann stand Papa von seinem Stuhl auf und sagte mit schriller, fast komischer Stimme: »Frau Eidechse, wo bist du? Hinaus! Verlaß dieses Zimmer, und geh woanders hin. Sofort!«
Wir blickten auf den Boden. Nichts rührte sich. Mama seufzte. Papa wiederholte den Befehl nicht. Er setzte sich wieder auf seinen Stuhl. Wir saßen schweigend da. Nach einer Weile kam die Eidechse unter dem Schrank hervor, nickte dreimal und floh aus dem Zimmer. Es blieb lange still. Papa ging nicht auf den Vorfall ein. Er streckte die Hände aus, und ich gab ihm die Zigaretten und die Flasche *ogogoro* mit ihren durchsichtigen, scharfen, sprudelnden Träumen. Papa trank ruhig. Er rauchte friedlich. Wir sahen ihm stumm und staunend zu, als sei ein Fremder in seinen Körper geschlüpft.
»Viele Leute wohnen in uns«, sagte Papa, als habe er unsere Gedanken gelesen, »viele vergangene Leben, viele zukünftige Leben. Wenn du genau hinhörst, merkst du, daß die Luft voller Gelächter ist. Die Menschen sind ein großes Rätsel.«
Ein langes Schweigen folgte. Dann stand Mama auf und stellte Papa das Essen hin, das wir noch hatten. Er aß mit Heißhunger, und als er fertig war, drehte er die Teller um und betrachtete die Unterseiten, als suchte er nach mehr Essen.
»Es ist nicht mehr viel Geld im Haus«, sagte Mama. »Du hast nicht gearbeitet.«
Papa trank fast eine Gallone Wasser, zumindest sah es so aus. Dann zog er sich sein einziges Paar Socken an, das voller Löcher war; er zog die stinkenden Stiefel an und ging auf und ab, während seine furchtbaren Energien um ihn herumwirbelten und die unsichtbaren Bewohner des Zimmers aufschreckten.
Mama drehte die Matratze um, richtete das Bett her, räumte den Tisch ab und breitete meine Matte aus.
»Mein Mann«, sagte sie, »wir haben uns Sorgen um dich gemacht. Drei Nächte lang haben wir gerungen, um deinen Geist

zurückzuholen. Wir hatten Hunger und große Angst. Schlaf jetzt noch etwas. Fang morgen früh wieder an zu arbeiten. Fang wieder an zu kämpfen. Sei, was du bist. Wir sind froh, daß es dir wieder gutgeht.«

Papa ging auf Mama zu und nahm sie zum erstenmal seit Monaten zärtlich in den Arm. Dann zündete er eine Mückenspirale an, ließ die Tür einen Spalt offen, zog sich die Stiefel und die Socken aus und legte sich auf das aufstöhnende Bett. In der Dunkelheit hörte ich, wie Mama sagte: »Du bist schwerer geworden, mein Mann.«

Papa sagte nichts. Sein Geist blieb die ganze Nacht lang sanft. Die Luft im Zimmer war ruhig. Es gab keine Turbulenzen. Seine Anwesenheit beschützte unseren nächtlichen Raum. Es waren keine Gestalten mehr da, die in unsere Luft eindrangen, auf unser Dach drückten oder durch die Dinge wanderten. Die Luft war klar und weit. In meinem Schlaf fand ich offene Räume, durch die ich ohne Angst schwebte. Der Himmel war heiter. Ein frischer Wind blies durch unsere Straße und wehte die seltsamen Exzesse in der Luft fort. Es war so still und friedlich, daß ich nach einer Weile ein wenig unruhig wurde. Ich war ein solches Geschenk der Ruhe nicht gewöhnt. Je tiefer die Ruhe war, um so größer wurde meine Angst. Ich wartete immer darauf, daß mir unheimliche Lieder in den Sinn kamen. Ich wartete immer darauf, Liebespaare der Geisterwelt zu sehen, die sich im Sonnenlicht umarmten. Nichts geschah. In der sanften Stimmung lösten sich meine Ängste auf. Ich hatte keine Angst vor der Zeit.

Und dann brach ein neuer Morgen an. Das Zimmer war leer. Mama und Papa waren fort. Und der frische Wind hatte nicht ewig geweht.

Ein Traum kann der Höhepunkt des Lebens sein.

März 1990
LONDON

V. S. Naipaul
In einem freien Land

Titel der Originalausgabe: *In a Free State*
Deutsche Erstveröffentlichung (1973) in der Übersetzung von Ursula von Zedlitz
Neu überarbeitet von Kerstin Gleba
Leinen

In diesem kunstvoll komponierten Erzählungsband variiert V. S. Naipaul mit einem untrüglichen Sinn für Realitäten und einem feinen Gespür für Komik immer neu und überzeugend sein zentrales Thema: Wie leben Menschen in einer Welt, in der sie fremd sind?

In einem freien Land zu leben garantiert noch keine Freiheit